실험과 해체 – 이상 문학 연구

김주현

김주현金宙鉉
밤하늘에 별이 하늘 가득 빛나는 소백산 자락 부석에서 태어났다. 자라면서 한훤당 후손으로서의 가통을 적실히 지켜나가라는 가친의 뜻에 따라 학문의 길로 접어들었다. 이상 김동리 최인훈 등에 대해 깊은 관심을 갖고 연구하였으며, 최근 신채호를 비롯한 애국계몽기 문인들에 대해 집중 연구를 하고 있다. 저서로는 《이상소설연구》(1999), 《정본 이상문학전집》(전3권, 2005), 《신채호문학연구초》(2012), 《김동리소설연구》(2013) 등이 있으며, 편저로는 《그리운 그 이름 이상》(공편, 2004), 《백세 노승의 미인담》(2004), 《단재신채호전집》(2008) 등이 있다. 현재 경북대학교 국어국문학과 교수로 재직하고 있다.

실험과 해체 –이상문학연구

초판 제1쇄 발행 2014. 7. 31.
초판 제2쇄 발행 2015. 9. 7.

지은이 김주현
펴낸이 김경희
펴낸곳 (주)지식산업사
본사 ● 10881, 경기도 파주시 광인사길 53 (문발동 520-12)
전화 (031) 955-4226~7 팩스 (031)955-4228
서울사무소 ● 03044, 서울시 종로구 자하문로6길 18-7 (통의동 35-18)
전화 (02)734-1978 팩스 (02)720-7900
한글문패 지식산업사
영문문패 www.jisik.co.kr
전자우편 jsp@jisik.co.kr
등록번호 1-363
등록날짜 1969. 5. 8.

책값은 뒤표지에 있습니다.

ISBN 978-89-423-4062-0 93810

이 책을 읽고 저자에게 문의하고자 하는 이는
지식산업사 전자우편으로 연락 바랍니다.

실험과 해체

이상문학연구

김주현

지식산업사

머리말—그림자거나 메아리거나

이상에 대해 공부한 지 20년이 넘었다. 이상에 관한 첫 글이 〈이상 소설에 나타난 패로디에 관한 연구〉(1993)였으니 스무 해 정도 이상에 관심을 기울여 온 셈이다. 그 사이 나는 여러 논문을 비롯하여 박사논문을 이상에 관해 썼고, 이상 전집과 선집, 이상 회고록을 묶었으며, 연구서도 한 권 냈다. 유별나게도 이상에 관심을 쏟았던 셈이다. 그래서인지 어떤 이들은 묻는다. 왜 이상을 연구하게 되었느냐고? 모호하기 이를 데 없는 난해함, 가히 범접하기 어려운 성채, 근대문학의 관문……. 그러나 내 관심은 그런 데 있지 않았다. 왜 이상에 끌렸는지 스스로도 잘 알지 못했다. 나는 2000년대 들어 이상문학회를 만들고 편집위원으로 활동하였는데, 그때 김연수의 《꾿빠이 이상》(2001)을 읽게 되었다. 그 책에서 〈오감도 시 제16호 실화〉를 보는 순간, 나는 엉뚱하게도 또 다른 〈오감도〉를 떠올렸다. 김연수가 제시한 〈오감도 시 제16호 실화〉보다 훨씬 더 이상적李箱的인 시를. 그것은 내가 10대 후반에 쓴 〈그림자〔影像〕〉란 시였다. 나는 어렴풋이 그 시를 떠올렸고, 옛날 노트에서 찾아냈다.

내만한크기의또다른내가나를따라오다가대
문까지와서는사라져버렸다나는그를쫓으러
되좇아길을따라가니그는자꾸만달아났다가
면가고멈추면멈추고나는그만가다가화가치
밀어후딱돌아섰다그러나그는또따라왔다신
경쓰지않고걷다가도따라오는그가밉고두려
워쫓고쫓고하지만도망가다가는따라오고따
라오다간도망치고또따라오고그래서아예빨
리도망치듯달려와서대문을걸어잠궜다그리
고겨우한숨을돌리고마당가연못으로갔다그
런데그는어느샌가따라와있고누가물속에서
바보스런나를쳐다보고있다버릇없는녀석이
라신발로때렸더니또다른녀석이나를때린다

그때 나는 이상이라는 작가를 거의 몰랐고, 만약 알았더라도 이해하기 힘든 시를 쓰는 괴짜 시인 정도로 생각했을 것이다. 이상은 18세부터 시 창작에 열을 올려 1931~1932년에 이미 2천 편의 시를 썼다고 했다. 나는 10대 후반부터 많은 시를 썼다. 그 가운데 이상李箱스러운 시가 여러 편 있다. "너는 늘 거기에 있었고/ 나는 늘 여기에 있었지만/ 나는 아직 나의 처소를 모른다// 너와 나 사이엔 머나먼 거리/ 바람도 아니고 빛도 아니고/ 음성만이 항해하는 그곳에 있다 했다// 내가 너를 부를 때마다/ 너는 내 목소리만큼이나 물러나/ 나의 이야기를 들려 준다// 나는 너를 부르다 지쳐 돌아서도/ 너는 나를 불러주지 않았다"(3연 가운데 1연)로 시작하는 〈메아리〉도 있다. 그때야 내가 왜 이상에 집착했는지를 알았다. 나는 이상을 알려고 했던 게 아니라 나 자신을 만나려 했던 게 아니었을까? 이상이 거울 속에 비친 모습에서 자신을 찾으려 했듯, 나는 그림자에서, 메아리에서 나를 찾으려 했는지도 모른다. 그림자를 좇는 것은 나를 찾는 과정이기도 했다. 나는 이상이라는 그림자를 좇으며 나를 찾아 헤맨 것인지도 모른다. 그것은 이상을 거쳐서 나를 찾는 과정이기도 했다. 먼 길을 돌아왔지만, 이제야 비로소 이상을 만난 느낌이 들었다.

그러나 내게 이상은 호락호락한 대상이 아니었다. 잡힐 듯 잡힐 듯 하면서도 잡히지 않는, 그래서 환각 같은 존재였는지도 모른다. 그를 찾아가는 과정은 무척 행복하기도 했지만, 더러는 고난의 연속이기도 했다. 더욱이 전집 작업을 하면서 겪어야 했던 많은 어려움은 달리 무어라 말할 수 없는 업고 같았다. 그러나 애써 외면할 수 없었다. 그래서 전집을 마무리하며 "이제 이상에게서 벗어나리라"고 했던 것이다. 전집과 그 개정판을 낸 것도 이상에게서 벗어나는 과정이었고, 이번 저서 또한 그 일환이다.

이 책은 그동안 써 왔던 이상 관련 글을 묶은 것이다. 가장 오래된 것은 1996년, 최근 것으로는 2010년에 쓴 글이 있다. 대개 《이상 소설 연구》(1999) 이전에 썼던 이상 시 관련 논문들과 《이상 소설 연구》 이후 쓴 이상 관련 논문을 집성한 것이다. 이미 2010년 김해경 탄생 100주년 무렵에 거의 완성했지만, 느려터진 성격 탓에 시간을 지체하다가 작년부터 손을 보았다. 그래서 2000년대 이후에 나온 이상 연구 성과를 다시 정리했으며, 연구 서지도 추가하였다. 또한 그전에 쓴 글의 일부는 수정·보완하였다. 미적대기만 하던 나에게 학교 동료들의 지지와 성원이 추진력을 주었으며, 그로 말미암아 이 저서를 마무리할 수 있었다. 저서 발간을 흔쾌히 수락해 준 지식산업사에도 이 자리를 빌려 고마움을 표한다. 이제 나는 이상 연구를 고정된 활자 속에 가두려 한다. 그래도 10년 남짓 나와 더불어 고락을 같이 했던 내 분신들을 애련한 마음으로 내보낸다. 그리고 말하련다. 내게는 그림자 같기도 했고 메아리 같기도 했던 이상을 만나 무척 행복했노라고……

2013년 8월.

伏賢의 晩悟齋에서

저자 김주현 쓰다

차 례

제1부 고증과 감별

제2부 분석과 해석

제3부 정리와 평가

시험과 해체

제1부

고증과 감별

이상 문학에 관한 몇 가지 주석

1. 들어가는 말 — 이상 탄생 100주년? 80주년?

2010년은 김해경 탄생 100주년을 맞는 해였다. 그리고 이상 탄생 80여 주년이었다. 그런데 사람들은 이상 탄생 100주년이라고 하였다. 그러나 100여년 전인 1910년 9월 23일 서울에 태어난 사람은 분명 이상이 아니라 김해경이다. 무슨 말인가? 김해경이 이상이고 이상이 김해경인데, 김해경의 출생이 곧 이상의 출생이 아닌가. 하지만 그렇지 않다. 이상은 이상일 뿐이다. 김해경이 탄생하고 상당한 시간이 흐른 뒤에야 이상이 탄생했다. 이상에 대한 글을 쓰면서 필자는 김해경과 이상에 대해 생각한다. 김해경과 이상, 둘은 끊임없이 합쳐졌다가 분리된다. 하나이면서 하나가 아닌, 끊임없이 스스로 분열하는 주체, 그래서 이 글도 김해경과 이상 사이를 오갈 수밖에 없다.

26년의 짧은 생애, 작품을 창작하여 발표한 기간도 7년에 지나지 아니한 아주 짧은 시기이다. 그가 발표한 작품이 많은 것도 아니다. 짧은 기간 동안 작가로 활동했음에도 이상은 끊임없이 회자된다. 그가 쓴 작품이 결코 적지는 않을 것이다. 정확히 말하자면 많다고 하는 편이 옳을 것이다. 〈오감도 작가의 말〉에서 비록 과장을 했겠지만 "二千 點에서 三十 點을 고르는 데 땀을 흘렸다"고 하지 않았던가. 게다가 임종국도 "오늘 확실한 근거로서 추산할 수 있는 殘稿만 해도 수백은 훨씬 넘는다"[01]고 하였다. 그만하면 정말 다작의 작가라고 할 수 있지 않을까? 그러나 현재 남아 있는 작품으로 보면 시, 소설, 수필 등 약 1백 편에 지나지 않으니 결코 많다고 할 수 없다. 그럼에도 시, 소설, 수필 등 어느 문학 분야에서도 이상의 작품들은 중요한 논의 대상이며, 여전히 논란의 중심에 서 있지 않은가. 이상의 가장 막역한 친구, 김기림은 "箱은 갔지만 그가 남긴 예술은 오늘도 내일도 새 시대와 함께 동행하리라"[02]고 말했다. 그의 말은 옳았다. 이상은 사후 70여 년이 흐른 현재에도 여전히 '새 시대와 동행'하고 있다.

모던보이, 이상. 그는 음악과 영화를 즐겼으며, 건축과 회화에 상당한 조예가 있었다. 그의 관심 분야는 너무 넓어서 필자가 양찰諒察하기에는 역부족이다. 그래서 이 책에서는 작가로서 이상만을 음미해 보려 한다. 그에 관한 다양한 오해들을 풀어가면서 그의 문학을 살펴보려고 한다.

2. 이상에 관한 오해와 의문들

1) 작가 이상의 탄생 — 異常, 李箱

'李箱'이란 이름은 언제 어떻게 생겨났는가? 이에 대해서는 다양한 설이 존재해 왔다. 그러면 그 설의 진원지부터 살펴보기로 하자.

---

01 임종국, 〈跋〉, 《이상전집》 제3권 수필집, 태성사, 1956, 328면.

02 김기림, 〈고 이상의 추억〉, 《조광》, 1937년 6월, 312면; 《그리운 그 이름, 이상》(김유중·김주현 편), 지식산업사, 2004, 30면. 이 글은 현대체로 바꿈, 이후 동일.

김해경이라는 본 이름이 李箱으로 바뀐 것은 오빠가 스물세 살적 그러니까 1932년의 일입니다. 건축공사장에서 있었던 일로 오빠가 김해경이고 보면 '긴상'이래야 되는 것을 인부들이 '李상'으로 부른 데서 李箱이라 自稱했다는 것은 누구나 다 아는 이야깁니다.[03]

'공사장 유래설'은 가장 오래되고 일반적이었다. 김기림은 1949년 "공사장에서 어느 인부꾼이 그릇 '이상—' 하고 부른 것"[04]에서 이상이라는 이름이 비롯한 것이라고 하여 그 연원을 분명히 했다. 문종혁은 "스무 살 때였는지, 스물한 살 때였는지" "전매국 신축장"에서 얻은 이름이라고 하였다. 그는 "'이상'이라는 '상'자는 음音을 따서 상자 상箱자로 하여 이상李箱이 되기로 했다는 것"[05]이라고 언급하지 않았던가. 그렇다면, 이상이라는 필명을 쓴 것은 1929~1930년(문종혁), 1932년(김옥희)이 될 수 있다. 그런데 김해경은 〈12월 12일〉(《조선》, 1930년 2~12월)을 발표하면서 이상이라는 필명을 사용하였다. 그것은 곧 1930년 2월보다 앞서 필명을 만들었다는 것을 말해주고, 그렇다면 김옥희보다 문종혁의 증언이 더 설득력 있다. 그러나 그보다도 앞서 경성고등공업학교(이하 경성고공) 졸업 앨범에 이상이라는 필명이 나온다. 이상은 경성고공을 졸업(1929년 3월)하고 조선총독부 내무국 기수로 일하였으니, 이는 공사장 근무 전부터 이미 이상이라는 필명을 사용하였다는 말이 된다. 그리고 상(さん)의 음을 따서 '箱'으로 하였다는 말도 그렇게 신빙성이 있는 것은 아니다. 이상의

---

03 김옥희, 〈오빠 이상〉, 《신동아》, 1964년 12월; 《그리운 그 이름, 이상》, 58면.

04 김기림, 〈이상의 모습과 예술〉, 《이상선집》, 백양당, 1949, 2면; 《그리운 그 이름, 이상》, 33면.

05 문종혁, 〈심심산천에 묻어주오〉, 《여원》, 1969년 4월, 227면; 《그리운 그 이름, 이상》, 84면.

아내였던 변동림(글에서 필명 김향안을 썼지만 이 글에서는 원래 이름을 쓰기로 한다)은 필명에 대해 또 다른 진술을 하고 있다.

> 이상은 이상이란 이름이 어디서 온 건가를 묻는 것이 귀찮아서
> "그거 공사장에서 주운 이름이지— 인부가 나보고 리상이라고 그러지 않아? 리상(李樣, 李箱)도 재미나겠다 해서 붙인 거야—"
> 이상이 한 농을 사람들은 일화로 만들었다. 이상(李箱)은 이상(理想)에서 창조된 이름인데.[06]

공사장 유래설은 이상이 일부러 그렇게 말한 이야기라는 것이다. 변동림의 언급은 이 부분에선 신빙성이 있는 것으로 보인다. 여러 사람이 그 이름을 공사장에서 주워 온 것으로 기억하는 것을 보면, 김해경 스스로 그렇게 말했을 가능성이 있다. 그래서 "이상이 한 농을 사람들이 일화로 만들었"을 것이다. 그러나 변동림은 공사장 유래설을 부정하면서 새로운 설, 곧 "理想에서 창조된" 것이라 했다. 하지만 별다른 근거 없이 내세운 주장이기에 그다지 설득력을 얻지 못했다. 두 단어의 음가는 비록 같지만, 의미에서는 큰 차이가 있기 때문이다. 차라리 '李箱'은 〈異常한 可逆反應〉(《조선과 건축》, 1931년 7월)의 '異常'에서 왔다고 하는 편이 더욱 가깝게 느껴진다. 그러나 이 역시 작품 발표 전에 이미 이상이라는 필명을 썼다는 점에서, 그리고 이 시를 발표하면서 작자의 이름으로 이상이 아닌 '김해경'을 내세웠다는 점에서 음가 연상에 따른 해석 이상의 의미가 없다. 그런데 최근 새로운 설이 제기되었다.

---

06 김향안, 〈理想에서 창조된 이상〉, 《문학사상》, 1986년 9월, 62면; 《그리운 그 이름, 이상》, 191면.

> 동광학교를 거쳐 1927년 3월에 보성고보를 졸업한 김해경은 현재의 서울대학교 공과대학 전신인 경성고등공업학교 건축과에 진학했다. 그의 졸업과 대학 입학을 축하하려고 구본웅은 김해경에게 사생상寫生箱을 선물했다. 그것은 구본웅의 숙부인 구자옥이 구본웅에게 준 선물이었다. 해경은 그간 너무도 가지고 싶던 것이 바로 사생상이었는데 이제야 비로소 자기도 제대로 그림을 그리게 되었다고 감격했다. 그는 간절한 소원이던 사생상을 선물로 받은 감사의 표시로 자기 아호에 사생상의 '상자'를 의미하는 '상箱'자를 넣겠다며 흥분했다.
>
> 김해경은 아호와 필명을 함께 쓸 수 있게 호의 첫 자는 흔한 성씨姓氏를 따오는 것이 어떠냐고 물었다. 기발한 생각이라고 구본웅이 동의했더니 사생상이 나무로 만들어진 상자니 나무목木자가 들어간 성씨 중에서 찾자고 했다. 두 사람은 권權씨, 박朴씨, 송宋씨, 양梁씨, 양楊씨, 유柳씨, 이李씨, 임林씨, 주朱씨 등을 검토했다. 김해경은 그중에서 다양성과 함축성을 지닌 것이 이씨와 상자를 합친 '李箱이상'이라며 탄성을 질렀다. 구본웅도 김해경의 이미지에 딱 맞으면서도 묘한 여운을 남기는 아호의 발견에 감탄했다.[07]

이것은 구광모(이상의 친구였던 구본웅의 조카)의 주장으로, 제법 장황하지만 그대로 인용했다. 오히려 다른 설보다는 훨씬 직접적이기 때문이다. 그에 따르면, 구본웅은 이상이 경성고공에 입학한 기념으로 사생상을 선물했으며, 이상은 감사 표시로 자신의 아호에 '상자'를 뜻하는 '箱'자를 넣음으로써 李箱이 탄생했다고 하였다. 일단 공사장 유래설과 스케치상자 유래설은 발생 시점에 차이가 있다. 위에서 1927년 3월이

07 구광모, 〈'友人像'과 '女人像' — 구본웅, 이상, 나혜석의 우정과 예술〉, 《신동아》, 2002년 11월, 640~641면.

라고 했지만 이는 글쓴이의 오류이다. 이상이 보성고보를 졸업한 것은 1926년 3월 5일이고, 경성고공에 입학한 것은 1926년 4월 17일이다. 아마 고은의 《이상평전》에 있던 오류를 그대로 답습한 결과로 보인다. 그렇다면 이 설은 1929년 졸업 앨범의 필명을 더 쉽게 설명해낼 수 있다.

> 아 이제 생각납니다. 李箱이라는 筆名, 그것을 楷書로 또박또박 써놓고선, "이 箱 字 어때? 자형이 반듯하고 옆으로 퍼진 품이 제법 볼륨이 있어 보이잖어?" 그러더군요.[08]

김해경의 경성고공 동기였던 오오스미大隅彌次郎는 원용석과 진행한 대담에서 김해경이 경성고공 시절에 이상이란 필명을 써서 보여 주었다고 증언했다. 이는 김해경이 졸업(1929년) 전부터 이상이라는 필명을 사용했다는 사실을 말해 준다. 그렇다면 구광모의 증언은 과연 신빙성이 있는가? 변동림의 말처럼 또 다른 창작은 아닌가?

> 왜냐하면 내가 열여덟에 그를 만났는데 그의 스케치박스는 아직 새것이었고 그의 그림의 수준으로 보아서 그렇다.[09]

문종혁은 이상과 18세에 만나 5년을 같이 생활했다고 한다. 그는 글에서 김해경의 가족, 문학, 연인 등에 대해 비교적 자세하게 서술해 주었다. 그의 이야기는 한때 가공된 이야기가 아닌가 하는 오해를 받기도 했지만, 그는 보성고보를 졸업한 실존 인물임이 확인되지 않았던

---

08 원용석 외 대담, 〈이상의 학창시절〉, 《문학사상》, 1981년 6월, 244면; 《그리운 그 이름, 이상》, 373면.

09 문종혁, 앞의 글, 앞의 책, 238~239면; 《그리운 그 이름, 이상》, 115면.

가.[10] 그가 18세, 곧 1927년에 이상을 만났을 때 이상의 스케치박스는 새것이었다고 진술했다. 구본웅이 스케치박스를 선물한 시기는 이상이 17세(1926년) 때였으니, 아직 한 해밖에 되지 않은 스케치박스를 보았던 셈이다. 이러한 사실은 이상의 필명이 스케치박스에서 유래하였다는 설을 더욱 공고히 해 준다. 그리고 이제까지 그 어느 설보다도 필명의 사용 시기와 잘 맞아떨어진다. 그러므로 오오스미의 증언이나 졸업 앨범 등으로 보건대 이상이라는 필명은 고공 재학 시절에 이미 존재했으며, 1926년 사생상에서 유래한 것이 분명해 보인다.

이상의 탄생은 필명이 모습을 드러낸 시점일 터인데, 그렇다면 그는 1926년 탄생한 것으로 보아야 한다. 현재 남아 있는 자료 가운데 '이상'이라는 필명이 가장 먼저 쓰인 사례는 경성고공 졸업 앨범(1929년)이다. 그런데 김해경이 재학 시절에 필명을 사용했다는 점에서 또 다른 용례가 있을 수 있다. 원용석은 경성고공에서 1927~1928년에 월간잡지 《난파선》을 12, 13호까지 내었는데, 여기에 학생들의 원고를 실었다고 했다. 김해경은 "목차와 컷을 만들고 표지의 그림도 그려서 책을 만들었다"[11]고 하는데, 이곳에 자신의 작품도 실었을 것이다. 문종혁의 증언에 따르면, 이상은 18살에 이미 시 창작에 열을 올렸으며, 그래서 "1인치

10 김윤식, 〈쟁점—소월을 죽게 한 병, 〈오감도〉를 엿본 사람〉, 《작가세계》, 2004년 3월, 376~377면. 이 글에 따르면, 문종혁은 1928년 3월 10일 보성고보 문예부에서 발행한 《而習》에 '文鍾旭'으로 등장하며, 《교무회원명부》(1942년 11월, 보성중학 발행), 《보성교우명부》(1992, 보성교우회)에는 "文鍾爀, 旧名 鐘旭"으로 되어 있다. 김옥희는 통인동 큰댁에 "문종옥이라는 친구도 있었"(김승희, 〈오빠 김해경은 천재 이상과 너무 다르다〉, 《문학사상》, 1987년 4월, 89면)다고 증언했는데, 문종혁의 실체가 다시 한 번 확인되는 셈이다. 그는 '旭'이란 이름으로 이상 문학에 직접 등장하기도 한다.

11 원용석 외 대담, 앞의 글, 앞의 책, 243면; 《그리운 그 이름, 이상》, 373면.

가 넘는 두꺼운 무괘지 노우트에는 바늘끝 같은 날카로운 만년필촉으로 쓰인 시들이 활자 같은 正字로 빼곡 들어차 있었다"[12]고 한다. 그가 《난파선》에 자신의 시를 발표했으리란 점은 충분히 짐작할 수 있다. 그는 《조선과 건축》에도 일문日文시들을 연이어 발표하지 않았던가. 그렇다면 《난파선》에 이상이란 필명으로 작품을 발표했을 가능성이 있다. 그의 필명은 시기적으로 문학 창작과 맞닿아 있기 때문이다. 이상이라는 필명을 쓰면서 김해경은 작가로 새롭게 태어난 것이고, 이는 현재 남아 있는 첫 기명 소설 〈12월 12일〉이 여실히 말해 준다. 어디 그뿐인가?

> 나는 그날 나의自叙傳에 自筆의訃告를 揷入하엿다 以後나의肉身은 그런故鄕에는잇지안앗다 나는 自身나의詩가 差押當하는꼴을 目睹하기는 참아 어려웟기째문에.[13]

이 시는 〈一九三三, 六, 一〉로 〈꽃나무〉, 〈이런 시〉와 함께 《가톨닉청년》에 실려 있다. 김해경은 이 시에서 '자필의 부고'를 언급하였는데, 폐결핵으로 말미암은 죽음의 체험을 형상화한 것으로 이해된다. 왜냐하면 그때 이상은 폐결핵으로 배천온천에 요양하고 돌아왔기 때문이다. 그러나 좀 더 면밀히 살펴보면 여기에는 깊은 의미가 숨어 있다. 김해경의 죽음은 달리 말해 이상으로 탈바꿈했다는 뜻이다. 이것은 김해경이 필명을 쓰기 시작한 시기를 보면 유추가 가능하다. 이 시를 《가톨닉청년》(1933년 7월)에 발표하면서 김해경은 거의 모든 잡지에 자신의

12 문종혁, 〈몇 가지 異議〉, 《문학사상》, 1974년 4월, 347면; 《그리운 그 이름, 이상》, 131면.

13 김주현 주해, 《증보 정본 이상문학전집1》, 소명출판, 2009, 82면. 앞으로 이 전집의 인용은 괄호 속에 정본 권, 면으로 기록.

작품을 이상이라는 이름으로 발표하기 시작했다.[14]

그렇다면 인간 김해경과 작가 이상은 어떻게 다른가. 김승희는 자신의 글에서 '인간 김해경'과 '천재 이상', 또는 '귀재 이상'으로 설명하기도 했다.[15] 고은은 《이상평전》에서 김해경을 "李箱의 轉身"으로 설명하였으며, 이상의 자아 진행과 더불어 "1933년 3월 7일"을 비중 있게 다뤘지만 그 날짜를 선택한 배경이 분명하지 않다. 아마도 그 시기는 총독부 기수직을 그만둔 날, 또는 "배천온천"으로 요양을 갔던 날을 뜻하는 것이 아닐까? 총독부 기수직技手職을 그만둔 것도 각혈과 관련이 있고, 배천온천행도 그것과 관련이 있다. '부고' 운운은 각혈과 관련이 있을 것으로 보인다. 김해경은 1932년 백부 김연필의 사망으로 유산을 정리한 뒤 효자동 자신의 생가에 들어가지만 거의 바깥으로 나돈다. 그는 여전히 가난한 가족들을 보고 자신의 무거운 짐을 느낀다. 그는 폐결핵으로 총독부 기수직에서 물러나 1933년 3월 배천온천에 요양을 간다. 그곳에서 금홍을 만난 사실은 잘 알려져 있다. 5월 7일에는 백부의 소상을 맞아 서울로 돌아온다.

종로 2가에 '제비'라는 다방을 내건 것은 白川 여행에서 돌아온 그해

14 앞에서 보듯 1933년 이전에도 소설 〈12월 12일〉(《조선》, 1930년 2~12월)에서 '이상'이란 필명을 사용했지만 그것은 건축잡지에 지나지 않았다. 게다가 김해경(〈이상한 가역반응〉외 5편(《조선과 건축》, 1931년 7월), 〈조감도〉 연작(《조선과 건축》, 1931년 8월), 〈삼차각설계도〉 연작(《조선과 건축》, 1931년 10월)), 비구(〈지도의 암실〉, 《조선》, 1932년 3월), 보산(〈휴업과 사정〉, 《조선》, 1932년 4월) 등 다양한 이름으로 작품을 발표했다. 이상이란 이름으로 굳어진 것은 〈건축무한육면각체〉(《조선과 건축》, 1932년 7월)이지만, 그것은 조선총독부에서 발간한 계몽지였으므로, 대중적인 월간잡지 《가톨닉청년》(1933년 7월) 이후로 보는 것이 적합하겠다.

15 김승희, 〈오빠 김해경은 천재 이상과 너무 다르다〉, 《문학사상》, 1987년 4월.

6월의 일입니다. 금홍 언니와 동거하면서 집문서를 잡혀 시작한 것이 이 '제비'다방이었습니다.[16]

제비다방을 기점으로 김해경은 가족과 단절을 추구한다. 백부의 소상(1933년 5월 7일)을 치른 것으로 자식된 도리를 다하였으며, 아무것도 해준 것이 없는 생가와도 거리를 둔다. 그는 1933년 6월경 집문서를 저당 잡혀서 금홍과 다방을 열었다.[17] 이는 가족을 비롯한 육친과 단절을 의미한다. 인간 김해경의 죽음을 고한 것이다. 문종혁도 "금홍 여인을 만나고 다실 '제비'를 연 때를 분계선으로 해서 그의 생애는 전기前期와 후기後期로 나누어져야 한다"[18]고 했는데, 이러한 점을 염두에 둔 것이다. 김해경은 자필 부고를 삽입함으로써 이상으로 다시 태어난 것이다. 곧 각혈로 육체가 쇠해지자 가족 혈연과 절연함으로써 인간 김해경(육체, 또는 피)에 대해 사망을 선언한 것이다. 그는 〈失樂園—肉親의 章〉에서 "七年이 지나면 人間 全身의 細胞가 最後의 하나까지 交替된다"고 하면서 "당신네들을 爲하는 것도 아니고 또 七年 동안은 나를 爲하는 것도 아닌 새로운 血統을 얻어 보겠다—하는 생각을 하야서는 안되나"(증보 정본전집 1권, 136면) 라고 하였다. 1926년 이상이라는 필

---

16 김옥희, 〈오빠 이상〉, 《그리운 그 이름, 이상》, 60면.

17 문종혁도 1933년경 연인의 자살기도로 경제적 어려움에 처하자 "이것을 안 상은 그의 집문서를 나에게 두말없이 건네주었다"(〈심심산천에 묻어주오〉, 237면)라고 말했다. 김옥희는 1985년 황광해와 대담하면서는 김해경이 큰아버지가 살았던 통인동 집을, 1987년 김승희와 대담하면서는 효자동 집을 저당 잡혀 제비다방을 경영한 것으로 언급했다. 아마도 두 집 모두 저당 잡힌 기억을 한 것을 보면 하나는 제비다방 경영 때문에, 또 하나는 문종혁 때문에 저당잡혔던 것으로 보인다.

18 문종혁, 〈심심산천에 묻어주오〉, 《여원》, 1969년 4월, 225면; 《그리운 그 이름, 이상》, 81면.

명을 만든 뒤 7년이 지나 그는 김해경과는 다른 사람, 이상으로 완전히 거듭난 것이다.[19] 그러한 변신은 〈오감도〉에 이르러 성공을 거둔다.

> 十三人의兒孩가道路로疾走하오.
> (길은막다른골목이適當하오)
>
> 第一의兒孩가무섭다고그리오.
> 第二의兒孩도무섭다고그리오.
> 第三의兒孩도무섭다고그리오.(조선중앙일보, 1934년 7월 24일)

李箱 하면 가장 먼저 떠올리는 작품은 단연 〈烏瞰圖〉이다. 1934년 이상은 《조선중앙일보》에 〈오감도〉를 연재하였다. 〈오감도 시 제1호〉가 발표되자 독자들은 '미친 놈의 잠꼬대냐?' 또는 '무슨 개수작이냐?' 하고 난리법석을 떨었다. 비록 이태준이 사표까지 준비하고 〈오감도〉 연재를 밀고 나갔지만 결국 〈시 제15호〉에서 연재가 중단되고 말았다. 일명 〈오감도〉 사건으로 말미암아 이상은 독자의 뇌리에 자신을 분명히 인식시켰다. 그는 문단에서 異常, 또는 異狀兒로 자리하게 된 것이다.

---

19 그는 〈一九三三, 六, 一〉 이후 거의 모든 작품에서 '이상'이라는 필명을 쓰고 있으며, 이는 김해경과 단절했음을 의미한다. 현재 1933년 이후 김해경이란 이름으로 발표한 작품은 〈배의 역사〉(1935년 10월), 〈황소와 도깨비〉(매일신보, 1937년 3월 5~9일자)와 '해경'이란 이름으로 발표한 동요 〈목장〉(《가톨릭소년》(1935년 5월) 정도이다. 동화, 동시와 관련한 것은 자신의 본명을 썼다. 또한 이상이 1937년 2월 8일 동생 김운경에게 보낸 엽서에서도 '김해경'이라고 쓰고 있다. 그 밖에 일반적인 문학은 거의 '이상'으로 썼다.

왜 미쳤다고들 그리는지 대체 우리는 남보다 수십 년씩 떨어져도 마음 놓고 지낼 작정이냐. 모르는 것은 내 재주도 모자랐겠지만 게을러 빠지게 놀고만 지내던 일도 좀 뉘우쳐보아야 아니 하느냐. 열아문 개쯤 써보고서 시 만들 줄 안다고 잔뜩 믿고 굴러다니는 패들과는 물건이 다르다. 2천 점에서 30점을 고르는 데 땀을 흘렸다. 31년 32년 일에서 용대가리를 떡 꺼내어 놓고 하도들 야단에 배암꼬랑지커녕 쥐꼬랑지도 못 달고 그만두니 서운하다.[20]

그의 〈오감도〉는 한국 문학을 단번에 몇십 년 발전시켰다. 그런데도 세상 사람들은 그것을 알아주지 못하고 외면했다. 자신을 알아주지 않고, 자신의 문학을 제대로 평가할 줄 모르는 현실, 그래서 그는 〈오감도 작가의 말〉에서 "호령하여도 에코—가 없는 무인지경은 딱하다"고 말했다. 용대가리를 꺼내놓았는데, 하도들 야단에 발표도 못하고 그만둘 수밖에 없었던 것이다. 그는 마지막으로 "한동안 조용하게 공부나 하고 딴은 정신병이나 고치겠다"고 했다. 그러나 이상異常한 작가 이상은 〈날개〉를 발표하여 문단을 평정하면서 뛰어난 작가로 거듭난다.

『剝製가 되어버린 天才』를 아시오? 나는 愉快하오. 이런 때 戀愛까지가 愉快하오.[21]

이상은 스스로를 '박제가 되어버린 천재'라고 했다. 왜 하필 박제란 말인가? 그것은 자신을 이해해 주지 못한 세상에 대한 비예睥睨와 조소가 아니던가. 천재 이상, 그는 자신을 고고한 위치에 두고 낄낄거리며

20 박태원, 〈이상의 편모〉, 《조광》, 1937년 6월; 《그리운 그 이름, 이상》, 20면.

21 이상, 〈날개〉, 《조광》, 1936년 9월; 《증보 정본전집》 2권, 262면.

세상을 조롱했다. 그런데 그 유쾌해 하는 이상의 모습에서 우울이 발견되는 것은 무슨 까닭일까. 그래서 조소가 자조로 번지는 것이 아닐까. 그의 사진을 들여다 보면 비애와 고고, 우울과 유쾌, 쉽게 뭐라고 규정할 수 없는 성격들이 비친다. 이상은 〈날개〉를 발표하며 하늘로 비상했다. 이단아에서 일약 문단의 총아로 거듭난 것이다. 하늘 높이 날아올랐던 저 이카로스처럼, 그는 세상 위로 비상했다. 이상은 자신의 이름을 세상에 다시 각인시켰다.

이상, 그렇다. 김해경은 인간 김해경이지만, 이상은 근대적이고 전위적인 작가이다. 쉽게 규정할 수 없는 이름이다. 그래서 이상은 작가 스스로 만들어낸 필명이지만, 또한 독자, 비평가, 연구자들의 손을 거쳐 새롭게 만들어지고 기억된 이름이다. 이상은 살아서도 이상이었고, 죽어서도 이상이었다.

2) 이상과 시대의 혈서

니체는 '피로 쓴 것'을 좋아한다고 말했다. 피로 쓴 글, 그는 곧 피가 정신이라고 말했다.

> 씌어진 모든 것 가운데서, 나는 다만 피로 씌어진 것만을 사랑한다. 피를 가지고 써라. 그러면 그대는 알게 되리라. 피가 정신이라는 것을. 사람의 피를 이해하는 것은 쉽게 이해할 수 있는 것이 아니다.[22]

이상은 과연 피로 글을 썼던가? 이상의 문학을 생각하면서 뜬금없이

22 니이체, 곽복록 역, 《비극의 탄생, 짜라투스트라는 이렇게 말했다》, 동서문화사, 1976, 214면.

왜 니체의 말을 떠올린 것인가. 그렇다, 김기림 때문이다.

> 상은 한번도 '잉크'로 시를 쓴 일은 없다. 상의 시에는 언제든지 상의 피가 임리淋漓하다. 그는 스스로 제 혈관을 짜서 '시대의 혈서'를 쓴 것이다.[23]

김기림은 이상을 추모하는 글에서 이상 문학을 '시대의 혈서'라고 규정했다. 어디 그뿐인가? 이영일 역시 이상이 "자기를 매체로 해서 血痕이 鮮烈한 소설"을 썼다고 하질 않았는가.[24] 선혈이 흥건히 묻어 있는 문학. 김기림을 거쳐서 이상 문학을 이해하는 것은 매우 생산적인 일이다. 김기림은 왜 그와 같은 말을 했는가? 니체는 사람의 피를 이해하는 것이 쉽지 않다고 했는데, 김기림은 과연 이상의 피를, 그의 정신을 이해했던 것인가?

> 지난해 7월 그믐께다. 그날 오후 조선일보사 3층 뒷방에서 벗이 애를 써 장정을 해 준 졸저拙著『기상도氣象圖』의 발송을 마치고 둘이서 창에 기대서서 갑자기 거리에 몰려오는 소낙비를 바라보는데 창전窓前에 뱉는 상의 침에 빨간 피가 섞였었다.[25]

> 膏肓에 든, 이 文學病을—이 溺愛의, 이 陶醉의…… 이 굴레를 제발 좀 벗고 飄然할 수 있는 제법 斤量 나가는 人間이 되고 싶소.(증보 정본전집 3권, 256면)

---

23 김기림, 〈고 이상의 추억〉, 《그리운 그 이름, 이상》, 312면.

24 이영일, 〈부도덕의 사도행전〉, 《문학춘추》, 1965년 4월, 101면.

25 김기림, 앞의 글, 앞의 책, 314면.

김기림은 1936년 7월 말 이상을 만났을 때 이상의 침에 피가 섞였었다고 했다. 그가 각혈을 했다는 말이며, 폐결핵이 진행되고 있었다는 증거이다. 이상은 1936년 8월경 김기림에게 보낸 서신(4)에서 "고황에 든 이 문학병"이라고 했다. 고황까지 스며든 병, 그래서 자신의 문학병은 치유하기 어렵다는 것이다. 이어서 "世上 사람들이 다—제각기의 興奮, 陶醉에서 사는 판이니까 他人의 容喙는 不許하나 봅디다. 즉 戀愛, 旅行, 詩, 橫財, 名聲—이렇게 제 것만이 世上에 第一인 줄들 아나 봅디다. 자— 起林兄은 나하고나 握手합시다"(증보 정본전집 3권, 257면) 라고 했다. 세상 사람들이 연애, 여행, 재산, 명예 등을 제일 가치로 여겼지만, 그는 폐결핵과 문학병에 도취되어 헤어날 수 없었던 것이다. 그는 김기림에게 '나하고나 악수하자'고 말했다. 자신을 이해해 줄 수 있는 친구 김기림에게 손을 내밀었던 것이다. 이상은 김기림을 이해했고, 김기림은 이상을, 그의 정신을 이해했다. 김기림과 이상의 관계는 이상이 김기림에게 보낸 서신에서 잘 드러난다.

이 시기 우리는 김기림을 거치지 않고서도 이상의 문학에 배어 있는 피의 냄새를 마주칠 수 있다.

> 方今은 文學千年이 灰燼에 돌아갈 地上最終의 傑作「終生記」를 쓰는 中이오. 兄이나 부디 억울한 이 內出血을 알아주기 바라오!
> 三四文學 한 部 저 狐小路 집으로 보냈는데 원 받았는지 모르겠구려!
> 요새 朝鮮日報 學藝欄에 近作詩「危篤」連載中이오. 機能語. 組織語. 構成語. 思索語. 로 된 한글文字 追求試驗이오. 多幸히 高評을 비오. 요다음쯤 一脈의 血路가 보일 듯하오.(증보 정본전집 3권, 258~259면)

이것은 이상이 도쿄로 가기 직전인 1936년 10월 초에 김기림에게 보낸 서신(5)이다. 그는 이 서신에서 〈종생기〉를 쓰고 있다 하였다. 그것도 "文學 千年이 灰燼에 돌아갈 地上 最終의 傑作"이라 하였다. 그는 그 작품을 두고 '내출혈'이라고 했다. 이는 두 가지로 생각해 볼 수 있다. 하나는 내출혈을 이상의 지병인 폐결핵에서 유래한 각혈과 연관 짓는 경우이다. 다른 하나는 니체가 말했던 것처럼 '피로 쓴 글'의 수사로 생각하는 것이다. 10월 초는 7월보다 각혈이 더욱 진행되었을 것이다. 그러나 그것은 단순히 '폐결핵'을 두고 한 말은 아닌 것으로 보인다. 왜냐하면 그는 "혈로"라는 표현을 썼기 때문이다. '혈로'란 온갖 어려움과 곤란을 뚫어 헤치고 나가는 길을 의미한다. 이상은 혈로를 찾아 그해 10월 17일 서울을 떠나 일본으로 건너간다.[26]

---

26 임종국은 이상이 음력 9월 3일(양력으로 환산하면 10월 17일) 일본으로 건너갔다고 적었다. 그의 주장은 어디에 근거를 두었는지 잘 모르겠으나 날짜까지 기록했다는 점에서 정확성을 더한다. 정인택은 이상이 "경성을 떠난 날이 十月 十七日"(〈꿈〉, 《박문》 2, 1938년 11월, 6면)이라고 기록하였다. 임종국이 정인택의 기록을 보았을 가능성은 희박하다. 만약 보았다면 양력 '10월 17일'로 기록했을 가능성이 크다. 그렇다면 다른 정보를 가져온 셈인데, 두 정보가 일치하다는 것은 기록의 신빙성을 담보한다. 이 외에 김옥희(〈오빠 이상〉, 1964), 이진순(〈동경 시절의 이상〉, 1972), 윤태영(〈자신을 건담가라던 이상〉, 1962) 등도 이상이 10월에 도쿄로 떠났다고 언급했다. 다만 김기림은 "36년 겨울"(〈이상의 모습과 예술〉, 1949), 황광해는 "11월 초순경"(〈큰오빠 이상에 대한 숨겨진 사실을 말한다〉, 1985), 윤태영은 "11월 하순"(〈절망은 기교를 낳고〉, 1968) 등으로 11월 도일설을 주장했다. 그러나 윤태영만 하더라도 10월, 11월을 모두 쓰고 있어 10월설이 더 유력해 보인다. 게다가 황광해는 김옥희로부터 잘못 들었거나, 또는 김옥희가 잘못 전달했을 수 있다. 한편 현재 남아 있는 작품 가운데에서 도쿄에서 쓴 첫 작품은 〈종생기〉로 1936년 11월 20일에 마무리한 것으로 드러난다. 한편 이상이 도쿄에 도착해서 김기림에게 처음 보낸 편지〈서신6〉(기어코 동경 왔오)의 맨뒤 "十四日"(《여성》, 1939년 9월, 48면)이라는 날짜가 있는데, 이를 임종국

生—그 가운데만 오직 無限한 기쁨이 있는 것을 너무도 잘 알기 때문에 이미 ヌキサシナラヌ程(꼼짝 못할 정도) 轉落하고 만 自身을 굽어 살피면서 生에 對한 勇氣, 好氣心 이런 것이 날로 稀薄하여 가는 것을 自覺하오. 이것은 참 濟度할 수 없는 悲劇이오! 芥川이나 牧野같은 사람들이 맛보았을 성싶은 最後 한 刹那의 心境은 나 亦 어느 瞬間 電光같이 짧게 그러나 참 똑똑하게 맛보는 것이 이즈음 한두 번이 아니오.(증보 정본전집 3권, 264면)

이상은 1936년 12월 29일 도쿄에 도착한 뒤에 김기림에게 보낸 서신(7)에서 위와 같이 말하고 있다. 이상은 겨우 한 달 남짓 전(11월 20일)에 〈종생기〉를 완성했다. 여기에서 두 가지 사실을 확인할 수 있다. 첫째는 그의 건강이 상당히 악화되었다는 사실이다. 그것은 "生에 對한 勇氣, 好氣心 이런 것이 날로 稀薄하여 가는 것"이라든가 이어지는 단락에 나온 내용 "小生 東京 와서 神經衰弱이 極度에 이르렀소! 게다가 몸이 이렇게 不便해서 그런 모양이오", "당신에게는 健康을 비는 것이 亦是 우습고" 등에서 역력히 드러난다.

다음으로는 "芥川이나 牧野 같은 사람들이 맛보았을 성싶은 最後 한 刹那의 心境"이라는 부분이다. 이상은 〈종생기〉에서도 아쿠타가와를 언급했다. 이와 관련해서 문종혁의 글을 참조할 필요가 있다.

또 상은 "참된 예술가는 결코 현재에 안일하지 않는다. 늘 새 경지를 향해 달음질치고 만일 그에게 유끼쓰마리(타개의 길이 막힌 상태)가 왔을 때에는 고민이 오고 드디어는 자살까지를 초래한다." 이렇게도 말하

은 "一九三六年 十一月 十四日의 書信"으로 설명을 달았다. 그것은 이상의 도쿄 도착을 염두에 두고 그렇게 한 것이다.

면서 그 당시 자살한 일본 작가 아쿠다카와芥川龍之介의 죽음도 예술의 '유끼쓰마리'에서 온 것이라고 설명했다.[27]

유끼스마리, 그것은 혈로마저 차단된 상태, '막다른 골목'이 아니던가. 이상은 '최후 한 찰나의 심경'을 한두 번 느낀 것이 아니라 했다. 그의 말기 작품들은 그런 상황에서 나온 것이다. 삶의 고비에서 폐결핵으로 피를 토하면서 완성한 문학, 그렇다. 그래서 김기림은 이상 문학을 "혈관을 짜서 쓴 시대의 혈서"라고 규정한 것이 아니던가. 시대의 혈서, 이상 문학 전반이 그러하겠지만, 죽음을 앞둔 시점에서 쓴 작품들은 더욱 그렇다. 그는 제목조차 〈위독〉이라 하고, 또한 〈종생기〉라고 하지 않았던가.

〈위독〉은 12수로 이뤄진 계열시이자 연작시이다. 이것은 1936년 10월 4일부터 9일까지 발표되었다. 이때는 이상의 폐결핵이 상당히 진행된 시기였다. 그는 이 시에 앞서 "어느 時代에도 그 現代人은 絕望한다. 絕望이 技巧를 낳고 技巧때문에 또 絕望한다"(《시와 소설》, 1936년 3월)라고 언급했다. 이는 이 시기 이상의 심경을 잘 대변해 준다. 그에겐 절망과 기교, 자살하고픈 욕망과 창작의 욕망이 어우러져 있었던 것이다. 〈위독〉이라는 제목도 그러한 상황을 알아야 제대로 인식할 수 있다. 이 시는 그의 삶과 밀접하여 떼어놓기 힘들다.

죽고십흔마음이칼을찻는다. 칼은날이접혀서펴지지안으니날을怒號하는焦燥가絕壁에끈치려든다. 억찌로이것을안에떼밀어노코또懇曲히참으면어느결에날이어듸를건드렷나보다. 內出血이뻑뻑해온다. 그러나皮膚에傷차기를어들길이업스니惡靈나갈門이업다. 가친自殊로하야體重은

27 문종혁, 〈몇 가지 異議〉, 《문학사상》, 1974년 4월, 348면; 《그리운 그 이름, 이상》, 132면.

점점무겁다.(《朝鮮日報》, 1936년 10월 4일자)

이 시는 〈위독—침몰〉로, 연작에서 첫날 발표한 세 편 가운데 마지막 시이다. 이상은 이 시에서 그 제목을 새롭게 만들었다. '沈歿'은 '沈沒'이라는 어휘에 '歿死'라는 의미를 결합해서 만든 것으로, '빠져 죽다'는 뜻이다. 왜 빠져 죽는 것인가. 첫 행 '죽고 십흔 마음이 칼을 찾는다'는 자살에 대한 욕망을 드러낸다. 그러나 두 번째 문장에서는 칼이 펴지질 않는다고 했다. 자살하고픈 욕망과 자살할 수 없는 초조, 그것은 결국 '내출혈'을 낳고 만다. 외부에서 일어난 자살 욕망과 내부에서 발원한 내출혈, 그것은 '갇힌 자살自殊'이 된다. 이상의 육신에 든 악령이자 자신 속에 있는 분신과 같은 존재, 그것은 이상에게 폐결핵이란 병이 아니겠는가. 폐결핵과 내출혈, 자살에의 욕망이 시 구절에서 절박하게 드러난다. 폐결핵과 각혈은 이 시기 이상의 문학적 대상으로 자리한다.

3) 자화상의 탄생과 데드마스크의 분실

김해경이 1931년 조선미술전람회에 〈自像〉을 출품하여 입선한 것은 잘 알려진 사실이다. 그가 그림에 조예가 깊었던 것은 널리 알려져 있다.

> 상갈이 자화상을 그린 화가가 또 있는지 모르겠다. 그는 그의 화인으로서의 전 생애를 자화상만 그렸다. 자화상과 씨름을 했다. 성장을 한 자화상이 아니라 반 고호와 같이 생겨먹은 대로 입은 그대로 그렸다.[28]

28 문종혁, 〈심심산천에 묻어주오〉, 《그리운 그 이름, 이상》, 117면.

문종혁은 1927년부터 김해경과 같이 생활했다고 했다. 김해경이 회화에 직접적인 관심을 보인 것은 보성고보 시절이다. 1924년 교내 미술 전람회에서는 김해경의 〈풍경〉이 입선하였다고 한다. 문종혁과 만났던 시기에도 김해경은 그림을 많이 그렸던 것으로 보인다. 그런데 김해경은 무엇보다 '자화상' 그리기에 열중했다.

> '제비' 해멀쑥한 벽에는 10호 인물형의 초상화가 걸려 있었다. 나는 누구에겐가 그것이 그 집 주인의 자화상임을 배우고 다시 한 번 쳐다보았다. 황색 계통의 색채가 지나치게 남용되어 전 화면은 온통 누—런 것이 몹시 음울하였다. 나는 그를 '얼치기 화가로군' 하였다.[29]

> 2가의 어느 다방에서 손님들의 낙서첩을 뒤적이다가 펜으로 그려진 자화상 하나가 눈에 띄었다.
> 빼빼 마른 길쭉한 얼굴에다 수세미같이 엉클어진 머리털, 스케치북 한 페이지에다가 얼굴만 커다랗게 그린 능란한 그림이다. 그림 곁에 한 줄 찬讚이 있어 가로되 「이상분골쇄신지도李箱粉骨碎身地圖」—, 이것이 이상 김해경과 나와의 첫 대면이었다.[30]

> 겉에 나타난 세인이 얼른 짐작하는 이상이대로의 이상이었다면—나는 지금 차라리 그러하였던들—하고 책상머리에 꽂아 놓은 그의 암울한 자화상을 물끄러미 바라보고 있다.[31]

---

29 박태원, 〈이상의 편모〉, 《그리운 그 이름, 이상》, 18면.

30 김소운, 〈李箱異常〉, 《하늘 끝에 살아도》, 동아출판공사, 1968, 289면; 《그리운 그 이름, 이상》, 68면.

31 정인택, 〈불상한 이상〉, 《조광》, 1939년 12월, 310면; 《그리운 그 이름, 이상》,

첫 진술은 박태원의 것인데, 내용으로 보아 1931년의 〈자상〉이 아니었나 추측된다. 그리고 김소운은 낙서첩에서, 정인택은 책상머리에 꽂아 놓은 김해경의 자화상을 보았다고 했다. 현재 남아 있는 김해경의 자화상은 3종, 또는 4종이다. 1928년(19세)에 그린 자화상, 1931년 조선전람회 선전에 입선하였던 〈자상〉, 1939년 5월 《청색지》에 실린 자화상, 그리고 쥘 르나르의 《전원수첩》 속표지에 실린 자화상 등이 그것이다.[32] 김소운이 본 것은 《전원수첩》 속표지에 실린 자화상과 닮았지 않았을까 추측된다. 문종혁의 증언으로 보건대, 이 밖에도 적지 않은 김해경의 자화상이 있었을 것 같다. '자화상'은 다만 회화만의 문제가 아니다. 그는 시 〈자상〉을 비롯하여 〈실낙원—자화상(습작)〉을 남겼다.[33]

> 여기는 도모지 어느나라인지 分間을 할수없다. 거기는 太古와 傳承하는 版圖가 있을뿐이다. 여기는 廢墟다. 「피라미드」와같은 코가있다. 그구녕으로는「悠久한 것」이 드나들고있다. 空氣는 褪色되지않는다. 그것은 先祖가 或은 내前身이 呼吸하던바로 그것이다. 瞳孔에는 蒼空이 凝固하야 있으니 太古의 影像의 略圖다. 여기는 아모 記憶도遺言되여 있지는않다. 文字가 달아 없어진 石碑처럼 文明의「雜踏한 것」이 귀를그냥 지나갈뿐이다. 누구는 이것이「떼드마스크」(死面)라고 그랬다. 또누구는 「떼드마스크」는 盜賊맞었다고도 그랬다.

45면. 이 글은 현대체로 바꿈, 이후 동일.

32 한 연구자는 쥘 르나르의 《전원수첩》 속표지에 실린 이상의 인물화는 자화상이 아니라 박태원을 그린 초상화로 규정했다. 권영민, 《이상 문학의 비밀 13》, 민음사, 2012, 568~573면.

33 이 책에서 〈실낙원〉은 총 6편으로 구성된 계열시로 간주하며, 그래서 〈실낙원—자화상〉, 〈실낙원—육친의 장〉처럼 표기한다.

죽엄은 서리와같이 나려있다. 풀이 말너버리듯이 수염은 자라지않은채 거츠러갈뿐이다. 그리고 天氣모양에 따라서 입은 커다란소리로 외우친다—水流처럼.(증보 정본전집 1권, 140면)

여기는어느나라의떼드마스크다. 떼드마스크는盜賊마젓다는소문도잇다. 풀이極北에서破瓜하지안튼이수염은絕望을알아차리고生殖하지안는다. 千古로蒼天이허방빠저잇는陷穽에遺言이石碑처럼은근히沈沒되어잇다. 그러면이겨틀生疎한손짓발짓의信號가지나가면서無事히스스로워한다. 점잔튼內容이이래저래구기기시작이다.(《朝鮮日報》, 1936년 10월 9일자)

위 시는 제목이 〈自畵像(習作)〉으로 되어 있으며, 〈실낙원〉 연작이다. 아래 시는 〈危篤—自像〉이다. 〈위독〉 연작은 1936년 10월 4일에서 9일까지 《조선일보》에 실렸고, 〈실낙원—자화상〉은 이상이 죽은 뒤 《조광》(1939년 2월)에 발표되어 발표시기로 보면 위 시가 아래 시보다 나중이다. 그러나 '습작'이라는 표현으로 보아 〈실낙원—자화상〉을 〈위독—자상〉으로 완성한 것일 가능성이 있다. 〈위독〉 연작은 언어적 안정감과 미적 성취를 동시에 갖춘 수작들이다. 이상은 이 시들에서도 자신의 모습을 남기고자 노력했다. 이상의 거울시 역시 자화상을 다룬 시들인데, 이상은 왜 그렇게 자화상에 집착했던 것일까?

이상은 위 시들에서 느닷없이 데드마스크death mask 운운했다. 그는 죽기 6개월 전 자신의 시에서 데드마스크에 대해 언급했던 것이다. 데드마스크라면 이상이 죽은 뒤에 만들어지질 않았던가.

이상이 숨을 거두자 옆에서 임종을 한 벗들 속에 우식은 이상의 사면을 데드마스크로 떠주어가며 목을 놓아 울었다는 소식이 명치정 거리의

벗들로 하여금 눈물을 솟게 하였다.[34]

6, 7인이나 낯모를 사람들이 둘러앉은 곁에서 화가 길진섭이 석고로 상의 데드마스크를 뜨고 있다. 굳은 뒤에 석고를 벗겼더니 얼굴에 바른 기름이 모자랐던지 깎은 지 4, 5일 지난 양쪽 뺨 수염이 석고에 묻어서 여남은 개나 뽑혀 나왔다. 그제야 '정녕 이상이 죽었구나……' 하는 생각이 들었다.[35]

이상이 죽은 뒤 그의 데드마스크가 만들어졌다. 이에 대해서는 이봉구와 김소운의 증언이 있다. 이봉구는 조우식이, 김소운은 길진섭이 데드마스크를 떴다고 했다. 이봉구는 20년가량, 김소운은 30년가량 지나서 증언한 것이라 기억에 오류가 있을 가능성이 있다. 이봉구는 조우식이 데드마스크를 뜨면서 목 놓아 울었다고 했다. 김소운은 "얼굴에 바른 기름이 모자랐던지 깎은 지 4, 5일 지난 수염이 석고에 묻어서 여남은 개 뽑혀 나왔다"고 하였다. 데드마스크를 누가 떴느냐는 조금 이견이 있지만, 김소운은 이상의 임종을 지켰으니 그의 주장이 더 설득력 있다. 내용으로 보아서도 이봉구는 도쿄에서 흘러들어 온 소식을 그것도 소설 형식에 담은 것이고, 김소운은 이상을 회고하는 글에서 직접 현장에 있었던 이답게 석고 뜨는 장면을 아주 생생하게 전하고 있다.[36] 그런 측면에서 김소운의 증언이 더 신빙성이 있으며, 길진섭이

34 이봉구, 〈이상〉, 《현대문학》, 1956년 3월, 26면.

35 김소운, 앞의 글, 앞의 책, 300면; 《그리운 그 이름, 이상》, 77면.

36 한편 문종혁은 상의 집 뒤뜰에서 거행된 추도식에서 길진섭이 데생한 '사화상(死畫像)', 곧 "자는 듯이 눈을 내려 감고 입을 다소곳이 다물고 천장을 향해 누워 있는 모습"을 보았다고 하였다. 그러나 김향안은 "집 뒤뜰에서 추도식을 올린 일

이상의 데드마스크를 만들었던 것으로 보인다.

> 오빠의 데드마스크는 동경대학 부속병원에서 유학생들이 떠놓은 것을 어떤 친구가 가져와 어머님에게까지 보인 일이 있다는데 지금 어디로 갔는지 찾을 길이 없어 아쉽기 짝이 없습니다.[37]

> 이상의 이름과 같이 떠오르는 것은 방풍림, 일경, 처절한 임종—, 그리고 유해실에서 데드마스크를 떴는데 그 행방을 모른다.[38]

이상은 〈실낙원—자화상〉에서 "또 누구는 〈떼드마스크〉는 盜賊맞었다고도 그랬다"고 했고, 〈위독—자상〉에서는 "떼드마스크는 盜賊마젓다는 소문도 잇다"고 했다. 그런데 이 말은 훗날 이상의 누이 김옥희, 그리고 그의 아내였던 변동림이 외쳤던 말이 아닌가? 1964년 12월 김옥희는 오빠의 데드마스크가 "지금 어디로 갔는지 찾을 길이 없어 아쉽기 짝이 없습니다"고 토로하였으며, 그의 아내였던 변동림도 "데드마스크의 행방을 모른다"고 했다. 데드마스크는 그 뒤로 종적을 감추고 만 것이다.

이상은 살아서 〈자화상〉 속에 데드마스크를 만들었다. 어쩌면 그것은 죽은 뒤에도 자신의 존재를 각인시키고자 했던 이상의 자기분열, 또는 증식에의 욕망이 아니었을까. 길진섭은 이상이 죽은 뒤 그의 데드마스크를 만들었다. 그런데 이상의 예언처럼 데드마스크는 행방조차 알 수

이 없다"(김향안, 〈헤프지도 인색하지도 않았던 이상〉, 77면)고 공언했으며, 이상과 김유정의 합동추도식이 1937년 5월 15일에 부민관 소집회실에서 열렸다는 점에서 여전히 의혹은 남는다.

37 김옥희, 앞의 글, 앞의 책, 66면.

38 김향안, 〈헤프지도 인색하지도 않았던 이상〉, 《문학사상》, 1986년 12월, 76면.

없게 되었다. 이상은 과연 진작에 그 광경을 예견했던 것일까?

4) 불령선인의 하숙과 구금

이상은 1936년 10월 중순 도쿄로 건너간다. 그리고 "東京驛까지 徒步로도 한 十五分 二十分이면 갈 수가 있"(증보 정본전집 3권, 265면)는 곳에 하숙집을 정했다.

> 그러면 나는 지체없이 간다(神田)에 있는 그의 하숙으로 찾아갔다. 그의 방은 해도 들지 않는 이층 북향으로 다다미 넉 장 반밖에 안 되는 매우 초라한 것이었다. 짐이라고는 별로 없고, 이불과 작은 책상, 그리고 책 몇 권, 담배 재떨이 정도였다. 처음 그의 집을 방문한 것은 어느 날 오후 3시쯤이었는데 그는 그때까지 자리에 누워 있었다. 며칠이나 청소를 안 했는지 먼지가 뽀얗게 앉아 있고, 어둠침침한 방은 퀴퀴한 헌 다다미 냄새마저 났다.[39]

이상은 도쿄 하숙에 기거하면서 진보초의 고서점가나 긴자 거리를 거닐었고, 각종 백화점이나 츠키지 소극장 등을 구경하기도 했다. 그러한 내용은 수필 〈동경〉, 소설 〈실화〉 등에 잘 나타난다. 이 작품들은 그가 묵었던 방에서 쓴 것이다.

> 暗黑은 暗黑인以上 이좁은房것이나 宇宙에꽉찬것이나 分量上差異가업스리다. 나는 이 大小없는 暗黑가운데누어서 숨쉴것도 어루만즐것도

39 이진순, 〈동경 시절의 이상〉, 《신동아》, 1973년 1월, 291면; 《그리운 그 이름, 이상》, 160면.

또 慾心나는것도 아무것도업다. 다만 어디까지가야끗이날지 모르는來日 그것이또 窓박게登待하고잇는것을 느끼면서 오들오들 떨고잇슬뿐이다 十二月十九日未明, 東京서(증보 정본전집 3권, 128면)

十二月二十三日 아침 나는 神保町陋屋속에서 空腹으로 하야 發熱하얏다. 發熱로하야 기침하면서 두벌 편지는 받았다.(증보 정본전집 2권, 363면)

이상은 1936년 12월 29일 〈권태〉를 완성했다. 그는 그 작품에서 자신이 살던 곳을 '이 좁은 방'으로 묘사하였다. 그리고 〈실화〉에서는 자신이 살던 집을 "神保町 陋屋"이라 하였다. 12월 23일, 그는 폐결핵 때문에 나오는 각혈을 "발열로 기침"하였다고 한 것으로 보인다. 햇볕조차 들지 않던 북향 이층 다다미방, 이상이 살았던 집의 주소에 대해 임종국은 아래와 같이 기술했다.

東京市 神田區 神保町 三丁目 一0一의 四 石川方에 寄宿[40]

임종국은 "神保町 陋屋"을 "三丁目 一0一의 四 石川方"이라고 밝혔다. 대부분의 연구자들은 이상의 하숙집을 임종국이 알려준 주소대로 믿었다. 고은은 "동경부 신전구 신보정 삼정목 111의 4의 비참한 세가 서천가에 당분간 방을 정하고"[41]라고 오식을 하였지만, 그 역시 임종국의 〈이상연보〉를 받아들였다.

40 임종국, 《이상전집》 제3권 수필집, 318면.

41 고은, 《이상평전》, 청하, 1992, 314면.

이상은 진보쬬의 주택가, 이시카와(石川)의 집에 하숙을 정했다. 지금까지 알려지기로는 3丁目 101의 4인데 그 주소는 불확실하다. 그곳은 지금의 치요다구(千代田區) 간다 진보쬬의 센슈(專修) 대학 일대이다.[42]

3쪼메에는 101-4번지가 존재하지 않는다는 점. 그런데 3쪼메 10번지는 지번이 둘로 나뉘어 있어서 10-1과 10-2로 표시해왔다는 점, 내가 알고 있는 101번지는 10-1번지일 것이라는 점, 10-1번지에는 당시에 모두 열네 가구가 살았다는 점 등을 설명해주었다.[43]

그러나 연구자들은 그때까지 알려진 이상의 주소가 잘못된 것은 아닌지 의심을 품었다. 건축연구자였던 김정동은 "그 주소가 불확실하다"고 하였다. 그 밖에도 소설가 김연수를 비롯하여 이상을 찾아 도쿄로 떠났던 사람들은 이상의 주소를 배회하며 아무런 성과 없이 돌아올 수밖에 없었다. 그 이유는 최근 한 연구에서 밝혀졌다. 바로 101-4번지는 존재하지 않고, 이는 10-1번지 4호의 오기라는 것이다. 그러나 이상이 10-1번지 4호에서 실제 살았다는 증거는 따로 제시하지 않았다.

그렇다면 임종국은 무엇에 근거하여 이상의 주소를 그렇게 기술한 것인가? 만일 그 원자료를 추적한다면 이상이 실제 살았던 주소는 더 쉽게 밝혀질 것이다. 임종국이 이상의 주소를 확인한 곳은 의외로 간단하다. 임종국은 전집을 만들면서 "본서 발간계약을 며칠 앞두고 고인의 유족-慈堂과 令妹-를 뵈올 수 있어 도움된 바 적지 않았다"고 했다. 그는 이상의 어머니 박세창에게서 사진, 자화상, 엽서 등 이상과 관련한 여러 유품들을 얻어 볼 수 있었다. 그 가운데 이상이 도쿄에서 아우

42 김정동, 《일본을 걷는다》, 한양출판, 1997, 274면.

43 권영민, 〈잘못된 주소〉, 《문학사상》, 2008년 9월, 21면.

(김운경)에게 보낸 엽서가 있었고, 엽서의 앞면에는 이상의 도쿄 주소가 명기되어 있었던 것이다. 그는 사진, 엽서, 자화상 등을 《이상전집》에 소개했는데, 엽서 사본을 《이상전집》 제1권 창작집에 실었다.

임종국은 엽서를 토대로 이상 주소를 "東京市 神田區 神保町 三丁目 一○一의 四 石川方"이라 하였다. 그런데 그는 하나의 실수를 범하고 말았다. 전집 제1권에 제시한 이상의 엽서는 사본이 겹쳐져서 자세히 알 수는 없지만, 이상의 주소가 "東京市 神田區 神… 一○ — 四 石川方"으로 되어 있다. 그것을 모두 재구성하면 "東京市 神田區 神保町 三丁目 一○ — 四 石川方"이 된다. 전집을 엮은 임종국은 "一○ — 四"(10—4)에서 중간 줄표 "—"(대시)를 "一"(한일자 "1")로 잘못 기록했던 것이다. 그곳에는 "의"라는 말이 없다. 말하자면 "10의 4"라고 하든지, "10-4"라고 해야 옳을 터인데, 그것을 착종하는 오류를 범하고 말았다. 이상이 김운경에게 보낸 엽서는 이후 누이 김옥희가 보관하였던 것으로 알려져 있다. 인식이 어려운 나머지 부분은 그 엽서로 충분히 확인할 수 있을 것이라 믿는다.

이상은 진보초 3초메 10-4번지 "완전히 햇빛이 들지 않는 방"에서 기거했다. 그는 1936년 12월 19일 〈권태〉에서 아래와 같이 쓰고 있다.

> 그러컷만 來日이라는것이잇다 다시는 날이새이지안흔 것갓기도한밤저쪽에 또來日이라는놈이한個 버티고서잇다 마치凶猛한刑吏처럼—나는 그 刑吏를避할수업다 오늘이되어버린來日속에서또나는 窒息할만치심심해레야 되고 기막힐만치 답답해해야 된다.(증보 정본전집 3권, 127~128면)

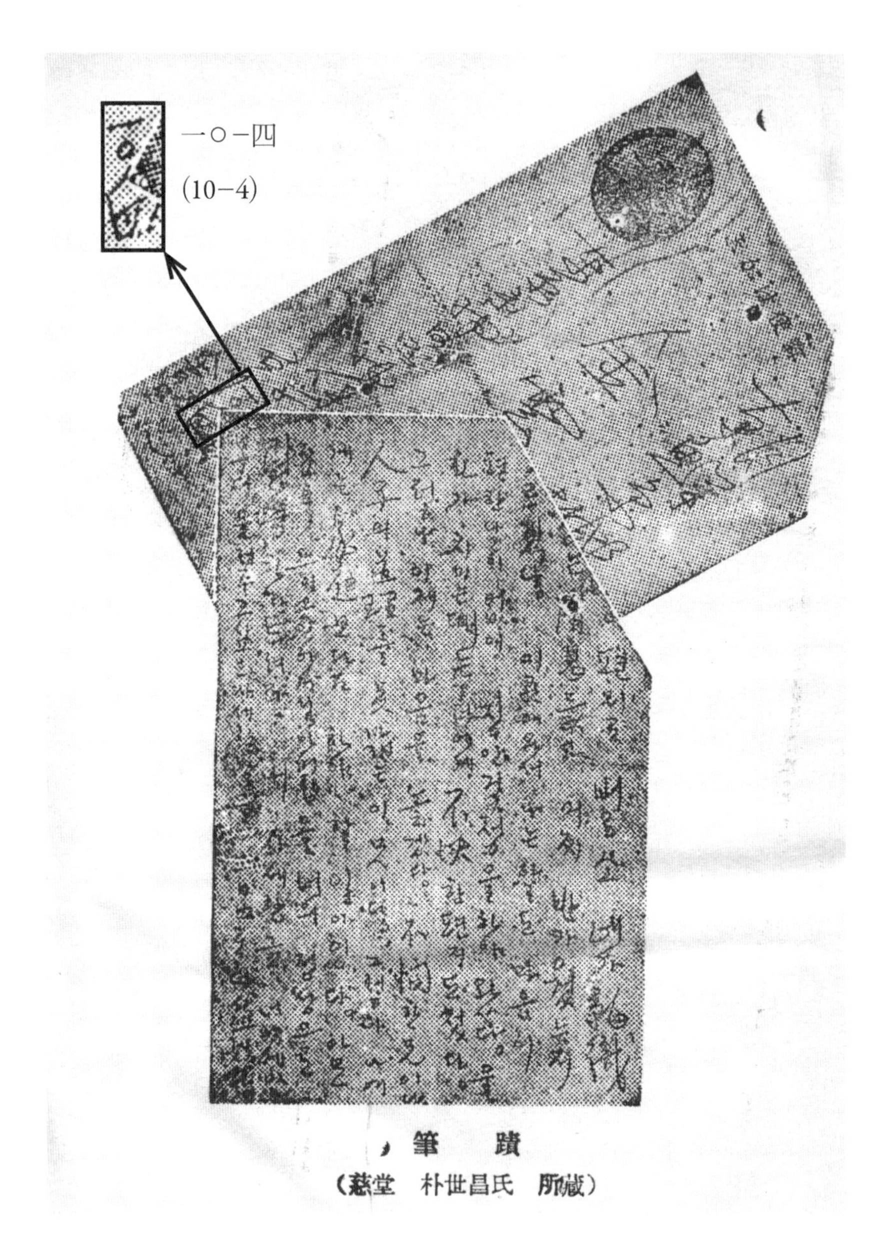

그림1 이상이 김운경에 보낸 엽서. 임종국의 《이상전집》 제1권에 실려 있다.

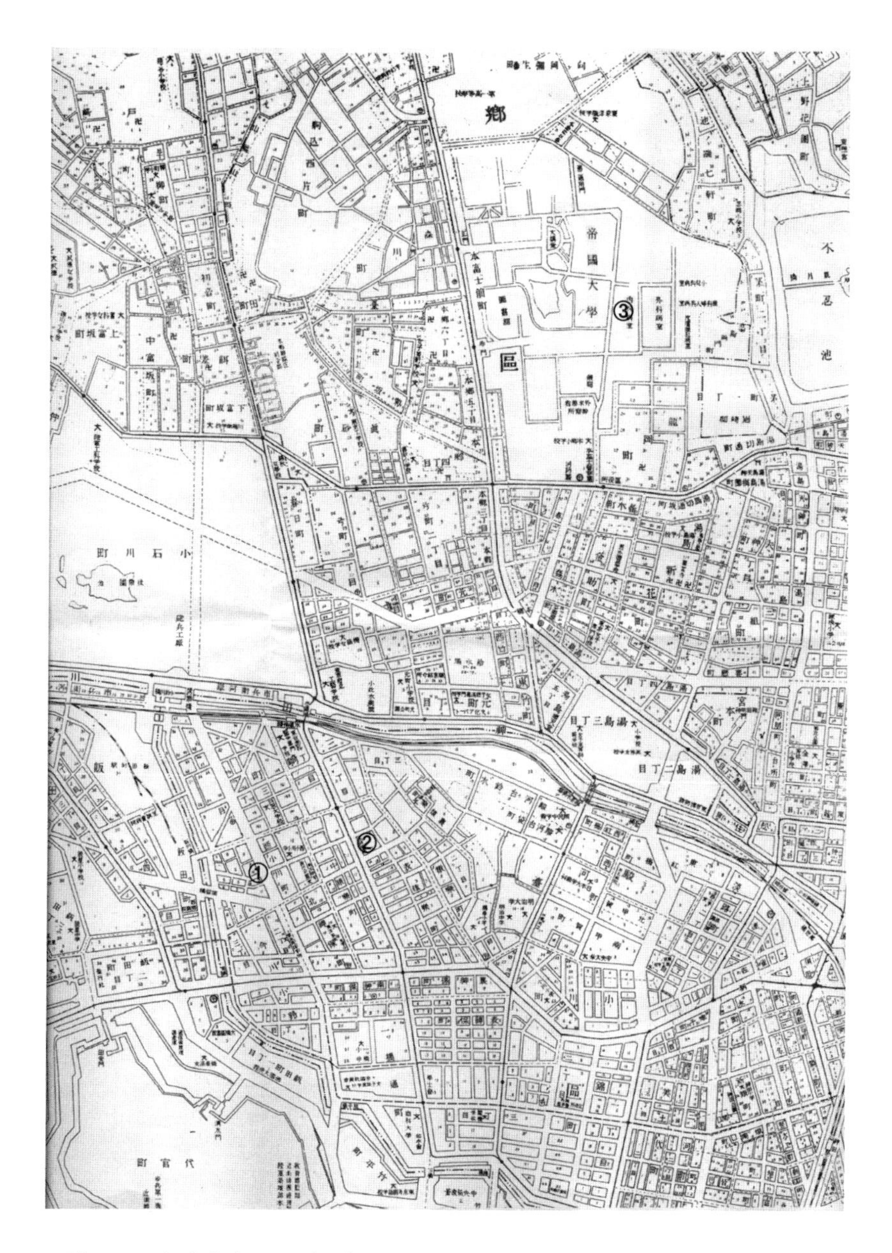

그림2 1929년 발간된 도쿄 지도(波田野節子 교수 제공)

① 이상 하숙집 위치, ② 西神田署 위치 ③ 동경제대 부속병원 위치

이상은 도쿄에서 질식할 것만 같은 내일을 느낀다. 암흑이 자신의 좁은 방이나 우주를 가득 채운다. 밤이나 낮이나 어두운 방, 그곳에서 늦게까지 자고 제대로 일어나지도 못한다. 가난과 병고에 허덕이며 생활했던 것이다. 그런 그에게 내일이 또 버티어 있다. 그곳에서 질식할 것만 같은 권태를 느낀다. 그래서 내일이 "마치 凶猛한 刑吏처럼—나는 그 刑吏를 避할 수 업다"고 했다. 심심과 답답 속에 밀려오는 내일, 그래서 형리는 죽음의 사자일 수도 있지만, 암흑의 현실 속에서 감시의 눈초리를 조여 오는 제국 경찰을 뜻하는 것으로도 볼 수 있다. 일본에서 식민지 지식인은 결코 제국 경찰의 감시에서 자유로울 수 없었고, 그래서 이상에게 도쿄는 경성보다 더욱 답답할 수밖에 없었을 것이다. 그는 〈권태〉를 완성한 지 두 달이 채 못 되어 불령선인으로 지목되어 "흉맹한 형리"의 손에 잡혀가게 된다.

> 상의 말을 들으면 공교롭게도 책상 위에 몇 권 이상스러운 책자가 있었고 본명 김해경(金海卿) 외에 이상(李箱)이라는 별난 이름이 있고, 그리고 일기 속에 몇 줄 온건하달 수 없는 글귀를 적었다는 일로 해서 그는 한 달 동안이나 ○○○에 들어가 있다가 아주 건강을 상해 가지고 한 주일 전에야 겨우 자동차에 실려서 숙소로 돌아왔다는 것이다. 상은 그 안에서 다른 ○○주의자들과 마찬가지로 수기를 썼는데 예의 명문(名文)에 계원(係員)도 찬탄하더라고 하면서 웃는다. 니시간다(西神田) 경찰서원 속에조차 애독자를 가졌다고 하는 것은 詩人으로서 얼마나 통쾌한 일이냐 하고 나도 같이 웃었다.[44]

44 김기림, 〈고 이상의 추억〉, 앞의 책, 313~314면; 《그리운 그 이름, 이상》, 28~29면.

> 이상은 니시간다(西神田) 경찰서에서 유치장살이를 하고 있었다.
> 몇 차례 면회를 갔으나 허행(虛行)만 했다. 그러다가 세번짼가 네번째, 담당인 경부보(警部補=警衛)와 한바탕 입씨름이 터져 버렸다.
> 면회도 단념했거니와, 같은 니시간다 관내인 오쨔노미즈(御茶の水) 역전에다 사무실 하나 빌린 것도 포기할밖에 없었다.[45]

이상은 1937년 2월 일본의 경찰서에 구금된다. 그는 불령선인의 혐의로 제국 경찰에 잡혀간 것이다. 김기림과 이상이 만난 날이 3월 20일이니까 이상이 유치장에 갇힌 시기는 한 달 하고도 일주일 전, 곧 2월 13일 무렵인 것을 알 수 있다. 고은은 이상이 2월 12일 유치장에 갇혔다고 하였는데, 김기림의 글에서 추론한 것인지 아니면 또 다른 근거로 그렇게 판단한 것인지는 알 수 없다. 2월 12일일 수도, 아니면 그 뒤일 수도 있다. 그런데 어느 경찰서에 유치되었는지는 논란이 된다. 애초에 김기림은 '니시간다(西神田) 경찰서'라고 언급을 했으며, 이를 토대로 임종국은 "사상혐의로 일경에게 피검, 西神田警察署에 拘禁됨"[46]이라 기술했다. 그리고 이 사실은 두 번째 예문인 김소운의 글에서도 확인할 수 있다.

> 행색이 초라하고 모습이 수상한 「朝鮮人」은 戰爭陰謀와 後方 단속에 미쳐 날뛰던 日本 警察에 그만 붙잡혀, 몇 달을 神田警察署 유치장에 들어 있었다.[47]

---

45 김소운, 〈李箱異常〉, 앞의 책, 299면; 《그리운 그 이름, 이상》, 76면.

46 임종국, 〈李箱略歷〉, 《이상전집》 제3권 수필집, 태성사, 1956, 318면.

47 김기림, 〈이상의 모습과 예술〉, 앞의 책, 7면; 《그리운 그 이름, 이상》, 37면.

두 달도 훨씬 넘었을 무렵 동경 간다(神田) 경찰서 검인이 찍힌 노란 엽서 한 장이 날아왔다.[48]

그러나 '니시간다 경찰서'로 말했던 김기림은 1949년 다시 '간다 경찰서'로 언급하였고, 고은도 "그(이상: 인용자 주)는 신전경찰서 감방에 수감되었다"[49]고 밝혔다. 게다가 이상의 아내였던 김향안 역시 '간다 경찰서'를 언급했다. 그런 까닭에 김연수는 "주변 정황을 자세히 살피면 이는 간다 경찰서의 잘못으로 보인다"고 결론지었다. "왜냐하면 니시간다 지역은 이상이 하숙하던 진보초 지역에서 자동차로 이동할 만한 거리는 아니기 때문"이라는 것이다. 그러나 김소운은 "같은 니시간다 관내인 오쨔노미즈御茶の水 역전"에 사무실을 빌렸다는 말을 했다. 그가 서너 번이나 찾아간 경찰서를 잘못 알았을 리는 만무하다. 특히 그가 빌렸다는 '오쨔노미즈御茶の水 역전의 사무실'이 분명히 니시간다 관내에 있고, 그가 경부보와 갈등을 빚은 일 등으로 사무실을 포기했다면 그런 중요한 일을 분명히 기억할 것이다. 김기림도 앞선 기록에서 분명히 '니시간다 경찰서'라고 언급한 데 주목할 필요가 있다. 그리고 김연수가 '자동차로 이동할 만한 거리'가 아니라고 하였는데, 그것은 그만큼 이상의 건강이 악화되었음을 반증하는 것이지 거리로 판단할 문제는 아니다. 경찰들은 건강이 악화된 이상을 경찰차로 실어서 집으로 보냈을 것이다. 그렇다면 김기림의 말은 어떻게 이해할 것인가? 사실 西神田은 '西'를 빼고 일반적으로 간다神田라고 불렀기 때문에 그렇게 쓴 것일 따름이다. 궁극적으로 이상은 사상 혐의로 니시간다 경찰서에 한 달 정도 구금되었던 것이다.

---

48 김향안, 〈〈마로니에의 노래〉와 인터뷰 봉변〉, 《문학사상》, 1986년 4월, 168면.

49 고은, 《이상평전》, 330면.

5) 이상의 보석과 입원

이상은 구금되기 며칠 전 김기림에게 편지를 보낸다. 당시 김기림은 도호쿠제국대학東北帝國大學에 유학하고 있었다. 이상은 만나고픈 간절한 소망을 김기림에게 전했다. 이상에게 도쿄는 '치사한 도시'였으며, 서울서 생각했던 도원몽은 어림없는 공상에 지나지 않았다.

> 三月에는 부디 만납시다. 나는 지금 참 쩔쩔 매는 中이오. 生活보다도 大體 어떻게 했으면 좋을지를 모르겠소. 議論할 일이 한두가지가 아니오. 만나서 結局 아무 이야기도 못하고 헤어지는 限이 있드라도 그저 만나기라도 합시다. 내가 서울을 떠날 때 생각한 것은 참 어림도 없는 桃源夢이었오. 이러다가는 정말 自殺할것 같소.(증보 정본전집 3권, 268면)

그래서 누구든 만나 이야기하고 싶어서 김기림을 도쿄로 부른 것이다. 그것이 1936년 음력 제야, 양력으로 1937년 2월 10일의 일이었다. "이러다가는 정말 自殺할 것 같"다고. 이상은 2월 중순 니시간다 경찰서에 구금되었다가 3월 13일경에 병이 악화되어 보석으로 풀려난다. 김기림은 이상의 편지를 받고, 센다이仙臺를 떠나 3월 20일 마침내 도쿄에 온다. 김기림을 만난 이상은 엘만을 찬탄하기도 하고, 〈날개〉에 대한 최재서의 평에 대해서 논란을 벌이기도 한다. 이 상황은 한 저서에서 아주 잘 재연하였다.[50] 이상은 하루 종일 볕이 들지 않는 하숙방에 상한 몸으로 누워 있었다. 그래도 그가 유치장에서 나온 뒤에는 허남용 내외

---

50 김윤식, 《이상문학텍스트연구》, 서울대학교출판부, 1998, 223~227면.

의 도움을 받고 주영섭, 한천, 김소운 등이 방문하여 과히 적막하지 않은 삶을 살아간다고 했다. 김기림은 다음날(3월 21일) 한 차례 더 방문하여 이상과 이야기를 나누었고, 이상과 한 달 뒤 4월 20일 도쿄에서 다시 만나기로 약속한다. 이상은 변동림에게 소식을 전해 달라는 부탁과 더불어 "그럼 다녀오오. 내 죽지는 않소"라고 말하며 작별한다. 하지만 김기림이 떠난 뒤 건강이 악화될 대로 악화된 이상은 동경제국대학 부속병원에 입원하게 된다.

> 3월 16일 입원[51]
>
> 1937년 3월 24일 무렵 동경대학교 부속병원 물료과 다다미 병실에 입원[52]

그렇다면 이상이 언제 병원에 입원하였는가? 고은과 김연수는 입원일을 각각 3월 16일과 24일로 추정했다. 이상은 3월 13일경에 보석으로 풀려나 3월 20, 21일 이틀 동안 김기림을 만났다는 점에서 고은의 추정은 사실과 어긋난다. 그렇다면 김연수는 어떠한가.

> 상의 부탁을 부인께 아뢰려 했더니 내가 서울 오기 전날 밤에 벌써 부인께서 동경으로 떠나셨다는 말을 서울 온 이튿날 전차 안에서 조용만(趙容萬) 씨를 만나서 들었다. 그래 일시 안심하고 집에 돌아와서 잡무에 분주하느라고 다시 벗의 병상(病狀)을 보지도 못하는 사이에 원망스러운 비보가 달려들었다.[53]

---

51 고은, 《이상평전》, 331면.

52 김연수, 〈이상의 죽음과 동경〉, 《이상리뷰》 창간호(이상문학회 편), 2001, 311면.

53 김기림, 〈고 이상의 추억〉, 앞의 책, 314면; 《그리운 그 이름, 이상》, 29~30면.

김연수는 "상의 부탁을 부인께 아뢰려 했더니 내가 서울 오기 전날 밤에 벌써 부인께서 동경으로 떠나셨다는 말"과 서울에서 도쿄까지 44시간 걸렸다는 변동림의 말을 근거로 추정하였다. 이상과 헤어진 김기림이 3월 22~23일 도쿄를 떠났다면, 44시간 뒤인 24일~25일 서울에 도착했을 터이고, 그러므로 변동림이 24일경 도쿄로 떠났다는 추정이 가능하다. 그러나 그는 다른 사람들의 증언을 놓치고 있다.

> 1937년 어느 날 학생예술좌에서 이상이 위독하다는 속달을 받고 그가 입원해 있는 동대부속병원으로 달려가 봤더니 도저히 소생할 것 같지가 않았다.
> 점차 더 위독해지자 고국에 전보를 쳤다. 이상이 일본 가기 전까지 동서(同棲)하던 여인이 달려왔다. 젊고 퍽 건강해 보이는 여인이었다.
> 이상의 운명 며칠 전에 온 그 여인을 이상은 몹시 반가워했고 극도로 병세가 악화되어 죽는 날짜만 기다려야 할 때인데도 그는 그녀를 끌어안고 어찌할 바를 모르며 좋아했다.[54]

> 도오다이 병원(東大病院-동경제대부속병원)에 상이 입원한 얼마 후, 겨우 돈 준비가 되어서 새로 마련한 사무실을 계약하려고 에비스(惠比壽)의 아파아트 문간을 막 나오려는데 상이 숨졌다는 전보가 왔다.[55]

이진순에 따르면, 이상이 입원한 뒤 점차 위독해져서 고국에 알렸다는 것이다. 그렇다면 이상이 입원하고 점차 더 위독해져서 고국에 전보를 하였다는 점에서 변동림의 3월 24일 출발설은 지나치게 이르다.

---

54 이진순, 앞의 글, 앞의 책, 293면; 《그리운 그 이름, 이상》, 163~164면.

55 김소운, 앞의 글, 앞의 책, 300면; 《그리운 그 이름, 이상》, 76면.

게다가 변동림이 도착하고 며칠 되지 않아 이상이 사망했다고 했다. 김기림은 변동림이 도쿄로 떠났다는 소식을 듣고, "그래 일시 안심하고" 있는 사이 "비보가 달려들었다"고 했다. 김소운 역시 이상이 입원 얼마 뒤 숨졌다고 했다. 변동림이 병원에서 이상과 며칠밖에 같이 있지 못했다는 것이 그녀의 글에도 나타난다. 김기림, 김소운, 변동림, 이진순 등의 진술을 종합해 보건대 이상이 동경제대부속병원에 입원한 기간은 그리 오래되지 않았던 것 같다. 3월 24일 입원은 시기적으로 적합하지 않을 뿐만 아니라 추정 근거도 미비하다. 김기림은 도쿄에서 이상과 헤어진 뒤 바로 서울로 돌아간 것이 아니라 좀 지나서 서울에 왔음이 틀림없다. 그리고 이상은 빨라도 3월 말경에 입원했을 것이며, 대개 4월 초순경에 입원했을 것으로 추측된다. 변동림이 병원에 머무른 기간이 짧았다는 것은 이상의 입원 기간 또한 길지 않았다는 사실을 말해 준다.

6) 죽음의 향기 — 레몬이냐, 멜론이냐?

이상이 죽은 뒤 그와 관련된 이야기 가운데 여전히 혼란스러운 것이 있다. 먼저 이상이 죽어가면서 맡았다는 향기의 실체에 관한 것이다.

> 레몽을 달라고 하여 그 냄새를 맡아가며 죽어간 상의 최후는 1937년 3월 17일 오후 이역(일본)의 조그만 병실의 한구석 어둠속에서였다.[56]

숨을 거두기 직전에 이상은 「레몽」을 사달라고 했다. 동경에 있던 벗 몇

56 이어령, 〈이상론 — 순수의식의 뇌성과 그 파벽〉, 《문리대학보》 6, 서울대 문리대학생회, 1955년 9월, 142면.

사람이 거리로 달려가 주머니를 털어모아 「레몽」을 사가지고 왔을 때 이상은 새옷을 가라입고 숨을 모으고 있었다. 「레몽」을 손에 쥐자 이상은 벗들의 얼굴을 둘러본 후 숨을 거두었다.[57]

레몬을 갖다 달라고 하여 그 향기를 맡으면서 이상은 죽어갔다 합니다.[58]

레몬설의 진원지는 이어령이다. 그가 언급한 뒤 레몬설은 기정사실로 받아들여졌다. 그래서 이봉구는 그러한 상황을 소설에 썼고, 김춘수도 레몬설을 일반화했다. 그들을 뒤이어 김구용(〈「레몽」에 도달한 길〉, 《현대문학》, 1962년 8월), 윤병로(〈高孤한 이방인〉, 《엽전의 비애》, 현대문학사, 1964년), 김승희(〈레몬이 있는 종생극〉, 《문학사상》, 1981년 11월) 등에서 레몬은 주요하게 다뤄졌다. 이상의 임종 현장에 이국적 과일인 레몬이 등장했다는 사실 때문에 죽음이 더욱 신비화된 것이다. 그런데 변동림의 새로운 증언이 나왔다.

귀에 가까이 대고 "무엇이 먹고 싶어?" "셈비끼야의 메롱"(千匹屋의 메롱)이라고 하는 그 가느다란 목소리를 믿고 나는 철없이 셈비끼야에 메롱을 사러 나갔다. 안 나갔으면 상은 몇 마디 더 낱말을 중얼거렸을지도 모르는데…….
메롱을 들고 와서 깎아서 대접했지만 상은 받아넘기지 못했다. 향취가 좋다고 미소짓는 듯 표정이 한번 더 움직였을 뿐 눈은 감겨진 채로, 나는 다시 손을 잡고 앉아서 가끔 눈을 크게 뜨는 것을 지켜보고 오랫동안

57 이봉구, 앞의 글, 앞의 책, 26면.

58 김춘수, 〈이상의 죽음〉, 《사상계》, 1957년 7월, 284면.

앉아 있었다.[59]

변동림은 이상이 먹고 싶어 했던 것이 멜론이었다고 증언했다. 그것도 병원 인근의 '셈비끼야의 멜론'이라는 것이다. 그녀의 증언은 신빙성이 있다. 변동림은 이상의 임종을 지켜보았던 사람이고, 실지로 그 과일을 사러 갔던 사람이기 때문이다. 그러므로 이상이 임종 때 요구했던 과일은 레몬이 아니라 멜론임이 분명하다. 양헌석은 변동림의 글을 근거로 "이상의 종생극은 멜런이었다"고 주장했다.[60] 하지만 그 뒤에도 레몬의 향기는 이상의 삶과 문학의 지향으로 설명되었다.[61]

> 그 외 주영섭 한천 기타 여러 친구가 가끔 들러주었다. 이들 중 누군가가 레몬을 사다준 일이 있었거나 임종 때 이상의 요구로 레몬을 사왔는지도 모른다. 그것이 와전되어 임종 때까지 비약했는지도 모를 일이다. 그렇지 않으면 김향안씨의 멜론이 레몬으로 와전되었는지도 모를 일이다.[62]

---

59 김향안, 〈이젠 이상의 진실을 알리고 싶다〉, 《문학사상》, 1986년 5월, 61~62면; 《그리운 그 이름, 이상》, 186면

60 양헌석, 〈이상의 종생극은 멜런이었다〉, 《중앙일보》, 1986년 5월 21일자. 한편 그는 이 글에서 "〈레먼과 實存의 발견〉(任重彬)"도 '레몬'을 거론한 것으로 언급하였으나 이는 오류이다. 필자의 확인 결과 임중빈의 글은 〈데몽과 實存의 發見 — 李箱 〈날개〉論攷〉(《성균》 16, 1962년 10월)이며, 거기에서는 데몬demon을 거론하였다. 대부분의 글에서 〈레몽과 實存의 발견〉으로 소개된 것은 음가, 또는 자형의 유사 내지 혼동으로 말미암아 빚어진 오류이다.

61 문흥술, 〈레몬의 향기의 현재적 의미〉, 《동서문학》, 1997년 12월, 367~370면.

62 김윤식, 〈레몬의 향기와 멜론의 맛 — 이상이 도달한 길〉, 《문학사상》, 1986년 6월, 170면.

이상이 진보초 누옥에서 김소운에게 "프랑스식 코페빵을 먹고 싶다"[63]고 한 것을 보면 그는 멜론만이 아니라 레몬도 요구했을 가능성이 있다. 그러나 이 설을 제기한 이어령이 임종의 자리에 있었던 것도 아니고, 또한 레몬을 사온 사람을 따로 언급하지 않은 것으로 보아 레몬은 멜론의 음가적 혼동, 또는 와전으로 보는 것이 옳을 것이다. 이에 대해 변동림은 다음과 같이 말했다.

> 상은 향기와 더불어 맛을 찾았던 거다. 그러나 임종시에 찾은 과실이 메론이라고 해서 이어령 등의 「레몬과 이상」이 그릇된 것은 없다. 평소 이상은 레몬의 향기를 즐겼으니까.[64]

그녀의 말처럼 레몬이든 멜론이든 별 문제가 없을 수도 있다. 그러나 레몬이냐 멜론이냐 하는 물음은 "이상의 습작노트만큼의 비중을 갖고 있을"[65] 정도로 소중한 것이다. 특히 그것은 전기 작가에게 대단히 중요하다. 레몬은 레몬이고, 멜론은 멜론일 따름이니까.

7) 이상의 사인 — 폐환이냐, 뇌매독이냐?

이상의 죽음에도 여러 가지 의혹이 제기되었다. 아니 의혹이라기보다 석연치 않은 점이 있어 논란이 되고 있다.

> 이상의 이번 죽음은 이름을 병사病死에 빌었을 뿐이지 그 본질에 있어

63 김소운, 앞의 글, 앞의 책, 299~300면; 《그리운 그 이름, 이상》, 76면.

64 김향안, 〈理想에서 창조된 이상〉, 앞의 책, 65면; 《그리운 그 이름, 이상》, 193면.

65 김윤식, 앞의 글, 앞의 책, 170면.

서는 역시 일종의 자살이 아니었든가 — 그런 의혹이 농후하여진다.[66]

박태원은 이상이 〈종생기〉를 집필한 것으로 보아 자살의 가능성이 있음을 제기하였다. 〈종생기〉에서 이상의 죽음은 (음력) 3월 3일인데, 실제 사망은 3월 7일이니 나흘 차이이다.[67] 어쩌면 〈종생기〉에서 자신의 죽음을 거의 정확히 예견했다고도 할 수 있고, 달리 말하면 유서를 쓰고 자살했다고도 할 수 있다. 박태원이 위 글을 쓴 것은 4월 26일이었는데, 그는 같은 글에서 "아직 동경에서 그의 미망인이 돌아오지 않았고 또 자세한 통신도 별로 없어 그가 돌아가던 당시의 주위와 사정은 물론, 그의 병명조차 정확하게는 모르고 있으나 역시 폐가 나빴던 모양"[68]이라고 썼다. 폐환으로 말미암은 병사에 무게를 두면서도 자살 의혹을 떨치지 못했던 것이다. 그러나 자살이 아니라는 것은 정황이 잘 말해 준다. 병원에서 죽음을 지켰던 사람들이 있지 않은가.

> 그렇게 의욕에 부풀어 떠난 그가 죽다니. 그것도 자연사라면 모른다. 자살이라면 또 모른다. 타살(?)을 당한 것이다.
> 사회 사상이라곤 한평생 입밖에 내보지도 못한 돈 없는 예술지상주의자를 사상의 혐의가 있다고 왜경은 그를 때려잡았다.
> 그러지 않아도 약해 빠진 그를 철창에 가두고 죽게 되니 동경제대부속

---

66 박태원, 〈이상의 편모〉, 앞의 책, 307면; 《그리운 그 이름, 이상》, 25면.

67 "西曆紀元後一千九百三十七年丁丑三月三日未時 여기 白日아래서 그 波瀾萬丈(?)의 生涯를 끝막고 문득 卒하다"에서 3월 3일을 음력으로 보는 것은 "丁丑 三月 三日 未時"라는 표현 때문이다. 丁丑年은 1937년을 일컫지만, 주로 비문이나 제문 등에서 그렇게(육십갑자) 쓸 때는 월일은 당연히 음력이 되기 때문이다.

68 박태원, 앞의 글, 앞의 책, 306면; 《그리운 그 이름, 이상》, 24면.

> 병원에 넘겨 버렸다.[69]

한편 문종혁은 타살설을 제기하였다. 이 역시 하나의 수사이다. 이상을 유치장에 수감시키고 추운 2월에 한 달 동안 방치한 행위야말로 어떤 형태로든 이상의 죽음에 영향을 준 것은 분명하다. 이는 경찰서에서 병보석으로 내보낸 것에서도 드러난다. 병을 앓고 있는 사람을 별다른 혐의 없이 유치장에 감금한 것은 죽음을 부추긴 것이나 다름없다. 그러나 궁극적으로 그는 경찰서 유치장에서 죽지 않고 보석으로 풀려났다가 동경제대부속병원에서 죽었다. 그의 병은 대개 폐결핵으로 받아들여졌고, 김유정과 이상의 합동 추모식이 열릴 때(1937년 5월 15일)에도 그런 인식이 지배적이었다.

> 사망 진단서에 적힌 사인은 폐결핵이 아니고 '결핵성 뇌매독結核性腦梅毒'이었다.[70]

그런데 김소운은 이상의 사인을 폐결핵이 아니라 '결핵성뇌매독'이라고 내세웠다. 이상 연구자인 김윤식, 이경훈도 이를 인정해 버렸다.[71] 과연 그러한가. 우리는 당시 이상의 폐결핵과 관련한 수많은 증언들을 들을 수 있다.

> 동경으로 떠나기 전, 반 년 동안을 이상은 그 쓰레기통 같은 방구석에

---

69 문종혁, 〈심심산천에 묻어주오〉, 앞의 책, 243면; 《그리운 그 이름, 이상》, 126면.

70 김소운, 앞의 글, 앞의 책, 301면.

71 김윤식, 《이상 문학텍스트 연구》, 서울대학교출판부, 1998, 216면; 이경훈, 《이상 철천의 수사학》, 소명출판, 2000, 138면.

서 그의 심신을 좀먹는 폐균肺菌을 제 손으로 키웠다.[72]

당시 진료를 맡았던 일인 모某 의박醫博은 "어쩌면 젊은 사람을 이렇게 까지 되도록 버려두었을까, 폐가 형체도 없으니……" 이렇게 중얼거렸다고 합니다.[73]

김해경이 "난 폐가 나빠. 오래 살진 못할 것 같아." 그러기에 난 "이런 생활 안 된다. 건강을 생각해야 해." 하고 타일렀습니다만, 그가 그렇게 요절할 줄은 몰랐어요.[74]

한 달 넘어 갇혀 있는 동안에 이상은 건강을 상했고 폐병이 재발했다. 그래서 간신히 보석으로 석방되었다.[75]

그의 가족, 아내, 그리고 주변 사람들의 증언이다. 김옥희, 변동림, 정인택, 오오스미 등 많은 사람들이 폐환을 이상의 사망 원인으로 지목했다. 이상은 폐결핵 때문에 배천과 성천에 요양을 다녀온 적이 있으며, 도쿄로 떠나기 전(1936년 7월)에도 각혈을 했다고 김기림이 증언하지 않았던가. 이진순도 도쿄에서 이상을 만났을 때 "그는 폐병(3기)을 앓고 있던 때였다"[76]고 했다. 그뿐만 아니라 이상의 사망 소식을 국내에 가장 먼저 전한 조선일보 기자도 "肺患이 더처서 매우 呻吟하던 中 지

72 정인택, 앞의 글, 앞의 책, 309면.

73 김옥희, 앞의 글, 앞의 책, 65면; 《그리운 그 이름, 이상》, 65면.

74 원용석 외 대담, 앞의 글, 앞의 책, 245면; 《그리운 그 이름, 이상》, 375면.

75 김향안, 〈《마로니에의 노래》와 인터뷰 봉변〉, 168면.

76 이진순, 앞의 글, 앞의 책, 291면.

난 十七日 午後 本鄕區 三丁目 帝大附屬病院에서 永眠하엿다"[77]고 하였다. 이상은 이미 〈가외가전〉에서 "金니 안에는 추잡한 혀가 달닌 肺患이 있다"(1936년 3월, 증보 정본전집 1권, 112~113면) 라고 하였으며, 1937년 1월경에 탈고한 〈동경〉에서도 "우리같이 肺가 칠칠치 못한 人間은 위선 이 都市에 살 資格이 없다"(증보 정본전집 3권, 145면)고 했다.

그렇다면 김소운의 설명은 무슨 뜻인가? 여기에서 하나의 의문이 생긴다. 김소운의 《하늘 끝에 살아도》는 일본어로 번역되었는데, 이 글에서는 이상의 사인이 '폐결핵이 아니라 뇌매독'[78]으로 되어 있다. 그것은 무슨 까닭인가? '결핵성 뇌매독'이라는 병은 사전에도 없는 이상한 병이니 그냥 '뇌매독'으로 바꾼 것인가? 뇌매독이 완치하기 어렵다고 하더라도 그것이 사인이라는 것 또한 수긍하기 어렵다. 여기에서 선뜻 변동림의 말이 떠오른다. 그녀는 김소운을 겨냥하여 "우리는 어느 시대나 주위의 질투 시기라는 것을 생각할 수 있다"[79]고 말했다. 김소운이 이상을 질투했다는 것인데, 과연 그러한가?

> 여러 해 폐환이 도져서 소화 13년 동경제국대학병원에서 죽음(積年の肺患癒えず昭和十三年東京帝大病院に於て死去)[80]
>
> 폐환 때문에 32세 봄 동경제국대학병원에서 죽음(肺患癒のため三十二歲春東京帝大病院で死去)[81]

---

77 〈作家 李箱氏 東京서 逝去〉, 《조선일보》, 1937년 4월 21일자.

78 "死亡診斷書に書かれていた死因は, 肺結核ではなく, 腦梅毒でめった." 김소운, 崔博光·上垣外憲 역, 《天の涯に生くるとも》, 東京: 新潮社, 1983, 227면.

79 김향안, 〈헤프지도 인색하지도 않았던 이상〉, 앞의 책, 77면.

80 김소운, 《乳色の雲》, 東京:河出書房, 1940, 282면.

81 김소운, 《朝鮮詩集(中期)》, 東京:興風館, 1943, 328면.

김소운은 이상이 사망한 뒤 그의 시를 두 차례나 소개한 적이 있다. 바로 《젖빛 구름(乳色の雲)》(1940)과 《조선시집》(1943)이다. 그런데 이 두 책에서는 이상이 '폐환'으로 죽었다고 하였다. 그리고 1954년에 발간한 《조선시집》(암파서점)에서는 사인과 관련한 부분이 아예 없다. 그러다가 뜬금없이 《하늘 끝에 살아도》에서 '결핵성 뇌매독'으로 주장한 것이다. 그는 동일한 시(〈청령〉, 〈한개의 밤〉)를 놓고도 설명이 다른데,[82] 이러한 예로 그의 변덕을 확인할 수 있다. 이상이 '뇌매독'을 앓았을 수는 있다. 설령 그렇다 하더라도 '폐환'으로 사망한 것은 확실하다.

8) 이상의 사망 소식과 유서 발표

이상의 사망 시간에 대해서도 논란이 그치지 않는다. 논란을 살펴보면 아래와 같다.

> 1937년 4월 17일 오후 3시 25분 동경제대병원 물료과(物療科) 병실에서 객사[83]
>
> 忌日 四月十七日上午四時頃.(陰 丁丑三月七日丑時)[84]
>
> 1937년 4월 17일 오후 12시 25분 사망[85]

이상의 사망 시간을 가장 먼저 제시한 사람은 정인택(1939년 2월)

---

82 김주현 주해, 《증보 정본 이상문학전집》 1권, 소명출판, 2009, 147면 주석 참조.

83 정인택, 앞의 글, 앞의 책, 306면; 《그리운 그 이름, 이상》, 39면.

84 임종국, 〈이상약력〉, 《이상전집》 제3권 수필집, 319면.

85 황광해, 〈큰오빠 이상에 대한 숨겨진 사실을 말한다〉, 《레이디경향》, 1985년 11월; 《그리운 그 이름, 이상》, 386면.

이다. 그는 오후 3시 25분이라고 하였다. 그런데 임종국, 고은은 상오 4시경이라 말했다. 여기에서 3시, 또는 4시가 나오는 것은 바로 3시 25분이라는 시간에 말미암는다. 그 밖에도 '12시 25분'이라는 설이 있지만, 가장 신빙성이 덜한 것으로 보인다. 이 설은 《신동아》 기자였던 황광해가 자신과 김옥희의 대담을 기록한 것에서 나왔지만, 그것이 김옥희의 말인지 자신의 추정인지조차 불분명하다. 김옥희는 그 이전에 두 번의 이상 회고 글에서도 이상의 사망시간에 대해 전혀 언급하지 않았다. 어떤 연유로 그런 설이 나온 것인지 불명확하나 두 명 가운데 누군가의 착각이 아닌가 생각된다. 그렇다면 오전이냐 오후냐 하는 문제가 남게 된다.

> 담당 의사가 운명(運命)은 내일 아침 열한 시쯤 될 것이니까 집에 가서 자고 아침에 오라고 한다.
> 나는 상의 숙소에 가서 잤을 거다. 거기가 어디였는지 지금 생각이 안 난다. 다음날 아침 입원실이 열리기를 기다려서 그의 운명을 지키려고 그 옆에 다시 앉다. 눈은 다시 떠지지 않았다. 나는 운명했다고 의사가 선언할 때까지 식어가는 손을 잡고 있었다는 기억이 난다.[86]

> 그러다가 그는 마지막 애인인 그 여인의 품에 안겨 영면했다.[87]

이것은 죽음의 현장을 지켰던 두 사람의 기록이다. 변동림은 이상이 운명할 때까지 그의 손을 잡고 있었다고 하였으며, 이진순 역시 이상이

86 김향안, 〈이젠 이상의 진실을 알리고 싶다〉, 앞의 책, 63면; 《그리운 그 이름, 이상》, 186면.

87 이진순, 앞의 글, 앞의 책, 293면; 《그리운 그 이름, 이상》, 164면.

변동림의 품에서 영면했다고 전했다. 변동림은 사망 전날 의사의 발언 내용과 다음날 입원실이 열리기를 기다려 병상을 다시 찾은 이야기, 그리고 이상의 임종을 지켜본 내용 등을 대단히 구체적으로 기록했다. 새벽 4시 병상에서 하나도 아닌 여럿이 임종을 지켜본다는 것은 당시로서는 어려웠다. 김연수는 이상이 "1937년 4월 17일 새벽 3시 25분에서 4시 사이"에 운명했다 하며, "증언을 모아 만든 고은의 《이상평전》은 '새벽 4시'라고 적고 있으니 새벽에 죽었다는 게 확실할 것"[88]이라고 주장하였다. 하지만 고은은 임종국의 〈이상연보〉를 그대로 갖고 왔을 뿐이며, 그의 저서 《이상평전》에는 오류가 적지 않다.

김기림은 "三月十七日 下午三時 二十五分, 東京帝大附屬病院 病室에서 二十八歲를 一期로 永眠"[89]이라 하였는데, 비록 달을 오기하였으나 그의 기록이 다른 사람들의 기록보다 앞서고 정인택의 시간 기록과 동일하다는 점, 그리고 그가 이상과 절친했다는 점 등을 고려할 때, 그가 밝힌 시간은 정확할 것이다. 변동림과 이진순 두 명이 동시에 착각을 했을 가능성은 희박하다. 이상의 사망전보를 직접 받았고, 이상의 사망 시간을 다른 사람보다 먼저 기록한 정인택이 기록의 정확성에서도 앞선다고 할 수 있다. 게다가 이상의 죽음을 국내에 가장 먼저 알린 〈작가 이상씨 동경서 서거〉라는 기사에는 분명히 "지난 十七日 午後 本鄕區 三丁目 帝大附屬病院에서 永眠하엿다"고 밝히지 않았던가. 이상은 아내와 동료들이 지켜보는 가운데 1937년 4월 17일 오후 3시 25분에 숨을 거둔 것이다.

이상의 사망 소식은 국내 신문에 바로 기사화되지 않았다. 4일 뒤에야 《조선일보》와 《매일신보》에서 기사를 실어 사망 소식이 국내

---

88 김연수, 앞의 글, 앞의 책, 288면.

89 김기림, 〈이상연보〉, 《이상선집》, 218면.

에 알려졌다. 그것은 〈작가 이상씨 동경서 서거〉(《조선일보》, 1937년 4월 21일자)라는 기사와 박상엽의 〈箱아, 箱아〉(《매일신보》, 1937년 4월 21일자)라는 글이었다. 다음날 박태원은 〈李箱哀詞〉(《조선일보》, 1937년 4월 22일자)를 써서 이상의 사망 소식을 알렸다. 이상의 유명세에 비한다면 초라하고 쓸쓸하기 이를 데 없다.

그런데 이상이 사망하고 10일쯤 뒤 《조광》(1937년 5월)에는 그가 직접 쓴 유서 〈종생기〉가 실린다. 이상의 유해가 고국에 도착하기 전이었다. 이상 사망 뒤 그의 시신은 화장되었으며, 변동림은 그 유해와 함께 5월 4일 귀국했다. 이상의 〈종생기〉는 그가 살아 있을 때 《조광》에 보낸 것이다. 그래서 저자를 "고 이상"이라 하지 않고 그냥 "이상"이라 하였다. 〈종생기〉는 이상의 사망 직후인 4월 19일 인쇄되었으며 5월 1일 발간된 것이다. 이상의 유해 도착보다 3일 앞서 그의 유서격인 〈종생기〉가 세상에 얼굴을 드러낸 것이다.

> 墓誌銘이라. 一世의鬼才 李箱은 그通生의大作 〈終生記〉 一篇을남기고 西曆紀元後一千九百三十七年丁丑三月三日未時 여기 白日아래서 그 波瀾萬丈(?)의生涯를 끝막고 문득 卒하다. 享年 滿二十五歲와 十一個月. 嗚呼라! 傷心커다. 虛脫이야 殘存하는 또하나의 李箱 九天을우러러號哭하고 이寒山 一片石을세우노라. 愛人貞姬는 그대의歿後 數三人의 秘妾된바있고 오히려 長壽하니 地下의 李箱 아! 바라건댄 瞑目하라.(《증보 정본전집》 2권, 376~377면)

이상은 〈종생기〉를 "天下 눈 있는 선비들의 肝膽을 서늘하게 해놓기를 애틋이 바라는 一念 아래" 썼다고 하였다. 〈종생기〉는 사망(1937년 4월 17일) 5개월 전에 탈고(1936년 11월 20일)한 것이다. 그가 〈종생기〉를 정말 공들였음은 "내 作成中에 있는 遺書때문에 끙 끙 앓았다. 열세벌의遺書가 거이 完成해가는것이었다"(증보 정본전집 2권, 370면)에서도 알 수 있다. 그는 "蓋世의逸品의 亞流에서" 벗어나고자 혼신의 노력을 기울였던 것이다. '열세 벌'이라는 말이 수많은 노력의 결정체임을 드러내지 않던가.

〈종생기〉에서 이상의 사망 일시는 1937년 3월 3일(양력 4월 13일) 미시(오후 1~3시)였다. 실제 그가 죽은 날은 그보다 4일 뒤인 3월 7일(4월 17일) 신시(오후 3시 25분)였다. 그리고 그의 유해는 1937년 7월 미아리 공동묘지에 묻혔다. 하지만 죽음보다 5개월가량 앞서 그는 묘비명을 남겼다. 다시 말해 〈종생기〉는 살아 있는 이상이 죽은 이상을 위하여 남긴 유서인 것이다. 그래서 이상은 죽었지만 또 다른 이상은 살아 있다. "일세의 귀재 이상"과 "잔존하는 또 하나의 이상"이 펼치는 그의 종생극, 죽기 전 그는 마지막으로 장엄한 연극을 펼친 것이다. 그가 거기에서 한 말은 "地下의 李箱 아! 바라건댄 瞑目하라"였다.

> 사과한알이떨어졌다. 地球는부서질그런程度로아펐다. 最後. 이미如何한精神도發芽하지아니한다. 二月十五日改作(증보 정본전집 1권, 160면)

또 하나 이상의 마지막 작품으로 볼 수 있는 것을 임종국이 발견하였다. 도쿄에서 가져온 사진첩에 들어 있던 9편의 일문시, 그 가운데 마지막에 붙어 있는 〈최후〉는 '2월 15일 개작'이라 하여 그 날짜마저 정확히 기록되어 있다. 그렇다면 그 작품은 1937년 2월 15일 개작한 작품이다. 어쩌면 남아 있는 작품으로는 마지막 작품일 수도 있다.[90] 개작 이전의

90 임종국의 《이상전집》 제2권 시집에 보면 〈척각〉, 〈거리〉의 한글 번역시에는 "2.15"이 각각 들어 있다. 그러나 일문 유고 〈척각〉에는 "2.15"이 없으며, 〈거

모습은 알 수 없지만 아주 짧게, 큰 울림으로 와 닿는다. 이상이 〈최후〉를 개작한 시기는 니시간다西神田 경찰서에 구금된 직후, 또는 그 직전으로 보인다.[91] 그리고 그가 시를 사진첩에 숨긴 것은 제국 경찰의 불심검문에 걸려 화근이 되는 것을 피하려 했을 터. 시에서 그는 말했다. 사과 한 알이 떨어졌다고. 그리고 지구는 부서질 정도로 아팠다고, 그것이 '최후'였다. 최후. 그것이야말로 이상의 최후를 말함이 아니겠는가. 마치 나비의 날갯짓이 태풍을 일으키듯이 사과 한 알은 지구를 아프게 하면서 최후를 맞고, 그래서 더 이상 "여하한 정신도 발아하지 아니한다"고.

3. 마무리 — 유고의 발간

이상이 죽고 한 달 남짓 지나 《조광》(1937년 7월)에는 〈고 이상의 추억〉이라는 김기림의 회고가 실린다. 김기림, 이상의 막역한 친구이자, 문학적 동지. 둘의 교우는 7편의 서신에도 오롯이 남아 있다. 이상은 1년 전 김기림의 책에 쓰일 표지 장정을 직접 도안하고 원고의 편집·교정을 보아가며 《기상도》(1936년 7월)를 만들어 바치지 않았던가. 그것은 이상이 김기림을 위해 만든 마지막 책이었다.

리〉에는 "15"만 들어 있다. 이로 볼 때 〈최후〉뿐만 아니라 〈척각〉, 〈거리〉 등도 1937년 2월 15일에 마무리를 한 것으로 보인다.

91 구금 직전으로 보는 것은 "2월 15일 개작"이라는 내용 때문이다. 비록 이상이 '한 달 동안' 갇혀 있었다고는 하나 그냥 25일 이상의 시기를 그렇게 표현했을 수도 있다. 즉 작품 개작이 끝난 15일에서 16일, 또는 17일에 구금되었을 수도 있다는 말이다. 그러나 달리 이상의 표현처럼 2월 13일경부터 3월 13일경까지 '한 달 동안' 갇혀 있었을 수 있다. 김기림은 앞의 인용문에서 '이상이 유치장에서 수기를 썼는데 예의 명문에 계원도 찬탄하였다'고 했다 한다. 그렇다면 이상이 구금된 가운데서도 작품을 창작 및 개작했을 가능성도 있다.

이제 우리들 몇몇 남은 벗들이 箱에게 바칠 의무는 箱의 피 엉킨 유고를 모아서 箱이 그처럼 애써 친하려고 하던 새 시대에 선물하는 일이다. 허무 속에서 감을 줄 모르고 뜨고 있을 두 안공(眼孔)과 영구히 잠들지 못할 箱의 괴로운 정신을 위해서 한 암담하나마 그윽한 寢室로서 그 유고집을 만들어 올리는 일이다.[92]

김기림은 이상이 죽자 그의 피 엉킨 원고를 모아서 유고집을 간행하겠다고 했다. “암담하나마 그윽한 寢室로서 그 유고집을 만들어 올리는 일”, 그것은 죽은 이상과 맺은 약속이자 이상에게 진 빚을 갚는 일이기도 했다. 그는 이상의 유고를 일일이 수습하였다.

김기림은 〈날개〉, 〈逢別記〉, 〈지주회시〉, 〈素榮爲題〉, 〈十九世紀式〉, 〈正式〉, 〈꽃나무〉, 〈이런 시〉, 〈一九三三. 六 .一〉, 〈거울〉, 〈紙碑〉, 〈易斷〉, 〈失樂園〉, 〈烏瞰圖〉 등 목록[93]까지 만들어 가며 자료를 모으고, 그

---

92 김기림, 〈고 이상의 추억〉, 315면; 《그리운 그 이름, 이상》, 30면.

93 이 목록은 “이상의 자필 메모”로 《이상시전작집》에 소개된 것이다. 그런데 이 작품들은 김기림의 《이상선집》에 모두 실렸다. 그뿐만 아니라 이 메모와 함께 발견된 〈오감도 시 제4호〉, 〈시 제5호〉, 〈시 제6호〉(“이상의 자필원고”로 소개됨)는 산호장의 원고지 뒷면에 기술되었다고 한다. 산호장은 해방 뒤 장만영, 김억 등이 관여했던 출판사이다. 그런데 작품의 발표일시와 지면은 《이상선집》에 그대로 제시되어 《이상선집》 발간의 자료로 사용된 것을 알 수 있다. 〈오감도〉는 “오감도초”라 하여 시 제1~3호, 제7~10호, 제12호, 14호, 15호 등 총 10수가 실려 있고, 시 제4~6호와 시 제11호, 시 제13호가 빠져 있다. 시 제4~6호가 분실로 말미암아 입력과정에서 빠진 것인지, 아니면 의도적으로 뺀 것인지는 정확히 알기 어렵다. 그런데 시 제4, 5, 6호 및 작품목록 메모를 《이상시전작집》, 《이상수필전작집》에는 이상의 자필 원고, 또는 자필 메모로 잘못 소개하고 있다.

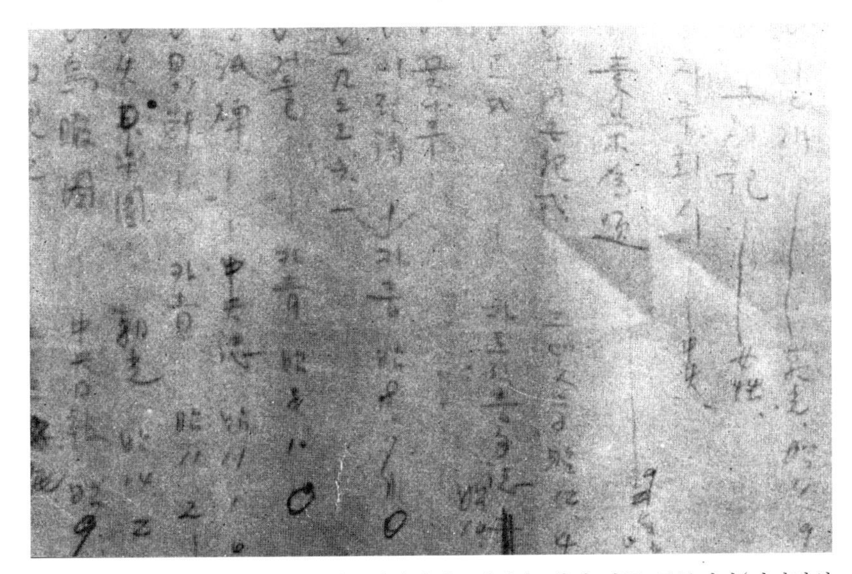

그림3 이상 작품 목록. 김기림이 《이상선집》 발간을 위해 만든 목록이다(이어령의 《이상시전작집》에는 '이상의 자필 메모'로 소개).

것들을 창작: 〈날개〉, 〈종생기〉, 〈지주회시〉, 시: 〈오감도초〉 외 8편, 수상: 〈공포의 기록〉 외 5편 등으로 나눠 《이상선집》(백양당, 1949)을 발간하였다. 그는 그 책에서 이상에 대한 마지막 헌사를 썼다. "그러나 이것으로도, 그가 그의 요절로 하여 우리에게 남긴 너무나 큰 공허와 아까움의 천만분지의 일도 지워주지 못하는 것을 어찌하랴?"라고.[94]

김기림의 유고 간행은 불완전했다. 그것마저도 그의 월북으로 더는 진전이 없었다. 1950년대 들어 임종국은 김기림이 미처 찾아내지 못한 작품들과 더불어 사진첩의 유고를 찾아내고 일문시를 번역하여 이상전집을 발간하는 신기원을 이룩했다. 그리고 1960년대에 일문 유고들이 새롭게 발굴되자 이어령은 그러한 작품들을 수습하고, 또한 주석까지

94 김기림, 〈고 이상의 모습과 예술〉, 《이상선집》, 8면; 《그리운 그 이름, 이상》, 38면.

달아서 이상전집을 내게 된다. 80~90년대에는 김윤식과 이승훈의 손을 거쳐 주석과 해설을 잘 배치한 전집이 간행되고, 그러한 작업은 2000년대 들어 김주현, 권영민 등이 지속하였다.

> 지난 한 해 나는 연구실에서 죽은 이상이와 고투를 벌였다. 이상은 자기의 성채에 함부로 침입하지 못하도록 무수한 방해물과 엄폐물을 설치하고, 온갖 위장술을 부려놓았던 것이다. 마무리를 한다고 했지만 미흡하기 이를 데 없다. 아직 이 전집에서 제대로 해결하지 못한 것들이 있다.[95]

> 작업을 합리적으로 못하는 나는 이번에도 적잖은 애로를 겪었다. 한 번 해도 될 일을 몇 번이나 해야 했다. 이상한 것은 꼭 확인을 해야 직성이 풀렸기에 주석작업은 실로 외롭고 힘든 싸움이었다. 이 책은 그러한 10여 년 내가 고군분투해 온 기록이다. 아, 이제 해방이 되는구나.[96]

나 역시 전집 작업을 수행하여 2005년에 정본전집을 펴냈다. 그리고 2009년에는 독특한 분석과 풍부한 해설을 붙인 문학에디션 뿔의 이상전집(4권)이 완간되었다. 아울러 《정본 이상문학전집》을 보완한 《증보 정본 이상문학전집》도 마무리되었다. 나는 이상의 전집을 만드는 데 10년의 세월이 걸렸다. 그 세월 동안 죽은 이상이와 고투를 벌였다. 그것은 실로 '외롭고 힘든' 싸움이었다. 이상, 늘 수수께끼 같은 그의 문학과 대면하면서 그의 비밀에 조금씩 다가섰지만 아직도 그를 제대로 안다고는 할 수 없으리라. 그 책에서 말했다. "이.제. 이.상.으.로.부.터. 벗.어.나.리.라."고.

---

95 김주현, 〈정본 전집을 위하여〉, 《정본 이상문학전집》, 소명출판, 2005, 23면.

96 김주현, 〈증보판 전집에 부쳐〉, 《증보 정본 이상문학전집》, 소명출판, 2009, 25면.

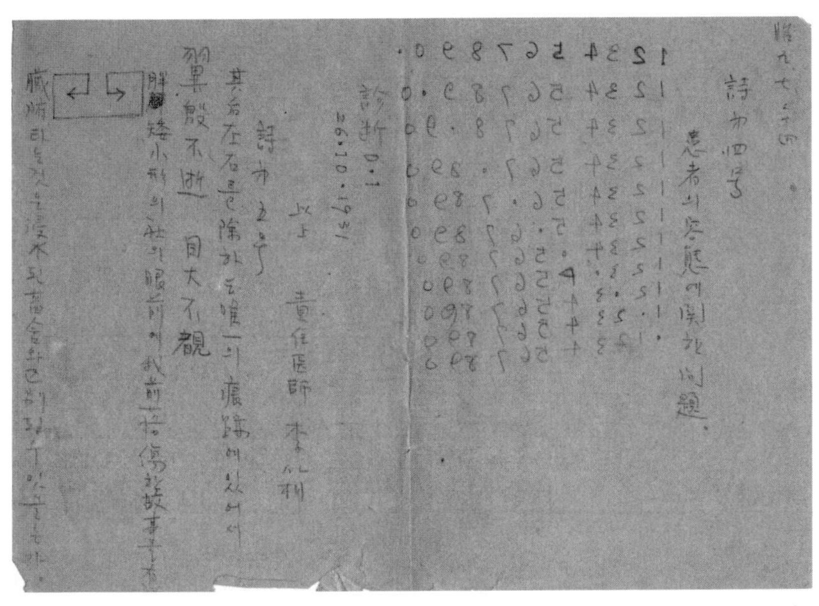

昭九・七・二五

詩第四號

患者의容態에關한問題.

1234567890・
123456789・0
12345678・90
1234567・890
123456・7890
12345・67890
1234・567890
123・4567890
12・34567890
1・234567890

診斷 0・1
26・10・1931
以上 責任醫師 李箱

詩第五號

某後左右를除하는唯一의痕跡에있어서

翼殷不逝 目大不覩

胖矮小形의神의眼前에我前落傷한故事를有함

臟腑타는것은浸水된畜舍와區別될수있을는가.

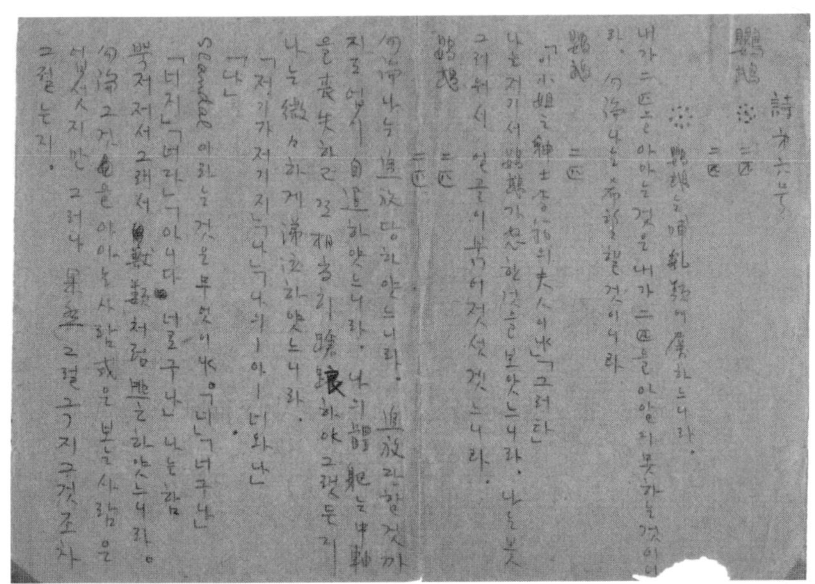

詩第六號

鸚鵡 ※ 二匹
※ 二匹

鸚鵡는哺乳類에屬하느니라.

내가二匹을아아는것은내가二匹을아알지못하는것이어라. 勿論나는希望할것이니라.

鸚鵡 二匹

「이小姐는紳士李箱의夫人이냐」「그러타」

나는거기서鸚鵡가怒한것을보앗느니라. 나는붓그러워서얼굴이붉어젓섯겟느니라.

鸚鵡 二匹
二匹

勿論나는追放당하얏느니라. 追放당할것까지도업시自退하얏느니라. 나의體軀는中軸을喪失하고또相當히蹌踉하야그랫든지나는微微하게涕泣하얏느니라.

「저기가저기지」「나」「나의—아—너와나」

「나」

sCandal이라는것은무엇이냐「너」「너구나」

「너지」「너다」「아니다」「너로구나」나는함뿍저저서그래서獸類처럼逃亡하얏느니라. 勿論그것을아아는사람或은보는사람은업섯지만그러나果然그럴는지그것조차그럴는지.

그림4 〈오감도 시 제4,5호〉 김기림이 《이상선집》 발간을 위해 수습한 원고(이어령의 《이상수필전작집》에는 '이상의 자필'로 소개)

그림5 〈오감도 시 제6호〉 김기림이 《이상선집》 발간을 위해 수습한 원고(이어령의 《이상시전작집》에는 '이상의 자필'로 소개)

이상 유고의 발굴 및 정리

1. 이상 유고의 규모와 행방

이상의 작품이 몇 편 정도 되는지에 대한 관심은 이어져 왔다. 1934년 〈오감도〉의 연재가 독자들의 항의로 중단되자 이상은 자신의 심경을 글로 써서 남겼다. 그것이 〈오감도 작자의 말〉인데, 여기에 그가 창작한 문학의 규모를 추측케 하는 진술이 들어 있다.

> 열아문 개쯤 써보고서 詩 만들 줄 안다고 잔뜩 믿고 굴러 다니는 패들과는 물건이 다르다. 二千點에서 三十點을 고르는 데 땀을 흘렸다. 三十一年 三十二年 일에서 龍대가리를 떡 꺼내여놓고 하도들 야단에 배암꼬랑지커녕 쥐꼬랑지도 못 달고 그만두니 서운하다.[01]

이상은 1931년 1932년 당시에 2천 점가량의 시가 있었다고 했다. 물론 이것을 단순한 허풍으로 보기는 어려울 것이다. 조금의 과장은 있다

01 박태원, 〈이상의 편모〉, 《조광》, 1937년 6월, 303면; 《그리운 그 이름, 이상》(김유중·김주현 편), 지식산업사, 2004, 20면.

하더라도 적지 않은 작품이 있었던 것은 분명하다.

> 이상과 18살 동갑내기로서 통동 154번지 그의 백부집에서 처음 만났을 때 그는 이미 시작에 열을 올리고 있었다. 1인치가 넘는 무괘지 노우트에는 바늘끝같은 날카로운 만년필촉으로 쓰인 시들이 활자 같은 正字로 빼곡 들어차 있었다. 그는 그 노우트를 책상설합 속에 소중히 간직하였다.[02]

이것은 문종혁의 진술이다. 문종혁은 이상의 절친한 친구였다. 그는 1927년부터 1931년까지 5년을 이상과 같이 생활했다고 한다. 그런데 그는 이상이 이미 18세 때 시 창작에 열을 올렸으며, 그래서 무괘지 노트에 시가 빼곡 차 있었다고 했다. 이상은 많은 시를 창작하였으며, 5년 남짓 동안 지속적으로 창작했다면 1931~32년에 들어 그의 시는 부지기수였을 것이다. 사실 이상이 1931년 《조선과 건축》에 일문시를 발표한 것을 보면 〈오감도 작자의 말〉이 단순한 수사가 아니었음을 짐작할 수 있다. 그렇다면 그 많던 이상의 시는 어디로 갔을까?

> 오빠가 돌아가신 후 姙이 언니는 오빠가 살던 방에서 藏書와 原稿뭉치, 그리고 그림 등을 손수레로 하나 가득 싣고 나갔다는데 그 행방이 아직도 묘연하며[03]

이상은 동경으로 가자마자 매문용(賣文用 원고료를 벌기 위한)으로 꽁트

---

02 문종혁, 〈몇 가지 이의〉, 《문학사상》, 1974년 4월, 347면; 《그리운 그 이름, 이상》, 131면.

03 김옥희, 〈오빠 이상〉, 《신동아》, 1964년 12월, 319면; 《그리운 그 이름, 이상》, 65~66면.

(Conte)식 잡문(雜文)을 여러 편 만들었다. 일경(日警)이 모두 압수(押收) 했지만, 이 잡문들은 정치적 사연이 없기 때문에 흐트러진 채로 버려둔 것을 내가 얼마 동안 간직하고 있다가 서울을 떠나게 될 때 동생 운경(雲卿)에게 맡겼다.[04]

각각 이상의 누이 김옥희와 이상의 아내였던 변동림(김향안)의 진술이다. 이상에게는 가장 가까운 사람들이다. 그런데 김옥희에 따르면, 이상이 살던 방에 있던 원고 뭉치를 변동림이 가져갔다고 한다. 변동림은 이상이 도쿄에서 매문용 잡문을 남겼으며, 그것을 자신이 갖고 있다가 김운경에게 맡겼다고 한다. 두 사람의 말에 일치하는 것이 하나 있다. 바로 이상의 사망 뒤에 미발표 원고(원고 뭉치, 또는 잡문)가 적지 않게 있었다는 것이다. 김옥희는 변동림이 이 원고들을 가져간 뒤 행방이 묘연해졌다는 것이며, 변동림은 이상의 동생 김운경에게 맡겼다는 것이다. 김옥희에 따르면 김운경, 곧 "작은오빠는 통신사 기자로 있다가 6·25 때 납북"[05]되었다고 한다. 변동림의 증언에 따르면 원고는 당연히 김운경의 손에 있다가 6·25 때 종적이 묘연해진 것이 된다. 김운경은 6·25 때 "납북", 또는 "행방불명"된 것으로 알려졌는데, 이상의 원고도 그와 동시에 행방불명되었을 것이다. 이 궤적을 정리하면 원고의 행방은 이상→변동림→김운경→?이 된다.

그런데 여기 석연치 않은 점이 있다. 그 하나는 원고 뭉치와 잡문이 같은 것인가 하는 점이다. 김옥희는 "이상이 살던 방"에서 변동림이 원고 뭉치를 가지고 나왔다고 했다. 그 방은 이상이 도쿄로 떠나기 전

---

04 김향안, 〈이젠 이상의 진실을 알리고 싶다〉, 《문학사상》, 1986년 5월, 59~60면; 《그리운 그 이름, 이상》, 182~183면.

05 김옥희, 〈오빠 이상〉, 《신동아》, 1964년 12월, 313면; 《그리운 그 이름, 이상》, 55면.

살았던 신혼집을 일컫는 것으로 보인다. 문종혁도 이상이 자신의 시 창작 노트를 책상 서랍 속에 소중히 간직했다고 하지 않았던가. 그는 원고들을 집에 두고 일본으로 떠났을 것이다. 그렇다면 도쿄에서 가져온 잡문과 신혼집의 원고는 다르다. 김향안은 자신이 도쿄에서 가져온 잡문을 김운경에게, 그리고 "유물 일체를 유족에게 넘겼"다고 하였다.[06] 실제로 이상의 어머니는 이상의 자화상과 사진들을 갖고 있었다. 그 가운데에는 사진첩이 있었고, 그 속에서 임종국은 시를 발견하지 않았던가. 박태원도 이상의 유품 상자에서 〈권태〉를 발견했다고 했다. 그렇다면 김옥희가 말하는 원고 뭉치는 문종혁이 말했던 시 창작 노트를 일컫는 것으로 보인다. 변동림 역시 도쿄에서 가져온 이상의 유품을 가족에게 넘긴 것으로 보이지만, 시 창작 노트에 대해서는 달리 언급이 없다.

다음으로 "서울을 떠나게 될 때"가 언제인가 하는 점이다. 변동림은 이상의 잡문들을 "얼마 동안" 갖고 있다가 서울을 떠나면서 운경에게 주었다고 했다. 그녀가 도쿄에 갔다가 이상의 유해와 함께 고국에 돌아온 시기는 1937년 5월 4일, 그러니까 5월 4일 뒤로 얼마 동안 보관을 했다는 것이다. 만일 변동림의 말에 따른다면, 원고를 넘긴 시점은 1937년 5월에서 1950년 6월 사이가 될 것이다. 그런데 변동림은 1944년 서양화가 김환기金煥基와 재혼하였다. 그리고 1950년 전쟁 때 부산으로 피난했다가 다시 서울에 올라와 1955년 프랑스 유학길에 올랐다. 그녀가 서울을 떠났던 시점은 1950년과 1955년으로 볼 수 있다. 그러나 후자는 운경이 없을 때이고, 전자는 전쟁 가운데 전달한 것이 된다. 그렇다면 그 시점은 여전히 의문으로 남는다. 그런데 이러한 혼선을 정리해 줄 또 다른 증언이 있다.

---

06 김향안, 〈〈마로니에의 노래〉와 인터뷰 봉변〉, 《문학사상》, 1986년 4월, 169면.

二年 동안에 詩 二千點을 썼다는 箱의 全作品을 蒐集함은 不可能한 일이다. 그 大部分이 未發表인 이 作品들은, 오늘 確實한 根據로서 推算할 수 있는 殘稿만 해도 數百은 훨씬 넘는다. 作者 自身이 燒却해버린 것은 論外거니와, 所藏者들의 姓名까지를 알면서도 이를 收錄할 수 없었음은, 오직 우리가 오늘 共通的으로 擔持한 悲劇 그것으로 因함이었다.[07]

1956년 이상전집을 처음 발간한 임종국의 편집 후기 〈발〉에는 하나의 새로운 단서가 있다. 임종국은 "수백은 훨씬 넘는" 이상의 미발표 유작이 있으며, "소장자들의 성명까지"도 알고 있다는 것이다. 그렇다면 소장자는 누구란 말인가. 우리는 김옥희나 변동림의 증언으로 미루어 이상의 집안이나 변동림의 집안에서 이상의 유고들을 보관했으리라는 것을 상정할 수 있다. 그런데 임종국은 바로 다음 단락에서 "본서 발간계약을 며칠 앞두고 고인의 유족–慈堂과 令妹–를 뵈올 수 있어 도움된 바 적지 않았다"고 했다. 그는 이상의 어머니 박세창에게 이상의 사진 여러 점과 자화상, 엽서 등을 구해 전집에 실었다. 그들에게 전해 받은 사진첩에서 9편의 일문시를 입수한 것은 무엇보다 큰 성과였다. 여기에서 이상의 가족들은 일부 유물을 갖고 있었지만 원고 뭉치는 갖고 있지 않았다는 것을 확인할 수 있다. 만약 변동림이 1950년 전쟁 이전에 김운경에게 이상의 원고 뭉치를 넘겼다면 김운경의 어머니 박세창이 보관하고 있었을 가능성이 크다. 왜냐하면 그녀는 이상의 물건들을 소중히 간직했기 때문이다. 그녀는 이상의 각종 사진뿐만 아니라 심지어 이상이 도쿄에서 동생 운경에게 보낸 엽서까지도 보관하고 있었다.

위에서 "확실한 근거"라는 말은 임종국이 직접 유고 노트 전체 또는

07 임종국, 《이상전집》 제3권 수필집, 1956, 328면.

그 일부를 직접 보았거나 또는 그것을 본 믿을 만한 사람이 있다는 사실을 전제하고 있다. 임종국은 "출판물을 한 장 한 장 뒤지는 지어(紙魚:좀벌레) 생활 1년에 《이상전집》은 햇빛을 볼 수 있었다"고 했다.[08] 그가 김기림이 편한 《이상선집》(1949)을 본 것은 대학 재학 시기(1952~1954)였으며, 그가 《이상전집》 발간에 본격적으로 매달린 것은 1955년부터인 것으로 보인다.[09] 그때 그는 경제적 형편으로 대학에 다닐 수 없었다.[10] 그리고 그때부터 1년 남짓 줄곧 전집 발간에 매달린 것으로 보인다. 그렇다면 임종국은 이상과 더불어 구인회 활동을 했던 조용만에게서 유고의 존재를 확실하게 파악한 것이 아닌가 생각된다. 조용만은 《이상전집》의 서문을 써 준 사람이 아니던가.[11] 임종국은 수백여 편에 달하는 이상 유고가 있었지만 그것을 수록할 수 없었음을 "所藏者들의 姓名까지를 알면서도 共通的으로 擔持한 悲劇 그것으로 因함"이라고 하였다. 이것은 실로 엄청나지 않은가?

---

08 임종국, 〈시시했던 날의 시시한 이야기〉, 《출판과 교육에 바친 열정》, 우촌이종익추모문집간행위원회 편, 1992, 139면.

09 임종국은 이미 대학 3년 시절 〈〈날개〉에 대한 시론〉을 써서 《고대신보》(1954년 10월 11일자)에 발표한다. 그리고 〈이상론 — 근대적 자아의 절망과 항거〉(《고대문화》 1955년 12월)를 발표한다. 그는 "'이상론'을 쓰려고 작품을 모으다 보니 웬만큼 수집이 된 것 같아서 전집으로 엮었"다고 했는데, 1955년 초부터 본격적으로 자료 수집이 시작된 것으로 보인다.

10 정운현, 《임종국평전》, 시대의창, 2006, 113~122면.

11 임종국은 전집 발간에 도움을 준 사람으로 조용만, 조지훈, 유정, 인태성, 이황, 김규동, 윤호중 등을 들었는데, 이 가운데 이상과 함께 문학 활동을 한 조용만에게 가장 많은 정보를 얻었을 것으로 보인다. 가장 먼저 그의 이름을 내세운 것도 그러한 맥락으로 풀이된다.

> 상의 시가 적힌 10여 권의 대학 노우트는 처남 B씨의 소장하는 바이었으나, 오늘날의 B씨의 생사를 모르니 행방을 알 수 없고, 근래 기적적으로 발견된 그 일부가 『현대문학』지에 게재된 일이 있다.[12]

> 나는 이 2천 점의 대부분이 상(箱)의 21세부터 23세 사이에 씌어진 것들이 아닐까 추측한다. 그의 생존시, 또는 사후에 발표된 시작 외의 방대한 양의 작품이 그의 처남에게 소장되었다는 말을 들었을 뿐 그 뒷일은 알 길이 없다.[13]

이상 집안에 유고가 없었다면 당연히 변동림 쪽을 고려해 봐야 한다. 임종국은 그 뒤 개정판 《이상전집》에서 '잔고'에 대해 더욱 구체적으로 말했다. 대학 노트 10여 권 분량이며, 처남 B씨, 곧 변동욱이 갖고 있었다는 것이다. 임종국이 언급했던 '잔고'의 규모 및 '소장자'가 좀 더 구체적으로 드러난 셈이다. 그리고 문종혁 역시 아래의 예문처럼 임종국과 같은 말을 했다. 임종국의 말을 그대로 전한 것일 수도, 또 다른 사람에게 같은 말을 들었을 수도 있다.[14] 임종국의 말을 조합하면 변동욱이 이상의 유고를 가진 것을 알고 있지만, "공통적으로 담지한 비극" 때문에(1956), 그리고 행방과 생사를 몰라(1966) 수록하지 못했다는 것이다.

> 二年 동안에 詩 二千點을 썼다는 李箱의 작품은 대부분이 미발표인 채

---

12 임종국·박노평, 〈이상편〉, 《흘러간 성좌》, 국제문화사, 1966, 171면.

13 문종혁, 앞의 글, 앞의 책, 349면; 《그리운 그 이름, 이상》, 133~134면.

14 임종국은 1969년 여원사의 전교로 대천읍에 가서 문종혁을 만났으며, "문씨와의 하룻밤 대담"을 하였다고 했다. 임종국, 〈인간 이상의 유일한 증언자〉, 《여원》, 1969년 4월, 245면.

처남 卞某가 소장하였고, 그가 현재 대한민국에 살지 않으니 더 이상 구해 볼 재간은 없다.[15]

임종국은 1966년 나온 개정판 서문에서 변동욱의 종적을 밝혔다. 그는 〈이상편〉이 인쇄에 들어가던 1966년 10월 이전에는 변동욱의 행방을 모른다고 하였다. 그런데 1966년 11월 당시 변동욱이 "대한민국에 더 이상 살지 않"는다고 했다. 그것은 임종국이 "殘稿"를 개정판에 넣으려고 변동욱을 계속 수소문했다는 것을 알게 해 준다. 그러나 아무리 찾으려 해도 더 이상 한국에서는 그를 찾을 수는 없었다는 뜻으로 보인다.

나의 오빠는 문학청년이었으며, 연극, 영화를 좋아해서 영화를 만든다고 영화인들과 같이 6·25 전에 북쪽에 간 이후 지금껏 소식을 모른다. 임종국 편 이상전집 발문에는 나의 오빠가 이상의 유고를 가지고 국외로 갔다고 했다. 나의 오빠가 이상의 유고를 소유할 까닭이 없다. 나도 보지 못한 유고를 나는 아직 어디서 이런 말이 나왔는지 밝히지 못했다.[16]

변동림은 임종국이 주장한 '유고의 존재'에 대해 강하게 부정했다. 그녀는 "대한민국에 살지 않으니"라는 임종국의 말을 "국외로 갔다"고 해석했다. 그렇게 해석할 여지가 없는 것은 아니나 단정할 근거도 없다. 다음으로 그녀는 변동욱이 6·25보다 앞서 월북했다고 했다. 그런데 여기에서 두 가지 의문이 생긴다. 변동욱이 이상 유고를 소장하고 있다는 사실을 알고 있었던 임종국의 말에 얽힌 의문이다. 표면적으로 성명을 알고 있다는 것은 그의 존재를 알고 있다는 뜻과 같다. 변동욱이 6·25

15 임종국, 〈개정판서〉, 《이상전집》, 태성사, 1966, 5면.

16 김향안, 《파리와 뉴욕에 살며》, 지식산업사, 1991, 175면.

전에 월북했다는 변동림의 주장이 사실인지는 여전히 불확실하다.[17] 다만 임종국은 전집 발간을 하면서 변동욱이 소장한 유고를 찾아 헤맸지만 결국 얻지 못했다. 그는 1956년 전집 발간 뒤에도 계속 변동욱을 찾으려 수소문했지만 '생사나 행방'을 알 수 없었고, 그래서 1966년 마침내 변동욱이 '대한민국에 살지 않는다'고 결론지었다.

그런데 변동림은 오빠 변동욱이 이상의 유고를 가졌다는 설을 강하게 부정했다. 그녀는 심지어 "1987년 「이상 50주기 기념」 심포지엄 카탈로그에 김경린은 이상의 처남 변동욱이 이상의 유고를 가졌다고 기록했다"며 "김경린은 이러한 사실무근의 허위 보도에서 출발한 작가 연구의 태도를 정정하기 바란다"고 엄중하게 경고하기도 했다.[18] 과연 그러한가?

> 이상이 대학 노트에 깨알같이 박아 쓴 일어 〈오감도〉는 초고(草稿)라고 본다. 이상은 일본말로 문학 공부를 해서 모국어를 찾은 것이 아닐까.[19]

강한 부정은 오히려 긍정을 뜻한다고 했던가? 문종혁이 언급했던

---

17 변동림은 언니 변동숙, 오빠 변동욱, 언니 변정희 등 4남매 가운데 막내였다. 변동욱의 월북설을 확인하고자 그들의 후손들과 여러 차례 통화를 했지만, 해방 뒤 변동욱의 행적을 자세히 알고 있는 사람은 아무도 없었다. 어떤 이는 월북 가능성을, 또 어떤 이는 사망설을 전하기도 했지만, 그것이 언제, 어디서인지 구체적이지 않았다. 그는 어느 시점에서 행방이 묘연한데 그것이 6·25 앞인지 뒤인지는 알 수 없었다. 임종국은 변동욱에게 있던 이상의 "잔고"를 확보하려고 노력하였지만, 아마도 변동욱이 전쟁 전이나 전쟁 기간에 월북, 또는 사망함으로써 자료는 오리무중이 되었고, 그에 따라 결국 자료를 확보하지 못한 것으로 보인다.

18 김향안, 앞의 책, 175면.

19 김향안, 〈이상이 남긴 유산들〉, 《문학사상》, 1987년 1월, 115~116면.

이상의 시가 빼곡히 적힌 "대학 노트"를 변동림도 언급하고 있질 않은가? 그리고 이상이 노트에 일본어로 시를 썼음을 은연중 인정하고 있다. 그녀가 유고를 보지 못했다는 것은 위의 언급으로 부정된다. 변동림은 '오감도는 항일시'라는 자신의 주장에 대한 임종국의 비판을 다시 반박하는 데서 일문시 대학 노트의 실재를 드러낸 셈이다. 과연 그녀의 말대로 변동욱은 이상의 시 노트를 가지고 있지 않았던 것일까?

> 변은 나와는 아무 의논도 없이 여러 내빈 앞에 나를 소개했다. 변은 나의 출현을 퍽이나 흐뭇해했다고 회상된다.
> "상의 초기의 시를 읽으면 '혁'이라는 실존 인물이 많이 산견된다. 이 밤 그 장본인을 만나 즐겁다. 모쪼록이면 상의 생전의 많은 이야기를 들려 달라."[20]

문종혁은 1937년 5월 15일 부민관 소회의실에서 열린 이상의 추도회에 참석한 것으로 보인다. 그날 밤참 자리에서 변동욱이 문종혁을 여러 내빈 앞에 소개했다. 그때 변동욱은 "상의 초기의 시를 읽으면 '혁'이라는 실존 인물이 많이 산견된다"는 말을 했다고 한다. 현재 남아 있는 시 가운데 '혁'이라는 인물이 등장한 시는 〈1931년(작품 제1번)〉이 유일하다. 그 시에 "나는 第三番째의 발과 第四番째의 발의 設計中, 爀으로부터의 「발을 짜르다」라는 悲報에 接하고 愕然해지다."라는 구절이 나온다. 그런데 그 시는 1960년대 일문 유고시로 발견된 것이 아닌가? 그렇다면 이것은 변동욱이 일문 유고를 보았다는 증거이며, 달리 이 시 외에도 '혁'이 등장하는 시가 더 있었다는 말이 된다. 그것은 무슨 말인가?

---

20 문종혁, 〈심심산천에 묻어주오〉, 《여원》, 1969년 4월, 243면; 《그리운 그 이름, 이상》, 127면.

발견된 원고 외에도 더 많은 유고가 있었으며, 변동욱은 그것을 보았다는 것이다.

위의 사실들을 종합적으로 유추해 보면, 임종국은 변동욱이 이상의 잔고들을 갖고 있었다는 사실을 알았으며, 6·25 동란 뒤로는 변동욱의 자취를 확인할 길이 없어 자료 수집이 무산된 것으로 보인다. 그러한 사정을 "所藏者들의 姓名까지를 알면서도" 6·25라는 우리 민족이 "共通的으로 擔持한 悲劇" 때문에 수록하지 못했다고 고백한 것으로 풀이된다. 그런데 변동욱이 지니고 있었던 유고의 일부는 임종국의 말처럼 《현대문학》에 소개된다. 그것은 "百面 內外의 노오트가 이미 十分之九쯤 破損되고 十分之一쯤이 남아 있었던 것"이라고 한다. 임종국은 "10여 권의 대학 노트"가 있었다고 했는데, 그때 발견된 것은 한 권의 일부, 즉 임종국의 말을 빌면 유고의 100분의 1에 해당되는 셈이다. 그곳에서 나온 작품은 27편 정도, 원고 매수 420매가량이며, 발견된 작품은 거의 대부분 번역된 것으로 보인다.[21] 번역 소개된 작품은 3분의 2가량이 시이고, 나머지는 산문에 해당한다.

그렇다면 이상의 유고(곧 잔고) 전체는 〈오감도 작가의 말〉에서 언급한 것처럼 2천여 수를 상회하고, 원고 매수도 4만 매가량은 족히 될 것으로 보인다. 이상이 말했던 시 2천 점, 문종혁이 말했던 무괘지 노트에 쓴 시, 김옥희가 말했던 원고 뭉치, 그리고 임종국이 말했던 '수백은 훨

21 김구용은 모두 "39편"이라고 하였다. 작품의 수는 편집의 상황과 계산의 방법에 따라 현저히 다를 수 있다. 특히 〈단상〉의 경우 적게는 1편, 많게는 11편으로 볼 수 있다. 김구용, 〈「레몽」에 도달한 길〉, 《현대문학》, 1962년 8월, 203면. 일문 유고에 관해서는 박현수의 〈이상 문학 연구의 한계와 가능성: 일문 유고 노트를 중심으로〉(《이상 동경에서 죽다》(제1회 한일한국문학문화연구교류회 학술대회 발표자료집, 2010년 7월, 167~173면)를 참조 바람.

씬 넘는 잔고', '10여 권의 이상 시 노트' 등은 실재했던 것이다. 1960년에 이르러 변동욱 등이 가지고 있던 이상의 유고 노트 일부가 나타났다. 1950년대 이후 변동욱과 더불어 원고의 행방도 오리무중이 되었다가 다행히 유고 일부를 발견하여 《현대문학》 등에서 소개한 것이다. 이상의 노트 한 권 가운데 일부는 빛을 보았지만, 나머지 9권 분량의 또 다른 작품들은 행방불명이다. 사라지고 말았을 수도, 아니면 아직 어딘가에 묻혀 있을 수도 있다. 우리는 이상의 문학 노트에 주목해야 하며, 비록 그 가능성이 희박할지라도 문학 노트의 행방을 찾아 나서야 하지 않을까?

2. 유고의 발굴 및 소개

1) 사망 직후 이상 유고의 소개

여기에서는 이상이 죽은 뒤 유고의 발굴 및 수습, 정리의 순으로 살펴볼 것이다. 유고란 '죽은 사람이 생전에 써서 남긴 작품'이다. 먼저 이상이 죽은 뒤에 발굴된 작품을 단계적으로 살펴보고, 비록 생전에 잡지에 발표되었지만 제대로 알려지지 않아 다시 문학지에서 발굴하여 소개한 작품들도 살펴보기로 한다. 이상 유고는 이미 당대에도 몇몇 사람들이 소개하였다.

〈終生記〉를 가지고 夭逝한 作家 李箱은 그 타고난 稟質보담 그 남기고 간 바가 너무 적다. 이 일이 恨된다 하야 그의 至友인 朴泰遠氏가 遺篋을 뒤적이다가 마침 未發表의 이 遺稿 한 篇을 어덧다고 傳하기에 이제

그 遺骸가 故土에 도라오는 날을 마추어 실게 된 것이다.[22]

이 詩는 李箱氏의 遺稿인데, 題가 없으므로 不得已 編輯人이 無題라는 이름 밑에 發表함[23]

▼創作特輯欄에 先頭로 求하기 어려운 故 李箱氏의 遺稿를 林和氏의 厚意로 記載케 된 것을 이번 달의 큰 자랑으로 생각한다.[24]

그리고 天才 詩人 李箱의 悲戀을 뒤니여 그의 面貌를 좀더 자세히 보고 싶어 故人의 親友 金起林氏가 秘藏하여 두었든 書簡 幾篇을 紹介하였고……[25]

이상이 죽은 뒤에 유고로 가장 일찍 실린 것은 〈권태〉이다. 박태원은 이상이 남긴 상자 속에서 유고 한 편을 얻어 마침 도쿄에서 이상의 유해가 돌아오는 날 《조선일보》 지면에 공개했다. 또한 이상 시 한 편이 발견되었지만 제목이 없어 〈무제〉라는 이름으로 실렸다. 그리고 소설 〈단발〉은 임화의 후의로 실리게 되었음이 언급되었다. 당시 소개된 이상의 유고는 이 외에도 많다. 〈최저낙원〉, 〈동경〉처럼 "遺稿"라는 명칭을 붙여 소개하기도 했고, 〈김유정〉처럼 "小說體로 쓴 金裕貞論, 作故한 作家가 본 죽은 作家"라는 설명을 달기도 했다. 이 밖에 당시 대부분 유

22 이상, 〈권태〉, 《조선일보》, 1937년 5월 4일자.

23 고 이상, 〈무제〉, 《맥》, 1938년 10월; 김주현 주해, 《증보 정본 이상문학전집1》, 소명출판, 2009, 132면 재인용.

24 이효준, 〈편집후기〉, 《조선문학》, 1939년 4월, 156면.

25 〈후기〉, 《여성》, 1939년 6월, 104면.

고 작품은 작가를 "故 李箱"으로 소개하였다. 소설 〈환시기〉·〈실화〉·〈단발〉, 시 〈파첩〉·〈무제(1)〉·〈무제(2)〉, 수필 〈슬픈 이야기〉·〈병상 이후〉 등이 그러하다. 〈실낙원〉(《조광》, 1939년 2월)의 경우 목차에는 "失樂園— 遺稿 故 李箱"으로, 책 내용에서는 "新散文 失樂園 李箱(遺稿)"으로 소개되었다. 그리고 이상이 김기림에게 보냈던 서신들도 《여성》에 소개하였다. 이상의 서신을 1차(1939년 6월)로 4편 소개하였는데, 이것들은 이상이 서울에서 일본 도호쿠제대에 다니던 김기림에게 보낸 서신이다. 그리고 2차(1939년 9월)로 3편(또는 4편)의 서신을 공개했는데, 이것들은 이상이 도쿄에 도착한 뒤 센다이仙台에 있던 김기림에게 보낸 것들이다. 한편 〈종생기〉는 비록 이상이 죽은 뒤인 1937년 5월 《조광》에 실렸지만 작가를 "이상"이라고만 하였는데, 생전에 잡지사로 보냈던 원고였기 때문이다. 그렇게 볼 때 19편 정도가 이상 사망 직후에 유고로 소개된 것이다.

> 여기에 덧붙인 두 편은 원래 시로 쓰여진 것은 아니다. 여행지에서 편지 대신에 나에게 보낸 산문이나 네 개 중에서 두 개를 취해 띄엄띄엄 단어를 모아서 시의 형태로 고쳤다. 그것들이 전체의 7, 8분의 1 정도, 새로운 단어는 물론 더하지 않았다. 번역하지 않고, 트리밍(trimming)을 한 점에서 이 하나가 예외로 되는 셈이다.[26]

그런데 1940년 김소운이 이상의 〈청령〉, 〈한 개의 밤〉을 소개한다. 위의 설명처럼 김소운은 이상의 산문을 시의 형태로 만들었다고 한다. 이런 경우 당장 저자 문제가 발생하겠지만, 일단 이상의 유고를 소개

---

26 김소운, 《乳色の雲》, 東京:河出書房, 1940, 303면; 박현수, 《이상문학연구 — 모더니즘과 포스트모더니즘의 수사학》, 소명출판, 2003, 305면 참조.

하려 했다는 점에서 밝혀 둔다.

2) 1950년대 이상 유고의 소개

다음으로 이상의 유고는 1950년대 들어 임종국이 소개한다. 그는 《이상전집》 간행에 힘을 쏟았으며, 그 과정에서 이상의 미발표 유고 9편을 얻었다.

> 原作이 日文으로 된 다음 九篇의 未發表遺稿는, 往年 箱이 作故했을 무렵 箱의 未亡人이 東京서 가지고 나온 故人의 寫眞帖속에 밀봉된 채 있었던 것이다. 그 후 20년간을 遺族—慈堂과 令妹—께서도 寫眞帖으로만 알고 保管하던 中, 이번 出版을 契機로 비로소 發見이 된 것이다. 製作年度는 不詳한, 그러나 紙質이 同一한 點等 其他 諸般事情이 東京時節에 製作 惑은 改作한 것으로 指目케 하는 이 遺稿는, 箱의 作品—特히 末期—擧皆가 滅失된 오늘 極히 貴重한 位置를 占하리라 믿는다.[27]

임종국은 《이상전집》 출판 계약을 앞두고 이상의 자당 박세창, 누이 김옥희를 만났다. 그리고 그들이 보관해 오던 〈사진첩〉에서 "동경 시절에 제작 혹은 개작한 것"으로 보이는 미발표 유고 9편을 발견한다. 〈척각〉, 〈거리〉, 〈囚人이 만들은 소정원〉, 〈육친의 장〉, 〈내과〉, 〈골편에 관한 무제〉, 〈街衢의 추위〉, 〈아침〉, 〈최후〉 등이 그것들이다. 이 작품들은 원래 일문 유고였지만, 번역해서 《이상전집》 제2권 시집 첫머리에 실었고, 또한 그 원문도 책에 실었다. 전집 발간을 계기로 우연히 발굴한 작

27 임종국, 《이상전집》 제2권 시집, 태성사, 1956, 4면.

품, 이는 대단한 발견이자 새로운 발굴이었다. 그러나 앞에서 본 것처럼 임종국은 수백이 넘는 이상의 유고를 알고 있으면서도 수록하지 못해 아쉬워했다. “따라서 완성된 것이 절대로 아닌 이 전집”이라 했다.[28]

3) 1960년대 이후 이상 유고의 소개

1956년 임종국이 전집을 만들 때 말했던 이상의 유고 노트는 우연한 계기로 발견된다. 이상의 유고는 몇 사람의 손을 거쳐 문학비평가인 조연현에게 들어갔고, 그가 세상에 소개하였다.

> 얼마 전 現在 漢陽工大 夜間部에 在學中인 李演福君이 낡은 노오트 한 卷을 가지고 나를 찾아왔다. 李君은 初面이었으나 그가 文學靑年이며 특히 李箱을 좋아하고 있음을 곧 알 수 있었다. 그가 내보이는 노오트는 李箱의 日本語 詩作 習作帳임이 곧 짐작되었다. 그 노오트를 李君이 發見하게 된 것은 그의 친구인 家具商을 하는 金鍾善君의 집에 놀러 갔다가 그곳에서 그것을 보게 된 것이었다. 金種善군의 伯氏가 親知인 어느 古書店에서 休紙로 얻어온 그 노오트는 그 집에서 그야말로 休紙로 使用되고 있었던 것으로서 百面 內外의 노오트가 이미 十分之九쯤 破損되고 十分之一쯤이 남아있었던 것이다. 李君은 日本語가 서툴렀으나 그곳에 쓰인 文字에 神奇함을 느끼고 그 노오트를 얻어와서 李箱全集과 여러 가지로 對照해본 結果 그것이 李箱의 未發表遺稿로 짐작되어 나에게 가져온 것이었다.[29]

---

28 임종국, 〈발〉, 《이상전집》 제3권 수필집, 태성사, 1956, 328면.

29 조연현, 〈이상의 미발표유고의 발견〉, 《현대문학》, 1960년 11월.

조연현은 위와 같이 자료의 입수 경위를 소상히 밝혔다. 유고 노트가 발견된 곳은 가구상을 하는 김종선의 집이었으며, 김종선의 맏형이 '어느 고서점'에서 휴지로 얻어 온 것이라 했다. 유고의 전달 과정을 살펴보면, 어느 고서점→김종선의 집→이연복→조연현이 된다. 아무런 가치 없는 휴지조각으로 뒹굴던 것이 이연복의 손과 조연현의 눈을 거쳐 이상 유고로 입증된 것이다. 한편으론 대단히 다행스러운 일이 아닐 수 없지만, 또 한편으로는 아쉬움이 남는다. 좀 더 일찍 발견되었다면 10분의 2, 10분의 3……10분의 9, 10분의 10이 되어 남아 있는 원고의 2배, 3배……9배, 10배를 볼 수 있었을 터인데……. 아니 그때라도 원고를 찾아 나섰다면 그 한 권뿐만 아니라 나머지 9권 가운데 일부라도 찾을 수 있었을 텐데 하는 아쉬움이 남는다. 어쨌든 그 자료의 발굴로 이상의 유고 노트 일부가 확인된 셈이다. 노트는 이상→변동림→변동욱→?→고서점→김종선→이연복→조연현으로 흘러간 것이다.

조연현이 그 존재를 세상에 알린 이상의 유고는 적지 않다. 당시 김구용은 조연현의 호의로 그 노트를 보았으며, 그 뒤로는 그가 본 노트의 작품을 소개했다. 그가 소개한 작품은 아래와 같다.

〈夜色〉「?」, 〈第一の放浪〉〔二十八日〕, 〈車窓〉〔二十八日, 二十九日〕, (寢水ニ)〔八·三一〕, 〈コノ子ラニ完具ヲ與ヨヘ〉〔八·三一〕, 〈暮色〉〔九·三〕, (初秋, 陽ハシザ)〔九·三〕, (毎日ノ様ニ)〔九·五〕, (豚小舍ダ)〔九·五〕, 〈哀夜〉「?」, (荒城ハ雪ヲ踏ンデ)〔二月二十七日〕, (役員ノ齎スラ第三報)〔一九三二,十一,十五〕, (室內ノ照明ガ)〔一九三三?〕, (指ノ様ナ女ガ)〔一九三一,一,一O〕, 〈喀血ノ朝〉「一九三三?」一, 一三, (肺の中のペンキ塗リの)「一九三三?」, (ネオンサインハ)〔一九三三,一,二O〕, (トアル冬天ノ日中)〔一九三三,二,五〕, (全テ枝ヲ)〔一九三三,二,五〕,

(夜明方)〔二十七日〕, (壽ト福トヲ)「二十七日」, (女ノ手ハ白イ)〔二十七日〕, (フリウトノ音ハキレイダ)〔二月,二十七日〕, (私ハ每朝含嗽スル)〔三月一日〕, (私ノ生活ノ)〔三月一日〕, (夢ハ私ヲ逮捕セヨト云フ)「?」, 〈一九三一年 作品第一番〉「?」, 〈獚ノ記 作品第二番〉〔一九三一,一一,三日命〕, (故王ノ汗)〔一九三一,一一,三〕, 〈習作ショウウインドウ數點〉〔一九三二,十一,十四,夜〕, 〈作品第三番〉「一九三一?」, (繪入レカレンダ一ノ)〔三,二O〕,

〈悔恨ノ章〉「?」, (私ノ路ノ前方ニ)〔三,二二〕, 〈不幸ナル繼承〉〔一九三五,七,十〕, 〈少シバカリノ辯解〉「?」, 〈靴〉〔一九三五,七,二十三日〕, 〈恐怖の記錄〉序章〔一九三五,八,二〕, 「恐怖の城」〔一九三五,八,三〕[30]

---

30 김구용, 〈「레몽」에 도달한 길〉, 《현대문학》, 1962년 8월, 203면. 〈 〉안의 제목은 원래 시의 제목이며, ( ) 안의 제목은 김구용이 "그 시의 冒頭에서 따서 붙인 것"이다. 그리고 〔 〕 속의 연월일은 작가의 것이며, 「」 속의 연도 및 날짜는 김구용이 추측한 것이다. 앞서 〈 〉는 모두 번역되었으며, ( ) 속의 내용도 대부분 번역된 것으로 보인다. 〈야색〉, 〈첫번째 방랑〉, 〈이 아해들에게 장난감을 주라〉, 〈모색〉, 〈애야〉, 〈각혈의 아침〉, 〈一九三一年 作品第一番〉〔?〕, 〈황의 記 作品第二番〉, 〈습작 쇼윈도우 수점〉, 〈작품 제3번〉, 〈회한의 장〉, 〈불행한 계승〉, 〈얼마 안 되는 변해〉, 〈구두〉, 〈공포의 기록(서장)〉, 〈공포의 성채〉는 제목 그대로 번역되었다. 이 외에도 확인이 가능한 작품은 다음과 같다. 〈車窓〉: 〈첫번째 방랑〉 속 부제(《증보 정본 이상문학전집》 3권, 190면. 이하 '증보정본'으로 표기), (初秋, 陽ハシザ): 〈무제2〉(증보정본 3권, 159면), (每日ノ樣ニ): 〈첫번째 방랑〉 속 내용(증보정본 3권, 202면), (豚小舍ダ): 〈첫번째 방랑〉 속 〈山村〉(증보정본 3권, 200면), (荒城ハ雪ヲ踏ンデ): 〈단상-6〉(증보정본 1권, 213면), (役員ノ齎スラ第三報): 〈무제〉(증보정본 1권, 163면), (室內ノ照明ガ): 〈단장〉(증보정본 1권, 204면), (指ノ樣ナ女ガ): 〈유고〉(증보정본 1권, 161면), (肺の中のペンキ塗リの): 〈각혈의 아침〉 속 내용(증보정본 1권, 209면), (ネオンサインハ): 〈각혈의 아침〉 속 내용(증보정본 1권, 209면), (トアル冬天ノ日中): 〈단상-4〉(증보정본 1권,

김구용은 "39편 외에 타인의 것을 필사한 것이 2편 있었다"고 했다. 이 작품들을 《현대문학》과 《문학사상》에서 여러 차례에 걸쳐 소개하였다. 1차로 1960년 11월부터 1961년 2월까지 시 수필 등 10편을 소개하였다. 1960년 11월에 〈遺稿〉, 〈무제〉, 〈一九三一年(작품 제1번)〉, 〈얼마 안 되는 변해〉, 〈무제1〉, 12월에 〈이 아해들에게 장난감을 주라〉, 〈모색〉, 〈무제2〉, 이듬해 1월에 〈구두〉, 〈어리석은 석반〉, 2월에 〈습작 쇼윈도우 수점〉을 각각 소개하였다. 1차로 소개했던 모든 작품들은 김수영이 번역하였다. 2차로 1966년 7월에 〈哀夜 — 나는 한 매춘부를 생각한다〉, 〈무제〉, 〈황〉 등을 번역 소개하였고, 〈悔恨の章〉은 일문으로 소개하였다. 여기에서 〈哀夜—나는 한 매춘부를 생각한다〉는 김수영이 번역

212면), (全テ枝ヲ): 〈단상-5〉(증보정본 1권, 213면), (夜明方): 〈단상-7〉(증보정본 1권, 214면), (壽ト福トヲ): 〈단상-8〉(증보정본 1권, 215면), (女ノ手ハ白イ): 〈단상-9〉(증보정본 1권, 215면), (私ハ每朝含嗽スル): 〈단상-11〉(증보정본 1권, 216면), (私ノ生活ノ): 〈단상-1〉(증보정본 1권, 210면), (故王ノ汗): 〈무제〉(증보정본 1권, 173면), (繪入レカレンダーノ): 〈황의 기 작품 제2번〉 속 내용(증보정본 1권, 198면), (私ノ路ノ前方ニ): 〈月原橙一郎〉 속 내용(증보정본 1권, 206면) 등. 그리고 (寢水ニ)는 정확히 어느 작품인지 알 수 없지만, 날짜로 볼 때 〈어리석은 석반〉(작품 가운데 "다시 寢具속에 파고 들어가, 진짜 睡眠은 이제부터라고……"라는 내용이 있음) 정도가 아닐까 생각된다. 그런데 그 외의 두 작품, (フリウトノ音ハキレイダ), (夢ハ私ヲ逮捕セヨト云フ)은 확인할 방도가 없다. 두 작품 모두 번역되지 않은 것으로 보인다. 다만 후자는 정인택의 〈미로〉에서 "꿈은 나를 逮捕하라 한다. 現實은 나를 逐放하라 한다. 李箱"(《문장》, 1939년 7월, 97면)이라고 소개되어 있어 그 내용을 짐작할 수 있다. 한편, 김구용이 "타인의 것을 필사한 것이 두 편"이라고 지적했는데, 그것은 박현수의 지적처럼 〈與田準一〉, 〈月原橙一郎〉이다. 이에 대해서는 송민호의 연구가 적실하다. 박현수, 〈이상의 시학의 밀실로 가는 열쇠, 〈애야〉〉, 《이상수필작품론》(이상문학회편), 역락, 2010, 257면.

을 맡았고, 나머지는 김윤성이 번역하였다.

> 李箱의 選作資料整理를 해오던 本誌 資料調査研究室에서는 아직 未發表인 채로 남아있는 李箱의 詩稿 일부가 文學評論家 趙演鉉氏에 의해 소장되고 있다는 정보를 입수하고 조씨와 접촉한 끝에 이제야 공개하기에 이른 것이다. 조연현 교수의 협조와 호의가 아니었던들 2백매에 달하는 이 방대한 量의 詩稿가 이렇게 공개되지 못했을 것이다.[31]

> 이번에《문학사상》에 소개된 유고는 번역하기에 상당히 까다로운 글이 아닌가 싶다. 이 유고를 넘기면서 이것이 日文이 아니고 國文으로 된 것이었다면 얼마나 좋았을까 하는 생각이 들었다.[32]

《현대문학》에서 일부 번역하여 소개하고 남아 있던 이상의 유고는 문학사상사 측의 권유로 다시 빛을 보게 된다.《문학사상》은 이상의 자료 소개에 대단히 적극적이었다. 3차로 1976년 7월《문학사상》에 〈단장〉, 〈황의 기(작품 제2번)〉, 〈작품 제3번〉, 〈與田準一〉, 〈月原橙一郎〉, 〈불행한 계승〉, 〈각혈의 아침〉, 〈첫번째 방랑〉, 〈회한의 장〉 등을 새롭게 소개하였다. 또한 이전에 소개하였던 〈습작 쇼윈도우 수점〉, 〈무제〉, 〈황〉도 다시 번역하여 실었다. 아마도 번역이 까다롭기 때문에 묻어두었다가 문학사상사의 적극적 권유로 말미암아 소개한 것으로 보인다. 이 작품들은 모두 유정이 번역하였다.

---

31 〈발굴경위〉,《문학사상》, 1976년 6월, 173면.

32 조연현, 〈미발표 이상의 유고〉,《문학사상》, 1976년 7월, 219면.

> 원고는 일어로 백지에 깨알 같은 글씨로 씌어져 있었는데 입수 당시 이미 종이는 누렇게 변색되어 있었고 군데군데 함부로 갈겨쓴 낙서 때문에 알아보기 힘든 곳이 많았다. 습작원고라 하지만 사람의 육필로 썼다고는 믿을 수 없을 만큼 정성들여 쓴 글씨며 시각적인 배열같은 것이 건축기사 출신이며 미술가인 이상이 아니고서는 도저히 흉내도 낼 수 없는 특수한 것이었다. 한눈에 보아서도 매우 귀중한 자료임을 알 수 있었다 (……) 이번에 『문학사상』사에서 이러한 점을 감안하고도 굳이 이것을 발표하는 것은 문학적 가치는 차치하고라도 문학사적인 측면에서 이상을 연구하고자 하는 많은 분들에게 도움을 드리기 위한 것이 아닌가 생각된다. 습작원고 한 줄이라도 소홀히 다루어서는 안될 만큼 우리 문학사에 있어서 이상의 비중이 막중함을 새삼 느끼지 않을 수 없었다.[33]

조연현이 죽은 뒤 그의 아내가 4차로 이상 유고를 소개하였다. 조연현은 3차 자료를 소개하면서 "원고가 산란하여 문맥의 연결을 맞추기 어려운 몇 편만 그대로 나에게 남아 있다"[34]고 하여 미공개작이 몇 편 더 있음을 밝혔다. 최상남은 남편의 유물에서 발견한 유고를 직접 번역하여 세상에 내놓았다. 그녀는 유고의 상태에 대한 소개와 더불어 이상의 습작 원고 한 줄이라도 소홀히 다뤄서는 안 된다는 생각에서 그때까지 미처 소개하지 않았던 원고들을 소개한 것이다. 〈단상〉, 〈공포의 기록〉, 〈공포의 성채〉, 〈야색〉이 그러한 작품들이다. 조연현이 지녔던 이상 습작 노트의 미발표 유고들은 최상남을 마지막으로 거의 모두

---

33 최상남, 〈남편의 유물에서 발견된 이상의 유고 예리하면서도 가녀린 감성에 전율마저 느껴〉, 《문학사상》, 1986년 10월, 141면.

34 조연현, 앞의 글, 앞의 책.

소개되었다.[35]

4) 기타 발표작의 발굴 소개

여기에서는 이상의 유고이지만, 또 유고라고 하기에는 어려운 작품의 발굴에 대해 언급하려고 한다. 이상의 작품으로 생전에 이미 발표되었지만 제대로 알려져 있지 않아 새롭게 소개한 작품들이 적지 않다. 그러한 것들을 시기적으로 정리하여 언급하기로 한다.

〈正式 Ⅰ~Ⅵ〉, 《가톨릭青年》(1935년 4월)→《青色紙》(1938년 6월)
〈I WED A TOY BRIDE〉, 《三四文學》(1936년 10월)→《문학사상》(1977년 4월)
〈失樂園—自畵像〉, 《조광》(1939년 2월)→《평화신문》(1956년 3월 20일자)
〈목장〉, 《가톨릭少年》(1936년 5월)→《문학사상》(2009년 11월)

〈정식〉은 이상 생전에 《가톨릭청년》에 발표했던 것이다. 그런데 이 시를 이상이 죽은 뒤 《청색지》에 '故 李箱'이라 하여 다시 소개하였다. 그리고 〈I WED A TOY BRIDE〉는 하동호가 다시 소개하였다. 한편 같은 잡지 앞면에 실린 〈無題(어제ㅅ밤…)〉도 이상의 작품으로 같이 소개하였는데, 이 작품은 이상의 작품이 아닌 것으로 판명되었다. 그리고 〈실낙원—자화상〉을 《평화신문》(1956년 3월 20일자)에 소개했는가 하면, 최근에는 이상의 동시 〈목장〉을 새롭게 발굴하여 《문학사상》(2009년 11월)에 싣기도 했다.

---

35 《현대문학》, 《문학사상》에 발표 소개한 작품명과 시기는 김주현, 〈이상 문학 작품 목록〉(《이상 소설 연구》, 소명출판, 1999, 423~429면)에 자세히 제시되어 있다.

〈十二月十二日〉, 《朝鮮》(1930년 2~12월)→《문학사상》(1975년 9~12월)
〈休業과 事情〉, 《朝鮮》(1932년 4월)→《문학사상》(1977년 5월)

소설 역시 2편을 《문학사상》에서 발굴하여 소개하였다. 〈12월 12일〉은 백순재가 발굴하여 소개한 듯한데, 그는 〈12월 12일〉을 "소경의 눈을 뜨게 만든" 작품이라 설명했다.[36] 다음으로 〈휴업과 사정〉은 문학사상자료조사연구실에서 발굴하여 소개하였다. 두 작품 모두 조선총독부에서 낸 계몽지 《조선》에 실렸던 탓에 잡지가 희귀할 뿐만 아니라 일반인들에게 거의 알려져 있지 않아 다시 소개한 것이다. 더욱이 〈휴업과 사정〉의 저자는 '甫山'인데, 문학사상자료조사연구실은 이 작품을 이상의 작품으로 규정하는 이유 다섯 가지를 제시하였다.[37]

〈血書三態〉, 《新女性》(1934년 6월)→《문학사상》(1979년 11월)
〈散策의 가을〉, 《新東亞》(1934년 10월)→《문학사상》(1977년 8월)

---

36 백순재, 〈소경의 눈을 뜨게 만든 이상의 장편〉, 《문학사상》, 1975년 9월, 285~288면.

37 자료실, 〈인간 실존이 고독을 그려낸 단편소설, 《문학사상》, 1977년 5월, 161면. 소개 당시 이 작품을 이상의 작품으로 규정하는 이유를 다음과 같이 들고 있다. 첫째, 산문임에도 불구하고 띄어쓰기를 전연 하지 않았다. 둘째, 작중인물의 이름은 傳記套로 作者의 이름을 따서 적는 버릇, 즉 다른 소설에서는 '이상', '나' 등으로 쓰고 있고, 이 단편에서는 筆名 甫山을 그대로 作中人物의 이름으로 사용하였다. 셋째, 소설의 구성이 일정한 줄거리 없이 에세이식으로 되어 있고, 心理的인 內的 독백으로 되어 있다. 그리고 그가 즐겨 쓰는 관용구나 어투가 〈地圖의 暗室〉의 문체와 같은 문체를 사용하고 있다. 넷째, 강박관념을 나타내는 주인공의 성격과 행동이 비슷하게 나타난다. 다섯째, 소설 속에 한문 문구를 집어넣고 있다.

〈樂浪パーラの新しさ〉(1930년대 인쇄물)→《조선학보》(1991년 10월)
〈船の歷史〉, 《신동아》(1935년 10월)→《이상리뷰》(2001년 9월)

수필 또는 산문에 해당하는 것은 두 부류로 나누어 설명할 수 있다. 그 하나는 저자를 李箱, 또는 金海卿으로 분명히 제시한 경우이다. 〈혈서삼태〉는 "이상의 첫 수필"로 문학사상사 자료실에서 발굴하여 소개한 것이다.[38] 〈산책의 가을〉은 하동호가 《문학사상》에, 〈낙랑파라의 새로움〉은 三枝壽勝이 《조선학보》(141, 日本 天理大學校)에, 그리고 〈배의 역사〉는 박현수가 《이상리뷰》에 발굴 소개하였다. 이 작품들은 발표지를 찾기 어렵거나 또는 유인물의 형태로 있어 그 존재조차 알기 어려운 것들이었다. 그것들을 새로 소개함으로써 이상 문학의 다양성을 보여주는 데 기여하였다.

〈卷頭言〉, 《朝鮮と建築》(1932년 6월~1933년 11월)→《문학사상》(1976년 6월)
〈現代美術의 搖籃〉, 《每日申報》(1935년 3월 14~23일자)→《문학사상》(1977년 6월)
〈自由主義에 對한 한개의 求心的 傾向〉, 《朝鮮日報》(1936년 1월 24일자)→《문학사상》(1978년 8월)

다음으로 위의 부류를 들 수 있다. 위의 작품들 역시 《문학사상》에서 소개하였는데, 그 과정에 적지 않은 문제점이 있었다. 먼저 〈권두언〉의 경우, 달리 저자를 밝힌 것이 아니라 작품의 맨 뒤에 "R"로 표기되어 있다.

---

38 자료실, 〈이상의 첫 수필〉, 《문학사상》, 1979년 11월, 291면.

R이 이상의 이니시얼이라고 추정되는 이유는 첫째, 이 권두언이 실린 호부터 이상이 잡지 편집에 직접 간여했다는 사실과 그 권두언이 끊긴 제12집 12호가 이상이 그 편집에서 손을 뗀 시기와 일치한다는 점. 文體·語彙·思想, 그리고 메타포가 그 무렵에 발표한 그의 日文詩와 동일하다는 점. 建築誌이면서도 권두언 내용이 藝術文學 등에 관한 것이라는 점, 이 아포리즘이 뒤에 독립된 시로 쓰여진 흔적을 발견할 수 있다는 점 등이다.[39]

《문학사상》에서는 "「R」이라는 익명으로 이 아포리즘이 게재되었기 때문에 그동안 사람들의 눈에 띄지 않은 것"이라 소개하며, 'R'이 이상의 이니셜로 추정되는 이유를 4가지 정도 제시했다. 저자가 정말로 이상인지는 여전히 불명확하며, 이에 대한 문제는 필자가 제기한 적이 있다.[40] 이 문제는 우리가 풀어야 할 숙제인 셈이다. 문학사상자료조사연구실에서는 〈현대미술의 요람〉의 저자를 "李箱(金海卿)"으로 소개했다. 그런데 《每日申報》(1935년 3월 14~23일자)에는 저자가 '金海卿'이 아닌 '金海慶'이라고 표기되어 있는 데 문제가 있다. 마지막으로 〈自由主義에 對한 한 개의 求心的 傾向〉(《朝鮮日報》, 1936년 1월 24일자)은 김종욱이 발굴하였는데, "또 하나 건진 이상의 비평문"이라 하여 저자를 "金海卿(李箱)"으로 소개했다. 〈自由主義에 對한 한 개의 求心的 傾向〉은 연재물 가운데 첫 회 글이며, 제2회는 〈自由,平等觀念과 商品交換의 等價率〉(《朝鮮日報》, 1936년 1월 25일자), 제3회 〈레아리즘의 內容인 浪漫精神은 꿈인가〉(《朝鮮日報》, 1936년 1월 26일자), 마지막으로 〈運命的으로 無味한 文壇政策論 數三〉(《朝鮮日報》, 1936년 1월 28일자) 등

39 〈발굴경위〉, 《문학사상》, 1976년 6월, 173면.

40 김주현, 《이상 소설 연구》, 소명출판, 1999, 396~400면.

총 4회 연재물이다. 그런데 그 저자는 '金海卿'이 아닌 '宋海卿'이다. 이러한 글들은 아직까지 저자 확정이 제대로 이뤄지지 않았다. 이 글들 가운데 일부, 특히 〈自由主義에 對한 한 개의 求心的 傾向〉 연작은 이상의 글이 아닐 가능성이 확실하며, 그 나머지에 대해서도 엄격하게 텍스트 확정을 거쳐야 할 것이다.[41]

이상의 작품에 대한 발굴 소개는 여러 계통으로 이뤄졌다. 이러한 작업은 주로 희귀잡지에 실려서 작품 자체가 제대로 알려져 있지 않던 것들을 세상에 알리는 데 기여했다. 특히 작품을 현대의 문체로 옮겨 제공한다던가, 또는 일부 일문 작품의 경우 번역 소개하여 독자, 연구자들의 가독성을 높여 주었다. 그러나 소개 초기에 작품에 대해 엄정한 저자 확정이 뒤따르지 않은 경우도 있어 여전히 문제가 남아 있다. 그러한 부분은 이상 연구자들이 여전히 풀어야 할 숙제이다.

3. 유고의 수습 정리 — 선집, 전집의 발간

1) 백양당판 이상선집 발간

이상 유고에 처음 관심을 드러낸 이는 김기림이다. 그는 이상의 절친한 친구이기도 했다. 그리고 이상은 김기림의 《기상도》를 직접 만들어 바치기까지 했다는 것은 이미 여러 번 말해 왔다. 김기림이 이상 유고를 묶으려고 한 것은 《기상도》에 대한 보답이자, 그의 문학을 누구보다도 아꼈던 정의에서 비롯하였다.

---

41 이에 대해 더 자세한 내용은 김주현, 《이상 소설 연구》, 소명출판, 1999, 392~405면 참조.

> 이제 우리들 몇몇 남은 벗들이 箱에게 바칠 의무는 箱의 피 엉킨 유고를 모아서 箱이 그처럼 애써 친하려고 하던 새 시대에 선물하는 일이다. 허무 속에서 감을 줄 모르고 뜨고 있을 두 안공(眼孔)과 영구히 잠들지 못할 箱의 괴로운 정신을 위해서 한 암담하나마 그윽한 寢室로서 그 유고집을 만들어 올리는 일이다.[42]

김기림은 해방 뒤에 이상의 원고를 수습하였다. 그리하여 자료를 창작: 〈날개〉, 〈종생기〉, 〈지주회시〉, 시: 〈오감도초〉, 〈正式〉, 〈易斷〉, 〈素榮爲題〉, 〈꽃나무〉, 〈이런 시〉, 〈一九三三. 六. 一〉, 〈紙碑〉, 〈거울〉, 수상: 〈공포의 기록〉, 〈약수〉, 〈失樂園〉, 〈김유정〉, 〈19세기식〉, 〈권태〉 등 3개 부문으로 나눠 마침내 《이상선집》(백양당, 1949)을 발간하였다. 그런데 김기림이 수습한 원고를 모두 선집에 수록한 것으로 보아선 안 된다. 왜냐하면 〈오감도〉만 하더라도 "오감도초"라 하여 시 제1~3호, 제7~10호, 제12호, 14호, 15호 등 총 15수 가운데 10수만 실었을 뿐, 시 제4~6호와 시 제11호, 제13호가 빠져 있기 때문이다. 우선 형편대로 선집을 묶은 것이다.

그는 선집 뒤에 〈이상연보〉를 달았다. 거기 1931년에는 "《朝鮮と建築》誌 7월·8월·9월 각호에 시(일문)를 발표"라고 하였으며, 선집에 실리지 않은 많은 작품에 대해서도 게재지, 게재 시기를 소개했다. 〈동해〉(《조광》 1936년 10월호), 〈슬픈 이야기〉(《조광》 1937년 6월호), 〈환시기〉(《청색지》 1938년 6월호), 〈실낙원〉(《조광》 1939년 2월호), 〈단발〉(《조선문학》 1939년 4월호), 〈병상 이후〉(《청색지》 1939년 5월호) 등 작품의 게재지와 게재 시기를 정확하게 밝혔다. 조금 불명확하거나 잘못

42 김기림, 〈고 이상의 추억〉, 《조광》, 1937년 6월; 《그리운 그 이름, 이상》(김유중·김주현 편), 지식산업사, 2004, 30면.

기재한 것도 있는데, 〈추석삽화〉(《매일신보》, 1936년), 〈종생기〉(《조광》 1937년 3월호), 〈실화〉(《문장》 1939년) 등이 그러한 경우이다. 실린 작품보다 더욱 많은 작품을 알고 있었고 수습하였지만, 일차적으로 선집의 형태로 묶은 것이다. 그래서 "연보에 미비한 점은 금후 널리 조사되는 대로 다음 증간시에 증보하기로 함—편자"라고 하였다. 그는 수록하지 못한 작품들을 다음 증간 때 보충하리라 마음먹은 것이다. 그러나 선집 발간 1년 남짓 뒤 6·25가 발발하면서 그의 계획은 무산된다. 김기림은 6·25 때 납북된 것으로 알려져 있으며, 그 뒤로 생사를 확인하기 어렵다.

2) 태성사판 이상전집 발간

1950년대 들어 이상 문학은 새로운 전기를 맞는다. 바로 임종국이 《이상전집》을 완성한 것이다. 임종국의 태성사판 《이상전집》은 이전과 질적으로나 양적으로나 차이가 있다. 백양당판은 선집일 뿐이지만, 태성사판은 그야말로 '전집'으로 발간한 것이다. 전집이란 무엇인가? 바로 작품의 전체를 드러내 보이는 것, 그래서 무수한 땀과 노력의 결정이 있어야만 가능한 것이다.

> 따라서 完成된 것이 絕對로 아닌 이 全集은, 그러나 그 分量만으로도 箱의 全貌를 後世에 傳하기는 充分하리라. 또 世代를 裨益함도 不少하리라. 남은 일은 江湖諸賢의 協力을 얻어, 또 우리 모두가 한자리에 모여 文學할 수 있는, 날을 기다려, 그 漸次的 完成을 期約하겠다.[43]

43 임종국, 〈跋〉, 《이상전집》 제3권 수필집, 태성사, 1956, 328면.

임종국은 전집을 내놓으면서 “완성된 것이 절대로 아닌 이 전집”이라고 했다. 앞에서 살펴본 것처럼 “殘稿”를 싣지 못했기 때문이다. 그러나 3권으로 묶은 것만으로도 신기원이 아닐 수 없다. 그는 “작품 연보 하나 제대로 안 갖춰진 상태에서 수집은 별수 없이 신문·잡지를 하나하나 뒤지는 일부터 시작”하여 발로 자료를 찾아 이상전집 3권을 내놓게 된다. 그는 자료를 일일이 찾아다니는 발품 끝에 백양당판 선집을 상당 부분 보완하였다. 먼저 제1권은 창작집으로 하여, 백양당판 3편 외에도 〈단발〉, 〈실화〉, 〈환시기〉, 〈동해〉, 〈지도의 암실〉, 〈황소와 도깨비〉, 〈종생기〉 등 7편을 추가해 넣었다. 여기에는 김기림의 목록에도 빠져 있던 2편(〈지도의 암실〉, 〈황소와 도깨비〉)이 들어 있다. 또한 그는 1권 부록으로 이상이 김기림 등에게 보낸 편지 9편을 소개하였다.

다음으로 제2권 시집에서 무엇보다 특기할 것은 앞에서 언급한 것처럼 미발표 유고 9편을 포함시킨 점이다. 그리고 〈오감도〉 15편을 모두 실었으며, 《조선과 건축》 소재 〈이상한 가역반응〉 외 5편, 〈3차각설계도〉 연작, 〈건축무한육면각체〉 연작과 《조선일보》 소재 〈위독〉 연작을 실었는데, 특히 〈건축무한육면각체〉 연작과 〈위독〉 연작은 임종국이 직접 찾아 넣은 것이다. 그 밖에도 〈무제〉, 〈지비1,2,3〉, 〈이유 이전〉(무제 其二), 〈파첩〉, 〈가외가전〉 등 5편을 추가했다. 게다가 유고 9편과 《조선과 건축》 소재 시는 일문 원문도 그대로 실었다.

제3권 수필집에는 백양당판에 제목이 소개된 〈병상 이후〉, 〈슬픈 이야기〉, 〈추등잡필〉뿐만 아니라 임종국 스스로 찾아낸 〈산촌여정〉, 〈서망율도〉, 〈조춘점묘〉, 〈행복〉, 〈여상〉, 〈EPIGRAM〉, 〈매상〉(김옥희에게 보낸 서신), 〈작가의 호소〉, 〈동경〉, 〈최저낙원〉, 〈산묵집〉(오감도 작자의 말, 나의 애송시, 아름다운 조선말, 가을의 탐승처, 시와 소설 편집후기 등 5편) 등 총 18편의 작품을 추가했다. 그리하여 그야말로 웬만한 이상의 작품들은 거의 소개되기에 이른다. 그는 "누락된 작품, 미발표 유고 등이 발견되면 적절한 방법으로 증보하겠다"고 약속하였다.[44] 10년 뒤 개정판을 내었지만 증보판으로 만들지 못했는데, 변동욱의 '잔고'를 구득하는 것이 불가능했기 때문이다. 그러나 이상 전집의 발간으로 이상은 중요한 근대 작가로 자리매김하게 된다. 그것은 임종국의 끊임없는 열정과 발품으로 이룩한 결실이다.

3) 갑인출판사판 《이상전집》 발간

그러나 태성사판 발간 뒤로 조연현이 이상 유고를 새롭게 발굴하고, 태성사판에 미처 소개되지 못한 이상의 작품들을 문학사상자료조사연구실에서 지속적으로 소개한다. 그래서 1970년에 이르면 태성사판은 전집으로서 기능이 현저히 약화되기에 이른다. 왜냐하면 새롭게 발굴된 작품들이 그 수효적 측면에서 적지 않았기 때문이다. 새로운 전집 발간이 필요하기에 이른다.

> 그러한 理由로 文學思想資料調査硏究室에서는 그동안 묻혀 있는 李箱의 作品과 방계자료들을 찾아내는 데 온갖 노력을 기울여 왔다. 낡은 新聞綴를 뒤지고, 묵은 잡지의 먼지 속을 뒤졌으며 遺族의 다락을 다시 뒤졌다. 그래서 肉筆原稿, 假名이나 無記名으로 된 原稿, 사진, 유품 앨범 등을 찾아냈다. 5년 동안의 그러한 노력으로 이제는 資料調査가 거의 완벽한 단계에 이르렀고, [구슬이 서 말이라도 꿰어야 보배]라는 속

44 임종국, 〈《이상전집》 간행에 際하여〉, 《이상전집》 제1권 소설집, 태성사, 1956, 7면.

담처럼 그 作業의 매듭을 짓는 作業으로 이 册을 펴내게 이른 것이다.[45]

새로운 전집의 발간은 이어령이 맡아 진행하였다. 사실 이 작업은 무엇보다 문학사상사의 자료 발굴에 크게 힘입은 것이었다. 이어령은 1960년부터 새롭게 발표되기 시작한 이상 유고 및 발굴 작품들을 전집에 포함시킨다. 여기에는 새롭게 추가된 작품들이 적지 않다. 문학사상판 《이상시전작집》에는 〈보통기념〉, 〈청령〉, 〈한 개의 밤〉, 〈유고1〉, 〈1931년(작품 제1번)〉, 〈습작 쇼오윈도우 수점〉, 〈무제〉, 〈황〉, 〈애야〉, 〈회한의 장〉, 〈단장〉, 〈I WED A TOY BRIDE〉, 〈무제〉, 〈각혈의 아침〉, 〈황의 기(작품 제2번)〉, 〈작품 제3번〉, 〈與田準一〉, 〈月原橙一郎〉 등 18편이 추가된다. 이 가운데 〈무제〉(《三四文學》, 1936년 10월)는 물론 잘못 들어간 것이다. 그래도 이전까지 수집된 모든 자료들을 망라하여 실었다.

《이상소설전작집》은 2권으로 이뤄져 있으며, 제1권은 기존 작품을 그대로 실었고, 제2권에서는 〈12월 12일〉, 〈휴업과 사정〉, 〈불행한 계승〉 등 3편의 발굴 작품을 추가하였다. 그리고 《이상수필전작집》은 〈문학과 정치〉, 〈지팽이역사〉, 〈산책의 가을〉 등 발굴 작품 3편, 그리고 〈얼마 안 되는 변해〉, 〈유고2〉, 〈유고3〉, 〈유고5〉, 〈구두〉, 〈모색〉, 〈어리석은 석반〉, 〈이 아해들에게도 장난감을 주라〉, 〈첫번째 방랑〉 등 유고 9편, 〈내가 좋아하는 화초와 내 집의 화초〉(설문)와 〈EPIGRAM〉(아포리즘) 2편을 싣고 있다. 그리고 새로 발굴된 《조선과 건축》 소재 〈권두언〉 10편, 〈현대미술의 요람〉 등도 실었는데, 이 작품들은 저자확정에 문제를 안고 있다. 이어령은 “후일에 판을 거듭할 때마다 다시 보완 수정할

45 이어령, 〈이상전작집에 부치는 글〉, 《이상시전작집》, 갑인출판사, 1977.

각오 아래 감히 이상 문학의 결정본이 되기를 기원한다"고 밝혔다.

4) 문학사상사판 이상전집 발간과 그 이후

갑인출판사판이 나온 뒤에도 이상 유고가 번역되었지만 그 수효는 많지 않다. 이승훈(시집)과 김윤식(소설, 수필집)이 문학사상사에서 새로운 전집을 발간한다. 여기에서는 갑인출판사판에서 추가된 자료를 살피기로 한다. 문학사상사는 이상문학 자료 발굴에 심혈을 기울였으며, 일부 작품을 새로 발굴하는 성과가 있었다. 그렇게 해서 추가된 작품은 〈혈서삼태〉, 〈단상〉, 〈공포의 기록〉(서문), 〈공포의 성채〉, 〈야색〉 등이다. 이 작품들은 모두 《이상문학전집》 제3권 수필집에 실렸다.

이 밖에도 수필집에는 〈자유주의에 대한 한 개의 구심적 경향〉이 새로 실렸는데, 이는 이상의 글이 아닐 가능성이 대단히 높다. 그 뒤에 필자가 편집·주해하여 소명출판판 《정본 이상문학전집》을 발간하였다. 여기에는 3권(수필 기타)에 〈배의 역사〉, 〈낙랑파라의 새로움〉, 기타 아포리즘 6편 등을 추가하였지만, 〈무제〉(어젯밤…)는 배제하였다. 그 뒤로 문학에디션 뿔의 《이상전집》(2009), 소명출판의 《증보 정본 이상문학전집》(2009) 발간이 있었지만, 새롭게 추가된 작품은 없다. 한편 최근 들어 한 논자는 〈與田準一〉, 〈月原橙一郎〉이 이상의 창작이 아닌 것으로 규명하였다.[46] 그러므로 〈與田準一〉, 〈月原橙一郎〉은 이상의 작품

---

46 송민호, 〈이상의 미발표 창작노트의 텍스트 확정 문제와 일본 문학 수용 양상 — 〈與田準一〉과 〈月原橙一郎〉의 출처에 관하여〉, 《비교문학》 49, 한국비교문학회, 2009. 사실 김구용은 이상의 유고를 소개하면서 "타인의 글을 필사한 두 편이 있었다"고 밝혔는데, 이것은 박현수의 언급처럼 〈與田準一〉, 〈月原橙一郎〉을 의미하는 것으로 보인다. 김구용, 앞의 글, 632면 및 박현수, 〈이상 시학의 밀실로 가

에서 배제하는 것이 마땅하다. 이는 발굴만큼이나 텍스트 확정이 중요함을 새삼 일깨워주었다.

4. 마무리

이제까지 이상 문학 유고의 수습과 정리를 중심으로 이상 문학 작품의 발굴 과정을 살펴보았다. 이 글에서는 이상 유고의 발굴과 소개, 그리고 발표는 되었지만 일반 독자들에게 잘 알려져 있지 않던 작품의 소개를 살펴보았다. 그러한 작품들은 다시 선집, 또는 전집에서 모습을 드러내었다. 이상 작품의 수집·정리에 임종국의 공이 지대하다. 그가 전집의 기초를 놓았고, 그 뒤로 새로운 자료를 잇따라 발굴하면서 갑인출판사, 문학사상사, 소명출판 등에서 전집이 나온다.

이들 전집은 당시 발굴한 자료를 최대한 수습하여 실었다는 점, 자료의 추가적인 발굴로 판본을 거듭할 때마다 전집의 작품 수효가 늘어났다는 점이 특징적이다. 2005년 《정본 이상문학전집》에 가장 많은 작품이 실렸으며, 그 뒤에 나온 전집에서는 새로운 작품이 추가되지 못했다. 또 하나, 전집이 거듭되면서 더욱 풍성한 주석과 해설이 실렸다는 점도 주목할 만하다. 주석은 이어령의 《이상전작집》에서 비롯하였는데, 이후 문학사상사판과 소명출판판, 그리고 최근에는 문학에디션뿔판, 소명출판 증보판 등을 거치면서 더욱 풍성하고 다채로워졌다.

는 열쇠, 〈애야〉〉, 《이상수필작품론》(이상문학회 편), 역락, 2010, 257면.

이상 문학의 텍스트 확정 문제

1. 들어가는 말 — 미로 찾기

이상이 죽은 뒤 유고의 행방에 관해서는 아직도 많은 의구심이 남아 있다. 단지 그 일부가 발견되어 《현대문학》과 《문학사상》에 소개되었을 뿐 그의 유고 가운데 많은 수가 아직도 오리무중이다. 어쩌면 그 행방조차 알려지지 않은 채 소멸되었거나 또는 아직도 공개되지 않은 채로 어딘가에 남아 있을 것이다. 이 글은 이상 문학의 텍스트 확정을 목적으로 한다.[01] 여러 사람들의 증언에 따르면 이상이 죽은 뒤에도 발표되지 않은 원고들이 많았던 것으로 보인다.

(가) 오빠가 돌아가신 후 姙이 언니는 오빠가 살던 방에서 藏書와 原稿 뭉치, 그리고 그림 등을 손수레로 하나 가득 싣고 나갔다는데 아직 그

---

01 이상 문학의 텍스트 확정을 위한 필자의 작업으로 다음 논문들이 있다. 이 작업은 그 연장선상에 있다. 〈텍스트부터 잘못되어 있다 — 이상 문학 연구의 문제점〉, 《이상문학연구 60년》, 문학사상사, 1998; 〈이상 문학의 텍스트 확정에 나타난 문제점 고찰〉, 《민족문학사연구》 14, 민족문학사연구소, 1999년 6월.

행방이 묘연하며,[02]

(나) 상의 시가 적힌 10여 권의 대학 노우트는 처남 B씨의 소장하는 바이었으나, 오늘날의 B씨의 생사를 모르니 행방을 알 수 없고, 근래 기적적으로 발견된 그 일부가《현대문학》지에 게재된 일이 있다.[03]

(다) 이상은 동경으로 가자마자 매문용賣文用(원고료를 벌기 위한)으로 꽁트Conte식 잡문雜文을 여러 편 만들었다. 일경日警이 모두 압수押收했지만, 이 잡문들은 정치적 사연이 없기 때문에 흐트러진 채로 버려둔 것을 내가 얼마 동안 간직하고 있다가 서울을 떠나게 될 때 동생 운경雲卿에게 맡겼다.[04]

이것들은 각각 김옥희, 임종국, 그리고 김향안의 진술이다. 이상의 누이 옥희는 이상의 아내였던 김향안(변동림)이 원고를 마지막으로 갖고 있었던 것(가)으로, 임종국은 이상의 처남이자 김향안의 오빠인 B씨가 갖고 있었던 것(나)으로 진술하고 있다. 김옥희나 임종국의 진술은 김향안이 이상의 원고를 직접 처리하였거나 아니면 어떻게 처리했는지 알고 있었을 것이라는 추정을 가능하게 한다. 그러나 김향안은 "이상(李箱)이 작고한 후 유물 일체를 유족에게 넘겼"고,[05] 유고를 운경에게 맡겼다(다)고 하여 김옥희나 임종국과 상반된 진술을 하고 있다. 그녀는 원고의 수령인을 '운경'이라고 분명히 적시하고 있지만, 운경은 6·25 당시 행방불명이 되어 생사도 확인할 수 없다. 그래서 이제 이상

---

02 김옥희, 〈오빠 이상〉, 《신동아》, 1964년 12월, 319면; 《그리운 그 이름, 이상》(김유중·김주현 편), 지식산업사, 2004, 65~66면.

03 임종국·박노평, 〈이상편〉, 《흘러간 성좌》, 국제문화사, 1966, 171면.

04 김향안, 〈이젠 이상의 진실을 알리고 싶다〉, 《문학사상》, 1986년 5월, 59~60면.

05 김향안, 〈〈마로니에의 노래〉와 인터뷰의 봉변〉, 《문학사상》, 1986년 4월, 169면.

원고의 행방을 속 시원히 말해 줄 사람이 없다. 우리는 여기에서 원고의 최후 소지자의 행방이 미궁에 빠져 있음을 목도할 수밖에 없다. 노트에 깨알같이 써서 간직해 오던 이상의 원고는 그 일부가 조연현의 손에 흘러들어 가 소개되었지만, 나머지 원고의 행방은 여전히 수수께끼로 남아 있다. 그런데 여기 또 하나, 이상의 지우였던 정인택의 진술이 있다.

> 생각하니 김군이 세상을 떠난지 벌써 一년이 지났다.
> 그러니까 두 자 기리가 넓는 김군의 유고뭉치를 내가 맡아 간직한지도 이미 한해가 넘는 셈이다.
> 살릴 길 있으면 살려 주어도 좋고 불살라 버리거나 휴지통에 넣어도 아깝게 생각 안할 터이니 내 생각대로 처치하라고— 그것이 김군의 뜻이었노라고 유고뭉치를 내게 갖다 마끼며 김군의 유족들은 이렇게 전했었다 (……) 아니 그것은 완전한 일기랄 수도 없는 순서 없이 씌어진 한개의 「노오트」에 불과할지도 모른다. 다른 원고에서는 그렇게도 찬찬함을 보이던 김군이 (……) 그 때문에 나는 그 글을 추리고 깎고 하여 한 편의 소설로 얽어 김군의 일기라는 명목 아래 세상에 발표하는 것이다.[06]

이 글을 토대로 이경훈은 정인택의 〈업고〉, 〈우울증〉을 이상의 작품일 것으로 추정했다.[07] 어쩌면 이 진술은 앞의 다른 사람들의 진술을 보완해 줄 가능성도 있다. 첫째 김향안(임이)→정인택, 둘째 처남 B씨→정인택, 셋째 유족(특히 김운경)→정인택 등으로 유고가 옮겨 갔을 가

06 정인택, 〈여수〉, 《문장》, 1941년 1월, 4~5면.

07 이경훈, 〈이상과 정인택1 — 〈업고〉와 〈우울증〉에 대해〉, 《작가연구》 4, 1997년 10월.

능성은 앞의 진술을 합리적으로 해결해 줄 희망을 제시한다. 그러나 앞의 세 진술 모두 정인택에 대한 진술이 없다는 점에서 어디까지나 하나의 가능성일 뿐이다. 논자는 〈여수〉도 이상의 작품일 것으로 추정하였다. 이상의 유고가 정인택에게 실제로 전해졌을 수도, 그렇지 않을 수도 있다. 그것을 가늠하려면 위 예문 '작가의 말'이 사실(또는 진실)의 영역에 속하는지, 아니면 허구를 위한 의장(수사)일 뿐인지를 밝혀내야 한다. 그러므로 〈여수〉를 포함하여 정인택의 다른 작품들을 신중히 검토해 볼 필요성이 있다. 단순한 포즈로만 보아 넘길 수 없는 위 예문을 하나의 전제로 놓고 논의를 풀어가기로 한다.

2. 정인택(?) 소설에 나타난 이상의 체험과 문체

현재 남아 있는 정인택의 작품 가운데 이상의 체험이나 문체와 직접적으로 관련 있는 작품은 〈준동〉(《문장》, 1939년 4월), 〈미로〉(《문장》, 1939년 7월), 〈업고〉(《문장》, 1940년 7월), 〈우울증〉(《조광》, 1940년 9월), 〈여수〉(《문장》, 1941년 1월) 〈고드름〉(《조광》, 1943년 3월) 등이다. 이들을 다시 이상과 아내의 생활, 누이 김옥희의 가출을 내용으로 한 '순희' 계열과 이상의 삶과 출옥 체험 등을 다룬 것으로 보이는 '유미에' 계열로 대별해 볼 수 있다.

'순희' 계열: 〈업고〉(《문장》, 1940년 7월), 〈우울증〉(《조광》, 1940년 9월), 〈고드름〉(《조광》, 1943년 3월)(〈업고〉에서 순희는 나오지 않지만 이 소설들이 시리즈물처럼 이어진다는 점에서 순희 계열에 포함하기로 한다)

'유미에' 계열: 〈조락〉(《신동아》, 1934년 10월), 〈준동〉(《문장》, 1939년 4월), 〈미로〉(《문장》, 1939년 7월), 〈여수〉(《문장》, 1941년 1월)

이들은 좀 차이가 있긴 하지만 내적으로 하나의 시리즈처럼 연결되어 있어서 계열로 묶을 수 있다. 먼저 이상의 삶을 이상의 입장에서 서술한 작품을 살피기로 한다.

> 봄, **피를 토한 후**로 웬일인지 일시에 맥이 풀린 나는 그때까지의 이학박사의 꿈을 걷어치우려고 **배천온천에서** 자포자기의 생활을 **시작하였다.** 그리하여 허무를 질머지고 **돌아오려던 길에 하룻밤 나는 지나는 애정을 그에게 느꼈든 것이다. 그것뿐으로, 이미 그의 살결의 감촉조차 몽롱할 때에 어떤 생각으로인지 그는 나를 믿고, 나를 따라, 황해도 산속에서 맨주먹으로 뛰어올라왔다.**[08]

> 혼자서 누어 있으면 잊었던 병에 대한 근심이 마음속에 가득하고 만다. 그와 더부러 정욕을 떠난, 부정(不貞)한 안해에의 지순(至純)한 사모가 좀먹은 가슴속으로 가뜩이 부풀어 올으는 것이다. **나는 역시 안해를 사랑하고 있었다.** 사랑하고 있었다—도망가도 아까운 안해는 아닐 터인데 이 주책없는 애정은 어디서 솟아 나오는 것일까. 죄 많은 몸—이라고 흥코웃음 처 보는 것이나 그러면 또 그러한 자신이 몹시 애닯게 생각되어, 그래도 고만 아냐, 그래도 고만 아냐—무엇이 그래도 고만인지 연해 이번엔 자신을 타일르고 달래는 사이에, 이번엔 컴컴한 죽엄의 그림자 속

08 정인택, 〈업고〉, 《문장》, 1940년 7월, 144면; 《그리운 그 이름, 이상》, 253~254면. 이하 정인택의 작품 인용시 현재의 띄어쓰기를 적용함.

에서 몸을 떨고 마는 것이다 (……) 안해는 포동포동 살이 쪄서 돌아왔다. 그 크고 검은 눈동자는 두려운 빛도 없이 태연하게, 앓아 누은 나를 내려다보고 있다. 과하도록 익은 입술은 핏빛같이 빩앟다. 석달 전과 조금도 다름없는 내여비칠 듯이 힌 살결이다 그러나 나는 다만 한 가지 달라진 것을 민감하게도 알아 채이고 흥 흥 마음속으로 끄덕이며 사냥개와 같이 후각(嗅覺)을 내둘러 안해의 체취(體臭)를 맡아보려 했다.
안해 몸 위에 수없는 지문(指紋)이 찍혀 있는 것이다.(〈業苦〉, 146면)
(강조: 인용자. 이하 동일)

이 부분은 이상의 아내 금홍을 다룬 것으로 보인다. 아내를 무지하고 야생적이고 퇴폐적이며, '부정한 아내'로 서술하고 있다. 금홍이에 대한 묘사는 이상의 작품 여기저기에 나타난다. 이를테면 〈봉별기〉, 〈날개〉, 〈지주회시〉, 〈공포의 기록〉, 〈지비〉 같은 작품이 그러하다. 이들 작품에서 이상은 금홍을 '매춘부', '거미', '음란한 요물', '조류' 따위로 묘사하고 있다.[09] 위 내용에서 진하게 한 부분은 사실의 영역에 속한다. 이상이 각혈을 하고 배천온천에서 요양한 것은 실재적 사실이다. 그리고 서울로 돌아와 금홍과 함께 '제비'다방을 경영한다. 이러한 사실은 그의 작품 〈봉별기〉와 〈지주회시〉에도 형상화되어 있다. 그리고 위 구절에서 '나는 역시 아내를 사랑하고 있었다'는 "금홍이가 내 아내가 되었으니까 우리 내외는 참 사랑했다"[10]와 관련된다. 그러나 이러한 부분은 전반적으로 이상의 삶을 담고 있지만 이상의 문체와는 거리가

09 이에 대해서는 필자의 〈이상 문학의 기호학적 접근〉(《어문학》 64, 어문학회, 1998년 6월)을 참조.

10 김윤식 편, 《이상문학전집2》, 문학사상사, 1992, 350면. 이하 이 책의 인용은 인용 구절 뒤 괄호 속에 2권, 면수만 기입.

있어 보인다.

밑줄 친 부분은 이상의 문체로 보이거나 거의 일치한 표현들이다. 이상은 스타일리스트로서 나름의 독특한 문체가 있다. 여기에서 '아내의 체취', '안해의 몸에 수없는 지문이 찍혀 있었다'는 〈날개〉의 "아내의 체臭", "아내의 체취는 요기 늘어섰는 가지각색 향기의 합계일 것이니까"(2권, 322면), "아내의 살에서 허다한 指紋 내음새를 맡았다"(2권, 304면) 등에서처럼 문체적 공통성을 띤다. 그리고 "이것 말유? 저어……버선허구…"(〈업고〉, 144면)에서 '버선'은 〈지비〉, 〈봉별기〉, 〈지주회시〉 등에도 나타난다. "낮이고 밤이고 동물과 같이 누어서 잠 잤다"(〈업고〉, 145면)는 "나는 밤이나 낮이나 잠만 자느라고 그런 것은 알길이 없다"(2권, 319~320면)와 "나는 가장 게으른 동물처럼 게으른 것이 좋았다"(2권, 324면)에서 문체적 동질성을 보이고 있다. 마지막으로 "바람과 같이 불어들어 온 안해이니까 바람과 같이 날러가는 것도 무리는 아니리라"(〈업고〉, 146면)는 "왕복엽서 모양으로 아내가 초조히 돌아왔다"(2권, 304면), "그는 왜 왔는지 알았다. 지금 그는 아내가 왜 안 가는지를 알고 있다. 이것은 분명히 왜 갔는지 모르게 아내가 가 버릴 징조에 틀림없다"(2권, 299면)와 문체적 유사성을 보이고 있다. 이 작품들이 모두 금홍과 살았던 시절을 다루고 있고, 이상이 그녀와 함께 했던 삶을 형상화한 소설에서 그러한 문체를 사용했다는 점에서 중요하다.

> **안해가 황해도 산골에서 나를 믿고 나를 따라 좇어 올라온 것**은 이 다방(茶房)을 시작한지 한달도 못되어서였다. 생각도 안했던 안해가 뜻밖에 내 품으로 뛰어들자 나는 전부터 의가 맞지 않던 **늙으신 어머니와 성년한 누이**와 아주 의를 끊다싶이 하고 이 어둠컴컴한 가갓방 속에 둘이서만 처박히고 말았다. 그리하야 안해의 품속에서만 완전히 一년—나는 가

족들뿐 아니라 세상과도 완전히 인연을 끊고 지내왔다. **그 안해가 무슨 때문인지 표연히 종적을 감춘** 지 열흘—이나 열하루, 그밖에 안 되는 오늘 나는 이 다방을 어떤 시굴 청년에게 그대로 넘기고 만 것이다. 그것이 아무리 생각해도 우연같이는 생각되지 않고, 역시 안해와 무슨 인연이 맺어진 듯만 싶어, 그러면 역시 내 마음속에는 아직도 부정(不貞)한 안해에 대한 애착이 남아 있어 그 때문에 안해의 체취(體臭)가 배여있는 이 다방을 내 옆에 남겨놓고 바라보기가 싫여, 헐값으로 허둥지둥 팔아 버린 것이라고 두 번 고쳐 생각해도 그런 마음이 잠재(潛在)해 있는 것으로만 꼭 그렇게만 생각되어 나는 아무도 보는 사람은 없었고, 누가 옆에 있다 치더라도 마음속까지야 설마 드려다 보랴마는 누구에게 들려나 주려는 듯이 자조(自嘲)의 빛을 뚜렷이 나타내이고 혀를 끌끌 차보는 것이나 그래도 그것을 전연 거짓말이라고는 할 수 없어서 나는 쓰디쓴 일종의 쾌감조차 느끼며 몇 번이고 그 생각을 몰래 되풀이해 보는 것이다.

그러나, 그러나, 그러나 말이다……

이것으로 하나는 끝장이 난 셈이다마는 앞일을 생각하면 까마아득하다. 무엇을 해야 할지, 무엇을 하면 좋을지, 예산도 서지 않거니와 생각해 볼 엄두도 나지 않았고, 그뿐 아니라 그런 것을 작고 생각하고 있노라면 요사이의 삐두러진 사고(思考)는 금시로 이대의두 살아가야 옳은지 또는—하고 그런 데까지 단숨에 비약하야 어쩔 줄을 몰랐고, 그다음엔 어리석게도 허덕허덕 그 자리에 주저앉아 버리어 나는 억제로라도 잠들고 마는 것이다. 요사이의 **내게는 잠자는 것이 무엇보다도 낙(樂)이었다.** 잠자는 동안은 이그러진 사고에 사로잡히지 않아도 되기 때문이다.[11]

11 정인택, 〈우울증〉, 《조광》, 1940년 9월, 259~260면; 《그리운 그 이름, 이상》, 260~261면.

금홍은 황해도 배천온천에서 이상과 만났고 서울로 온 다음 제비다방 뒤에서 이상과 동거에 들어간다. 여기에는 금홍의 상황을 서술하고 있다. 황해도 산골에서 나(이상)를 믿고 따라온 그녀의 상황이나 그녀가 가출한 일, 그리고 늙은 어머니와 성년한 누이(이상의 가계) 등이 작품에 그대로 나타난다. 강조한 부분은 모두 사실의 영역에 속한다. 이것은 이상의 작품이거나 또는 정인택이 이상의 입장에서 마치 제 일인 양 썼다는 말이다.

밑줄 친 '일종의 쾌감'은 〈날개〉의 "내객이 아내에게 돈을 놓고 가는 것이나 아내가 내게 돈을 놓고 가는 것이나 일종의 쾌감 — 그 외의 다른 아무런 이유도 없는 것이 아닐까 (……) 그런 중에도 나는 그 쾌감이라는 것의 유무를 체험하고 싶었다"(2권, 329면)에서도 나타난다. 위 작품의 제목은 〈우울증〉이다. 우울증과 관련하여 정인택의 또 다른 언급에 주목할 필요가 있다.

> 요새 며칠 동안 또 이 症勢가 도졌다. 그럴 때면 생각나는 것이 죽은 李箱이다. 李箱이를 생각하면 그가 살아 있을 동안의 그의 낡아빠진 生活이나 容貌가 눈에 선하여 견딜 수 없다.
> 어쩌면 李箱이는 나의 몇 갑절 憂鬱하고 외로운 사람인지도 모른다. 程度를 지나쳐 不吉한 생각까지 든다.
> 事實 李箱이가 그 孤獨속에서 제 自身 제 손으로 그 不吉한 씨를 키워 온 것만은 世上이 다 안다. 그러한 어둔 生活이 간얄프게 남아 있는 健全한 意慾마자 무찌르고 만 것이다.
> 李箱이를 생각하면 더욱 그것이 한 개의 精神病이라는 確信을 가질 수 있다. 憂悶菌이란 가장 傳染性이 强한 菌이 그 病源이다.
> 요새 와서야 나도 危險한 保菌者인 것을 自覺하였으나 어찌할 道理가

> 없다. 이것은 필경 李箱이가 옮겨 주고 간 것이라고—때때로 밉살스럽게 생각되는 적도 한두 번이 아니다. 그러나 불상한 친구를 위하여 나는 이것을 숨겨두련다.[12]

〈우울증〉은 위의 수필 〈고독〉과 거의 같은 시기에 쓰였던 작품이다. 우울증은 〈업고〉와 마찬가지로 병증과 그 근원을 말한다. 이 글에서 정인택은 〈우울증〉 창작과 관련한 의미심장한 서술을 해 주고 있다. 하지만 그것은 자신이 요즘 우울증을 앓게 되었고, 그 우울증의 근원이 이상에게 있음을 깨닫게 되었다는 것이다. 이것은 단순히 작품의 근원을 의미하는지, 아니면 이상의 작품이라는 것인지 분간하기 어렵다.

정인택은 〈불상한 이상〉(《조광》, 1939년 11월)에서 "이상이 얼마나 고독해 하고 슬퍼하고 하는지를 잘 아는 나는"이라 언급하였는데, 그것은 이상의 '고독'과 정인택 작품(〈고독〉)과의 관련성을 시사해 준다. 그는 왜 자신의 우울증을 이상도 앓고 있었다고 생각했던 것일까.

> 그러나 박군의 정말 슬픔이나 우수가 그것에만 있다고는 생각할 수 없었고 다만 그것이 한 개의 「스프링보오드」가 되어 박군 자신조차 깨닫기 전에 울적한 평소의 우민(憂悶)의 바닷속으로 껑충 뛰어든 듯싶었다. 일가친척이라곤 없이 적은 몸엔 능히 다 담지 못할 커다란 야심을 품고 있으면서도 그 야심을 채울 길이 없어 마음에 들지 않는 신문기자 생활을 다섯 해나 계속해 온 박군이다. 동경엔 보다 남기고 온 꿈의 가닥이라도 있단 말이지 신문사 그만두고 **동경 간다는 것이 입버릇같이 되어 있으나,** 말대로 딱 끊어 실행을 하지도 못하고 아까운 재능을 게

12 정인택, 〈고독〉, 《인문평론》, 1940년 11월, 171~172면.

> 을른 그날그날의 생활 속에서 달리어 없애고 있는 터이다. 남유달리 민감하나 약한 몸에는 가지각색의 번거러움이 무거운 짐이 되어 그를 타눌르고 있으나 그러나 그것을 떼쳐 없애려고도 안 하고 되는대로 닥치는 대로 아무것도 아닌 것을 컴컴한 주위의 사벽과 연결시켜 제 자신에게 싸움을 선언하는 것이다. 그러나 싸우기 전에 이미 승패는 너머나 명료하다.(〈우울증〉, 266면)

이것 역시 〈우울증〉의 부분이다. 이상이 '동경 간다'는 말은 "나는 만나는 사람마다 東京으로 가겠다고 豪言했다"(2권, 354면)에서처럼 사실의 영역이다. 그리고 '스프링보오드'라는 표현은 〈단발〉에 "다만 아무것도 理解하지 말고 서로 서로 〈스프링보드〉 노릇만 하는 것으로 충분히 이용할 것을 희망한다"(2권, 246면)에서 나온다. 정인택의 작품 곳곳에 이상의 냄새, 또는 체취를 풍기는 표현들을 발견할 수 있는데, '스프링보드'도 그 가운데 하나이다.

> 「**순히가 만주루 다라났단다**」
> 이윽고 어머니는 똑 끊어 더러운 것이나 내밷는 듯이 입을 열었다.
> 「뭐요? 순히가?」
> 나는 깜짝 놀래는 듯이 펄쩍 뛰여 보이고 다음엔 기가 매킨다는 듯이 한참 동안 말이 없었다. 그예 가고 말았구나—나는 순히의 이번 행동에 대하야 적지않은 불만을 느낀다. 그러나 한편 끈굳한 일이라고 칭찬도 하고 싶고 마음속으로부터 행복되게 되라고 축원 안 할 수도 없었던 것이다. 그러나 어머니의 표정은 조금도 변하지 않았다. 누구를 물론하고 무슨 일이고 간에 이미 어머니의 마음을 흔들어 놓을 수는 없는 것 같았다.(〈우울증〉, 269면)

순희가 있었더라면, 이 꼴을 보고 무엇이라 할 것인가, 나는 잠깐 그것을 생각하고 우울하여졌다. 순희는 어머니 말씀대로 이 약하기만 한 계집애인지도 모른다. **순희는 이 무거운 부담을 생활능력 없는 오래비에게만 떠맞기고, 혼자서 살짝 몸을 빼치고 말었다.** 그러나, 순희는 제 한 몸의 행복을 찾기에 오히려 바쁠 지경일 것이다. 하여간에 순희 하나만이라도 제 길 찾어 준다면야……그러나 지금 이 자리에 없는 사람의 일까지를 근심할 필요는 없는 것이다. 하여간에 우리들도 행복해져야 할 것이다. 그것만은 움직일 수 없는 목전의 사실이었다.[13]

〈우울증〉은 순희가 그의 연인과 만주로 달아난 일을, 〈고드름〉은 순희가 사라진 뒤 집안의 상황을 그리고 있는데, 그 내용이 서로 이어져 있다. 〈고드름〉의 모든 내용이 그대로 사실과 일치하지는 않는다. 이를테면 늙으신 할머니와 웃을 줄 모르는 어머니, 그리고 순희와 자신이 등장하는 이 소설은 이상의 가족 구조와 유사하지만 일부 가족이 빠져 있다. 그러나 이 두 작품은 이상의 동생 옥희가 그의 연인 K(문병준)와 북만주로 사랑의 도피행을 한 사실과 그 뒤 집안의 상황 등 이상 가족의 삶을 그대로 형상화한 실재적 서사이다. 특히 '순희는 제 한 몸…찾어준다면야'라는 구절은 옥희에 대한 이상의 바람을 기술한 것으로 볼 수 있다. 이런 면에서 순희 계열은 이상의 입장에서 가족의 일을 다룬 서사로 화자가 실제 이상이냐, 아니면 이상의 입장에서 진술한 것이냐가 이들 텍스트의 귀속 문제에 결정적 관건이 된다.

다음으로 유미에 계열의 작품이다. 유미에를 언급할 때 가장 먼저

13 정인택, 〈고드름〉, 《조광》, 1943년 3월, 170면.

문제되는 것이 〈여수〉이다. 일단 정인택의 변명은 뒤로 돌리고 유미에가 등장하는 소설을 살펴보기로 한다.

> 맛나는 사람마다 모다가 절대로 나와는 사괴이지 않는달 제 — 그때부터 내 주위에서 허무(虛無)를 찾으려 애썼고 끝까지 혼자서 게을러보리라 결심한 나이다.[14]
> 아모리 굳게 게을러보리라 결심한 나이지만 사흘에 한번식 혹은 닷새에 한번식은 무엇보다도 내 자신 내 생활에 혐오와 치욕을 느끼고—순간이나마 우상(偶像)을 찾으려 덛없이 헤매이며 커다란 불안과 공포 앞에 여지없이 업드리고 만다. 그런 때면 나는 아침도 않 먹고 얼굴에 물만 찍어 발른 후 허둥지둥 길거리로 나온다. 그러나 곧 나는 다시 하로 전의 내 자신으로 돌아가 모든 것이 번거로웁게만 생각되어 집을 나올 때 가려던 곳과는 정반대의 방향으로 발을 옴기고 만다.
> —죽지 못해 살지.(〈준동〉, 59면)

> 굶주리기만 하고 있고, 굶주리기만 해야 할 고향에 있기가 죽기보다 싫여서, 공부를 핑게삼아 막연히 동경에 건너온 나였으나, 그래도 활개를 펴고 먹고 살 수만은 있으리라는 일루의 히망을 저바리지는 않앴었다. 그러나 동경까지가 나에게 동물이 되라고 요구할 때에 나는 죽을힘으로 발악을 하며 그 마수(魔手)와 싸우고— 그러는 동안에 어느듯 나는 거세(去勢)가 된 모양이었다. 이성(異性)을 생각할 수 있기 전에 나는 먼저 동요하려는 내 마음을 걷잡어야 했고—허약한 몸이 기진력진하야, 오직 주위에서 『니힐』만이 발견될 때—그때는 발서 나의 심신(心身)이 극도로

14 정인택, 〈준동〉, 《문장》, 1939년 4월, 58~59면.

위축(萎縮)되고 말었을 때이다.(〈준동〉, 66면)

여기에서 주인공의 형상화는 〈날개〉의 '나'나 〈지주회시〉의 '그'와 너무나 닮아 있다. 그뿐만 아니라 여러 구절이 이상의 문체와 닮아 있다. '게을러 보리라'는 "그냥 그날 그날을 그저 까닭 없이 펀둥펀둥 게을르고만 있으면 만사는 그만이었던 것이다"(2권, 321면), "나는 가장 게으른 동물처럼 게으른 것이 좋았다"(2권, 324면), "그저 한없이 게으른 것 – 사람 노릇을 하는 체 대체 어디 얼마나 기껏 게으를 수 있나 좀 해 보자 – 게으르자 – 그저 한없이 게으르자"(2권, 297면) 등과 관련 있다. 정인택이 〈불상한 이상〉에서 "게으르자 – 그저 한없이 게으르자"의 구절을 인용했고, 또한 "貫鐵町 大亢劵番 第一 구석房을 차지하고 여전히 게을르게 불도 안 때인 이상이……"(《그리운 그 이름, 이상》, 39~45면)라는 표현을 쓰고 있다는 점에 주의할 필요가 있다. 이 작품의 인물은 이상 소설의 인물과 유사하다. 이 작품의 주인공이 '긴상'이라는 것도 이상과 관련성을 더해 준다.

'동물이 되라'는 진술도 "따라서 나의 그 동물적 행동이란 대체 나의 어떠한 행동을 가리켜 말하는 것인지", "그가 과연 그의 훈련된 동물성을 가지고……"(2권, 249면) 등 이상 작품 여러 곳의 문체와 유사하다. '니힐'은 "결국 나는 때때로 허무 두 자를 입밖에 헤뜨리며 거리를 왕래하는 한 개 조고마한 경멸할 「니힐리스트」였던 것일세 (……) 나는 허무에 귀의하기 전에 벌써 생을 부정하였어야 될 터인데 — 어느 때에 내가 나의 생을 부정했던가"(2권, 42면)에서 허무와 유사하다. 그리고 또 하나의 유사한 예가 '기독에 흡사한 얼굴'이다.

(가) 渡東을 앞두고 하룻날밤 李箱이는 배갈에 醉하여『자네는 糞일세』

했다. 生活이고 藝術이고 間에 내가 한 개의 轉機에 부닥칠 때마다 李箱이는 아모 소리 없이 이렇게 나를 罵倒할 뿐이었다. 그러면 그것이 나에게는 峻嚴한 꾸지람같이도 들리고 激勵같이도 들리어 허둥지둥, 그 여윈 털보의 얼굴을 耶蘇얼골과 恰似하다고 생각하고 마는 것이다.[15]

(나) 살어야 하겠다는 생각은 조금도 없었다. 나는 다만 죽지 않고 있을 뿐이다. 다만 남은 손, 핏기 없는 얼굴. 석달 동안이나 이발을 못한 머리. 문득 나는 머리위에 후광이 빛인 것같이 느끼고 당황하게 천정을 쳐다보고, 뒤를 돌아보고, 그리고 거울 안쪽을 살피고, 수염만 있으면 어쩌면 기독(基督)의 얼굴과 흡사하다 생각하며, 『하이네』인지 『니―체』인지가 역시 죽엄을 당했을 때 얼굴이 기독과 흡사하게 변모되었다는 말을 머리속으로 되푸리해 본다.(〈준동〉, 72면)

(가)는 수필 〈꿈〉의 일부이고, (나)는 〈준동〉의 일부이다. 이상의 얼굴이 '야소의 얼굴과 흡사'하다는 부분은 이상의 글과 닮아 있다. 우리는 여기에서 두 가지 가정을 해 볼 수 있다. 하나는 (나)에서 '기독의 얼굴과 흡사'한 것이 이상의 문체에서 왔을 가능성이고, 다른 하나는 (가)처럼 〈준동〉의 주인공이 이상을 형상화한 것일 가능성이다. 이상은 〈위독―육친〉에서 "크리스트에 酷似한 한 襤褸한 사나이가 있으니 이는 그의 終生과 殞命까지도 내게 떠맡기랴는 사나운 마음씨다"(1권, 92면)라고 말하는가 하면, 〈실낙원―육친의 장〉에서는 "基督에 흡사한 한 사람의 襤褸한 사나이가 있었다"(3권, 190면)는 표현을 쓰고 있다. 그리고 '살어야 하겠다는 생각은 조금도 없었다'는 "살아야겠어서,

15 정인택, 〈꿈〉, 《박문》, 1938년 11월, 6면.

다시 살아야겠어서 저는 여기를 왔습니다"(3권, 241면)와 연결될 수 있다. 이 가운데 어떤 가능성도 유효하다. 그것을 확인하려면 다시 정인택의 수필을 들춰 보지 않을 수 없다.

> 금방 나는 커다란 불안을 느끼여 불이낳게 뒤를 따렀으나 그때엔 이미 이 어리석은 폐병환자는 낮잠 자든 암실을 거더치우고 동경으로 길을 떠난 후이였스니 나는 할 수 없이 혀를 끌끌 차고 살면 살고 죽으면 죽는 법이라 혹시나 군세인 글월이 오기만을 잠도 못자고 고대하였드니 하로는 엽서에다 목숨만 겨우 걸린 시체 기동커녕은 돌처 눕지도 못하니 더운 물 한 목음 길어줄 사람 없고 끝끝내 아모도 못 보고 그냥 이 땅에서 죽겠으니 억울하오 이렇게 몇 마듸 적어 보냈을 뿐……[16]

이 글은 〈축방〉의 일부로 밑줄 친 부분은 〈불상한 이상〉의 "더운 물 한 목음 길어줄 사람은 어디 있오. 다시는 고향땅 밟지 못하고 이대로 죽나보오. 억울한 일이요"[17]라는 구절에서 반복되고 있다. 이 서신들에서 이상이 병으로 더욱 수척해지고 마침내 삶의 희망마저 체념으로 바뀌어 가는 상황을 엿볼 수 있다. 그렇다면 〈준동〉의 앞 구절 '얼굴이 기독과 흡사하게 변모'했다는 것은 이상의 모습을 형상화한 것으로 볼 수 있다. 그리고 이상의 문체 '기독의 흡사한 사나이'가 정인택의 〈꿈〉으로, 다시 〈준동〉으로 건너온 모습을 보여 준다. 이것은 곧 이상과 그의 문체가 〈준동〉에 깊이 자리하고 있다는 점에서 묘한 상징을 형성한다. 그리고 밑줄 친 '목숨만…억울하오'에서 이상의 모습은 〈준동〉의 '긴상'

16 정인택, 〈축방〉, 《청색지》, 1939년 5월, 101면.

17 정인택, 〈불상한 李箱〉, 《조광》, 1939년 12월, 306면; 《그리운 그 이름, 이상》, 39면.

에게도 발견되는데, 이는 〈준동〉의 주인공이 이상을 모델로 하여 형상화되었을 가능성을 시사한다.

그 다음에 문제가 되는 작품이 〈미로〉이다. 〈미로〉에서 정인택은 수필 제목이 되기도 한 "꿈은 나를 逮捕하라 한다. 現實은 나를 逐放하라 한다. 李箱"(〈미로〉, 97면)이라는 아포리즘을 싣고 있다. 왜 하필 작가는 자신의 작품 앞에 이상의 아포리즘을 실어 놓았겠는가. 이 작품을 이상과 결부하려는 조치이거나 이 작품의 내용이 그 아포리즘과 관련 있기 때문일 것이다.

> 十二관도 못 되는 허약한 내 몸이 얼마 되지는 않는다 하드라도, 二년 동안의 고역(苦役)을 용하게 치르고 나왔을 때, 나는 그것만으로 다행하다 생각하고, 「유미에」가 맞어주는 이 누추한 「아파아트」 구석으로 돌아와 몸을 쉬이려 하였으나, 역시 그것만이 다행하지는 못해서 출소(出所)한 지 달포가 못 되어 몸이 시름시름 고단하더니, 나날이 열이 오르고, 선땀이 흐르고, 드디어 몹시 추운 하룻날 새벽에 나는 자리 위에 **시뻘건 핏덩이를 토**하고야 말았다.[18]

> 그렇게 애를 써서 동경에 왔댔자, 이런 세상이니 누가 당신을 돌보아 주었겠소 (……) 그리며 혼자서 끄덕이고, 보잘것없는 나를 그래도 남편이라고 二년 동안이나 싸우고 싸우며 기다려 주었는데, 겨우 요 꼴이 되어 돌아왔으니 (……) 그리며 또 한 번 혼자서 끄덕이고, 그리다가는 지금에 있어서는 한 개의 전설(傳說)로 화해버린 지난날의 나와 벗들의 행동을 후회하려고도 생각해 보고, 어느 틈에 이렇게 나 하나만이 커다

18 정인택, 〈미로〉, 《문장》, 1939년 7월, 98면.

> 란 죄인으로 변하고 말았는지 그것도 섭섭했고, **믿을 수 있는 몇 사람의 선배와 벗에게 엽서를 띄어** 현재의 궁상을 호소하였으나, 나를 아끼고 위로해 준 사람은 역시 「유미에」 한 사람밖에 없었으니, 외로운 내가 그 「유미에」의 정성에 의지해서 그것이나마 믿음을 삼고 살아 나가려는 것도 결코 무리는 아니라 할 것이요, 그것이 하루 이틀 거듭되자 때때로 내 자신 혐오(嫌惡)를 느끼면서, 공연히 나를 차게 본다고 세태(世態)만을 비웃고 점점 『니힐』만을 느끼어 왔으며, 『유미에』와 둘이서만 살 수 있는 낙원(樂園)까지 꿈꾸고, 갖다 주는 모이를 넙죽넙죽 받아 먹고—이리하여 넉 달이 지난 것이다.(〈미로〉, 100면)

> 병들어 눕게 되자, 입때것 한 번도 생각 않던 주검에 대한 공포가 구름 피듯 피어올라 내 머리를 어지럽게 하였으나, 죽다니, 벌써 죽다니…… 하고 나는 이를 악물고 속으로 웨치며 넉 달 동안이나 한시도 쉴 새 없이 엄습하는 그 불길한 예감과 싸워 왔지만 죽어서는, 아직 죽어서는 안 된다는 그 한 가지 명제(命題)만이 한 개의 철칙(鐵則) 혹은 생활의 신조(信條)가 될 수는 없는 일이다.(〈미로〉, 102면)

위의 내용 가운데 객혈과 도쿄행도 이상의 삶과 관련 있다. '시뻘건 핏덩이를 토하고'는 객혈을 의미한다. 이상은 일본에서 불령선인으로 일본 경찰에 체포되어 수감되었다가 출소한다. 정인택도 수감생활을 체험했는지는 알 수 없지만, 이상의 체험과 관련 있는 것으로 보인다. 그리고 이상은 도쿄에서 김기림, 안회남, 변동림 등 몇몇 선배와 벗에게 편지를 보내기도 한다. 그 당시 일본에 유학했던 대부분의 사람들은 고국에 있는 사람들에게 편지를 했을 테니 편지는 별로 새로울 것이 없다. 그러나 이상의 체험을 직접적으로 형상화한 편지라면 상황이 달라진다. 물론 도쿄행은 정인택의 삶의 영역과도 관련이 있다. 그러나 이 부분들은 결핵의 체험과 이어지면서 이상의 삶에 더욱 밀접해 있다. 그리고 이 작품에서도 밑줄 친 구절은 〈날개〉에서 "나는 닭이나 강아지처럼 말없이 주는 모이를 넙죽넙죽 받아먹기는 했으나 내심 야속하게 생각한 적도 더러 없지 않다"(2권, 326면)라는 구절과 문체가 일치한다. 도쿄에서 이상의 삶이 어떠하였는지는 잘 알려지지 않았다.

> 그러면 나는 지체없이 간다(神田)에 있는 그의 하숙으로 찾아갔다. 그의 방은 해도 들지 않는 二층 북향으로 다다미 넉 장반밖에 안 되는 매우 초라한 것이었다. 짐이라고는 별로 없고, 이불과 작은 책상, 그리고 책 몇권, 담배 재떨이 정도였다. 처음 그의 집을 방문한 것은 어느 날 오후 三시쯤이었는데 그는 그때까지 자리에 누워 있었다. 며칠이나 청소를 안했는지 먼지가 뽀얗게 앉아있고, 어둠침침한 방은 퀴퀴한 헌 다다미 냄새마저 났다. 늘 이렇게 늦게 일어나느냐 했더니 그는 오후 四시쯤 되어야 일어나게 된다며, 그제서야 부시시 일어나는 것이다. 하숙집 일본 마나님도 그가 그리 달갑지 않은 듯, 대하는 품이 시원치 못했다. 그때 그는 폐병(三기)을 앓고 있던 때였다. 아마 각혈도 하고 있었는지 모른다.[19]

이 글은 도쿄 시절의 이상의 편모를 보여 주는 글이다. 이상은 일본에서 건강이 더욱 악화되었다. 〈미로〉는 이러한 이상의 생활 모습들, 곧 폐결핵과 수감, 그리고 일본에서 느낀 내면 등을 투영한 것으로 보인다.

마지막으로 〈여수〉의 내용 일부를 살펴보기로 한다.

---

19 이진순, 〈동경 시절의 이상〉, 《신동아》, 1973년 1월, 291면; 《그리운 그 이름, 이상》, 160면.

그 기쁨을 안고 나는 건강을 빨리 회복해야 하겠다. 내 자신을 위하여서보다도 「유미에」를 위하여 나는 하루바삐 튼튼해져야 한다 (……) 탕물이 과히 뜨겁지 않은 것도 내게는 좋다. 구석진 온천이라 찾는 사람이 드므러 조용하여 그것도 내게는 좋다.[20]

이 글에서 서술자 '나'는 정인택의 벗 '김군'이다. 그는 삼십 평생을 문학에 정진해 온, 세상을 떠난 지 일 년이 된 작가이다. 이 글을 사실로 받아들일 수도 있고, 허구로 받아들일 수도 있다. 김군은 병자였고, "황해도 촌구석" 온천에서 요양을 하였다. 이러한 정황은 김군을 이상과 긴밀하게 결부시킨다. 정인택이 '김군'을 이상과 연결시키지 않았다는 것은 상상하기 어렵다. '벗', '작가', '삼십 평생', '죽음', '황해도 온천' 등의 어사만으로도 그러한 여지를 충분히 제시하고 있다. 그런 가능성과 무관한 진술이라고 주장한다면 수긍하기 어렵다. '작가의 말'의 진실 여부와는 다른 문제이다. 완전 허구라고 하더라도 정인택은 은연중 이 소설을 이상과 결부할 의도가 있었다는 말이다. 진실이든 허구든 '김군'과 이상은 어쩔 수 없이 연결될 수밖에 없다. 그리고 작품의 내용 가운데 김군의 낙서로 지목된 글들이 실려 있다.

—나는 무엇 때문에 이것을 쓰느냐?

—소설 쓰기보다도 더 어려운 일 있다는 걸 알았습니다.

—잊어선 안 될 일을 잊는다는 것도 딱한 일이려니와 마땅히 잊어야 할 만한 일을 잊지 못한다는 것은 더욱 딱한 일이다.

—봄풀이 푸르것은 즉시 도라 오소서.

20 정인택, 〈여수〉, 《문장》, 1941년 1월, 8면.

—사랑 받는 것보다 사랑하는 게 행복이라구요? 누가 그래요?(〈여수〉, 10~11면)

인용된 부분은 모두 짧은 진술들이다. 모두 다섯 개로 이루어진 이 대문들에서 특히 관심을 끄는 것은 세 번째부터 마지막 진술까지이다. 세 번째 진술은 역설이다. 역설이면서도 마지막에 화자의 평이 붙는 것은 진술에서 매우 특이한 용례이며, 이는 이상이 자주 사용하는 위티즘의 방식이다. 이러한 용례는 아래와 같다.

그대는 이따금 그대가 제일 싫어하는 飮食을 貪食하는 아이러니를 實踐해 보는 것도 좋을 것 같소.(2권, 318면)

그러니까 仙이나 내나 큰소리는 말아야 해 일체 맹서하지 말자 — 허는 게 즉 우리가 해야 할 맹서지(2권, 250면)

스크린에서는 죽어야 할 사람들은 안 죽으려 들고 죽지 않아도 좋은 사람들이 죽으려 야단인데 수염난 사람이 수염을 혀로 핥듯이 만지적 만지적 하면서 이쪽을 향하더니 하는 소리다.(2권, 282면)

꿈에는생시를꿈꾸고생시에는꿈을꿈꾸고 어느것이나재미있다(2권, 297면)

이러한 표현들은 이상의 위티즘을 보여 주는 것들로 이밖에도 많이 있다.[21] 이것들은 인간의 이중성을 잘 묘파하고 있다. '딱하다', '좋다', '야단이다', '재미있다'는 모두 역설에 논평자적 진술을 보탠 것으로 이상 문체의 특징이다. 그러므로 '잊어선 안 될…딱한 일이다'는 이

21 이에 대해서는 김주현, 〈이상 소설의 '위티즘' 연구〉(《한국현대문학연구》, 월인, 1998)를 참조.

상의 문체로 보인다. 다음으로 네 번째 진술 '봄풀이 푸르것은 즉시 도라오소서'는 "昨年에났던 草木이 올해에도 또 돋으려누, 歸不歸란 무엇인가"(388면)라는 이상의 진술과 유사하다. 한 논자는 이 구절을 왕유의 〈송별〉의 "春草明年綠/王孫歸不歸"에서 가져온 것이라고 주장하였는데[22] 이들 모두 봄풀의 소생과 돌아옴을 대비하여 노래한다는 점에서 일치한다. 그리고 마지막 구절도 이상의 다음 대문 "남의 사랑을 받는 것은 행복(幸福)입니다― 남을 사랑하는 것은 적어도 기쁨입니다. 남을 사랑하는 것이나 남의 사랑을 받는 것이나 인간의 아름다움의 극치(極致)이겠습니다"(2권, 124면)와 거의 일치하는 표현이다.

이 밖에도 이상의 삶이나 문체가 투영된 것으로 보이는 작품으로 〈상극〉(《농업조선》, 1939년 6월), 〈동요〉(《문장》, 1939년 7월), 〈계절〉(《농업조선》, 1939년 12월) 등을 들 수 있다. 〈상극〉에는 "지도와도 같이 가로 세로 수없이 구겨진 주름살"[23]이라는 구절이 나오는데 지도를 비유의 방식으로 채용한 것은 이상 문체의 특징이기도 하다. 이상의 많은 작품, 이를테면 〈지도의 암실〉, 〈출판법〉, 〈시 제14호〉, 〈광녀의 고백〉 등에서 그러한 표현이 나타나고 있다. 그리고 "학주로 하여금 출분하게 하였고"(〈상극〉, 74면)는 이상의 시 〈거리〉의 부제가 "女人이 出奔한 境遇"로 되어 있어 유사한 표현을 보여 주고 있다. 이 밖에도 "역시 속았구나. 속았어 (……) 아버지와 자기와는 영원히 융화되지 못할 한 개의 숙명 속에 태여낳나 보다고"(〈상극〉, 76면)라는 표현이 있는데, 이 구문 외에도 이 작품에서 '속았다'는 표현은 두 군데나 더 나타난다. 이상은 "속았다 속아넘어 갔다"(2권, 263면), "속은 후에 또 속

22 박현수, 〈토포스의 힘과 창조성 고찰 — 정지용, 이상 시를 중심으로〉, 《한국학보》, 1999년 3월.

23 정인택, 〈상극〉, 《농업조선》, 1939년 6월, 73면.

았다. 또 속은 후에 또 속았다"(2권, 394면), "나는 속고 또 속고 또 또 속고 또 또 또 속았다"(2권, 396면) 등에서 이러한 표현을 쓰고 있다. 그리고 '숙명'은 〈날개〉의 구절 "우리 부부는 숙명적으로 발이 맞지 않는 절름발이인 것이다 (……) 사실은 사실대로 오해는 오해대로 그저 끝없이 발을 절뚝거리면서 세상을 걸어가면 되는 것이다"(2권, 343면)에서 유사한 용례가 보인다.

다음으로 〈계절〉에는 "막다른 골목인가 봅니다"[24]라는 구절이 나오는데, 정인택은 〈불상한 이상〉에서도 "處地란 完全한 李箱의 脫皮를 要求하고 있었다. 그것은 人間 李箱 藝術家 李箱이 다다른 막다른 골목이었다. 앞을 가린 障壁를 뚫고 나가느냐, 넘어가느냐 그렇지 않으면 골목밖으로 되돌아 오느냐"라고 하여 같은 표현을 썼다. 이상은 〈오감도 시 제1호〉, 〈최저낙원〉 등에서 '막다른 골목'을 썼는데, 아마도 정인택이 자신의 수필과 소설에서 그러한 표현을 가져와서 쓴 것으로 볼 수 있다.

마지막으로 〈동요〉에서 "밤이고 낮이고 뒨둥뒨둥 들어누어 잠만 자던 남편", '홀에서 일하는 아내', '아내에게 얻어먹는 비겁한 생활' 등이 이상의 생활과 연결된다.

> 이튿날 남편은 책상 하나와 이부자리 한 벌을 순자에게서 얻어 가지고 미리 정해두었던 명치정 뒷골목 다 쓰러져 가는 이층집 구석방으로 옮기어 갔다. 순자는 웃는 낯으로 그 방까지 딸어가서 방도 치어주고, 세간도 별러 놓고 해 주면서, 마치 무슨 장성한 아들이 세간이나 난 듯한 그런 느낌을 느낄 뿐이지, 이것이 자기네들의 부부생활의 종막이라고는 조금도 느껴지지 않는 것을 내심 의아스럽게 생각하는 것이다.[25]

24 정인택, 〈계절〉, 《농업조선》, 1939년 12월, 68면.

25 정인택, 〈동요〉, 《문장》, 1939년 7월, 336면.

여기에서 '책상 하나', '뒷골목 다 쓰러져가는 이층집 구석방' 등도 이상의 편모가 아닌가 한다. 정인택은 이상이 기거한 방(笠井町 방이지만)이 "하로 종일 햇볕이 안 든다니보다 房이 구석지고 天井이 얕고 하여 地下室같이 밤낮 어둡고 침침하고 濕하고 不潔하"다고 했다. 또한 〈여수〉의 '서소문정 시대의 일기'도 "이층 구석방"이 배경이다. 이러한 표현에서 이상의 삶의 모습들을 작품에 부분적으로 투영한 것이 아닐까.

3. 이상을 위한 몇 가지 가정

앞에서 논의한 작품들이 온전히 정인택의 작품이랄 수는 없다. 이는 앞의 논자의 입장을 수용한 것이다. 이 작품들을 이상이 창작했을 가능성의 조건들을 살펴보면 아래와 같다.

제일 먼저 이상과 정인택의 관련성을 들 수 있다. 이상의 연인이었던 권순옥이 정인택의 자살 소동으로 그의 아내가 된 것은 잘 알려진 사실이다. 이상은 그 일화를 두고 〈환시기〉를 쓰기도 했다. 그러면 여러 가지 측면에서 앞에서 논의한 작품들, 특히 순희 계열의 작품이 이상의 작품일 가능성을 추론해 보기로 한다.

첫째, 현재 남아 있는(또는 알려진) 정인택의 소설만 보더라도 1930년대 〈준비〉(《중외일보》, 1930년 1월 11~16일자)를 시작으로 1930년 5편, 1934년 1편, 1936년 1편, 1939년 9편, 1940년 8편, 1941년 6편, 1942년 4편, 1943년 3편 등 이상이 죽고 난 뒤에 작품 수가 폭발적으로 늘어났다는 사실.[26] 〈업고〉, 〈우울증〉 등의 작품이 나온 시기에 특별히

---

26 정인택의 소설로 알려진 작품은 〈준비〉(1930년 1월), 〈나그네 두 사람〉(1930년 6월), 〈시계〉(1930년 7월), 〈불효자식〉(1930년 7월), 〈눈보라〉(1930년 9~10월),

많다. 1939년부터 1941년까지 작품 수가 갑자기 늘었다가 다시 줄어든 것은 텍스트 근원에 대한 의구심을 들게 한다.

둘째, 1940년에 발표한 작품들이 이상의 삶을 직접 다루고 있다는 사실. 체험은 남이 묘사하기 어려운 것이며 이상은 자신의 실재적 서사를 많이 썼다는 점을 감안한다면, 남아 있는 것도 작가명만 정인택일 뿐 실제로는 이상의 작품일 수 있다. 특히 이상의 체험을 다룬 대부분의 유고는 〈환시기〉(《청색지》, 1938년 6월), 〈실화〉(《문장》, 1939년 3월), 〈단발〉(《조선문학》, 1939년 4월), 〈김유정〉(《청색지》, 1939년 5월) 등 1930년대 말에 이미 발표되었다. 그 뒤에 남아 있던 것은 정인택이 자신의 이름으로 발표했을 가능성이 있다.

셋째, 정인택은 이상과 교분이 두터웠고 이상은 신문사에 근무하는 그에게 〈산촌여정〉과 〈추등잡필〉 같은 글을 보내 발표했다는 사실. 이상이 그에게 생전(특히 동경 시절)에 유고를 보냈을 것(〈황소와 도깨비〉(《매일신보》, 1937년 3월 4~9일), 〈공포의 기록〉(《매일신보》, 1937년

〈조락〉(1934년 10월), 〈촉루〉(1936년 6월), 〈蠢動〉(1939년 4월), 〈못다 핀 꽃〉(1935년 5월), 〈상극〉(1939년 6월), 〈동요〉(1939년 7월), 〈미로〉(1939년 7월) 〈훈향〉(1939년 8월), 〈감정의 정리〉(1939년 10월), 〈계절〉(1939년 12월), 〈凡家族〉(1940년 1월), 〈戀戀記(1940년 3~4월), 〈天使下降〉(1940년 4월), 〈혼선〉(1940년 5월), 〈業苦〉(1940년 7월), 〈헛되인 우상〉(1940년 8월), 〈우울증〉(1940년 9월), 〈착한 사람들〉(1940년 12월), 〈旅愁〉(1941년 1월), 〈短章〉(1941년 2월), 〈扶桑館의 봄〉(1941년 3월), 〈區域誌〉(1941년 4월), 〈봉선화〉(1941년 7~8월), 〈淸凉里界隈〉(1941년 11월), 〈행복〉(1942년 1월), 〈殼〉(1942년 1월), 〈농무〉(1942년 11월), 〈검은 흙과 흰 얼굴〉(1942년 11월), 〈고드름〉(1943년 3월), 〈해변〉(1943년 3월), 〈東窓〉(1943년 7월), 〈鵬翼〉(1944년 6월), 〈각서〉(1944년 7월), 〈병아리〉(1946년 5월), 〈황조가〉(1947년 3월), 〈향수〉(1947년 12월), 〈청포도〉(1950년 4월) 등이다.

4월 25일~5월 15일) 등도 이상이 정인택에게 원고를 보내어 발표되었을 것으로 추정된다)이고 그 일부가 남아 있었을 가능성, 그리고 이상이 죽은 뒤 그의 유족이 원고(특히 앞에서 김향안이 언급한 '원고료를 벌기 위한 꽁트식 잡문'을 포함하여)를 정인택에게 넘겨서 나중에 정인택의 이름으로 발표되었을 가능성.

넷째, 정인택은 수필에서 계속하여 이상을 언급하고 있다는 사실.

정인택은 많은 수필에서 이상에 대해 이야기하고 있다. 그의 수필 〈꿈〉(《박문》, 1938년 11월), 〈축방〉(《청색지》, 1939년 5월), 〈불상한 이상〉(《조광》, 1939년 12월), 〈고독〉(《인문평론》, 1940년 11월), 〈신록잡기〉(《춘추》, 1942년 5월) 등은 전체적으로, 또는 부분적으로 이상에 대해 쓰고 있다.

—李箱이가 하다 남긴 일, 제가 기어코 일우겠습니다. 지난 봄 李箱이 그 야윈 어깨에 命在頃刻의 저를 걸머지고 밤 깊은 鐘路거리를 헤매이든 일, 제가 어찌 잊겠읍니까.[27]

이 글은 〈불상한 이상〉의 일부이다. 정인택은 이 글에서 '이상이 하다 남긴 일을 이루겠다'고 강조했다. 우리는 여기에서 이 구절의 해석에 주의를 기울여야 한다.

나는 우연한 기회에 벽장 속에서 다시 그 유고 뭉치를 찾아내이고 스스로 부끄러움을 금치 못하여 얼굴을 붉혔다. 죽은 벗의 뜻을 저바림 이

---

27 정인택, 〈불상한 李箱〉, 《조광》, 1939년 12월, 306면; 《그리운 그 이름, 이상》, 40면.

보다 심할 수 있으랴. 죽은 벗의 믿음을 배반함 이보다 더할 수 있으랴. 나는 혼자서 백번 얼굴을 붉혔다.(《여수》, 4~5면)

'이상이 하다 남긴 일'을 〈여수〉의 '작가의 말'과 연결할 수 있다. 그것은 죽은 벗의 뜻, 곧 "살릴 길 있으면 살려 주어도 좋고 불살라 버리거나 휴지통에 넣어도 아깝게 생각 안할 터이니 내 생각대로 처치하라" 했던 유고 뭉치와 관련 있다. 그 경우 이상이 하다 남긴 일은 마무리 못한 작품, 미처 발표하지 못한 작품 등으로 이해할 수 있고, 이를 정리·완성, 또는 발표하는 것이 정인택의 몫이 되는 셈이다.

이렇게 보았을 때 〈우울증〉 역시 〈업고〉와 더불어 이상 자신의 작품이라는 추정이 가능하게 된다. 이 두 작품에서는 등장인물의 소설적 행동을 통해 사건이 전개되고 플롯이 구성된다기보다는 이상과 관련된 실재 사실을 크게 전제한 사소설적 면이 강조되면서, 이상 자신의 모습과 주위 사람들에 대한 이상의 시각이 너무나도 생생히 포착되고 있으므로, 정인택의 작품이되 단지 이상의 일을 소재로 했을 뿐이라고 보기에는 무리가 있기 때문이다.[28]

논자가 내세우는 강력한 근거는 '이상의 시각이 너무나도 생생하게 포착'된다는 것이다. 그는 이 글에서 〈여수〉의 '작가의 말'을 논의하고 〈여수〉는 이상의 유고에 정인택이 가필한 것이라는 결론을 내리고 있다. 또한 '작가의 말'에 제기한 '유고' 가운데 일부를 정인택이 〈업고〉와 〈우울증〉, 〈고드름〉으로 발표했을 거라는 혐의를 은연중 제시하고 있

28 이경훈, 앞의 글, 앞의 책, 219면.

다. 그러나 필자로서는 조심스러울 따름이다.

> 그 유고 속에는 김군이 三十 평생을 정진하여 온 문학적 성과가 모조리 들어있었다. 장편 단편 합하여 창작만이 二十여 편, 시가 四백자 원고지로 三四백 매, 그리고 일기, 수필, 감상 나부랭이는 부지기수었다.(〈여수〉, 4면)

이 대목은 이상의 문학적 사실과 거의 일치한다. 그렇다면 이 부분이 단순히 작가적 수사가 아니라 텍스트의 원천을 직접 말해 주는 중요한 단서는 아닐까? 만일 이 내용을 그대로 받아들인다면 정인택의 작품 가운데에는 이상의 작품이 적어도 몇 작품은 있을 것이다. 그러나……

4. 정인택을 위한 변명

정인택의 작품 가운데 이상의 작품이 들어 있을 것이라는 추측은 오해일 수 있다. 일단 그러한 생각을 들게 한 것에 대해 살펴볼 필요가 있다.

> 李箱이는 그 꿈을 자주 꾸고, 生活에 厭症이 나서 轉機를 求하려고 東京으로 流浪했고 나도 또한 이때까지의 惰氣를 깨트려 부시려고 方向을 轉換하자 이 꿈을 꾸었다. 때도 또한 가을—불 안 때인 房이 돌장보다 차나 나는 일어날 생각도 없이 다시 이불을 뒤집어쓰고 李箱이가 죽었다는 通知받은 날『李箱이가 하다 남긴 일, 제가 기어코 일우겠습니다』라고 便紙 쓴 것을 생각하고, 그 꿈이나 또 한번 꾸고 李箱이가 하다 남긴 일이 무엇인가를 곰곰 생각하였다.

그러나 결코 李箱이같이 자주 꾸고 싶은 꿈은 아니다.[29]

이상이 죽은 뒤 정인택이 처음으로 이상에 대해 언급한 글이 바로 이 〈꿈〉이다. 이상은 "東京이라는 곳에 오직 나를 매질할 貧苦가 있을 뿐인 것을 너무 잘 알고 있지만 컨디슌이 必要하단 말이오, 컨디슌, 師表, 視野……"[30]라고 하면서, 새로운 전기를 마련하고 활로를 개척하고자 일본에 건너갔지만, 결국 그 꿈을 이루지 못한 채 불귀의 객이 되고 말았다. 이 구절은 글쓰기에 대한 그의 가열찬 의식을 보여 주는 대목이다. 정인택의 꿈도 '이제까지의 惰氣를 깨트려 부시려고 方向을 轉換'하는 것과 관련 있다. 그렇다면 '이상이 하다 남긴 일'이라는 것은 훌륭한 작품의 창작일 터이고, 정인택 역시 그러한 창작에 매진하겠다는 의미로 받아들일 수 있다. 그 꿈을 꾸고 나서 '이상이가 하다 남긴 일이 무엇인가를 곰곰 생각하였다'는 대목도 주의를 요한다. 정인택은 이상에게 "惡人이 되어 너 하나만이라도 살아서 大成하여라, 네가 大成하는 것만이 네 罪를 씻는 것이다"(〈불상한 이상〉, 308면)라고 권유하였다. 곧 작가로 대성하는 것이 정인택이 이상에게 품었던 꿈(희망)이다. 〈꿈〉을 발표한 뒤 정인택이 더욱 창작에 매달린 것은 그러한 사실의 반증이 아닐까. 그것은 단순히 이상이 못다 이룬 창작의 꿈(또는 위대한 작가가 되고자 한 꿈)을 자신이 실현해 보겠다는 의미 정도로 이해할 수 있다.

여기서부터 날자를 따져 보니 김군은 이 사건 직후에 동경서 도라와서 약 반년 동안 시굴에 드러배켜 요병(療病)에 전심했던 모양이다. 그리하여 위대한 정신력으로 그는 거이 병마를 물리치다싶이 했었다. 그러나

29 정인택, 〈꿈〉, 《박문》, 1938년 11월, 6~7면.

30 김윤식 편, 《이상문학전집3》, 문학사상사, 1993, 223면.

그 동안은 일기가 중단되어 자세치 않다. 일기는 여기서 일단 끝을 막고 다음에 계속되는 『서소문정 시대의 일기』와 사이에 五六매의 무슨 감상문이 끼어 있으나 그것은 이 이야기 줄거리와 별로 관련이 깊지 않은지라 성략하기로 한다.(〈여수〉, 15면)

이 글은 '注'에 부기한 설명으로 〈여수〉의 '작가의 말'과 같은 수준에서 이해할 수 있는 내용이다. '작가의 말'이 사실이라면 이 글도 사실일 것이지만, 이 글이 거짓이라면 작가의 말도 허구일 가능성이 크다. 위에서 김군의 도쿄행과 시골 요양은 이상이 배천, 성천에서 요양했고 도쿄에 갔던 사실과 일치한다. 그러나 시간적인 순차는 이상이 겪은 사실과 다르다. 김군의 행적이 이상과 맞아떨어지려면 시골 요양이 먼저이고 도쿄행이 그 뒤여야 맞다. 이 부분을 어떻게 읽어내야 할까? 사실의 차원에서 보면 이 자체는 허구이다. 그렇다면 〈여수〉의 내용은 허구이고, '작가의 말'은 허구적 의장, 또는 예술적 치레로 이해할 수 있다. 그리고 순희 계열에서 이상의 집안 이야기가 이상의 시각에서 생생히 포착되는 것은 그만큼 정인택이 이상의 집안일에 정통했을 뿐만 아니라 작품에서 성격화를 더 사실적으로 한 결과일 수 있다.

구렁텅이에서 자라난 안해는 무지(無智)하고 야생적(野生的)이고 퇴폐적(頹廢的)이어서 취할 점이라고는 여자이라는 그 한 가지뿐이었다. 그러나 나는 그것에 만족했다. 그때의 내 안해에게 그 이상 것을 바라는 것은 사치였다. 지금도 그것은 역시 마찬가지다. (〈업고〉, 145면)

이러한 상황은 이 대목에서 더 잘 드러난다. 여기에서는 이상의 문체다운 측면도 이상의 시각도 반영하고 있지 않다. 이상의 소설 가운데 그 어떤 것도 금홍을 '무지하고 야생적이고 퇴폐적'이라고 묘사한 부분은 없다. 이상의 시각이 아니라 제3자의 눈에 비친 금홍의 모습인 것이다. 그렇다면 이 부분은 이상이 쓴 것이 아니라 정인택의 창작이라는 것을 확실히 해 준다. 그리고 유미에 계열의 작품을 보자.

> 拙作「迷路」「蠢動」「凋落」等等의 女主人公「유미에」를 論하여 그 實在與否와 및 世人의 曲解如何에 及함—하는 것이 이 短文의 元來의 題目이다.[31](〈유미에론〉, 5면)

> 내가 東京에 가 있었고 그리고「나」와 비슷한 境遇에 있었다는 내 經歷을 若干(斷然코 若干이다) 짐작하는 사람들의 曲解를 사기 쉬운 모든 條件이 具備되어 있는 셈이다. 그래서 機會 있을 때마다 그들은 나와「나」를 區別 못 하고 오직 小說 속에 나오는 小說的 事實만을 根據로 나를 戱弄하고 侮蔑하고 하는 것이다 (……) 그렇다고 勿論 拙作 속에 나오는 事實이 全部가 虛構라는 것은 아니오, 또「유미에」란 女性이 全然 架空의 人物이란 것도 아니다.(〈유미에론〉, 6면)

정인택은 세인들의 곡해를 불식하고자 이 글을 쓴 것으로 말하고 있다. 결론적으로 이 글에는 이상에 관한 부분이 일체 없다. 다만 정인택은 독자들 사이에 자신의 소설 내용이 사실인지 아닌지 논란이 있는 것에 대한 입장을 표명했다. 이 글에서 자신의 사실이 포함되어 있음을 밝힌 점에 주목할 필요가 있다. 그는 자신의 사실과 허구를 얽어서 작품을 썼을 뿐이다. 그렇다면 이상의 작품 운운하는 것은 지나친 유추,

31 정인택, 〈유미에론〉, 《박문》, 1939년 2월, 5면.

또는 착각일 것이다.

5. 마무리 — 텍스트 확정을 위한 제언

먼 길을 에둘러 온 느낌이다. 사실 앞에서 논한 작품들을 정인택, 또는 이상의 텍스트로 확정하는 데 여러 가지 난점이 따른다. 무엇보다 작품에 대해 정확한 증언을 해 줄 만한 사람이 없기 때문이다. 그렇다고 확정하지 않은 채 방치할 수도 없는 진퇴양난의 상황이다. 그래서 가능하면 엄밀성과 객관성에 입각하여 이 텍스트들의 저자 확정에 대한 필자의 견해를 밝히고자 한다.

정인택은 앞에서 논의한 유미에 계열과 관련한 진술을 남겼는데, 한편으론 작품의 단서도 제공할 뿐 아니라 그의 문학관의 한 단면을 보여준다는 점에서 의의가 있다.

> 언제 어디서부터 讀者들 사이에 그런 觀念이 扶植되기 始作하였는지 그것은 알 길 없으나, 흔히 一般 讀者들은 作品 속의 事實을 가지고 그대로 全部를 眞實로만 믿고 마는 버릇이 있다. 이것을 弊端이라고만도 할 수는 없지만 何如間 이런 一種의 弊端이 더욱 甚한 것은 一人稱小說일 때다.
>
> 小說的 事實이 어느 程度의 眞實과 어느 程度의 虛構가 얽히어져 만들어진 것이라는 것을 理解치 못하는 어리석은 民衆이 그렇게 생각한다면 容或無怪라, 이런 難解한 題目의 一文을 쓸 생각도 먹지 않았을 것이다. 그러나 具眼의 士라고 볼 만한 사람들까지가 이런 弊端에서 벗어나지 못하였다는 것을 알았을 때 나는 저윽이 슬프기까지 했다.(〈유미에론〉, 5면)

'작품 속의 사실을 전부 진실로 믿어서는 안 된다'는 것은 소설에 대한 원론적인 지적에 지나지 않지만, 정인택이 이를 충분히 인식하고 있었다는 사실은 중요한 의미가 있다. 그는 어느 정도의 사실과 허구가 섞여 소설이 만들어진다고 주장했다. '어느 정도'라는 말은 〈여수〉에도 적용할 수 있는 표현일 터이다. 그렇다면 어디까지가 사실이고 어디까지가 허구인가. 유미에 계열이 허구와 사실의 혼합이라는 것을 작가가 인정한 마당에서 우리는 '크레타인의 역설'을 떠올릴 수밖에 없다.[32] '작가의 말'은 사실의 영역인가, 아니면 허구의 영역인가? 어쩌면 허구 부분과 사실 부분을 도출해 낼 수 있는 사람은 예언자 크레타인(작가)뿐인가?

> 한 편의 소설을 만들기 위하여 군데군데 가필도 했고 내 투의 글로 뜯어 고친 데도 적지 않으나 되도록은 원문을 그대로 살리려고 애썼다.
> 그러니까 정말 이 소설의 작자는 내가 아니요 김군일 것이다.
> 〈작자의 말〉이라 하여 군혹을 붙인 것은 그렇다면 무척 외람된 일인지도 알 수 없다.(〈여수〉, 5~6면)

〈여수〉는 정인택의 일부 작품이 이상 것이냐 아니냐를 추정하는 데 중요한 역할을 한다. 작가의 말을 사실로 믿는다면 〈여수〉는 김군의 작품, 곧 이상의 작품으로 추정된다. 그럴 경우 다른 작품들도 동일한 가능성이

---

32 "크레타 사람 가운데서 예언자라 하는 어떤 사람이 말하기를 '크레타 사람은 예나 지금이나 거짓말쟁이요, 악한 짐승이요, 먹는 것 밖에 모르는 게으름뱅이다' 하였습니다."(《성경》, 〈디도서〉(성경전서 새번역) 1:12) 여기에서 예언자 크레타인의 말을 어떻게 이해할 것인가, 논리적으로 그도 거짓말쟁이 크레타인 가운데 하나라면 그의 말은 허구인가, 진실인가에 의문을 던지는 역설을 말한다.

있다. 그러나 앞에서도 지적하였듯 작가의 말이 허구를 위한 수사, 예술적 의장이라면 문제는 달라진다. 곧 있었던 것처럼 믿도록 꾸몄을 가능성이 있다.[33]

> 일년이 넘도록 입때것 생사조차 알리지 않는 것은 너머도 무심하다고 그러나 겨우 제길 찾어든 사람을 꾸짖고 싶지도 않고 나무라고 싶지도 않고 다만 속으로 더욱 가까히 느낄 따름이요 물구나무서서 용용 죽겠지 하는 꼴이 눈에 선하니 정말이지 생사만이라도 좀 알고 싶고나 알고 싶고나……[34]

〈축방〉에 있는 위의 구절로 몇 가지 가정을 할 수 있다. 이 글이 실린지 7개월 뒤에 발표된 〈불상한 이상〉(1939년 12월)은 이상의 죽음을 추도한 글이다. 그런데 이 두 작품은 각각 이상의 죽음을 잘 모르고 있다는 것과 이미 알고 있다는 차이를 보여 주고 있다. 정인택은 그 시점에서 이상의 죽음을 몰랐을까? 정인택은 당시 신문 기자였고, 또한 1937년 5월 15일에 있었던 합동영결식을 몰랐을 리 없다. 그는 이미 1938년 11월에 발표한 〈꿈〉에서 이상의 죽음을 이야기하지 않았던가. 그리고 이상의 부

---

33 이에 대해서는 당대의 평론가 이원조도 비슷한 생각을 한 것으로 보인다. 그는 "作者가 故 李箱과 親했다는 일을 생각하면 이 作品은 事實 그대로 李箱 遺事같기도 하나 (……) 作者가 이러한 形式을 비러온 心理 그것을 노치지 않으려는 때문이다."라고 하여, '형식을 빌어온 것'에 대해 특별히 주의를 기울였다. 그는 계속하여 "作者의 〈註〉는 바로 이러한 責任(作品으로서 不滿한 점에 대한 : 인용자 주)을 轉嫁식히는 方便으로 利用된 것"으로 파악하였다. '형식을 빌어오고' '주를 이용했다'는 것은 허구를 위한 허구의 형식으로 보았다는 것이다(이원조, 〈新春創作界〉, 《인문평론》, 1941년 2월, 42면).

34 정인택, 〈축방〉, 《청색지》, 1939년 5월, 101면.

음을 듣고 "지난 봄 李箱이 그 야윈 어깨에 命在頃刻의 저를 걸머지고 밤 깊은 鐘路거리를 헤매이든 일, 제가 어찌 잊겠읍니까"라는 글을 썼다는 것으로 보아 이상의 사망 직후 소식을 접한 것으로 보인다.[35] 그런 그가 '정말이지 생사만이라도 좀 알고 싶고나 알고 싶고나'라고 간절히 말한 것은 무엇을 의미할까? 이미 제목 다음에 나온 '이상 2주기'라는 말을 정인택이 아닌 편집자가 넣었다 하더라도 글의 내용과 상반되어 독자를 혼란스럽게 한다. 우리는 여기에서 두 가지 경우를 상정할 수 있다. 먼저 이상이 도쿄로 건너간 뒤 그의 생사를 잘 모르던 시점에 쓴 것을 정인택이 우연히(발표 기회가 닿아) 발표한 경우이다. 그러나 이상은 1936년 10월 17일 경성을 떠나 도쿄에 갔으며, 1937년 4월 17일 동경제대부속병원에서 죽었다. 그 시간적 거리는 기껏해야 반년이고, 내용 가운데 정인택은 도쿄에 있는 이상에게 편지를 받은 것으로 되어 있어 '일년이 넘도록' 생사를 모른다는 것은 전혀 이치에 맞지 않는다.[36] 두 번째 죽지 않았음을 가정해서, 또는 혼에게 넋두리하듯 썼을 경우이다. 이는 포즈로서의 글쓰기일 뿐이며, 모름지기 허구가 되는 것이다. 그러나 사실관계가 밝혀지지 않으면 진실에 속할 것으로 보이는 작품이다.

〈축방〉에는 이상의 죽음을 인정하고 싶지 않은 화자의 감정이 들어 있는 것으로 보인다. 죽음을 받아들여야 한다는 사실과 이를 인정하지

---

35 '밤 깊은 종로거리를 헤매이든 일'은 정인택의 자살 소동 사건을 말하는 것으로 보인다. 그것은 1935년 여름(8월)의 일인데, 정인택이 시간을 조금 착각한 것 같다. 그리고 윤태영은 정인택이 이상의 사망 직후 소식을 접한 것으로 기술하고 있다.(윤태영, 〈이상의 생애〉, 《절망은 기교를 낳고》, 교학사, 1968, 90면)

36 그리고 '일년이 넘도록 입때껏'을 글 쓴 시기로 추정하면 1937년 10월 말(도쿄행 뒤로 1년 남짓)에서 1938년 2월(엽서 보낸 시기로 추정) 사이이다. 그것은 1939년 5월 발표와도 상당한 시간적 거리가 있고, 이미 그 이전에 이상의 죽음을 알았다는 점에서 그 시기 추정은 별 의미가 없다.

않으려는 욕망, 그 사이에서 어쩌면 정인택은 이상과 동일시, 또는 전이의 감정을 체험한 것이 아닐까? 우리는 〈축방〉과 〈불상한 이상〉 사이에 놓인 이러한 감정의 변이를 무시한 채 동일선상에서 두 작품을 이해해선 안 된다. 전자는 '수필'이라는 글의 속성상 사실로 받아들이기를 강요하는데, 그러한 속성은 〈여수〉의 '작가의 말'에도 얼마든지 게재되어 있다.

정인택은 이상에 대해 애증을 보였다. 이는 "내게 이런 不吉한 생각의 싹을 불어넣어 주고 간 것은 암만 생각해도 李箱이 같다고 몹쓸 놈이라고 나는 늘 하는 버릇으로 李箱이 욕지거리를 속으로 늘어놓으며 이번 공일날은 비만 안 오면 꼭 李箱이 무덤에 가리라고 스스로 기약하는 것이다."라고 썼던 글에도 잘 드러난다.[37] 아마도 그러한 감정은 권순옥, 이상과 얽혔던 삼각관계라든가, 그것이 소설화된 것과 밀접한 관련이 있을 것이다. 이상의 유고 〈환시기〉(1938년 6월)가 발표된 뒤로 정인택의 이상 관련 작품들이 많이 나온다. 우연의 일치인지, 아니면 연관이 있는지 정확히 가늠하기는 어렵지만 어느 정도 관련은 있었을 것으로 판단된다. 그는 죽은 이상이 하다가 남긴 일을 이루겠다고 했는데, 그 말은 이상과 같은 소설을 창작하겠다는 의미로 읽힌다. 다시 말해 훌륭한 소설이나 이상다운 소설, 또는 이상 삶의 소설화 등으로 좁혀 볼 수 있다. 앞에서 논의한 작품들은 이러한 성격을 지니고 있다.

이제 추론은 접어 두고 결론을 내려야겠다. 나는 순희 계열과 유미에 계열의 작품을 정인택의 작품으로 규정한다. 순희 계열의 작품은 이상의 삶을 직접 형상화해 온 것으로 이상의 삶을 사실적으로 제시하였지만 이상의 시각뿐만 아니라 제3자의 시각이 나타나기도 하며, 그것은

37 정인택, 〈신록잡기〉, 《춘추》, 1942년 5월, 126면.

이상이나 그 가족의 삶을 아주 잘 알고 있었던 정인택이라면 가능하다. 이는 사실을 바탕으로 판단한 부분이다. 그리고 유미에 계열의 작품에서도 정인택은 이상의 체험들을 상당 부분 흡수해 온 것으로 판단된다. 그러나 다른 작품에서는 그 자취가 거의 사라져 그것들이 이상 삶의 편모인지도 가늠하기 어려울 정도이다.

그렇다면 문체적인 면은 어떻게 판단할 것인가. 앞에서 '게을르다', '기독과 흡사한 얼굴', '막다른 골목' 등은 이상의 문체가 어떻게 정인택의 작품에 흘러들어 오는가를 잘 보여 준다. 앞에서 논의한 문체 대부분은 이상이 실제로 썼거나 이상이 말했던 것을 정인택이 가져온 것으로 보인다. 왜냐하면 그 문체는 이상 문체의 특징을 고스란히 담고 있어서 모방했다기보다는 그대로 가져온 느낌을 주기 때문이다. 그리고 순희 계열의 작품에서 나타나는 이상의 문체는 이상이 금홍을 형상화해 온 소설에 그대로 나타나는 것으로서 정인택이 창작하면서 이상의 문체를 빌려 와서 사용한 것으로 볼 수 있다. 이러한 판단은 작품 전체에 이상적李箱的인 문체가 그렇게 많이 나타나지 않는다는 사실에서도 추론할 수 있다. 만일 이상의 작품이라면 작품의 요소요소에 이상의 문체가 스미어 있을 것이다. 다만 〈여수〉에서 '김군의 일기에서 인용한 것'으로 서술한 몇 구절들은 이상의 글에서 가져온 것으로 보인다. 일부의 경우(위티즘)는 "꿈은 나를 逮捕하라 한다. 現實은 나를 逐放하라 한다"처럼, 이상의 말이나 낙서, 또는 유고에서 가져왔을 것이다.[38]

필자는 정인택이 〈여수〉에서 언급한 이상의 유고, 특히 작품의 대상이 된 일기를 갖고 있지 않았을 것으로 본다. 〈여수〉의 '작가의 말'도 〈축방〉처럼 정인택의 허구물일 뿐이며, 다만 작가가 작품의 내용을 의도적으로

38 유고의 존재는 모두 인정하지만 누가 갖고 있었는가는 여전히 숙제로 남는다. 정인택이 갖고 있었을 가능성도 완전히 배제할 수는 없다.

이상과 결부하고자 제시한 것으로 생각된다. 발표한 이상의 작품을 보더라도 일기 형식을 찾기 어려우며, 일기는 이상이 남겼을 것이라고 생각되는 마지막 장르에 속해 있다. 그리고 그것이 이상의 일기라면 거기에는 이원조가 지적한 '운명에 대한 감정', '인간적 진실성', '순정' 따위가 들어 있었을 것이다. 그러한 요소들이 없다는 것은 앞에서 언급한 작품들이 정인택의 창작일 가능성을 확실케 하는 요인이 된다. 그리고 설령 정인택이 이상의 유고를 갖고 창작을 했다 하더라도 몇몇 구절을 제외한 문체는 더 이상 이상의 것이 아닌 정인택의 문체로 탈바꿈하여 그의 소설이 되고 만 형국이다.

그 밖에도 정인택의 몇몇 작품 가운데 이상의 문체를 밀접하게 가져온 구절들이 있긴 하지만, 인용이나 인유의 수준에 그칠 따름이다. 앞에서 보듯 이상의 삶을 직접 '나'의 입장에서 기술한 순희 계열뿐만 아니라 객관적 제3자(작가 관찰자)의 입장에서 그린 유미에 계열, 그리고 기타 작품에 이상의 문체가 많이 나타나 있다. 그것은 정인택이 이상과 관련한 작품에서 이상의 문체를 빌려와서 썼음을 일러주는 징표이다. 그리고 이 작품들을 체험의 면(내용적 일치성)에서 보면 순희 계열, 유미에 계열, 기타 작품들 순으로 이상의 삶과 근접하다. 그의 창작은 유미에 계열에서 순희 계열로, 곧 삶을 부분적으로 수용한 것에서 완전히 형상화하는 쪽으로 나아간 모습을 보이고 있다. 이 작품들이 공존한다는 것은 위에 언급한 작품들이 정인택의 작품일 가능성을 뒷받침한다. 그리고 작품량의 증가는 정인택이 이상의 삶과 작품을 목도하며 작가로서 자의식을 더욱 자극 받았고, 그것이 창작의 열정으로 옮겨갔기 때문으로 보인다. 정인택은 이상을 영향력 있고 훌륭한 작가로 인식하였을 것이고, 그의 방법론(문체, 또는 사소설적 형상화)을 받아들인 것은 오히려 당연할 수 있다. 또한 정인택이 평소 잘 아는 이상

에 대한 내용이었기 때문에 더욱 수월하게 작품을 형상화한 것으로 보인다.[39]

39 이전에 정인택 소설에서 이상의 영향을 논의한 두 편의 글이 있다는 것을 최근에 확인하여 여기에 밝혀 둔다. 강현구, 〈정인택의 소설연구〉, 《어문논집》 28, 민족어문학회, 1989년 2월; 이종화, 〈정인택 심리소설 연구〉, 《현대문학이론연구》 3, 현대문학이론학회, 1993.

이상 일문시 번역과 텍스트 확정

1. 들어가는 말

이상이 쓴 일문시의 국내 연구는 대부분 번역본에 의지해 왔다. 일문시 해독과 원본 구득이 어려웠다는 점이 주요 원인이었다. 이상의 일문시는 난해하여 웬만한 일어 실력의 소유자도 접근하기 어렵다. 그리고 《朝鮮と建築》지에 발표했던 작품은 그 책이 영인이 되기 전만 해도 구하기 어려웠고, 또한 조연현이 발굴 소개한 유고시는 몇몇 번역자를 제외한 일반 연구자가 접한다는 것이 사실상 불가능했다. 일문시는 유정, 김수영, 임종국 등이 번역하여 이상전집에 실렸다.[01] 이상의

01 유정이 〈異常ナ可逆反應〉·〈破片ノ景色〉·〈▽ノ遊戲〉·〈ひげ〉·〈BOITEUX·BOITEUSE〉·〈空腹〉·〈鳥瞰圖〉 계열(8편)·〈獚〉·〈無題〉(故王의…)·〈斷章〉·〈咯血의 아침〉·〈獚의 記〉·〈作品 第三番〉·〈與田準一〉·〈月原橙一郎〉·〈習作 쇼오윈도우 數點〉 등, 임종국이 〈三次角設計圖〉 계열(7편)·〈建築無限六面角體〉 계열(7편)·〈隻脚〉·〈距離〉·〈囚人の作つた箱庭〉·〈肉親の章〉·〈內科〉·〈街衢ノ寒サ〉·〈骨片ニ關スル無題〉·〈朝〉·〈最後〉·〈蜻蛉〉·〈一つの夜〉·〈悔恨ノ章〉 등, 김수영이 〈無題2〉(行員이…)·〈遺稿1〉(손가락 같은…)·〈一九三一年(作品第一番)〉·〈구두〉·〈哀夜〉 등을 번역하였다.(원 제목이 확인 가능한 시는 그대로 적고, 그렇지 않은 경우는

일문시 연구에서 대부분 연구자들은 번역자와 출판사의 권위를 믿고 한글 번역본을 주 텍스트로 삼아 왔다.

그러나 번역이란 항상 오역이 있을 수 있고, 또한 번역자의 주관이 개입하기에 원문의 의미가 훼손되기 쉽다. 번역자가 원문의 의미를 제대로 전달하는 데는 어려움이 따르게 마련이다. 그러므로 번역은 2차적인 텍스트가 되어야 한다. 번역본에서는 일차적으로 옳은 번역과 그릇된 번역을 찾아내어야 하고, 의역일 경우 원문에 얼마만큼 가까운가도 검토하여야 한다. 그러나 대부분의 연구자들은 그러한 작업을 소홀히 했고, 그리하여 일문시의 텍스트 확정에 문제점이 많았다.

이 글에서는 이상 문학의 텍스트를 확정하고자 한다. 필자는 이상 문학의 텍스트 확정에 따르는 여러 문제점을 제기한 바 있다.[02] 거기에서 이미 이상 일문시 번역에 관한 문제점을 두 차례에 걸쳐 지적했다. 여기에서 다시 문제를 제기하는 것은 텍스트 확정의 필요성이 그 어느 문제보다 중요하고, 또한 연구자들이 잘못된 텍스트로 말미암아 잘못된 결론을 도출할 수 있기 때문이다.

이상의 일문시 번역에 생긴 문제점을 지적한 것으로 사에구사 도시카쓰, 김윤식, 김성수, 박현수, 조해옥 등의 글이 있다.[03] 그러나 대부분

번역 제목을 표기)

02 김주현, 〈이상 문학 연구의 문제점(1) — 텍스트부터 잘못되어 있다〉 및 〈이상 문학 연구의 문제점(2) — 자료가 총체적으로 부실하다〉, 《이상 소설 연구》, 소명출판, 1999; 김주현, 〈이상 문학의 텍스트 확정을 위한 고찰 — 정인택의 이상 관련 작품을 중심으로〉, 《안동어문학》 4, 안동어문학회, 1999년 11월.

03 三枝壽勝, 〈李箱의 モダニズム — その成立と限界〉, 《朝鮮學報》 141, 天理大 朝鮮學會, 1991년 10월; 김윤식, 《이상문학텍스트연구》, 서울대학교출판부, 1998; 김성수, 《이상 소설의 해석 — 생과 사의 감각》, 태학사, 1999; 박현수, 〈토포스의 힘과 창조성의 고찰 — 정지용·이상의 시를 중심으로〉, 《한국학보》 95, 일지사,

단편적인 지적들이어서 텍스트 오류의 전모를 파악하는 데 나름대로 한계를 지닐 수밖에 없다. 이 글은 텍스트가 제대로 확정되지 않아 시 해석에 걸림돌로 남아 있는 시구들을 검토 대상으로 한다. 특히 이상의 일문시 해석에 따르는 오류 및 원전 확정과 관련한 문제점들을 제기하기로 한다. 앞선 연구자들이 지적한 부분을 토대로 이전에 지적되지 않은 문제점도 전반적으로 제시하여 연구자들이 더욱 정확한 텍스트를 인식하도록 하는 것이 이 글의 목적이다. 내용은 크게 4개의 장으로 나누어 그 첫 번째 장에서는 초기 《조선과 건축》지에 발표된 일문시, 두 번째 장에서는 김소운이 이상의 편지를 요약했다고 하는 《조선시집》 소재 일문시 2편, 세 번째 장에서는 이상의 사후 노트 형식으로 발견되어 임종국, 조연현 등이 학계에 소개한 일문 유고시, 마지막 장에서는 한글시 기타를 대상으로 하였다. 이들을 대상으로 텍스트 확정에 주의를 기울이고자 한다.

2. 《朝鮮と建築》 소재 초기 일문시

《朝鮮と建築》(1931년 7월~1932년 7월)에 실린 초기 일문시는 유정과 임종국이 처음 번역하여 이상전집에 실었다. 이후 많은 전집들이 이 판본의 번역을 바탕으로 하고 있어 오류를 반복해 왔다.[04] 그러한 시들을

1999년 3월; 조해옥, 〈이상 시의 근대성 연구〉, 고려대(박), 2000년 2월.

04 1990년대까지 이상전집은 3회에 걸쳐 나왔다. 먼저 1956년 임종국(책에서는 '고대어문학회' 편으로 소개)이 《李箱全集》(전 3권, 태성사), 1977~1978년 이어령이 《李箱詩·小說·隨筆全作集》(전 4권, 갑인출판사), 1989~1993년 이승훈·김윤식이 《李箱문학전집》(전 3권, 문학사상사)을 각각 발간하였다. 시 전집은 이 외에도 1982년에 정다비 편 《이상》(지식산업사)과 같은 해 김승희 편 《이상》(문학세계사)

차례로 살펴보면 아래와 같다.

먼저 개별시 〈ひげ〉이다.

> (鬚·鬚·ソノ外ひげデアリ得ルモノラ·皆ノコト)→(鬚·髭·그밖에수염일수있는것들·모두를이름)

위의 것은 〈ひげ〉의 부제이자 그것에 대한 설명이다. 태성사판 이래 전집들이 한결같이 '鬚·鬚'를 '鬚·髭'로 옮기고 있다. 임종국은 전집 서두에서 "원전에서 인쇄상의 오식이 분명한 곳은 최대한 고증으로 정정하였다"(태성사판 1권, 6면)고 밝혔는데, 그것에 따른다면 뒷글자 '鬚'는 '髭'의 오식에 해당할 것이다. '鬚'는 '턱밑 수염'을, '髭'는 '코밑수염'을 각각 일컫는다. 아마 '그밖에 수염이라 말할 수 있는·모든 것'이라는 구절 때문에 그렇게 한 모양이다. 내용상 그렇게 이해할 수도 있겠지만 두 글자는 형태상 커다란 차이가 있어 오식으로 쉽게 단정할 수 없다. 그리고 원문의 오식이 확실하지 않은 이상, 마음대로 글자를 고쳐선 안 될 것이다.

다음으로 '조감도' 계열의 〈LE URINE〉, 〈狂女の告白〉, 〈興行物天使〉 등의 작품이다.[05]

이 있다. 이 책에서는 앞의 3권을 중심으로 하며 논의의 편의를 위해 필요한 경우 '태성사판', '갑인출판사판', '문학사상사판' 등으로 구분하여 설명하기로 한다.

05 이 저서에서는 전체적으로 〈조감도〉, 〈삼차각설계도〉, 〈건축무한육면각체〉 등의 계열시는 다만 각 작품명만을 언급하기로 한다. 이 가운데 〈삼차각설계도〉의 경우 그 자체적으로 연작시임이 〈선에 관한 각서1〉 등의 숫자를 통해서 잘 드러나며, 〈조감도〉와 〈건축무한육면각체〉의 경우 비록 계열시라고 하나 각각의 시에 가까워 개별 작품명만 언급해도 무방할 것으로 보인다. 그리고 〈오감도〉의 경우 〈오감도 시 제1호〉, 〈시 제2호〉 등으로 표기해도 연작시의 성격이 드러나 그대로

鴉は恰かも孔雀の樣に飛翔し鱗を無秩序に閃かせる半個の天體に金剛石と毫も變りなく平民的輪廓を日歿前に贋せて驕ることはなく所有しているのである。
→까마귀는恰似孔雀과같이飛翔하여비늘을秩序없이번득이는半個의天體에金剛石과秋毫도다름없이平民的輪廓을日沒前에빗보이며驕慢함은없이所有하고있는것이다.

이것은 〈LE URINE〉의 일부이다. 여기에서 '日歿'은 태성사판 이래 '日沒'로 표기하고 있다. 이상은 시 제목을 '沈歿'이라 쓰기도 하였는데, '日歿'도 이상의 고의적인 표현으로 보인다. 두 가지 사이에 의미 차이가 있다면 원래 표현대로 해 주는 것이 마땅하다. 그리고 다음 "若干小量の腦髓には砂糖の樣に淸廉な異國情調故に"를 문학사상사판에서는 "若干小量의腦臟에는雪糖과같이淸廉한異國情調로하여"로 옮기고 있다. 여기에서 '腦髓'가 '腦臟'으로 건너간 것은 오식이다.

(가) ヲンナでああるS子樣には本當に氣の毒です。そしてB君 君に感謝しなければならないだらう。→ 여자인 S玉孃한테는참으로未安하오. 그리고B君자네한테感謝하지아니하면아니될것이오.

(나) ヲンナの皮膚は剝がれ剝がれた皮膚は羽衣の樣に風に舞ふている
→ 여자의皮膚는벗기고벗기인皮膚는仙女의옷자락과같이바람에나부끼고있는

쓰지만, 〈위독〉, 〈실낙원〉(이 책에서는 시로 분류) 등의 경우 〈위독—절벽〉, 〈실낙원—자화상〉처럼 표기하여 계열시 내지 연작시임을 분명히 제시하기로 한다.

(다)ヲンナは樂しいチヨコレエトが食べたいと思はないことは困難であるけれども → 여자는즐거운쵸콜레이트가먹고싶지않다고생각하지아니하는것은困難하기는하지만

(라) 慈善家としてのヲンナは一と肌脫いだ積りで → 慈善家로서의여자는한몫보아준心算이지만

(마) 巨大な膃肭臍の背なかを無事に驅けることがヲンナとして果して可能であり得るか → 巨大한바닷개(海狗)잔등을無事히달린다는것이여자로서果然可能할수있을까

이 구절들은 모두 〈狂女の告白〉의 부분들이다. 이미 위 두 개의 예문에 대해서는 조해옥이 언급한 바 있다. 그녀는 'S子様'을 'S玉孃'보다 'S子님'으로 번역하는 것이 적절하고, '羽衣'는 '선녀의 옷자락'보다 '날개옷'으로 번역하는 것이 타당하다고 했다. 'S子様'은 그냥 B군에 대칭이 되는 'S子孃' 정도로 번역하는 것이 무리가 없어 보인다. 그리고 원문 'ヲンナでああるS子様'은 'ヲンナであるS子様'의 오식이다. (나)의 '羽衣'에 대해 유정의 번역은 상당히 시적이고, 조해옥의 번역은 직설적인데, 문맥상 두 해석 모두 용인될 수 있을 것 같다. 그리고 '벗기고 벗기인'은 피동태인 '벗겨지고 벗겨진' 또는 '벗어지고 벗어진'으로 해석해야 정확하다. (다)의 앞 구절을 태성사판부터 계속하여 '여자는…먹고 싶지 않다'로 싣고 있는데, 이는 잘못된 해석이다. 그것은 '…먹고 싶다고 생각하지…'로 해야 적합하다. (라)에서 '一と肌脫いだ'를 유정은 '한몫보아준'으로 해석하였다. 그러나 그것으로는 의미가 제대로 전달되지 않는다. '肌脫'은 '거들어준'또는 '힘이 되어준'으로 표현하는 것이 적절하다.

마지막 예문에서 '膃肭臍'는 '바닷개'로 되어 있는데 이것은 海狗라는 의미도 있지만, 일반적으로 '海狗腎'을 의미한다. 〈興行物天使〉의 "膃肭臍の背"에서도 마찬가지이다. 후자의 의미도 무시할 수 없을 것으로 보인다. 부분적인 해석상의 오류는 전체 해석에 영향을 주기 때문에 중요하다고 할 수 있다.

> 世界の寒流を生む風がヲンナの目に吹いた。→ 世界의寒流를낳는바람이여자의눈을불었다.

이것은 〈興行物天使〉의 부분이다. 이미 조해옥이 '바람이여자의눈을'을 '바람이여자의눈에'로 교정하였다. 문학사상사판은 이 부분이 '바람이여자의눈물을'로 바뀌는 오류가 일어나기도 했다. 그리고 문학사상사판에서 이 작품의 마지막 연의 구절 "ヲンナは滿月を小刻みに刻んで饗宴を張る"를 '여자는滿月을잘게잘게씹어서饗宴을베푼다'로 옮기고 있는데, 이는 '…썰어서…'의 오류이다. 그리고 이 작품에는 "曲藝象の目"이 나오는데 이승훈은 '곡예가'의 오기이거나 조어일 가능성을 예시했다. 후반부에 "여자는코끼리의눈과두개골크기만한수정눈을종횡으로굴리며추파를남발하였다(ヲンナは象の目と頭蓋骨大程の水晶の目とを縱橫に繰つて秋波を濫發した)"라는 구절로 보아 曲藝象은 '곡예하는 코끼리'를 의미하는 이상의 조어로 볼 수 있다.[06]

셋째로 '三次角設計圖' 계열의 〈線に關する覺書 2〉, 〈線に關する覺書 3〉, 〈線に關する覺書 5〉이다.

---

06 이에 대해서 이경훈도 〈〈LE URINE〉의 주석〉(《이상, 철천의 수사학》, 소명출판, 2000, 231면, 주 37)에서 밝히고 있다.

幾何學は凸レンズの様な火遊びではなからうか、ユウクリトは死んだ今日ユウクリトの焦點は到る處において人文の脳髓を枯草の様に燒却する收歛作用を羅列することに依り最大の收歛作用を促す危險を促す
→ 幾何學은凸렌즈와같은불장난은아닐른지, 유우크리트는死亡해버린오늘유우크리트의焦點은到處에있어서人文의腦髓를마른풀과같이燒却하는收斂作用을羅列하는것에依하여最大의收斂作用을재촉하는危險을재촉한다,

이것은 〈線に關する覺書 2〉의 구절이다. 여기에서 태성사판에서는 그대로 '收歛作用'을 소개하였으나 갑인출판사판 이래 '收斂作用'으로 쓰고 있다.[07] 이어령이 전체적인 의미로 볼 때 후자가 타당하기에 그렇게 고친 것으로 보인다. 그러나 그것이 만일 작가나 식자공의 실수라면 주석에서 원문을 밝히고 그에 대한 설명이 있어야 할 것이다.[08] 그러한 현상은 〈선에 관한 각서 6〉에서 "主觀の體系の收歛と收歛に依る凹レンズ → 主觀의體系의收斂과收斂에依한凹렌즈"에서도 반복된다. 이것은 식자공이 글자의 유사성 때문에 '收斂'을 '收歛'으로 오식한 것이 아닌가 한다. 문맥상 '收斂'이 확실하다.

07 임종국은 서두에서 "그렇게(인쇄상의 오식으로 : 인용자 주) 인정할 수 없는 것은 오자를 오자로 살려야 했다."(태성사판 1권, 6면)라고 지적하였는데, 그 설명에 따른다면 '收歛作用'은 오식이 아니다.

08 원고는 "채자(採字), 식자(植字), 교정, 정판, 지형, 연판, 인쇄 등의 단계"(권영민, 《이상문학의 비밀 13》, 민음사, 2012, 118면)를 거쳐 간행된다. 문선공이 글자를 골라서, 이를 식자공이 원고대로 조판하고, 교열자의 교정을 거쳐 인쇄에 이르는 것이다. 그러므로 글자의 오식은 문선공과 식자공, 그리고 교열자 사이에서 발생하는 실수라고 할 수 있다. 여기에서는 이들을 어느 하나로 단정하기 어려워 그냥 범박하게 '식자공'으로 지칭하기로 한다.

$\therefore nPn = n(n-1)(n-2)\cdots\cdots(n-n+1)$ → $\therefore nPh = n(n-1)(n-2)\cdots\cdots(n-h+1)$

위 구절은 〈線に關する覺書 3〉에 나온 내용이다. 이 역시 태성사판에는 그대로 되어 있으나 갑인출판사판부터 위처럼 잘못 쓰고 있다. 앞의 공식은 n가지 가운데 n개(후자는 h개)를 선택해서 순서를 고려하여 나열하는 방법의 수를 의미한다. 이어령이나 당시 교열자가 수학의 순열 공식에 맞추느라 n을 h로 바꾼 것으로 보인다. 그러나 그것이 h개이든 r개이든 n개이든 상관없다. 이상이 n으로 쓴 것은 시의 도표에서 보듯 '3가지 가운데 3개를 선택해서'를 강조한 게 아닌가 한다. nPh일 경우 n≧h(주로 n〉h)이지만 nPn은 n=n이라는 것을 말해 준다. h로 바꾼 것이 고의인지 교열자의 실수인지는 모르지만, 전자라면 원문을 밝힌 다음 그에 대한 설명을 덧붙이는 것이 옳을 것이다.

速度を調節する朝人はオレを集める，オレらは語らない，過去らに傾聽する現在を過去にすることは間もない → 速度를調節하는날사람은나를모은다，無數한나는말(譚)하지아니한다，無數한過去를傾聽하는現在를過去로하는것은不遠間이다

時間性(通俗思考に依る歷史性) → 時間性(通俗事考에依한 歷史性)

視覺のナマエを持つことは計畫の嚆矢である。→ 視覺의이름을가지는것은計量의嚆矢이다.

위의 구절은 〈線に關する覺書 5〉의 부분이다. '速度を調節する朝人は

オレを集める' 부분은 '速度を調節する朝, 人はオレを集める'으로 '속도를조절하는날, 사람은나를모은다'로 되어야 할 것이다. 그리고 두 번째 구절은 〈線に關する覺書 6〉의 부분인데, '通俗思考'가 '通俗事考'로 오식되어 있다. 마지막 구절은 〈線に關する覺書 7〉의 일부이다. 여기에서 '計畫'이 문학사상사판에서 '計量'으로 바뀌었다. 글자가 비슷해서 빚어진 오류가 아닌가 한다. '계획'과 '계량'은 다르기 때문에 바르게 고쳐주는 것이 좋다.

마지막으로 '建築無限六面角體' 계열의 〈AU MAGASIN DE NOUVEAUTES〉, 〈熱河略圖 N0.2〉, 〈出版法〉, 〈且8氏の出發〉, 〈眞晝〉 등이다.

> 文字盤にⅫに下された二個の濡れた黃昏。→ 時計文字盤에Ⅻ에내리워진一個의浸水된黃昏

> 黑インクの溢れた角砂糖が三輪車に積荷れる。→ 파랑잉크가엎질러진角雪糖이三輪車에積荷된다.

> 名刺を踏む軍用長靴。街衢を疾驅する 造 花 金 蓮。→ 名銜을짓밟는軍用長靴, 街衢를疾驅하는造花分蓮.

이 작품은 〈AU MAGASIN DE NOUVEAUTES〉로 이미 이에 대해 박현수와 조해옥의 상세한 언급이 있었다. '二個の濡れた黃昏'이 '一個의 浸水된 黃昏'으로, '黑インク'가 '파랑잉크'로, '造花金蓮'이 '造花分蓮' 등으로 바뀐 것이다. 아마도 '황혼'은 하나이고, '검은 잉크'보다는 '파랑잉크'가 일반적이어서 타성적인 오류를 빚은 것이 아닌가 생각된다. 이

부분들을 오역하여 발생할 문제는 다시 언급할 필요가 없을 것이다. 그리고 위의 마지막 구절은 띄어쓰기에 주의를 요한다. 이 구절은 속도감뿐만 아니라 여인의 걸음걸이(金蓮步)에 대한 시각적 이미지도 잘 나타내기 때문이다. 그러므로 이 부분은 '…疾驅하 는 造 花 金 蓮'으로 옮겨야 한다. 태성사판에서 다른 부분은 띄어쓰기에 주의하면서도 이 부분은 무시하고 그냥 넘어갔다. 이런 맥락에서 이 작품의 둘째 행도 고려해야 할 대상이다.

> 四角な圓運動の四角な圓運動 の 四角 な 圓。→ 四角이난圓運動의四角이난圓運動의四角이난圓.

이 구절은 띄어쓰기가 다른 구문과 달리 일정하지 않게 되어 있다. 이상은 이 구절 말고도 많은 구절에서 의식적으로 비일상적인 띄어쓰기 내지 붙여쓰기를 하였다. 그만큼 이상이 언어의 시각적 배치에 주의를 기울였다는 뜻이다.[09] 태성사판은 유일하게 작가의 의도를 살려 "四角이난圓運動의四角이난圓運動 의 四角 이 난 圓"으로 옮기고 있다. 붙여 쓴 부분은 사각형과 원의 계속적인 반복을, 띄어 쓴 부분은 반복이 계속 이어지다가 마침내 작은 원으로 마무리되는(또는 보이는) 모습을 나타내는 것으로 보인다. 이상의 활자 배열이 이처럼 의식적이고 치밀하게 이뤄졌다면, 그러한 의도를 번역에서도 살릴 필요가 있다.

> 一散に走り 又 一散に走り 又 一散に走り 又 一散に走る ヒト は 一散

09 이에 대해서는 안상수의 〈타이포그라피적 관점에서 본 이상 시에 대한 연구〉(한양대(박), 1995)와 김민수의 《멀티미디어 인간 이상은 이렇게 말했다》(생각의나무, 1999)를 참조.

に走る ことらを停止する。

→ 熱心으로疾走하고 또 熱心으로疾走하고 또 熱心으로疾走하고또熱心으로 疾走하는 사람 은 熱心으로疾走하는 일들을停止한다.

나는너를래일아츰 네가또그싸위짓을개시하는것과동시에 총살을하야버리리라 총 총 총 총 총은나의친한친구가공기총을가즌것을나는잘알고잇스닛가 그는그것을얼는빌려줄々로믿는다.(《조선》, 1932년 4월, 124면)

첫 번째 예문 〈且8氏の出發〉의 경우 태성사판·갑인출판사판에서는 "熱心으로疾走하고 또 熱心으로疾走하고 또 熱心으로疾走하고 또 熱心으로疾走하는 사람 은 熱心으로疾走하는 일들을停止한다"처럼 정확하게 띄어쓰기를 하였으나 문학사상사판은 원문과 조금 차이가 있다. 원문은 질주라는 속도감을 언어 배치를 이용하여 더욱 잘 드러내고 있다. 그 아래 예문은 〈휴업과 사정〉의 일부로 이상이 의도적으로 띄어쓰기를 했음을 확인할 수 있다. '총'을 반복해서 제시함으로써 의미 강조뿐만 아니라 총알의 이미지를 더욱 생동감 있게 표현하였다. 이런 경우 번역해서 옮기든 직접 옮기든 제대로 살려줄 필요가 있다.

1931年の風雲を寂しく語つてゐるタンクが早晨の大霧に赭く錆びついてゐる。

→ 1931年의風雲을寂寂하게말하고있는탱크가 早晨의大霧에赤葛色으로녹슬어있다.

客棧の炕の中。(實驗用アルコホルランプが灯の代りをしてゐる)

→ 客席의기둥의內部. (實驗用알콜렘프가燈불노릇을하고있다)

이 시는 〈熱河略圖 N0.2〉로서, 위 구절에서 '早晨'을 그 다음에 '旱晨'으로 옮겼다. 그 때문에 '이른 새벽'에서 '가문 새벽'으로 의미가 바뀌게 되며, 이에 대해서는 박현수가 언급한 바 있다. 이 역시 글자의 유사성에 따른 오식이라 할 것이다. 그리고 아래 구절에서 '客棧の炕'은 '客席의기둥'으로 옮겼는데, 이는 잘못이다. '炕'을 '杭'으로 이해한 까닭인데, 사에구사의 지적처럼 '기둥'은 '온돌'이나 '구들'로 옮기는 것이 적절하고, '客棧'도 '여관', '주막' 정도로 옮기는 것이 좋을 듯하다.[10]

肌肉は以後からでも着くことであらう

→ 筋肉은이따가라도附着할것이니라

因に男子の筋肉の斷面は黑曜石の樣に光つてゐたと云ふ。

→ 參考男子의筋肉의斷面은黑耀石과같이光彩나고있었다고한다.

僕の眼睛は冷却された液體を幾切にも斷ち剪つて落葉の奔忙を懸命に帮助していなければならなかつた。

→ 나의眼睛은冷却된液體를散散으로切斷하고落葉의奔忙을熱心으로帮助하고있지아니하면아니되었다.

이것들은 〈出版法〉의 구절들이다. '肌肉'을 '筋肉'으로 잘못 번역한 것은 박현수가 언급한 바 있다. 이 작품에는 두 번째 예문처럼 '筋肉'도 나오지만 '肌肉'은 '筋肉'의 다른 말이다. 근육이라 써도 무방하겠지만, 원문이 肌

---

10 한 논자는 유치환의 《생명의 서》에 나타난 "객잔(客棧)=주막", "캉(炕)=만주ㅅ房, 溫突 모양"이라는 주석을 제시했는데, 매우 타당하다고 생각된다. 박현수, 《모더니즘과 포스트모더니즘의 수사학 — 이상 문학 연구》, 소명출판, 2003, 138면.

肉으로 되어 있어 그대로 표기하는 것이 좋을 것 같다. 다음으로 '黑曜石'은 '黑耀石'으로 쓰고 있는데, 전자가 일반적인 용례이기에 전자로 씀이 타당하다. 한편 '眼睛'은 태성사판 이래 '眼睛'으로 바뀌었는데 이도 오식이다. 자칫 '눈동자'가 '푸른 눈'으로 오해될 여지마저 있다.

> 沙漠に生えた一本の珊瑚の木の傍で豕の様なヒトが生埋されることをされることはなく淋しく生埋することに依つて自殺する。
>
> → 砂漠에盛한한대의珊瑚나무곁에서돛과같은사람이산葬을當하는일을當하는일은없고심심하게산葬하는것에依하여自殺한다.

> 棍棒はヒトに地を離れるアクロバテイを教へるがヒトは了解することは不可能であるか
>
> → 棍棒은사람에게지면을떠나는아크로바티를가리키는데사람은解得하는것은不可能인가.

〈且8氏の出發〉의 일부이다. '木の傍で豕の様'을 모든 전집에서 '나무곁에서돛과같은'으로 번역하여 오류를 빚어냈다. '돛'은 '돝(돼지)'의 오식이다. 김성수는 이 부분을 '나무 곁에서 돼지와 같은'으로 교정하였다. 그리고 '淋しく'는 '쓸쓸하게'라는 의미인데, '심심하게'로 번역하였다. 김성수는 '淋しく生埋することに依つて自殺する'를 '외롭게 생매장하는 일에 따라 자살한다'라 하여 본뜻에 더욱 가깝게 옮겼다. 또한 위 예문에서 '沙漠'을 '砂漠'으로 썼는데 비록 의미 차이가 크게 없다 할지라도 원문에 충실할 필요가 있다. 그리고 아래 예문에서 '아크로바티

(곡예)를 가리키는데'는 조해옥이 '…가르치는데'로 교정하였다.[11]

(2연)三羽の鷄は蛇紋石の層階である。ルンペンと毛布。

→ 세마리의닭은蛇紋石의層階다. 룸펜과 毛布.

⇒ 세 마리의 닭은 蛇紋石의 層階이다. 룸펜과 모·보.

(4연)二度目の正午サイレン。

→ 둘째번의正午싸이렌.

⇒ 한밤의 사이렌

(5연)シヤボンの泡沫に洗はれてゐる鷄。蟻の巣に集つてコンクリヒトを食べてゐる。

→ 비누거품에씻기워가지고있는닭. 개아미집에모여서콩크리—트를먹고있다.

⇒ 비누방울 놀이에 흠뻑 빠져 있는 닭, 개아미 집에 모여 형이하학적 감각을 즐기고 있다.

(7연)三毛猫の様な格好で太陽群の隙間を歩く詩人。

コケコツコホ。

→ 얼룩고양이와같은꼴을하고서太陽群의틈사구니를쏘다니는詩人.

꼭끼요—.

⇒ 도둑고양이 꼴을 하고서 태양군의 틈사구니를 걷는 시인.

COQUETCOCO

---

11 사실 번역 당시에는 가르치다(教)와 가리키다(指)가 현재 사용법처럼 뚜렷이 구분되지 않아서 '教'을 후자처럼 쓰기도 했다.

〈대낮-어느 ESQUISSE〉의 내용이다. 이에 대해서는 김성수의 상세한 논의가 있었다. 첫 번째 것은 임종국의 해석이고, 그 아래 것(⇒)은 김성수의 해석이다. 김성수의 해석은 의미를 시 전체 맥락과 연결하고 있다. 두 시의 해석에서 상당 부분 차이가 나는 것이 바로 '둘째번의 정오 싸이렌'과 '한밤의 사이렌', '콩크리—트를'과 '형이하학적 감각을', '얼룩고양이'와 '도둑고양이' 등이다. '둘째번의 정오'는 축자적 해석이고, '한밤'은 일종의 의역이다. 그리고 'コンクリヒトを食べてゐる'에서 'コンクリヒト'를 '형이하학적 감각'으로 쓰다 보니 '食'을 '즐기다'로 해석을 하였는데, 그것은 문제가 있다. 이상은 〈파첩〉에서 "「콩크리—토」田園에는 草根木皮도없다"고 읊고 있는데, 삭막한 도시 공간에서 살아가는 모습을 '콩크리—트를 먹고 있다'로 표현한 것으로 보는 것이 훨씬 타당할 것 같다. 그리고 '三色猫'를 '도둑고양이'로 해석한 부분은 자의적 해석이다. 하나의 해석으로 소개할 수 있겠지만 객관적인 해석으로 간주하기에는 무리가 있다. '얼룩고양이'라는 해석이 더 적절한 표현이라고 할 수는 있다. 다만 '毛布'를 '모·보'로, '꼭끼요-'를 'COQUETCOCO'로 번역한 것은 그 나름의 독특한 해석을 더한 부분이다. '룸펜'은 '모·보'(모던보이)와 어울린다. 그리고 닭의 울음소리를 '코케트'(coquette)와 결부시킨 것은 의성어를 글자 유희로 인식한 독특한 해석이다.

3. 《朝鮮詩集》 소재 일문시

〈蜻蛉〉과 〈一つの夜〉는 이상이 김소운에게 보낸 편지를 김소운이 시로 초한 것으로 알려져 있다.[12] 이 시들은 처음 일어로 《乳色の雲》

12 "일역(日譯) 《조선 시집(朝鮮詩集)》 속에 있는 이상의 시 〈청령(蜻蛉)〉, 〈하나의 밤〉 두 편은, 정양 간 시골에서 상이 내게 보낸 편지를 그의 사후에 원문에서 추

(1940)에 실렸다가 다시《朝鮮詩集》(1943)에 실려 있었는데, 임종국이 번역하여 이상전집에 포함시켰다.[13] 그는 이 시들을 상당히 비유적으로 해석하였는데 그 때문에 원래의 의미와 멀어지는 오점이 생겼다.

(가)もう心持ち南を向いてゐる忠義一遍の向日葵—

→ 그리고어느틈엔가남으로고개를돌리는듯한一片丹心의해바라기

(나)山は晝日中眺めても

時雨れて 濡れて見えます。

→ 山은맑은날바라보아도

늦은봄비에젖은듯보얗습니다.

(다)身も羽も輕々と蜻蛉が飛んでゐます

あれは本當に飛んでゐるのでせうか

あれは眞空の中でも飛べさうです

誰かゐて 眼に見えない糸で操つてゐるのではないでせうか。

→ 몸과나래도가벼운듯이잠자리가活動입니다

헌데그것은果然날고있는걸까요

려 시형(詩形)으로 고친 것이다."(김소운, 〈李箱異常〉, 《하늘 끝에 살아도》, 동화출판공사, 1968, 293면; 《그리운 그 이름, 이상》, 71면) 이 작품들은 이상이 성천에서 보내온 편지를 김소운이 초한 것이다. 성천에서의 생활은 〈산촌여정〉(1935년 8월 그믐(음력)에서 9월 초열흘(음력) 사이 성천에서 지낸 생활을 그린 작품)에서 살필 수 있다. 박현수, 《모더니즘과 포스트모더니즘의 수사학 — 이상 문학 연구》, 32면 참조.

13 임종국 편, 《이상전집》, 문성사, 1966.

恰似眞空속에서라도날을법한데,

或누가눈에보이지않는줄을이리저리당기는것이아니겠나요.

위 시는 〈蜻蛉〉이다. (가)는 1연 3행으로 이 구절은 '이미 마음은 남쪽을 향하고 있는' 정도로 해석하는 것이 좋을 듯하다. 여기에서 '돌리는'을 문학사상사판에서는 '들리는'으로 오식하였다. 그리고 (나) 2연에서 '見えます'를 임종국은 '보얗습니다'로 옮겼다. '보얗다'는 것은 '희다(=뽀얗다)'는 의미로 원래의 의미와 거리가 멀다. 그러므로 '보입니다'로 옮기는 것이 적당하다. 그리고 '晝日中'을 '맑은 날'로 본다거나 '時雨'를 '늦은 봄비'로 옮기는 것은 문제가 있다. '대낮 또는 한낮', '가을비'로 보는 것이 옳다.[14] (다)는 4연으로 여기에서 '蜻蛉'을 '잠자리'로 옮겼다. '蜻蛉'은 일어에서 '하루살이'라는 의미가 일반적이지만, 이 시를 쓴 시기를 감안하면 '잠자리'가 적절하다. 그리고 '飛んでゐます'는 '날아다니고 있습니다'로 번역하는 것이 적절하지만 '활동입니다'로 써도 무방할 듯하다.[15] 또한 '操つて'를 '당기는'으로 옮겨서 더욱 시적으로 해석하였는데, 원 의미는

---

14 '時雨'는 '(늦가을부터 초겨울에 걸쳐) 오다 말다 하는 소나기', 또는 '(시기·우량에 맞게 오는) 은혜의 비'를 의미한다. 작품의 내용으로 볼 때, 계절은 가을이고 그러므로 '늦은 봄비'는 적절치 않다. 문학에디션 뿔판 《이상전집1》(356면)에서는 "때에 맞춰 내리는 비"라고 주석을 달았다.

15 〈산촌여정〉 가운데 "새빨간 잠자리가 病菌처럼 活動입니다"(《이상수필전작집》, 17~18면)이나 〈어리석은 석반〉에서 "血痕의 빨간 잠자리는 病菌처럼 活動한다"(같은 책, 295면)도 이러한 내용을 담고 있다. 참고로 〈청령〉 1연 가운데 "건드리면손끝에 묻을듯이빨간鳳仙花/너울너울하마날아오릇듯한하얀鳳仙花"는 〈산촌여정〉 가운데 "불타오르는 듯한 맨드라미꽃 그리고 鳳仙花 (……) 흰 鳳仙花도 붉게 물들까—조금 이상스러울 것 없이 흰 鳳仙花는 꼭두서니 빛으로 곱게 물듭니다"(같은 책, 18면)와 같은 구절을 형상화한 것으로 보인다.

'조종하는'이다. 이들 구문에서 사실 (나)를 제외하면 해석상 크게 문제는 없다고 할 수도 있다. 그러나 의미상 차이는 있다.

(가)私の佇んでゐるところから遙か後方までも旣に黃昏れてゐる。

→ 내가서성거리는훨씬後力까지도이미黃昏이깃들어있다

(나)しめやかに若妻の窓帷を閉づる如く

→ 소리날세라新房에窓帳을치듯

(다)今にも星が見え出すのではないか

→ 하마별이하나둘모여들기始作아닐까

(라)そして草の上の一點をみつめる。

→ 차라리草原의어느一點을凝視한다.

(마)底ひない色を湛へて

→ 門을닫은것처럼캄캄한色을띠운채

이것은 〈一つの夜〉이다. (가)에서 '後方'을 문학사상사판에는 '後力'으로 오식하였다. (나) 구절은 '조용히 새색시가 창휘장을 닫는 것처럼'이라는 의미이다. '소리날세라 新房에 窓帳을 치듯'으로 해석한 것은 분위기를 전달하고자 시적으로 표현한 것이다.[16] 그러한 현상은 그 뒤의 구절에서도 마찬가지이다. (다)에서는 '하나둘'이라는 수사를 첨가하고, '見え'를 '모여들기'로 번역하였다. 그것은 '지금(금방이라도) 별이 보이기 시작하는 것이 아닐까' 정도로 해석하는 것이 나을 듯하다. (라)에는 '그리고' 대신에 '차라리'를 넣고, '어느'도 덧보태었다. 시의 의미를 더욱 잘 전달하려고 한 것이지만 자칫 원 의미를 해칠 수도 있다. 마지막

16 한편 〈산촌여정〉에는 "조이삭이 初禮청 新婦가 절할 때 나는 소리같이 부수수 구깁니다"는 표현이 있다. 김주현 주해, 《증보 정본 이상문학전집3》 54면.

구절 '底ひない色'을 임종국은 '문을 닫은 것처럼 캄캄한 색'으로 비유적 해석을 하였는데, 원 의미와 조금 거리가 있다. 그냥 '밑바닥이 보이지 않을 만큼 어두운 색' 정도로 해석하는 것이 적절할 것이다. 이상은 이를 〈권태〉에서 '海底같은 밤'으로 표현했다.

4. 유고 일문시

이상의 유고 일문시로 임종국이 이상의 사진첩에서 발견하여 《이상전집》(1956)에 소개한 시와 더불어 조연현이 발굴하여 《현대문학》과 《문학사상》(1960~1986)에 실리면서 햇빛을 보게 된 시들이 있다. 임종국은 자신이 발견한 시 9편을 번역하여 일문 원문(이것은 전부 또는 일부가 필사된 것으로 보인다)과 함께 실었다. 그리고 조연현이 소개한 시는 유정, 임종국, 김수영 등이 번역하였다. 여기서는 임종국 소개시와 함께 《현대문학》, 《문학사상》에 소개된 시들 가운데 일부 원문을 구할 수 있는 작품들을 중심으로 번역상의 문제점을 검토해 보려고 한다.[17]

먼저 임종국이 소개한 작품으로 〈囚人の作つた箱庭〉, 〈肉親の章〉 등이 있다. 이 작품들은 전집에 한글 번역시와 더불어 일문시 원본 또는 필사본을 싣고 있어 차이를 살필 수 있다.

囚人の作つた箱庭だ。雲は何うして室内に迄這入いて來ないのか。

→ 囚人이만들은小庭園이다. 구름은어이하여房속으로야들어오지아니하는가.

17 여기에 제시된 시는 김윤식의 《이상 문학 텍스트 연구》(서울대학교출판부, 1998)의 부록에 제시된 원문을 토대로 하였다.

위의 구절은 〈囚人の作つた箱庭〉의 일부이다. 그런데 여기에서 '箱庭'을 임종국은 '小庭園'으로 번역했다. 그 둘은 차이가 있을 것이다. 전자는 건축에서 보자면 '모형정원'을 일컫는다. 그러나 후자는 일반 정원에 비해 단순히 '작은 정원'을 의미한다. 의미상 전자라면 그냥 '箱庭'으로 두거나, '모형정원' 정도로 번역하는 것이 바람직할 것이다.[18]

聖セバスチアンの様に美しい弟·ローザルクサムブルグの木像の様な妹·母は吾等三人に孕胎分娩の苦樂を話して聞かせた。

→ 聖쎄바스티앙과같이아름다운동생·로오자룩셈불크의木像을닮은막내누이·어머니는우리들三人에게孕胎分娩의苦樂을말해주었다.

이것은 〈肉親の章〉의 일부이다. 이 시에서 다음 구절 'ローザルクサムブルグの木像の様な妹'를 '로오자룩셈불크의木像을닮은막내누이'로 번역하였는데, 그것은 임종국이 이상의 가계를 고려한 듯하다. 이상에게는 동생 김운경과 누이 김옥희가 있었다. 그래서 동생, 막내 누이로 표현하였지만 원문에도 없는 '막내'를 굳이 집어넣을 필요는 없다.

다음으로 조연현에 의해 알려진 〈悔恨の章〉, 〈一九三一年(作品第一番)〉, 〈與田準一〉, 〈月原橙一郎〉 등이 있다. 먼저 이어령 편 《이상시전집》(갑인출판사, 1977)에 실린 〈悔恨ノ章〉을 살펴보기로 한다.

私ハ何物ヲモ見ハシナイ

デアレバコソ 私ハ何物カラモ見ヘハシマイ

→ 나는 아무때문도 보지는 않는다

18 이에 대해서는 이미 이어령도 《이상시전집》(153면)의 주석에서 밝힌 바 있다.

그렇기 때문에 나는 아무것에게도 또한 보이지 않을 게다

위에서 '아무 때문도 보지는 않는다'는 무척 애매한 표현이다. 자칫 '아무 때문도'는 원인으로 이해될 여지가 있다. 그러므로 '아무것도 보지 않는다'로 해석하는 것이 더 분명한 표현이다. 이미 시 〈절벽〉에서도 '꽃이 보이지 않는다', '묘혈도 보이지 않는다'고 표현하지 않았던가.

다음으로 김수영이 번역한 〈一九三一年(作品第一番)〉이다.

(8)娼婦ノ分娩シタ死兒ノ皮膚一面ニ刺靑ガ施サレテアツタ 私ハソノ暗號ヲ解題シタ
→ 娼婦가 分娩한 死兒의 皮膚 全面에 文身이 들어 있었다. 나는 그 暗號를 解題하였다.

(10)13+1=12 翌日(卽チソノ時)カラ 私ノ時計ノ針ハ三本デアツタ
→ 12+1=13 이튿날(卽 그때)부터 나의 時計의 침은 三個였다.

(12)別報 象形文字ニ依ル死都發掘探險隊ソノ機關紙ヲ以テ 聲明書ヲ發表ス
→ 別報, 象形文字에 의한 死都發掘探索隊 그의 機關紙를 가지고 聲明書를 發表하다.

이 작품은 총 12개의 단락으로 나눠져 있는데 내용 앞에 붙인 숫자는 단락 번호이다. 여기에서 내용상 커다란 차이가 있는 것은 (8), (10)의 내용이다. 원 내용은 '皮膚一面ニ刺靑ガ施サレテアツタ'로 '피부 한 면에 문신이 새겨져 있었다'는 뜻이다. 물론 '一面'의 의미 가운데 '全面'도 포

함되어 있지만, 더 일반적인 의미는 '한 면'이며, '全面'으로 해석하면 원문 역시 그러리라 생각하기 쉽다. 그리고 '13+1=12'라는 구절을 김수영의 초기 번역에는 그대로 옮겼지만,[19] 그 뒤에 출간한 갑인출판사본에서 '12+1=13'으로 바꾸었다. 후자는 일상적인 의식에 바탕하고 있다. 교열 과정에서 비일상적 의식을 바탕으로 한 '13+1=12'를 '12+1=13'으로 고친 것으로, 이는 관성적인 오류로 보인다. 이상이 일부러 그렇게 쓴 것을 함부로 고치면 잘못된 텍스트가 되고 만다. (12)의 '死都發掘探險隊'는 '死都發掘探索隊'로 고쳤는데, '탐험대'와 '탐색대'도 의미의 차이가 있다. 전자는 '위험을 무릅쓴다'는 의미를 전제하지만, 후자는 단지 '찾아낸다'는 의미만 강조할 뿐이다.

마지막으로 〈與田準一〉, 〈月原橙一郎〉 등은 유정이 번역하였다.[20]

(가) —軍艦ガ 靴ノ様ニ脱ギ捨テラレテアッタ → —軍艦이 구두짝처럼 벗어 던져져 있었다.

(나) 何シロ十分腹ガ空イテイタノニ違ヒナイ → 어쨌든 아주 배가 고팠던 모양이다.

〈與田準一〉(가)에서 '脱ギ捨テラレテアッタ'는 '구두짝처럼 벗어 던져

---

19 〈一九三一年(作品第一番)〉, 《현대문학》, 1960년 11월, 167면.

20 한 논자는 이 작품이 〈與田準一〉은 與田準一의 〈海港風景〉, 〈月原橙一郎〉은 月原橙一郎의 〈心像すけつち〉의 일부를 각각 필사해 온 것으로 설명했다. 제목이 이미 그러한 가능성을 보여 주고 있다. 송민호, 〈이상의 미발표 창작노트의 텍스트 확정 문제와 일본 문학 수용 양상 — 〈與田準一〉과 〈月原橙一郎〉의 출처에 관하여〉, 《비교문학》 49, 한국비교문학회, 2009.

져 있었다'로 번역하였으나 '벗어 버려져 있었다'가 더 정확한 표현일 터이다. 〈月原橙一郎〉(나)에서 '何シロ十分腹ガ空イテイタノニ違ヒナイ'는 '어쨌든 아주 배가 고팠던 모양이다'로 번역하였으나, 더 정확하게는 '어쨌든 아주 배가 고팠음에 틀림없다'이다. 전자는 단순 추측이지만 후자는 확정적 추측이다. 작은 의미의 차이일지라도 번역은 최대한 원문의 의미를 살려야 한다.

5. 한글시 기타

여기에서는 이상 텍스트를 확정하고자 한글시 및 기타를 대상으로 기존 논의에서 언급한 것과 아직 논의하지 않은 문제점들을 정리해 두기로 한다.

(가) 野外의眞實을選擇함.→野外의眞空을選擇함.(〈시 제8호〉)

(나) 每日가치列風이불드니→每日같이烈風이불더니(〈시 제9호〉)

(다) 이럿케하야일허버린내두개팔을나는 燭臺세음으로내 방안에裝飾하야노앗다.→이렇게하여잃어버린내두개팔을나는燭臺세움으로내방안에裝飾하여놓았다.(〈시 제13호〉)

(라) 별안간乞人은慄慄한風彩를허리굽혀한개의돌을내帽子속에치뜨려넛는다. →별안간乞人은慄慄한風采를허리굽혀한개의돌을내帽子속에치뜨려넣는다.(〈시 제14호〉)

(마) 惟悴한結論우에아츰햇살이仔細히적힌다.→憔悴한結論위에아침햇살이仔細히적힌다.(〈아츰〉)

이 구절들은 이미 사에구사 및 조해옥이 논문에서 밝혀 놓은 것들이

다. 원문을 전집으로 옮기면서 화살표에 표시한 것(우측)처럼 변환을 겪고 있다. (가)의 경우 태성사판부터 '眞空'으로 옮기고 있는데, 임종국이 오류 교정의 차원에서 그렇게 고친 것으로 보인다. 이 구절 조금 뒤에 "(在來面에)이瞬間公轉과自轉으로부터그眞空을降車식힘"이 이어진다. 여기에서 '그 진공'은 앞에서 언급한 것을 의미하고, 또한 '야외의 진공'은 실험이 일어나는 장소를 의미한다. 이상은 〈청령〉에서도 "眞空のやうに澄んだ空氣の中で"라는 표현을 쓰고 있는데, 위의 시에서도 '진공'이 확실한 것으로 보인다. 아마도 '空'이 '實의 약자(実)'와 형태상 흡사하기 때문에 신문 식자공이 실수했을 것으로 파악된다.

이상 시에서 이러한 원문의 오식은 〈시 제6호〉에서 잘 확인할 수 있다. "나의 體軀는中軸을喪尖하고"라는 구절이 있는데, 여기에서 "喪尖하고"는 "喪失하고"의 오식이다. '失'과 '尖'이 형태상 유사해서 오식한 것으로 보인다. (나)도 내용상 '烈風'이 적합하다. 이상은 〈무제〉에서 "閉門時刻이 지나자 烈風이 피부를 빼앗았다"(《문학사상》, 1976년 6월, 155면)라고 썼는데, '列風'은 이상이 고의적으로 만든 단어가 아니라 '烈風'의 식자공의 실수로 보인다. (다)에서 '세움'은 글자의 유사성 때문에 오식한 것이다. '세음'은 '셈'을 뜻하며 그래서 '촉대 세음으로'는 '촉대처럼', '촉대인 양'의 의미를 지녔다. 이상은 "죽은 세음치고"(「슬픈 이야기」) 등 수필집에서 4군데, "한턱 쓰는 세음으로"(「12월 12일」) 등 소설집에서 12군데 걸쳐 '세음'을 사용하였다. (라)에서는 '慓慓한風彩'를 '慄慄한風彩'로 옮기고 있어 의미가 크게 달라졌다. '慓慓'라는 단어는 이상의 조어가 아니면 오식이다. 전자일 경우 '가볍게', 또는 '날쌔게'라는 의미가 된다. 그러나 내용상 적합하지 않고, 조어일 가능성보다는 오식일 가능성이 더 크다. 갑인출판사본에서는 '慄慄'로 파악하였다. 하지만 '두려워 떠는'이라는 의미 역시 이어지는 문장과 어울리지 않는다. 오히려 글자의 유사성이나 원 의미('걸인'이니까 '정처 없이 떠돌아다니는')에 어울리는 '漂漂'가 적절할 것으로 보인다.[21] 마지막으로 (마)의 경우 '惟悴한'을 '憔悴'의 오식으로 판단하고 고친 것으로 보인다. 필자가 보기에도 이상이 굳이 '유췌'를 쓸 이유가 없으며, 이는 《가톨릭청년》지에서 '憔悴'를 '惟悴'로 오식한 것으로 판단된다.[22]

이 밖에도 한글시에서 많은 잘못들이 나타나 있다.

(가) 밤새도록나는옴살을알른다.(〈아츰〉)

(나) 쓰레기가막불ㅅ는다.(〈街外街傳〉)

(다) 出奔한안해의 歸家를알니는『레리오드』의 大團圓이었다.(〈無題(其二)〉)

(라) 馬糞紙로만든 臨時 네세간—錫箔으로 비저놓은瘦瘠한鶴이 두마리다.(〈最低樂園〉)

(마) 香氣로운 MJR의味覺을니저버린지도二十餘日이나됩니다.(〈山村餘情〉)

(바) 이읏고 밤이오면 또 거대한구뎅이처럼 빗을일허버리고 소리도업시 잔다.(〈倦怠〉)

---

21 이상의 작품에서 이 구문과 비슷한 의미로 쓰인 구절은 "이처럼세상을집삼아 표랑(風浪)의삶을영위(營爲)하게된것도"(〈십이월십이일〉)와 "ヲンナはげにも澄んだ水の樣に流れを漂はせていたが"(〈광녀의 고백〉)를 들 수 있다.

22 한편 이상은 〈12월 12일〉에서 "C간호부의 초췌한 얼굴에서 십여 년 전에 저 세상으로 간 아내의 면영을 발견하였다."(《이상문학전집》 2권, 128면), "초췌한 그들의 안모에는 인세의 괴로운 물질이 주름살져 있었다."(같은 책, 134면), 그리고 〈휴업과 사정〉에서 "보산은사지가 별안간저상하여초췌한얼굴빛을차마남에게 보여줄수가 없어서뜨거운물에다야단스럽게문질러댄다."(같은 책, 152면) 등 '초췌'(발표 당시 원문은 모두 "초최"임)를 쓰고 있다.

(가)에서 '옴살'을 태성사판부터 '몸살'로 쓰고 있다. 임종국이 '옴살'을 오식으로 받아들인 까닭이다. 그러나 필자가 보기에 '옴살'은 '옴병과 같은 증상', '피부가 올기돌기 솟고 가려움증이 나는 증세'를 의미하는 것이 아닌가 한다. 내용상 '몸살'도 가능하지만, '폐', '끄름' 등과 연결하여 볼 때 '옴살'일 가능성이 있다. 글자의 유사성에 따른 오식일 가능성도 있지만, 이상이 '옴'+'살'로 조어했을 가능성도 있다. (나)는 〈가외가전〉의 마지막 구절로 시 원문 '쓰레기가막불ㅅ는다'를 '쓰레기가막붙는다'로 옮기고 있다. 그렇게 하면 의미는 많이 달라진다. '불는다'는 것은 '(부피 면에서)부푼다, 불어난다', 그리고 '(수량 면에서)증대된다, 늘어난다'는 의미이다. '달라붙는다'와 '늘어난다'는 많은 의미의 차이를 드러낸다. 그리고 (다)에서 〈레리오드〉를 태성사판부터 '페리오드'(période)로 고쳐 쓰고 있는데, 원문은 '레리오드'이다. 현재로선 '페리오드'의 '페'의 날림자가 '레'와 유사해서 인쇄상 오식했을 가능성이 가장 크다. 그래도 신중한 고려가 필요하다.

(라)는 〈最低樂園〉으로 어떤 이는 수필에, 어떤 이는 시에 포함시킨다. 하지만 그 내용이나 형식상 시로 분류함이 적절할 것이다. 원문에 '錫箔'을 두 군데 모두 '銀箔'으로 옮기고 있다. 이 작품에는 "月光이 銀貨같고 銀貨가月光같은데", "或달이銀貨같거나 銀貨가달같거나" 등에서 '銀'이 사용되고 있어 '錫'을 '銀'의 오식으로 보기는 어렵다. 그러므로 '錫箔'은 식자 오류가 아니라 이상이 고의적으로 쓴 표현으로 봐야 한다. 그리고 (마)와 (바)는 수필이지만 차이가 있어 밝힌다. (마)는 〈山村餘情〉으로 기존 전집에는 모두 'MJR'을 'MJB'로 쓰고 있다. 아마 커피의 종류인 듯하나 정확한 주석이 필요하다. 현재로선 'MJR'이 'MJB'의 오식으로 보인다. (바)는 〈권태〉이며 '거대한구뎅이처럼 빗을 일허버리고'는 전집에 '거대한 구렁이처럼…'으로 바뀌어 비유적 의미

가 완전히 달라지고 말았다. 아마도 '소리도 없이 잔다' 때문에 주체를 '구렁이'로 인식('구뎅이'가 '구렝이'의 오식으로 간주)한 듯한데, '빗을 잃어버리고'를 염두에 두면 주체는 '구덩이'가 분명해진다.

(가) 貨物의方法이와잇는倚子가주저안저서귀먹은체할때

→…椅子…(〈位置〉)

(나) 死體는 일어버린體溫보다훨신차다 灰燼우에 시러가나렷것만

→…灰燼 위에 서리가 나렸건만

무엇이 무엇과 와야만되느냐→무엇이 무엇과 와야만 하느냐(〈破帖〉)

(다) 花辨떨어진 줄거리 모양으로 →花瓣…(〈無題〉)

이들 역시 화살표가 지시하듯 왼쪽 원문과 전집의 문장이 달라졌다. (가)에서 '倚子'는 '앉을 때 뒤로 기대는 기구'이고, '椅子'는 '걸터 앉는 기구'이다. 둘은 서로 의미가 다르므로 원문대로 표현해야 한다. (나)의 처음 문장에서 '시러'는 '서리'의 식자 오류로 보인다. 같은 시의 구절 "波狀鐵板이넌머젓다"에서 '넘어젓다'의 오식이 있는가 하면, 〈실낙원—자화상〉에서는 유사한 정조의 "죽음은 서리와 같이 내려와 있다"는 구절이 있다. 그리고 두 번째 문장은 의미상 큰 차이가 없어 보이지만 원문을 잘못 옮겨서는 곤란하다. (다)도 식자 오류로 판단된다. 이상 시를 옮기는 과정에서 이러한 한문 오식은 많이 발견된다.

(가) 翼段不逝 目大不覩(〈二十二年〉)

(나) 꼿은보이안지는다(〈絕壁〉)

(다) 나는 몰래 모차르트의 幻術을 透視하랴고 애를쓰지만 空複으로하야 저윽히 어지럽다.(〈失花〉, 《문장》, 1939년 3월, 62면)

그러나— 검정 外奪에 造花를 단, 땐서 한 사람. 나는 異國種 강아지올씨다.(〈失花〉, 66면))

(가)는 이미 박현수의 글에 언급되었듯 '翼段不逝'는 '翼股不逝'의 오식이다. (나)는 '꼿은보이지안는다'의 오식이다. 비슷한 예로 〈날개〉에는 "그러순나 다음간"(《조광》, 1936년 9월, 211면)'이 있는데 이는 '그러나 다음 순간'을 잘못 식자한 것이다. 그리고 (다)는 〈실화〉에 나온 것으로 '空複'은 '空腹'의, '外奪'은 '外套'의 오식이다. 이러한 오식으로 〈문학과 정치〉에서는 "제너러데슌"('제너레이슌'(generation)의 오류, 〈산촌여정〉에서는 '제너레숀'으로 표기), 〈지도의 암실〉에서 "PARRADE"('PARADE'의 오류), 〈단발〉에서 "suleide"('suicide'의 오류), 〈LE URINE〉의 "DICTIONAIRE"('DICTIONNAIRE'의 오류, 전집에서는 'DICTIONARIE'로 잘못 표기) 등이 발견된다. (가)~(다)의 경우는 식자공의 실수로 보이는데, 〈문학과 정치〉, 〈단발〉의 경우 작가의 실수인지 식자공의 실수인지 분명치 않다. 그리고 글자의 유사성으로 시 제목에서도 〈月傷〉을 〈月像〉으로, 〈白晝〉를 〈白畫〉로 오식하는 등 잘못 표현된 예가 발견된다.

그리고 마지막으로 이상 텍스트에 포함하거나 제외해야 할 대상이다. 아래의 것은 기존 전집에 제외된 내용이다.

これはこれ札つきの要視察猿トキドキ 人生の檻ヲ脱出スルノデ 園長さんが心配スルノデアル

이 내용은 〈자화상〉에 부기된 내용이다. 소장자인 시인 강민에 따르면, 〈자화상〉은 쥘 르나르가 쓴 《전원수첩》의 속표지에 그린 것으로 위의 내용과 더불어 이상의 이름이 날인되어 있다.[23] 이는 1976년 임종국이 《독서생활》에 한 차례 소개한 적이 있다.[24] 이것을 번역하면 '이것이야말로 패찰이 붙은 요시찰 원숭이이다. 자주 인생의 감옥을 탈출하기 때문에 원장님이 걱정하는 것이다.'라는 의미이다.

이 구절들은 이상 유고의 필적과 흡사하며 그림을 그린 《田園手帖》의 출간 시기가 이상의 생전이고, 그 책의 내용은 이상이 평소 좋아했던 것이다. 안경을 끼고 있는 모습이 이상의 사진이나 이전 자화상과 다르긴 하지만 〈지도의 암실〉이나 〈종생기〉에서 원숭이 비유를 제시한 바 있고, 또한 이상이 유치장에 구류되어 있었던 점, 그리고 그림에 사용한 펜으로 자신의 이름(李箱)을 서명해 놓은 사실 등으로 미루어 볼 때 이상 작품으로 볼 수 있을 것이다.[25]

임종국은 그 책에 대해서 이상이 도쿄에 머물던 시절 이전, 또는 이후의 장서였을 경우를 상정하였다. 필자가 보건대 위에 인용한 글은 이상이 '西神田 경찰서'에 구금되었을 때나 경찰서에서 보석으로 풀려난 뒤에 쓴 것으로 추측된다. '원장님의 걱정' 운운하는 대목으로 보아 '인생의 감옥 탈출'은 '西神田 경찰서'와 관련 있는 것으로 보인다. 그 자료에서는 그림뿐만 아니라 그림 옆에 남겨 놓은 구절도 중요한 연구 대상이 된다.

—樂浪ハーラの新らしさ

何んと云ふ古臭い 中世紀趣味だろうと 腑に落ちない所も

---

23 J. Renard, 廣瀨哲士·中村喜久夫 역, 《田園手帖》, 도쿄: 금성당, 1934년 9월.

24 임종국, 〈이상의 마지막 자화상〉, 《독서생활》, 삼성출판사, 1976년 11월, 12면.

25 한 논자는 이것을 이상의 자화상이 아니라 이상이 그린 박태원의 초상화로 간주했다. 권영민, 《이상 문학의 비밀 13》, 민음사, 2012, 568~573면.

多々あつたが，出來上つて先づ成程と思つた。何は兎もあれ
マスター李君は夢の持主であるし，その夢は又實は他愛の
ない夢であるし，その癖現實的には大變な苦勞人である。
時偶深更まで彼と向ひ合つて語り乍，何時とはなしに彼の
夢の中に卷込まれてしまふと，意外に樂しい。人が己が夢
にさへ孤獨を感づるとなるとそれは寂しいに違ひない。
樂浪!これは彼の寂しい夢のほんの小さな顯れであると同
時に 彼が色々な人の夢に向かつて握手を求めることであら
う。あの細長いポインテッド，アーチの下に潤んだ眼の樣
にペブメントを覗かせている窓を見たら誰でも彼に握手を
してやりたくなる。皆してやる。そして各々別々な意味で他
愛のない夢を見る。そして何が忘れ物をして歸つて行く。
さう云ふ點で樂浪は純粹ていゝし，奥床しい魅力となつ
て何時までも好きになれるのだと思ふ。 —箱—[26]

26 이 내용에 대한 심원섭의 번역(三枝壽勝, 《한국문학연구》, 베틀북, 2000, 326면)을 옮기면 다음과 같다. "—낙랑 파라의 새로움// 이 웬 낡은 중세기 취미인가 하고 납득이 안 가는 데도 / 적지 않았지만, 완성되니 우선 역시 하고 생각했다. 하여간 / 마스터 이(李)군은 꿈의 소유자며, 그 꿈은 기실 하찮은 / 꿈인데, 그 주제에 현실적으로는 대단한 고생꾼이다. / 가끔 밤늦게까지 그와 마주보고 말하면서, 어느 틈에 그의 / 꿈속에 말려 들어가 버리면, 의외로 즐겁다. 사람이 자기 꿈/에 대해서조차 고독을 느낀다면 그것은 외로운 일임에 틀림없다./ 낙랑! 이것은 그의 고독한 꿈의, 아주 작은 표현인 동/시에 그가 갖가지 사람의 꿈을 향해 악수를 청하는 것이기도 하/다. 저 가늘고 긴 포인티드·아-치 밑에서 젖은 눈과 같/이 페이브멘트를 엿보이고 있는 창문을 보면 누구라도 그에게 악수를 / 청하고 싶어진다. 모두 해준다. 그리고 저마다 별도의 의미로 천진한/ 꿈을 꾼다. 그리고 물건을 잃고 돌아간다. / 그런 점에서 낙랑은 순수하고 좋으며,

보고도모르는것을曝露식혀라!

그것은發明보다도發見! 거긔에도努力은必要하다　　　　　　李箱[27]

꿈은 나를 逮捕하라 한다.

現實은 나를 逐放하라 한다.

李箱[28]

맨 앞의 글은 사에구사가 송해룡에게서 입수해 소개한 '낙랑파라'의 홍보 인쇄물 내용이다. 이상이 이 다방을 자주 찾았고, 다방 주인 이순석과도 교분이 친밀했다는 사실,[29] 그리고 '페브멘트', '포인트', '악수' 등 이상 특유의 언어가 나타나며, 무엇보다 '箱'이 부기되어 있는 것 등으로 보아 이상의 텍스트가 확실한 것으로 보인다. 이것이 홍보물의 내용일지라도 시적 감흥을 풍부하게 발산하고 있어 언급할 가치가 있다. 중간 것은 경성고공 시절 사진첩에 나온 내용이다. 이상이라는 이름을 명기하고 있어 이상의 아포리즘임을 확인할 수 있다. 마지막 것은 정인택이 자신의 소설 〈미로〉를 발표하면서 제목 다음에 병기해 놓은 내용이다. 이것은 정인택이 이상의 아포리즘을 밝히고 있어 이상의 것이 틀림없는 것으로 보인다.[30] 그리고 이상의 전집에 포함된 한 편의 시에

그윽한 매력이 / 되어 언제까지나 좋아진다고 생각한다. —箱—"

27 경성고등공업학교 사진첩에 나온 내용(《문학사상》, 1974년 10월).

28 정인택, 〈미로〉, 《문장》, 1939년 7월, 97면.

29 이는 김소운의 〈李箱異常〉(앞의 책, 290면)에서 "거의 매일같이 「낙랑」에서 만나는 얼굴에는 이상, 구본웅 외에 구본웅의 척분되는 변동욱(卞東昱)이 있고, 때로는 박태원이 한몫 끼었다. 거기다 낙랑 주인인 이순석(李順石)— 이 멤버는 모두 나보다는 서로 친한 사이들이었다."라는 구절로 확인할 수 있다.

30 한편 이상이 남긴 유고를 정리한 김구용의 글에 "(夢ハ私ヲ逮捕セヨト云フ)"라는

대한 문제가 남는다. 바로 아래의 작품이다.

어제ㅅ밤·머리맡에두었든반달은·가라사대사팔득·이라고
오늘밤은·조각된이타리아거울조각·앙고라의수실은드럿슴
마·마음의켄타아키이·버리그늘소아지처럼흐터진곳이오면(이하 생략)

하동호는 이 작품을 이상의 시라고 밝히며 〈무제〉라는 이름으로 〈I WED A TOY BRIDE〉와 함께 《문학사상》에 소개했다. 그가 이 시를 이상의 작품이라고 소개하면서 이상 전집 간행자들도 이 작품을 이상의 전집에 포함시키고 있다. 필자는 이 작품을 한 연구자에게 얻어 보고, 이상의 작품이 아니라는 그의 주장을 받아들이고자 한다.[31]

이상의 시는 11장 21·22면에 해당하는 면에 역으로 22면부터 시작하여 21면으로 게재되었다.[32]

이상의 시 〈I WED A TOY BRIDE〉는 《34문학》 5집(1936년 10월)에 실려 있으며, 하동호의 설명으로 보면 이 작품이 실린 페이지는 22면(필기체로 나중에 쓴 페이지는 23면)이고, 작자가 '이상'임을 분명히 언급하

내용이 들어 있는데, 이 역시 앞 구절의 내용이 이상 창작임을 명확히 보여 준다 하겠다. 김구용, 〈「레몽」에 도달한 길〉, 《현대문학》, 1962년 8월, 203면.

31 이 부분은 박현수의 주장을 그대로 옮긴 것에 불과하다. 아직 그의 주장이 문서화되지 않아 제외할까 많이 망설였지만, 그것이 이 글의 의도와 직결되는 논지이고 또 다른 연구자들에게 텍스트 확정에 도움을 준다는 취지에서 실었음을 밝혀 둔다. 그는 인용한 시의 작가를 작중에 언급한 '정병호'로 보고 있는데, 앞으로 더 상세한 논의가 나올 것으로 기대한다.

32 하동호, 〈포에지로의 회귀〉, 《문학사상》, 1977년 4월, 188면.

였다.[33] 그러나 위에 인용한 시(편의상 〈무제〉라 부르기로 한다)는 21면(필기체 22면)에 실려 있고 제목도 없을 뿐만 아니라 작가명이 없다.

《34문학》 5집에 다른 작가의 작품, 이를테면 주영섭의 작품은 〈달밤〉이 20면(필기체)과 21면에 걸쳐 실려 있고, 21면에 〈급행열차〉가 연이어 있다. 이 책의 편집으로 볼 때 작품명과 작가명이 먼저 제시되고 뒤에 작품명만 나올 수는 있어도, 그 반대로 뒷면에 나온 작가가 앞면에 실린 작품의 작가일 수는 없다. 또한 이 책의 뒷부분에 이시우의 〈SURREALISME〉이 실려 있는데, 그 글에서 그는 〈I WED A TOY BRIDE〉에 대해서 상당한 지면을 할애하여 논의하였으나 〈무제〉에 대해서는 한 마디도 언급하지 않았다. 같은 지면에 이상의 두 작품이 실렸다면 평자가 한 작품을 언급하면서 다른 작품도 제목 정도는 언급해 주는 것이 도리일 것이다. 이로 미루어 보건대 〈무제〉는 다른 작가의 작품일 가능성이 크다. 책의 체제로 본다면 21면(필기체)에 유연옥의 〈마네킹人形〉을 게재하고 그 다음 면에 〈무제〉가 실려 있으니, 이상보다는 '유연옥'의 작품일 가능성이 크다. 그러나 〈무제〉는 유연옥의 시와도 현격한 차이가 있고, 또한 그 사이에 지면이 찢겨 나갔을 가능성도 있어 누구의 시인지 단정하기 힘들다. 그래서 작가 확정이 어려운 상태이다. 하동호가 '역으로 작품을 게재' 운운한 것은 현재로서는 신뢰할 수 없는 주장이고, 그러므로 이상의 작품에서 배제하는 것이 바람직하다.

---

33 필기체 글씨는 원래부터 있었던 것이 아닌 듯하다. 왜냐하면 하동호가 붙인 페이지와 한 페이지씩 차이가 나기 때문이다. 하동호가 밝힌 페이지 21면과 22면은 지우고 다시 쓴 것으로 보아 하동호 이후에 누군가가 붙인 듯하다. 21면은 22면으로, 22면은 23면으로 다시 페이지 번호를 매겼다. 면수는 다르지만 하동호가 밝힌 순서, 곧 〈무제〉가 〈I WED A TOY BRIDE〉보다 앞 페이지에 실려 있다는 사실은 일치한다.

6. 마무리

연구에서 '텍스트 확정'의 중요성은 새삼 강조할 필요가 없다. 이상 문학은 기호학의 산실이라 할 만치 다양한 기호들의 집적으로 이뤄졌는데, 잘못된 기호는 전체 해석의 오류로 이어지게 마련이다. 그래서 잘못된 해석이 부지기수이고, 이 오류들이 또 다른 연구의 오류를 낳게 한다. 어느 누구도 여기에서 예외일 수 없다. 그러므로 이제 남아 있는 것에 대해서라도 텍스트 확정에 새로이 관심을 기울여야 한다. 먼저 이상의 텍스트로 확정할 수 있는 것과 그렇지 못한 것을 엄격히 구분해야 한다. 그리고 전집의 오류가 판을 거듭하면서 확대 재생산된 것도 부지기수이므로, 텍스트의 한 단어 한 구절에 대해서도 세밀한 검증이 뒤따라야 한다. 텍스트에 텍스트로서의 가치를 부여하자면, 그리고 더욱 정확한 해석에 이르려면 텍스트 검증은 가장 시급하고도 필요한 과제이다.

한편, 유정의 번역 같은 경우는 〈狂女의 告白〉, 〈興行物天使〉 등에서 부분적인 해석의 오류가 있다. 임종국은 띄어쓰기에도 세심한 배려를 했고, 나름대로 문학적으로 표현하려고 노력하였지만, 원 의미와 거리가 있거나 오식 때문에 생긴 해석상의 오류도 적지 않다. 〈AU MAGASIN DE NOUVEAUTES〉에서는 많은 오류가 있으며, 〈熱河略圖 N0.2〉, 〈出版法〉, 〈且8氏의 出發〉, 〈蜻蛉〉, 〈한 개의 밤〉, 〈隻脚〉, 〈囚人이 만든 箱庭〉, 〈肉親의 章〉, 〈與田準一〉, 〈月原橙一郎〉 등에서도 부분적인 오류가 있다. 김수영의 〈1931년(작품 제1번)〉에도 잘못된 해석이 있다. 그리고 한글시의 경우도 전집을 묶으면서 편자가 원문을 잘못 옮기거나 인쇄상의 오식으로 많은 오류가 발생했다.

이러한 오류들은 앞에서 보듯 글자의 유사성에서 비롯한 오식부터 전혀 다른 의미로의 변환 등 다양하다. 오식은 이상 원고가 첫 발표지에 실리는 과정에서 일어나기도 했고, 이후 전집에 옮기는 과정에서도 발생했다. 전자의 예도 적지 않음에 주의해야 한다. 단순히 작품의 첫 발표지면이라 해서 그대로 원전으로 인식해서는 안 된다는 말이다. 대표적인 예로 '前後左右'를 '某後左右'로, '臟腑라는 것'을 '臟腑타는 것'으로, '喪失하고'를 '喪尖하고'로 오식한 것이 있다. 글자의 유사성에 따른 식자 오류가 명백하다. '收斂作用'을 '收歛作用'으로 표현한 것에서도 실수가 드러난다. 후자가 설혹 식자공의 실수가 아니라 이상의 원고에 그렇게 씌어 있다손 치더라도 이상이 '수렴작용'을 잘못 쓴 것으로 봐야 한다. 이상 원고, 또는 첫 지면에 이르는 과정에서 오식한 것으로 보이는 사례는 앞에서 살펴본 '眞實', '列風', '花辨', '翼段不逝', '레리오드', '시러' 등 다양하다. 이러한 것들은 오히려 전집으로 옮기는 과정에서 교정되기도 했다. 또한 앞서 출간된 전집에서 다음 전집으로 넘어가는 과정에서도 오식이 적지 않게 발생했음을 앞에서 살펴보았다. 그러므로 첫 발표본의 오식뿐만 아니라 전집의 오류도 정확히 판별해야 한다. 이런 오류들을 제대로 인식하고 해결할 때 텍스트를 확정할 수 있다.

필자는 1990년대 말까지 이상 문학에 나타난 텍스트 오류를 지적했다. 아직 이 글에서 지적하지 못한 많은 오류들이 《朝鮮と建築》 소재 초기 일문시의 번역본에 흩어져 있다. 그뿐만 아니라 조연현이 발굴 소개한 시는 필자가 사본으로나마 자료를 구득할 수 있는 것만 대상으로 삼았다. 그가 소개한 유고가 소설, 수필을 비롯해 상당수에 이른다는 사실을 감안한다면, 이번에 지적한 오류는 그 가운데 일부에 해당한다. 오류가 얼마나 더 있을지 자못 염려스럽다. 앞으로 이 텍스트들에 세심한 주의를 기울여야 할 것이다.

이상 문학의 텍스트 확정과 주석

1. 들어가는 말 — 방법론적 전제

1990년대 말까지 이상 문학 전집은 여러 차례 나왔다. 1950년대, 1970년대, 1980년대에 나오면서 새로 발굴한 작품들이 실리고 주석도 첨가되었다. 전집이 판을 달리하면서 더욱 많은 작품들을 추가하였고, 원전 확정 및 주석 작업에 세심한 노력을 기울였다. 그런데 이 시점에서 또 구태여 텍스트 확정 및 주석 연구에 매달리는 이유는 무엇인가?

필자는 이미 여러 번에 걸쳐 이상 문학의 텍스트 확정에 따르는 문제점들을 지적했다.[01] 그동안 몇몇 연구자들도 텍스트 확정의 문제점을 지적해 왔다.[02] 그러나 여태까지는 부분적일 뿐만 아니라 전체 텍스트

---

01 김주현, 〈이상 문학 연구의 문제점(1) — 텍스트부터 잘못되어 있다〉 및 〈이상 문학 연구의 문제점(2) — 자료가 총체적으로 부실하다〉, 《이상 소설 연구》, 소명출판, 1999; 김주현, 〈이상 문학의 텍스트 확정을 위한 고찰 — 정인택의 이상 관련 작품을 중심으로〉, 《안동어문학》 4, 안동어문학회, 1999년 11월; 김주현, 〈이상 문학의 텍스트 확정을 위한 고찰 — 일문시 번역본을 중심으로〉, 《한국학보》, 2000년 3월.

02 三枝壽勝, 〈李箱의 モダニズム — その成立と限界〉, 《朝鮮學報》 141, 天理大 朝

를 확정하기에는 밝혀진 것이 턱없이 부족하다. 필자는 텍스트 확정의 문제를 그동안 해 온 작업의 연장선상에서 확대해 보고자 한다.

이상 문학의 텍스트 확정 작업은 앞선 전집 발간자들이 고심했던 부분이기도 하다.

> 一, 出版準備는 諸作品이 最初로 發表되었던 誌面을 그 原典으로 하고, 後日 다시 轉載된 것은 間或 參考하였다.
> 一, 作品配列은 主로 年譜를 標準하였다. 그러나 반드시 그에 依存한 것은 아니다.
> 一, 綴字法과 띄어쓰기는 原作者의 個性을 毁傷치 않는 限度內에서 現行의 그것으로 修正하였다.
> 一, 原典에 있어서 印刷上의 誤植임이 明白한 곳은 細心한 考證 밑에서 訂正하였다. 그렇게 認定할 수 없는 것은 誤字를 誤字로서 살려야 했다.
> 一, 從來의 轉載된 作品—「選集」等 其他—에서 許多한 미스가 發見될 때 編者는 極히 不快하였다. 이 點 『미스의 全無』를 爲하여 注意를 特히 거듭 했으니 大過는 없으리라 自負하겠다.[03]

처음 전집을 발간한 임종국은 텍스트를 확정하고자 몇 가지 중요한 원칙을 세웠다. 그는 무엇보다 최초 발표지면의 내용을 원전으로 하고,

---

鮮學會, 1991년 10월; 김윤식, 《이상문학텍스트연구》, 서울대학교출판부, 1998; 김성수, 《이상 소설의 해석 — 생과 사의 감각》, 태학사, 1999; 박현수, 〈토포스의 힘과 창조성의 고찰 — 정지용, 이상의 시를 중심으로〉, 《한국학보》 95, 일지사, 1999년 3월; 조해옥, 〈이상 시의 근대성 연구〉, 고려대(박), 2000년 2월.

03 임종국, 〈《이상전집》 간행에 際하여〉, 《이상전집—제1권 창작집》, 태성사, 1956, 6~7면.

인쇄상의 오식을 정정했으며, 가능하면 실수를 없애려고 최선을 다했다는 점을 내세웠다. 그가 내세운 원칙들은 한글시에서 상당 부분 지켜졌다. 그러나 그의 전집에 드러난 문제점도 적지 않다. 전집의 문제점은 뒤에서 더 상세하고 구체적으로 살피기로 한다.

> 그리고 李箱은 文壇生活을 했다고는 하나 당대에는 그리 文學이 잘 理解되지 않아 非主流的인 위치에 있었고, 그 때문에 특수한, 讀者 눈에 잘 띄지 않는 특수지에 發表한 글이 많아, 그의 文學을 再評價 整理하려면 묻혀있는 作品들부터 찾아내지 않으면 안 된다.
> 뿐만 아니라 이왕에 발표된 것이라 할지라도, 原典과 일일이 대조하여 語句 하나에도 손상이 가지 않도록 바로잡아 주는 배려를 해야만 된다. 作者 자신이 實驗的인 文體나 색다른 樣式으로 文學作品을 썼기 때문에, 一劃一點이라도 조심하지 않으면 그러한 實驗精神을 올바로 살려낼 수 없으며 作品의 정당한 평가도 어렵게 된다.[04]

> ③모든 作品에는 일일이 校註를 달았다. 단 이 책에서는 객관적인 사항에 한해 校註를 붙였으며 작품 내용에 대한 校註는 다음 번에 낼 예정인 李箱研究論에서 자세히 다루기로 했다.
> ④이 全作集에 실린 모든 원고는 발표 당시의 원고를 原典으로 하였으며, 旣刊書에 실린 作品이 原典과 틀리게 나타난 부분은 일일이 대조하여 校註에 밝혀놓았다.
> ⑤이 全作集의 表記는 현행 맞춤법에 따라 고쳤으나 作品의 뉘앙스나 作者의 의도를 해치게 되는 경우에는 原典대로 표기했다.[05]

04 이어령, 〈이상전작집에 부치는 글〉, 《이상소설전작집》, 갑인출판사, 1977.

05 이어령, 〈일러두기〉, 같은 책.

이어령이 전집에서 내세운 점은 교주 달기를 제외하면 임종국의 원칙과 별로 다르지 않다. 이어령 역시 자료 발굴에 관심을 기울였고, 그리하여 임종국의 전집 발간 뒤에 발견한 많은 작품들을 전집에 실었다. 이어령의 전집이 객관적인 사항에 한해 교주를 붙였다는 점에서 임종국의 전집보다 나아간 면이 없지 않다. 이들이 첫 발표 원고를 원전으로 삼았다는 사실은 원전 확정에 중요한 의미를 지닌다. 또한 임종국은 첫 발표본의 오식도 바로잡으려고 했다는 점에서 한발 앞선 정본주의자임이 드러난다. 이 책에서는 이들의 원칙을 나름대로 수용하면서 원전의 확정에 주의를 기울이고자 한다.

이상은 원전 확정의 기준을 삼을 수 있는 몇 개의 텍스트를 남겼다. 그 가운데 가장 중요한 텍스트가 〈오감도 시 제5호〉(이하 〈시 제5호〉)이다. 이 작품의 근간이 된 것은 일문시 〈건축무한육면각체—이십이년〉(이하 〈이십이년〉)이다. 〈시 제5호〉는 일문 텍스트, 한글 텍스트가 함께 존재한다는 측면에서 이상의 나머지 시와 다르며 텍스트 확정에 중요한 역할을 한다.

① 〈이십이년〉, (《조선과 건축》, 1932년 7월)

前後左右を除く唯一の痕跡に於ける

翼段不逝 目大不覩

胖矮小形の神の眼前に我は落傷した故事を有つ。

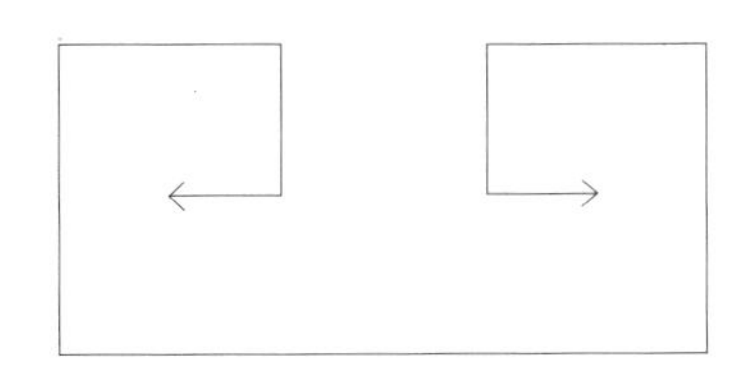

(臟腑 其者は浸水された畜舍とは異るものであらうか)

② 〈시 제5호〉(《조선중앙일보》, 1934년 7월 28일자)

某後左右를除하는唯一의痕跡에잇서서

翼殷不逝 目大不覩

胖矮小形의神의眼前에我前落傷한故事를有함.

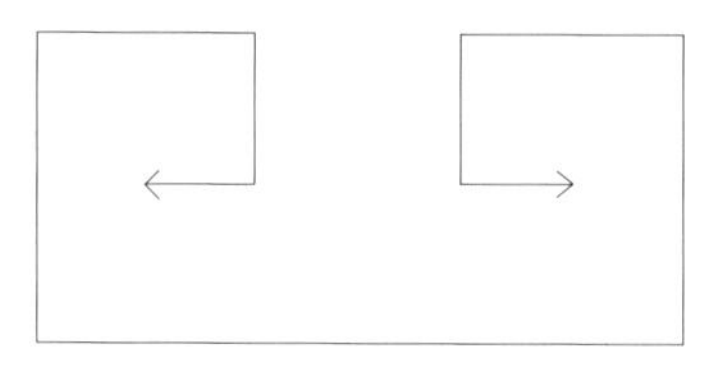

臟腑타는것은浸水된畜舍와區別될수잇슬는가.

③ 〈시 제5호〉(태성사, 1956)

前後左右를除하는唯一의痕跡에있어서

翼殷不逝 目不大覩

胖矮小形의神의眼前에我前落傷한故事를有함.

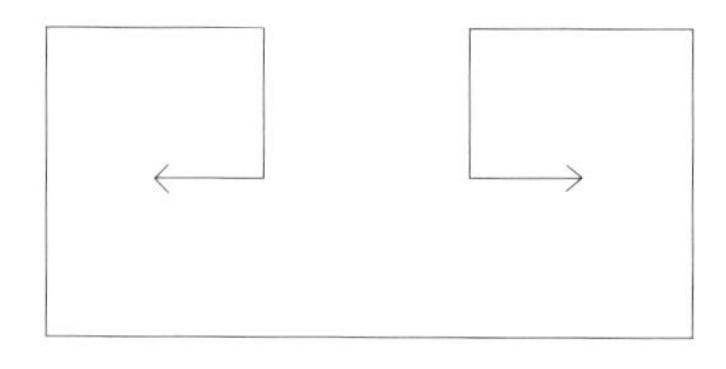

臟腑라는것은浸水된畜舍와區別될수있을런가

①은 《조선과 건축》에, ②는 《조선중앙일보》에 발표된 것이다.[06] 게재

06 이어령이 편한 《이상수필전작집》(갑인출판사, 1977)에는 〈오감도 시 제5호〉의 자필 원고가 실려 있다. 필자는 진위 여부를 확인하고자 같이 실린 〈오감도 시 제4호〉, 그리고 〈오감도 시 제6호〉와 이상의 작품 이름이 적힌 자필 메모(이어령 편 《이상시전작집》에 실린 내용)를 엄격하게 검토한 결과, 다른 사람이 필사

순서는 창작 순서와 동일한 것으로 볼 수 있다. 일문시→한글시→전집이라는 과정을 거치고 있으며, 이것들은 시의 변형 및 오류를 밝혀낼 수 있는 중요한 단서들을 포함하고 있다. 이렇듯 텍스트를 나열해 둠으로써 잘못된 어휘들을 찾아낼 수 있다. 먼저 ②로 ①을 교정할 수 있다. 예를 들어 〈이십이년〉의 구절 '翼段不逝 目大不覩'에서 '段'은 '股'의 오식이 분명하다. 글자의 유사성 때문에 식자공이 잘못한 것이다. 또한 ②로 ③의 오식을 바로잡을 수 있다. '翼股不逝 目大不覩'가 ③에 이르러 '翼股不逝 目不大覩'로 바뀌고 있는데, 글자 어순만 바뀌었다 해도 해석은 크게 달라진다. 위에서 언급한 기존의 세 전집들이 모두 같은 실수를 저지르고 있는데, 이로 말미암아 잘못된 연구 결과들이 뒤를 잇게 되었다.

다음으로 제기할 수 있는 것이 ②의 첫 구절 '某後左右'의 문제이다.

한 모사본일 가능성이 크다는 결론을 내리고 이 글에서는 배제했다. 이것은 김기림이 전집을 만들고자 베낀 것일 뿐이다. 김주현, 《신채호문학연구초》, 소명출판, 2012, 26면. 한편 이것이 김기림의 자필일 것으로 추정하는 또 하나의 근거가 〈시 제6호〉의 아래에 실린 "발표지와 연원일을 적은 이상의 자필 메모"이다. 여기에는 "〈날개〉, 〈逢別記〉, 〈지주회시〉, 〈素榮爲題〉, 〈十九世紀式〉, 〈正式〉, 〈꽃나무〉, 〈이런詩〉, 〈一九三三. 六. 一〉, 〈거울〉, 〈紙碑〉, 〈易斷〉, 〈失樂園〉, 〈烏瞰圖〉……" 등의 작품 제목이 나온다. 김기림의 선집에는 創作: 〈날개〉·〈逢別記〉·〈지주회시〉, 詩: 〈烏瞰圖抄〉·〈正式〉·〈易斷〉·〈素榮爲題〉·〈꽃나무〉·〈이런詩〉·〈一九三三. 六. 一〉·〈紙碑〉·〈거울〉, 隨想: (〈恐怖의 記錄〉·〈藥水〉)·〈失樂園〉·(〈金裕貞〉)·〈十九世紀式〉·(〈倦怠〉) 등이 실려 있는데, 이 가운데 목록에 적힌 소설과 시는 모두 실렸고, 수필만 ( ) 속의 3편이 빠져 있다. 목록에서 잘려져 나간 부분에 이 세 편의 제목도 실려 있을 것으로 보인다. 《이상선집》에 실린 작품 제목과 같으며, 〈시 제4호〉, 〈시 제5호〉, 〈시 제6호〉와 〈자필 메모〉의 필체가 같다는 점에서 김기림이 모두 쓴 것으로 판단된다. 이어령은 또 다시 《2010 李箱의 房》(해보라인쇄, 2010)에서 〈작품 목록(자필 메모)〉만 빼고, 〈시 제4호〉·〈시 제5호〉·〈시 제6호〉를 다시 "이상의 육필 원고"로 소개하였다.

임종국의 입장에서 보자면 '원전에 있어서 인쇄상의 오식이 명백한 곳'이다. 그래서 〈이십이년〉의 텍스트를 참조하여 '前後左右'로 손을 보았다. ②의 '某後左右'는 어색하고, 의미상 적절치 않다. 오히려 이 구절은 〈이십이년〉의 '前後左右'가 더욱 분명한데, 임종국의 '訂正'이 의미 있는 일이라 할 수 있다. 〈이십이년〉과 〈시 제5호〉가 언어만 다르고 같은 시라는 입장에서 본다면 충분히 용인할 수 있다. 여기에서 '某後左右'로 볼 것이냐, '前後左右'로 볼 것이냐는 대단히 어려우면서도 중요한 문제이다. 필자가 보기에 원전은 재구를 거쳐 정전에 이르러야 하는데, 그런 입장에서 보면 임종국의 입장을 수용하는 것이 타당하다고 본다. 다음으로 세 번째 행은 ②, ③ 모두에 걸리는 문제이다. 그러나 어찌 보면 ②에 걸린 문제이기도 하다. 왜냐하면 ②를 바탕으로 ③은 단지 그대로 옮겼을 뿐이기 때문이다. '我前落傷한故事를有함'이라는 구절에서 '我前落傷'은 순수 한문 구절로 '내가 이전에 낙상한'이라는 구절이 된다. 필자가 보기에는 식자공이 '眼前'을 쓰면서 자동적으로 "我前"으로 식자했을 가능성이 있다. 그러므로 '前'자 대신에 주격조사를 쓰는 것이 바람직할 것으로 본다. 그러면 해석상 '나는', 또는 '내가' 된다. 마지막으로 "臟腑타는 것은"이란 구절은 "臟腑 其者は"를 바탕으로 하여 "臟腑라는 것은"으로 쉽게 재구할 수 있다.

이것은 ①을 바탕으로 텍스트를 재구하여 확정해 보려는 방법이다. 이상의 텍스트는 ②의 모본이라고 할 ①이 있기 때문에 이러한 교정이 가능하고, 필요한 일이라 생각한다. ①로 ②, ③을 교정하고 ②, ③으로 ①을 교정하는 일이 가능하다. 필자는 ②의 구절 '某後左右', '我前落傷', '臟腑타는'도 ①의 경우를 보아서 교정이 가능하고, 그뿐만 아니라 ①의 '翼段不逝', ③의 '目不大覩'도 원전을 확정하려면 ②를 바탕으로 재구하는 것이 필요하다고 본다.

필자는 이러한 방법으로 원전을 확정하고자 한다. 먼저 작가 역시 오기와 같은 실수를 할 수 있으며, 원전 확정에서 이것도 바로잡아야 한다. 다음으로 최초 발표본도 인쇄 과정에서 오식할 수 있으며, 마지막으로 전집에 실리는 과정에서 또 다른 오류가 생길 수 있다는 사실을 전제하고 작품을 검토할 것이다. 여기에는 몇 가지 문제점도 따른다. 작가의 오기를 어떻게 지적할 수 있는가 하는 문제이다. 이상과 같은 작가에게는 오기가 고의적일 수도 있다는 점 때문에 그것을 간파해내기란 매우 어렵다. 그러므로 오기 여부에 대한 판단은 신중을 거듭할 수밖에 없다. 다음으로 발표된 원문의 오류가 뚜렷하지 않을 경우의 문제이다. 이런 경우는 이상의 문체를 검토하여 추적해야 할 것이다. 이상의 작품에서 비문법적이거나 비일상적인 표현들은 일단 일차적인 분석 대상으로 삼고, 또한 다른 작품에서 쓰인 동일하거나 유사한 표현들을 텍스트 확정의 준거로 삼을 것이다.

2. 일문시의 원전 확정

처음 임종국이 전집을 간행한 뒤로 전집에 실린 임종국, 유정 등의 번역시가 일문시 원전을 대신하기에 이르렀다. 이상 연구자들은 구하기 쉬운 전집, 권위 있는 역자가 번역한 텍스트를 연구의 주텍스트로 삼는다. 그러면서 번역의 잘못이 연구의 오류로 이어지는 상황에 이른다. 번역자가 원문의 의미를 제대로 전달하는 데는 어려움이 따르게 마련이다. 번역이란 항상 오역이 있을 수 있고, 또한 번역자의 주관이 개입하여 원문의 의미를 훼손하기 쉽다. 그러므로 번역은 2차적인 텍스트가 되어야 한다. 그런데도 이상의 일문시는 초기 번역자의 번역본이 거의 모든 연구자에게 원전 구실을 해 왔다. 번역본이 원전의 구실을 하면 연구에 많은 문제점이 생긴다.

일문시는 유정, 임종국, 김수영 등이 주로 번역하였다. 유정이 〈異常ナ可逆反應〉·〈破片ノ景色〉·〈▽ノ遊戱〉·〈ひげ〉·〈BOITEUX·BOITEUSE〉·〈空腹〉·〈鳥瞰圖〉 계열(8편)·〈獚〉·〈無題〉(故王의…)·〈斷章〉·〈咯血의 아침〉·〈獚의 記〉·〈作品 第三番〉·〈與田準一〉·〈月原橙一郎〉·〈習作 쇼오윈도우 數點〉 등을 번역했고, 임종국이 〈三次角設計圖〉 계열(7편)·〈建築無限六面角體〉 계열(7편)·〈隻脚〉·〈距離〉·〈囚人の作つた箱庭〉·〈肉親の章〉·〈內科〉·〈街衢ノ寒サ〉·〈骨片ニ關スル無題〉·〈朝〉·〈最後〉·〈蜻蛉〉·〈一つの夜〉·〈悔恨ノ章〉 등을 번역했고, 김수영이 〈無題2〉(行員이…)·〈遺稿1〉(손가락같은…)·〈一九三一年(作品第一番)〉·〈구두〉·〈哀夜〉 등을 번역하여 소개하였다.

> 編者의 부탁으로 그 任이 아님을 잘 알면서도 譯筆을 맡은 것은 애오라지 鬼才의 詩에 對한 愛着에서이기는 하였으나 그러나 愚生의 一大失策이 아닐 수 없었다. 되도록 故人의 語套를 모방하여 近似한 譯文으로 하고저 애쓴 것인데 힘 부족으로 이렇게 밖에 못되고 말았다. 원컨대 鬼才의 名聲에 과히 흙칠하는 결과가 되지 않았다는 評이나 들을 수 있었으면 할 뿐이다.(柳呈)

> 飜譯에 있어서는『原作者라면 어떻게 썼을까?』하는 데 主眼을 두었다. 그 結果 境遇에 따라서는 大膽한 意譯도 不辭했으며, 또 譯語의 選擇과 文體는 可能한 限 原作者가 흔히 쓰던 그것으로 하려 하였다.「虛僞ナ」를「虛僞를담은」,「하지않는」을「하지아니하는」, 或은「建築無限六面角體」나「三次角設計圖」에서 우리말을 避하고 굳이 難澁한 漢字를 使用한 點 等, 모두 그런 意圖로 因함이었다. 傷玉한 點은 附錄으로 添附한 原

作을 對照, 叱正있어주심을 希望한다.(林鐘國)[07]

번역 초기에는 주로 임종국과 유정이 번역을 하였다. 유정은 처음 번역을 하면서 '故人의 語套를 모방하여 近似한 譯文'으로 옮기는 것을 원칙으로 삼았다. 그리고 임종국 역시 '大膽한 意譯도 不辭했으며, 또 譯語의 選擇과 文體는 可能한 限 原作者가 흔히 쓰던 그것으로' 하여 작자의 표현에 근접시키는 것을 목표로 했다. 번역에서 원작자의 표현이나 의도가 매우 소중함은 두말할 필요가 없다. 그런데 얼마만큼 원문의 의미에 닿아 있는가를 문제 삼기보다 얼마만큼 원문의 의미에 멀어져 있는가를 문제 삼으면 번역의 정확성에 다다를 수 있을 것이다.

(가) (臟腑 其者は浸水された畜舍とは異るものでぁらうか)

→臟腑라는것은浸水된畜舍와區別될수잇슬는가.

(나) 退屈ナ歳月ガ流レテ俺ハ目ヲ開イテ見レバ

→심심한歲月이흐르고나는눈을떠본즉

(다) 身も羽も輕々と蜻蛉が飛んでゐます

→몸과나래도가벼운듯이잠자리가活動입니다

(가)는 〈이십이년〉과 〈시 제5호〉의, (나)는 〈공복〉의, (다)는 〈청령〉의 한 구절이다. (가)의 구절 '畜舍とは異るものでぁらうか'를 이상은 〈시 제5호〉에서 '畜舍와區別될수잇슬는가'로 쓰고 있다. 그것은 '축사

07 〈譯詩에 관하여〉, 《이상전집—제2권 시집》, 태성사, 1956, 3~4면.

와는 다를 것인가'와 별다른 의미 차이가 없지만 '畜舍와區別될수잇슬는가'라는 것이 이상식 표현이 된다.[08] 이는 이상 일문시 해석의 한 예를 보인 셈이다. 또한 유정은 (나)의 '退屈ナ歲月'을 '심심한 세월'로 번역하였는데, 의미를 전달하는 데는 무언가 많이 부족한 느낌이다. 그것은 '심심한'외에도 '무료한', '지루한', '따분한' 등 여러 의미가 있다. 아마 이상식 표현이라면 '권태로운'이 더 적합할 것이다. 한편 임종국은 (다)의 '飛んでゐます'를 '活動입니다'로 번역하고 있다. '날아다니고 있습니다'가 적합하겠지만 임종국은 가능하면 이상의 표현에 가깝게 쓰고 있다. 이상은 〈산촌여정〉 가운데 "새빨간 잠자리가 病菌처럼 活動입니다"(《이상수필전작집》, 17~18면)이나 〈어리석은 석반〉의 "血痕의 빨간 잠자리는 病菌처럼 活動한다"(같은 책, 295면)에서도 이러한 표현을 쓰고 있다. 그러므로 번역본에서도 가능하면 원문에 가까우면서도 이상의 표현 의도와 의미를 살리는 방향에서 텍스트 확정을 해야 한다. 당시의 표현법이나 이상식 표현은 그대로 살리는 한에서, 원본과 의미가 다를 수밖에 없는 표현들을 중심으로 정리해 보고자 한다. 필자의 능력 부족으로 일문시 전반을 새로이 옮기지는 못하지만, 이러한 원칙들을 토대로 번역본을 일문 텍스트와 비교·검토함으로써 번역 텍스트를 확정해 보고자 하며, 잘못된 구절들을 여러 유형으로 나누어 분석해 보기로 한다. 참고로 임종국이 묶은 《이상전집》(태성사, 1956)은 태성사판으로, 이어령이 묶은 《이상시전작집》(갑인출판사, 1978)은 갑인출판사판으로, 이승훈이 묶은 《이상문학전집1》(문학사상사, 1989)은 문학사상사판으로 일컫는다.

08 이 글에서는 원문의 인용은 원문의 띄어쓰기를 그대로 따르고, 설명에서는 현행 띄어쓰기로 한다.

1) 반대 해석

㉠ ヲンナは樂しいチヨコレエトが食べたいと思はないことは困難であるけれども→여자는즐거운쵸콜레이트가먹고싶지않다고생각하지아니하는것은困難하기는하지만 —〈狂女の告白〉

㉡ (僕は猿猴類への進化)→(나의猿猴類에의進化) —〈出 版 法〉

㉠의 원 의미는 '여자는 즐거운 쵸콜레이트가 먹고 싶다…'이다. 쵸콜레이트를 '먹고 싶다'는 구절을 '먹고 싶지 않다'는 구절로 옮기면서 의미가 반대로 바뀌었다. ㉡은 해석상의 오류라고 할 수는 없다. 단지 "나의猿猴類에의進化"라는 해석은 '내가 원후류에서 (사람으로) 진화'했다는 의미로 읽히기 쉽다. 원 의미는 '내가 (사람에서) 원후류로 진화'했다는 것이다. 이것은 역진화, 달리 말해 퇴화를 의미하지만 이 번역만 보면 진화를 의미하는 것으로 받아들일 수 있다는 점이 문제이다. 원숭이가 진화의 시발점이냐, 도착점이냐가 원 해석에서는 모호하다.

2) 엉뚱한 해석

㉠ 鬚·鬚·ソノ外ひげデアリ得ルモノラ·皆ノコト) → (鬚·髭·그밖에수염일수있는것들·모두를이름) —〈ひげ〉

㉡ 黑インク→ 파랑잉크 —〈AU MAGASIN DE NOUVEAUTES〉

㉢ 山は晝日中眺めても/時雨れて 濡れて見えます。→ 山은 맑은날바라보아도/늦은봄비에젖은듯보얗습니다. —〈蜻蛉〉

㉣ 囚人の作つた箱庭だ → 囚人이만들은小庭園이다

—〈囚人の作つた箱庭〉

㉤ 13+1=12 → 12+1=13　　　　　　　　　　　　－〈一九三一年(作品第一番)〉

㉠은 태성사판 이래로 모두 뒤의 '鬚'를 '髭'로 쓰고 있다. 아마도 '髭鬚'가 콧수염·턱수염을 의미하고 '그 밖에 수염일 수 있는 모든 것'이라는 내용이 나오기 때문에 번역자가 원문 오기로 인식하고 바꾼 것으로 보인다. 글자가 유사하나 원문 그대로 보아도 무리가 없을 것이다. 그러므로 '(鬚·鬚·그밖에 수염이라 말할 수 있는 것들·모든 것)'로 해두는 것이 좋을 듯하다. ㉡에서 '검정 잉크'가 '파랑잉크'로 둔갑한 것은 놀랄 일이다. ㉢에서 '晝日中'을 '맑은 날'이라고 한 것은 이해가 되나 '時雨', 곧 '(늦가을부터 초겨울에 걸쳐)오다말다 하는 소나기', 또는 '(시기·우량에 맞게 오는)은혜의 비'를 '늦은 봄비'로 해석한 것은 매우 잘못한 것이다. 그리고 '보얗습니다'는 아마도 '보였읍니다'를 오기한 것으로 보이는데, 그냥 '보입니다'로 표현해야 할 것이다. 전체를 옮기면 '山은 한낮에 바라보아도/늦가을 비가 내려 젖어 보입니다'가 될 것이다. ㉣에서 '箱庭'을 '소정원'으로 번역하였는데, 이것은 의미상 오해를 낳을 수 있다. 소정원은 '모형정원'이라는 의미도 되겠지만 그냥 작은 정원으로 이해할 공산이 크기 때문이다. 그러므로 '모형정원'으로 옮기는 것이 적당하다. ㉤의 '13+1=12'가 첫 번역 때는 그대로 제시되었는데, 갑인출판사판부터 '12+1=13'으로 잘못 쓰고 있다. 많은 사람들이 후자를 인용하지만, 이는 잘못이다. 후자는 단지 수학의 일반 정리이지만 전자는 전혀 다른 의미 차원에 있기 때문이다.

3) 한자를 잘못 옮긴 것

이상의 시가 신문이나 잡지에 실리면서, 또는 나중에 번역되거나 전집에 실리면서 가장 많이 생기는 오류가 한자를 잘못 옮긴 것이다. 먼저 원작의 오류를 살펴보자.

㉠ 收歛作用 → 收斂作用 —〈線に關する覺書 2〉, 〈線に關する覺書 6〉

㉡ 喪尖하고 → 喪失하고 —〈詩 第六號〉

㉢ 眞實 → 眞空 —〈詩 第八號 解剖〉

㉣ 列風 → 烈風 —〈詩 第九號 銃口〉

㉤ 慓慓 → 慄慄 —〈詩 第十四號〉

㉠은 '收斂作用'의 오류로 보인다. 그것이 글자의 유사성 때문에 식자공이 오류를 저지른 것으로 보인다. 태성사판은 그대로 실었는데 갑인출판사판부터 오류를 교정하여 '수렴작용'으로 싣고 있다. ㉡ 역시 내용상 '喪失하고'이며, 글자의 유사성 때문에 신문사에서 오식한 것으로 보인다. 이 오류는 태성사판부터 교정되어 있다. ㉢의 '野外의 眞實'은 해부가 일어나는 장소로, 이 구절의 뒤에 '그 진공'이라는 구절이 있는 것으로 보아 '야외의 진공'이 맞는 것으로 풀이된다. 아마 '실'의 약자(実, 이상의 원고를 보면 약자를 즐겨 썼다)가 '공空'자와 유사해서 식자공이 오식한 것으로 보이며, 이 역시 태성사판부터 '진공'으로 쓰고 있다. ㉣은 태성사판부터 '烈風'으로 바뀌었다. 조해옥은 이것을 '列風'으로 보고 있지만, 필자는 이 역시 '烈風'의 오식이 아닌가 생각한다. 마지막으로 ㉤은 태성사판에서는 그대로 쓰였으나 갑인출판사판에

서는 '慄慄'로 바뀌어 있다. 이것은 '漂漂'의 오기가 아닌가 생각된다.[09] 글자가 비슷해서 신문 식자공이 오류를 낸 것으로 파악된다.

한편 이러한 오류는 시를 번역하거나 전집으로 묶으면서도 많이 나타난다.

㉠ 通俗思考 → 通俗事考 —〈線に關する覺書 6〉

㉡ 文字盤にスⅫに下された二個の濡れた黃昏。→ 時計文字盤에Ⅻ에내리워진一個의浸水된黃昏 —〈AU MAGASIN DE NOUVEAUTES〉

㉢ 早晨の大霧 → 旱晨의大霧 —〈熱河略圖 No. 2〉

㉣ 客棧の炕の中 → 客席의기둥의內部. —〈熱河略圖 No. 2〉

㉤ 目大不覩 → 目不大覩 —〈二十二年〉

㉥ 肌肉は以後からでも着くことであらう → 筋肉은이따가라도附着할것이니라 —〈出版法〉

㉦ 眼睛 → 眼睛 —〈出版法〉

㉠의 경우 갑인출판사판부터 '思考'를 '事考'로 잘못 쓰고 있다. 그리하여 문학사상사판도 같은 실수를 하였다. ㉡의 '二個'는 문성사판(《이상전집》, 문성사, 1966)부터 계속 '一個'로 오기하였다. ㉢은 '早'와 '旱'의 유사성 때문에 갑인출판사판부터 후자를 쓰고 있는데, 의미는 전혀 다르다. 전자는 '이른 새벽'이지만, 후자는 '가문 새벽'이다. 그리고 ㉣은 '炕'을 '杭'으로 인식하여 기둥이라고 하였는데, 이는 잘못된 해석이다. '炕'은 온돌, 구들이라는 뜻이므로 '客棧の炕'은 '여관의 온돌방', '주막의 방' 정도로 옮기는 것이 적절할 것이다. ㉤은 '目大不覩'를 '目不大覩'로 잘못 옮긴

09 이에 대한 자세한 내용은 다음을 참조. 김주현, 〈이상 문학의 텍스트 확정을 위한 고찰〉, 《한국학보》 100, 일지사, 2000.

것인데, 앞에서 지적한 바와 같다. 이 밖에도 갑인출판사판에서 문학사상사판으로 옮기면서 많은 오기가 생겨났다. 이를테면 "處分法"(〈異常ナ可逆反應〉)을 "處分"으로, "形便없이"(〈興行物天使〉)를 "形使없이"로, "計畫"(〈선에 관한 각서 7〉)을 "計量"으로, "後方"(〈청령〉)을 "後力"으로 쓴 것 등이 그러하다. ㉥은 원전에 '肌肉'인데, 태성사판부터 '筋肉'으로 쓰고 있다. 같은 의미이긴 하나 원문을 중시한다는 측면에서 전자로 쓰는 것이 나을 듯하다. ㉦ 역시 태성사판부터 '眼睛'으로 잘못 옮기고 있다. 이는 글자의 유사성에 따른 오류이다. '눈동자'를 의미하는 '眼睛'이 맞다.

4) 한글 및 기호를 잘못 옮긴 것

원전에서, 또는 번역에서 한글 또는 기호를 잘못 쓰는 바람에 텍스트가 훼손되는 경우도 적지 않다.

㉠ 아마는 것은 → 아아는 것은 —〈詩第六號〉

㉡ 珊瑚の木の傍で豕の樣なヒトが生埋されることをされることはなく
→ 珊瑚나무곁에서돛과같은사람이산葬을當하는일을當하는일은없고
—〈且8氏の出發〉

㉢ アクロバテイを敎へるがヒトは了解することは不可能であるか。→아크로바티를가리키는데사람은解得하는것은不可能인가. —〈且8氏の出發〉

㉣ $\therefore nPn=n(n-1)(n-2)\cdots\cdots(n-n+1) \rightarrow \therefore nPh=n(n-1)(n-2)\cdots\cdots(n-h+1)$ —〈線に關する覺書 3〉

㉤ 香水の迎へた東洋の秋 → 香水의마지한東洋의가을
—〈AU MAGASIN DE NOUVEAUTES〉

㉥ 原因頗る不明なけれども對內經濟破綻に依る —〈出版法〉

→ 原因極히不明하나對內經濟破綻에因한 (태성사판)

→ 原因極히下明하不對內經濟破綻에因한 (갑인출판사판)

→ 原因極히下明不對內經濟破綻에因한 (문학사상사판)

먼저 ㉠은 신문 식자공이 이상의 작품을 오식한 경우이다. '아아는 것은'이 옳다. 그리고 ㉡에서 '돛과 같은'은 '돝〔豕〕과 같은'을 잘못 쓴 경우이다. ㉢에서도 마찬가지로, 원문이 '敎'이므로 '가리키는데'가 아니라 '가르치는데'가 적합하다. 아마도 번역 당시에는 두 표현을 제대로 구분하지 않고 썼던 것으로 보인다. ㉣은 원문이 'nPn=n(n−1)(n−2)……(n−n+1)'인데 갑인출판사판부터 'n'대신에 'h'로 잘못 쓰고 있다. ㉤은 '맞이한'을 '마지한'으로 잘못 썼다. ㉥은 태성사판에선 제대로 옮겼으나 갑인출판사판, 문학사상사판에서 모두 위와 같이 실수를 하였다. 이밖에도 갑인출판사판을 문학사상사판으로 옮기면서 "테에불"(〈▽의 遊戱〉)이 "데에불"로, "균열할따름이니까"(〈수염〉)가 "균열한따름이니까"로, "하나를아는것은셋을아는것을"(선에 관한 각서 5〉)을 "하나를아는것을셋을하는것을"로, "만큼한"(〈흥행물천사〉)은 "만큰한"(…만한)으로, "썰어서(刻)"(〈흥행물천사〉)를 "씹어서"로, "돌리는(向)"(〈청령〉)은 "들리는"으로 오식하였다. 그뿐만 아니라 〈얼굴〉의 다음 구절 "더욱더험상궂은얼굴임은卽저사내는저사내어머니의…"에서 중간의 "저 사내는"이 빠져 있기도 하다.

5) 이중 의미

어휘 하나에 두 가지 뜻이 담겨 있을 때 해석하기 난감하다. 아래의 경우가 그러하다.

㉠ 人參 → 홍당무 -〈ひげ〉

㉡ 膃肭臍の背 → 바닷개(海狗) 잔등 -〈興行物天使〉

㉢ 死兒ノ皮膚一面ニ刺靑ガ施サレテアツタ → 死兒의 皮膚全面에 文身이 들어 있었다. -〈一九三一年(作品第一番)〉

㉣ 蜻蛉 → 잠자리 -〈蜻蛉〉

㉠은 태성사판부터 '홍당무'로 번역하였다. 그러나 그 단어는 '인삼'이라는 뜻도 있다. '수염'이라는 제목과 '인삼'의 이미지가 더욱 닮아 있어서 후자로 번역하는 게 어떨까 싶다. 그리고 ㉡의 膃肭臍는 〈狂女의 告白〉과 〈興行物天使〉에 나오는데, 유정은 모두 바닷개로 번역했다. 이는 바닷개라는 의미도 있지만, 우리나라에서는 해구신(海狗腎)이라는 의미가 더욱 일반적이다. 그것이 여자가 달리거나 보는 대상으로 제시되었는데, 후자의 의미도 고려해볼 만하다. ㉢은 '皮膚一面'을 '皮膚全面'으로 번역하였다. '一面'에 '全面'이라는 의미도 있지만 '한 면'이라는 의미가 일반적이다. 전체적인 의미로 보아 '피부 한 면'으로 번역하는 것이 옳지 않을까 싶다. 이러한 경우들은 어휘의 두 가지 뜻에 따라 해석이 다르기 때문에 모두 제시하여 이해의 편의를 도모하는 것이 좋을 듯하다. ㉣은 잠자리와 하루살이라는 의미가 모두 있다. 이것은 잠자리로 번역하였는데, 시의 내용상 타당하다고 본다.

6) 모호한 표현

㉠ 僕は知ることを知りつつあつた故に → 나는아는것을알며있었던典故로하여 -〈出版法〉

㉡ 因に男子の筋肉の斷面は → 參考男子의筋肉의斷面은 -〈出版法〉

㉢ 私ハ何物ヲモ見ハシナイ → 나는 아무때문도 보지는 않는다

—〈悔恨の章〉

㉣ 白色ノ少年ソノ前面ニテ狭心症タメニ薨ル → 白色의 少年, 그 前面에서 狭心症으로 쓰러지다. —〈一九三一年(作品第一番)〉

㉠은 원문의 '故'를 '典故'로 번역하여 의미가 대단히 모호해졌다. 원 의미는 '나는 아는 것을 알고 있었던 까닭에'이다. ㉡에서 '參考男子'도 해석이 어색하므로 '참고로 남자'라고 번역하는 것이 좋겠다. ㉢에서 '아무때문도'는 모호한 표현이다. '나는 아무것도 보지 않는다'로 번역하는 것이 좋다. ㉣에서 '薨ル'를 '쓰러지다'로 번역하였는데, '죽다'로 해석하는 것이 적합하다.

7) 동사의 명사화

이상의 시 〈且8氏の出發〉의 몇 구절은 동사 서술어 종지형인데 번역자가 일부러 명사형 종지로 해석한 경우가 있다. 다른 것은 그렇지 않은데 특이한 경우이다. 다른 것과 마찬가지로 이 구절들도 원래의 표현대로 번역하는 것이 옳다고 하겠다.

㉠ 龜裂の入つた莊稼泥地に一本の棍棒を挿す。→ 龜裂이生긴莊稼泌濘의地에한대의棍棒을꽂음. —〈且8氏の出發〉

㉡ 一本のまま大きくなる。→ 한대는한대대로커짐. —〈且8氏の出發〉

㉢ 樹木が生える。→ 樹木이盛함. —〈且8氏の出發〉

㉣ 以上 挿すことと生えることとの圓滿な融合を示す。→ 以上꽂는것과盛하는것과의圓滿한融合을가리킴. —〈且8氏の出發〉

㉠에서 마지막 '꽂음'은 '꽂는다'로, ㉡의 '커짐'은 '커진다'로, ㉢의 '성함'은 '성한다', 또는 '자라난다'로, ㉣의 '가리킴'은 '가리킨다'로 각각 옮기는 것이 타당하다. 리듬을 살리려는 의도에서 그렇게 한 것인지는 모르나 오히려 원 텍스트의 의미를 훼손하는 경우라면 삼가야 할 것이다.

8) 조사의 부적절한 사용

㉠ ヲンナの目は北極に邂逅した。→ 여자의눈은北極에서邂逅하였다.
—〈興行物天使〉

㉡ 世界の寒流を生む風がヲンナの目に吹いた。→ 世界의寒流를낳는바람이여자의눈물을불었다. —〈興行物天使〉

㉢ 人は苦いオレに少くとも相會す → 사람은젊은나에게적어도相逢한다
—〈線に關する覺書 5〉

㉣ R青年公爵ニ邂逅シ → R青年公爵에 邂逅하고
—〈一九三一年(作品第一番)〉

㉠은 '북극에서'라고 하였는데, '북극에', 또는 '북극과'로 쓰는 것이 좋을 듯하다. 북극은 해후한 장소가 아니라 그 대상이기 때문이다. 이는 ㉢, ㉣에서도 마찬가지이다. ㉢의 '나에게 상봉한다'는 해석도 어색하다. '나를' 또는 '나와' 상봉한다고 하는 것이 좋을 듯하다. 또한 'R青年公爵에 邂逅하고'보다 'R青年公爵과 邂逅하고'로 번역하는 것이 더욱 적당하다. ㉡의 '目に吹いた'를 문학사상사판은 '눈물을 불었다'로 번역하였는데, 갑인출판사판의 '눈을 불었다'는 번역을 잘못 옮긴 것이다. 바람이 눈을 불었다는 표현은 어색하므로 '눈에 불었다'로 하는 것이 낫다. 이러한 사례들은 같은 조사일지라도 어떻게 표현하느냐에 따라 의미가 얼마나 모호해

질 수 있는가를 보여 준다.

9) 끊어 읽기, 시제 불일치

㉠ 乾燥シタ植物性デアル / 秋 → 乾燥한植物性이다 / 가을 —〈ひげ〉

㉡ ヲンナは獨り望遠鏡でSOSをきく、そしてデッキを走る。→ 여자는혼자望遠鏡으로SOS를듣는다. 그리곤덱크를달린다. —〈狂女の告白〉

㉢ 電報ハ來テイナイ → 電報는아직오지아니하였다 —〈▽ノ遊戲〉

㉣ 剝落された膏血に對して僕は斷念しなければならなかつた。→ 剝落된膏血에對해서나는斷念하지아니하면아니된다. —〈出版法〉

㉠은 '…식물성인 / 가을'로 번역해야 한다. 하나의 구문을 두 개로 나누어 해석하면 위의 구문처럼 너무 어색해지고 만다. ㉡의 첫 문장은 완료형이 아니다. '…SOS를 듣고, 그리고 덱크를 달린다'로 번역해야 한다. 크게 차이는 없더라도 본문을 그대로 살려 주는 것이 필요하다. ㉢은 마치 과거형처럼 쓰였는데, '전보는 오지 않는다'가 적합하다. 이와 달리 ㉣의 '아니 된다'는 '아니 되었다'가 적합하다.

10) 구어적, 한문투 표현, 기타

이상의 시 번역에서 또 문제가 되는 것들이 있다. 이를테면 구어적 표현이나 잘 쓰지 않는 한문투 표현, 그리고 이상의 표현 방식을 흉내 낸 표현들이 그러한 것이다. 그 예로는 "平常的이다"(보통이다), "원색과 같하여"(원색을 닮아), "워낙은"(워낙), "먼첨"(먼저), "광이 나고"(빛

나고), "一階の上の: 一層위에있는"(일층 위의)[10], "三階の下の: 三層밑에있는"(삼층 아래의), "知る所の一: 아아는 바의 하나"(아는 것의 하나) "보기 숭할 지경으로"(볼 수 없을 만큼), "만큼한"(만한), "위선"(우선), "아니하는"(않는), "아아는"(아는), "아알지"(알지), "하이얀"(하얀), "아아ㄹ·카아보네"(알카포네), "삽짝문"(사립문), "개아미"(개미), "싫어하드키"(싫어하듯이), "美로우리까"(아름다울까) 등 무수하다. 이러한 표현을 어떻게 처리할 것인지가 앞으로 해결할 과제이다. 필자의 생각으로는 이들을 엄밀히 검토하여 전체적으로 현대적인 맥락에서 재해석하는 것이 어떨까 싶다.

3. 〈오감도〉의 주석 작업

이상의 〈오감도〉는 제목부터 논란의 대상이다. 당대부터 오늘에 이르기까지 베일에 싸인 제목의 형성부터 주석을 요한다. 그러면 제목에 얽힌 이야기를 풀어가면서 〈오감도〉의 주석을 살펴보기로 한다.

> 이상의 「오감도」는 처음부터 말썽이었답니다. 당초에 원고가 공장으로 내려가자, 문선부(文選部)에서부터 「오감도(烏瞰圖)」라는 것은 「조감도(鳥瞰圖)」의 오자(誤字)가 아니냐고 물으러 오지를 않았겠어요? 그리고 이어서 하는 말이 자전에 조감도란 말은 있어도 오감도라는 말은 없으며, 자고 이래로 보지도 듣지도 못한 제목이라고 법석이었지요. 그러다가, 간신히 사정을 하다시피 해서 조판을 하여 교정부(校正部)로 넘어

10 김기림의 〈현대시의 발전〉(《조선일보》, 1934년 10월 19일자)에는 이상의 〈운동〉이 실렸는데, "一層 우의二層 우의三層 우의屋上庭園를올라가서……"로 해석하였다. 번역자가 이상인지 김기림인지는 분명하지 않다.

갔는데, 또 여기서 공격이 왔던 것이에요. 이것도 시(詩)라고 하는 거냐? 또는 이것은 신문을 버리는 근본이 되니 실리지 말자고 정식으로 항의(抗議)가 들어오는가 하면, 학예부에서 응하지를 않으니까, 결국 편집국장에게까지 진정(陳情)이 들어가는 법석이 벌어졌던 것이었읍니다. 그러나, 내가 내부의 장애를 무릅쓰고 실었더니, 이 시가 계속되자 이번에는 날마다 몇 십 장의 공격의 투서(投書)가 들어와서 난처하게 됐읍니다.[11]

재미있었던 일은 李箱은 제목을 鳥瞰圖라 달았는데, 校正을 보던 사람들이 「이것도 詩냐?」고 저마다 한 마디씩 입에 거품을 물고 日可日否열을 올리는 바람에, 誤字는 그들 校正부원들을 비웃는 듯이 그만 새=鳥자가, 까마귀=烏자로 둔갑하여 인쇄에 넘어가고 만 것이다.
林和의 人民戰線論에 고스란히 넘어갔던 尙虛 李泰俊은 이 誤植을 미안하게 여기고 사과를 하자 당사자인 李箱은 「아니올시다. 그것이 烏瞰圖가 맞습니다 그려. 미스테이크는 鳥瞰圖라 쓴 내가 잘못한 거죠.」라고, 되려 工場 사람들의 無識이 아니라 不肖 李箱의 無識이라 자신을 나무랬다니 쉴·리얼리스트의 面目이 躍如하다 하겠다.
사실 까치가 하늘을 날면서 下界를 俯瞰하든, 까마귀가 내려다 보든, 그것은 글자의 획수를 따지는 데 목숨을 거는 校正 부원들의 세계면 세계였지, 詩의 세계에서는 적어도 쉴·리얼리즘의 경우 그것이 문제가 될 자격이 없는 것.
李箱이 미처 생각지 못한 까마귀는 烏瞰圖가 지닌, 어두운 空間으로 보아 차라리 그것이 맞는다고, '失手의 偶然'을 오히려 찬양한 사실은 기실

11 송민호·윤태영, 《절망은 기교를 낳고》, 교학사, 1968, 31면.

> 유쾌한 해프닝이었다. 이러한 해프닝은 우리의 '詩史 60年'에 첫 記錄이자, 아직도 更新되지 못한 前無後無의 記錄이었다.[12]

윤태영의 견해는 그 뒤에 구인환(1973), 고은(1974), 오규원(1980), 김승희(1982)[13]가 수용하면서 완전한 사실처럼 굳어졌다. 그러나 윤태영은 자신의 글에서 이전의 희미한 기억을 다른 사람들의 글과 대충 짜깁기했을 가능성이 크다. 왜냐하면 그의 글에 사실의 착오가 여럿 있기 때문이다.[14] 그래서 비록 이상과 동시대인이라고는 하나 그의 견해를 곧이곧대로 믿기란 어려운 실정이다. 두 번째 글은 이활이 썼던 것으로, 윤태영과 상반된 의견을 내놓았다. 그는 당대의 인물은 아니지만 1943~45년 경성중학교 재학 시절 스승이었던 김기림에게 이 내용을 들었다고 한다. 그의 기록이 당대의 증인에서 한 다리 건너 간 상황이라 와전의 가능성은 있지만 오히려 신빙성이 있어 보인다. 뒤에서 살펴보겠지만, 이상의 텍스트를 검토하면서 앞에서 본 것처럼 수많은 한자 오식이 드러났기 때문이다. 이에 대해서는 사에구사도 그 가능성을 제시

---

12 이활, 《인간적인 너무나 인간적인》, 명문당, 1989, 134~135면.

13 구인환, 〈이상〉, 《문학과 인간》, 대한교련, 1973년 7월; 고은, 《이상평전》, 민음사, 1974; 오규원, 〈이상의 생애, 일화, 연인들〉, 《날자, 한번만 더 날자꾸나》, 문장, 1980. 이어령은 이러한 견해에 덧보태서 "교정원들과 싸우면서 굳이 「鳥」를 「烏」로 바꾼 것"(1977)이라 하였고, 김승희 역시 "이상이 교정원들과 싸우면서까지 조(鳥)자를 오(烏)자로 바꾼 것은 상당히 커다란 의미가 있다고 하겠다."라고 말했다.(김승희, 〈분열된 자아를 응시하는 제3의 자아 — 이상의 〈오감도〉에 나타난 까마귀의 메타모포시스〉, 《문학과 비평》 5, 1988년 3월, 298면)

14 이에 대해서는 다음 논문을 참조. 김주현, 〈이상 문학에 있어서 성천 체험의 의미〉, 《한국근대문학연구》 3, 태학사, 2001년 4월.

했다.[15] 한글시 〈오감도〉 이전에 일문시 〈조감도〉가 있었기 때문에 그러한 가정은 충분히 할 수 있다. 이 논의에서는 〈오감도〉의 처음 제명이 〈조감도〉였을 가능성도 염두에 두면서 〈오감도〉의 주석을 연구할 것이다. 이활의 일화를 참고하는 것은 오식의 다양한 가능성을 염두에 두겠다는 의미이기도 하지만, 연구에서 지나치게 주관적인 해석을 나름대로 경계하겠다는 말이기도 하다. 기존의 잘못된 인식과 편견은 일문시 〈조감도〉마저 〈오감도〉로 둔갑시키는 결과를 초래했다.[16] 그러므로 이 책에서는 가능하면 기존의 다양한 해석들을 객관적으로 나열하여 연구의 현황을 밝히는 데 주력할 것이다. 연구자들이 다양한 해석을 볼 수 있도록 하는 것이 주석 작업의 몫인 까닭이다. 이러한 작업이 이상 문학을 신비와 우상의 늪에서 건져내어 객관적 연구대상으로 자리매김하게 하는 일일 것이다.

〈烏瞰圖〉는 《朝鮮中央日報》에 1934년 7월 24일에서 8월 8일까지 실린 15편의 연작시이다. 이 시는 원래 30편까지 연재할 예정이었으나 연재에 대해 독자들이 강하게 반발하면서 15편 연재로 그치고 말았다. 〈오감도〉는 일문시 〈조감도〉(1931년 1월)와 제목 면에서 관련 있다. '조감도'는 건축학 용어로 공중에서 내려다 본 건물의 입체도를 의미한다.

15 사에구사 도시카쓰는 〈이상의 모더니즘 — 그 성립과 한계〉라는 글에서 "이 제목도 통상적인 어휘 조감도(鳥瞰圖)의 조(鳥)를 오(烏)로 고친 것으로, 어떻게 보면 오식이 아닌가 하고 생각되는 점도 있다. 혹은 연재 1회 때 발생한 오식을 그대로 정식 제목으로 채용했을 가능성도 배제할 수는 없겠다"고 지적했다.(《한국문학연구》, 베틀북, 2000, 319면)

16 맨 처음 임종국이 전집을 묶으면서 일문시 〈鳥瞰圖〉를 〈烏瞰圖〉로 소개하여 그 뒤로 많은 연구자들이 그러한 오류를 답습하는 결과를 초래했다.

이상은 1931년 8월《朝鮮と建築》에 일문시 〈鳥瞰圖〉 연작을 발표했다. 그러나 총 8수로 이뤄진 이 연작시는 한글시 〈오감도〉의 내용과 상관이 없다. 〈오감도〉와 관련 있는 것은 일문시 〈建築無限六面角體〉와 소설 〈지도의 암실〉이다. 〈建築無限六面角體〉 계열의 〈診斷 0:1〉(《朝鮮と建築》, 1932년 7월)은 〈詩 第四號〉로, 같은 계열의 〈二十二年〉(《朝鮮と建築》, 1932년 7월)은 〈詩 第五號〉로 변형되거나 또는 거의 그대로 옮겨졌다. 그리고 소설 〈地圖의 暗室〉(《朝鮮》, 1932년 3월)의 일부 내용은 〈詩 第一號〉, 〈詩 第六號〉의 내용으로 들어오게 된다.

〈오감도〉 연작시를 발표순으로 보면 〈詩 第一號〉(1934년 7월 24일자), 〈詩 第二號〉(1934년 7월 25일자), 〈詩 第三號〉(1934년 7월 25일자), 〈詩 第四號〉, 〈詩 第五號〉(1934년 7월 28일자), 〈詩 第六號〉(1934년 7월 31일자), 〈詩 第七號〉(1934년 8월 1일자), 〈詩 第八號 解剖〉(1934년 8월 2일자), 〈詩 第九號 銃口〉, 〈詩 第十號 나비〉(1934년 8월 3일자), 〈詩 第十一號〉, 〈詩 第十二號〉(1934년 8월 4일자), 〈詩 第十三號〉, 〈詩 第十四號〉(1934년 8월 7일자), 〈詩 第十五號〉(1934년 8월 8일자) 등이다. 다른 작품들과 달리 〈시 제8호〉부터 〈시 제10호〉까지는 부제가 있다.

烏瞰圖 詩 第一號: 이상 시 연구자들 대부분이 〈오감도〉를 연구하였으며, 그 가운데에서도 〈시 제1호〉에 관한 연구가 가장 많다고 할 수 있다. 이어령(1978)은 〈烏瞰圖〉를 두고 '까마귀와 같은 눈으로 인간들의 삶을 굽어본다는 뜻이 되므로 烏瞰圖가 갖는 기술용어가 시적인 상징성을 띠며, 동시에 암울하고 불길한 까마귀가 이미 부정적인 생의 조감을 예시하는 시적 분위기를 자아낸다'고 파악하였으며, 그 뒤(1998)에는 烏자에서 눈알에 해당하는 한 획을 뺀 데페이즈망으로 보았다. 그리고 그

는 제목을 第1號, 第2號…… 등으로 단 것을 쉬르레알리슴의 영향, 곧 의미 있는 표제를 달면 독자가 어떤 선입견을 품고 다양한 시적 의미를 한정시켜 의미를 빈약하게 만들기 때문에, 이렇게 무의미한 표제를 단 것은 시의 총체적 의미를 훼손하지 않으려는 시도로 설명했다. 이승훈(1983)은 까마귀의 시선으로 일상적 삶을 굽어보면서 (1)시의 화자가 자신을 까마귀에 비유함으로써 일종의 자기 풍자를 내포하며, (2)자기를 풍자하는 상태에서 다시 삶의 세계를 굽어봄으로써 일종의 유머 의식을 내포한 것으로 보았다. 김열규(1992)는 '오르가슴도'의 한문식 음역으로 설명했다. 한편 까마귀(烏)를 불길과 공포(문종혁, 1974; 최혜실, 1992), 또는 일본 제국주의로 보는 경우(김옥희, 1962; 김향안, 1986)도 있다.

고의든 실수든 〈오감도〉가 〈조감도〉에서 나왔다는 것은 오감도의 의미 형성 자체가 조감도에 근거하고 있다는 것을 의미한다.[17] 조감도는 건물의 전체를 공중에서 내려다 본 입체도이다. 새든 까마귀든, 이들의 시선이 내려다 본다는 것에 의미의 초점이 맞춰져 있다. 작가는 '아이들이 도로로 질주하는 모습을 조감하는 입장', 곧 아이들의 행동을 통람通覽하는 입장에서 이 시를 서술하고 있다.

〈오감도 시 제1호〉는 다다이즘의 영향과 초현실주의의 영향, 심지어 이도 저도 아닌 내면적인 병적 증상으로 논의되기도 했다. 그리고 언어가 기존의 문법적 규율과 다르다는 점에서 해사적 문법의 시(조연현, 1949)로 규정하기도 했고, 또한 엄밀히 계산한 수학적 질서를 유지하면서 공포를 진행하고 있어 시라기보다는 한 도해(이보영, 1968), 또는 문자나 어구의 형태를 정연하고 단순하게 기하학적으로 구성한 도형시

17 이에 대해서는 문덕수도 동일한 의견을 제시했다. "이 시의 제목은 〈오감도 시 제1호〉인데, 작자가 무엇이라고 변명하든 간에 오감도는 조감도의 오식이거나 오기일 것이다."(문덕수, 〈이상의 오감도 시 제1호〉, 《시문학》, 1982년 3월, 111면)

(문덕수, 1977) 등으로 설명하기도 했다. 그리고 내용 면에서는 다양하게 논의되었는데, (1)근대의 공포를 전시한 작품(임종국, 1955) (2)비극적인 역사의 상황과 인간이 상호 침해하는 현대사회의 부조리를 표현(이어령, 1956) (3)불길한 운명을 지닌 우주 창생(김우종, 1957) (4)인류 문명의 절망에 대한 선고(임종국, 1966) (5)피해망상·관계망상·조정망상의 병적 증상의 기록(장윤익, 1972) (6)창세 이전의 어느 공간에서 우주 탄생을 부감한 것, 서구의 세기말적 영향을 입어 정신적으로 혹은 육체적으로 煩擾煩悶해 오던 불안 의식을 추구(김봉렬, 1976) (7)불안에 대한 위기의식이 이 시로 결정된 것(이규동, 1981) (8)일상적 자아의 삶의 실체가 불안에 휩싸이며, 그러나 시인은 그러한 세계를 일정한 거리를 두고 냉정하게 바라보는 지적 태도를 드러낸 것(이승훈, 1983) (9)광주학생의거를 형상화한 항일시(가와무라, 1987) (10)시인의 유년시절에 겪었던 자아 위기에 대한 공포(김상배·유재엽, 1993) (11)어떤 절박한 상황으로 내몰리는 현대 도시인의 삶의 묘사(오세영, 1996) (12)성교시(이보영, 1998) 등이 그러하다. 이 시는 죽음이라는 상황에 내몰린 화자의 내면적 불안과 자아분열적 모습을 그린 시이다. 이는 1930년대의 불안사조라는 시대 조류와도 관련 있지만, 더욱 중요한 것은 이상의 지병인 결핵 때문에 생긴 실존적 불안과 관련 있는 것으로 보인다. 이상은 죽음이라는 유한적 존재로서 불안해 하는 자아분열적인 모습을 시로 형상화하였다.

十三人의兒孩: '13' 또는 '13인'에 대한 기존 해석은 (1)최후의 만찬에 합석한 기독 이하 13인(임종국, 1955) (2)숫자 자체의 부호(이어령, 1956) (3)불길의 수(김우종, 1957; 정태용, 1959; 문종혁, 1974), 1+3=4로 불길의 수(원명수, 1977; 김경린, 1986), 불길한 공포(이영일,

1964), 불길 내지 공포의 수(김종길, 1974), 불안 의식(김종은, 1975; 이규동, 1981), 불안·공포·불길의 의미(김봉렬, 1976) (4)무수한 사람(양희석, 1959) (5)해체된 자아의 분신(김교선, 1960) (6)무수무한(이재철, 1963) (7)당시의 13도(이재철, 1963; 서정주, 1969; 김종길, 1974) (8)무의미(구연식, 1968; 이봉채, 1992) (9)시계 시간의 부정, 시간의 불가사의를 희화화한 것(김용운, 1973) (10)李箱 자신의 기호(고은, 1974) (11)성적 상징(김대규, 1974) (12)모든 의미의 부정(윤재근, 1974) (13)언어도단의 세계(김영수, 1975) (14)13은 수학이나 기하학의 부호와 같은 것, 13인은 인류 집단의 수적 대유(문덕수, 1977) (15)12+1=13으로 영원의 시간(유재천, 1983) (16)13은 성징이 드러나는 나이, 1은 남성의 페니스, 3은 여성의 유방 또는 엉덩이(마광수, 1988) (17)이상의 나이(김상배·유재엽, 1993) (18)13은 남근의 상징(이보영, 1998) 등 정말 다양하다.[18] 그리고 '아해' 또는 '13인의 아해'에 대한 해석은 다음과 같다. (1)'兒孩'를 태양의 '아들', 곧 '流星'으로 해석(김우종, 1957), 星群의 보조관념(김봉렬, 1976) (2)조선인(김옥희, 1962) (3)'13인의 아이'(소아군)는 화학적 요소로 환원된 공포의 추상물(이보영, 1968) (4)'아해'는 자아의 분열체(정귀영, 1973) (5)병든 거리를 곡예사처럼 행진하고 또는 여행하는 인간의 현장(김영수, 1975) (6)인간 또는 인류(문덕수, 1977), (7)인간의 개별성 주체성을 제거하고 모든 인간을 하나의 공통적인 감정 원소로 기호화한 것(이보영, 1977) (8)한자의 시각성과 일상어의 의미를 어원적 의미로서 환원, 새로운 느낌을 주려는 방법(이어령, 1978) (9)13은 불길과 공포를, 아해는 순수와 아름다움을 표상하는 것으로 불길함과 아름다움을 대조로 한 반어적 인식을 형상화(이승훈, 1983) (10)광주학생운

18 한편 이승훈의 주석(89)에는 '13인'을 "위기에 당면한 인류"로 보는 설명이 있으나 그의 논문을 필자가 확인할 수 없어서 본 연구에서는 제외하였음을 밝혀 둔다.

동에 참여한 학생들(가와무라, 1987) (11)'무서운 아해와 무서워하는 아해'라는 모순성과 분열성을 가진 양가치적 존재들(김승희, 1988) (12)수많은 정자(마광수, 1988) (13)'아이'를 '兒孩'라고 표기한 것은 낯설게하기, 13인의 아해는 불안을 의미(이승훈, 1989) (14)수적 의미가 없는 모든 우리 존재(이봉채, 1992) (15)기계문명 속에서 개성을 상실해 가는 현대인의 모습 또는 무의식에 있는 여러 장들의 이미지(정신재, 1993) (16)소외되고 자폐되고 물화된 현대인(오세영, 1996) (17)어린 시절의 이상(조두영, 1998) 등.

이상의 소설 〈지도의 암실〉에는 "我是二雖說沒給得三也我是三"이라는 구절이 있다. 내가 2일 수도 있고, 3일 수도 있다는 내용이다. 다시 말해 내가 하나가 아니라 2일 수도 3일 수도 12일 수도 13일 수도 있다는 의미이다. 그것은 기호(이승훈은 처음에는 이를 기호로 보다가 나중에는 기호와 상징의 중간 개념으로 보고 있다)로서 의미가 있다. 그러므로 '13인의 아해'는 자아의 다양한 모습들, 곧 분열된 이상의 자아들(분신들)을 보여 주는 것이다.

道路로疾走하오: '道路'는 (1)역사적 노정(이어령, 1956) (2)우주 공간(김우종, 1957) (3)직선과 같은 추상적 부호, 과거와 현재·미래가 없는 1차원의 세계(문덕수, 1977) (4)삶의 진행(이봉채, 1992) 등으로, 그리고 '질주'에 대해서는 (1)공포에서 벗어나려는 노력(임종국, 1955) (2)절망적인 상황에서 탈출(김현, 1969) (3)현대의 위기의식과 불안 심리(정귀영, 1973) (4)성행위(김대규, 1974), 성적 흥분(이규동, 1981) (5)개인적으로나 집단으로서 삶의 모든 활동을 단순 단일한 형태로 추상한 것이지만, 상황에 도전·대결하는 것이 아니라 패배 내지 탈출 행위(문덕수, 1977), 기계적 운동, 질주는 자체 에너지의 유일한 표출 방법

(문덕수, 1985) (6)13인의 아해의 질주는 광주학생운동에 참여한 학생들의 이미지(가와무라, 1987) (7)무한한 운동감(최혜실, 1992) (8)도로, 질주하다, 숫자 등은 현대성·도시성 암시(오세영, 1996) (9)어린 시절 이상이 큰아버지 몰래 통인동 양가에서 사직동 친가로 들킬까 조바심치며 골목을 달리던 장면(조두영, 1998) 등으로 해석하였다.

(길은막달은골목이適當하오): (1)인간의 종언(이어령, 1956) (2)아해들이 처한 상황은 절대적이요 그것에서 탈출은 불가능함을 드러냄(김종길, 1974) (3)극한상황의 설정(김봉렬, 1976), 한계상황(엄국현, 1981) (4)막다른 골목은 과거지향을, 뚫린 골목은 미래지향을 의미(신규호, 1982) (5)'길은막다른골목이適當하오'는 21행의 '길은뚫린골목이라도適當하오'와 구조적으로 대립됨. 길은 뚫린 골목이든 막다른 골목이든 관계없다는 의미 강조(이승훈, 1983) (6)막다른 골목은 성교 시 음경의 삽입을, 뚫린 골목은 수음 행위를 의미(마광수, 1988) (7)더 이상 나아갈 수 없는, 필요도 없는 맹목의 '무의미'로서 깨달음의 계기를 마련하려는 의도(이봉채, 1992) (8)'막다른 골목'은 유년 시절의 소원과 욕망들을 대적하는 곳(김상배·유재엽, 1993) (9)식민지 민족 현실을 의미(이석, 1994) (10)'골목'은 여음, 여근을 의미(이보영, 1998; 정노천, 1999) 등.

( ) : 괄호는 2행, 16행, 21행에 나옴. (1)괄호 속의 행들은 화자의 말이라기보다 작자 자신의 말로 이를테면 연극에서 해설자의 말과 같은 구실(김종길, 1974) (2)객관적 본문의 이해를 돕거나, 어떤 상황을 설정하려는 작가의 주관적인 설명이나 지시(김봉렬, 1976) (3)괄호는 화자와 구별되는 시인의 해설이라기보다는 시적 발언을 강조하려는 표시(이승훈, 1989) 등.

길, 도로, 골목은 등가적 의미로 사용되며, 어느 것이든 서로 환치가 가능하다. 작가는 '막달은 골목'과 '뚫린 골목'을 대비시키고 있다. 이 가운데 어느 것이든 적당하다는 것은 어느 것이나 좋다, 등가이다라는 의미이다. 그것은 〈지도의 암실〉에 나오는 구절 "活胡同是死胡同 死胡同是活胡同"과 유사하다. 이 구절을 〈오감도 시 제1호〉의 내용과 결부하면 막다른 골목은 죽은 골목이요 뚫린 골목은 산 골목이 된다. 〈지도의 암실〉에서 막다른 골목은 죽음으로 향하는 골목임을 보여 준다. 〈오감도 시 제1호〉 역시 그러한 해석이 가능하다. 그리고 인용한 구절에서 괄호 속의 말들은 서술자의 침입이라고 볼 수 있다. 이것들은 무대 또는 사건을 지정해 주는 역할을 수행한다.

第一…第十三의兒孩도무섭다고그리오 : (1)3~15행의 내용은 초현실주의의 자동기술법(서정주, 1969) (2)피해망상, 관계망상의 정신분열증 현상(장윤익, 1972) (3)개인 사이의 상호 불신이 아니라 어떤 무서운 자의 지배 아래 놓인 사람 사이의 상호 배반·상호 불신에서 생겨난 공포(김종길, 1974) (4)원초적 공포 의식(문덕수, 1977) (5)한 개인의 불안 의식이 분화되어(분열 의식) 소멸해 버리는 결과(수축)를 의미(이영자, 1984) (6)제1, 제2 등의 서수는 운동선수나 죄수의 번호처럼 개체성·주체성·자율성을 배제한 채 인간을 번호화하여 추상(문덕수, 1985) (7)'무섭다고 그리오'는 인간 존재의 실존적 부르짖음(이봉채, 1992) 등.

죽음으로 질주하기 때문에 아이들은 무섭다는 것이다. 죽음을 무서워하던 13인의 아해는 스스로 무서운 아해가 되고, 또한 무서워하는 아해가 된다. 여기에서 막다른 골목은 죽음으로 이르는 길이며 뚫린 골목은 살아 있는 골목이다. 이것은 등가이다. 이상에게 1~13은 자아를 분열하고 해체한 방식이며, 막다른 골목과 뚫린 골목의 동일시는 무서운 아해와 무서워하는 아해의 동일시와 더불어 자아분열을 위장하고 은폐하는 기법이다.

十三人의兒孩는무서운兒孩와무서워하는兒孩와그러케뿐이모혓소: 이에 대해서는 (1)'무서운兒孩'와 '무서워하는兒孩'는 시인의 심리적 긴장, 공포가 고양된 정신 상태에서 공포에 직면한 자의식과 그 자의식을 의식하는 초자아의 병존, 명멸, 환각을 파악한 이상의 놀라운 자기분석(이영일, 1964) (2)무서운 아해와 무서워하는 아해는 분열된 채 상극하는 두 개의 자아(신규호, 1982) (3)13인의 아해는 공포를 체험하면서 동시에 스스로 공포의 대상이 되는 존재를 표상함, 대상이 분명치 않은 공포의 세계, 나아가 주체와 객체가 분리되지 않는 심리 세계, 그러니까 공포가 주체이면서 동시에 객체가 되는 심리 세계(이승훈, 1983) (4)무서운 아해와 무서워하는 아해는 그 시대를 사는 우리들 자신의 모습(김향안, 1986) (5)'무서운兒孩'와 '무서워하는兒孩'는 연루 상황에 있는 존재론적 존재 파악, 인간 존재의 집단적 성격을 규정함으로써 사회 구성의 본래적 모순의 모티브를 지적하려 함(이봉채, 1992) 등 다양한 해석들이 있었다.

아이들에게 무서움은 성난 대상을 만났을 때 오는 감정이다. 본질적으로 객체가 위협적일 때 무서움을 느낀다는 내용이다. 이때 주체는 무서워하는 아이가 되며, 객체(대상)는 주체의 시각에서 무서운 아이가 된다. 주체와 객체가 전도될 때에도 같은 논리를 적용할 수 있다. 죽음의 길로 달려가면서 느끼는 두려움과 분노, 공포감은 타자에게서 온 감정이라기보다 주체가 분열되거나 자아가 해체된 모습이다. 죽음의 공포 앞에서 분열된 자아의 모습을 보여 준다. 이들이 서로 무서워하는 것은 죽음에 처한 자아의 다양한 심리 상태를 지적한 것이다.

(다른事情은업는것이차라리나앗소): (1)'다른事情은없는 것이차라리 나았소'라는 표현은 13인의 아해가 질주하든 질주하지 않든, 길이 뚫렸든 막혔든 관계없이 13인의 아해들이 무서운 아해이면서 동시에 무서워하는 아해들이라는 점이 가장 중요함을 암시(이승훈, 1989) (2)존재와 함께 있는 공포심이 가장 핵이므로 시인은 다른 사정의 공포를 일체 배제하려고 노력하는 것(이봉채, 1992) 등.

그中에一人의兒孩가무서운兒孩라도좃소/그中에一人의兒孩가무서워하는兒孩라도좃소: (1)13인의 아해 가운데 몇 명이 무서운 아해이며 몇 명이 무서워하는 아해인가를 따지는 일이 중요치 않음을 암시. 중요한 것은 무서움과 무서워함의 관계 뿐(이승훈, 1989) (2)'中'은 밀폐된 사각의 공간을 뚫었음을 암시하는 시각적 효과(김윤정, 1998) 등.

十三人의兒孩가道路로疾走하지아니하야도좃소: (1)수음으로든 성교로든 일단 성적 욕구가 충족된 다음의 상태(마광수, 1988)

막다른 골목/뚫린 골목, 무서운 아해/무서워하는 아해, 질주하다/질주하지 아니하다 등의 대립을 동일시하는 것은 고도의 지적 유희와 역설적인 이상의 정신을 보여 준다. 사실 그의 눈에는 세계의 이분법적 이해가 별 의미 없다. 삶은 곧 죽음이며, 그러기에 무서워하는 아해는 무서운 아해(곧 자아분열)가 될 수 있으며, 거기에서 운동과 정지는 삶과 죽음의 구분처럼 별다른 의미를 얻지 못한다. 이는 폐결핵 때문에 형성된 유한적 존재로서의 자의식으로 말미암아 자아분열이 고도화된 상황을 형상화한 것으로 풀이된다.

4. 마무리

이 글에서는 이상의 초기 일문시를 중심으로 번역 과정에서 나타난 문제들을 짚어 보고, 기존에 나온 세 개의 전집(임종국의 태성사판, 이어령의 갑인출판사본, 이승훈의 문학사상사판)을 비교·검토하여 텍스트를 확정하였다. 일문시 원작에서 잘못된 점도 지적하였으며, 일문시의 번역 과정과 전집으로 묶이는 과정에서 생긴 오류를 입체적으로 조명하였다. 이들 오류를 1)반대 해석, 2)엉뚱한 해석 … 10)구어적, 한문투 표현, 기타 등 10개 항목으로 분류하여 번역 및 전집의 문제들을 지적했다. 여기에는 기존 연구에서 지적한 부분도 있지만 상당 부분은 이번 연구에서 새로 밝힌 것들이다. 이로써 더욱 정확하게 원전을 고증할 수 있게 되었다. 그러나 원전 확정은 이것으로 마무리되는 것이 아니다. 아직도 《조선과 건축》에 'R'이라는 이니셜로 발표된 〈권두언〉들의 작가가 과연 이상인지 밝혀내야 한다.

이 글에서는 이상 문학 가운데 가장 많이 논의된 〈오감도〉를 대상으로 주석 작업을 벌였다. 〈오감도〉의 제명에 얽힌 언급들을 살펴봄으로써 '오감도'가 '조감도'의 오식일 가능성을 제시하였다. 그리고 〈오감도〉 가운데서도 가장 많이 논의된 〈시 제1호〉의 주석 작업들을 살피고 소략한 논의를 펼쳐 보았다. 이상 시에 대한 주석 작업은 이어령이 1차적으로 전개하였고, 그 뒤 이승훈이 더욱 전면적으로 전개하였다. 필자는 이들의 논의를 바탕으로 기존에 나온 수많은 이상 관련 논문, 비평, 저서를 통람하면서 더욱 자세하고 세밀한 주석을 제시하였다. 특히 이승훈의 주석에서 빠진 부분(1989년 이전에 나온 논문으로 그의 주석에서 빠진 것들)을 보충하고 새로운 연구 성과(이승훈의 주석이 나온 1989년 이후의 업적)를 추가하였다. 그러나 여러 가지 이유로 주석들을 다 밝히지 못한 아쉬움이 있다.

이제 〈오감도〉의 다른 시편뿐만 아니라 이상 문학 전반에 대한 주석의 정리가 필요하다. 이제까지 연구 정보의 부족, 자료 구득의 어려움으로 방대한 연구 성과들을 제대로 파악하기 어려웠다. 그러나 주석 작업이 지속된다면 문제를 쉽게 해결할 수 있고 동어반복적인 연구도 줄어들 것이다. 그리고 지금까지의 성과를 바탕으로 한 새로운 논문들이 나와서 이상 연구를 한 차원 높일 수 있는 계기를 마련할 수도 있다. 아무쪼록 다른 작품에 대해서도 원전 확정 및 주석 연구가 꾸준히 나왔으면 하는 바람이다.

이상 문학의 주석학

1. 들어가는 말

이상 문학 하면 가장 먼저 떠오르는 것이 난해함이다. 난해한 작가라는 꼬리표처럼 그의 문학은 난해하며, 일반 독자는 말할 것도 없고 심지어 연구자들마저도 접근하기 어려워한다. 그의 문학이 난해하다는 세간의 인식에서 조금이나마 벗어나게 하려는 시도로 주석 작업이 이루어지기 시작하였다. 그의 문학에 대한 주석은 해를 거듭하면서 이제는 주석학으로 부를 수 있을 만큼 심화되었다.

김윤식, 〈〈종생기〉의 주석〉, 《이상연구》, 문학사상사, 1987.
김주현, 〈〈종생기〉와 복화술 — 이상 문학의 새로운 해석을 위한 시론〉, 《외국문학》, 1994년 9월.

최원식, 〈서울·동경·New York〉, 《문학동네》, 1998년 12월.
권영민, 〈이상(李箱), 동경에서 꽃을 잃다 — 소설 〈실화(失花)〉를 위한 몇 가지 주석〉, 《문학동네》, 2008년 8월.

위 글은 〈종생기〉와 〈실화〉에 관한 주석 연구들이다. 〈종생기〉에 대한 최초의 주석은 여영택의 〈이상의 산문에 관한 考究〉(《국어국문학》 39·40, 국어국문학회, 1968년 5월)라고 할 수 있다. 그는 〈종생기〉에 실린 한시 두 수에 대한 원천을 밝혔다. 〈종생기〉 주석은 이미 1960년대부터 비롯하였다고 할 수 있지만, 그래도 작품 전반에 대한 주석을 감행한 논의는 〈〈종생기〉의 주석〉이다. 〈실화〉에 대한 주석도 1990년대부터 비롯하여 2000년대에도 나오고 있다. 그뿐만 아니라 〈지도의 암실〉, 〈동해〉 등 무수한 작품에 대한 주석은 여전히 진행 중이다. 그리고 최근에는 이상 일문시에 대한 주석들이 새롭게 나오고 있다. "이상의 언어는 광대무쌍했으며, 과히 독보적이었다."[01] 이상 문학은 "고유어·사투리·한자 등과 수많은 외래어·외국어에다 시대어·기능어·전문어, 심지어 자신의 신조어 등이 등장하는, 그야말로 각종 기호의 실험장, 또는 그 성채"[02]였기 때문이다. 이상 문학 연구사는 바로 주석사라고 해도 지나친 말이 아니다. 그래서 과히 주석학이라 부를 만하다. 특히 판을 거듭하며 발간하고 있는 이상 전집은 그러한 주석의 결정이라 할 만하다. 이 글에서는 주석학이라 불러도 무방할 이상 문학의 주석사를 살피고자 한다.

2. 이상 문학 전집의 주석 달기

1) 이상전작집과 이상 주석의 시원 — 이어령의 주석 달기

이상 문학에 대한 전반적인 주석은 이어령의 전집을 그 시원으로 잡아야 할 것이다. 이어령은 임종국의 전집을 수용하면서도 차별점을

01 김주현, 〈증보판 전집에 부쳐〉, 《증보 정본 이상문학전집》, 소명출판, 2009, 26면.

02 김주현, 〈정본 전집을 위하여〉, 《정본 이상문학전집》, 소명출판, 2005, 23면.

두어 새로운 전집을 발간하려고 했다. 무엇보다 새로운 작품을 포섭하고 원전 확정, 주석 작업에 초점을 맞췄다. 특히 원전 확정 작업에 주의를 기울였는데, 그것은 이어령이 펴낸 전집의 주석에서도 여실히 드러난다. 그는 주석의 상당 부분을 원전 확정에 할애하고 있다.

> 3 모든 작품에는 일일이 校註를 달았다. 단 이 책에서는 객관적인 사항에 한해 교주를 붙였으며, 작품 내용에 대한 교주는 다음 번에 낼 예정인 이상연구론에서 자세히 다루기로 했다.
>
> 4 이 전작집에 실린 모든 원고는 발표 당시의 원고를 原典으로 사용하였으며, 旣刊書에 실린 작품이 원전과 틀리게 나타난 부분은 일일이 대조하여 교주에 밝혀 놓았다.
>
> 5 이 전작집의 표기는 현행 맞춤법에 따라 고쳤으나 작품의 뉘앙스나 작자의 의도를 해치게 되는 경우에는 원전대로 표기했다.[03]

위의 설명에서 우리는 이어령의 주석 원칙을 알 수 있다. 첫째 객관적 사항에 대한 주석을 달았다는 사실이다. 그는 객관적 정보 전달에 치중했고, 주관적 해석은 이상 연구론에서 따로 제시하려고 했다. 다음으로 원전을 중시했으며, 원전과 기존 전집의 차이를 밝혀 두었다. "원전과 일일이 대조하여 어구 하나에도 손상이 가지 않도록 바로잡아 주는 배려"를 아끼지 않았던 것이다. 원전과 주석은 실상 대단히 관련이 깊어서 원전의 오류는 주석의 오류로 이어지기 때문에 그의 작업은 중요하다고 할 수 있다. 마지막으로 애매한 경우는 원전대로 표기하며 주석을 붙였다. 그의 주석을 살펴보면 아래와 같다.

---

03 이어령, 〈일러두기〉, 《이상시전작집》, 갑인출판사, 1978.

	전체 주석 수	기존 전집 오류 관련	원문 관련 주석	발표지면, 발표 언어 등과 관련	어휘 설명 해석 기타	비고
이상소설전작집(1)	282	134	22		126	
이상소설전작집(2)	18		2		16	
이상시전작집	290 (주236+*54)	13	7	*20	250	〈무제〉 제외한 수
이상수필전작집	351	112	18		221	
	941	259	49	20	613	

1. 《이상시전작집》에서 * 설명 가운데 단순히 게재지만 소개한 것은 제외하고 작품의 언어, 해석 등 기타 사항을 포함하고 있는 것을 주석 수에 포함했다.
2. 《이상시전작집》에서 〈무제〉는 잘못 들어와 있기 때문에 주석 수에서 제외했다.
3. 두 가지 이상의 내용이 들어 있는 경우 원전 오류, 원문 관련 주석에 우선순위를 두고 한 군데에만 포함했다.

《이상소설전작집》을 살펴보면 절반가량이 기존 전집과 관련된 주석이고, 원문 관련 주석을 합치면 그 수는 절반을 훌쩍 넘는다. 《수필전작집》은 3분의 1가량이 기존 전집 관련 주석이다. 여기에서 〈병상 이후〉는 총 14개 가운데 10개가 원전 관련 주석이다. 이어령은 원전 확정에 노력한 결과 시전작집에서 '空間'→'空洞'(57면), 〈理由以前〉→〈무제〉(65면), '紙片'→'片紙'(66면), '溫氣'→'濕氣'(82면)로, 소설전작집에서 '十九分'→'十五分'(84면), '滿九個年'→'滿五個年'(112면), '貧寒'→'貧困'(194면), '虛飾'→'裝飾'·'罵言'→'罵詈'(215면)로, 수필전작집에서 '白畵'→'白晝'(66면), '無感覺'→'沒感覺(61면), '遲延'→'遷延'(75면), '考古學者'→'考現學者'(98면), 〈妹像〉→〈玉姬 보아라〉(109면)로 교정하는 등

성과가 적지 않았다. 이 밖에도 자잘하게 단어의 글자, 행갈이 등을 원전에 맞게 수정하는가 하면, 기존 전집에서 누락한 구절들을 첨가하는 등 원전 확정에 성과를 얻었다. 그러나 임종국이 전집에서 범한 오류를 그대로 답습하기도 했다. 이를테면 〈진단 0:1〉을 〈시 제4호〉와 동일한 작품으로, 〈二十二年〉을 〈시 제5호〉와 동일한 작품으로 설명하였다. 다만 일문시는 원문을 따로 제시해 두었는데, 그곳에서는 오류가 없다. 또한 새로운 오류가 생기기도 했다. '회탁'을 '희락'(소설전작집2, 50면)으로, '窃窕淑女'를 '窈窕淑女'(74면)로, '나드네'를 '나그네'(80면)로 '滿二十六歲와 三個月'을 '滿二十六歲와 三十個月'로 바꾸는 등 오류도 적지 않다. 그리고 사신들을 "1936년 11월 〈女性〉에 발표", "1936년 11월 29일 〈女性〉에 발표" 등으로 소개하는 오류도 있었다.[04] 그러나 이어령이 원전을 확정하는 데 기울인 노력은 높이 살 만하다.

원전 확정 관련 주석 외에도 이어령은 어휘 설명, 구절 해석 등 작품 분석 관련 주석에도 관심을 기울였는데, 《이상시전작집》은 그러한 주석이 전체 주석의 80퍼센트를 넘어섰다. 특히 이 전집에서는 인명과 작품명에 많은 주석을 할애하였다. 시전작집에 알카보네(34면), 유크리트(114면), 聖 피타(155면), 아문젠(172면), 與田準一(207면), 月原橙一郎(208면), 소설전작집에 맑스(47면), 꼭또(68면, 130면), 깃싱·호손(75면), 진 아더·仇甫·조엘 마크리(79면), 芝溶·兪政(80면), 꼬리키(87면), 横光利一(132면, 230면), 錦紅(135면), K군(구본웅, 136면), 긴상(김해경, 144면), 吳군(문종혁, 151면), 金裕貞·김기림·박태원·정지용(222면), 김문집(224면), 안회남(225면), 壯周(莊周, 2권 153면), 수필집에서 세실·B·데밀(18면), 코렛트(24면), 幸田露伴(27면), 하디(37면),

04 이상의 서신은 김기림이 두 차례 《여성》에 게재하였다. 김기림은 1939년 6월호와 9월호에 이상의 서신들을 실었다.

단테·다빈치(64면), 노구찌(94면), 玉姬(110면), 노아(126면), 有島武郎(190면), 모오파상(191면, 309면), 馬占山(200면), 꾸르몽(201면), 東琳(206면), 기림(207면), 태원·지용(208면), 具군(13면), 팔양(214면), 구보·환태(216면), 도스토예프스키(221면), 芥川(222면), 이태준(230면), 모호리 나기(244면), 아뽈리네에르(311면), 벵께이·나까무라 쯔네(312면), 管中·鮑叔(342면), 로베스삐에르(349면), 유제느 들라끄로아(352면), 소시(354면) 등의 인물에 대한 주석이 있다.

작품으로는 소설집에 〈ADVENTURE IN MANHATAN〉, 수필집에 《牝猫》(24면), 〈피에다〉(25면), 〈후랑켄슈타인〉(40면), 〈우마레이즈루 나야미〉(190면), 〈서부전선 이상 없다〉·《악령》(191면), 〈모나리사〉(202면), 《기상도》(210면), 《영랑시집》(214면), 〈유령 서쪽으로 가다〉(216면), 〈유리창〉(232면), 《학살 당한 시인》(311면) 등에 대한 주석이 있다. 그리고 외국 어휘들에 대한 주석도 많은데, 영어, 일본어, 프랑스어, 중국어 순으로 빈도가 높다.[05] 이 외에도 지명(新宿, 樺太, 新戶,

---

05 **영어 어휘**: scandal, menstruation, cross, microbe, double suicide, epigram, seuvenir, doughty dog, text, love parrade, December, 캐라반, 스펙톨, 떠즌, 티룸, 스프링보드, 윗티즘, 스탐프, 아이러니, 파라독스, 렉튜어, 슡케스, 듀로워즈, 슬램프, 갸렐리, 홈씩, 모디파이어, 에니멀킹돔, 하도롱, 그라비아, 제너레숀, 세피아, 오브라이드, 카마인, 코삭크, 화서너, 스크람, 가론, 따불렌즈, 휴래슈빽, 바이오그래피, 엑스타제, 바락크, 스파익, 메리위도, 컷트글라스, 오페라글라스, 인드로메다, 따불 플라토닉 쉬사이드, 마스트, 싸운드복스, 릭샤, 타우리스트 뷰로, 프라그마티즘, 노말, 브로드웨이, 퍼머넌트웨이브, 애드벌룬, 크롯싱, 시그날, 빽스, 프로필, 위밍엎, 와인드엎, 아훼어, 모던걸, 스피드업, 심메추리, 미네출, 이밖에도 일본어로 표기된 영어 단어가 〈사신〉에 다수, **일본어 어휘**: 樺太, 花形, 지리가미, 사루마다, 미쓰꼬시, 에하가끼, 나쓰미깡, 소오바, 가에렛, 요비링, 간쓰메, 미소노, 우메구사, 나가야, 후란스야시키, 죠쭈양, 사롱 하루, 기

우라디보스톡, 브로드웨이, 폰덩블로), 잡지명(킹구, 세르팡, 삼사문학), 관용구, 한문 구절 등에 대한 주석을 달아 텍스트 이해를 돕고 있다. 그 가운데에서도 삼심원, 전자의 양자, 함수, 상수, 삼차각, 여각, 보각, 1차방정식, 가역반응, 보이르샤아르법칙 등 수학 및 과학과 관련한 주석, 그리고 오감도 13인, 여왕봉, 유곽, 18가구, 제웅, 탕고도란, 피테칸트롭스, 항라적삼, 통봉, 증편, 윤부전지 등의 주석은 참조할 만하다. 이어령은 소설, 수필전작집에서는 객관적인 정보의 전달, 원전 확정과 관련한 주석에 신경을 썼지만, 시전작집에서는 작품 해석과 관련한 주석을 많이 달았다. 이어령이 이상 연구를 하면서 시 쪽에 치중하였고, 자신의 연구 성과를 시전작집 주석에 많이 반영한 결과이다. 그래서 작품 해석과 관련한 주관적인 해석도 적지 않다.

이어령은 이상 문학 주석의 시원이라 할 수 있다. 이후 전집들은 이 전집을 바탕으로 하여 새로운 주석을 추가하거나 기존 주석을 보완하였다.

2) 문학사상 전집과 전문적 해설 추구

이어령의 전집이 나온 뒤에도 몇몇 작품들을 새롭게 발굴하여 전집을

꾸노이야, 에하가끼, 갸꾸비끼, 후꾸진스께, 벵께이, 킹구, 히까리, 기타 「사신」에 일어 다수, **프랑스어 어휘**: Amoureuse, Le Urine, dictionarie, organe, boiteux, boiteuse, lit, nu, Au magasin de nouveautes, esquisse, Jardin Zoologique, 프렛상, 베제, 암뿌으르, 떼풀메이션, 레이젼데틀, 에루테루, 프로므나드, 놈브르, 에스프리, 파송, 에스프리 누보, **중국어 어휘**: 苹果, 死胡同, 笑怕怒, **이탈리아어 어휘**: 피아니시모, 모나리사, **독일어 어휘**: 아달린, 프로레타리아트, **네덜란드어 어휘**: 란도셀, **러시아어 어휘**: 루파슈카, **에스페란토어 어휘**: nova 등.

개정하는 작업이 필요해졌다. 이에 문학사상사에서는 새롭게 전집을 구성하였다.

> 무엇보다도 시의 원문이 일어로 되어 있는 경우, 어디까지를 꼼꼼이 읽어야 할 것인지 계속 불안했다. 일문을 번역한 시의 경우 대체로 필요한 부분들만 주석하고, 시의 내용도 개략적으로 언급한 것은 이런 사정에서이다. 앞으로 비교문학적 시각에서 이상의 텍스트를 확정하는 작업이 본격적으로 진행되어야 하리라고 본다.[06]

> 《이상연구》(문학사상사, 1987) 《이상소설연구》(문학과 비평사, 1988)를 간행하면서 이상전집 주석본을 만들고자 했는데, 불행히도 이 작업이 이런저런 이유로 연기되어 왔다. 아직도 풀리지 않은 대목이 많았고, 또 주석을 잘못 달아 뜻하지 않은 해석상의 해를 입힐까 저어했기 때문이다.[07]

갑인출판사판과 문학사상사판 전집의 외형적인 차이는 후자가 더욱 전문적인 연구자를 거쳤다는 점이다. 이승훈은 《이상시연구》(1987)를 낸 적 있는, 이상 시의 전문가로 정평이 난 연구자이고, 김윤식은 《이상연구》(1987)와 《이상소설연구》(1988)를 낸 전문가였다. 이상 시집은 이승훈이, 소설집과 수필집은 김윤식이 주석 작업을 맡았다.

---

06 이승훈, 〈책머리에〉, 《이상문학전집1》, 문학사상사, 1989.

07 김윤식, 〈책머리에 — 이상 연구의 계보〉, 《이상문학전집2》, 문학사상사, 1991, 14면.

	이상문학전집1-시집	전집2-소설	전집3-수필집	전체 합산
주석수	904	430	426	1760
갑인출판 전집 과의 증감	△668 (614 *포함)	△130	△75	△873(819)

먼저 수적인 면에서 보면 시집에서는 주석을 3배 가까이 늘린 셈이다. 이 가운데 150개가량의 주석은 이어령의 주석에서 가져온 것(〈무제〉 제외)이지만, 나머지 750개가량은 이승훈이 직접 작성한 것이다. 이승훈은 "독자들의 이해를 돕기 위해 최대한 주석을 달아놓"았다고 했다. 그리고 "일문을 번역한 시의 경우 대체로 필요한 부분들만 주석"을 달았다는 것이다. 사실 그는 작품의 이해를 돕고자 가능한 한 많이 주석을 달아 놓았다. 그는 주석에서 연구자들의 분석도 과감히 끌어들였다. 특히 그는 이어령의 주석들을 많이 받아들였다. 이어령의 주석을 그대로 가져오기도 했고, 자신의 문맥으로 소개하거나 주석 내용 속에 인용하기도 했다. 그러나 이어령의 주석에서 추가한 것이 훨씬 많고, 전반적으로 이어령보다 훨씬 더 주관적이며 작품 해석과 관련한 부분이 많다고 볼 수 있다. 그래서 주석서라기보다 해설서의 의미에 가깝다. 다양한 해석적 편차들을 소개하였지만 자신의 주장을 제시하는 데 더욱 치중했다는 말이다. 〈오감도 시 제1호〉의 '13인의 아해'에 대한 주석만 보더라도 그렇다. 자신의 연구 성과를 최대한 주석에 포용함으로써 일종의 '주관적 해설'에 가까운 형태를 취하고 있다. 이승훈의 주석에서 十三人, 道路, 시제4호 숫자판, 0:1, 胖矮小形, 시 제5호 도형, 臟腑, 깨어진 사기컵, 군용장화, 지각한 꿈, 절벽, 朝三暮四의 싸이폰 작용, 긴것, 파우스트, 且8氏, 聖쎄바스띠앙, 로오자룩셈불크, 뱀의 꼬리, 第三인터내슈날 黨員 등의 주석은 충분히 참조할 만한 가치가 있다. 이승훈은 개개 작품에 대한 주석을 적지 않게 확충했다

는 사실을 확인할 수 있다. 주석뿐만 아니라 문학사상사판 전집은 해설, 또는 해제를 추가했다. 그러므로 그의 주석들은 상당수가 해석학적 주석이다.

> 주석은 이어령 교수의 것을 거의 대부분 수용하였으며, 그 중 일부만 재해석하였고 새로 단 주석은 그리 많지 않다. 선학들의 노고에 이 자리를 빌려 경의를 표하는 바이다. 다만 각 작품 뒤에 〈해제〉를 붙였는데, 이것은 텍스트 비판의 성격을 띤 것으로 다소 주관적일지 모르나 이 책에서 조금 공들인 부분이 될 것이다.[08]

김윤식의 이상 소설 주석 역시 이승훈과 유사한 측면이 있다. 김윤식은 이어령의 주석을 그대로 가져온 것, 그리고 일부 재해석한 것, 새롭게 단 것 등으로 구성되었음을 밝혔다. 수효로 볼 때 소설집에 추가한 것은 130개 정도이지만, 실제적으로 추가한 것은 237개 정도에 이른다. 그의 소설 주석에서 참조할 만한 것으로 대칭점, 푸로마이트, 야스기부시, 노들, 省線, 에로시엥코, 童骸, 쵄지, 지주회시, 유까다, 期米, 이다바, 十九世紀, 遊冶郎, 아부라에, 마찌아이, 내이브 앤드 아일, 코로, 산호편, 取締役, 九天에 號哭 등이 있다.

> 실상 나는 이 수필집 주석에 있어, 나만의 힘으로 가능하지 않았음을 적어 두어야 할 의무를 느낀다. 이상 문학 주석 및 연구에 있어 선구적인 업적이 없었더라면 나는 이런 주석을 할 수 없었을 것임에 틀림없다. 곧 임종국, 이어령 두 선구적 연구자의 길고도 치열한 노력의 결실

08 김윤식, 앞의 글, 앞의 책, 17면.

이 이미 있었다. 다만 나는 그것에 조금 토를 단 것에 지나지 않는다.[09]

수효로 볼 때, 수필집은 74개 정도의 주석을 추가했지만, 실질적으로 184개의 주석을 새롭게 추가하였다. 외적인 수효와 실질적인 수효의 차이는 일부 주석을 제외했기 때문인데, 그 가운데에서도 원전 관련 주석이 대부분이다. 旭, 마꾸닝, 隔墻, 經濟靴, 考現學, 호리, 눅거리, 하도롱, 스틸, 摩訶, 고오드방, 포오마드, 리소르, 蒲柳之質, 假本, 엘먼, 문화옹호국제작가대회, 입체파, 만네리즘, 外光派, 캄프라쥐, 雪英 등은 참조할 만하다. 문학사상사판의 특징은 갑인출판사판의 작품을 그대로 가져왔으며, 그러다 보니 갑인출판사판의 원전 오류도 그대로 답습하고 말았다는 것이다. 그리고 주석들은 주로 어휘 해설이나 객관적 정보의 전달이 대부분이다. 이어령의 주석들을 최대한 수용하고, 거기에 일부 주석을 첨가하는 방식으로 주석을 달았기 때문이다. 김윤식은 소설 쪽 주석에 신경을 많이 썼으며, 〈지주회시〉와 〈실화〉, 〈종생기〉 주석에 성과를 이룩했다. 특별히 해설을 첨부하여 자신의 견해를 밝히기도 했다.

3) 정본 전집의 원전 확정과 백과전서적 지식 전달

다음으로 정본 전집은 이어령의 전집 만들기 방식을 수용하여 정본을 제시하려는 데 주력했다. 그래서 무엇보다 정확한 원전을 제시하고 풍부한 주해를 달아 정본을 제시한다는 점을 내세웠다.

---

09 김윤식, 〈책머리에 — 이상 연구의 계보〉, 《이상문학전집3》, 문학사상사, 1993, 14면.

이번 전집은 정확한 원전을 제시하고, 보다 풍부한 주해를 달아 정본으로서의 이상 문학전집을 추구하였다 (……) 내용 중 특이사항에 대해서는 주해를 달았다. 어렵거나 난해한 것, 애매한 것을 우선적으로 주석 대상으로 삼았으며, 또한 작품의 이해에 필요한 정보 역시 주석에서 제공하였다. 번역된 작품의 내용 중 원의와 많이 다른 것은 주석으로 밝히었고, 또한 원전과의 비교를 위해, 확인 가능한 일문 원전은 부록으로 실어 두었다. 그리고 최초 발표본이 전집 수용 과정에서 변개된 것은 밝혀두었으며 보다 완전한 주석을 위해 전집(2)와 전집(3)의 주석에 도움받기도 했다.[10]

	이상문학전집1-시집	전집2-소설	전집3-수필집 기타	전체 합산
주석수	552	1033	951	2536
이전 전집과의 증감	▽352	△603	△525	△776

풍부한 주해라는 것은 도표가 제시해 준다. 시전집 주석은 물론 이승훈의 전집보다 39% 정도 줄어든 것이지만, 소설집 주석은 2.4배, 수필집 기타 주석은 2.2배 정도 늘어났다. 특히 소설집 주석을 상당 부분 확충하였음을 확인할 수 있다. 그리고 주해는 "어렵거나 난해한 것, 애매한 것"과 "작품 이해에 필요한 정보"들을 대상으로 이뤄졌다. 그 밖에 일문시 번역 과정의 오류도 주석에서 밝혔다. 특히 여기에서 〈이상한 가역반응〉이 계열시가 아니라 개별시임을 밝히고, 〈진단 0:1〉, 〈이십이년〉의 원전을 바로잡은 것은 중요하다. 또한 원문과 관련해 제1권 파랑잉크→검은잉크(68면), 目不大覩→目大不覩(70면), 筋肉→肌

10 김주현, 〈정본 전집을 위하여〉, 《정본 이상문학전집》, 소명출판, 2005, 21~22면.

肉(71면), 眼睛→眼睛(72면), 돛→돝(73면), 붙는다→불는다(107면), 12+1=13→13+1=12(177면), 제2권 풀잎→풀엄(153면), 희락의→회탁의(278면), 닮아지기도하다→다라지기도하다(303면), 窈窕淑女→窃窕淑女(342면), 나그네→나드네(347면), 三十個月→三個月(378면), 제3권 구렁이처럼→구뎅이처럼(108면), 웅뎅이가 있다→웅뎅이가이다(110면) 등을 바로잡았다. 그리고 다양한 정보를 제시하였는데, 제1권 코티, 客棧の炕, 쓰당카아멘, 蜻蛉, 제2권 差引殘高, 앙쌰을르, 活胡同是死胡同, 야스기부시, 文會書院, 황소와 독깨비, 白金線, 더리다, 송곳과가튼, 아로나―ㄹ, 날개 삽화, 佛蘭西의 빵한조각, 미스꼬시, 단성사, 潛在意識, 彰文社, 배천온천, 유정·이상 추도회, 窃窕淑女, 나드네, 郤遺珊瑚―, 冷水한목음, 터주, 덧났다, 《四十年》, 3권 「罪」, 三停, 삼층장의거리, 三越百貨店, 피데칸토톱부스, 考現學者, 築地小劇場, 레브라, 九人會, 永郎詩集의 밤, 三四文學, 東琳, 퐈―송 등에 주석을 달아 설명했다. 이것은 광범위한 백과사전적 정보를 제공한 것으로, 일부는 사전에서 발췌 요약한 것도 있지만, 대부분 직접 찾아 정리한 것이다.

그러나 이 전집 역시 여전히 문제가 있었음은 그 뒤에 나온 증보판이 잘 말해 준다. 정본 전집의 주석은 작품을 지나치게 분해했다는 비난을 면하기 어렵다. 오류도 있었다. 특히 '慓慓한'을 '慄慄한'으로 오기, "삭풍은 나무끗헤……"라는 김종서의 시조를 "최영의 시조"로 잘못 표기한 것, 'ㄹ로직'의 주석, '무름마침'을 '무릎장단'으로 본 것, "セラブ"를 "세르비아"로 해석한 것, '캄프라쥐(camouflage)'를 'comprise'로 읽은 것, '마이너스'(여성의 성기)를 '적자·손실·불이익'으로 해석한 것, '三斛'(서른말)을 '서 말'로 한 것, 사신(2~8)들은 "사적인 글이 전부 잡지에 실렸을리 만무"하다고 지적한 것 등 정본 전집에 적지 않은 주석 오류가 있다.

그러나 최대한 원전을 보여 주고 필요한 주석들을 제시했다는 점에 의미가 있다.

4) 뿔 이상전집과 해석적 주석의 채택

문학에디션 뿔판의 주석은 정본 전집과 확연히 다른 방식을 채택했다. 사실 정본 전집이 이어령의 주석 방식에 가깝다면, 뿔판은 문학사상사판의 주석에 가깝다. 갑인출판사판과 소명출판의 정본이 객관적 정보에 치중했다면 문학사상과 뿔은 주관적 해석에 치중했다.

> 특히 어구 풀이 정도로 만족해야 했던 기왕의 주석 방법을 벗어나 텍스트의 의미 구조를 파악할 수 있는, 이른바 '해석적 주석'이라는 새로운 주해 방법을 채택하였다 (……) 〈작품 해설 노트〉에서는 각각의 작품의 서지 사항과 함께 그 의미 구조의 전반적인 성격을 간략하게 제시하였다. 때로는 원전 주석 작업의 미비점을 보완하기도 하고, 기존 연구자들의 작품해석 방법의 문제점을 지적하여 바로잡는 데에도 〈작품 해설 노트〉를 활용하였음을 밝혀둔다.

	이상문학전집1–시	**전집2·3–소설**	**전집4–수필**	**전체 합산**
주석수	998	1159	491	2648
소명출판 전집과의 증감	△446	△126	▽460	△112
문학사상 전집과의 증감	△ 94	△729	△ 65	△888

소설집을 제외한다면 시와 수필집은 문학사상사판과 크게 다르지 않음을 확인할 수 있다. 또 구절 해석에서 제대로 드러내지 못한 것들을

"작품 해설 노트"에서 설명했는데, 이는 문학사상사판의 "해설", 또는 "해제"와 동일한 기능을 한다. 특히 시전집은 작품 해제가 중요한 비중을 차지하고 있으며, 그 역시 각 구절에 대한 주석을 겸한 해설이다. 전집은 이전의 주석들을 많이 활용하였으며, 특히 저자 확정 문제로 논란이 된 작품들은 배제했다. 여기에 속하는 작품으로 〈권두언〉(《조선과 건축》), 〈현대미술의 요람〉, 〈자유주의에 대한 구심적 경향〉 등이 있다.

이 전집에서 새롭게 제시한 특징적인 주석이 몇 개 있다. 전집 제1권에 옴살(엄살, 109면), 조화금련(金蓮=金蓮步, 잘 꾸민 여성이 사뿐사뿐 걸어가는 모습, 321면), 且8氏(具氏, 즉 구본웅, 346면), 時雨(때에 맞춰 내리는 비, 356면), 제2권에 黃布車(화장실, 195면), 압과(앞과, 197면), 풀엄(새싹, 203면), 가부꾼(株꾼: 돈놀이꾼, 245면), 童骸(童貞+形骸, 284면), 씨인(sin, 298면), 됴스(Dios, 300면), 軍人某(311면), 언더-더윗취…—파이브타운스(Anna of The Five Town, 346면), 제3권에 봉도라지(산봉우리, 152면), 맘모톨(mammoth tall, 165면), 제4권에 청둥호박(늙어서 겉이 단단하고 씨가 잘 여문 호박, 198면), 香蕉(바나나, 189면), 무름마침(무릎맞춤, 217면), 犬哭聲→犬吠聲(248면), 레이먼드 하튼(Raymond Hatton, 266면), 마루젱(丸善: 잉크상표, 290면), 微密(별로 중요하지 않은 비밀, 365면) 등의 주석을 새롭게 내어놓았다. 이러한 주석은 참고할 만하다. 〈且8氏의 出發〉, 〈出版法〉, 〈동해〉와 〈실화〉에 대한 주석 및 해설 또한 새롭게 첨가한 부분이 있다.

그러나 〈지도의 암실〉, 〈이십이년〉, 〈오감도 제5호〉 등의 일부 주석은 논란이 될 수 있다. "活胡同是死胡同 死胡同是活胡同"(살아 있는 것이 곧 죽은 것이며, 죽은 것이 곧 살아 있는 것이다), "翼段不逝 目大不覩"(날개는 부러져서 날지 못하고 눈은 커도 보지 못한다 〈이십이년〉),

"某後左右를除하는唯一의痕跡에잇서서"(누군가 뒤에서 좌우를 제한 유일한 흔적…)·"臟腑타는것은 浸水된畜舍와區別될수잇슬는가"(臟腑 타는 것은…〈시 제5호〉), "여기 소개한 사신1~7은 김기림이 잡지 《여성》(1936년 8월~1937년 1월)에 소개한 것임"(〈사신〉) 등의 주석에 문제점이 있다. 또한 원전을 현대적 문체로 옮기면서 발생한 오류도 드러나는데, 촉대세음→촉대 세움, 그량삼년→그냥 삼년, 그적에→그저께, 웅뎅이가이다→웅덩이가 있다, 구뎅이→구렝이 등이 그러하다. 그러나 작품 연구를 바탕으로 새롭게 해석학적 주석을 시도했다는 점에서 그 의의가 있다.

5) 증보판 전집의 성찰과 보완

필자는 정본 전집을 발간한 뒤 "책 전체를 다시 검토할 기회를 마련했으며, 이전의 단견과 미상한 것들을 많이 불식시"키고자 증보판 전집을 마련하였다. 정본이 나온 지 3년 정도 지난 시점에서 정본에 대해 객관적인 입장에서 다시 검토할 기회가 있었고, 그래서 이전 정본의 미흡한 부분들을 보완해 나가게 된 것이다.

> 이번 주석 작업 역시 백과전서적 지식 전달에 초점을 맞추었다. 가능하면 주관적 의견은 피하고, 객관적 정보 전달에 애썼다. 작품을 지나치게 도해해 놓았다는 비난을 받을지라도 해석과 판단은 온전히 연구자나 독자의 몫으로 남기고 싶다.[11]

---

11 김주현, 〈증보판 전집에 부쳐〉, 《증보 정본 이상문학전집》, 소명출판, 2009, 27면.

	이상문학전집1-시	전집2-소설	전집3-수필 기타	전체 합산
주석수	910	1473	1362	3745
뿔 전집 과의 증감	▽ 88	△314	△871	△1097
정본 전집 과의 증감	△358	△440	△411	△1209

정본 전집보다 평균 권당 400개, 전체적으로 1200개가 넘는 주석을 추가하였다. 정본 전집의 오류를 극복하려는 방편에서 시도한 것이다. 먼저 텍스트 안의 오류인데, 원문에서 전집 제1권 皮膚(皮層, 47면), 器官(器管, 90면), 慓慓(慄慄, 92면), 奮發(舊發, 96면), 方眼紙(方眠紙, 107면), 身分(分身)·疾床(病床, 182면), 제2권 荀(筍, 63면), 疑呀(疑訝, 69면), 貫祿(貫錄, 312면), 絢亂(約亂, 330면), 飮碧亭(飮碧香, 342면), 流行藥(流行樂, 344면), 제3권에서 斬新(嶄新, 48면), 爛熟(爛熱)·情熱(惜熱)·틀(둘, 50면), 攻勢(政勢, 82면), 刑吏(形吏, 85면), 鋼鐵(銅鐵, 94면), 眼色(眠色, 115면), 薔薇(薔微, 128면), 設備(說備, 143면), 逆說的(逆設的, 146면), 逐放(追放, 217면), 社會的(詩會的)·胸裏(胞裏, 226면), 管子內業(官子內業, 322면) 등의 오류를 발견하였다.[12] 특히 정본 전집 3권에서 오류가 많았던 것은 다른 2권보다 원본 텍스트가 좋지 않았고, 교정이 충분히 이뤄지지 못했음을 반증한다. 게다가 〈一九三一年(作品第1番)〉처럼 일어 입력에 오류도 적지 않아 일일이 수정을 하였다.

다음으로 애매하고 미흡한 것들에 대해 새로이 주석을 달았다. 특히 제1권의 慓慓한, 易斷, 自像, 떼드마스크, 어룬, 失樂園, 沸流江, 旭,

12 괄호 속의 단어는 정본 전집에서 오류가 난 단어이며, 면수는 정본 전집 면수이다.

사나토리엄, 제2권에 李箱, 腦漿, 그량삼년, 그적에, 되에다랏커나, 구슬, 동에 닷지안는, 명처있었다, 도통하면, 물뿌리, 환시기, 醫專病院, 종친부, 칼표딱지, 경성역, ㄹ로직, 一擧에 三尖, 晩春, 絢亂하고, 육모초, NAUKA社, 新保町 陋屋, 죽었다, 제3권 세사니슴, 낙원회관, 조셋트, 利息算, 九孔炭풍로, 不成文, 악박골, 毒味, 동생, 採光學, 캄프라쥐, 絕倫的, 東新株, 彰文社, 올림픽, 버티고개, セラブ(Slave), 일본 하숙집 주소, 길포틴 등의 주석이다. 이 가운데서 종친부, ㄹ로직, 칼표딱지, 올림픽, 슬라브, 캄플라지에 대한 주석은 뿔판의 주석과 상관없이 이뤄졌지만, 뿔판의 주석과 유사함을 확인할 수 있었다. 증보판은 이전의 전집을 보완하고 새롭게 하였다. 그렇기에 새로운 주석이 적지 않을 뿐만 아니라 미흡한 것들은 다시 주석을 달았다.

그러나 여전히 '未定稿'→'未定橋'(〈열하약도 No 2〉), '痕跡'→'痕迹'(〈이십이년〉), '肌肉'→'筋肉'(〈출판법〉), '瘦瘠한'→'廋瘠한'(〈최저낙원〉), '김수영 번역'→'김윤성 번역'(〈一九三一年(作品第1番)〉), '3월 32일'→'3월 23일'(〈月原橙一郎〉), '痕跡に於ける'→'痕跡於ける'(〈이십이년〉), '압과'→'압파'(〈지도의 암실〉)로, '발표지면: 《여성》, 1936년 12월'→'발표지면: 《여성》, '1939년 12월'(〈봉별기〉), '쥐어야지요'→'쉬어야지요'(〈여상4제〉), '땡이로구나'→'명이로구나'(〈약수〉), '犬吠聲'→'犬哭聲'(〈추등잡필〉), '牧野信一 1896~1936'→'牧野信一 1896~1836', '12월 29일에 씌어진 것'→'11월 29일에 씌어진 것'(〈사신(7)〉), '惰眠: 게으름을 피우며 잠만 잠, 빈둥거리면서 일하지 않음'→'惰眼: 게으른 눈, 타락한 눈'(〈사신(8)〉) 등에서 원문 및 주석 오류를 내었다. 그리고 사신(2~9)은 전집(1)과 (2)를 바탕으로 입력했기 때문에 《여성》(1939년 6월, 1939년 9월)의 원전과 일부 차이가 있다. 또한 "데림프스", "뎃도마수" 등에 주석을 달지 못하고, 마지막으로

〈권두언〉·〈논단시감〉 등에 대한 저자를 확정하지 못하는 등 부족한 점이 적지 않다.

3. 이상 문학의 주석에서 주석학으로

이제부터는 논란이 된 주석을 살펴보려고 한다. 논란이 된 주석 가운데에는 원전을 잘못 해석한 경우도 있고, 또한 전혀 다른 것으로 이해한 경우도 적지 않다. 먼저 제1권을 살펴보자.[13]

黑インク: 파랑 잉크(1)(2)(3) 검은 잉크(4)(6), 검정잉크(5)

Z伯號: 제트기(4)(5) 제플린 백작이 만든 비행선(5)(6)

客棧の炕: 客席의 기둥(1)(2)(3), 주막의 만주방(4)(6), 객석의 구들(5)

豕: 돚(1)(2)(3), 돝(4)(6), 돼지(5)

且8氏: 모자를 쓴 눈사람의 형태(2), ×팔씨(이규동), 具씨=구본웅(5), 좌씨=채플린(김미영)[14]

毛布: 모포(3), 모던보이(김성수)

烏瞰圖: 鳥瞰圖를 일부러 誤字를 낸 것(김기림), 교정부 직원들과 싸우며 鳥를 烏로 바꾼 것(2), 鳥瞰圖로 보냈지만 교정부원의 오류로 烏瞰圖로 된 것(이활)

目不大覩(1)(2)(3), 目大不覩(4)(5)(6)

慄慄한: 두려워 떠는(3)(5), 慓慓한: 날렵한(6)

---

13 괄호 속 숫자는 태성사판(1), 갑인출판사판(2), 문학사사상사판(3), 소명출판 정본(4), 문학에디션 뿔판(5), 소명출판 증보(6)으로 표기함.

14 김미영, 〈이상의 〈오감도 시 제1호〉와 〈건축무한육면각체 — 且8氏의 출발〉의 새로운 해석〉, 《한국현대문학연구》 30, 한국현대문학회, 2010년 4월, 186~190면.

걸커미어:　굵어미어(4), 거칠게 밀어(김종년), 걸머지어 어깨에 메다(5)

옴살:　몸살(1)(2)(3), 옴살(4)(6), 엄살(5)

불ㅅ는다:　붙는다(1)(2)(3), 불는다(4)(5)(6)

月傷:　月像(2)(3), 月傷(1)(4)(5)(6)

막다른 어룬의 골목: 어른(1)(2)(3)(5), 어름(6)

時雨:　늦은 봄비(2)(3), 늦가을비(4)(6), 때에 맞춰 내리는 비(5)

12+1=13(2)(3), 13+1=12(4)(5)(6)

Cream Lebra: 정충(2), 언어유희(3) Lepra(이경훈)

위에서 보면 "黑インク"(검은 잉크), 客棧の炕, "豕(돝)"은 번역 과정에서, "目大不覩", "慓慓한", "불ㅅ는다", "月傷", "13+1=12" 등은 원전을 옮기면서 일어난 오류이다. 이들은 잘못된 텍스트는 잘못된 해석을 낳을 수밖에 없다는 것을 여지없이 증명한다. 이런 오류들은 원전을 확정하면 금방 해결된다. "걸커미어", "옴살", "Lebra"는 난해하여 여전히 논란의 대상이며, "且8氏", "毛布"는 다양한 해석학적 프리즘을 보여 준다. 그리고 "Z伯號", "어룬", "時雨" 등은 주석을 거치면서 의미가 더욱 확실해졌다. "Z伯號"는 제트기가 1939년 첫 비행을 했으며, 〈AU MAGASIN DE NOUVEAUTES〉이 나온 시점이 1932년이라는 점에서 '제트기'의 가능성은 없다. 그리고 〈鳥瞰圖〉는 발표 당시부터 오늘날까지 논란이 있다. 일부러 오자를 내었느니, 또는 교정부 직원들과 싸워가며 그렇게 썼니, 교정부원의 오류이니 등 여러 말이 있는데, 이에 대한 논란은 쉽게 사그라지지 않을 것 같다. 주석을 새로이 달면서 모호한 부분은 상당히 줄었지만 여전히 해결하지 못한 것들이 있다.

봉도라지: 봄도라지(2)(3)(4)(6), 산봉우리(5)

맘모톨: mammoth-tole(4), mammoth tall(5)

差引殘高: 남의 가게에서 장사하는 사람이 수지를 제한 나머지 이익(3), 뺀 나머지 금액(4)

앙샊을르: 암페어=ampere(2)(3), 주사약=ample(남금희), 전구=ampoule(4)

불인지 만지: 佛인지 魔ㄴ지(2)(3), 불(火)인지 만지(4)(5)(6)

풀엄: 풀잎(1)(2)(3), 풀밭(4)(6), 새싹(5)

오후가탓다: 오후가 탔다(1), 오후 같았다(김성수)

외국서섬 거림: 외국서점 그림(1), 외국서 섬그림(조해옥)

지주회시: 거미가 발얽은 돼지걸음걷기(3), 거미가 돼지를 그리다(김윤식), 거미가 돼지를 저며 먹다(4)

가부꾼: 부자(3) 가부(株)꾼:돈놀이꾼(5)

칼표딱지: 뜯어서 쓰는 딱지(2), '칼표 담배딱지'의 줄임말(5)(6)

삼고: 상고=詳考(1), 三考(2)(3)(4)(5)(6)

회탁: 灰濁(1)(4)(5)(6), 희락=喜樂(2)(3)

童骸: 童孩를 섬뜩한 느낌을 주기 위해 일부러 童骸로 破字한 것(2), 童孩와 遺骸, 또는 骸骨을(또는 그 이미지들을) 결합한 조어(3), 童貞과 形骸의 앞 글자와 뒷 글자를 합성한 조어(4)

다라지기도하다: 닮아지기도 하다(1), 됨됨이가 단단하여 여간한 일에는 겁내지 아니하다(3), 안차고 다라지다, 곧 성질이 겁이 없고 깜찍하며 당돌하다(4)

됴—스: Joss=중국의 신상(4), Dios=디오스쿠리(5)

차분참: 차분함(2), 자분참=지체없이 곧(1)(4), 찬찬하고 참하게(5)

窃窕淑女(1)(4)(5)(6), 窈窕淑女(2)(3)

나드네(1)(4)(5)(6), 나그네(2)(3)

봉도라지, 差引殘高, 앙쌔을르, 불인지 만지, 풀엄, 가부꾼, 칼표딱지, 다라지기도하다, 됴—스 등은 주석으로 말미암아 그 의미가 더욱 분명해졌다. 특히 봉도라지, 풀엄, 가부꾼, 동해, 됴스 등은 전집(5)에서 의미가 확연해진 것이다. 그리고 "삼고", "회탁", "절조숙녀", "나드네" 등은 원전 확정으로 그 의미가 제대로 드러났다. 이 역시 주석 작업에서 원전의 중요성을 말해 주는 것들이다. 그러나 오후가탓다, 지주회시, 차분참 등은 해석학적 다양성을 보여 주는 것으로 여전히 논란의 대상이다. "외국서섬 거림" 역시 그러하나 이상이 "외국서 섬그림"을 보았다고 하는 것은 내용상 맞지 않고, 비록 기계적인 띄어쓰기를 했지만 "외국서 섬그림"이라 하지 않았으며, 당시에는 글자가 무디어지거나 오식도 적지 않았다는 점 등을 염두에 둘 때 '외국서점 그림'이 유효해 보인다.

離三茅閣路到北停車場 坐黃布車去
삼모각로를 떠나서 북정거장에 도착하여 황포차에 올라앉아 간다(2)
삼모각로에서 북정거장까지 황포수레를 타고 간다(4)
남쪽 삼모각에서 길이 북쪽 정거장에 이른다. 황포차에 올라앉아 가다(5)

活胡同是死胡同 死胡同是活胡同
사는 것이 어찌 이와 같으며, 죽음이 어째서 같은가. 죽음이 어째서 이와 같으며, 사는 것이 같은가(2)
사는 것이 어째 이와 같으며, 죽음이 어째 어째서 이와 같은가(김용직)
뚫린 골목은 막다른 골목이요, 막다른 골목은 뚫린 골목이다(4)
살아 있는 것이 곧 죽은 것이며, 죽은 것이 곧 살아 있는 것이다(5)

我是二 雖說沒給得三也我是三

나는 둘이다 비록 셋을 줄 수 없다고 말한다 하더라도 역시 나는 셋이다(2)

나는 둘이다 비록 셋을 주고 받지 않았을지라도 나는 셋이다(4)

나는 둘이다 비록 주지 않았다고 하더라도 셋을 얻으면 나는 셋이다(5)

나는 둘이다 비록 셋을 줄 수 없다고 하더라도 그래도 나는 셋이다(6)

郤遺珊瑚—: 遺却珊瑚鞭(여영택), 釣竿欲拂珊瑚樹(김윤식), 勅賜珊瑚白玉鞭(김주현)

위의 구절들은 해석상 논란이 많으며, 그래서 주석자마다 각기 다른 주석이 나왔다. "離三茅閣路到北停車場 坐黃布車去"의 해석은 큰 차이가 없다고 볼 수 있다. 그러나 최근 "'북정거장'은 상하이의 교통 중추로 '제1차 상하이사변' 당시 격전지가 되었으며, '삼모각로'는 삼모각(도교 사상에 있서 중요한 존재인 '三茅眞君'의 제사를 지내는 곳)으로부터 유래한다"는 주장이 나왔다.[15] 〈지도의 암실〉에 여러 백화문 구절이 나온다는 점에서 그녀의 주장은 음미해 볼 만하다. 다음 구절 "活胡同是死胡同 死胡同是活胡同"의 해석은 가장 논란이 많다. 이 문장을 한문으로 인식하느냐 백화문으로 인식하느냐에 따라 해석이 달라질 수 있다. 이상이 〈시 제7호〉에서 "死胡同"을 쓰고 있다는 점, 그리고 〈지도의 암실〉이 〈오감도 시 제1호〉와 내적 상호텍스트성을 지닌다는 점, 마지막으로 〈최저낙원〉에서도 거의 같은 구절이 있다는 점에서 백화문으로 보는 것이 타당할 듯하다. 그리고 세 번째 문장에서 "雖說沒給得三也"라는 구절이 문제인데, 그냥 이어령처럼 "비록 셋을 줄 수 없다고

15 란명, 〈이상은 여전히 문제적이다〉, 《대학신문》, 서울대학교, 2010년 6월 14일자.

말한다 하더라도” 정도로 보는 것이 무난할 것 같다. 마지막으로 “郤遺珊瑚—”은 다음 구절 “요 다섯字동안에 나는 두字 以上의 誤字를 犯했는가 싶다.”라는 문장으로 보아 여영택의 주장이 옳을 듯싶다. 곧 “遺却珊瑚鞭”에서 두 자 이상의 오자가 있어 “郤遺珊瑚—”로 쓴 것으로 해석하는 것이 무난하기 때문이다. 이처럼 이상 주석은 해석학의 다양한 모습을 보여 준다.

세사니슴: 사디즘(2)(3)(4)(5), Cezannism=세자니즘(6)

만지장서: 만리장서(2)(3)(4)(5), 만지장서(6)

각설이쌔體: 각설이들의 풍월체(4), “각설(却說) 이때”體(최효정)

뽁스: box calf(4), pox=천연두나 수두(최효정)

消檥: 消耗의 오식(4), 덧신에 묻은 흙을 털어 없애다(5)

香蕉: 파초의 이름인 듯(4)(6), 바나나를 지칭하는 한자어(5)

조셋트: Georgette=지금의 쉬펀과 비슷한 우아한 여름옷감(2), Josette=견고하고 정교하게 제직한 면 능직의 일종(4)(5)

무릅마침: 무릅맞춤(2)(3)(5), 무릅장단(4)

마루젠: 돛대줄(2)(3), 丸善=서양서적을 판매하던 서점(4), 잉크의 상표(5)

마이너스: 적자·손실·불이익(4), 여성의 성기(6)

微密: 메밀(4), 별로 중요하지 않은 비밀(5)

セラブ: Serif(2), Serb(4), Slave(5)(6)

퐈숑: Passion Play=예수의 수난극(3), Fashion=유행·사조·방식(4)

세사니즘, 만지장서 등은 원전의 중요성을 일깨워 주는 것들이다. 그리고 香蕉, 마이너스, 微密, セラブ, 퐈숑, 무릅마침=무릅맞춤, 마

이너스 등은 주석으로 의미가 적절히 밝혀졌다. 사실 '마이너스'는 일반적 의미와 문맥적 의미가 다름을 보여 주는 것이다. 주석을 달 때 원전의 문맥을 고려한 맥락적 해석이 얼마나 중요한가를 보여 준다. 그리고 "각설이때體"는 각설이들의 풍월체(4)가 아닌 것으로 보인다. 이것은 전집(1)에서 "각설 이때 體"로 되었다가, 전집(2)에서 "각설이때 體"로, 전집(3)에서는 "각설이떼 體"로 되었다. 그러나 '무리'를 뜻하는 '떼'는 같은 글에서 "사람떼미", "金鯉떼"로 쓰이며, 〈약수〉에서도 "벌떼 파리떼"로 쓰인다. '때'와 '떼'는 다른 것이고, 그렇다면 "각설 이때 체"라는 임종국과 최효정의 주장이 옳다.[16] 그 밖에 뽁스, 消橇, 마루젱 등은 여전히 논란이 되는 것이다.

4. 마무리

어떤 연구자가 "전집은 사지 말고 기다려라. 전집은 항상 새롭게 나올 테니…"라고 말했다. 사실 그의 말이 옳을지도 모른다. 그런데 이전 전집과 견주어 보면, 각각의 전집은 나름의 충분한 의미가 있다. 만일 앞서 나온 전집들이 없다면 어떻게 좀 더 나은 전집이 나올 수 있었겠는가. 항상 주석은 이전의 오류를 교정하고 극복하면서 발전하는 것이다. 그래서 더욱 정확하게 해석할 수 있는 것이다.

주석을 검토하면서 몇 가지 사실을 확인했다. 먼저 원전의 중요성이다. '세사니슴'을 '새디즘'으로 읽은 것은 너무나도 큰 오독이다. 자칫하면 전혀 엉뚱한 해석을 내릴 수 있는데, 그러한 위험성은 늘 있다. 또한 원전을 확인했다고 하더라도 오류를 저지르는 것이 적지 않다. "각

16 최효정, 〈이상 수필 연구〉, 한국학중앙연구원 한국학대학원(박), 2010년 2월.

설이때 體"라거나 "쥐어야지요", "땡이로구나"가 그러하다. 첫 번째 것은 '때'로 보아 "각설 이때 체"가 적절하며, 다음으로 원문은 무디어져 '쉬어야지오'에 가깝지만 그것은 다른 '쉬'의 자형과는 다르고 오히려 '쥐'의 자형에 가까운데, 글씨가 무디어져 '쉬'로 보인다는 것이다. 그런 것들은 성능 좋은 돋보기로 서체까지 상세하게 검토해야 할 필요성을 느끼게 한다. 그리고 '마이너스'처럼 단순히 단어의 표면적 의미만 볼 것이 아니라 문맥 속에 쓰인 특별한 의미를 제시할 수 있어야 한다. 다시 말해 주석이 단어의 축자적 의미에서 함축적 의미까지 나아가야 함을 뜻한다. 주석에도 이처럼 심급의 차이가 있을 수 있다. 마지막으로 원전의 중요성을 앞에서 언급했는데, 원전이나 문맥과 상관없이 지나치게 주관적인 해석으로 기우는 것도 경계해야 할 일이다. 이를테면 "十三人의 兒孩"에서 '十三'을 '13'으로 알고 1은 남성기, 3은 여성의 유방 또는 엉덩이로 보는 것들이 그러하다. 사실 '13인의 아해'는 많은 이들이 해석 작업을 하여 해석학의 스펙트럼을 확장했지만 오히려 지나친 해석이 많다. 해석은 작가, 시대, 문맥과 결부한 것이냐 아니냐도 문제가 된다. "Z伯號"를 당시에 있지도 않은 '제트기'로 해석하는 것 등은 문제가 아닐 수 없다.

원전과 주석은 떼려야 뗄 수 없는 관계에 있다. 원전의 확정이 주석학을 더욱 풍성하게 하는 것은 분명하다. 그러한 예가 〈혈서삼태〉이다. 그리고 주석은 원의를 해치지 않는 것, 원의를 크게 해치는 것, 원의와 전혀 다른 것이 있을 수 있다. 해석의 오류에도 완전히 잘못 해석하거나 전혀 엉뚱하게 해석한 것(캄프라쥐), 해석은 맞지만 문맥에 동떨어진 것(마이너스), 비슷한 의미까지 갔지만 원의는 아닌 것(따개꾼:'소매치기'의 속어, 도둑으로 해석) 등이 그러하다. 또한 '허를업시'가 '틀림없이'인지, '하릴없이'인지 불분명하다고 제시했는데, '하릴없이'의 또 다른 의미로 '틀림없이'가 있다는 것을 알지 못해 그런 것이며 주석으로 미흡하다. 그러므로 원의(함축어인 경우는 원의뿐만 아니라 비유적 의미까지 포함)를 가장 잘 전달하는 게 중요하다. 그러나 주석이 주관적 해석을 지향할 것인가, 객관적 정보전달에 치중할 것인가 하는 문제가 남는다. 현재 "且8氏"는 여전히 문제가 되고 있고, '각설이 때 체'도 새로운 해석을 낳았다. 앞으로도 일문시 해석의 장은 열려 있으며, 더 많은 주석들이 나올 것으로 기대한다. 주석들이 모여 주석학을 이루고, 그렇게 되면 텍스트에 대해 더 완전한 해석에 이를 수 있음은 자명한 이치이다.

제2부

분석과 해석

〈12월 12일〉과 사랑의 대위법

1. 방법론으로서의 서두

이상의 〈十二月十二日〉은 첫 장편 이상의 의미가 있다.[01] 이상 문학의 실마리를 제시하기 때문이다. 연구자들은 이 작품을 이상 문학의 기원이자 원점으로 설명한다. 그러나 이제까지 〈十二月十二日〉은 다른 작품에 견주어 그렇게 많이 논의되지 못했다. 그것은 다른 작품보다 늦게 발굴된 것도 한몫했다. 총독부 기관지 《조선》에 실렸기 때문에 비평가들의 눈에 제대로 띌 리도 없었고, 심지어 이상과 친했던 작가들에게마저 묻힌 작품이 되고 말았다. 이 작품은 1975년 9월부터 12월까지 《문학사상》에 다시 소개된 뒤에야 비로소 널리 알려졌고, 이어령의 전집에 포함되면서 연구 세례를 받는다.[02]

---

01 이상, 〈十二月十二日〉, 《朝鮮》, 1930년 2~12월. 이하 이 작품은 〈12월 12일〉로 표기하기로 한다.

02 그간의 중요 논문을 언급하면 아래와 같다. 김윤식, 〈공포의 근원을 찾아서 — 〈12월 12일〉론〉, 《이상연구》, 문학사상사, 1987; 구수경, 〈이상소설시론 — 장편 〈十二月十二日〉을 중심으로〉, 《한국언어문학》 26, 한국언어문학회, 1988년 5월;

〈12월 12일〉은 이상 문학 전반을 규정 짓는 특성이 있는 작품이다. 그러나 연구자들은 작품의 중요성을 제대로 인식하지 못했고, 또한 깊이 있게 논의하지 못했다. 김윤식은 이 작품의 대칭점에 주목하였지만 정작 중요한 문제는 간과했다. 필자는 작품의 앞 부분에 작가가 제시한 방법론을 바탕으로 작품의 해석에 한 발짝 다가서 보려고 한다. 다만 작가의 말을 함부로 믿었다가는 허방에 빠질 위험이 있으므로 최대한 객관적인 입장에서 작품을 통찰해 보려고 한다. 필자는 앞서 〈12월 12일〉론을 쓰면서 이 작품을 '죽음'과 관련하여 살펴보았다. 그러나 그것과 밀접히 연관 있으면서도 훨씬 더 중요한 문제를 미처 논의하지 못했다.

「세상이라는것은 우리가생각하는것과갓튼 것은아니라네」
하며처창한낫빗으로 나에게말하든 그째의그말을 나는오날까지도긔억하야새롭거니와 과연그후의나는M군의그말과갓치 내가생각든바그러한것과갓튼세상은 어늬한모도차자내일수는업시 모도가돌연적이엿고 모도가우연적이엿고 모도가숙명적일쑨이엿섯다.

「저들은엇지하야 나의생각하는바를 리해하야주지안이할가나는이럿케생각해야 올타하는것인데 엇지하야저들은 저럿케생각하야 올타하는것일가」

淺川晉, 〈〈十二月十二日〉論〉, 《朝鮮學報》 148, 1993년 7월; 김주현, 〈이상소설에 나타난 죽음의 문제〉, 《한국문학과 모더니즘》, 한양출판, 1994; 김성수, 〈이상문학의 기원과 글쓰기의 정신 — 〈12월 12일〉론〉, 《연세어문학》 29, 연세대 국어국문학과, 1997년 4월; 이보영, 〈비극적인 세계관의 표출 — 〈十二月十二日〉〉, 《이상의 세계》, 금문서적, 1998; 안미영, 〈가족질서의 변화와 개인의 성장 — 이상의 〈十二月十二日〉 연구〉, 《문학과 언어》 22, 문학과언어학회, 2000년 5월; 고현혜, 〈이상 〈十二月十二日〉 연구 — 기식자적 관계양상을 중심으로〉, 국민대(석), 2005.

이러한어리석은생각은하야볼겨를도업시

「세상이란그런것이야 네가생각하는바와다른것 때로는정반대되는것 그것이세상이라는것이야!」

이러한결뎡적해답이 오즉질풍신뢰적으로 나의아모청산도주관도업는 사랑을 일략점령하야버리고말엇다 그후에나는

네가세상에 그엇써한것을알고저할째에는 위선네가먼저

「그것에대하야생각하야보아라 그런다음에 너는그첫번해답의대칭뎜을 구한다면 그것은최후의그것의정확한해답일것이니」[03]

제법 길게 인용한 위 예문은 작품의 머리 부분이다. 이상은 다른 작가와 달리 앞 부분에 글을 해독할 중요 단서들을 포진해 놓았다. 〈날개〉, 〈실화〉, 〈종생기〉처럼 〈12월 12일〉도 예외가 아니다. 작품 가운데 있는 '작가의 변'이 작품 해석에 커다란 구실을 한다.

위에서 주목해 볼 것은 우리(너와 나)가 생각하는 것과 저들이 생각하는 것이 정반대라는 것이다. 그것이 세상이라는 결정적 해답이며, 그것이 사랑을 점령하였다는 것이다. 그리고 그 첫 번째 해답의 대칭점은 최후의 정확한 해답이라고 했다. 그러므로 첫 번째 해답으로 최후의 해답을 구하는 것이다. 첫 번째 해답, 곧 세상은 때로는 정반대되는 것이라는 일반론을 구체(사랑) 속에서 확인하는 지점에 〈12월 12일〉이 놓여 있다. 이 작품에서 중요한 문제로 죽음과 복수가 있으며, 이에 대해서는 기존 연구에서 충분히 논의하였다. 이들보다 더 중요한 것이 사랑이다. 이는 작가가 작품에 사용한 어휘 빈도에서도 드러난다. 이 작품

03 김주현 주해, 《증보 정본 이상문학전집2》, 소명출판, 2009, 31~32면. 이하 이 책의 인용은 인용 구절 뒤 괄호 속에 인용 면수만 기입.

에서는 '사랑'이라는 단어가 총 45회 쓰였고, '애(愛)' 8회,[04] 애착 5회 등 사랑과 관련한 표현도 무수히 등장한다. 이전 논의에서 중요시했던 운명(18회), 죽음(13회), 복수(8회), 자살(8회)보다 훨씬 빈도가 높다. 그만큼 사랑의 문제가 이 작품에서 중요하다는 것을 말해 준다. 기존 연구에서도 이상 문학에서 사랑의 문제에 천착한 논의가 있었지만, 정작 〈12월 12일〉을 배제한 채 논의가 이루어졌다.[05] 그러므로 이 책에서는 이상이 사랑을 통해 제시한 최후의 해답을 추구해 보고자 한다.

2. 사랑의 층위

〈12월 12일〉에는 사랑의 층위가 다양하게 나타난다. 프롬은 사랑의 대상으로 형제애, 모성애, 성애, 자기애, 신에 대한 사랑 등을 언급했다.[06] 이 작품에서는 위에 언급한 사랑의 대상들이 모두 등장한다. 이 작품의 등장인물은 동기 관계와 친구 관계, 이성 관계로 나눌 수 있다. 주인공 ×에게는 어머니, 아내, 아기가 있었고, 동생인 T씨와 그의 아내, 그리고 업이 있었다. 이들은 동기 관계였다. 그리고 M군과 일본에서 만난 그는 친구 관계에 속한다. 마지막으로 ×와 C간호부,[07] 업과 C의 이성 관계이다.

---

04 애라는 공물, 무위한 애, 용납되지 않는 애, 눈먼 애, 살신성인적 애, 모성의 갸륵한 애무, 모성애, 우주애 등.

05 서영채, 《사랑의 문법 — 이광수, 염상섭, 이상》, 민음사, 2004.

06 에리히 프롬, 김남택 역, 《사랑의 기술》, 청림출판, 1993.

07 C는 C간호부, C양, C씨, C 등으로 나오지만, 이 글에서는 C로 쓰며, M은 M군, M씨, M으로 나오지만 M으로, T씨는 T씨, T로 나오지만 T로 통일하여 사용하기로 한다.

> 그것도오즉자네에게 무한한사랑을밧고잇는 나의자네에게대한무한한 사랑에서나온것인만콤 나는자네에게 인생의혁명적으로 새로운제이차적「스타－ㄹ」을 충고치안이할수업는것일세(57면)

> 몃번이엿든가 이러한 그의피와정성을한데뭉치여 (그정성은오로지T씨한사람에게향하야밧치는정성이엿다느니보다도 그가인간전체에게눈물노헌상하는과연살신적정성이엿다) T씨들의압헤드린이돈이그의손으로다시금쫏씨워도라온것이 헤아려서몃번이엿든가 그여러번가운데T씨들이 그것을밧기만이라도한일이단한번이라도잇섯든가 그러나참으로개(犬)와갓치충실한 그는이것을밧치기를 니저버리지는안이하얏다 이러나는반감의힘보다도 자긔의마음의부족하얏슴과수만의무능하얏슴을회오하는힘이도로혀더컷든 것이다.(110면)

차례대로 ×와 M의 우정, ×가 T의 가족에게 바치는 사랑을 보여주는 구절이다. ×와 M은 절친한 친구이며, ×에게는 이외에도 고베新戸에서 만난 "마음과뜻의상통됨을볼수잇든"(45면) 친구와, "가장 친한 친구의 한 사람"(59면)인 여관 경영인이 있다. 작품에서 이들은 매우 돈독한 우정을 보여 준다. 더욱이 M은 "가족과 마찬가지로 친밀한 사이"(103면)로 그의 동생 가족을 보살펴 주며, 동경에서 만난 마지막 친구는 그에게 모든 재산을 물려준다. 이와는 달리 육친, 또는 혈연적 사랑이 있다. 바로 작중 화자인 ×의 T 가족에 대한 사랑이 그것이다. ×는 동생 T의 가족을 극진히 보살펴준다. 그것은 무조건적 사랑이다. 혈연은 우정을 넘어서며, 그리하여 ×는 "그래도 M군은『남』이 안인가"(103면)라고 하여 혈육을 강조하였다.

저도모성애 (母性愛) 와갓튼사랑을 업씨에게베푸는것이 쏘그사랑을달게바다주는것이 무한々깁썸이엿습니다.(131~132면)

「선생님!A씨나오라버님이나—그들을위하야서라도 저는죽을힘을다하야신을미더보려고하얏습니다 그러나지금은신의존재커녕은 신의존재의가능성까지도의심합니다」
「만인을위한신은업습니다 그러나자긔한사람의신은누구나잇습니다」(116면)

이 작품에는 C와 업의 이성적 사랑, 그리고 신에 대한 믿음과 사랑이 나타난다. C는 업에 대한 사랑을 모성애에 견주고 있으며, 이들이 서로 사랑하여 기뻤다고 했다. 그러나 이들의 사랑은 비극으로 끝난다. 신에 대한 사랑은 신의 존재에 대한 인정과 믿음이 전제된다. 곧 신의 존재를 믿는다는 것은 신의 사랑에 대한 전제이자 목적이기도 하다. ×는 만인에 대한 신을 부정하지만 유일신(자기 한 사람의 신)은 인정한다. 신에 대한 사랑은 이 작품에서 그렇게 직접적이지는 않다.

그리고 업은 자기애적 인물로 제시된다. 그는 부모나 큰아버지, 심지어 M이 주는 최대의 배려와 사랑에도 아랑곳하지 않고 자기 세계에 탐닉하여 경조부박한 생활을 일삼는다. ×의 무한한 사랑을 외면하며 거부하는 T 역시 자기도취에 빠진 자기애적 인물이다. 업에 대한 T의 사랑은 지나치며, 그 때문에 M과도 멀어지게 된다. 나중에 업이 죽자 T는 그 분노로 병원과 M의 집에 불을 놓는다. ×, T, 그리고 도쿄 친구의 이타적 사랑과 달리 이들 부자는 자기애적 세계에 함몰되어 있다.

3. 사랑의 대위법

작가는 작품 가운데 사랑에 관해 진술하였다. 그 진술에는 선언적 의미가 있다.

> 그는「반가워하지안이하면안된다—사랑하지안이하면안된다—밋지안이하면안된다」등의「‥‥지안이하면안되는의무를늘생각하고잇다 그러나이「‥‥지안이하면안된다」라는것이도덕상에잇서 엇더한좌표우에노혀잇는것인가를생각해볼수는업섯다 —싸라서 이그의소위「의무」라는것이 참말의미의「죄악」과얼마나한거리에써러저잇는것인가를생각해볼수업섯는것도물론이다. (……)
> 「주위를 나의몸으로써사랑함으로써 나의일생을바치자……」
> 그는이「사랑」이라는것을아모비판도업시실행을「결뎡」하야버리고말앗다.(97~98면)

작가는 '사랑하지 않으면 안 된다'에서 '사랑함으로써 일생을 바치자'라는 결론에 이르고 있다. 그것은 의무이며, 이에 대한 명령 지시는 '사랑해야 한다'이다. 이를 그레마스의 기호학적 사각형으로 표시하면 아래와 같다.

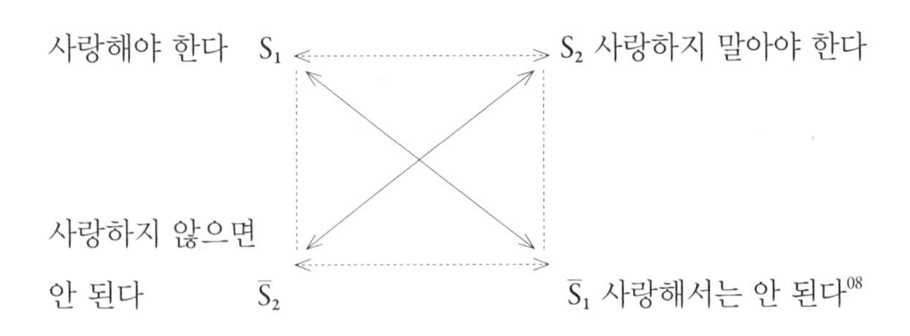

'사랑해야 한다'의 상반성은 '사랑하지 말아야 한다'이다. 이것이 일종의 '금기'가 되는 것이다. 금기 위반은 궁극적으로 '탈선'이 된다. '사랑해야 한다'와 '사랑해서는 안 된다', 그리고 '사랑하지 않으면 안 된다'는 '사랑하지 말아야 한다'와 모순 관계에 있다. 그러나 이 두 가지 감정은 서로 모순 관계면서 공존한다. 이상은 그것을 "모순된 것이 이 세상에 잇는 것만콤 모순이라는 것은 진리이다 모순은 그것이 모순된 것이 안이다 다만 모순된 모양으로 되여저 잇는 진리의 한 형식"(96~97면)이라고 규정하고 있다.

이상의 문학에는 사랑의 삼각관계가 중심축을 이루고 있는데, 〈12월 12일〉도 예외는 아니다. 오히려 다른 작품보다 중심축을 더욱 분명히 보여 주는 작품이라 할 만하다. 이 작품에는 그와 C, 그리고 업의 사랑 관계가 심층구조로 자리하고 있다.

> 얼마만에 그가고개를돌니엿슬때통로 (通路) 건너편에그를향하야안자잇는젊은녀자하나는수건으로얼골을가린채고개를푹숙으리고잇는것을그는발견할수잇섯다.
> 「우나?—무슨말못할사정이잇는게지—누구와생리별이라도한게지!」
> 그는이런유치한생각도하야보앗다.(89~90면)

> 그는니저버리지안이하고 그녀자의잇든곳을또한번돌아다보앗다 그러나 그때에는그녀자는반대편문으로나갓섯기싸문에 그는녀자의등과머리뒤모양밧게는볼수업섯다.
> 「에—그러나 도모지—이럿케기억안되는얼골은 처음보겟서 불완전불완

08 이 도식은 그레마스의 기호의 사각형 모델을 갖고 만든 것이다. 그레마스, 김성도 편역, 《의미에 관하여》, 인간사랑, 1997.

전!」

그는밀녀나가며 이런생각도하야보앗다 그녀자의잠간본얼골을 아모리 다시그의머리속에 낫하내여보려하얏스나종시정돈되지안이하는채희미하게맴돌고잇슬쑨이엿다(91면)

×는 12월 12일 귀향 열차 안에서 어떤 젊은 여자를 만난다. 그녀는 "도무지 이렇게 기억이 안 되는 얼굴"이다. 그는 그녀에게 사랑의 감정을 품는다.

「그녀자는 누구며지금쯤은어데가서무엇을생각하고는울고잇슬까?」

그의눈압헤는 그인상업는녀자의얼골이희미하게써올낫다 얼골의평범이라는것은 특이 (못생긴편으로라도) 보다얼마나못한것인가를그는그녀자의경우에서늣겻다.

「그녀자를따라갓서도」

이것은그에게탈선갓햇다(98~99면)

×는 열차에 내린 뒤에도 그녀에 대해 생각한다. 그런데 그것을 마치 탈선으로 느꼈다고 했다. 사랑해선 안 된다는 의식이 개입하였기 때문이다. 그는 이듬해 봄 친구 M과 더불어 병원을 개업하였다. 그리고 C 간호부를 맞이하였다.

C라는간호부에게대하야 그는처음부터적지안케마음을잇쓸니어왓다 그가C간호부에게대하야 소위호기심이라는것은결코 이성적그엇썬것이안일것은말할것도업다 그가C간호부의얼골을마조할쌔마다 그는이상한기분이날적도잇섯다.

「도모지어듸서—본듯해—」(108면)

×는 C를 보고서 "도무지 어디서 본 듯"하다는 생각을 한다. 그리고 "어듸서 본 듯해 — 도모지"라는 말을 되뇌면서도 그것은 "생각날뜻 날뜻 하면서도 종시 그에게는 생각나지 안이하얏다."(108면) 그리고 "다른 사람들에게 생소한 C가 그에게만흔 친밀의 뜻을 보혀주고 잇는 것도 갓탯스나 각별히 간절한 회화 한번이라도"(108면) 나눠 보지 않았다. 그가 자신의 호기심이 이성적 그 어떤 것이 아니라고 한 것, 그리고 간절한 회화를 나눠보지 않은 것은 사회적으로, 문화적으로 그것이 '탈선'처럼 느껴졌기 때문이다. 그것을 서술자는 죄악과 관련 있다고 했다. 그것은 곧 '사랑하지 말아야 한다'는 금기 때문이다. '사랑'은 허용된 관계에서 인정받는다. 그러나 그녀는 그러한 관계에서 배제된 인물이며, 그래서 사랑은 탈선(금기)으로 인식된 것이다. 그렇지만 그 심층구조 속에서는 금기시된 사랑이 존재한다.

> 내가보는대로말하고보면아마 지금려행의길을써나는모양이지?아마(……)
> C씨!C씨는언제부터 나의업이와친하얏는지모르겟스나 — 자 — 두사람에게 내가물을말은 이럿케 두사람이내압헤함쎄낫타난뜻은무슨뜻인지?(125면)

> 「C양은엇써케 언제부터알앗니?」
> 「우연히알앗슴니다 사괴인지는아즉한달도못됨니다」
> 「저것들은다무엇이냐」
> 「해수욕에쓰는것임니다 옷 — 그런것」

「해수욕 — 그러면해수욕을가는데 하々‥‥ 작별을하려온것이로군 물론C양과둘이서?」(126면)

위에서 보듯 ×는 질투를 느끼고 있다. 그가 느끼는 질투는 "고개를 숙인 채 그의 압에 나란히 서 잇는 이 두 청춘(靑春)을 바라볼 때에 그의 눈에서는 번개가 낫다 (……) 그의 가슴에서는 형상업는 물결이 흔들녓다 (……) 그의 말솟에는 가벼운 경련이 갓치 쌀핫다"(124~126면)라는 서술에서 더욱 잘 드러난다. 그는 C와 업이 자신을 찾아온 것을 보고 눈에서 번개가 났다. 그는 둘이 특별한 관계가 아니길 바라면서 그들의 관계를 확인하고자 질문을 한다. 그것은 연적 경쟁에서 패배한 것에 따른 분노와 증오의 표현이다. 마침내 그는 업과 C가 함께 해수욕을 가려고 했다는 사실을 알게 되며, 가벼운 경련마저 느낀다. 그리고 그는 미움과 증오에 사로잡혀 업의 해수욕 도구에 불을 지른다. 증오는 사랑의 감정 속에 존재하며 일종의 억압으로 분출된다.[09] 그러므로 해수욕 도구에 불을 지른 것은 연적에 대한 질투이며, 광기스런 복수이다.

×는 C에게 자신이 ××의 여동생이라는 사실을 들었으면서도 여전히 "도모지 어듸서 본 듯해!"라고 생각한다. 그리고 "그 기억은 아모리 생각하야도 명고옥에서의 기억은 안이엿고 분명히 다른 어늬 곳에서의 기억에 틀님업는 것이엿다"(116면)고 하였다. 물론 이 의문은 나중에 풀린다. 그것은 마지막 부분 "만일 지금 이 C간호부가 타고 잇는 객차의 고간이 그적에 그가 타고 오든 그 고간일 쑨만 아니라 그 자리까지도 역시 그 갓튼 자리엿다 하면 그것은 쏘한 엇지나 설명하려느냐?"(148~149면)에서 드러난다. '그적'이란 바로 일 년 전 그때(12월

09 증오에 대해서는 크리스테바, 김영 역, 《사랑의 역사》, 민음사, 1995, 346~349면 참조.

12일)를 일컫는다.[10] 그때 ×가 보았던 그 젊은 여자가 C라는 것이다. 그러면 ×는 왜 C에게 사랑의 감정을 느꼈는가?

그것은 ×가 C에게서 10여 년 전 죽은 아내의 면영을 느꼈기 때문이다. 그 역시 C처럼 "그 추억의 사람과 갓튼 면영의 사람에게서 엇썬 연々한 정서를"(134면) 느꼈다. 그는 나중에 왜 자신이 C에게 사랑의 감정을 품게 되었는지를 알아챈다. 그가 C를 가까이 하게 된 것은 한편으론 그녀를 자신의 아내와 동일시했기 때문이다. 어디서 본 듯하다는 것은 결국 작년 12월 12일 열차 안에서 본 것이기도 하지만, 이미 죽은 아내의 얼굴과도 연결된다. "누어잇는 C간호부의 초췌한 얼골에서 십여년 전에 저 세상으로 간 안혜의 면영을 발견하"(134면)엿기 때문이다. 그래서 "그는 깁씀 슯흠 교착된 무한々 애착을 늣겻다."(134면) 그런데 현재의 C가 죽은 아내의 면영과 같았다는 것은 여전히 그가 첫사랑의 고착 현상에서 벗어나지 못했다는 것을 말해 준다. 그 뒤 작가의 말대로 10년 남짓 세월이 흘렀지만, 그는 여전히 아내에 대한 사랑을 못 잊고 있다. 그는 10여 년 전의 아내의 모습을 여전히 그리고 있기에 고착적 모습을 보인다.

다음으로 C와 업의 사랑이다. C와 업의 사랑은 C의 편지로 서술된다. C가 언제 업을 만나 사랑하게 되었는지는 자세히 드러나지 않는다. 다만 업의 입을 빌려서 사귄 지 아직 한 달이 못 되었다는 것이 드러난다.

---

10 기존 갑인출판사(이어령 편)와 문학사상사(김윤식 편)에서 나온 전집에는 이것이 "그저께"로 고쳐져 있다. 그저께는 어제의 전날, 곧 再昨日로 12월 10일이 된다. "그적에"는 과거의 어느 시점을 뜻하며, 여기에서는 작년 12월 12일을 의미한다.

저는「업」씨를마음으로사랑하얏습니다 또「업」씨도 저를좀더무겁게사랑하야주엇습니다 이제생각하야보면 — 업씨의나희 — 이제스물한살 — 저스믈여섯 — 과연우리두사람의사랑이철저한사랑이엿다할지라도 이와갓튼년령의상태의아래에서는 그사랑이란그래도좀더좀더빗다른 그무엇이잇지안이하면안이되지안켓슴닛까?(129~130면)

C의 고백에 따르면, 업은 그녀의 옛 연인 A와 얼굴 모습이 비슷했다. 그래서 사랑을 느꼈다는 것이다. C에게 A는 첫사랑이다. 그녀 역시 A를 잊지 못하는 것은 첫사랑의 고착 때문이다.

저는생각하얏습니다 저의업씨에게대한사랑도과연인간의아름다움의하나로칠수잇슬가를 그러나저는저로도 과연저의업씨에게대한사랑에는너무나만흔아욕(我慾)이품겨잇는것을발견하얏습니다 그리하야 곳 — 저는저의업씨에게대한사랑을주저하얏습니다.(130면)

A의 면영과 업의 면영이 같아 C는 업을 사랑하게 되었다고 했다. 업을 사랑하게 된 것 역시 퇴행적 사랑의 결과이다. 그녀는 사랑하는 A씨를 찾아 천하를 헤매었지만 그를 찾지 못했다. 그리고 업을 만나 사랑에 빠지게 된다. 그녀에게 업은 A와 동일시 대상으로 자리매김한 것이다. 그러나 그것은 사랑의 고착 현상이기에 불행을 겪을 수밖에 없다.

그러나 또한가지알외올것은 업씨의저에게대한사랑임니다 경조부박한생활 부피업는생활을하야 오든업씨는저에게서비로소 처음으로인간의내음나는력량(力量)잇는사랑을늣길수잇섯다함니다 업씨의말을들으면업씨의저에게대한사랑은 적극적으로업씨가저에게제공하는 그러한사랑이라는이보다도 저의사랑이깃이잇다면 업씨는업씨자신의저에게대한 사랑을신선한대로 그대로소지(所持)한채그깃밋흐로기여들고십흔 그러한사랑이엿다고함니다.(130~131면)

업 역시 C에게 사랑의 감정을 느꼈다고 했다. 그래서 C는 업에게 "모성애 (母性愛)와 갓튼 사랑"(131면)을 베풀고 그의 사랑을 받아 준다. 그러나 이들의 사랑은 오해 때문에 비극적 결과를 낳고 만다.

4. 이해와 오해, 그 대칭점

서두 부분에서 작가는 "네가 생각하는 바와 다른 것 째로는 정반대되는 것"(32면)이 세상이라고 했다. 그것은 곧 결정적 해답이며, 그것이 사랑을 점령하고 말았다고 말했다. 작가는 또한 C의 편지를 빌려 사랑의 역설을 서술하고 있다.

세상은 즉오해(誤解)속에서오해로만살아가는것인가함니다 선생님이우리들을이해하섯기에 우리들은선생님의거륵한사랑까지도오해하얏슴니다 그리하야병상에 누어잇는「업」씨를 — 그리고 또표연히선생님의겻을써난 저도선생님께서오해하섯슴니다 제가들이고저하는 이 그다지짧지안은글도 물론전부가다오해투성이겟지요 그러니 선생님께서 제가이글을드리는태도나 또는그글의내용을오해하실것도물논이겟지요 아 — 세상은어데까지나오해의갈구리로련쇠되여잇는것이겟슴닛까?(129면)

그것은 세상이 "오해 속에서 오해로만 살아가는 것"이라는 말이다. 세상이 우리가 생각하는 것과 다르며, 저들은 내 생각을 이해하여 주지 않는다. 이렇게 생각하는 것이 옳은데 저렇게 생각해야 옳다 하는 것, 그것은 우리와 저들 사이에 놓인 심연이다. 이는 극복할 수 없는 오해의 심연이며 그 때문에 세상은 오해투성이가 된다. 사랑에 대한 오해는 ×와 업, 그리고 ×와 C 사이에 발생한다. 그것은 오해의 연쇄이다. 그래서 작가는 "오해의 갈구리로 련쇠"되었다고 했다.

> 선생님이우리들을이해하섯기에 우리들은선생님의거룩한사랑까지도오해하얏습니다(129면)

C는 자신과 업 사이의 관계를 ×가 이해해 줄 것으로 생각하고, 해수욕을 떠나기 전 업과 함께 ×에게 인사를 드린 것인데, 오히려 이것은 또 다른 오해를 낳고 만다. 그렇다면 왜 C는 ×가 자신을 이해해 주리라고 생각한 것일까? C는 "도라가신 오라버님의 기념처럼 ×선생님을"(116면) 생각한 것이다. 그러니까 ×를 죽은 오빠처럼 친밀하게 느낀다는 말이다. 그리고 업은 ×의 조카이니 혈연관계이다. 그러므로 C는 ×가 업을 누구보다 잘 이해해 주리라 믿은 것이다.

> 업은그것을가지고경조부박한도락 (道樂) 에탐하얏스리라 우연히 간호부를맛나해수욕행까지결정하얏스리라 애비(T씨가)가닷처서 드러누엇건만은 집에는 한번도들니지안는자식 그돈을 — 그피가나는돈을 그대로철업고방탕한자식에게내여주는어머니 — 그는이런것들이미웟다 C간호부만하드래도 반다시유혹의팔길을 업의우에내리밀엇슬것이다 그는이것이괫심하얏다.
> 그러나 한장C간호부의그편지는 모든그의추측과단안을전복식키고도오히려남음이잇섯다.

「역시 모—든죄는나에게잇다」(133면)

×는 다달이 동생 T에게 보내 준 돈이 업의 경조부박한 도락 생활에 탕진되었을 것이라 여기고, 또한 C 역시 업에게 유혹의 손길을 내밀었으리라 생각한다. 그래서 ×는 해수욕 도구에 알콜을 들이붓고 불을 질러 버린다.

×는 C가 보내온 편지를 본 뒤 모든 죄가 자신에게 있음을 깨닫는다. 이는 앞에서 "「의무」라는 것이 참말 의미의 「죄악」과 얼마나한 거리에 써러저 잇는 것인가"(98면)를 되새기게 한다. 그는 "주위를 나의 몸으로써 사랑"하기로 한다. 곧 "네 이웃을 네 몸과 같이 사랑하라"라는 기독교적 사랑의 실천이다. 그래서 "사랑하지 아니하면 안 된다"를 자신의 의무로 간주한다. 그러나 사랑에는 의무뿐만 아니라 금기가 도사리고 있다. 진정한 의미의 죄악은 무엇인가. ×가 업과 C의 사랑을 이해하지 못하고 오해한 것이다. 해수욕 도구에 불을 지른 행위는 사랑의 이면인 증오를 여지없이 보여 준다. 사랑에 숨어 있던 증오의 감정을 그대로 폭발시킨 것, 그것은 사랑하라는 의무와 사랑하지 말라는 금기 사이의 혼돈이다. 사랑과 증오는 곧 이해와 오해, 의무와 죄악이라는 화해할 수 없는 양면이다.

한편 업은 해수욕 도구의 방화 사건으로 병을 얻고, 마침내 ×가 보는 앞에서 다시 새로 사온 해수욕 도구에 불을 지르고 죽는다. 작가는 그것을 '골수에 사무친 복수'라고 했다. 그것은 C의 모성애적 사랑과 업의 고귀한 사랑을 ×가 이해하지 못하고 오해한 까닭에 발생한 일이다. 결국 ×가 생각했던 것과는 정반대되는 것(그의 추측과 단안을 전복시킨 것)이다. 그래서 C와 업의 사랑은 세상 사람들이 이해하지 못하는 것(그것을 C는 탈선이라고 했다)이며, × 역시 이해하지 못했던 것이다. 그러므로 여기에서 ×는 어느새 세상 사람들과 같이 C와 업을 이해하려 들지 않고 오해한다. 그들은 서로 대칭점의 세계에 존재하게 된 것이다.

5. 퇴행·고착적 사랑의 한계

그러면 이 소설은 왜 비극으로 끝났는가? 그 까닭을 알려면 전체 사건을 되짚어 볼 필요가 있다.

일자		**12월 12일**	**15년간 일본생활*****				**12월 12일**	**12월 12일**
장소	서울	부산	신호시	명고옥	화태	동경	서울	서울
기간			2년 6개월*	2 ~ 3년**	7년***	3년****		1년
직업			조선소 건구 도공부 직공	요리사 (헤드쿡)	광산 노동자	여관 경영		의사
사건	아내 및 아이 죽음	일본행 연락선 탑승	어머니 죽음	친구 죽음	토롯코 사고	의학 공부 친구 죽음 유산 상속	열차로 서울 도착	병원 개업, C양 만남, T씨 사고, 해수욕 도구 방화, 업의 죽음 T씨 방화, ×의 죽음
내용	서두 《一》	《二》	편지 제1, 2신	3신	4신,	5신, 일반 서술, 6신	일반 서술	일반 서술
게재 회 (월)	연재1회 (1930년 2월)	1회 (1930년 2월)	1회 (1930년 2월)	1회 (1930년 2월)	2회 (1930년 3월)	2회, 3회 (1930년 3~4월)	4회, 5회 (1930년 5~6월)	6, 7, 8, 9회 (1930년 7~12월)

* 내가신호를써나 이곳명고옥 (名古屋) 으로흘너온지도발서반년! 아 — 고향쌍을 써난지도발서숨결갓튼삼년이지나갓네그려(45면)

** 명고옥 — × — 그량삼년외국생활을격거보든그식당이엿다(114면)[11]

*** 북국생활칠년!(56면), 명고옥(名古屋)쿡생활이후로 전々류랑의칠년동안……(61면)

****근삼년동안이나 마음과몸의안정을가지고 멈을너잇는이곳의주인은…… (71면), 제가 고생々々긑에동경(東京)으로한삼년전에다시돌아왓습니다(86면)

*****이럿케써돌아다니는게 올쌔쏙! 가만잇자 — 열일곱해 안이열다섯햇가 — 엇잿든십여년이지요(83면)

×는 일본으로 건너가기 전 자신의 아내와 아이를 잃었다. 소설에서 그가 아내에 대해 어떤 감정을 품었는지는 전혀 제시되지 않았다. 그녀는 어린 젖먹이를 두고 산후 발병으로 세상을 떠나고 말았다. 그는 그 뒤에 일본을 떠돌면서 홀아비로 15년 남짓 살아 오다가 고국에 돌아와 C를 만났다. 그리고 그녀를 열차 안에서 만났을 때부터 지극한 감정을 느낀 것이다.

> 그때에 그는누어잇는C간호부의초최한얼골에서십여년전에 저세상으로간안헤의면영을발견하얏다 그는깁븜 슯흠 교착된무한々애착을늣겻다 그리고C간호부의 그편지가운데의어느구절을생각내여보기도하얏다 그리고는 모-든C간호부의일들에조건업는용서 — 라는이보다도호의를붓첫다.(134면)

그는 아내를 잃은 지 15년이 지나 아내의 면영을 C의 모습에서 발견한다. 그래서 그는 그녀에게 기쁨과 슬픔이 교착된 무한한 애착을 느낀다. 달리 말해 그가 아내에게 무한한 사랑의 감정을 느꼈다는 것이며, C에게서 그런 감정을 다시 느끼게 되었다는 것이다. 사실 C에 대해 느끼는 그의 사랑은 과거 회귀적이며, 죽은 아내에 대한 퇴행적 고착 현상이다. 그것은 15년 전의 회귀 감정으로, 실질적인 대상은 자신

---

11 원문에는 "명고옥—×—그량삼년외국생활을격거보든그식당"(110면)으로 나온다. 그러나 이전 전집은 밑줄친 부분을 "그냥 삼년"으로 옮기고 있다. 원문에서 "그냥"은 5번 쓰이며, 그대로 "그냥"이라고 썼다. 이 작품에서 "량"은 "이"의 의미로 위의 표현 말고도 세 군데(량편손, 량편두개의기둥, 량미간)에서 쓰였다. 한편 작가는 앞머리에서 "지나간 이삼년간"에서 "이삼"을 쓰기도 했다. "량삼"은 "이삼"을 뜻하는 중국어식 표현이다.

의 아내일 뿐이다. 그는 죽은 아내에 대한 과도한 집착을 보여 주는데, 그녀의 현실적 대상이 C가 된다. 그가 업의 해수욕 도구에 불을 지른 행위도 어쩌면 업에 대한 분노 이상으로 C를 업에게 빼앗기고 말았다는 실연에 따른 보복적 성격이 강하다. C는 오라버니의 친구였던 A와 깊은 정의를 맺었고 그를 못 잊어 하며, ×는 아내의 면영을 못 잊어 하면서 C에게 이끌리며, 그녀를 살갑게 대해 준다. 그녀는 오라버니의 친구였던 ×를 오라버니처럼 느낀다. 그녀가 그의 거룩한 사랑을 믿었다는 것은 바로 이러한 인식에서 비롯한다. 다시 말해 ×는 C를 아내처럼 느꼈고, 반대로 C는 ×를 오라버니의 친구로 인식했다는 점에 비극의 씨앗이 있다. 그리고 C에 대한 ×의 사랑은 퇴행적이다. 갑작스러운 아내의 죽음, 연속된 아이의 죽음, 어머니의 죽음, 심지어 자신의 죽음 체험을 거치며 그의 사랑은 퇴행하고 고착화하고 만다. 그러한 예는 여관을 공동으로 경영했던 동경의 친구에게서도 발견되지만 자세히 언급하지는 않았다.[12]

한편 C는 12년 남짓 전에 자신이 좋아했던 대학생에게서 사랑의 실패를 경험한 적이 있다. 그녀는 업의 모습에서 자신이 사랑했던 연인의 모습을 발견하고 그를 좋아하게 된다.

> (아 — 슷업는오해는아즉도 — 아즉도) 선생님!제가「업」씨를사랑한리유는업씨의얼골 — 면영 (面影) 이세상에서자최를감초고만 그이의면영과흡사하얏다는 — 다만그한가지에지나지안슴니다 그이는 — 지금쯤은

12 그에게는 "녀자에관련된 남에게말못할 무슨 비밀의과거"(69면)가 있으며, 이 때문에 오히려 여자들에게 냉정하게 대한다. 그가 결코 아내를 얻지 않겠다고 하는 까닭도 과거 사랑에서 받은 상처(?) 때문이다. 이 역시 사랑에 대한 퇴행적 고착 현상이다.

> 퍽늙엇겟지요! 혹별서이세상사람이안인지도모름니다 그러나 저의긔억에남아잇는 그이의면영은 그이와제가갈리지안이하면 안이되엿든그순간의그것채로 신선하게남아잇습니다.(130면)

C는 이미 10여 년 전[13]에 헤어진 A를 아직도 못 잊어 한다. 그녀는 아직도 헤어질 때의 그를 그대로 기억하고 있다. 그녀가 업을 사랑하게 된 것도 옛날의 A의 모습과 유사했기 때문이다. 헤어질 때 그녀의 나이는 14세 정도(그녀는 현재 26세이다), 그리고 A의 구체적인 나이는 알 수 없으나 대학생으로 나온 것으로 보아 현재의 업의 나이 21세와 크게 차이가 나지 않을 것으로 보인다. C는 그 뒤 A를 찾아 보겠다는 일념으로 천하를 헤매었다. C는 옛날의 A에 대한 사랑을 그대로 간직하고 있다. C가 업을 사랑한 것 역시 지난날의 사랑에 대한 고착 현상이며, 일종의 보상 심리가 발현한 것이다.

> 선생님 — 저이들은엇잿든 이제는원인을고구(考究)할것업시서로사랑하야 자유로사랑하야가기로하얏습니다 이만콤저이들은삽시간동안에눈멀어버리고말엇습니다 선생님 — 저이들의사랑쏠은 생리적으로도한불구자적현상에속하겟지요 더욱, 사회적으로는 한 가련한탈선이겟지요 저이들도 이것만은 어렴풋이나마늣겻습니다 그러나 사람이자긔의심각한 추억의인간과면영이갓튼사람에게 적어도호의를갓는것은 사람의본능(本能)의하나가안일가요 생리학(生理學)에나혹은심리학에나그런것이어듸업습닛까 또사회적(社會的)으로도 령(靈과靈)씨리만이충

13 작품에는 “팔년”, “그동안 칠년- 팔년의 저의 삶”으로 나오나 이는 잘못이다. 명고옥에서 그를 만난 것은 12년 전이다. 그가 명고옥에서 생활한 것은 2~3년으로 현재부터 10년(10~12)년 전의 일이다.

돌하야발생되는신성(神聖)한사랑의결합체(結合體)존재할수잇다는것이 그다지해괴한사건에속살할가요!(131면)

C는 업에 대한 자신의 사랑이 본능적 사랑이라고 설명했다. 그런 견지에서 ×의 C에 대한 사랑도 본능적 사랑이라고 할 수 있다. ×는 C를 따라가는 것을, C는 업을 사랑하는 것을 각각 '탈선'으로 인식했다. 탈선은 문화 규범을 무시한 것이다. 문화는 관습과 법률이라는 제도로 형성된다. ×와 C의 사랑은 달리 말해 오빠와 누이의 사랑이며, C와 업의 사랑은 어머니와 아이의 사랑과 같다. 그러나 이들의 사랑은 또한 현실적 사랑이 아닌 퇴행적 사랑이며 고착적 사랑이다. 본능적 사랑과 신성한 사랑은 서로 대칭적이다. 그리고 탈선과 거룩한 사랑 역시 대칭적이다. ×는 C에 대한 자신의 애착을 탈선으로 인식했고, 반대로 C는 ×의 애착을 거룩한 사랑으로 이해했다. C는 업과 자신의 사랑을 성스러운 사랑 같고, ×는 그들의 사랑을 탈선으로 이해했다. 이들의 사랑 가운데 온전한 것은 ×와 아내의 사랑이며, 또한 C와 A의 사랑이다. 그러나 그것은 10여 년 전의 사랑일 뿐이다. 사랑에 대한 이들의 집착은 일종의 퇴행일 뿐이며, 결국 비극으로 끝날 따름이다.

6. 마무리

이제 마무리를 해야 할 때이다. 이 글에는 하나의 사랑론이 나온다.

남의사랑을밧는것은행복(幸福)임니다 ― 남을사랑하는것은 적어도깃븜입니다 남을사랑하는것이나 남의사랑을밧는것이나 인간의아름다움의극치(極致)이겟습니다.(127면)

마치 유치환의 〈행복〉을 보고 있는 듯한 느낌을 주는 이 구절은 이상의 사랑론이다. 사랑을 받는 것은 행복이고, 사랑을 하는 것은 기쁨이며, 그것들은 인간의 아름다움의 극치라는 것이다. 그러나 세상사가 다 그렇듯 사랑에서도 예외 없이 정반대되는 것, 곧 모순이 있다. 작가는 그것을 진리라고 했다. 작가는 스스로를 "예상 못한 세상에서 부즐업시 사라가는 동안에 어느덧 나라는 사람은 구태여 이 대칭뎜을 구하지 안이하고도 숩살히 세상 일을 대할 수 잇는 가련한 『비틀어진』 인간성의 사람이 되고 말앗다"(32면)라고 말했다. 그리고 "그럼으로 말매암아 『깁븜』도 『슯흠』도 『우슴』도 『광명』도 이러한 모든 인간으로서의 당연히 가저야 할 감정의 권위를 초월한 그야말노 아모 자극도 감격도 업는 령뎜(零點)에 갓가운 인간으로 화하고 말앗다"(32면)고 했다. 영점이란 제로 지점이며, 대칭점과 같다. 반대되는 두 지점의 정중앙이 영점이며 대칭점이다. 사랑과 증오, 기쁨과 슬픔, 생과 사의 중간 지점이 영점이다.

또한 중국어로 영점은 영시라고 한다. 영시는 다른 한편으로 24시이기도 하다. 전날의 끝이자 새로운 날의 시작, 이때 시계는 시침과 분침 심지어 초침마저도 모두 제로 지점, 12에 정지한다. 淺川晋은 〈12월 12일〉을 영점과 관련지어 설명했다. 시계 시간에서 12시인 영시는 사물의 종말이자 시작이다. 그래서 그는 죽음을 12라는 숫자로 상징했다고 보았다. 사실 12월 12일은 서울 생활의 종막을 고하고 일본에서 새로운 시작을 알리는 시간이며, 또한 일본에서 생활을 종결짓고 서울에서 생활을 시작하는 시간이다. 그리고 이승에서 마지막 삶을 끝낸 시간이기도 하다. 그리고 C를 만나는 시간이자 그녀와 이별을 고한 시간이기도 하다. 일본과 서울, 이승과 저승, 기쁨과 슬픔, 사랑과 증오, 만남과 이별이 교차하는 대칭점의 시간이다.

작가가 강조해서 제시하려고 했던 것은 그러한 것이 아닐까? 이해에는 오해가, 사랑에는 미움이, 죽음에는 생명이 들어 있다는 사실, 그래서 작가는 C에게 젖먹이가 있음을 내세웠다. 그 젖먹이는 가을에 태어났다. 대략 9월 경[14]으로 보인다. 그렇다면 누구의 아이인가? C는 "제가 나은 것이라 생각하서도 조코 안 나은 것이라 생각하서도 조코"(133~134면)라고 하여 아이의 출생에 대해 얼버무린다. 업의 죽음과 ×의 죽음 뒤에 기술한 새로운 생명의 탄생은 무엇을 의미하는가? 그 아이는 업의 아이가 아니다. 업은 늦여름(찌는 듯한 여름 뒤) ×를 만난 자리에서 C를 사귄 지 한 달이 못 된다고 했다. 그렇다면 아이는 업과 무관하다. 그리고 C는 초여름경에 병원 간호부로 왔다. 그러므로 병원 생활과도 무관하다. 그녀의 출산일이 9월경이라면 그녀가 아이를 임신한 것은 작년 12월경이다. 그녀는 ×와 열차를 같이 탔던 작년 12월 12일 전후에 아이를 임신한 것으로 보인다. 그러므로 ×나 업과는 무관한 아이이다. 사건의 급작스러운 전개에도 아이의 출산을 제시한 것은 바로 그러한 대칭점 구하기의 성격이 짙다. 다시 말해 그 대칭점이란 ×의 죽은 아이가 그 하나이며, 업이나 ×의 죽음에도 새로운 삶의 지속, 또는 새로운 죽음의 영속을 보여 주려는 것이다. 그래서 그는 아이의 그 뒤 세계에 대해 암로闇路와 행복의 세계를 제시하고 있다.

암로는 고통과 절규의 사바세계이며, 행복한 세계란 새로운 우주의 명랑한 가로가 되는 것이다. 작가는 마지막에서 이승/저승을 암로/명랑한 가로, 쇠락의 겨울/사시장춘으로 설명하였다. 결국 그 가운데 대칭점에 아이가 놓인다. 즉 아이는 또 다른 영점의 인간이다. 아이는 ×가 겪었던

---

14 내용에서 "흘으는세월이조락(凋落)의가을을 이싸우에방문식히엿슬쌔"(127면), "가을바람이부니"(128면)라는 구절이 있으며, 젖먹이 갓난아이를 본 뒤의 사건 기술에 "겨울에들어서"(134면)라는 표현이 있다. 그렇다면 아이를 낳은 시간은 9월쯤으로 볼 수 있다.

비극의 새로운 시작에 서 있는 것이다. 그래서 "기막힌 한 비극이 그 종막을 나리우기도 전에 또 한 개의 비극은 다른 한쪽에서 벌서 그 막을 열고 잇지 안는가?", "한 인간은 또 한 인간의 뒤를 니어 또 무슨 단조로운 비극의 각본을 연출하려 하는고"(150면)라고 하였다.

〈날개〉의 실험성과 문제성

1. 〈날개〉의 문제성과 예술적 가치

이상의 〈날개〉는 그의 명성을 대내외에 떨친 작품이다. 〈날개〉는 발표와 더불어 최재서에게서 '리얼리즘의 심화'라는 긍정적인 평가를 받은 이래 수많은 연구자들이 다양한 논의를 펼쳐 왔다.[01] 그 가운데 송욱처럼 '창부화된 윤리와 피학대증의 인형' 이라는 비난 섞인 평가도 없진 않았지만, 그래도 1930년대 우리 문학사의 중요 작품으로 자리매김하는 데는 별 이견이 없는 듯하다.[02] 그렇다면 〈날개〉가 어떤 점에서 문제적인가, 〈날개〉의 예술적 가치란 무엇인가? 물론 이제까지 이 작품에 대해 수많은 논의가 있었기 때문에 이러한 질문이 새삼스러울 수도 있다. 그래서 필자는 기존 논의를 아우르면서, 중요하지만 그동안 소홀히 다뤄진 부분들을 중심으로 이야기를 풀어 갈 생각이다.

---

01 최재서, 〈리아리즘의 확대와 심화〉, 《조선일보》, 1936년 11월 7일자.

02 송욱, 〈잉여존재와 사회의식의 부정 — 이상 작 〈날개〉〉, 《문학평전》, 일조각, 1969.

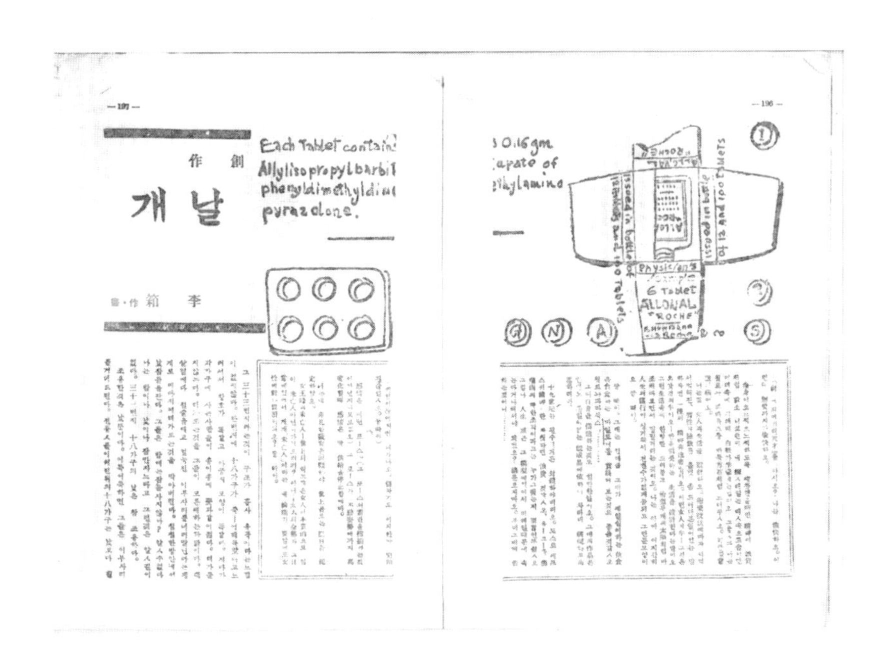

그림6 《조광》(1936년 9월)에 실린 〈날개〉 첫면.

그림7 〈날개〉의 작품 중간에 실린 그림

〈날개〉는 총 세 개의 텍스트로 이뤄져 있다. 그 하나는 삽화이다. 이 작품에는 두 개의 삽화가 있다. 작품의 맨 앞에 이상한 영문(약 처방전)을 늘어놓고 약갑과 알약을 헤쳐 놓은 그림이 하나 있고, 작품의 중간쯤에 'ASPIRIN'과 'ADALIN'의 글자 밑에 여인이 가슴을 드러내고 누웠고, 대각선 방향으로 책을 세워 놓은 그림이 하나 있다. 물론 이 그림을 소홀히 볼 수도 있다. 대개 삽화와 함께 작품을 게재하기 때문이다. 그러나 우리가 이 그림(특히 첫 삽화)들을 주목해야 하는 까닭은 이 그림을 이상이 그렸다는 점과, 이상이 선전鮮展에 입상했던 화가였다는 점에 있다. 이상의 처지에서는 선과 면으로 이뤄진 그림이나 언어로 이뤄진 문학 작품이 하나의 기호라는 점에서 모두 중요하다(이것은 그의 그림 〈자화상〉과 시 〈자상〉에서도 마찬가지이다). 적어도 이들은 작품의 내용을 상징적으로 드러내 주거나 환기하는 효과 이상의 의미가 있다.

다음 텍스트는 열 개의 단락(단락 띄어쓰기로 보면 여섯 단락)으로 이뤄진 서두 아포리즘이다. 이 단락들은 겹사각형 안에 들어 있어서 소설 본문과 차별하려는 의도가 엿보인다. 이 아포리즘은 본문의 내용이나 창작 방법들을 암시해 주는 주관적·관념적 진술들이다. 이것 역시 하나의 텍스트 구실을 한다. 마지막 텍스트는 우리가 흔히 알고 있는 "그 三十三번지라는 것이……"로 시작하는 소설 내용이다. 사실 세 번째 텍스트만으로도 하나의 작품으로 기능할 뿐만 아니라 그 자체로도 완결된 구조를 지니고 있다. 어떻게 보면 위의 두 텍스트는 별로 의미없는 것처럼 보일 수도 있다. 그러나 〈날개〉는 이 세 텍스트가 합쳐져서 하나의 작품을 이룬 것이다. 그리고 여기에 이상의 실제 삶도 또 하나의 텍스트 구실을 한다. 이들을 연계해서 작품을 읽는 것도 유용한 방법이다.

2. 특이한 문체와 실험적 구성

〈날개〉의 독특성은 먼저 문체나 구성에서 발견할 수 있다. 작가는 작품의 맨 앞에

> 「剝製가 되어버린 天才」를 아시오? 나는 愉快하오. 이런 때 戀愛까지가 愉快하오.[03]

라는 구절을 던져 놓고 있다. 이것은 〈날개〉의 화두다. 하나의 질문 형식으로 이뤄진 위 구절을 놓고 볼 때 나머지 내용은 이 질문을 밝히려는 부분으로, 작가는 이 질문에 대한 해답으로서 소설을 쓰고 있는 듯한 느낌을 준다. 〈날개〉의 핵심은 당연히 이 구절 속에 숨어 있다. 이 작품이 일반 작품과 다른 점도 여기에 있다. 텍스트 전체가 하나의 질문과 답변이라는 특이한 문체로 이뤄졌으며, 이러한 구조는 작품의 세부 내용에서도 마찬가지다.

> (가) **아내에게 직업이 있었던가?** 나는 아내의 직업이 무엇인지 알 수 없다. 만일 아내에게 직업이 없었다면, 같이 직업이 없는 나처럼 외출할 필요가 생기지 않을 것인데-아내는 외출한다. 외출뿐 아니라 내객이 많다.(325면)
>
> (나) 아내에게 내객이 있는 날은 이불 속으로 암만 깊이 들어가도 비 오는 날만큼 잠이 잘 오지는 않았다. **나는 그런 때 아내에게는 왜 늘 돈이 있나 왜 돈이 많은가**를 연구했다 (……) 나는 우선 내 아내의 직업이

03 김윤식 편, 《이상문학전집2》, 문학사상사, 1991, 318면. 이하 이 작품의 인용은 인용 구절 뒤 괄호 속에 면수만 기입.

무엇인가를 연구하기에 착수하였으나 좁은 시야와 부족한 지식으로는 이것을 알아내기가 힘이 든다. 나는 끝끝내 내 아내의 직업이 무엇인가를 모르고 말려나 보다.(325~326면, 강조: 인용자)

이 작품은 아내의 직업을 밝혀내려는 연구가 주된 내용이다. 서술자는 아내의 직업을 밝히고자 잠, 내객, 돈, 아달린 등을 사건 해결의 실마리로서 연속적으로 제기한다. 이 작품에는 위와 같은 질의응답이 열 군데 넘게 등장한다. 하나의 질문에 대한 해답은 미끄러지면서 다음 화제로 넘어가는데, 새로운 화제는 이전 질문과 얽히면서 전개된다. 주인공인 나는 아달린 갑을 발견했을 때 무슨 목적으로 "아내는 나를 밤이나 낮이나 재웠어야 됐나? 나를 밤이나 낮이나 재워 놓고 그리고 아내는 내가 자는 동안에 무슨 짓을 했나?"라는 질문을 던진다. 그리고 마지막으로 집을 나와서는 "그러나 나는 이 발길이 아내에게로 돌아가야 옳은가 이것만은 분간하기 어려웠다. 가야 하나? 그럼 어디로 가나?"라고 한다. 이 작품이 자신의 존재에 대해 근원적인 질문을 던지게 하는 것도 이러한 서술 방법에 있을 것이다. 그것은 아내를 통한 자신의 확인, 또는 정체성 찾기다. 그 과정에서 작가는 탐정처럼 독자의 관심과 흥미를 유도한다. 그뿐만 아니라 이 작품은 수사학의 산실이라고 할 만큼 아이러니, 패러독스, 패러디, 비유 등이 가득하다.[04]

---

04 이에 대한 대표적 논의는 다음과 같다. 서영채, 〈이상의 소설과 한국 문학의 근대성〉, 《민족문학과 근대성》, 문학과지성사, 1995; 김상욱, 〈이상의 〈날개〉 연구 — 아이러니의 수사학〉, 《국어교육》 92, 한국국어교육연구회, 1996년 9월; 이태동, 〈이상의 시와 반어적 의미 — 난해성 자체가 예술인 이상의 예술〉, 《문학사상》, 1997년 10월; 박현수, 〈토포스의 힘과 창조성 고찰 — 정지용·이상의 시를 중심으로〉, 《한국학보》 94, 1999년 3월.

다음으로 몽타주 또는 모자이크 구성을 들 수 있다. 이 작품은 외출과 귀가의 반복 구조를 띤다.[05] 작가는 다섯 번의 귀가를 겹쳐 하나의 완전한 영상을 만들어낸다.

> (1차)미닫이가 열리면서 아내의 얼굴과 그 **등 뒤에 낯설은 남자의 얼굴**이 이쪽을 내다보는 것이다. (2차)그날은 일각대문에서 **아내와 아내의 남자가 이야기하고 섰는 것**을 만났다. (3차)그래서 나는 보면 **아내가 좀 덜 좋아할 것**을 그만 보았다. (4차)나는 내 눈으로는 **절대 보아서 안 될 것**을 그만 딱 보아 버리고 만 것이다. 나는 얼떨결에 그만 냉큼 미닫이를 닫고 그리고 현기증이 나는 것을 진정시키느라고 잠깐 고개를 숙이고 눈을 감고 기둥을 짚고 섰자니까 일초 여유도 없이 홱 미닫이가 다시 열리더니 **매무새를 풀어 헤친 아내**가 불쑥 내밀면서 내 멱살을 잡는 것이다.(329~341면)

각각의 장면은 네 차례의 귀가 뒤에 벌어진 정경이다. 이 장면들은 성행위로 상승하며 발전하는 양상을 띤다. 그리고 아내에 대한 의문들을 해결해 주는 쪽으로 나아간다. 그러므로 이 4차 귀가 뒤에 벌어진 정경은 절정 부분에 해당한다. 외출을 일정한 간격으로 반복함으로써 에로티시즘을 상승시키고 배설을 지연시킨다. 반복과 점층이라는 패턴은 미적 효과를 유발한다. 장면들을 꿰맞추면 하나의 완전한 그림, 에로틱한 성풍속도가 완성된다. 그러나 작가의 절제된 서술 태도 덕분에 천박하지 않게 보인다.

외출과 귀가는 시·공간적인 차원에서도 의미가 있다. 외출의 공간

---

05 이에 대해서는 다음을 참조. 김중하, 〈이상의 〈날개〉— 〈날개〉의 패턴 분석〉, 《한국현대소설작품론》, 문장, 1983.

이동은 거리에서 티룸, 산 위, 미쓰꼬시 옥상이라는 수직적 상승 국면을 이룬다.[06] 그리고 시간 역시 밤 또는 자정에서 낮 또는 대낮으로 수직적 이동 국면을 보인다. 이러한 시간 이동은 인간 의식의 세계와 관련 있다. 모호, 어둠과 같은 밤의 시간은 무의식 세계요, 밝음, 빛과 같은 낮의 시간은 의식 세계의 표상이다. 곧 작가는 현실 세계보다 인간의 심리 세계를 표현하는 데 초점을 맞추고 있다.

3. 치열한 정신과 실험적 수법의 산물

〈날개〉에서 무엇보다 높이 평가할 수 있는 것은 인간의 내면세계에 대한 추구다. 이상에 이르러 비로소 우리 문학에서 인간 심리의 흐름이 본격적으로 형상화되었고, 〈날개〉 역시 그 점에서 성공하였다. 주인공인 나는 지극히 피학대적이고 내성적인 인물이고 일상과 도덕을 조소하는 인물이다. 그는 결국 '박제가 되어버린 천재'이다.

> 내객이 아내에게 돈을 놓고 가는 것이나 아내가 내게 돈을 놓고 가는 것이나 일종의 쾌감 — 그 외의 다른 아무런 이유도 없는 것이 아닐까 하는 것을 나는 또 이불 속에서 연구하기 시작하였다. 쾌감이라면 어떤 종류의 쾌감일까를 계속하여 연구하였다. 그러나 그것은 이불 속의 연구로는 알 길이 없었다.(329면)

나는 이불 속에서 매춘의 쾌감이나 매매춘의 심리를 연구한다. 그러나 외적 현실에 대한 연구는 곧 자신의 의식 세계로 향하게 된다. 사회

06 이에 대해서는 다음을 참조할 만하다. 유인순, 〈《날개》의 재생공간〉, 《인문학연구》 20, 강원대학교, 1984년 12월.

와 단절된 공간에 유폐된 주인공의 자의식 세계는 내적 초점화로 서술된다. 나는 돈을 변소에 집어넣는 등 근대 자본주의의 토대인 화폐의 가치를 부정하기도 하며 끊임없이 쾌감의 세계, 욕망과 무의식 세계를 탐닉한다. 근대 경성은 자본주의화, 성의 상품화가 이루어지고 인간관계가 단절되는 등 회탁의 거리로 변질되었고, 그 속에서 지식인은 희망과 야심조차 말소된 채 살아가는 것이다. 자본과 물화된 인간관계에 대한 거부는 현실 부정으로 이어진다. 마지막 부분의 '날자, 날자'는 현실 탈출과 도피를 꿈꾸는 룸펜 지식인의 외침이다. 작자는 이 작품에서 지극히 자의식적이고 자기 조소적인 인물을 여지없이 해부하여 폭로하였다. 여기에서 인간 심리, 자의식적이고 은폐된 욕망에 대한 객관적이고 진실한 묘사는 모더니즘적 정신의 발로로 높이 평가된다.

〈날개〉는 1930년대 우리 문학에서 문제적이고 뛰어난 작품이다. 물론 리얼리즘의 문학관으로 재단한다면 형편없는 작품으로 전락할 수도 있다. 이 작품이 작가의 치열한 정신과 실험적 수법의 산물이라는 것을 인정할 때 그 가치를 바르게 평가할 수 있다. 이 작품은 1930년대 도시 경성과 지식인 룸펜의 일상을 자의식이라는 돋보기를 대고 가차 없이 재단하였다. 시공간의 수직적 상승 구도와 장면의 몽타주적 결합은 당시 회화적 수법이나 영화처럼 치밀하고 계획적이다. 게다가 인간 내면의 의식들을 잘 그려내고 있는데, 각 장면의 묘사는 상징적이면서도 사실성을 얻고 있다. 작가는 근대 자본주의 아래 물신화된 삶과 개인의 자의식, 허위의식 등을 아이러니, 패러독스, 패러디의 수사학으로 여지없이 폭로한 것이다. 그러므로 이 작품은 1930년대 우리 문단에서 근대 자본주의의 권태와 치열한 자의식의 공간을 잘 그려 낸 모더니즘의 문제작이다.[07]

---

07 이에 대해서는 다음을 참조하기 바람. 김주현, 《이상 소설 연구》, 소명출판, 1999.

이상 소설과 여성 형상화

1. 들어가는 말

이상 문학을 이해하는 하나의 코드로서 여성을 들 수 있다. 이상의 거의 모든 작품에 여성이 등장한다. 그뿐만 아니라 그의 주요 소설 〈날개〉, 〈동해〉, 〈종생기〉 등은 여성과의 삶을 다뤘다. 여성들은 그의 삶뿐만 아니라 문학을 이해하는 데 중요한 구실을 한다. 어떻게 보면 그의 문학은 여성과 함께 한 생활사를 기록한 것이라고 해도 지나친 말이 아닐만치 여성과 밀접한 관련이 있다. 그런 의미에서 이상 문학을 이해하는 코드로서 여성은 중요하다. 오규원은 이상 소설을 가장 재미있게 읽는 첫 번째 방법으로 "일차적으로 그의 작품에 나타난 현실을 문맥 그대로 그의 개인사로 받아들이는" 것을 들었다.[01]

> 여기서 구분해서 나누어 보면 앞에서 언급한 대로 「鼅鼄會豕」는 나와 錦紅女人이 등장하는 작품이다 (……) 「날개」와 「봉별기」에는 錦紅女人

01 오규원, 〈이상 소설의 3가지 재미있는 독법〉, 《거기서 나는 죽어도 좋았다》, 문장, 1989, 14면.

이 등장한다. 錦紅女人은 姓은 분명치 않으나 蓮心이라는 본명을 가지고 있다. 「날개」 거의 끝 부분에 이르면 箱이 마음속으로만 부르는 구절이 있다. 「蓮心이……」. 그의 여동생의 이름은 一心이다. 그리고 「失花」, 「童骸」, 「終生記」, 「幻視記」 등은 卞東琳과의 일이 중심이 되어 있다.[02]

위의 내용은 이상의 벗이었던 문종혁의 진술이다. 이상에게는 유미꼬, 금홍, 순옥, 동림 등 많은 여인들이 있었다고 한다. 이들 가운데 이상의 삶과 문학에 가장 많은 영향을 미친 여성으로 금홍과 동림을 들 수 있다. 그의 소설에서 금홍과 동림이 차지하는 비중이 지대하고, 따라서 그들을 중심으로 계열화가 가능하다.

금홍 계열 : 〈봉별기〉, 〈지주회시〉, 〈날개〉, 〈공포의 기록〉
동림 계열 : 〈동해〉, 〈실화〉, 〈종생기〉, 〈단발〉

이 두 계열의 작품들은 금홍과 동림의 성격만큼이나 많은 점에서 다르다. 그러므로 이 두 계열의 작품들이 어떻게 다른지, 그 다름이 이상 문학에서 어떤 의미가 있는지 구체적으로 살펴볼 필요가 있다. 그렇다고 삶과 문학을 동일시하자는 것은 아니다. 소설은 나름대로 허구적 요소가 있게 마련이다. 그러나 우리는 현실을 고려해 봄으로써 소설을 더 잘 이해할 수 있다. 더욱이 그의 대표작이자 주요 소설들이 모두 이 계열에 속해 있다는 사실에서 두 계열 사이의 차이를 검토하는 작업은 중

02 문종혁, 〈몇 가지 異議〉, 《문학사상》, 1974년 4월, 351면; 《그리운 그 이름, 이상》(김유중·김주현 편), 지식산업사, 2004, 139면. 인용문에서 〈환시기〉에 등장하는 여인이 변동림이라는 문종혁의 주장에는 오류가 있다. 거기에 등장하는 여인은 권순옥, 금홍 등이다.

요성을 더한다. 논의에 앞서 두 여인의 조건과 당시의 모습들, 그리고 형상화된 모습들을 검토해 볼 필요가 있다.

2. 술집 기생과의 삶과 문학 — 금홍 계열의 소설

1) 만남과 헤어짐의 기록 — 〈봉별기〉, 〈공포의 기록〉

이상은 1933년 3월 각혈을 하고 쓰러진다. 그는 총독부 기사직을 그만두고 구본웅과 함께 배천온천으로 요양을 떠난다. 이상은 거기에서 기생이었던 금홍을 알게 된다.

> 이렇듯 몸단장에 아주 관심이 없던 오빠가 白川溫泉에 가서 우연히 알게 된 여자가 흔히 錦紅이로 알려진 사람이었습니다. 病弱한 몸에 밤새 술을 마시고 妓生과 사귀었으니 그 건강은 말이 아닐 정도였을 것입니다. 鐘路二街에 「제비」라는 茶房을 내던 것은 白川旅行에서 돌아온 그해 6월의 일입니다. 錦紅 언니와 同居하면서 집문서를 잡혀 시작한 것이 이 「제비」茶房이었습니다.[03]

> 이상의 말대로 금홍이는 이상과 한집에 살면서 다른 남자들을 받아들이다가 영원히 외출을 하고 말았고 「제비」의 주인은 다시 그의 「도스토에프스키」의 집으로 돌아오고 말았던 것이다.[04]

---

03 김옥희, 〈오빠 이상〉, 《현대문학》, 1962년 6월, 316면; 《그리운 그 이름, 이상》, 60면.

04 윤태영·송민호, 《절망은 기교를 낳고》, 교학사, 1968, 49면.

> 그 시절 그의 처음의 여인 금홍 여인은 〈봉별기〉 그대로 날아왔다 날아갔다 하더니 상의 어린애같이 약한 심장에 칼을 꽂아 놓고 날아가 버렸다.[05]

이상은 곧 금홍과 친해지고 동숙한다. 그리고 1933년 5월 백부의 소상을 맞아 서울로 오자 그녀도 곧 따라 서울로 온다. 그리고 이상은 다방 '제비'를 개업한다. 그녀는 이상과 동거하며 다방 일을 도왔다. 다방 제비는 곧 문인들이 모이는 장소가 된다. 그들에게 금홍은 "예쁘장한 얼굴이었으나, 눈귀가 쭉 째진 것이 독기를 품은 인상"[06]으로, 또는 "차돌같이 뭉친 자그마한 몸집에, 바늘 하나 들어 갈 빈틈이 없는 새침하고 깜찍한 미인"[07]으로 인식된다. 이상은 금홍과 실제로 동거하였지만 가족들과는 어느 정도 거리를 둔 것으로 보인다. 이상은 그녀와 3년 정도 동거한다. 금홍은 다른 남자를 끌어들이는가 하면 외출과 귀가를 반복하다가 1935년에 이상을 떠난다.

이상은 금홍과 만나고 이별한 이야기를 〈봉별기〉에서 자세하게 그리고 있다. 〈봉별기〉는 바로 그녀와 만남에서 헤어짐에 이르는 과정의 기록이다.

> 사흘을 못 참고 기어 나는 旅館 主人 영감을 앞장 세워 밤에 長鼓소리 나는 집으로 찾아갔다. 게서 만난 것이 錦紅이다.
>
> 「몇 살인구?」

---

05 문종혁, 〈심심산천에 묻어주오〉, 《여원》, 1969년 4월, 238면; 《그리운 그 이름, 이상》, 114면.

06 윤태영·송민호, 《절망은 기교를 낳고》, 교학사, 1968, 15면.

07 김소운, 〈李箱異常〉, 《하늘 끝에 살아도》, 동화출판공사, 1968, 293면; 《그리운 그 이름, 이상》, 71면.

> 體大가 비록 풋고추만 하나 깡그라진 계집이 제법 맛이 맵다. 열여섯 살? 많아야 열아홉 살이지 하고 있자니까
> 「스물한 살이예요」[08]

> 나는 밤이나 낮이나 누워 잠만 자니까 錦紅이에게 對하여 심심하다. 그래서 錦紅이는 밖에 나가 심심치 않은 사람들을 만나 심심치 않게 놀고 돌아오는— (……) 나는 아무 말도 하지 않는다. 나는 錦紅이 娛樂의 便宜를 도웁기 위하여 가끔 P君 집에 가 잤다. P君은 나를 불쌍하다고 그랬던가시피 지금 記憶된다 (……) 이런 實없는 貞操를 看板 삼자니까 自然 나는 外出이 잦았고 錦紅이 事業에 便宜를 도웁기 위하여 내 房까지도 開放하여 주었다. 그러는 中에도 歲月은 흐르는 法이다.(350~351면)

금홍은 '체대가 비록 작지만 깡그라진 계집'이었다. 그녀는 경산부였고, 실제보다 나이가 들어 보인 것으로 묘사된다. 이상은 그녀를 만나서 곧 동거에 들어간다. 이들의 애정 관계는 당시의 도덕관념으로 보면 일상적이지 않은 점이 있는데, 이상이 우씨, C씨 등에게 금홍을 권했다는 것이나 금홍이 그들에게서 받은 돈을 이상에게 자랑했다는 내용이 그것이다. 그러나 금홍이 당시 술집 기생이었다는 사실을 감안하면 그렇게 이상스러울 건 없다. 그런데 이상이 그런 그녀를 받아들이고, 심지어 금홍이의 오락 사업에 자신마저 희생하였다는 사실은 특이하다. 이상은 그녀의 기둥서방 노릇을 한 셈이다. 그녀는 이상과 동거를 시작한 뒤에도 작부의 기질을 버리지 못한다. 그녀는 여전히 다른 남자를 만나는가 하면 심지어 가출까지 일삼는다. 그녀는 동물적 애정

08 김윤식 편, 《이상문학전집2》, 문학사상사, 1991, 348면. 이하 이 책의 인용은 인용 구절 뒤 괄호 속에 면수만 기입.

을 지닌 존재로 묘사된다.

> 나흘 만에 와보니까 금홍이는 때 묻은 버선을 웃목에다 벗어놓고 나가 버린 뒤였다.(351~352면)
> 人間이라는 것은 臨時 拒否하기로 한 내 生活이 記憶力이라는 敏捷한 作用하지 않았기 때문에 두 달 後에는 나는 錦紅이라는 姓名 三字까지도 말쑥하게 잊어 버리고 말았다. 그런 杜絕된 歲月 가운데 하루 吉日을 卜하여 錦紅이가 往復葉書처럼 돌아왔다. 나는 그만 깜짝 놀랐다.(352면)

> 錦紅이는 와서 보니까 내가 참 딱했다. 이대로 두었다가는 亦是 며칠이 못 가서 굶어 죽을 것 같이만 보였던가보다. 두 팔을 부르걷고 그날부터 나서 벌어다가 나를 먹여 살린다는 것이다 (……) 이러기를 두 달? 아니 다섯 달이나 되나보다. 錦紅이는 忽然히 外出했다.(353면)

금홍은 매춘부였다. 그녀에게 성은 놀이와 유희의 대상이다. 금홍은 가출과 귀가를 반복하며, 삶에서 본능이나 욕망을 항상 우선시한다. 이상은 마침내 그녀와 살면서 "天下의 女性은 多少間 賣春婦의 要素를 품었느니라"(353면)는 진실을 터득한다. 그녀의 잦은 외출은 결국 두 사람을 갈라놓는 계기가 된다. 이상은 그녀의 구슬픈 창가를 들으며 마침내 이별한다.

〈공포의 기록〉에서 이상은 금홍과 함께 한 삶과 이별, 그리고 결핵, 적빈 등을 마주한 공포스러운 삶을 그렸다. 이 작품에서도 금홍의 가출과 귀가, 그리고 이별이 중심에 놓여 있다.

> 솜옷을 입고 아내가 나갔거늘 이제 철은 홋것을 입어야 하니 넉 달지간

이나 되나 보다.

나를 배반한 계집이다. 三年 동안 끔직이도 사랑하였던 끝장이다. 따귀도 한 개 갈겨주고 싶다. 호령도 좀 하여 주고 싶다. 그러나 여기는 몰려드는 사람이 하나도 내 얼굴을 모르는 사람이 없는 茶房이다. 장히 모양도 사나우리라.(196면)

하나같이 내 눈에 비치는 女人이라는 것이 그저 끝없이 輕兆浮薄한 음란한 妖物에 지나지 않는 것이 없다.

生物의 이렇다는 意義를 홀떡 잃어버린 나는 宦臣이나 무엇이 다르랴. 산다는 것은 내게 따는 必要 以上의 「揶揄」에 지나지 않는다.

그것은 무슨 한 女人에게 背叛 당하였다는 고만 理由로 해서 그렇다는 것 아니라 事物의 어떤 「포인트」로 이 믿음이라는 力學의 支點을 삼아야겠느냐는 것이 순혀 캄캄하여졌다는 것이다 (……) 이런 넉달이 지나고 어리석은 꿈을 그럭저럭 어리석은 꿈으로 돌릴 줄 알만한 時期에 아내는 꿈을 거칠은 걸음걸이로 逆行하여 여기 暴君의 印象으로 나타난 것이다.(198~199면)

한번도 아내가 나를 사랑 않는 줄 생각해 본 일조차 없다. 나는 어느 틈에 高尙한 菊花 모양으로 금시에 쑤세미가 되고 말았다. 아내는 나를 버렸다 아내를 찾을 길이 없다.(200면)

아내 금홍은 가출 넉 달만에 귀가하였다.[09] 마치 "부전 붙은 편지 모양으로 때와 손자죽이 잔뜩 묻은 채"(198~199면) '폭군의 인상'으로 돌아

09 고은은 〈공포의 기록〉이 동림과 함께 했던 생활을 기술한 것처럼 설명하고 있으나 이는 잘못이다.(고은, 《이상평전》, 청하, 1992, 301면)

온 것이다. 나는 이미 그녀에 대한 애정도 사라지고, 배신감과 더불어 원망과 분노만 남았다. 그리고 그녀가 '輕兆浮薄한 음란한 妖物'에 지나지 않는다고 느낀다.

이상은 금홍과 3년 동안 동거하였다. 이는 〈종생기〉에서도 "헤어진 夫人과 三年을 同居하시는 동안에 너 가거라 소리를 한 마디도 하신 일이 없다는 것이 先生님의 自慢이십니다"(380면)라는 언급에서도 드러난다. 그런데 그녀는 결국 떠나고 말았다. 그리고 몰려온 적빈의 삶, 나는 만사가 끝났다고 느낀다. 그래서 밤이면 '유령과 같이 흥분'하여 거리를 쏘다니기도 하고, 말과 같이 광분하여 날뛰기도 하는 등 자학적인 모습을 보인다. 〈공포의 기록〉은 금홍이 떠나고 난 뒤의 공허와 걷잡을 수 없는 상황, 만신창이가 된 이상의 모습들이 잘 드러난다.

한편 금홍과 함께 한 삶은 〈환시기〉에서도 나타난다. 순옥과 만난 때를 기술하는 중간 중간에 금홍에 대한 이야기가 나온다.

> 내 승낙 없이 한 아내의 외출이다. 古물 장사를 불러다가 아내가 벗어 놓고 간 버선짝까지 모조리 팔아먹으려다가 —
> 아내가 十中의 다섯은 돌아올 것 같았고 十中의 다섯은 안 돌아올 것 같았고 해서 사실 또 가랬댔자 갈 데가 있는 배 아니고 예라 자빠져서 어디 오나 안 오나 기대려 보자꾸나 — (……) 그동안에 十中 다섯으로 아내가 돌아왔다. 나는 이 아내를 맞을 수밖에 없었다. 사랑하지 않는 아내를 나는 전의 열갑절이나 사랑할 수 있었다 (……) 반년 동안 외출했던 아내를 말 한 마디 없이 도로 맞은 내 얼굴 위에다 —
> 부질없는 세월이 사년 흘렀다. 아내의 두 번째 외출은 十中 다섯은 돌아오지 않는 것이었다.(288~289면)

아내가 가출한 사이 순영을 만나고 순영이 없는 사이 아내가 돌아온 상황이 모자이크되어 있다. 〈환시기〉에서는 이상과 순영의 만남 및 그녀와 송군의 결혼이 중심 이야기이기에 금홍의 가출과 귀가는 주변적인 이야기로 남아 있다. 그러나 이상의 삶을 중심으로 한 기록이기에 그녀와 이상의 동거 생활은 피해갈 수 없었다. 그녀는 이상의 초기 작품들에 넓게 그늘을 드리우고 있다.

2) 동거 생활의 형상화 — 〈지주회시〉, 〈날개〉

이상이 금홍을 맞이함으로써 그들은 동거 생활을 시작하였다. 이상은 금홍과 함께 관철동에 살림집을 차린 것으로 보인다.[10]

> 박군의 말에 의하면 이상의 내외가 가정을 꾸몄다는 곳은 우미관 근방의 어느 골목 안의 일각대문 집인데, 그 안에 들어서니, 방방이, 수십 가구가 살고 있는 집, 방 두 개를 빌어 가지고 있었고, 이상이 쓰는 방과 그 아내인 금홍이가 쓰는 방을 각각 볼 수가 있었다고 하는 말이었다. 박군의 불의의 습격이었음에도 불구하고 금홍이의 방은 제대로 방 안의 가정집물이 제자리를 잡고 있었고, 벽에 걸린 달력이 바른 제 날짜, 궤짝 위에 놓인 사발 시계도 옳은 시각을 가르키고 있었더라는 보고였다.(윤태영, 47~48면)

10 김옥희는 김승희와 한 대담에서 "관철동쯤인가…… 커다란 한옥집에 안채는 김소운씨가 쓰고 바깥채에 큰 오빠랑 금홍이가 살고 있었던 기억이 나요"라고 말했다. 그것은 박태원의 〈보고〉에서 '관철동 삼십삼번지'와 일치한다. 김승희, 〈오빠 김해경은 천재 이상과 너무 다르다〉, 《문학사상》, 1987년 4월, 90~91면.

> 「제비」의 뒷방, 즉 상과 금홍 여인의 거실에는 두어 번 들어가 본 일이 있다. 아무런 세간 도구도 없다. 침구와 상의 책들, 원고 쪽지들, 그런 것들이 질서 없이 방바닥에 놓여 있을 뿐이었다. 그리고 벽에 금홍 여인이 입는 옷이 걸려 있을 뿐이었다.(문종혁, 240면)

위는 윤태영의 진술이다. 마치 박군(박태원을 지칭)이 자신에게 이상 내외의 가정생활을 보고한 것처럼 서술하였다. 이것이 실재의 보고인지, 아니면 박태원의 〈보고〉를 바탕으로 한 내용인지는 정확히 알 수 없지만, 이들이 관철동에 살림을 차렸던 것은 사실로 보인다. 한편 제비의 뒷방도 이들 부부의 생활공간이었다. 누이 김옥희는 생활비를 얻으러 제비다방에 갔을 때 방안은 항상 어지럽혀져 있었다고 했다. 이들이 두 공간을 동시에 사용하였는지, 아니면 관철동 살림집을 내놓고 제비의 뒷방으로 옮겨왔는지는 알 수 없으나, 어둡고 침침해서 '도스토예프스키의 방'이라 불렀던 제비의 뒷방도 이들의 거처로 쓰였다.

이러한 생활공간은 바로 〈지주회시〉의 주요한 배경으로 나온다. 〈봉별기〉, 〈공포의 기록〉이 만남에서 헤어짐이라는 시간적 순서에 집중되었다면, 〈지주회시〉, 〈날개〉는 결혼 생활이라는 공간적 삶이 중심이 된다.

> 또 거미. 아내는꼭거미. 라고그는믿는다. 저것이어서도로환투를하여서 거미형상을나타내었으면—그러나거미를총으로쏘아죽였다는이야기는 들은일이없다. 보통 발로밟아죽이는데 신발신기커녕일어나기도싫다. 그러니까마찬가지다. 이방에 그외에또생각하여보면—맥이뼈를디디는 것이빤히보이고, 요밖으로내어놓는팔뚝이밴댕이처럼꼬스르하다—이 방이그냥거민게다. 그는거미속에가넙적하게들어누어있는게다. 거미내음새다. 이후덥지근한내음새는 아하 거미내음새다. 이방안이거미노릇

을하느라고풍기는흉악한내음새에틀림없다. 그래도그는아내가거미인것을잘알고있다.(298면)

거미—분명히그자신이거미였다. 물뿌리처럼야외들어가는아내를빨아먹는거미가 너 자신인것을깨달아라. 내가거미다 비린내나는입이다. 아니아내는그럼 그에게서아무것도안빨아먹느냐. 보렴—이파랗게질린수염자국—퀭한눈—늘씬하게만연되나마나하는형영없은營養을—보아라. 아내가거미다. 거미아닐수있으랴. 거미와거미거미와거미냐. 서로빨아먹느냐. 어디로가나. 마주야웨는까닭은무엇인가. 어느날아침에나뼈가가죽을찢고내밀리려는지—그손바닥만한아내의이마에는땀이흐른다. 아내의이마에손을얹고 그래도여전히그는 잔인하게 아내를밟았다.(301면)

여름이그가땀흘리는동안에가고—그러나그의등의땀이걷히기전에왕복엽서모양으로아내가초조히돌아왔다. 낡은잡지속에섞여서배곺아하는그를먹여살리겠다는것이다. 왕복엽서—없어진半—눈을감고아내의살에서허다한指紋내음새를맡았다. 그는그의생활의叙술에귀찮은공을쳤다.(304면)

〈지주회시〉의 공간은 방이다. 그 방은 “버선처럼 생긴 房”(300면)이자 “황홀한 동굴”(300면)이기도 하고, 방 전체가 거미이기도 하다. 그것은 그 속에 사는 아내가 거미가 되고 나 역시 거미가 되는 까닭일 것이다. 거미가 사는 버선 속과 같은 방, 동굴 같은 방은 바로 그들이 살던 어지럽고 지저분한 방을 형상화한 것이다. 어쩌면 백부집에 기거하던 방이나 제비의 뒷방, 황금정의 어둡고 컴컴한 방을 합한 이미지일지도 모른다. 그 방에서 아내와 나는 부부가 되고, 아내는 버선만을 내버려둔 채 왕복엽서 모양으로 외출과 귀가를 반복한다. 이 부분은 〈봉별기〉와 별반 다를 바 없지만 〈지주회시〉는 아내와 나의 생활 쪽에 초점을 맞춘다.

그녀를 거미로 인식하는 것은 발의 이미지에서 비롯한 것으로 보인다. 방에 버선만 버려두고 가출한 여자, 그 방에 후덥지근한 내음새는 거미의 냄새로 인식되고, 그녀는 그 방 속을 지키던 거미가 된다. 그래서 그녀는 거미이고 나 역시 그녀를 빨아먹는 거미가 되는 것이다. 곧 아내는 매춘하는 기생이고, 나는 그런 그녀에게 빌붙어 먹는 기둥서방이라는 공식이 성립된다. 거미의 비유로 동물성과 공격성이 강조되고 있다.

> 그 三十三번지라는 것이 구조가 흡사 유곽이라는 느낌이 없지 않다. 한 번지에 十八가구가 죽 — 어깨를 맞대고 늘어서서 창호가 똑같고 아궁지 모양이 똑같다. 게다가 각 가구에 사는 사람들이 송이송이 꽃과 같이 젊다. 해가 들지 않는다. 해가 드는 것을 그들이 모른 체하는 까닭이다. 턱살 밑에다 철줄을 매고 얼룩진 이부자리를 널어 말린다는 핑계로 미닫이에 해가 드는 것을 막아 버린다. 침침한 방안에서 낮잠들을 잔다. 그들은 밤에는 잠을 자지 않나? 알 수 없다. 나는 밤이나 낮이나 잠만 자느라고 그런 것은 알 길이 없다. 三十三번지 十八가구의 낮은 참 조용하다.(319~320면)

> 아랫방은 그래도 해가 든다. 아침결에 책보만한 해가 들었다가 오후에 손수건만 해지면서 나가 버린다. 해가 영영 들지 않는 웃방이 즉 내 방인 것은 말할 것도 없다. 이렇게 볕 드는 방이 아내 해이요 볕 안 드는 방이 내 해이오 하고 아내와 나 둘 중에 누가 정했는지 나는 기억하지 못한다. 그러나 나에게는 불평이 없다.(321~322면)

나는 늘 웃방에서 나 혼자서 밥을 먹고 잠을 잤다. 밥은 너무 맛이 없었다. 반찬이 너무 엉성하였다. 나는 닭이나 강아지처럼 말없이 주는 모이를 넙죽넙죽 받아먹기는 했으나 내심 야속하게 생각한 적도 더러 없지 않다. 나는 안색이 여지없이 창백해 가면서 말라 들어갔다.(326면)

33번지 18가구는 박태원의 〈보고〉와 내용이 같다.[11] 〈보고〉가 이상의 〈날개〉와 같은 시기에 발표되었다는 사실은 시사하는 바가 많다. 적어도 33번지 18가구 정도는 사실의 영역에 속해 있을 것이다. 그리고 이 작품에 나오는 두 개의 방도 역시 중요한 기능을 한다. '두 개의 방'은 우미관 근방의 '신혼 방'과 관련 있고, '볕이 안 드는 방'은 '제비의 뒷방', '황금정의 방' 등의 이미지와도 연결된다.[12]

이상은 〈지주회시〉에서 '그'의 일방적 약탈을, 〈날개〉에서 '나'의 일방적 의존을 다루고 있다. 부부 관계는 상호 의존적이거나 상호부조적인 것이 일반적이다. 그러므로 이 작품들은 비일상적 부부 생활을 다루고 있다. 나는 마치 닭이나 개처럼 주는 모이만 넙죽넙죽 받아먹는, 생활의 기능이나 생식력이 퇴화된 인물이다. 〈날개〉에서 '나'는 〈지주회시〉에서 '그'의 '거미'와 같은 동물성은 사라지고 삶의 기능이 퇴화된 식물성의 인간으로 존재할 뿐이다.

11 이 두 작품의 관련 양상은 이미 다음의 글에서 논의된 바 있다. 이경훈, 〈이상과 박태원〉, 《이상, 철천의 수사학》, 소명출판, 2000.

12 임종국은 "〈날개〉의 방은 어려서 부모 정을 모르고 자란 이상이 평생 신음하면서 살다간, '나'와 '남'을 가르는 비극의, 숙명의 방이었는지도 모른다"고 하면서 〈날개〉의 방은 이상이 백부집에 기거했던 방을 형상화해 온 것으로 파악하기도 했다.(임종국, 〈이상 소설이 지닌 현실성〉, 《한국문학》 6, 1976년 6월, 253면)

> 나는 얼떨결에 그만 냉큼 미닫이를 닫고 그리고 현기증이 나는 것을 진정시키느라고 잠깐 고개를 숙이고 눈을 감고 기둥을 짚고 섰자니까 일초 여유도 없이 홱 미닫이가 다시 열리더니 매무새를 풀어헤친 아내가 불쑥 내밀면서 내 멱살을 잡는 것이다. 나는 그만 어지러워서 게가 그냥 나둥그러졌다. 그랬더니 아내는 넘어진 내 위에 덮치면서 내 살을 함부로 물어뜯는 것이다. 아파 죽겠다. 나는 사실 반항할 의사도 힘도 없어서 그냥 넙죽 엎뎌 있으면서 어떻게 되나 보고 있자니까 뒤이어 남자가 나오는 것 같더니 아내를 한아름에 덤썩 안아가지고 방으로 들어가는 것이다. 아내는 아무 말 없이 다소곳이 그렇게 안겨 들어가는 것이 내 눈에 여간 미운 것이 아니다. 밉다.
>
> 아내는 너 밤 새어 가면서 도적질하러 다니느냐, 계집질하러 다니느냐고 발악이다. 이것은 참 너무 억울하다. 나는 어안이 벙벙하여 도무지 입이 떨어지지를 않았다.(341~342면)

여기에서 아내는 육욕적이며 절대 권력을 행사하는 존재로 제시된다. 그녀는 스스로 동물적인 사랑을 구가하면서도 나에게는 염결하기를 강요하는 이중적 존재이다. 그래서 나를 질투하고 욕망하는 존재이다. 그런 그녀에 견주어 나는 전혀 그렇질 못하니 둘의 부부 생활은 절름발이가 될 수밖에 없다. 동물적이고 원초적인 그녀와 이지적이고 식물성의 나는 서로 발이 맞지 않는 존재일 뿐이다. 그것은 이미 배경으로 제시된 '두 개의 방'에서도 유추할 수 있듯이 서로 합일될 수 없는 관계를 의미한다. 여기에서 발은 외연적인 의미를 넘어선다. '발이 맞지 않는', 또는 '절름발이'라는 표현은 '성이 부조화스러운'이라는 의미가 숨어 있다. 아내는 자신의 욕망을 충족할 수 없어 자신의 방으로 다른 남자를 불러들인다. 이는 돈을 매개로 하는 매음의 형태로 구체화된다. 금홍은 본능과 욕망에 충실한 여인이며, 나는 그녀에 기생하는 존재일 뿐이다. 소설은 금홍의 왕성한 색욕과 그렇지 못한 자신의 모습을 대비적으로 그리고 있다.[13]

3. 까페 여급과의 삶과 문학 — 동림 계열의 소설

1) 교제와 결혼의 기록 — 〈단발〉, 〈동해〉

동림은 이화여전을 다녔던 지식인 신여성이다. 그녀는 그의 지우 구본웅의 서모 동생이었다. 이상은 금홍과 헤어지고, 권순옥과도 잠시 사귀었지만 정인택의 자살 소동으로 그녀를 그에게 양보한다. 그리고 1936년 변동림을 만나 결혼하기에 이른다.

> 그 후 7년 후 경기여고를 졸업하고 이대에 다닐 때다.
> 나는 그 비슷한 허허벌판을 이상을 따라서 한없이 걸어갔다. 한없이 걸어간 곳에 방풍림이 있었다. 우리는 방풍림 숲 속을 끝에서 끝까지 걸었다. 나는 날마다 이상을 만났다 (……)
> 「동림이, 우리 같이 죽을까?」

---

13 〈날개〉에 제시한 반나신을 한 여인의 모습은 매우 시사적이다. 그것은 문종혁이 말하는 그림을 연상시킨다. 이상은 스무살 전후에 공창에서 여인을 샀는데, 그 여인을 그린 그림을 문종혁에게 보냈다고 한다. 그것은 "여자가 천장을 향하고 누워 있는 모습을 옆에서 본 그림이다. 배는 임신 10개월로는 부족하다. 젖가슴부터 아랫배까지가 고무풍선 같다. 그 높이가 대단하다." 했는데, 자신의 왜소한 체구와 여성의 왕성한 성욕이 잘 대비되어 있다.(문종혁, 앞의 글, 앞의 책, 241면)

「우리, 어디 먼 데 갈까?」

이것은 상의 사랑의 고백이었을 거다. 나는 먼 데 여행이 맘에 들었고 또 죽는 것도 싫지 않았다. 나는 사랑의 본능보다는 오만한 지성에 사로잡혔을 때라, 상을 따라가는 것이 흥미로웠을 뿐이다.

그래서 약속한 대로 집을 나왔다.

나를 절대로 믿는 어머니한텐 친구한테 갔다 온다고 거짓말을 하고 조그만 가방 하나를 들고 나왔다 (……) 그래서 나는 상하고 결혼했다. 낮과 밤이 없는 밀월을 즐겼다. 나는 우리들의 밀월을 월광으로 기억할 뿐이다.[14]

나는 방풍림을 걸으면서, 많은 소재를 이상에게 제공했다. 사랑이라든가 질투라든가 하는 애정의 문제로 얘기했다. 그럴 땐 나는 남녀란 어디까지나 1대1의 인간 대 인간이란, 인간의 존엄성을 들고 나왔다. 그러면 이상은 골짜기가 메아리치는 웃음을 터뜨렸다. 연거푸 웃었다. 처음 들어 본다는 듯이 웃었다.[15]

동림은 오랜 침묵을 깨고 50년 남짓 지나서야 이상과 함께 했던 삶을 토로하였다. 그녀는 이화여전 시절 방풍림에서 자주 만났고, "개울가에서 있는 조그만 집"에서 동거에 들어간 사실을 이야기하였다. 이에 대해 누이 김옥희도 "오빠는 그것(《詩와 小說》: 인용자 주)이 一輯만 나오고 그만이 되자 黃金町으로 이사를 하고 거기서 姙이 언니와 同居를 시작했습니다. 아마 유월달이었다고 생각되는데 그때 七, 八名「九人會」同人들

14 김향안, 〈理想에서 창조된 李箱〉, 《문학사상》, 1986년 8월, 62~63면; 《그리운 그 이름, 이상》, 189~190면.

15 김향안, 〈이상이 남긴 유산들〉, 《문학사상》, 1987년 1월, 114면.

이라고 생각되는 분들과 新興寺에서 形式만의 結婚式을 올렸습니다"[16]고 진술하였다. 이들의 결혼은 비밀리에 이뤄진 것으로 보인다. 동림은 결혼한 지 얼마 안 되어 벌이를 하려고 카페 여급으로 나갔다고 한다. 이상과 그녀의 실제 결혼 생활은 몇 개월에 지나지 않았다. 이상은 그해 10월 도쿄로 건너갔다가 이듬해 4월 불귀의 객이 되기 때문이다.

〈단발〉과 〈동해〉는 이상과 동림의 만남과 사랑, 결혼을 배경으로 한 작품이다. 만남을 다룬 〈단발〉에서는 정사情死에 대한 흥미로운 이야기가 나온다.

> 당연히 오지 않을 것인데도 뜻밖에 그가 少女에게 가지는 감정 가운데 좀 세속적인 애정에 가까운 요소가 섞인 것을 알아차리자 그 때문에 몹시 자존심이 상하지나 않았나 하고 危懼하고 또 쩔쩔 매었다. 이것이 엔간치 않은 힘으로 그의 정신 생활을 선불리 건드리기 전에 다른 가장 유효한 결과를 예기하는 처벌을 감행치 않으면 안될 것을 생각하고 좀 무리인 줄은 알면서 놀음하는 세음 치고 少女에게 Double Suicide를 「프로포즈」하여 본 것이었다.
>
> (……)
>
> 「싫습니다. 불행을 짊어지고 살아가는 것이 제게는 더없는 魅力입니다. 그렇게 내어 버리구 싶은 생명이거든 제게 좀 빌려 주시지요」
>
> 戀愛보다도 한句 윗티즘을 더 좋아하는 그였다. 그런 그가 이때만은 풍경에 자칫하면 패배할 것 같기만 해서 갈팡질팡 그 자리를 피해 보았다. 少女는 그때부터 그를 경멸하였다느니보다는 차라리 염오하는 편이었다. 그의 틈사구니투성이의 점잖으려는 才能을 걸핏하면 향하여 少女

16 김옥희, 〈오빠 이상〉, 《현대문학》, 1962년 6월, 318면; 《그리운 그 이름, 이상》, 63면.

의 침착한 才能의 槍끝이 걸핏하면 侵略하여 왔다.(247~248면)

그가 소녀에게 정사를 제의한 것은 다분히 호기적인 성격이 강하다. 결핵의 낭만성과 20대의 치기가 만들어 낸 것이다. 소녀는 그 제의를 거부한다. 죽음의 위협에서 탈출하고픈 이상이고 보면 그것은 당연지사이고, 아직 삶이 창창한 동림이 거부한 것 역시 당연하다. 그는 이러한 내용을 수필 〈행복〉에서 적고 있다. 〈행복〉에서 '선이'는 동림으로, 이상이 그녀와 있었던 일화를 적은 것이고, 〈단발〉 역시 그러한 일을 형상화한 것으로 보인다. 소녀는 그의 제의를 받아들일 만큼 그에게 동정적이거나 감상적이지 않은 인물이다. 〈단발〉에서는 소녀를 지적이지만 교활한 여자로 묘사한다.

한편 〈동해〉에 나오는 정조 논쟁도 동림과 벌인 논쟁에서 촉발한 것으로 보인다.

「貞操責任이 있을 때에도 다음 같은 方法에 依하여 불장난은 — 主觀的으로만이지만 — 용서될 줄 압니다. 즉 아내면 남편에게, 남편이면 아내에게, 무슨 特殊한 戰術로든지 감쪽같이 모르게 그렇게 스무우스하게 불장난을 하는데 하고 나도 이렇달 形蹟을 꼭 남기지 말아야 한다는 것입니다. 네?

그러나 주관적으로 이것이 용납되지 않는 경우에 하였다면 그것은 罪요 苦痛일 줄 압니다. 저는 罪도 알고 苦痛도 알기 때문에 저로서는 어려울까 합니다. 믿으시나요? 믿어주세요」

評 — 여기에서도 끝으로 어렵다는 대문 부근이 分明히 거짓부렁이라는 것이다. 그것은 亦是 같은 姙이의 筆跡, 이런 潛在意識, 綻露現象에 依하여 確實하다.

「불장난을 못하는 것과 안 하는 것과는 性質이 아주 다릅니다. 그것은 컨디션 如何에 左右되지는 않겠지요. 그러니 어떻다는 말이냐고 그러십니까. 일러 드리지요. 기뻐해 주세요. 저는 못하는 것이 아니라 안 하는 것입니다.

自覺된 變愛니까요.(277면)

이 부분은 〈동해〉의 'TEXT' 장으로 고도의 수사학을 내장하고 있다. 여기서 임이의 뛰어난 화술과 재기 넘친 자유연애 사상을 엿볼 수 있다. 임이는 수사학뿐만 아니라 변신에도 뛰어난 여자로 제시된다. 그녀는 눈 가리고 아웅하는 '야웅의 천재'이다.

그러다가 悠久한 歲月에서 쫓겨나듯이 눈을 뜨면, 거기는 理髮所도 아무 데도 아니고 新房이다. 나는 엊저녁에 결혼했단다.

窓으로 기웃거리면서 참새가 그렇게 의젓스럽게 싹둑거리는 것이다. 내 수염은 조금도 없어지진 않았고.

그러나 큰일 난 것이 하나 있다. 즉 내 곁에 누워 普通 아침잠을 자고 있어야 할 신부가 온데간데가 없다.(263면)

그러나 다음 순간 일은 더 커졌다. 신부가 忽然히 나타난다. 五月철로 치면 좀 더웁지나 않을까 싶은 洋裝으로 차렸다. 이런 姙이와는 나는 面識이 없는 것이다.

그나 그뿐인가 斷髮이다. 或 이 이는 딴 아낙네가 아닌지 모르겠다. 斷髮 洋裝의 姙이란 내 親近에는 없는데, 그럼 이렇게 서슴지 않고 내 房으로 들어올 줄 아는 남이란 나와 어떤 惡緣일까?(264면)

임이는 결혼하고 반지를 잃어버리고 온 여자로 묘사된다. 그녀는 결혼한 날 아침에 양장을 입고 단발을 하고 들어오는 등 변신에 능한 사람이다. 이미 결혼 전에 무수한 남자가 있었던 것으로 그린 것은 그녀의 가식과 허위를 드러내고자 하는 이상의 방어기전일 것이다. 그녀는 20세기 최첨단의 무기로 무장한 모던걸이다. 그녀 앞에 이상은 기만당할 뿐이다. 이상은 동림을 이처럼 자유분방하고 변신에 능한 여자로 형상화하였다. 특히 성적 이중생활을 드러냄으로써 그녀를 비도덕적이고 비윤리적인 여자로 그렸다.

2) 사랑과 배신의 형상화 –〈실화〉, 〈종생기〉

이상과 변동림의 생활은 그렇게 행복하지만은 않았던 것으로 보인다. 이상에게 병과 생활난이라는 이중고보다도 삶에 대한 불신이 그를 더 괴롭힌 것으로 보인다. 여기에서 정인택, 윤태영의 글을 먼저 살펴볼 필요가 있다.

> 笠井町 어둠컴컴한 房 말이 났으니 말이지만 實로 그房이란 李箱 自身보다도 불상한 房이었다 (……) 그때 李箱夫人은 밤늦도록 나아가 일하고 있어서 새벽 두시 세시가 아니면 집에 돌아오지 않을때이라 혼자 그 陰鬱한房을 지킬수 없었고해서 夫人이벌어다 주는 돈으로 李箱역시 밤늦도록 거리를 쏘다니며 술먹고 짖거리고, 이렇게 둘이다 밤이 늦인지라 아침이면 午正이 넘도록 자리에서 일어날줄을 몰랐고 (……) 낮잠을 자고 電燈불켜질 무렵 夫人이 세수하고 단장하고 밖으로 나가면 李箱이도 또한 터덜터덜 不潔한 姿態로거리로 나와 술집으로나 아무데로나

> 夫人이 집에 돌아올때까지 헤매는것이다.[17]

> 그런데 姙이언니의 사랑도 결코 오빠를 행복하고 安定되게 하지는 못했읍니다.
> 오빠는 姙이언니와 同居생활을 하던 바로 그해 東京으로 떠났읍니다.[18]

동림이 '입정정'에 살지 않았다고 해서 위의 말을 다 부정할 수는 없다.[19] 김옥희의 증언에 따르면, 이들이 살림을 차렸던 곳은 '입정정'이 아니라 '황금정'으로 드러난다. 동림이 생활력이 없던 이상을 대신해서 밤에 일을 나갔던 것은 사실인 듯하다. 윤태영도 "임이는, 비밀리에「카페」의 여급으로 나가고 있었던 것"[20]이라고 진술했다. 임이는 몰래 카페 일을 했으며 때문에 이상은 많이 방황했던 것으로 보인다. 그런 점에서 아래 김옥희의 진술은 타당성을 얻는다. 이상은 한편으로 임이와 결혼생활이 행복하지 못했기에 일본으로 탈출하였던 것이다. 그렇다면 불행의 원인은 무엇일까. 그것은 〈EPIGRAM〉이나 〈十九世紀式〉이라는 수필이나 동림과 함께 한 삶을 다룬 소설에서 제기한 것으로 보인다. 이상은 동림을 등장시키면서 그녀의 부도덕한 행실을 문제 삼는다.

---

17 정인택, 〈불상한 이상〉, 《조광》, 1939년 12월, 308~309면; 《그리운 그 이름, 이상》, 43면.

18 김옥희, 앞의 글, 앞의 책, 318면; 《그리운 그 이름, 이상》, 64면.

19 변동림(필명: 김향안)은 정인택의 위 사실을 부인하고 있다. 그녀는 글에서 "정인택의 글에서—, 우리는 입정정에서 반년을 산 일이 없다. 이상이 떠나려고 할 무렵 처음 직장엘 나갔다."고 강조했다.(김향안, 〈헤프지도 인색하지도 않았던 이상〉, 《문학사상》, 1986년 12월, 77면; 《그리운 그 이름, 이상》, 200면)

20 윤태영·송민호, 《절망은 기교를 낳고》, 교학사, 1968, 80면.

R과도 깨끗이 헤어졌습니다. S와도 絕緣한 지 벌써 다섯 달이나 된다는 것은 先生님께서도 믿어 주시는 바지요? 다섯 달 동안 저에게는 아무것도 없습니다. 저의 情節을 認定해 주시기 바랍니다.
저의 最後까지 더럽히지 않은 것을 先生님께 드리겠습니다. 저의 희멀건 살의 魅力이 이렇게 다섯 달 동안이나 놀고 없는 것은 참 무엇이라고 말할 수 없이 아깝습니다. 저의 잔털 나스르르한 목 영한 온도가 先生님을 기다리고 있습니다. 先生님이어! 저를 부르십시오. 저더러 영영 오라는 말을 안 하시는 것은 그것 亦是 가신 적 경우와 똑같은 理論에서 나온 苟苟한 人生辯護의 치사스러운 手法이신가요?
永遠히 先生님 「한 분」만을 사랑하지요. 어서 어서 저를 全的으로 先生님만의 것을 만들어 주십시오. 先生님의 「專用」이 되게 하십시오.(380~381면)

貞姬를 하루라도 바삐 나 혼자만의 것을 만들어 달라는 貞姬의 熱烈한 말을 勿論 나는 잊어버리지는 않겠소. 그러나 지금 형편으로는 「아내」라는 저 醜物을 處置하기가 貞姬가 생각하는 바와 같이 그렇게 쉬운 일은 아니오.(396면)

이상이 정희의 부정을 드러내는 방식은 비밀의 폭로이다. 〈종생기〉에서 정희는 이상에게 자신의 청절을 주장하는 편지를 부친다. 그러나 동일한 내용을 다른 사람에게 보낸 것이 밝혀짐으로써 그녀의 위선은 폭로되고 만다. 이상 자신에게만 '전용'이 되게 해 달라는 말을 다른 사람에게도 한 것이 드러난 것이다.

속은 후에 또 속았다. 또 속은 후에 또 속았다. 未滿十四歲에 貞姬를 그 家族이 强行으로 賣春시켰다. 나는 그런 줄만 알았다. 한 방울 눈물—
그러나 家族이 强行하였을 때쯤은 貞姬는 이미 自進하여 賣春한 후 오래 오래 後다. 다홍댕기가 늘 貞姬 등에서 나부꼈다. 家族들은 不意에 올 災앙을 막아 줄 단 하나 값 나가는 다홍댕기를 忌憚없이 믿었건만—
그러나 —
不意는 貴人답고 참 즐겁다. 간음한 處女 — 이는 不義 中에도 가장 즐겁지 않을 수 없는 永遠의 密林이다.(394면)

貞姬는 지금도 어느 삘딩 걸상 위에서 듀로워즈의 끈을 푸르는 中이오 지금도 어느 泰西館別莊 방석을 비이고 듀로워즈의 끈을 푸르는 中이오 지금도 어느 松林 속 잔디 벗어 놓은 外套 위에서 듀로워즈의 끈을 盛히 푸르는 中이니까 다. (396면)

이상은 그녀가 애정 행각을 치밀하고 교묘하게 벌여서 결국 자신이 속았음을 알게 된다. 그래서 그는 정희의 사기 때문에 죽을 수밖에 없음을 〈종생기〉에서 고백한 것이다. 이상은 그녀를 14세 때 이미 가족 때문에 매춘을 한 여성으로, 아니 그보다 훨씬 이전에 자진해서 매춘한 여성으로 그려낸다. 그리고 그가 종생한 다음에도 정희의 애정 행각은 끝나지 않음을 강조함으로써 자신의 패배를 인정할 뿐만 아니라 정희의 이중성을 끝까지 폭로한다. 정희 때문에 죽을 수밖에 없음을 강조한 것이다.

한편 〈실화〉도 연이의 교묘한 인간성을 폭로하는 내용이다.

(나는 일찍이 어리석었더니라. 모르고 姸이와 죽기를 約束했더니라. 죽

도록 사랑했건만 面會가 끝난 뒤 大略 二十分이나 三十分만 지나면 姸이는 내가 「설마」하고만 여기던 S의 품안에 있었다.) (……)
(그러나 철不知 C孃이여. 姸이는 約束한 지 두 週日 되는 날 죽지 말고 우리 살자고 그립디다. 속았다. 속기 시작한 것은 그때부터다. 나는 어리석게도 살 수 있을 것을 믿었지. 그뿐인가 姸이는 나를 사랑하느라고까지.)(358면)

그러나 姸이는 히힝 하고 코웃음을 쳤다. 모르기는 왜 몰라 — 姸이는 지금 芳年이 二十, 열여섯 살 때 즉 姸이가 女高 때 修身과 體操를 배우는 여가에 간단한 속옷을 찢었다. 그리고 나서 修身과 體操는 여가에 가끔 하였다.
여섯 — 일곱 — 여덟 — 아홉 — 열 —
다섯해 — 개 꼬리도 三年만 묻어두면 黃毛가 된다든가 안 된다든가 원—
修身時間에는 學監先生님, 割烹時間에는 올드미스先生님, 國文時間에는 곰보딱지先生님—
「先生님 先生님 — 이 구염성스럽게 생긴 姸이가 엊저녁에 무엇을 했는지 알아내면 용하지」
黑板 위에는 「窈窕淑女」라는 額의 黑色이 淋漓하다.
「先生님 先生님 — 제 입술이 왜 요렇게 파르스레한지 알아 맞추신다면 참 용하지」
姸이는 飮碧亭에 가던 날도 R英文科에 在學中이다. 전날 밤에는 나와 만나서 사랑과 將來를 盟誓하고 그 이튿날 낮에는 깃싱과 호-손을 배우고 밤에는 S와 같이 飮碧亭에 가서 옷을 벗었고 그 이튿날은 月曜日이기 때문에 나와 같이 같은 東小門 밖으로 놀러가서 베-제했다. S

도 K敎授도 나도 姸이가 엊저녁에 무엇을 했는지 모른다. S도 K敎授도 나도 바보요 姸이만이 홀로 눈가리고 야웅하는 데 稀代의 天才다. (362~363면)

연이의 과거를 폭로하기, 정숙하고 고매하게 보이는 여자의 비밀을 모두 밝혀내기, 이것이 〈실화〉의 주된 내용이다. 연이는 나와 죽기까지 각오하고 나는 그녀를 죽도록 사랑했건만 그녀는 이삼십 분만 지나면 S의 품에 있다. 그래서 나는 자신의 어리석음을 후회하고, 그녀에게 인간적 배신감을 느낀다. 그리하여 그녀를 열여섯 여고 시절에 간단히 속옷을 찢고, 대학에 다니면서도 음벽정에 가서 놀다 오는 '절조숙녀'로 몰아부친다.

그러면 이상은 왜 그렇게 동림을 '간음녀' '음란녀'로 그렸을까? 〈종생기〉와 〈실화〉에서 그녀의 성 문란을 문제 삼은 것은 그녀에 대한 일종의 복수 행위에 속한다. 그것은 〈十九世紀式〉에서 보여 주듯 '간음한 아내는 내어쫓으라'라는 도덕의식 때문이다. 그래서 아내의 간음을 두고 "「될 수 있으면 그것이 간음이 아니라는 結論이 나도록」 나는 나 自身의 峻嚴 앞에 哀乞까지 하였다"고 말하는 데서 이상의 고뇌를 읽을 수 있다. 어쩌면 그는 동림의 간음을 용서할 수 없었고, 그래서 글로써 복수한 것이리라. 그 뒤에 변동림이 그의 소설을 보고 대노하면서 사실과 다름을 강변한 것도 자신의 비밀이 폭로되는 것에 대한 강한 불만 때문일 것이다.

4. 모델 소설의 의미

이상은 왜 소설에서 자신의 신변잡기나 자신과 관련한 이야기를 많이 펼쳐놓았을까? 의문을 품지 않을 수 없다. 이상의 첫 작품 〈12월 12일〉에도 그의 가족 구조라든지 백부에 대한 원망, 그리고 친우 관계 등 자신의 이야기를 바탕으로 한다.[21] 그러면 왜 그의 많은 작품들이 사실을 바탕으로 형상화되었는가?

> 모사의 특기는 과연 천재였다. 추사의 선면을 삽시간에 진필과 구별하지 못하도록 써 내었고, 희롱 삼아 그린 10원 지폐가 서너 자 거리에서는 쉽사리 진짜와 분간이 가지 않았다. 그런데 모델 없이는 얼굴 하나, 손 하나도 그리지 못했다 (……) 이상의 경우는 잡지에 쓰일 컷 하나도 반드시 외국 잡지나 화보에서 따 와야 했다.[22]

이 글은 대단히 상징적이다. 필자는 이 글에 이상의 창작 태도와 관련한 중요한 비밀이 숨어 있다고 생각한다. 바로 이상이 모델을 토대로 그림을 그렸다는 사실이다. 이는 이상의 진술에서도 나타난다. 그의 수필에는 "내가 畵家를 꿈꾸던 時節 하루 五錢 받고 '모델' 노릇을 하여준 玉姬"(3권, 222면)라 하여 동생 옥희를 모델로 그림을 그렸다는 사실을 말해 주는 구절이 있다. 그리고 현전하는 이상의 그림 가운데

---

21 이경훈은 자신의 글에서 〈12월 12일〉의 M군을 문종혁으로 유추하였다.(〈백부와 문종혁〉, 앞의 책)

22 김소운, 〈李箱異常〉, 《하늘 끝에 살아도》, 동화출판공사, 1968, 291~292면; 《그리운 그 이름, 이상》, 70면.

거의 대부분이 자화상이다.[23] 이는 창작 태도의 측면에서 모델을 앞에 놓고 그림을 그렸다는 사실을 강조하고도 남음이 있다.

그림과 문학은 창작 태도 면에서는 그리 다르지 않다. 이상은 무엇보다 모델, 달리 말하면 대상을 앞에 두고 창작을 했다. 문학에서 모델, 또는 대상이란 무엇인가? 이것은 두 가지로 해석될 법하다. 옥희나 거울 속의 자신을 두고 그린 그림과 '칼표딱지', '10원 지폐'를 두고 그린 그림에서 대상은 달리 해석될 수 있다. 그에게 실제 사물(미메시스의 영역)과 이미 그려진 그림(메타 세계의 영역)이 모두 대상이 될 수 있다. 그렇다면 이상에게 자신과 동생을 모델로 그림을 그리거나 자신과 아내들을 모델로 소설화하는 것은 같은 미메시스의 영역이 된다. 그에게는 삶 자체가 하나의 재현 대상으로 자리했던 것이다. 그리고 그림에서 '칼표딱지' '10원 지폐'는 소설에서 〈비계덩어리〉, 《젊은 베르테르의 슬픔》처럼 메타 영역에 속하며 모방함으로써 이상의 텍스트로 건너오게 된다.

이상은 금홍과 동림을 많은 작품에서 형상화해 왔다. 이는 자전 소설, 또는 사소설의 영역이며, 임종국의 지적처럼 모델 소설이라 칭할 만하다. 그렇다면 그의 소설이 얼마만큼 사실의 영역인가 하는 문제가 남는다.

> 아니 李箱이야말로 진짜 女子를 사랑할 줄 아는 사람이었다. 그런故로 〈지주회시〉 〈날개〉 〈동해〉 其他 李箱의 작품에 나타나는 李箱과 그의 안해를 나타나는 그대로 받어드려서는 人間李箱을 正當하게 理解할 수

---

23 문종혁의 증언에 따르면 이상이 그린 그림은 풍경화 및 정물화가 몇 장, 누이동생을 모델로 한 소녀좌상 두어 점, 그 밖에는 전부 자화상이었다고 한다.(〈심심산천에 묻어주오〉, 《여원》, 1969년 4월, 239면; 《그리운 그 이름, 이상》, 117면)

없다. 公開된 席上에선 決코 眞實을 告白치 않는 것이 李箱의 〈엑센트리크〉한 성질이기 때문이다. 작품에 나타난 李箱 자신은 모다가 人間 李箱의 껍질이 아니면 거림자에 不過하다.[24]

이상의 소설 〈날개〉의 경우 실제의 금홍이는 소설 속의 금홍이가 아니다. 〈날개〉를 창작하기 위해서 이상이 창조한 인물이다.
〈종생기〉, 〈동해〉의 경우도 같은 얘기다. 나는 방풍림을 걸으면서, 많은 소재를 이상에게 제공했다.[25]

오빠는 다만 '제비'의 마담 '금홍'으로 통하는 여인이라든지, '임'이라 알려져 있는 여성에게 대한 오빠의 사랑과 그녀들의 오빠를 향한 사랑과의 차질에서 오는 환멸, 이것을 작품에 희화적으로 묘사했을 뿐입니다.[26]

정인택은 소설과 현실을 그대로 받아들여서는 안 된다고 강조했고, 변동림 역시 소설 속의 인물은 창조된 인물일 뿐이라고 했다. 그것은 작품 속의 내용과 사실을 그대로 일치시켜서는 안 된다는 것으로 문학 원론적인 견해에 해당한다. 그리고 또 하나 여성에 대한 환멸을 그렸다는 김옥희의 진술에 주목할 필요가 있다. 이상의 작품 어디에도 여성에 대한 순수하고 아름다운 사랑은 찾기 어렵다. 육욕적이고 동물적인 금홍, 변신과 음흉의 화신 동림, 전자는 질투의 화신이요, 후자는 야웅의 천재였다. 이상의 소설은 이들에 대한 환멸을 그리고 있다. 이상의 도쿄행은

---

24 정인택, 〈불상한 이상〉, 《조광》, 1939년 12월, 310면; 《그리운 그 이름, 이상》, 45면.

25 김향안, 〈이상이 남긴 유산들〉, 《문학사상》, 1987년 1월, 114면.

26 김옥희, 앞의 글, 《현대문학》, 1962년 6월.

사전에 예비된 것이었다. 이상의 소설에 비친 동림의 모습에서 또 하나의 진실이 드러난다. 왜 그토록 이상은 동림을 저주했던가? 기생이었던 금홍이 매춘을 하거나 다른 사람과 정분이 있어도 용서할 만큼 이상은 너그러웠다. 그녀는 그렇고 그런 여자였고, 이상은 20세기 스포츠맨이었던 것이다. 그러나 자유연애자였던 동림은 이상의 아내였고, 그랬기에 정숙한 여자이길 바랐다. 그러나 이상은 그녀의 간음 비밀을 알게 되면서 환멸을 느꼈던 것이다.

이상에게 유독 사소설적인 요소가 많다. 그리고 박태원과 정인택은 자신의 소설에 이상의 삶을 많이 형상화했다. 이상은 삶을 소설처럼, 소설을 삶처럼 살다 간 사람이다. 그의 소설은 상당 부분 자신의 생활사 가운데 일부이자, 그에 대한 기록이다. 소설이 소설로서 끝나지 않는 지점에 이상이 놓여 있다. 그의 작품을 너무 생활과 동일시해도 곤란하지만, 그의 생활을 배제하고 소설을 논의하는 것도 곤란하다. 그의 소설들은 생활의 주관화된 영역을 객관적 현실로 형상화하려 했다는 데 의미가 있다. 사실은 고정 불변의 것이고, 진실은 개인의 주관적 영역이다. 이상은 개인의 주관적 영역을 소설로 형상화하여 우리 모더니즘 문학의 단초를 마련하였다.

5. 마무리

이제까지 금홍과 동림을 형상화한 작품들을 살펴보았다. 이상의 주요한 소설들은 모델 소설이라고 할 수 있을 정도로 자신의 삶과 밀접하게 관련되어 있다. 금홍과 함께 했던 삶은 〈봉별기〉에 잘 제시되어 있다. 그 작품에서 이상은 그녀의 이름을 내세워 기록이라는 형식을 빌려서 형상화하였다. 그리고 〈지주회시〉, 〈날개〉, 〈공포의 기록〉에서는 그녀를 아내로 지칭하고 있다. 이상은 그녀를 동물적 애정을 지닌 미련하고 질투심이 강한 여자로 묘사하였다. 한편 변동림은 결혼하기 이전을 다룬 〈단발〉에서는 '소녀'로, 그리고 결혼을 다룬 〈동해〉에서는 '姙이(=신부)'로, 결혼 및 도쿄에서의 생활을 다룬 〈실화〉에서는 '姸이'로, 그리고 자신의 종생을 그린 〈종생기〉에서는 '정희'로 각각 그렸다. 그녀는 R대 영문과를 나온 최고의 엘리트이지만, 매우 이중적인 존재로 형상화하였다. 그녀는 교활하고, 능수능란한 야웅의 천재로 묘사된다. 이상이 〈종생기〉에서 그런 그녀에게 패해 죽을 수밖에 없다고 한 것을 보면, 그녀에 대한 애정만큼이나 증오가 컸음을 읽어낼 수 있다. 자신에게는 늘 정숙한 여자처럼 행동하면서 변신과 술수에 능한 희대의 기만가로 그녀를 그린 것이다. 금홍에게 사랑이 동물적 본능을 추구하는 것이라면, 동림에게 사랑은 쾌락과 성적 유희의 수단으로 전락한다. 이상은 두 사람을 자신의 문학에 본격적으로 끌어들였다.

1930년대 이상이 개업한 종로의 다방 '제비'는 9인회 회원들이 만나는 장소였다. 제비다방은 9인회 회원들이 자주 모이는 살롱이었으며, 우리의 모더니즘은 그러한 살롱문학적인 성격에서 출발하였다고 해도 지나친 말이 아니다. 그것은 1930년대 9인회라는 아방가르드가 '제비'에서 만나고 교유했기 때문이다. 제비다방은 우리 모더니즘 문학의 산실이라고 할 만하다. 박태원, 이태준, 김기림, 정인택 등 1930년대 모더니스트들이 집단적으로 활동했던 공간으로서 제비다방의 기능은 중요하다.

그뿐만 아니라 이상의 문학은 여급을 본격적으로 끌어옴으로써 여급문학을 탄생하게 했다. 우리의 근대화 과정에서 생긴 부산물인 여급은 이상 문학에서 하나의 계층으로서 비로소 본격화한 것이다.[27] 금홍이나

27 1930년대 문학에서 여급의 역할을 중요하고도 크다. 그래서 고은은 9인회의 문학을 여급 문학으로 규정하기도 했다.(《이상평전》, 청하, 1992, 235면)

동림은 넓은 의미에서 모두 여급 문학의 범주에 속한다. 여급은 근대 부르주아 사회에 탄생한 새로운 계층으로, 이상은 그러한 여성들을 과감하게 자신의 문학 속으로 끌어들였다. 이상 문학을 시작으로 인텔리와 여급이라는 주제는 1930년대 우리 문학에서 주요한 과제로 남게 되었으며, 우리의 모더니즘을 형성하게 한 산파 노릇을 담당했다.

〈오감도 시 제1호〉에 대한 분석

1. 들어가는 말

이상의 〈오감도〉는 발표 당시부터 문단 및 사회에서 화제에 오른 작품이다. 이 시는 당시 일반적인 시와 크게 달랐기 때문에 실험적인 시 형식에 낯선 독자들에게 거센 반발을 사기도 했다. 당대 독자나 비평가에게 찬탄과 혹평을 동시에 받았던 이상의 〈오감도〉는 지금의 시점에서 봐도 문제적이다.

이제까지 〈오감도 시 제1호〉(이하 〈시 제1호〉로 표기)에 관해서는 많은 연구가 있었다.[01] 〈시 제1호〉의 연구가 이렇듯 많은 이유는 의미가

---

01 이상 시를 연구하는 대부분의 연구자들은 〈오감도 시 제1호〉를 단골 메뉴처럼 등장시킨다. 이는 〈오감도 시 제1호〉가 이상의 시 해석에 중요한 비중을 차지하고 있기 때문이다. 기존의 중요한 이상 연구는 차치하고라도 〈오감도 시 제1호〉만을 집중 연구한 글마저 적지 않다. 이를 언급하면 아래와 같다.

김종길, 〈無意味의 意味〉, 《문학사상》, 1974년 4월; 김봉렬, 〈李箱論 — 不安意識의 究極〉, 《한국언어문학》 14, 한국언어문학회, 1976년 12월; 문덕수, 〈李箱의 〈오감도 시 제1호〉의 해석〉, 《시문학》, 1982년 3월; 엄국현, 〈〈오감도 시 제1호〉의 분석〉, 《김춘수교수회갑기념논총》, 형설출판사, 1982; 이승훈, 〈〈오감도

난해할 뿐만 아니라 이 작품이 〈오감도〉 연작 전체를 규정짓는 의미가 있기 때문이다. 그러나 아직 이러한 연구들이 〈시 제1호〉의 해석에 만족할 만한 성과를 거두었다고 말할 수는 없다. 물론 나름대로 이상의 정신분석이나 기호학적 측면과 관련하여 성과가 없는 것은 아니지만, 작품 자체의 해석은 아직도 미흡한 것으로 판단된다. 그 이유는 크게 두 가지를 들 수 있다. 첫째, 기존 연구자들이 실증적 분석 없이 지나치게 주관적인 해석에 매달려 있다는 점이다. 특히 13인의 아해에서 '13'이라는 수의 의미 분석에 너무 치중한 나머지 천차만별한 해석을 낳기도 했다. 물론 문학 작품이 상징적 성격을 띨 때, 다양한 해석이 나올 수도 있지만 작품의 의미 내용과 분리되어 연구자의 주관적 상상에만 근거해서 해석한다면 오히려 연구에 해악이 될 것이다. 둘째로, 시의 해석은 차치해 두고 구조에만 집착하는 경우이다.[02]

烏瞰圖詩第一號

十三人의兒孩가道路로疾走하오.
(길은막달은골목이適當하오.)

第一의兒孩가무섭다고그리오.
第二의兒孩도무섭다고그리오.
第三의兒孩도무섭다고그리오.

시 제1호〉의 분석〉, 《이상시연구》, 고려원, 1987.

02 이에 속하는 연구로 다음 것들(〈오감도 시 제1호〉에 한정해 볼 경우임)을 들 수 있다. 최학출, 〈1930년대 한국 모더니즘시의 근대성과 주체의 욕망체계에 대한 연구〉, 서강대(박), 1994; 이영지, 《이상시연구》, 양문각, 1989.

第四의兒孩도무섭다고그리오.

第五의兒孩도무섭다고그리오.

第六의兒孩도무섭다고그리오.

第七의兒孩도무섭다고그리오.

第八의兒孩도무섭다고그리오.

第九의兒孩도무섭다고그리오.

第十의兒孩도무섭다고그리오.

第十一의兒孩가무섭다고그리오.

第十二의兒孩도무섭다고그리오.

第十三의兒孩도무섭다고그리오.

十三人의兒孩는무서운兒孩와무서워하는兒孩와그러케뿐이모혓소.

(다른事情은업는것이차라리나앗소)

그中에一人의兒孩가무서운兒孩라도좃소.

그中에二人의兒孩가무서운兒孩라도좃소.

그中에二人의兒孩가무서워하는兒孩라도좃소.

그中에一人의兒孩가무서워하는兒孩라도좃소.

(길은뚫닌골목이라도適當하오.)

十三人의兒孩가道路로疾走하지아니하야도좃소.

―발표지면: 《朝鮮中央日報》, 1934년 7월 24일자.

위의 시는 어려운 단어로 쓰이지 않았다. 그럼에도 어렵게 느끼는 까닭은 무엇인가. 조연현은 이 시가 난해한 이유로 언어 조직의 특수한 구조, 지적 세계에 기반한 시의 정서·감정, 이상의 지적 구조의 주관성 등을 들고 있다.[03] 곧 그의 지적·주관적 세계를 파악하는 길이 시 해석의 지름길임을 지적한 것이다. 이 글에서는 이러한 이상의 세계를 〈시 제1호〉를 통해 글쓰기의 차원에서 밝혀 보려고 한다. 이는 이상의 글쓰기가 장르적 경계가 모호할 뿐만 아니라 이들 텍스트들이 서로 밀접하게 관련되어 있다는 사실에서 출발한다.

〈시 제1호〉를 제대로 파악하려면 몇 가지 밝혀야 할 것들이 있다. 첫째 제목과 관련한 것이다. 제목이 시 본문의 내용과 어떤 관련이 있는가? 둘째, 막다른 골목과 뚫린 골목은 무엇을 의미하는가. 셋째, 무섭다는 주체, 무서운 아해와 무서워하는 아해의 의미는? 마지막으로 13인의 아해가 지닌 의미이다. 먼저 이러한 내용들을 밝히려면 시대, 사회와 어떤 관련이 있는지 검토하거나 작가의 성장 과정 등을 검토하는 역사·전기적 연구, 작가의 의식 세계나 정신세계를 분석하는 정신분석학적 고찰 등도 필요하겠지만, 무엇보다 먼저 이상의 텍스트를 중시하고 그의 글쓰기 행위에서 방법론을 찾아야 할 것이다. 이 글은 바로 그것에 중점을 두고, 한 작가의 글쓰기를 다른 텍스트와의 상관관계 아래서 검토하려고 한다. 앞의 텍스트는 뒤의 텍스트에 영향, 인유, 모방, 패러디 등의 상호텍스트적 영향을 미친다. 이러한 관점을 확대하면 창조적인 텍스트는 없다는 부정적인 결론에 이르지만, 이는 모방적인 차원을 지나치게 확대하여 저지르는 오류이다. 오히려 텍스트를 해석하려면 텍스트와 상관있는 상호텍스트성[04]을 살펴보는 것이 생산적인

---

03 조연현, 《조연현문학전집6 — 한국 현대 작가론》, 어문각, 1977, 100면.

04 크리스테바가 처음 사용한 용어로 텍스트 사이의 흡수, 변형 등의 텍스트적 관

일일 수 있다. 상호텍스트성이 앞의 텍스트를 파괴, 또는 해체하는 의미에서 하였든 모방의 차원에서 이뤄졌든, 앞의 텍스트는 뒤의 텍스트의 의미 형성에 영향을 미칠 수밖에 없다. 이상의 시·소설·수필은 장르의 경계가 모호할 뿐더러, 상호 침투하여 영향을 미치고 있다. 그래서 작품들끼리 내적 상호텍스트성을 띠며, 이는 글쓰기라는 차원에서 이해할 때 더욱 명확한 이해에 이를 수 있다. 더욱이 이상처럼 상호텍스트성을 띤 작품을 많이 남긴 작가에게는 이러한 접근이 매우 요긴하고 필수적이다.[05]

2. 〈오감도 시 제1호〉의 상호텍스트성

작품 해석에 앞서 제목부터 살펴보고자 한다. 〈烏瞰圖〉가 '烏瞰圖'

련성을 의미한다. '상호텍스트성', '간텍스트성', 또는 '다성성', '다음성'(바흐친의 경우) 등으로 번역한다. (J. Kristeva, *Desire in Language*, Columbia University Press, 1980; M. M. Bakhtin, *The Dialogic Imagination*, University of Texas Press, 1981; H. F. Plett, *Intertextuality*, ed. Walter de Gruyer·Berlin·NewYork, 1991; T. Todorov, 최현무 역, 《바흐찐; 문학사회학과 대화이론》, 까치, 1987; V. B. Leitch, 권택영 역, 《해체비평이란 무엇인가》, 문예출판사, 1990.)

05 필자는 이미 〈〈종생기〉와 복화술〉(《외국문학》 40, 1994년 9월)이라는 글에서 실마리가 된 〈종생기〉를 상호텍스트성에 입각하여 분석하였다. 이상의 문학은 복화술이라는 자기 은폐, 위장의 방법을 실현하고자 다른 작품들을 인유, 패러디해 왔는데, 이로 말미암아 텍스트들이 서로 관련 있게 되었다. 이상 문학에서 텍스트 사이의 침투, 흡수, 변형은 다른 작가의 작품뿐만 아니라 그 자신의 작품끼리, 이를테면 시와 수필, 시와 소설 등에서도 발생하고 있다. 소설에서 〈12월 12일〉, 〈종생기〉 등 3편은 다른 작가의 작품과 상호텍스트의 관계에 있고, 시 〈시 제5호〉, 〈시 제6호〉, 〈自像〉 등 8수가량이 또 다른 이상의 시, 수필, 소설과 내적 상호텍스트의 관계를 형성하고 있다.

의 변형임은 기존 연구에서 누차 언급한 사실이다[06]. '조감도'는 건축학 용어로 공중에서 내려다 본 건물의 입체도라는 뜻이다. 이상은 1931년 1월부터 잡지 《조선과 건축》에 일문시 〈鳥瞰圖〉를 발표했다. 그러나 총 8수로 이뤄진 이 시는 한글시 〈오감도〉의 내용과는 상관이 없다. 〈오감도〉는 내용에서 일문시 〈建築無限六面角體〉의 〈診斷 0:1〉, 〈二十二年〉 등이 〈시 제4호〉, 〈시 제5호〉로 변형되어 관련이 있을 뿐이다. 그러나 〈오감도〉는 일문시 〈조감도〉(1931년 1월)와 제목 면에서 관련성을 띨 수밖에 없다.

〈조감도〉에서 〈오감도〉로 건너왔다는 것은 바로 오감도의 의미 형성 자체가 조감도에 근거한다는 뜻이기도 하다. 한자에서 한 획수를 뺀 〈오감도〉는 사실 그 제목부터 기이하다. 이상이 경성고등공업학교 건축과를 졸업했다는 데서 이해의 실마리를 구할 수 있지만 그래도 의미의 일단이 잘 드러나지 않는다. 작가가 이러한 어휘를 선택한 것은 글쓰기 전략임에 틀림없다. 적어도 이 용어는 〈오감도〉 전체 시 내용 가운데 어떤 의미를 품고 있거나, 아니면 〈오감도〉 시리즈 해석의 단초가 될 수 있음에 틀림없다.

'조감도'에서 비롯한 오감도는 〈시 제1호〉의 분석에 하나의 실마리를 제공한다. 그 실마리 가운데 먼저 조감도적 시각을 살펴보자. 조감도는 건물의 전체를 공중에서 내려다 본 입체도이다. 새가 내려다 보았든 까마귀가 내려 보았든 그것은 중요하지 않다. 이는 낯설게하기라는 장치의 일환으로 파악할 수 있다. 이때 까마귀는 새보다 불길한 징조를 상징

---

06 오감도의 의미에 관해서 자세한 논의를 펼친 것으로 이영지의 논문을 들 수 있다. 그는 〈오감도〉에서 특히 '瞰'자의 의미에 주목하고 있다. 제목에 관해 다른 연구자들도 이 부분을 중요하게 다루었다.(이영지, 〈李箱의 〈鳥瞰圖〉 詩題考〉, 《국어국문학》 100, 국어국문학회, 1988년 12월)

하는 짐승으로 이 작품이 지닌 죽음의 의미를 더욱 효과적으로 전달한다. 그리고 새든 까마귀든 이들의 시각은 내려다 본다는 것에 의미의 초점이 있다. 이것은 〈시 제1호〉의 서술자 시각이다. 작가의 서술자적 위치는 아이들 하나하나를 내려다볼 수 있는 곳이다. 말하자면 작가는 '아이들이 도로로 질주하는 모습을 조감하는 입장', 곧 아이들의 행동을 통람通覽하는 입장에서 시를 서술하고 있다.

다음으로 길, 도로, 골목은 위의 시에서 등가적 의미로 쓰였다.[07] 이 가운데 어느 것이든 서로 환치할 수 있다. 작가는 '막달은 골목'과 '뚫린 골목'을 대비하였다. 이 가운데 어느 것이든 적당하다는 말은 어느 것이나 좋다, 등가이다라는 의미이다. 이상의 다른 글 가운데 언급된 구절을 살펴보기로 한다.

活胡同是死胡同 死胡同是活胡同[08]

07 기존 연구에서 '도로' 역시 다양한 의미로 해석되었다. 이를 열거해 보면 1)역사적 도정(이어령), 2)우주공간(김우종), 3)불안의 극단적 형태(이규동), 4)현대의 위기의식(정귀영), 5)성행위(김대규), 6)공포로부터의 도피(임종국) 등등이다. 이어령, 〈나르시스의 虐殺〉, 《신세계》, 1956년 10월; 임종국, 〈이상연구〉, 《李箱全集》, 문성사, 1966; 김대규, 〈數字의 Libido性〉, 《연세어문학》 5, 연세대, 1974; 정귀영, 〈이상문학의 超意識心理學〉, 《현대문학》, 1973년 7~9월.

08 김윤식 편, 《이상문학전집2》, 문학사상사, 1991, 170면.(이하 이 책의 인용은 (전집2, 00면)으로 기록) 이 구절은 "사는 것이 어찌하여 이와 같으며, 죽음이 어째서 같은가. 죽음이 어째서 이와 같으며, 사는 것이 같은가"와 "사는 것이 어째서 이와 같으며, 죽음이 어째 어째서 이와 같은가" 등으로 해석되었다. 이러한 해석은 위 글자에 대한 한문의 자구 해석에 치중한 결과이다. 이 구절은 한문이 아니라 백화문으로 씌어졌다.(김윤식 편, 같은 책, 177면 및 김용직 편저, 《이상》, 지

이 구절은 〈地圖의 暗室〉의 한 부분이다. 〈시 제1호〉와 가장 밀접하게 관련 있는 것은 소설 〈지도의 암실〉이다. 이 둘은 도면과 관련이 있다는 점에서 이미 제목부터 유사한 면이 있다. 이 두 작품 가운데서 먼저 발표된 것이 〈지도의 암실〉이다. 〈지도의 암실〉은 1932년 4월 《조선》에 발표된 것이고, 〈시 제1호〉는 1934년 7월 24일 《조선중앙일보》에 발표된 것이다. 발표시기로 볼 때 〈지도의 암실〉보다 2년 3개월 정도 뒤에 〈시 제1호〉가 나왔음을 알 수 있다. 이상의 작품 〈조감도〉의 연작형이 이미 1931년에 실렸고, 그때 벌써 시를 상당수 창작했다고 〈오감도 작자의 말〉에서 고백한 것을 볼 때[09] 〈시 제1호〉의 창작 시기는 발표시기보다 훨씬 앞당겨질 수 있다. 경우에 따라서는 그 시기가 〈지도의 암실〉보다 앞설 수도 있다. 이들 두 텍스트는 상호텍스트적 관계에 놓여 있다. 다른 작가가 쓴 작품과의 상호텍스트성은 선후 관계가 뚜렷하지만 같은 작가의 경우 그 관계가 모호하다. 어찌했든 이 두 텍스트가 상호 연관 아래 형성되었음은 주지의 사실이다.

위 구절은 '뚫린 골목은 막다른 골목이요, 막다른 골목은 뚫린 골목'이라는 의미이다. 이것은 〈최저낙원〉의 "막다른 골목이요 기실 뚫인 골목이요 기실은 막다른 골목이로소이다."라는 구절과 다르지 않다. 그러므로 두 구절은 〈시 제1호〉의 의미와 밀접하게 관련이 있다. 그러면 이 막다른 골목은 어떤 의미가 있는가. 이와 관련하여 〈시 제7호〉를 살피는

학사, 1985년 9월, 146면)

09 "왜 미쳤다고들 그리는지 (……) 열아문 개쯤 써보고서 시 만들 줄 안다고 잔뜩 믿고 굴러다니는 패들과는 물건이 다르다. 2천 점에서 30점을 고르는 데 땀을 흘렸다. 31년 32년 일에서 용대가리를 떡 꺼내어놓고 하도들 야단에 배암꼬랑지커녕 쥐꼬랑지도 못 달고 그만두니 서운하다." (김유중·김주현 편, 《그리운 그 이름, 이상》, 20면)

것도 의미가 있지만,[10] 〈지도의 암실〉의 앞뒤 맥락을 살펴보는 것도 의미 해석에 도움이 될 수 있다.

> 차라리길을걸어서 살내어보이는 (……) 잔등이무거워들어온다 죽음이 그에게왔다고 그는놀라지않아본다 죽음이묵직한것이라면 나머지얼마 안되는시간은 죽음이하자는데로하게 내어버려두어일생에없던 (……) 그러면그는죽음에 견디는 세음이냐못 그러는세음인것을 자세히알아내이기어려워 괴로워한다죽음은평행사변형의법칙으로 보이르샤아르의 법칙으로 그는앞으로 앞으로걸어나가는데도왔다 떼밀어준다.(전집2, 170면)

위의 내용에서 막다른 골목은 죽음으로 향하는 골목임을 보여 준다. 죽음으로 질주하기 때문에 아이들은 두렵다는 것이다. 이는 다시 계속되는 글에서 더욱 자세히 드러난다.

> 그러면그곳에서있는것은 무엇이었냐하여도 폐허에지나지않는다그는 그런다 이곳에서흩어진채 모든것을다끝을내어 버려버릴까이런충동이 땅위에떨어진팔에 어떤경향과방향을 지시하고그러기시작하여버리는 것이다 그는무서움이 일시에치밀어서성내인얼굴의성내인 성내인것들을헤치고 홱앞으로나선다.(전집2, 171면)

---

10 "……靜謐을蓋掩하는大氣圈의遙遠. 巨大한困憊가운데一年四月의空洞. 槃散顚倒하는星座와星座의千裂된死胡同을跑逃하는巨大한風雪. 降霾. 血紅으로染色된岩鹽의粉碎. 나의腦를避雷針삼아沈下搬過되는光彩淋漓한亡骸"(이승훈 편, 앞의 책, 33면) 여기에서 '死胡同'은 죽은 골목, 막다른 골목, 죽음으로 가는 거리를 의미한다. 죽음(亡骸)은 대기권, 성좌 등 우주와 관련되어 한층 신비로운 의미를 띠고 있다.

위의 구절에서 그가 무서워하는 이유가 드러난다. 〈오감도 시 제1호〉 2연 1행부터 3연 3행까지 "제1의 아해가 무섭다고 그리오…제13의 아해도 무섭다고 그리오"의 내용에서 무서워하는 대상은 드러나지 않는다. 그러나 위의 내용을 보면 아이들이 무서워하는 이유를 파악할 수 있다. 바로 죽음으로 질주해 가기 때문이다. 그리고 다시 3연 4행에서 13의 아해는 무서운 아해와 무서워하는 아해로 구분된다. 그러면 여기에서 무서운 아해로 바뀌는 이유는 무엇인가. 그는 무서움이 치밀어서 성내인 것들 앞으로 나선다. 성낸 사람은 곧 무서운 사람이다. 그는 무서워하는 사람의 상대격이다. 여기에서 일상적 문법은 파괴된다. 13인의 아해는 스스로 무서운 아해가 되고, 또한 무서워하는 아해가 된다. 그리고 여기에서 막다른 골목은 죽음에 이르는 길이며 '活胡同'은 살아 있는 골목이다. 이것 역시 등가이다. 이상 문학에서 이러한 역설은 위장하고 은폐하는 기법이다. 이러한 문제는 앞으로도 계속하여 살펴보아야 할 것이다.

셋째로 '무섭다', '무서운', '무서워하는' 세 가지 형용사의 의미는 무엇인가. 여기에는 무엇을, 왜라는 질문을 하게 마련이다. 맨 처음 무섭다라는 형용사는 객체가 빠져 있어서 의미가 모호하다. "…을 무섭다고 그리오"라고 문장 전체를 완성하면 의미는 더욱 명백해진다. 물론 여기서는 다시 쓰기를 한 대상인 〈지도의 암실〉에서 해결의 실마리를 구할 수밖에 없다. 그렇게 하면 '죽음'이 객체라는 것은 쉬 드러난다. 그러나 두 번째 '무서운'과 '무서워하는'의 대상 또는 이유가 문제 된다. 무서운 아해와 무서워하는 아해는 서로 대립한다. 이들은 서로 무서운 대상과 무서워하는 대상이 된다는 말이다. 이 의미를 분명히 하려면 다음 내용을 살펴볼 필요가 있다.

그는무서움이 일시에치밀어성내인얼굴의성내인 성내인것들을헤치고 홱앞으로나선다. 무서운간판저어뒤에서 기우웃이이쪽을내어다보는 틈틈이들여다보이는 성내었던것들의 싹둑싹둑된모양이 그에게는 한없이 가엾어보여서 (……) 그렇게 한참보다가 웃음으로하기로작정한그는그도 모르게얼른그만웃어버려서 그는다시걷어들이기어려웠다 (……)

笑怕怒

시가지한복판에 이번에새로생긴무덤위로 딱정버러지에묻은각국웃음이 헤뜨려떨어뜨려져모여들었다 그는무덤속에서다시한번죽어버리려고 죽으면그래도 또한번은더죽어야하게되고……(전집2, 171면)

무서움, 성내임, 웃음이 주체→객체→주체의 구조로 드러난다. 아이들에게 무서움은 성난 대상에게서 느끼는 감정이다. 본질적으로 객체가 위협적일 때 무서움을 느낀다는 내용이다. 이때 주체는 무서워하는 아이가 되며, 객체는 주체의 시각에서 무서운 아이가 된다. 그리고 주체와 객체가 전도될 때 같은 논리를 적용할 수 있다.

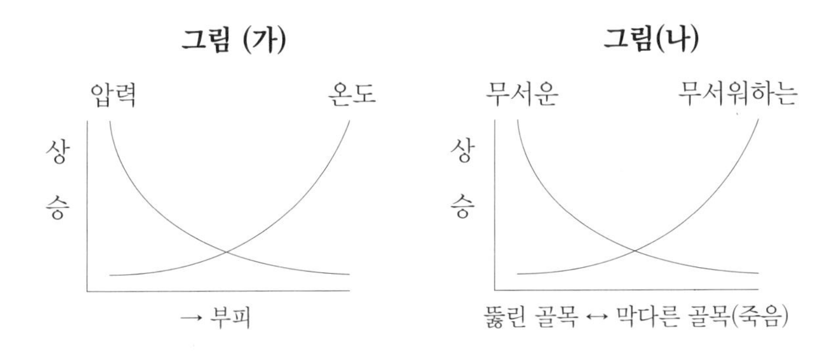

행렬 속에서 상대방에 대해 무서워한다는 것은 곧 자기 자신에 대한 두려움에 그 원인이 있다. 이상은 앞 인용문에 언급했듯이 보일·샤를의

법칙과 죽음의 평행사변형이 일치함을 언급하였다. (가)는 기체의 부피가 압력에 반비례하고 절대 온도에 비례한다는 보일·샤를의 법칙($P \times V/T = P' \times V'/T'$=일정, P/P' : 변하기 전/후 압력, V/V' : 변하기 전/후 부피, T/T' : 변하기 전/후 절대 온도)이고, (나)는 (가)처럼 죽음을 평행사변형의 법칙으로 도식화해 본 것이다. 이 법칙은 이상이 말하는 '방정식 행동'이다. 아이들이 무서운/무서워하는 것은 부피가 늘어나면서 온도 압력이 비례/반비례하는 것과 같다. (나)의 '무서운/무서워하는'의 하강/상승 곡선은 웃음→무서움→성내임의 진행 과정과 일치한다. 죽음으로 가는 동일한 과정을 그리고 있기 때문이다. 죽음의 길을 향해 달려가면서 느끼는 두려움과 분노, 이를 위장하려는 웃음은 곧 타자에게서 온 감정이라기보다 주체의 분열 또는 자아의 해체로 말미암아 빚어진 감정이다. 이들이 서로 무서운/무서워하는 것은 죽음을 맞닥뜨린 자아의 다양한 심리 상태를 지적한 것이다. 〈시 제1호〉에서는 이러한 것들이 상징적으로, 〈지도의 암실〉에는 좀 더 직설적으로 표현되었을 따름이지 이들 두 작품이 추구하는 바는 동일하다고 할 수 있다. 이러한 사실은 "我是二雖說沒給得三也我是三"(〈지도의 암실〉, 전집2, 172면), 곧 내가 2일 수도 있고, 3일 수도 있다는 설명에서 잘 드러난다. 나는 하나가 아니라 2일 수도 3일 수도 12일 수도 13일 수도 있다는 의미인 것이다. 이는 자아의 다양한 모습들을 보여 준다. 그러면 이제 〈오감도 시 제1호〉의 의미는 분명해진다. 시 속에 등장하는 무언극의 배우들은 이상의 분신이다. 그리고 이들이 죽음을 향해 가면서 무서워하기도 하고 분노하기도 한다는 내용이다. 이러한 무언극은 "건설되지도 항해되지도 않은 한 성질 없는 지도를 그려서 가지고 다니는"(〈지도의 암실〉, 전집2, 172면) 것과 같다.

마지막으로 해결해야 할 문제는 13인의 아해가 품고 있는 의미이다. 기존의 여러 연구들이 제일 주의를 기울인 부분이 바로 '13'의 의미이다. 여기에서는 굳이 다시 언급할 필요가 없으리라 생각한다. 이제까지 많이 연구되어 그 의미가 어느 정도 밝혀졌기 때문이 아니라, 사실상 '13'의 의미가 별로 중요하지 않기 때문이다. 그동안 13이라는 수의 의미에 대해서는 (1)최후 만찬에 참석한 사람의 수(임종국), (2)위기에 당면한 인류(한태석), (3)무수한 사람(양희석), (4)조선의 13도(서정주), (5)무정부 상태로 해체된 자아의 분신(김교선), (6)시계 시간의 부정(김용운), (7)이상 자신의 기호(고은), (8)불길한 공포(이영일), (9)성적 상징(김대규), (10)자아의 분열체(정귀영), (11)비정상적인 것(김윤식), (12)실존적 불안[11] 등 각양각색으로 논의되었다. 그러나 여기에서 간과하지 말아야 할 것은 '13'이라는 수와 '아해'가 결합하여 의미를 형성한다는 사실이다. 아해는 위에서 지적한 의미 말고도 독자적으로 1)인류 전체(이어령), 2)천체의 유성군(김우종, 김봉렬), 3)화학적 요소로 환원된 공포의 추상물(이보영)[12] 등의 의미로 간주되고 있다.

> 나의 방의 時計 별안간 13을 치다. 그때, 號外의 방울소리 들리다. 나의 脫獄의 記事.

11 양희석, 〈이상 시 오감도의 해명〉, 《현대문예사조사》, 신아사, 1959; 김교선, 〈불안문학의 계보와 이상〉, 《현대문학》, 1962년 8월; 서정주, 〈이상〉, 《한국의 현대시》, 일지사, 1965년 5월; 김용운, 〈이상문학에 있어서의 수학〉, 《신동아》, 1973년 2월; 이영일, 〈逃避와 殉敎 — 이상론〉, 《문학춘추》, 1964년 11월; 김윤식, 《이상연구》, 문학사상사, 1987; 고은, 《이상평전》, 청하, 1992.

12 김우종, 〈이상론〉, 《현대문학》, 1957년 5월; 이보영, 〈질서에의 의욕〉, 《창작과 비평》, 1968년 12월.

> 不眠症과 睡眠症으로 시달림을 받고 있는 나는 항상 左右의 岐路에 섰다.
> 나의 內部로 向해서 道德의 記念碑가 무너지면서 쓰러져 버렸다. 重傷.
> 世上은 錯誤를 傳한다.
> 13+1=12 이튿날(즉 그때)나의 時計의 침은 3개였다.

위의 시는 〈一九三一年(作品第一番)〉이다. 아마 1931년 무렵 처음 쓴 시로 보인다. 이 시에서 13이라는 수는 號外, 脫獄, 重傷, 錯誤의 이미지와 연관 있으며, 비정상적인 상태를 가리킨다. 12에서 또 1을 더한 13은 적어도 시계 시간의 일탈을 의미한다. 13은 아해와 결합하여 의미를 형성하는데, 그렇게 볼 때 12는 무수한 자아, 그리고 나머지 1은 실재 이상을 의미하는 것으로 볼 수 있다. 이는 〈지도의 암실〉에서 '그'와 '그의 행렬'로 나타난다. '13인의 아해'에서 아이는 〈지도의 암실〉에서 '그'와 같은 의미가 있다. 이상의 글쓰기는 시와 수필, 소설이 상호 관련 있는데, 그 가운데 다시 쓰기의 방법론이 가장 잘 드러나는 것이 '육친'에 관한 내용이다. 1936년 10월 9일 《조선일보》에 발표된 〈위독—육친〉에 나오는 시 구절이 1939년 2월 《조광》에 발표된 〈실낙원—육친의 장〉에도 나타난다. 이것은 다만 한 예에 지나지 않을 뿐이다.

> 그는그의행렬의마지막의 한사람의 위치가 끝난다음에 지긋지긋이 생각하여보는것을 할줄모르는 그는그가아닌 그이지 그는생각한다 그는 피곤한다리를이끌어 불이던지는불을밟아가며불로가까이가보려고불을 자꾸만밟았다.(전집2, 172면)

인용한 구절은 행렬의 마지막 사람이 끝난 뒤 자꾸만 나아가려는 모습을 그리고 있다. 〈지도의 암실〉에서 〈시 제1호〉와 관련한 부분은 바로 그가 길을 걸어 나와서 죽음을 생각하고 그의 행렬로 빠져 들어가는 장면이다. 여기에서 그와 그의 행렬은 〈시 제1호〉에서 13인의 아이로 바뀌고, 무덤은 막다른 골목으로 바뀐다. 그리고 그가 무덤으로 나아가는 것은 아이들이 막다른 골목으로 질주하는 것으로 된다. 여기에서 아이들은 그와 그의 행렬, 막다른 골목은 무덤과 같거나 등가물이라는 것이 드러난다. 그러므로 '13인의 아이'는 그와 그의 행렬을 대신하는 기호로서 의미가 있을 따름이다.[13]

3. 존재의 위장으로서의 글쓰기

이제까지 작가 이상은 아이들의 행동을 내려다보면서 시를 서술한다는 사실을 언급했다. 그러면 더욱 본질적인 문제, 아이들과 작가 이상의 관계를 밝힐 차례이다. 이상 시에서 대부분의 시적 화자 내지 작중 서술자는 비특정인 '그'이거나 '이상', 또는 '나'이다. 그의 소설이나 시에 화자로 '나'가 전체 작품의 2/3 이상을 차지하고, 또한 '그'로 나오는 〈지도의 암실〉, 〈지주회시〉도 결국 '나'와 동일시되는 것은 무슨 까닭일까. 이를 두고 우리는 자전적인 시·소설, 또는 자기 일상의 형상화라고 할 수 있다. 이상 시·소설의 작중 화자, 서술자로 등장하는 각각의 인물들은 곧 이상의 모습을 형상화한 것이다. 이는 이상이 실제 인물로 등장하는 〈종생기〉나 〈불행한 계승〉에 이르면 더욱 분명해진다. 그의 시적 화자 또는 서술자로 등장하는 '나' 또는 '그', '아해'는 이상의 모습을 그대로 드러낸다.

---

13 이승훈은 〈오감도 시 제1호의 분석〉이라는 글에서 13을 상징보다는 기호로 읽는 것이 바람직하다고 했는데 이는 타당한 지적이다. '13인의 아해'에서 의미의 중심은 아해한테 있으며, 13은 다만 아이의 수를 한정하는 의미를 지니고 있을 뿐이다.

(가) 참으로兒孩라고하는것은아버지보담도어머니를더닮는다는것은그무슨얼굴을말하는것이아니라性行을말하는것이지만저사내얼굴을보면저사내는나면서 (……) 大體로兒孩라고하는것은곧잘무엇이나숭내내는性質이있음에도불구하고저사내가조금도웃을줄을모르는것같은얼굴만을하고있는것으로본다면 (……) 아무튼兒孩라고하는것은어머니를가장依支하는것인즉어머니의얼굴만을보고저것이정말로마땅스런얼굴이구나하고믿어버리고선어머니의얼굴만을熱心으로숭내낸것임에틀림없는것이어서 (……) 어째서저험상궂은배고픈얼굴은있느냐.

–〈얼굴〉(전집1, 129~130면)

(가–1) 第一의兒孩가무섭다고그리오.
第二의兒孩가무섭다고그리오. –〈오감도 시 제1호〉(전집1, 17면)

(가–2) 모두소년이라고들그리는데老爺인氣色이많다 (……) 아기들이번번이애총이되고되고한다. –〈街外街傳〉(전집1, 64~65면)

(나) 죽음이그에게왔다고 그는놀라지않아본다 죽음이묵직한것이라면나머지얼마안되는시간은 죽음이하자는데로하게 내어버려두어일생에없던 가장위생적인시간을향락하여보는편이 그를위생적이게하여 주겠다고그는생각하다가…… –〈地圖의 暗室〉(전집2, 170면)

(나–1) 暴風이 눈앞에 온 경우에도 얼굴빛이 변해지지 않는 그런 얼굴이야 말로 人間苦의 根源이리라. 실로 나는 울창한 森林 속을 진종일 헤매고 끝끝내 한 나무의 印象을 훔쳐오지 못한 幻覺의 人이다. 無數한 表情의 말뚝이 共同墓地처럼 내게는 똑같아 보이기만 하니 멀리 이 奔走한 焦燥를 어떻게 점잔을 빼어서 求하느냐. –〈童骸〉(전집2, 271면)

(나–2) 어머니 아버지의 忠告에 의하면 나는 秋毫의 틀림도 없는 滿二十五歲와 十一個月의 〈紅顔美少年〉이라는 것이다. 그렇건만 나는 確

實히 老翁이다. —〈終生記〉(전집2, 378면)

나는, 지금 이런 불쌍한 생각도 한다. 그럼—

—滿二十六歲와 三個月을 맞이하는 李箱先生님이여! 허수아비여!

자네는 老翁일세. 무릅이 귀를 넘는 骸骨일세.

—〈終生記〉(전집2, 397면)

(가)는 1931년에 발표된 〈얼굴〉이라는 작품이다. (가)나 (가—1), (가—2)는 모두 '아해'를 시적 화자로 택하고 있다. 아해의 이미지는 "험상궂은 배고픈 얼굴"(〈얼굴〉, 1931년 8월), "무서운 아해"(〈오감도 시 제1호〉, 1934년 7월), "老爺:겉늙어 죽어가는 아해"(〈가외가전〉, 1936년 3월) 등으로 나타난다. 그리고 〈시 제1호〉나 〈街外街傳〉(1936년 3월)에서 모두 아이에게 짙게 드리운 죽음의 그림자를 읽을 수 있는데, 이러한 것이 이상의 죽음과 실제로 관련이 있음을 파악하기란 어렵지 않다. 죽음의 이미지는 그의 작품 요소요소에 등장한다. 이것이 그의 결핵과 무관하지 않음은 자명한 사실이다. 〈지도의 암실〉이 죽음과 깊이 관련 있음은 앞에서 살펴보았다. 이러한 죽음의 인식은 그의 시나 소설에 계속 형상화된다. (나—1)에 이르면 삼림·말뚝·공동묘지가 서로 동일시되고, 나·幻覺의 人·童骸(〈童骸〉, 1937년 2월)가 서로 동일시되는 지경에 이른다. 그리고 (나—2)에서 〈시 제1호〉의 아해가 이상임을 파악할 수 있는 구문을 발견할 수 있다. 이는 (가—2)와 (나—2)를 견주어 보면 금방 드러난다. 〈가외가전〉의 少年 → 老爺 → 兒塚은 〈終生記〉(1937년 5월)의 紅顔 美少年 → 老翁 → 骸骨로 연결된다는 것을 알 수 있다. 그러면 〈가외가전〉의 소년은 〈종생기〉의 이상과 같은 인물임을 알 수 있

다. 그리하여 모든 언어들은 일종의 가면일 뿐이며,[14] 글쓰기란 가면을 씌우고 동시에 그것을 지적한다는 사실을 이해할 수 있다. 〈지도의 암실〉에서 '그'가 이상임을 "CETTE DAME EST-ELLE LA FEMME DE MONSIEUR LICHAN?(그녀가 「이상」 씨의 부인입니까?)"(전집2, 168면)에서 알 수 있다. 결국 (가) 계열의 '아해'는 (나) 계열의 '그'나 '나'와 같은 존재로, 작가 이상으로 귀착한다. 이는 거울 이미지로 더욱 분명히 드러난다.

> (가) 내가缺席한나의꿈. 내僞造가 登場하지않는내거울. 無能이라도좋은나의고독의渴望者다. 나는드디어거울속의나에게 自殺을 勸誘하기로決心하였다. **나는그에게視野도없는들窓을가르키었다. 그들窓은自殺만을위한들窓이다.그러나내가自殺하지아니하면그가자살할수없음을그는내게가르친다.**거울속의나는不死鳥에가깝다.
>
> -〈시 제15호〉 중 일부.(전집1, 49면)

> (나) 거울을 향하여 면도질을 한다. 잘못해서 나는 상채기를 내인다. **나는 골을 벌컥 내인다. 그러나 와글와글 들끓는 여러 「나」와 正面으로 衝突하기 때문에 그들은 제각기 베스트를 다하여 제 자신만을 辯護하는 때문에 나는 좀처럼 犯人을 찾아내이기는 어렵다는 것이다.**
>
> -〈종생기〉 (전집2, 376면, 강조:인용자)

〈시 제15호〉에서 시적 화자는 '나'와 '그'로 분열하고, 〈종생기〉에서

14 M. M. Bakhtin, 전승희 외 역, 《장편소설과 민중언어》, 창작과비평사, 1988, 79~81면 및 R. Barthes, *Writing Degree Zero*, trans. A. Lavers and C. Smith, Hill and Wang·NewYork, 1980, pp.29~40.

서술자 '나'는 '여러 나' 또는 '범인'으로 분열한다. 여기에서 이상이 쓰는 주체 분열의 글쓰기 방식을 읽을 수 있다. 앞의 시·소설에서 이상은 마치 자신을 놀이의 대상처럼 분열시키고, 그 과정을 서술하였다. 거울 속의 이상은 거울 밖의 이상이 조정하는 또 다른 이상이다. 거울 안의 세계는 이상이라는 인형이 활동하는 무대이고, 거울 밖의 세계는 인형을 조정하는 화자의 세계이다. (가)에서 '나'는 관찰자이고 '그'는 배우인 셈이다. 이러한 관계는 〈시 제1호〉의 세계에서도 마찬가지이다.

골목은 아이들의 행위가 발생한 장소이다. 어떻게 보면 아이들은 어떤 대상과 같이 인격이 주어지지 않은 느낌을 준다. 그리하여 이 시는 감정이나 느낌을 갖지 않은 존재가 펼치는 무언극과 같다. 무대는 골목길이고 배우는 13인의 아이들이다. 이렇게 두고 보면 이상의 위치는 이 무언극의 감독자가 된다. 일정한 거리를 두고 극을 조정하고 감독하는 역할은 일인극의 세계인 '거울' 앞의 연기 〈시 제15호〉에서 직접적으로 나타나는데 〈시 제1호〉에서는 간접적으로 드러난다.

> (길은 막다른 골목이 적당하오)
> (다른 사정은 없는 것이 차라리 나았오)
> (길은 뚫린 골목이라도 적당하오)

인용한 구절에서 괄호 속의 말들은 서술자의 침입이라고 볼 수 있다. 이것들은 무대 또는 사건을 지정해 주는 역할을 한다.[15] 작가는 무대 배경

---

15 이상의 시에는 ( )를 시의 내용을 서술하는 기호로 많이 사용했다. 더욱이 일본어로 쓰여진 초기 시에는 괄호의 사용이 현저히 많은데, 〈線に 關する 覺書〉의 경우는 7수 가운데 6수나 되고 〈建築無限六面角體〉에도 사용하였다. 이들 시에서 괄호의 사용은 상황의 설명이나 지시, 주석 등 그 나름대로 기호로서 의미가 있다.

이나 인물의 행동에 직접 관여하여 조종한다. 결국 〈시 제1호〉의 내용은 이상이 만든 연극을 독자에게 보여 주는 것이다. 그러나 이 연극에 이상은 등장하지 않고 13명의 아이들만 등장한다. 이 아이들은 〈종생기〉의 와글와글 들끓는 '여러 나'와 마찬가지로 일종의 복화술의 인형인 것이다.

> 箱은 그러나 조종을 받고 있었다. 그는 저 十年이 하루 같은 몸짓을 그만두지는 못한다. 산다는 것은 어쩌면 이다지도 재미없는 몸짓의 連續인 것일까. 허나 그만두든 그만두지 않든 人形 자신의 意思에 의하는 것은 아니다.(〈不幸한 繼承〉, 전집2, 214면)

이상은 아이들(또는 인형)의 모습으로 자신을 보여 주는 방식을 취하고 있다. 조종하는 사람과 조종되는 사람은 곧 하나이자 분신이다. 〈오감도 시 제1호〉의 아이들은 곧 작가 이상의 분신이며, 모조품이다. 아이들이 이상의 모조품인 바에야 13인이어도 좋고 13인이 아니어도 좋을 것이다. 이상은 이를 위장하고자 인형이 말하는 것처럼 흉내 내는 것이다. 이러한 위장의 방법은 이미 담론의 구조에서도 드러난다. 〈종생기〉 (나) 구절의 "…찾아내이기는 어렵다는 것이다"는 간접화법으로 이중 전달자의 목소리를 거치는데, 이는 〈오감도〉의 "…무섭다고 그리오"의 구조와 동일하다. 이러한 이중적인 목소리는 발화 주체를 모호하게 한다. 자신의 말을 '그'나 '상'이라는 인형으로 들려 주는 방식이야말로 복화술로 자신을 위장하는 또 하나의 방법이다. 이상이 제시하는 복화술은 바로 주체의 분열과 해체로 나의 타자화, 객관화에 이바지한다. 본질의 위장과 현상의 드러내기, 이는 그의 전체 글쓰기로 구현한 것이다. 이상은 인유, 패러디, 상호텍스트성이라는 메타 언어적 기술 방식을 작품에 적극 도입했다. 그는 이러한 복화술적 글쓰기 방식으로 존재를 위장하고 은폐했다.[16] 이러한 위장의 이면에는 '두려움'이 깊이 자리해 있다.[17] 이 두려움이란 무엇보다 결핵으로 죽을지도 모른다는 공포일 것이다. 고석규는 칼 메닝거의 이론을 빌려 "억압을 승화시키지 못할 경우 자아는 반드시 이질적 징후로서 假裝하게 된다"고 설명하였다.[18] 그동안의 연구들에서 이상의 글쓰기와 관련해 모체 분리의 경험이 억압의 기제로 나타남을 많이 언급하였는데, 이상에게는 오히려 죽음에 대한 강박관념이 더욱 뿌리 깊게 자리 잡고 있다.

4. 마무리

이상의 글쓰기에는 죽음이라는 공포가 근저에 있음을 이전에도 다른 지면에서 밝힌 바 있다.[19] 김윤식은 이상의 기호 체계를 (a) 국문체 초기 소설계, (b) 일문체 창작 노트계, (c) 국문체의 수필체 소설로 나누고, 각각 "죽음으로부터의 탈출을 피한 '무서운 기록'"이라는 점에서 일관성이 있다고 주장하였다.[20] 〈시 제1호〉의 내용 역시 막다른 골목에서 만나는 무서움, 죽음에 대한 공포를 형상화하고 있다. 그의 첫 작품인 〈12월 12일〉에서 마지막 작품인 〈종생기〉에 이르기까지 '죽음'은 끊임

16 복화술의 방법론에 대해서는 다음을 참조. 김주현, 〈〈종생기〉와 복화술〉, 《외국문학》 40, 1994년 9월.

17 이상은 〈황의 기〉에서 "나는 두려움 때문에 나의 얼굴을 변장하고 싶은……"(전집3, 320면)"이라고 적었다. 이는 〈날개〉의 '위조', 〈종생기〉의 '변신술'과 더불어 위장으로서의 글쓰기를 잘 드러낸다.

18 고석규, 〈詩人의 逆說〉, 《문학예술》, 1957년 5월, 204면.

19 김주현, 〈이상 문학에 나타난 죽음의 문제〉, 《한국문학과 모더니즘》, 한양출판, 1994.

20 김윤식·정호웅, 《韓國小說史》, 예하, 1993, 216~217면.

없이 작품 속에 그림자를 드리우고 있다. 이는 결핵으로 시작된 각혈, 요양, 시한부 삶에 대한 인식 등 죽음에 대한 공포가 실제 삶에 너무나 큰 비중을 차지했기 때문인 것으로 풀이된다. 〈시 제1호〉는 죽음이란 불가항력적 존재를 형상화한 것이다. 이러한 문제를 더욱 깊이 있게 논의하려면 그의 문학에 관류하는 죽음이 글쓰기 방법으로서의 복화술과 어떤 관련성이 있는지를 살펴보아야 한다. 죽음은 그의 삶과 문학에 걸친 문제이고, 또한 복화술은 1930년대 모더니즘 문학에 걸린 문제로서 그 의의는 자못 크다 하겠다. 만일 개별 작품들 사이의 충분한 검토와 관련 연구가 이루어진다면 이 문제는 자동적으로 해결될 것으로 보인다. 앞으로 이상의 다른 작품들에도 그의 글쓰기 방식과 관련한 연구를 계속한다면 한층 깊은 논의가 전개될 것이다.

〈절벽〉의 기호학적 접근

1. 들어가는 말

이제까지 이상의 시는 주로 〈오감도〉 위주로 연구되어 왔다. 그리하여 그는 주로 난해한 시인, 자의식의 시인 등으로 낙인찍혀 왔다. 〈오감도〉가 이상의 시 가운데서 중요한 부분을 차지하는 것이 사실이지만, 오히려 그 그늘에 가려 다른 시들이 제대로 빛을 보지 못하였다. 이상의 시 세계를 총체적으로 조명해 보려면 다른 계열의 시도 충분히 논의해야 한다. 〈오감도〉 계열의 시가 이상 시의 전체가 아닐 뿐만 아니라 다른 시들 가운데에서도 이상의 뛰어난 면모를 유감없이 발휘한 시들이 많기 때문이다. 그럼에도 이상의 다른 시들은 〈오감도〉의 위세에 밀려 제대로 논의되지 못했다. 대부분의 논자들이 괴팍한 시인으로서 이상의 명성을 드높인, 그리고 난해하기 그지없는 〈오감도〉에 매료되어 다른 작품들을 소홀히 했기에 벌어진 상황이다.

그러므로 이 글에서는 이상 시 가운데 '위독' 계열의 시 〈절벽〉을 논의해 보고자 한다. '위독' 계열의 시는 이상의 후기 시의 원숙함과 완성미를 갖춘 작품들로 평가된다. 더욱이 〈절벽〉은 이상 시의 뛰어난 형식미와 아울러 내용미도 갖춘 작품이다. 어쩌면 이상은 이 시들로 〈오감도〉 이후 자신의 활로를 개척하려고 했던 것으로 보인다.

> 요새 朝鮮日報 學藝欄에 近作詩 〈危篤〉을 連載中이오. 機能語. 組織語. 構成語. 思索語. 로 된 한글文字 追求試驗이오. 多幸히 高評을 비오. 요 다음쯤 一脈의 血路가 보일 듯 하오.[01]

이 예문은 이상이 김기림에게 보낸 서신 내용 가운데 일부이다. '위독' 계열의 시는 이상의 언어에 대한 실험 의식이 다른 그 어느 작품보다 치열하게 드러난다. 이는 단순히 이상 자신의 설명에 의거하지 않더라도 작품에 실제로 드러나는 현상이다. 그렇다면 그에 대한 기호학적 접근은 대단히 필수적이다. 이러한 접근 방식은 작가가 의도하는 대로 연구를 추수하려는 것이 아니다. 과연 작가의 시도가 성공적이었는가를 살펴볼 필요가 있다. 그리고 시 작품은 다른 문학 장르에 견주어 언어의 밀도가 강하고 내용 또한 압축적이기 때문에 그 미적 성취도를 파악하는 데 기호학적 접근이 유용한 방법론이기 때문이다.[02] 작가의 언급대로

---

01 김윤식 편, 《이상문학전집3》, 문학사상사, 1992, 231면. 이하 이 책을 인용할 때는 인용 구절 뒤 괄호 속에 3권, 면수를, 《이상문학전집1》(이승훈 편, 문학사상사, 1989)을 인용할 때는 간단히 면수만 기록하며, 그리고 《이상문학전집2》(김윤식 편, 문학사상사, 1991)의 인용할 때는 괄호 속에 2권, 면수를 기록.

02 소쉬르나 바르트 등 유럽 학자들은 주로 기호론(sémiologie)이라는 명칭을, 퍼스나 모리스 등 미국 학자들은 기호학(semiotics)이라는 용어를 쓴다. 우리나라에서는 역자에 따라 전자를 기호론으로 번역하기도 하고, 그냥 기호학으로 쓰기도 한다. 이들을 기호학이라는 용어로 통일해도 무방할 듯하다. 여기에서는 주로 아래 사람의 논의를 참조했다. F. De Saussure, 최승언 역, 《일반언어학강의》, 민음사, 1990; M. Riffaterre, 유재천 역, 《시의 기호학》, 민음사, 1993; R.

언어 기호에 대한 실험정신이 다른 어떤 작품보다 치열하게 나타나 있으므로 이에 대한 정당한 분석과 검토를 거쳐 작품을 평가하는 것은 너무나 당연하고도 필수적인 것이다.

이제까지 '위독' 계열의 시는 별로 주목받지 못했다. 더욱이 여기에서 다루려고 하는 〈절벽〉은 몇몇 연구자들이 단편적으로 논급하였을 뿐이다.[03] 그것도 구조적인 측면에 대한 연구를 뺀다면 아직 그 의미조차 제대로 접근하지 못한 형편이다. 그러면 여기에서는 기호학적인 방법으로 〈절벽〉의 구조와 의미에 접근하고자 한다. 시의 전문을 제시하면 아래와 같다.

> 꽃이보이지않는다. 꽃이香기롭다. 香氣가滿開한다. 나는거기墓穴을판다. 墓穴도보이지 않는다. 보이지않는墓穴속에나는들어앉는다. 나는눕는다. 또꽃이香기롭다. 꽃은보이지않는다. 香氣가滿開한다. 나는잊어버리고再차거기墓穴을판다. 墓穴은보이지않는다. 보이지않는墓穴로나는꽃을깜빡잊어버리고들어간다. 나는정말눕는다. 아아. 꽃이또香기롭다. 보이지도않는꽃이―보이지도않는꽃이.(80면)

Barthes, *Elements of Semiology* trans. by A. Lavers & C. Smith, Hill and Wang, 1994; R. Jakobson, 신문수 편역, 《문학 속의 언어학》, 문학과지성사, 1994; Y. M. Lotman, 유재천 역, 《예술 텍스트의 구조》, 고려원, 1991.

03 이 시에 대한 연구로 다음 글들을 들 수 있다. 이승훈, 《이상 시연구》, 고려원, 1987; 강홍기, 〈이상시의 구조양상〉, 《국어국문학》 96, 국어국문학회, 1986년 12월; 김주연, 〈꽃나무〉, 《한국현대시작품론》, 문장, 1981.

2. 시의 문맥 분석

이상의 〈절벽〉은 띄어쓰기도 되지 않은 채, 줄글 형태로 되어 있어 마치 산문처럼 보인다. 논의의 편의상 먼저 이 시의 문장을 행으로 삼아 나열해 볼 필요가 있다. 그리고 이미 기존 연구자들이 언급해 왔던 것처럼 서로 대응하는 부분을 구분하여 이들을 다시 연으로 나누고, 서로 관련 상을 아라비아 숫자로 표기하면 아래와 같은 시가 된다.

① 꽃이보이지않는다.

② 꽃이香기롭다.

③ 香氣가滿開한다.

④ 나는거기墓穴을판다.

⑤ 墓穴도보이지 않는다.

⑥ 보이지않는墓穴속에나는들어앉는다.

⑦ 나는눕는다.

②′또꽃이香기롭다.

①′꽃은보이지않는다.

③′香氣가滿開한다.

④′나는잊어버리고再차거기墓穴을판다.

⑤′墓穴은보이지않는다.

⑥′보이지않는墓穴로나는꽃을깜빡잊어버리고들어간다.

⑦′나는정말눕는다.

②″아아. 꽃이또香기롭다.

①″보이지도않는꽃이-보이지도않는꽃이.

위의 것은 줄글 형태의 시를 행과 연으로 다시 배열하고 첫 7행을 기본으로 삼아서 나머지 행들에 수를 붙여 정리해 본 것이다. 위와 같이 나열한 것은 단순히 시를 보기 좋게 배열하려는 의도가 아니다. 이렇게 했을 때 전체적인 구도나 기호, 문장의 배열이 잘 드러나기 때문이다. 그러면 위의 구도로 이 작품을 분석해 보기로 한다.

1) 통합축

(1) 변형

위의 시를 통합적인 축에 따라 나열해 보고 또한 그 통합의 양상을 다음 몇 개의 유형으로 구별하여 설명하고자 한다. 먼저 변형의 예이다.

① 꽃이보이지않는다.→ ①′꽃은보이지않는다.→ ①″보이지도않는꽃이-보이지도않는꽃이.

⑤ 墓穴도보이지 않는다.→ ⑤′墓穴은보이지않는다. → ⑥′보이지않는墓穴로나는꽃을깜빡잊어버리고들어간다.

위에서 ① → ①′와 ⑤ → ⑤′는 단순히 주격 조사가 변한 것이다. 이러한 변화는 전체에 미치는 영향이 미미하지만, 동일한 반복으로 운율이 무미건조해지는 것에서 벗어날 수 있도록 해 준다. 이것은 ③ → ③′와 같은 단순 반복과는 다르다. ① → ①″는 주어 서술어의 도치적 구문이다. 마지막 구절에서 도치 때문에 새로운 변화가 일어난다. 그 덕분에 이제까지 반복해 오던 구절의 리듬이나 내용을 쇄신하며 시는 마무리된다. 이러한 변화는 ⑤ → ⑥, ⑤′→ ⑥′로 건너가는 과정에서도 나타난다.

(2) 첨가

첨가 역시 반복되는 리듬이나 문장의 의미를 새롭게 하는 역할을 한다.

② 꽃이香기롭다.→ ②'또꽃이香기롭다.→ ②"아아. 꽃이또香기롭다.

⑦ 나는눕는다.→ ⑦'나는정말눕는다.

위에서 ② → ②', ⑦ → ⑦'는 모두 부사의 첨가로 문장의 변형을 시도하였다. 전자는 '또'라는 부사를, 후자는 '정말'이라는 부사를 넣어서 의미를 강조하였다. 그리고 ②'→ ②"는 '아아'라는 감탄사를 넣어서 시의 종결을 유도하였으며, '또'라는 강조부사의 위치를 바꾸어 변화감을 주었다. 첨가는 단순히 내용의 반복뿐만 아니라 강조 및 재환기의 역할까지 한다. 감탄사 '아아'는 이제까지 고조하던 감정이 절정의 지점을 그리며 하강하는 모습을 보여 준다. 그것은 곧 "의식의 소멸을 그리는 궤적의 한 정점"[04]이자, "정서적 고양과 해결의 구조"[05]로서 감탄사로 정제된 시적 마무리를 유도한다. 이 부분에 이르러 이제까지 고조하던 분위기가 하강하며 마무리된다. 이러한 예는 신라의 향가나 조선시대의 시조에서 한용운의 〈님의 침묵〉, 이육사의 〈청포도〉에 이르기까지 광범위하게 나타나는, 우리 시의 한 전통이자 특성이기도 하다.

(3) 확장

④ 나는거기墓穴을판다.→ ④'나는잊어버리고再차거기墓穴을판다.

---

04 이승훈, 앞의 책, 97면.

05 김흥규, 《한국문학의 이해》, 민음사, 1997, 40면.

⑥ 보이지않는墓穴속에나는들어앉는다.→ ⑥′보이지않는墓穴로나는꽃을깜빡잊어버리고들어간다.

위의 두 예문은 앞의 변형이나 단순 첨가와 다른 양상을 띤다. 무엇보다 단문을 복문화하거나 복문을 복복문 형식으로 바꾸어 의미를 전개한다. 먼저 ④ → ④′로 건너올 때는 반복과 더불어 '잊어버리고再차'를 추가하여 의미를 확장한다. 그리고 ⑥ → ⑥′에는 부사절의 조사를 '속에'에서 '로'로, 서술어 '들어앉는다'는 '들어간다'로 각각 변형한다. 게다가 '꽃을깜빡잊어버리고'를 추가하여 ① ②, 또는 ①′ ②′와도 관련시키고 있다. 이는 단순히 적층하는 반복이 아니라 적층과 확장을 동시적으로 전개한 것이다. 또한 꽃과 나와 묘혈을 한 구문에 끌어들여 의미를 상호 연결하며 확장해 준다.

2) 계열축

(1) 주어의 대체

① 꽃이보이지않는다.	①′ 꽃은보이지않는다.
⑤ 墓穴도	⑤′ 墓穴은

서술어 '보이지 않는다'는 구절에 주어가 처음에는 '꽃'으로 나왔다가 다시 '묘혈'로 대치된다. 그리하여 나에게 묘혈과 꽃은 모두 추구 대상으로 동일화할 수 있는 가능성을 갖게 된다. 꽃과 묘혈의 의미상 거리는 멀지만 서술어를 일치시켜 연결하고 있다. 두 구문에서 주어의 대체는 곧

두 대상의 의미의 대체도 가능하게 해 준다.[06] 말하자면 보이지 않는 것은 꽃일 수도 묘혈일 수도, 아니면 그 둘 다일 수도 있다. 둘 다 부재하는 듯하면서 현존하는 대상이다. 주어의 대체는 그러한 두 속성을 동시에 제시하고 있다.

(2) 서술어의 대체

④ 나는거기墓穴을판다.

⑥　　墓穴속에들어앉는다.

⑦　　　　눕는다.

위의 ④, ⑥, ⑦은 각각 나의 행위를 나타내는 서술어이나, 이들이 내용의 전개에 따라 변화를 겪는 모습을 그대로 보여 준다. 이들 문장은 각각의 행위가 '묘혈'과 관련 있음을 보여 준다. 그리고 이것이 다시 반복을 이루면서 아래와 같이 변화한다.

④'나는잊어버린다/
再차거기墓穴을판다.

⑥'보이지않는墓穴로나는꽃을깜빡잊어버린다/
들어간다.

⑦'나는정말눕는다.

---

06 이러한 것은 〈오감도 시 제1호〉에서 '길은막다른골목이適當하오'와 '길은뚫린골목이라도適當하오'에서도 나타난다. 뚫린 골목이나 막다른 골목 어느 것이나 적당하다는 것은 결국 뚫린 골목이나 막다른 골목은 서로 같다("活胡同是死胡同死胡同是活胡同"(2권, 170면))는 인식을 토대로 한다.

위 구절 ④′ ⑦′의 서술어는 '판다', '눕는다'로, 앞에서 제시한 ④, ⑦의 서술어와 동일하다. 그러나 행이 다시 쓰이면서 '판다' 앞에 '잊어버리고'가 들어갔고, 또한 '들어앉는다'가 '들어간다'로 바뀌었다. 그리고 '잊어버리고'를 '꽃을 깜빡 잊어버리고'로 제시하였는데, 이로써 개별적이던 나와 꽃, 묘혈을 한 문장으로 흡수해 버렸다. ④′와 ⑥′로 말미암아 나의 행위는 '잊어버린다', '판다', '들어간다', '눕는다'가 된다. 이 밖에도 ①의 '꽃이보이지않는다'의 문장 기저부에 들어 있는 동사 '보다'('보이다'의 능동형)를 전제하면, 이들 서술어 가운데에서 '보다'가 가장 선행한다. 그러나 이 사실을 차치하고라도 서술어는 3~4개로 대체된다. 이들 동사들은 독립적인 것이 서로 결합되어 나의 행위 또는 그 의식儀式을 더욱 분명하게 제시한다.

① 꽃이보이지않는다.
② 　　香기롭다.

여기에서 서술어의 변화는 부재와 현존의 의미를 확실히 해 준다. '보이지않는다'는 부재의 가능성을 시사해 주지만, '香기롭다'는 존재의 실재를 더 분명히 해 준다. '향기'는 꽃에 부속한 존재이다. 그러므로 ①과 ②, 또는 ②′와 ①′이 서로 결합하여 전자는 보이지 않지만 실재함을, 후자는 실재하지만 보이지 않음을 나타낸다. 나열 순서를 뒤바꾸어 의미의 변화를 시도한 것이다.

3) 수사적 맥락

(1) 연쇄의 효과

② 꽃이香기롭다.→ ③ 香氣가滿開한다.

③ 香氣가滿開한다.→ ④ 나는거기墓穴을판다.

④ 나는거기墓穴을판다.→ ⑤ 墓穴도보이지 않는다.

②와 ③은 연쇄효과를 일으킨다. ②의 서술어 '향기롭다'에서 '향기'가 다시 ③의 주어로 갔기 때문이다. 어쩌면 ③은 ②를 품고 있는 문장으로 이해할 수 있다. ③의 '향기'를 '(꽃의) 향기', '(향기로운 꽃)향기', 또는 '향기(로운 꽃)' 등으로 볼 수 있기 때문이다. 이 가운데 마지막의 경우 '꽃이 만개한다'로 어의상 적절하지만, ①에서 꽃은 '보이지 않는다'고 했으니까 좀 어색해진다. 그렇다면 첫 번째나 두 번째의 경우가 되는데, 둘 모두 ②를 의미 속에 품고 있다. 아마도 위의 설명처럼 첫 번째나 두 번째로 쓰지 않은 것은 단어의 연쇄에서 오는 효과를 충분히 살리고자 했기 때문으로 보인다.

③ → ④로 시행의 전환도 연쇄효과를 일으키는 것으로 보인다. ④의 '거기'가 문맥상 ③의 '香氣가滿開하는 곳'으로 읽히기 때문이다. 그렇다면 이는 내포문의 형식을 대명사로 치환한 것으로서 연쇄효과를 일으킨다. 그리고 ④의 목적어 '묘혈'은 다시 뒤 문장 ⑤에서 주어의 자리로 들어가면서 같은 효과를 일으킨다. 이러한 효과는 내용들이 하나의 흐름처럼 전개되어 전체 리듬의 형성에도 기여한다. 이 밖에도 앞 문장이 뒤 문장에 들어가거나 여러 구절을 복합하여 연쇄효과를 일으키는 것이 있는데, 이는 (3)에서 다루기로 한다.

(2) 반복·점층의 효과

① 꽃이보이지않는다.→ ①′꽃은보이지않는다.→ ①″보이지도않는꽃이-보이지도않는꽃이.

② 꽃이香기롭다.→ ②′또꽃이香기롭다.→ ②″아아. 꽃이또香기롭다.

⑦ 나는눕는다.→ ⑦′나는정말눕는다.

위의 ①, ②, ⑦은 모두 반복·점층적 효과를 잘 드러낸다. ① → ①′는 단순한 반복으로 강조한 것처럼 보이지만, ①″에 이르면 도치적 변형으로 강조 이상의 의미를 드러낸다. 어의상 점층의 효과마저 띠는 것이다. ② 역시 ②′에서 강조 의미의 '또'를, 그리고 ②″에서 '아아'라는 감탄사를 삽입함으로써 감정적 고조를 보여 준다. ⑦′ 역시 '정말'을 첨가함으로써 의미의 단순한 강조 이상, 곧 화자의 확고한 의지와 행위의 실질적 재연이라는 의미를 띤다. 일반적으로 시에서 단어의 중복은 자동적인 개념의 중복이라기보다는 오히려 그 내용의 또 다른 새로운 복잡화를 함축하기 마련이다.[07] 그리고 시에서 반복은 알고 있는 것의 재발견이라는 쾌락의 원천에서 형성된다.[08] 시에서 단어나 구절들을 반복함으로써 이미 인식했던 것을 다시 확인하고 의미를 강화하는 것이다. 한편 이러한 반복은 심리학적으로 이상의 내면에 자리하고 있는 강박충동의 표출로도 이해할 수 있다.

---

07 Y. M. Lotman, 앞의 책, 193면.

08 S. Freud, *The Complete Psychological Works of Sigmund Freud*(Ⅷ)(trans. by J. Strachey), London, The Hogarth Press and The Institute of Psychology Analysis, 1960, p.122.

(3) 연쇄와 반복을 통한 의미 확장의 효과

④′나는잊어버리고再차거기墓穴을판다. + ⑥ 보이지않는墓穴속에나는 들어앉는다.→ ⑥′보이지않는墓穴로나는꽃을깜빡잊어버리고들어간다.

먼저 ⑥부터 살피기로 한다. 앞에서도 설명했듯 ⑥은 ⑤ '묘혈도 보이지 않는다'가 '보이지 않는 묘혈'로 내포됨으로써 문장의 전체적인 도치 반복 및 연쇄효과를 일으킨다. 그리고 그것은 ⑥′에 다시 거의 그대로 반복된다. 반복뿐만 아니라 ④′의 문장에서 '나는 잊어버리고'를 결합하고 게다가 '꽃을 깜빡'을 추가하여 의미의 확장을 시도했다. 그리하여 적어도 3개의 문장이 하나의 문장에 결합하는 양상을 보여 준다. 아래 문장도 드러난 부분은 그렇지 않지만, 심층 기저부는 위와 같은 양상을 드러낸다고 상정할 수 있다.

① 꽃이보이지않는다. + ②″아아. 꽃이또香기롭다. → ①″보이지도않는꽃이-보이지도않는꽃이.

이미 ①″가 ①의 주술 도치형 문장임은 언급했다. 이것을 단순히 '보이지도 않는 꽃'에서 끝내지 않고 전체 주어로 제시함으로써 뒷문장을 생략한 것처럼 느끼게 한다. 그 기저부에 바로 앞의 문장이 닿아 있으므로 '꽃이 또 香기롭다'의 의미와도 그대로 이어진다. 그렇다면 시는 "보이지도 않는 꽃이-보이지도 않는 꽃이(또 향기롭다.)"로 끝난다. 이 역시 문장의 표면상의 구조에는 나타나지 않지만 심층 구조상 도치 반복과 연쇄로 의미가 확장되는 것을 보여 준다. 이승훈은 이러한 동일 유형의 반복이 강조나 무의미성 유발 가운데 어느 하나를 암시하는데, 이 시의 경우 동일 유형의 반복이 하나의 덧없음, 그러니까 무의미성 유발에 있다고 지적했다.[09] 그러나 이 시의 경우는 오히려 강조로써 의미 확장을 이루고 있다. 그것은 이 시의 ⑤→⑥, 또는 ⑥′를 고려한다면 충분히 이해할 수 있다. 또한 처음 ①②가 ②′①′로, 그리고 마지막에 ②″①″로 행 배열순을 도치한 것 역시 정형적인 규칙을 파괴함으로써 시적 의미를 새롭게 하고 강화한다.

3. 기호의 의미 분석

1) 꽃과 묘혈

이 시에 나타난 '꽃'의 의미는 무엇일까. 이제까지는 본격적으로 다뤄지지 않았다. 김상선은 꽃을 '삶 그것 자체'로,[10] 김주연은 '여성 혹은 성관계와 같은 관능적인 상황과 밀접한 관련'이 있는 것으로, 이승훈은 향기를 품은 일상적 꽃으로 설명했다. 꽃은 이상이 많이 쓰는 비유 가운데 하나이다. 그러면 여기에서는 또 다른 이상의 글들을 살피면서 꽃의 의미에 접근해 보기로 한다.

(가) 木芙蓉은 인사하듯 나가버렸다. 이젠 그 이상 그는 참을 수가 없다. 그도 그 뒤를 좇아서 나간다.(2권, 210면)

(나) 十八가구에 각기 별러 들은 송이송이 꽃들 가운데서도 내 아내는 특히 아름다운 한 떨기의 꽃으로 이 함석지붕 밑 볕 안 드는 지역에서

09 이승훈, 앞의 책, 60면.

10 김상선, 〈이상의 시에 나타난 성문제〉, 《아카데미논총》 3, 세계평화교수아카데미, 1975년 12월, 55면.

어디까지든지 찬란하였다.(2권, 321면)

여인을 일반적으로 꽃에 많이 비유한다. 이것은 이상도 마찬가지이다. (가)는 〈불행한 계승〉의 한 구절이다. '木芙蓉'은 연꽃으로 두말할 필요 없이 '금홍(蓮心)'을 나타내는 것이다. 그녀를 (가)에서는 '木芙蓉(연꽃)'으로, 그리고 (나)에서는 '아름다운 한 떨기 꽃'으로 묘사했다. 김주연은 〈절벽〉의 꽃을 금홍과 결부하고 있는데, 위에 인용한 두 작품이 모두 금홍을 형상화하였다는 점에서 그럴 가능성은 적지 않다. 그러나 그것은 전기적 연구로 들어가는 문제이기 때문에 여기에서는 그만두기로 한다.

이상이 여인을 꽃으로 비유한 곳은 이것 말고도 많다. 특히 〈失花〉에서 '꽃을 잃다'는 곧 여인을 잃다는 중의적 의미로 쓰였다. 이어령은 〈실화〉의 꽃을 "여성의 사랑이나 그 정절을 상징"한다고 했다.[11] 또한 이상은 시 〈I WED A TOY BRIDE〉에서 "이것은 작난감新婦마음속에 가시가 돋아있는證據다. 즉 薔薇꽃처럼……"(201면)이라 하여 여인을 장미에 비유하기도 했다.

꽃이香기롭다.
香氣가滿開한다.
보이지않는墓穴로나는꽃을깜빡잊어버리고들어간다.

꽃의 향기는 벌을 불러들여 번식을 돕는 구실을 한다. 김우종은 꽃이 식물의 생식기임을 들어 이것을 여성기와 관련짓고 있는데, 이 역시도

11 이어령, 〈이상 연구의 길찾기 — 왜 기호론적 접근이어야 하는가〉, 《이상 문학 연구 60년》, 문학사상사, 1998, 24면.

고려해 볼 문제이다.[12] 왜냐하면 이상의 유고시 가운데 "땀이 꽃 속에 꽃을 피우고 있었다. 閉門時刻이 지나자 烈風이 나의 살갗을 빼앗았다"[13]와 같은 구절이 있기 때문이다. 향기를 내는 기관, 그리고 번식하고 열매를 맺는 기관인 꽃은 더 나아가 여인의 생식기로 비유할 수도 있다. 그러므로 성(에로스)적 이미지라 할 수 있다.

묘혈은 죽음과 관련 있는 이미지이다. 이를 비극적이고 황홀한 자의식의 세계로 설명하는 이도 있지만,[14] '자살 모티프'(이어령), '죽음의 세계를 체험'(이승훈)하는 것 등으로 해석하는 것은 당연하다. 죽음에 관련한 이미지는 '위독' 계열의 시 가운데서 특히 〈절벽〉 바로 앞에 발표된 〈침몰〉과 유서에 대응하는 소설 〈종생기〉에 잘 드러난다.

> (가) 죽고싶은마음이칼을찾는다. 칼은날이접혀서펴지지않으니날을怒號하는焦燥가絕壁에끊치려든다. 억지로이것을안에떠밀어놓고또懇曲히 참으면어느결에날이어디를건드렸나보다. 內出血이뻑뻑해온다. 그러나 皮膚에傷채기를얻을길이없으니惡靈나갈門이없다. 가친 自殊로하여 體重은점점무겁다.(78면)
>
> (나) 貞姬, 간혹 貞姬의 후틋한 呼吸이 내 墓碑에 와 슬쩍 부딪는 수가 있다. 그런 때 내 屍體는 홍당무처럼 확끈 달으면서 九天을 꿰뚫어 슬피 號哭한다.(2권, 397면)

이들 시와 소설은 1936년 말에 집필한 것들인데, 모두 그 시기 이상의 내면을 잘 보여 준다. 당시에 이상은 임박한 죽음에 대한 공포와 자살

---

12 김우종, 〈이상론〉, 《현대문학》, 1957년 5월, 237면.

13 정다비 편, 《이상》, 지식산업사, 1982, 173면.

14 이창배, 〈모더니스트로서의 李箱〉, 《심상》, 1975년 3월, 71면.

충동에 시달렸다. 〈위독〉 계열의 또 다른 시 〈문벌〉에서는 '墳塚', '白骨' 등 죽음의 이미지를 제시하였다. 이 밖에도 이상의 많은 시에 등장하는 '데드마스크' 역시 죽음의 이미지와 관련이 있다. 〈절벽〉의 '묘혈'은 (나)의 墓碑와 더불어 죽음의 직접적인 이미지로 제시한 것이다. 그리고 묘혈을 파고들어 가는 것은 (가)에서 칼을 찾는 행위처럼 죽음 또는 자살 행위와 관련 있다.

〈절벽〉에서 묘혈을 파고들어 가는 행위는 죽음, 그리고 꽃은 에로스적 욕망과 관련 있다. 이들은 이상의 본능 또는 욕망의 대체물이라 할 수 있다. 여기에 대해서는 프로이트의 설명이 유효하다. 그에 따르면, 인간에게는 두 개의 전혀 다른 본능— 전자는 생명 연장을 향한 에로스 본능이고, 후자는 죽음을 향한 타나토스 본능이다—이 있고, 경우에 따라 두 본능은 서로 융합하기도 하고, 분열하기도 한다.[15] 이상은 〈절벽〉에서 전자를 꽃으로, 후자를 묘혈로 각각 대상화하였다. 그리고 묘혈은 또한 '혈'이라는 단어에 여인의 생식기와 유사한 이미지가 있다는 점에서 에로스적 속성이 있다. 이는 묘혈이 꽃과 치환된다는 사실에서도 확인할 수 있다.

〈절벽〉에서 '꽃이 보이지 않는다'를 '墓穴도 보이지 않는다'로, 또는 '보이지 않는 墓穴'에서 '보이지도 않는 꽃'으로, 꽃과 묘혈의 대체 또는 치환은 두 이미지의 미분화 내지 혼융을 시사하는 것으로 무의식 세계의 담론이라고 할 수 있다. 그리고 '보이지 않는 墓穴로 나는 꽃을 깜빡 잊어버리고 들어간다' 역시 그러하다. '잊어버리다'는 '고의로·의도적으로'와 '무의식적으로·실수로'라는 의미를 띨 수 있다. 전자는 '잊어버리기로 하고'라는 체념·단념의 의미가 있는데, 수식어 '깜빡'이 있는 것으로 보아 후자의 의미가 적절할 것으로 보인다. 그것은 '망각하다'는 의미

15 S. Freud, 박찬부 역, 《쾌락 원칙을 넘어서》, 열린책들, 1997.

에 가깝다. 여기에서 작자는 나와 꽃·묘혈의 관계에 대해 직접적인 양상을 피하고 간접적인 양상으로 동시에 제시하였다. 그리하여 꽃과 묘혈 이미지는 현존과 부재, 망각과 기억이 중첩·혼융되어 있다. 이들은 각각 화사함과 음습함, 밝음과 어두움, 생과 사 등의 긍정적 이미지와 부정적인 이미지를 각각 대변한다. 각기 다른 두 이미지는 두 가지 본능처럼 분열하기도 하고 융합하기도 한다. 이들의 차이 또는 대립성은 에로스적 이미지라는 측면에서 동일성으로 극복된다. 그리고 그러한 현상은 행위 동사에서 더욱 잘 드러난다.

2) 행위 동사

〈절벽〉에서 이상은 '보이지 않다', '잊어버린다', '판다', '들어 앉는다', '들어간다', '눕는다' 등의 동사를 동원한다. 이 가운데 '보이지 않다'는 피동사 부정형이어서 마치 형용사처럼 사용하였고, '잊어버리다'는 지각 동사로 사용하였다. 이들 가운데 특별히 의미 있는 것은 바로 '판다'와 '들어간다', 또는 '들어 앉는다'와 '눕는다'로 전개되는 능동 행위 동사이다. 능동 행위 동사들은 나의 행위를 규정할 뿐만 아니라 나와 객관적 대상물인 꽃이나 묘혈, 향기를 연결하는 역할을 한다. 이는 시적 화자가 대상과 관계하는 방식이자 시의 전반적인 의미를 규정하는 것이기도 하다. 그러므로 이 서술어들을 대상과 관련지어 논의할 필요가 있다. 먼저 동사와 직접적인 관련이 있는 '묘혈' 및 '꽃'과 나의 관계 양상을 살펴볼 필요가 있다.

나는거기墓穴을판다.
나는잊어버리고再차거기墓穴을판다.

보이지않는墓穴속에나는들어앉는다.

보이지않는墓穴로나는꽃을깜빡잊어버리고들어간다.

나는눕는다.

나는정말눕는다.

위의 구절에서는 외면상 묘혈을 파고 들어가서 눕는, 말하자면 죽음의 행위가 그대로 드러난다. 그러나 단순한 죽음 행위와는 다르다. 왜냐하면 거기에는 꽃이라는 대상이 실재하고 꽃의 향기가 드리운 장소이기 때문이다. '향기가 만개한 곳에 묘혈을 판다', '꽃을 깜빡 잊어버리고 묘혈에 들어간다' 등은 꽃과 묘혈의 관계 양상을 잘 보여 준다. 여기에서 객관적 대상으로서 꽃은 새로운 의미를 부여받고, 묘혈 역시 단순한 죽음의 장소 이상의 의미를 얻는다. 묘혈과 꽃은 각각 화자인 나에게 있어 죽음이나 성적 욕망과 결부되어 있다.

위 시에서 '묘혈을 판다→거기에 들어간다→눕는다' 등 동사의 배열 순서는 에로스적 욕망의 실현 행위와 일치한다. 묘혈을 파는 행위는 분명 타나토스의 본능이지만, 거기에 에로스의 본능 내지 욕망이 끼어들기에 이른다. 그것은 꽃을 매개로 더욱 구체화한다. 또한 '보이지 않는 墓穴로 나는 꽃을 깜빡 잊어버리고 들어간다'는 성적 행위와 죽음이라는 행위가 서로 겹치는 상황을 제시한다.[16] 그리고 이들 동사의 반복적

16 이승훈은 《이상 시연구》(앞의 책, 93~98면)에서 이 부분을 '죽음에의 희망과 배반이라는 반어적 태도'라 해석하였다. 그는 '보이지 않는 꽃'은 그렇게 중요하지 않다 하여 의미를 부여하지 않고 이 시 전체를 죽음의 충동과 결부하여 해석하였다. 그것은 '육체적 합일과 죽음'이라는 제목과는 맞지 않다. 그러나 《이상문학전집1》(앞의 책) 주석에서는 "'침몰'과 관련시킬 때, 〈절벽〉의 이미지를 중심으로 한다면, 성행위를 노래한 것"(80~81면)이라 하여 수정적인 견해를 피력했다. 이

사용은 욕망의 반복 강박적 특성과도 결부될 수 있다. 그러나 그에 대한 고찰은 이 글의 범위를 넘어서는 것이므로 여기에서는 그만두기로 한다.

결국 '꽃이 향기롭다…보이지 않는 묘혈 속에 나는…눕는다'는 타나토스적 욕망과 에로스적 욕망이 융합한 상황을 그린 것이다. 묘혈과 관련한 행위 동사는 성행위와 관련한 것이고, 한편으로 묘혈은 꽃과 대치되기도 한다. 이는 타나토스 본능에 에로스적 욕망을 포함하고 있을 뿐만 아니라 이 둘은 동시적임을 말해 준다. 이상에게는 이러한 이미지가 적지 않다.

> (가) 이것이 엔간치 않은 힘으로 그의 정신 생활을 선불리 건드리기 전에 다른 가장 유효한 결과를 예기하는 처벌을 감행치 않으면 안될 것을 생각하고 좀 무리인 줄은 알면서 놀음하는 세음 치고 少女에게 Double Suicide를 「푸로포즈」하여 본 것이었다.(2권, 247면)
>
> (나) 나는 때때로 二三인의 天使를 만나는 수가 있다. 제 各各 다 쉽사리 내게 '키쓰'하여 준다. 그러나 忽然히 그 당장에 죽어버린다. 마치 雄蜂처럼.(3권, 191면)

(가)는 〈단발〉에, (나)는 〈실낙원〉에 각각 나오는 내용이다. 이들 작품들은 그의 생애 말기에 속하는 것들로서, 두 예문 모두 성행위와 죽음이라는 에로스와 타나토스 본능을 동시적으로 제시하였다. 또한 이는 〈행복〉, 〈혈서삼태〉, 〈불행한 계승〉, 〈실화〉 등 수많은 작품에 '情死'의 이미지로써 제시되기도 하였다. 이상은 죽음이 임박하면서 그것을 낭만

시에서 이 둘은 분리된 게 아니라 혼융된 하나의 이미지로 보는 게 적절하다.

적으로 받아들이려고 한다. 죽음의 한가운데에서 살아 있다는 자기 현시와 자기 확인을 하고자 예술에 집착하거나 에로스에 지나치게 탐닉하는 것이다. 그에게 여인과 나누는 정사는 죽음에 대한 공포를 초월하면서 그것을 낭만적으로 승화할 수 있는 유일한 방법이었다.

〈절벽〉은 이러한 시적 화자의 욕망을 그리고 있다. 〈절벽〉은 사실 '더 이상 나아갈 수 없는', '무척 험하고 급한' 낭떠러지이다. 큰 제목 '위독'과 결부하면 삶의 막다른 골목과 같은 곳이며, 생의 마지막 종착지 묘혈로 제시된다. 죽음은 비극적이지만 꽃이 개입됨으로써 낭만적으로 인식될 수 있다. 꽃에 대한 나의 욕망은 에로스적이며, 묘혈에 대한 나의 욕망은 바로 타나토스적이다. 이들이 융합되는 무의식의 세계를 이 시는 표출하고 있다. 이는 또한 각혈 속의 사랑 행위라는 이상의 실제 삶의 모습에서도 발견된다. 결핵은 이미 죽음에 대한 선고유예로서, 수잔 손탁의 지적처럼 이상에게는 하나의 '메타포'로서 기능했던 것이다. 그러므로 이 시는 죽음의 처절함을 에로스적 욕망과 융합하여 하나의 비극적 낭만의 미학으로 제시한 것이다.

4. 마무리

이제까지 이상의 시 〈절벽〉을 논의했다. 이 시는 뛰어난 구조로 짜여 있다. 전체적으로 복합 구조의 모습을 띠는데, 각 행의 단어들에 변형과 첨가, 확장과 대체를 적절하게 운용하여 시의 묘미를 살렸다. 그리고 각 행은 다시 연쇄와 반복 점층의 효과를 잘 드러냈다. 그러나 더 중요한 것은 이 시가 꽃과 묘혈이라는 시적 대상에 서술 동사를 적절하게 결합하여 주제 의식을 에로스와 타나토스적 본능 내지 욕망과 연계하는 데 성공하고 있다는 점이다. 그리고 이 시는 이상의 다른 어떤 시보다도 내용이나 형식 면에서 뛰어난 시이다. 기호의 표현 면에서는 환유적 성격이 강하면서도 그 의미 형성에서는 은유적 성격을 잘 결합하였다. 그러므로 '위독' 계열의 시는 〈오감도〉와 더불어 이상 문학의 또 다른 성취이다.

이상의 시에는 난해한 구절들이 많다. 그의 시에 쓰인 환유적 문장도 어렵게 느껴진다. 기표에 대한 기의가 표면적인 의미 하나로 한정되지 않기 때문이다. 그렇다면 이제까지 이상 시 연구의 주류를 이루는 구조주의나 심리주의 방법만으로 접근하는 데에는 한계가 따르게 마련이다. 이들로는 언어 기호에 대한 충분한 해석이 이루어질 수 없다. 이제 이상 연구는 다시 언어 기호에서부터 시작해야 한다. 그러려면 기호학적 연구가 절실히 요구된다. 이어령이 이상에 대해 기호학적 연구가 절실함을 다시 언급한 것도 이러한 맥락이다. 기호의 다양한 사용, 이를테면 떠도는 시니피앙과 다중적 시니피에(의미의 산포), 메타언어와 같은 다성적 기호의 사용 등에 그러한 연구가 따라야 한다.

이상은 자신의 문학 안에 이미 해석의 가능성을 열어 두고 있다. 그의 문학 속에 있는 난해한 구절은 텍스트 속 다른 구절들에서 해석의 실마리를 구하고 또한 많은 작품의 다성적 기호들은 원전의 의미를 파악한 뒤 해석해야 한다. 더욱이 이상 문학처럼 난해한 작품들은 먼저 원전의 확정과 주석 작업이 필요하다. 그리고 난해한 구절들에 대한 기호학적 접근이 뒤따라야 할 것이다. 그에 대한 정당한 해석과 평가는 이러한 연구를 거쳐 이루어져야 마땅하다.

이상 시의 내적 상호텍스트성

1. 들어가는 말

이제까지 연구자들은 이상 문학을 크게 3가지 측면에서 논의해 왔다고 볼 수 있다. 첫째 정신분석학적 연구, 둘째 기호학적 연구, 셋째 해석학적 연구이다.[01] 이상의 기이한 행동과 특수한 가정적 환경, 문학에 드러난 복잡한 양상들은 정신분석적 연구를 가능케 했다. 특히 입양과

---

01 순서대로 대표적인 글을 든다면 정귀영, 〈이상 문학의 초의식 심리학〉, 《현대문학》, 1973년 7~9월; 김대규, 〈數字의 Libido性〉, 《연세어문학》 5, 1974; 김종은, 〈이상의 理想과 異常〉, 《문학사상》, 1974년 7월 등과 이승훈, 《이상시연구》, 고려원, 1987; 김승희, 〈이상 시 연구〉, 서강대(박), 1991; 임종국, 〈이상론〉, 《고대문화》, 1955년 12월; 이어령, 〈나르시스의 학살〉, 《신세계》, 1956년 10월~1957년 1월; 정명환, 〈부정과 생성〉, 《한국인과 문학사상》, 일조각, 1964; 김용직, 〈李箱, 現代熱과 作品의 實際〉, 《이상》, 문학과지성사, 1977; 김윤식, 《이상연구》, 문학사상사, 1987; 한상규, 〈1930년대 모더니즘문학에 나타난 미적 자의식에 관한 연구〉, 서울대(석) 1989 등이 있다. 이들 연구 방법은 개별적으로, 또는 서로 혼합 또는 착종하여 사용하기도 했다. 특히 세 번째 방식은 앞의 두 연구 방식과 일정 정도 관련을 맺고 전개되기도 했다.

성적인 기행, 결핵 등 이상 삶의 편린들은 개인적 억압이나 무의식 세계의 분석 연구를 추동하게 해 주었다. 이러한 논의는 모체 분리에 따르는 크리스테바의 아브젝시옹abjection 이론 등으로 확대되었다. 이상 문학의 기호학적 연구는 기호들의 의미뿐만 아니라 문체, 담론 구조의 연구에까지 미치고 있다. 그리고 해석학적 연구 역시 모더니티, 미적 자의식, 상호텍스트성[02] 등 다양하게 펼쳐지고 있다. 이 글이 지향하는 바는 이상 문학에 대한 상호텍스트적 접근이다. 이는 해체주의적 시각으로 작가가 타자의 담론으로부터, 또는 자신의 담론 안에서 담론을 어떻게 변형해 나가고 있는가를 연구하는 것이다.

이상 문학처럼 시, 소설, 수필이 장르적 특성조차 모호하고, 또한 각 텍스트들이 상호 관련 있을 때 텍스트적 관련성을 밝히는 일이 필요하다. 이미 이상의 몇 작품, 더욱이 소설 〈날개〉와 〈종생기〉에 대해서는 어느 정도 자세하고 명확하게 상호텍스트성을 밝혀냈다. 그러나 그의 작품에 드러난 상호텍스트적 특성을 아직 제대로 밝혀냈다고 할 수 없다. 연구자들 역시 이상 문학에서 상호텍스트성이 중요한 문제임을 인

---

02 크리스테바가 처음 사용한 이 용어(Intertextuality)는 텍스트 사이의 흡수, 변형 등의 텍스트적 관련성을 의미한다. '간텍스트성'으로 번역하기도 하며, 바흐친의 '다성성', '다음성' 역시 같은 맥락에서 이해할 수 있다. 이 글은 주로 다음의 책들을 참조했다. J. Kristeva, *Desire in Language*, Columbia University Press, 1980; J. Kristeva, *Revolution in Poetic Language*, Columbia University Press, 1984; M. M. Bakhtin, *The Dialogic Imagination*, University of Texas Press, 1981; *Intertextuality*, ed. H. F. Plett, Walter de Gruyer·Berlin·NewYork., 1991; T. Todorov, 최현무 역, 《바흐찐; 문학사회학과 대화이론》, 까치, 1987; V. B. Leitch, 권택영 역, 《해체비평이란 무엇인가》, 문예출판사, 1990; H. Bloom, 윤호병 역, 《시적 영향에 대한 불안》, 고려원, 1991; 김욱동, 《모더니즘과 포스트모더니즘》, 현암사, 1992.

식하면서도 아직 그에 대한 연구가 미미했다는 것을 인정했다. 무엇보다도 텍스트 자체에 대한 정확한 검토를 선행하였을 때 작품을 더욱 완전하게 해석할 수 있다. 그러므로 이 글은 이상 문학에 대한 정당한 해석과 평가에 이르고자 텍스트적 관련성을 파악하려고 한다. 이러한 연구는 그의 문학을 이해하고, 글쓰기 과정을 해명하는 데 도움이 될 수 있다. 현상 텍스트의 상호 관련성이 온전히 밝혀진다면 발생 텍스트를 규명할 수 있고, 또한 작가의 글쓰기를 이해할 수 있기 때문이다. 물론 텍스트에서 작가의 의식 세계나 글쓰기 과정을 역추적하는 것은 일정 정도 한계가 있다. 그러나 현상 텍스트의 상호 관련성을 규명한 다음에야 발생 텍스트를 온전히 재구해 낼 수 있다는 점에서 텍스트의 상호 관련성을 규명하는 일은 의미 있다고 하겠다.

2. 언어놀이 — 수사학의 세계

이상은 그의 작품 곳곳에 글쓰기 방법론을 지적하는 표현들을 해 놓았다. 특히 소설의 아포리즘에는 언어놀이로서 글쓰기 방법을 설명해 주는 구절들이 많이 나타난다. 이를테면 '위트와 패러독스와 아이러니의 실천'(〈날개〉), '맵시의 절약법', '자자레한 치레'(〈종생기〉), '고정된 기술 방법의 포기'(〈지도의 암실〉) 등이다. 소설의 여기저기에 언급한 표현들은 작품 해석에 실마리를 제공하기도 한다.

TEXT

「불장난—貞操責任이 없는 불장난이면? 저는 즐겨합니다. 저를 믿어주시나요? 貞操責任이 생기는 나잘에 벌써 이 불장난의 記憶을 저의 良心의 힘이 抹殺하는 것입니다. 믿으세요」

評—이것은 分明히 다음에 敍述되는 같은 姙이의 敍述 때문에 怜悧한 거짓부렁이가 되고 마는 일이다. 즉

「貞操責任이 있을 때에도 다음 같은 方法의 依하여 불장난은—主觀的이지만—용서될 줄 압니다 (……) 그러나 主觀的으로 이것이 容納되지 않는 경우에 하였다면 그것은 罪요 苦痛일 줄 압니다. 저는 罪도 알고 苦痛도 알기 때문에 저로서는 어려울까 합니다. 믿으시나요? 믿어주세요」(2권, 277면)[03]

이 글은 〈童骸〉의 구절이다. 여기에서 두 가지 사실을 발견할 수 있다. 하나는 뒷부분에서 지적하듯 '潛在意識의 綻露現象'이요, 또 하나는 메타언어적 글쓰기 방식이다. 전자와 관련하여 〈지도의 암실〉에서는 "도 무소용인인 글자의 고정된 기술 방법을 채용하는 흡족지 않은 버릇을 쓰기를 버리지 않을까를 그는 생각한다"(2권, 165면)고 고백하였는데, 모두 의식의 흐름 또는 자유연상에 따른 글쓰기로 볼 수 있다. 이는 그동안의 연구에서 '문장의 解辭的(통사적인 것과 반대되는) 방법'[04], '반담론'[05] 등으로 논의되기도 한 해체적 글쓰기이다. 그리고 메타언어적 글쓰기는 상호텍스트성을 띠게 된다. 이러한 예는 〈종생기〉의 방법론으로 잘 활용되었다. 〈종생기〉에서 '「侈奢한 소녀는」'이 뒤에

---

03 김윤식 편, 《李箱문학전집2》, 문학사상사, 1991. 이하 이 책의 인용과 다음 책의 인용은 편의상 인용문 뒤 괄호 속에 각각 2권, 1권, 또는 3권, 면수만 기입함. 이승훈 편, 《李箱문학전집1》, 문학사상사, 1989; 김윤식 편, 《이상문학전집3》, 문학사상사, 1993.

04 조연현, 〈이상〉, 《조연현문학전집6— 한국 현대 작가론》, 어문각, 1977.

05 문흥술, 〈이상문학에 나타난 주체분열과 반담론에 관한 연구〉, 서울대(석), 1991.

‘비천한 뉘집 딸이’로 옮겨 가는데, 이는 ‘可憐히 심어놓은 자자레한 치레’(2권, 378면)로 메타언어적 글쓰기이다.[06]

이러한 두 가지 글쓰기 양상은 이상 문학에서 서로 나뉘어 쓰이기도 하지만 함께 사용됨으로써 텍스트가 다층적 양상을 드러낸다. 여기에서는 이러한 방식이 이상의 주요한 글쓰기 방식임을 인식하고, 그의 내적 상호텍스트성[07]을 규명해 보기로 한다. 이는 이미 필자가 〈종생기〉를 논하는 자리에서 시 〈위독—육친〉과 〈실낙원—육친의 장〉을 언급하면서 지적했던 사실이다. 〈위독—육친〉과 〈실낙원—육친의 장〉의 패러디적 관계는 단순히 이 두 작품의 관계를 떠나서 이상 작품을 전체적으로 조명하도록 만든다. 여기에서는 그 지적에서 더 나아가 그런 특성을 띤 작품들로 논의를 확장하려고 한다. 여기서 문제가 되는 것은 이상의 시 〈위독—문벌〉, 〈위독—육친〉, 〈위독—자상〉, 〈내과〉 등이다. 이들 작품들은 언어유희로서 수사학의 세계[08]를 잘 보여 준다.

---

06 〈종생기〉의 상호텍스트성에 관한 논의는 김주현, 〈〈종생기〉와 복화술〉(《외국문학》 40, 1994년 9월) 참조.

07 내적 상호텍스트성이란 작가가 자기 자신의 작품을 상호텍스트의 대상으로 삼는 것으로 S.Gaggi가 Barth의 소설을 분석하면서 사용한 ‘Personal Intertextuality’의 역어이다. (S. Gaggi, Modern/Postmodern: A Study in Twentieth-Century Arts and Ideas, University of Pennsylvania Press, 1989, pp. 144~155) 이를 ‘개인적 상호텍스트성’으로 번역하는데, 여기에서는 그 의미를 더욱 분명히 하고자 ‘내적 상호텍스트성’으로 번역했다.(김욱동, 앞의 책, 205면)

08 워에 따르면, 문학이나 놀이는 메시지로서 기호들의 집합(언어적이든 비언어적이든 상관없이)과 문맥 또는 메시지의 틀 사이의 관계를 교묘히 조작함으로써 하나의 대안적인 리얼리티를 구성한다는 점에서 일치한다. 그는 특히 대부분의 자의식인 메타픽션들에는 은연중에 놀이의 개념이 내재된다고 지적했다. P. Waugh, 김상구 역, 《메타픽션》, 열음사, 1992.

(가) 여기는 도무지 어느 나라인지 分間을 할 수 없다. 거기는 太古와 傳承하는 版圖가 있을 뿐이다. 여기는 廢墟다. '피라미드'와 같은 코가 있다. 그 구녕으로 '悠久한 것'이 드나들고 있다. 空氣는 褪色되지 않는다. 그것은 先祖가 或은 내 前身이 呼吸하던 바로 그것이다. 瞳孔에는 蒼空이 凝固하여 있으니 太古의 影像의 略圖다. 여기는 아무 記憶도 遺言되어 있지는 않다. 文字가 닳아 없어진 石碑처럼 文明의 '雜踏한 것'이 귀를 그냥 지나갈 뿐이다. 누구는 이것이 '떼드마스크(死面)'라고 그랬다. 또 누구는 '떼드마스크'는 盜賊 맞았다고도 그랬다.

죽음은 서리와 같이 내려 있다. 풀이 말라 버리듯이 수염은 자라지 않은 채 거칠어 갈 뿐이다. 그리고 天氣 모양에 따라서 입은 커다란 소리로 외우친다 —水流처럼.(3권, 193면)

(가-1) 여기는어느나라의데드마스크다. 데드마스크는盜賊맞았다는소문도있다. 풀이極北에서破瓜하지않던이수염은絶望을알아차리고生殖하지않는다. 千古로蒼天이허방빠져있는陷穽에遺言이石碑처럼은근히沈沒되어있다. 그러면이겉을生疎한손짓발짓의信號가지나가면서無事히스스로와한다. 점잖던內容이이래저래구기기시작이다.(1권, 94면)

-〈自 像〉의 전문

•

(가)는 〈失樂園—自畵像(習作)〉이라는 작품이다. 이 글은 이상이 유고로 남긴 작품으로 1939년 2월에 발표된 것이다. 그리고 (가-1)의 〈위독—자상〉은 1936년 10월에 발표된 작품이다. 이 두 작품 가운데서 〈실낙원—자화상〉이 〈위독—자상〉보다 먼저 쓰였을 것이라는 사실은 부제 〈실낙원—자화상〉에 달린 (習作)이라는 설명에서 엿볼 수 있다. 그래서

김윤식 역시 "이 글이 시 작품의 밑그림일 가능성이 많다고 하겠는데, 그 근거 중의 하나는 '자화상' 밑의 '습작'이라는 단서가 붙어 있음에 관련된다"고 지적했던 것이다.[09] 이상의 〈실낙원〉 계열은 〈소녀〉, 〈육친의 장〉, 〈실낙원〉, 〈면경〉, 〈자화상〉, 〈월상〉 등 총 6편의 계열시로 구성되어 있다. 이 가운데 특히 시와 관련이 많은 것은 〈실낙원—육친의 장〉과 〈실낙원—자화상〉이다. 전자는 시 〈위독—육친〉과 〈위독—문벌〉로, 후자는 〈위독—자상〉으로 각각 다시 쓴 것으로 보인다. 반대의 경우를 가정해 볼 수도 있겠지만, 어느 경우든 둘이 밀접하게 관련 있다는 사실을 설명해 준다.

(가)에서 "여기는 도무지 어느 나라인지 分間을 할 수 없다"와 문단의 후반부 "누구는 이것이 '떼드마스크(死面)'라고 그랬다. 또 누구는 '떼드마스크'는 盜賊 맞았다고도 그랬다"의 내용을 (가-1)의 "여기는 어느 나라의 데드마스크다. 데드마스크는 盜賊맞았다는 소문도 있다"로 변형하였다.[10] 그리고 마지막 문단 "죽음은 서리와 같이 내려 있다. 풀이 말라버리듯이 수염은 자라지 않은 채 거칠어 갈 뿐이다. 그리고 天氣 모양에 따라서 입은 커다란 소리로 외우친다 — 水流처럼"을 "풀이 極北에서 破瓜하지 않던 이 수염은 絕望을 알아차리고 生殖하지 않는다"로 변형하였다. 또한 첫 단락의 중간 부분인 "여기는 廢墟다. '피라미드'와… 文字가 닳아 없어진 石碑처럼 文明의 '雜踏한 것'이 귀를 그냥 지나갈 뿐이다"를 "千古로 蒼天이 허방 빠져있는 陷穽에 遺言이 石碑처럼 은근히 沈沒되어 있다. 그러면 이 곁을 生疎한 손짓발짓의 信號가 지나가면서 無事히 스스로와 한다. 점잖던 內容이 이래저래 구기기 시작이다"로 변형하였다. 결핵으로 말미암아 절망하고, 침몰해 가는 상황을 '데드마스크'로 그린

09 김윤식, 《李箱문학전집3》, 문학사상사, 1993, 196~197면.

10 원문을 본문에 인용할 시엔 띄어쓰기를 하기로 한다.

것이다. 이러한 변형으로 이들 작품들은 하나의 내적 상호텍스트성을 띠게 되었다. 그리고 이는 장르의 문제로 귀속할 수 없는, 글쓰기 차원에서 해명해야 할 과제이다. 이러한 변화는 시 〈내과〉에도 그대로 나타난다.

(나)

가브리엘天使菌 (내가 가장 不世出의 그리스도라 치고)
이 殺菌劑는 마침내 肺結核의 血痰이었다(고?)

肺속 팽키칠한 十字架가 날이날마다 발돋움을 한다
肺속엔 料理師 天使가 있어서 때때로 소변을 본단 말이다
나에 대해 달력의 숫자는 차츰차츰 줄어든다

네온사인은 색소폰같이 야위었다
그리고 나의 靜脈은 휘파람같이 야위었다

하얀 天使가 나의 肺에 가벼이 노크한다
黃昏 같은 肺 속에서는 고요히 물이 끓고 있다
고무 電線을 끌어다가 聖 베드로가 盜聽을 한다
그리곤 세 번이나 天使를 보고 나는 모른다고 한다
그때 닭이 홰를 친다 – 어엇 끓는 물을 엎지르면 야단야단

–(3권, 327~328면)

(나–1)

—自家用福音
—或은 엘리엘리 라마싸박다니

하이얀天使 이鬚髯난天使는규핏드의祖父님이다.
鬚髯이全然(?)나지아니하는天使하고흔히結婚하기도한다.

나의肋骨은2떠—즈(ㄴ). 그하나하나에노크하여본다. 그속에서는海綿에젖은 더 운 물 이 끓 고 있 다.

하이얀天使의펜네임은 聖피-타-라고. 고무의電線 똑똑똑똑 버글버글 열 쇠 구 멍 으로盜聽.

(發信) 유다야사람의임금님주무시나요?
(返信) 찌-따찌-따따찌-찌 (1) 찌·따—찌-따따찌-(2) 찌-찌따찌-따따찌-찌-(3)

흰뺑끼로칠한十字架에서내가漸漸키가커진다. 聖피—타—君이나에게세번式이나아알지못한다고그린다. 瞬間닭이활개를친다……

어엌 크 더운물을 엎질러서야 큰일날노릇— (전집1, 225면)

-〈內 科〉의 전문

(나)와 (나-1)은 폐결핵을 형상화했다. (나)는 〈각혈의 아침〉에 나온 내용이다. 원문은 일문이며, 미발표 유고로 남겨졌던 것이 1976년에 소개되었다. 이 작품은 다행히 작품 말미에 '1933년 1월 20일'이라는 구절이 있어 창작 시기를 알 수 있다. 또한 1933년 무렵 그의 많은 작품들에 각혈에 관한 내용이 나오는 것으로 보아 이러한 사실을 짐작할 수 있다. 그리고 (나-1)은 유고 시로 1956년에 임종국이 편한 《이상전집》에 소개되었다. 이 두 작품 역시 정확한 선후 관계는 파악할 수 없다. 다만 변형과 첨가로 생성했다는 측면에서 (나)가 (나-1)보다 먼저 나온 것으로 추측할 수 있다.[11]

---

11 이상은 〈각혈의 아침〉의 창작일을 "1933년 1월 20일"로 밝혀 놓았다. 그것이 "네온사인은 색소폰같이 야위었다/그리고 나의 靜脈은 휘파람같이 야위었다."라는 구절 뒷부분임은 김구용의 글(〈「레몽」에 도달한 길 —이상 연구〉, 《현대문학》, 1962년

(나)의 3연[12] "하얀 天使가 나의 肺에 가벼이 노크한다/ 黃昏 같은 肺 속에서는 고요히 물이 끓고 있다/고무 電線을 끌어다가 聖 베드로가 盜聽을 한다"는 (나-1)의 첫째 연으로 변형하였다. 그리고 (나)의 둘째 연 1행 "肺 속 팽키 칠한 十字架가 날이 날마다 발돋움을 한다"와 둘째 연 4·5행 "그리곤 세 번이나 天使를 보고 나는 모른다고 한다/그때 닭이 홰를 친다 — 어엇 끓는 물을 엎지르면 야단야단"을 (나-1)의 셋째 연 "흰 뺑끼로 칠한 十字架에서 내가 漸漸 키가 커진다. 聖 피-타-君이 나에게 세 번式이나 아알지 못한다고 그린다. 瞬間 닭이 활개를 친다....../어엌 크 더운물을 엎질러서야 큰일 날 노릇—"으로 변형하였다. 이것들은 모두 이상이 폐 속에 번져 가는 결핵을 시로 형상화한 것이다. (나)의 '肺 속 팽키 칠한 십자가', '끓는 물'과 (나-1)'海綿에 젖은 더운물'은 결핵을 의미한다. 이상은 자신의 상황을 십자가의 '피'와 '죽음'의 상징(그리스도가 피 흘리고 죽어 간 상황)과 연결하여 형상화했다. 마치 결핵으로 죽어 가는 자신의 상황을 그리스도가 십자가에 매달려 죽어 가는 상황으로 그린 것이다. 그리고 성서의 '엘리 엘리 라마 싸박다니'(주여 나를 버리시나이까)를 이끌어 옴으로써 삶에 대한 간절한 소망을 표현했다.

8월, 202면)에서도 파악할 수 있다. 그의 글에 〈각혈의 아침〉은 "1933?.1.13"으로, '네온사인' 부분은 "1933.1.20"으로 소개되었다. 그런데 네온사인을 다룬 시(〈가구의 추위〉)에는 어쩐 일로 "一九三三 二月 十七日 室內의 件"으로 소개되었다. 그리고 〈내과〉와 함께 발견된 나머지 8편 가운데 〈囚人이 만든 箱庭〉, 〈골편에 관한 무제〉, 〈朝〉는 창작 시기를 알 수 없지만, 그밖에 〈육친의 장〉은 1933년에 쓴 것이고, 〈최후〉는 "2월 15일 개작", 〈隻脚〉·〈거리〉 등은 작품 뒤 "2.15"라는 구절이 있어 모두 '1937년 2월 15일'에 마무리된 것으로 보인다. 그러므로 비록 날짜를 제시하지 않은 작품들도 이상의 동경 사진첩에서 나온 것으로 볼 때, 이상의 동경 시절(1936년 10월~1937년 2월)에 마무리(창작 내지 개작)되었을 가능성이 있다.

12 〈각혈의 아침〉 그 자체가 시의 성격을 띠어서 여기서는 편의상 연이라고 한다.

〈內科〉는 〈自像〉과 달리 단순한 변형이 아니라 새로운 형태가 추가된 양상을 보인다. (나-1)의 1연과 2연 1·2행, 5~7행에서 "엘리엘리라마싸박다니"라는 성서의 구절과 성서에 나오는 인물 "유다", 그리스신화에 나오는 인물 "규피드", 그리고 이상스러운 의성어 "똑똑똑똑/버글버글", "(送信) 찌-따찌-따따찌-찌(1)·따-찌-따따찌-/(2) 찌-찌따찌-따따찌-찌-(3)" 등을 삽입함으로써 변형이 이뤄졌다. 이 시들은 비록 폐결핵을 다루었지만 작가의 자의식이 개입하여 서로 다른 양상을 보여 준다. 여기에서 낯설게하기라는 일종의 언어유희가 개입하는데, 이는 텍스트적 관련성이 유사성에 그치는 것이 아니라 새로운 변형으로 확장되는 데 일조한다. 이러한 시적 형상화는 다른 작가들에게서 볼 수 없는 이상의 독특한 방법이다. 일반적으로 작가에게 시의 변화 과정은 (가)에서 (나)로 변하는 과정(새로운 시의 형태)인데 이상에게는 (가)에서 (가-1)의 과정(내적 상호텍스트)으로 변화한다. 그러므로 상호텍스트성은 이상 작품에 중요한 의미가 있다.

3. 조감도 → 오감도, 역설적 세계 인식

이상은 창작 초기 〈鳥瞰圖〉, 〈建築無限六面角體〉, 〈三次角設計圖〉 등의 일문 연작시를 썼다. 그의 이러한 일문시는 뒤에 한글로 번역되어 나오면서 변화를 겪었다. 그런데 이들 시 가운데서 〈建築無限六面角體〉의 시 두 수는 뒤에 한글시 〈鳥瞰圖〉에 편입되면서 변화한다. 이들은 바로 내적 상호텍스트성이라는 텍스트적 관련성을 띠게 된다. 각각의 시들은 이전에 나온 시를 변형하며 새로운 형태의 개별적 시를 지향한다. 이러한 것들은 초기 일문시에서 후기 한글시로 넘어오는 과정을 해명하는 데 중요한 실마리를 제공한다.

(가)

或る患者の容態に關する問題

1 2 3 4 5 6 7 8 9 0 ·

1 2 3 4 5 6 7 8 9 · 0

1 2 3 4 5 6 7 8 · 9 0

1 2 3 4 5 6 7 · 8 9 0

1 2 3 4 5 6 · 7 8 9 0

1 2 3 4 5 · 6 7 8 9 0

1 2 3 4 · 5 6 7 8 9 0

1 2 3 · 4 5 6 7 8 9 0

1 2 · 3 4 5 6 7 8 9 0

1 · 2 3 4 5 6 7 8 9 0

· 1 2 3 4 5 6 7 8 9 0

診斷 0:1

2 6 · 1 0 · 1 9 3 1

以上 責任醫師 李箱

–〈診斷 0:1〉의 전문[13]

13 《朝鮮と建築》, 1932년 7월, 25면.

(가−1)

患者의容態에關한問題

· 0 9 8 7 6 5 4 3 2 1

0 · 9 8 7 6 5 4 3 2 1

0 9 · 8 7 6 5 4 3 2 1

0 9 8 · 7 6 5 4 3 2 1

0 9 8 7 · 6 5 4 3 2 1

0 9 8 7 6 · 5 4 3 2 1

0 9 8 7 6 5 · 4 3 2 1

0 9 8 7 6 5 4 · 3 2 1

0 9 8 7 6 5 4 3 · 2 1

診斷 0·1

26·10·1931

以上 責任醫師 李　箱(25면)

−〈詩 第四號〉의 전문

(가)는 〈建築無限六面角體—診斷 0:1〉로 1932년 7월 《朝鮮と建築》에 실렸던 것이고, (가−1) 〈시 제4호〉(이하 〈오감도〉 계열의 작품은 편의상 〈시 제0호〉로 표기)는 1934년 7월 《조선중앙일보》에 발표되었던 것이다. 이 두 시는 임종국이 《이상전집》에서 같은 것으로 밝힌 이래 많은 사람들이 같은 시로 보고 있지만 실상은 위처럼 서로 다르다. 먼저 (가)에서 (가−1)로 오면서 이 시는 숫자의 배열상이 뒤집혔다. 말하자면 두 시의 제2행부터 12행까지의 시행은 거울에 반사된 모습인 거울 대칭을 이룬다. 일문시의 정상적인 숫자 배열이 한글시에서 뒤바뀐 것이다. 이러한 변화는 초기 일문시에서 한글시로 바뀌면서 그의 시적 인식 또한 변화했음을 보여 준다. 이는 〈조감도〉에서 〈오감도〉로의 변화와 상응한다.

그가 초기에 일문시 〈조감도〉를 발표하고 나서 나중에 다시 한글시 〈오감도〉를 발표한 데서도 이러한 의식의 일단을 찾을 수 있다. 이는 단순히 '조감도', '오감도'라는 낯설게하기의 의미를 넘어서 작가의 세계 인식이라는 측면과 결부되어 더욱 복잡한 의미를 띤다. 거울 안과 거울 밖은 정상과 비정상의 세계이다. 거울 안의 세계는 〈시 제15호〉에서 보듯 "握手조차 할 수 없는 두 사람을 봉쇄한"(1권, 50면) 공간에 해당한다. 세계와 화해할 수 없는 자의식의 공간이 이상에게는 거울 안의 세계로 드러난다. 그러므로 거울 대칭은 단순히 건축학이나 회화에서 사물의 도치된 모습의 한 반영이라는 의미를 넘어서 존재한다. 결국 이상은 초기 조감도의 세계를 거울 안이라는 사물의 역전된 의식을 거쳐 후기 오감도의 세계로 펼쳐 놓은 것이다.

(나)

前後左右を除く唯一の痕跡に於ける

翼段不逝 目大不覩

胖矮小形の神の眼前に我は落傷した故事を有つ.

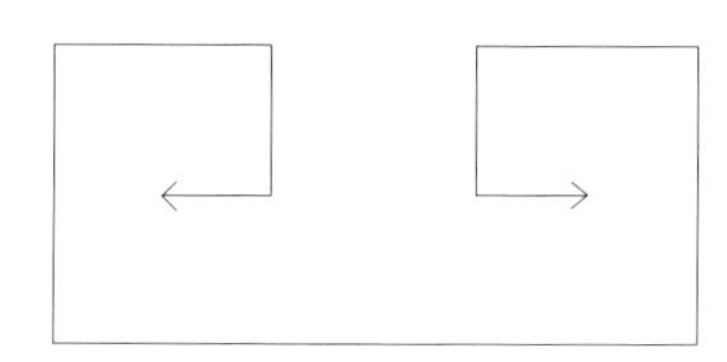

(臟腑 其者は浸水された畜舍とは異るもであらうか)

—〈二十二年〉의 전문[14]

14 《朝鮮と建築》, 1932년 7월, 26면.

(나-1)

某後左右를除하는唯一의痕跡에잇서서

翼殷不逝 目大不覩

胖矮小形의神의眼前에我前落傷한故事를有함.

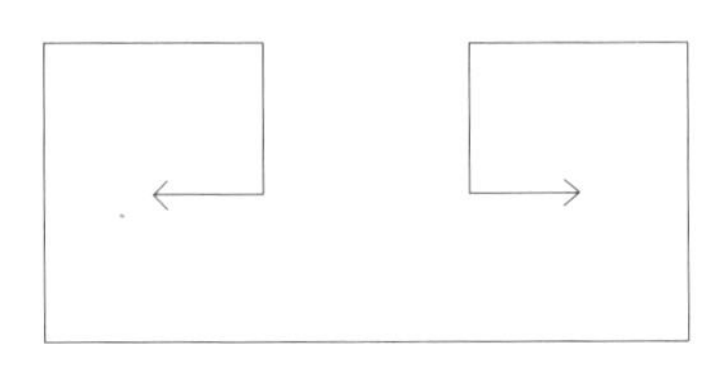

臟腑타는것은 浸水된畜舍와區別될수잇슬는가.

―〈詩 第五號〉의 전문[15]

(나)는 〈建築無限六面角體―二十二年〉으로 《朝鮮と建築》(1932년 7월)에, (나-1)은 〈시 제5호〉로 1934년 7월에 각각 발표된 것이다. (나) 역시 (가)처럼 〈建築無限六面角體〉라는 이름 아래 실린 연작시의 일부이다. 이 시는 《莊子》 〈山木〉 편에 나온 설화를 이끌어 왔다.

> 장자는 말했다. '저 놈은 어떤 새이기에 저렇게 넓은 날개를 가지고도 높이 날지 못하고, 저렇게 큰 눈을 가지고도 잘 보지 못하는가?' 이에 옷깃을 걷어 올리고 빠른 걸음으로 화살을 잡아 새를 겨누었다.(莊周曰, 此何鳥哉? 翼殷不逝 目大不覩 褰裳躩步 執彈而留之)[16]

이상은 이 대목에서 장자가 한 말 "翼殷不逝 目大不覩"를 일문시

15 《조선중앙일보》, 1934년 7월 28일자.

16 莊子, 《장자》, 〈山木〉편.

〈二十二年〉에 그대로 인유해 온다. 그러므로 시 제1행의 "前後左右を除く唯一の痕跡に於ける"의 구절이나 제3행의 '故事' 운운하는 대목은 장자의 설화와 관련이 있다. 일반적으로 시에서 인유가 이루어지면 그 의미는 선행 텍스트의 의미와 관련이 있을 수밖에 없다. 이 시를 두고 김정은은 독특한 해석을 하였는데, 제목 '二十二'는 이상의 나이 22세로, 제1행을 이상의 나이 二十二에서 전후의 二를 제한 十, 곧 십자가인 신으로 해석했다.[17] 그러나 이 맥락은 제2행의 장자 설화와 맞물린다는 점에서 장자와 관련지어 해석해야 한다. 이를테면 화살을 겨누었던 장자가 세상의 만물이 서로 해치고 이해利害는 조응한다는 사실과 그 역시 자신의 뒤에서 감시하는 밤 숲지기를 보지 못한, 매미나 이상한 새에 지나지 않는다는 사실을 인식하고, '집에 돌아와, 석 달 동안을 뜰 앞에도 나앉지 않았다'는 상황을 비유한 것이다. 결국 이들은 모두 전후좌우를 제대로 파악하지 못한 미물들인 것이다. 이렇게 볼 때, '날개가 커도 날지 못하고 눈이 커도 보지 못하는 새로 말미암아 크게 상심한' 장자의 이야기는 제3행에 그대로 전이되어 온다. "胖矮小形의 神"이라는 것은 날개가 커도 날지 못하고, 눈이 커도 보지 못하는 새를 일컬으며 "落傷한 故事를 有함"이라는 것은 장자가 크게 낙심해 석 달 동안 뜰 앞에 나오지 않은 상황을 일컫는 것으로 파악할 수 있다. 다만 장자 대신 '나'라고 한 것은 나 역시 장자와 같이 그러한 상황을 인식했음을 나타내고자 자리바꿈한 것으로 볼 수 있다. 이는 앞의 시 〈내과〉에서 십자가에 달려 죽어 가는 예수가 '나'로 전이되어 오는 것과 같은 맥락이다. 그리고 이 시의 그림은 이상 자신의 상태를 비유하는 것으로, 제1행과 결부하여 전후좌우가 막힌 인간 이상을 의미하는 것으로 볼 수 있다.

---

17 김정은, 〈《烏瞰圖》의 詩的 構造〉, 서강대(석), 1981.

마지막 행의 "臟腑"는 "들어가면 나오지 못하는 깊이"[18]와 같다. 〈街外街傳〉에 나온 앞의 대목은 주의를 기울여야 한다. 이 앞 구문이 "金니 안에는 추잡한 혀가 달린 肺患이 있다"이고, 그 뒤에 "…어느 菌이 어느 아랫배를 앓게 하는 것이다. 질다."라는 내용이 이어지기 때문이다. 이 구절들은 모두 이상의 폐결핵을 형상화한 것이다. 그러므로 '장부'는 폐결핵에 걸려 썩어 가는 몸체이다. "浸水된 畜舍와 區別될 수 있을는가"라는 것은 일종의 반문으로 '같다'는 의미이다. 침수된 축사는 "질다." 물이 차오르면서 모든 가축들은 죽을 수밖에 없다. 그러므로 장부가 썩어 가는 자신은 침수된 축사에 갇힌 가축처럼 천천히 죽어 갈 수밖에 없다. 결핵을 앓고 있는 장부는 단순히 五臟六腑라는 기관의 의미를 넘어 이상 자신을 의미하는 것으로 볼 수 있다.[19] 결국 시 〈二十二年〉은 장자 설화의 내용을 자신의 상황으로 인식하는 과정을 보여 준 시라 하겠다. 이상이 비로소 폐결핵을 인식하고 '인간이나 금수는 동일하다. 이들은 서로 죽이고 그 이해는 조응된다'는 철학적 인식을 시화한 것으로, 이상이 천천히 죽어 갈 수밖에 없는 운명을 장자의 설화와 결부하여 쓴 것이다. 그러므로 제목 〈二十二年〉은 이러한 인식이 있었던, 이 시를 창작한 해의 자신의 나이에 해당한다.

그러나 (나)는 (나-1)에 이르면 변화를 겪는다. 먼저 "前後左右"가 "某後左右"로, "我は落傷"은 "我前落傷"으로, "異るもであらうか"는 "區別될 수 잇슬는가"로 변화한다. 물론 일문시에서 마지막 행이 ( )에 들어 있는 것에도 차이는 있다. 그런데 이러한 변화는 사실상 시에서

18 이상의 시 〈街外街傳〉에는 "들어가면나오지못하는타입의깊이가臟腑를닮는다"라는 구절이 있다.(《이상문학전집1》, 64면)

19 김정은 역시 입장은 다르지만 같은 결론을 내리고 있다. 그녀는 '臟腑'는 '丈夫'를 의미하고, 결국은 22세의 이상을 가리키는 것으로 파악했다.(김정은, 앞의 글)

본질적인 차이를 이끌어내지 못한다. 또한 기존 대부분의 《이상전집》에서는 제2행을 "翼殷不逝 目不大覩"로 소개하고 있는데 이는 잘못이다.[20] 그리고 이 두 시를 내적 상호텍스트로 보아야 할지 또는 같은 시로 보아야 할지 의문이다. 어찌 보면 이상은 초기에 쓴 일문시 〈二十二年〉을 〈시 제5호〉로 가져온 것으로 볼 수 있다. 단지 한두 글자의 차이는 일어를 한글로 옮기면서 이상이 고쳤거나 또는 신문 식자공의 오류로 볼 수 있다. 위의 시에서 "臟腑타는 것은…"이 "臟腑라는 것은…"으로 바뀐 것에서 '타'는 '라'의 오식이다. 이러한 면에서 두 편의 시는 같다고 볼 수 있을 것이다. 그리고 이러한 면모들은 이상의 창작 과정을 해명하는 데 충분히 검토해야 한다.

4. 서사, 서정의 장르 교체

이상의 〈烏瞰圖〉 시 2수는 또한 소설 〈地圖의 暗室〉과 상호텍스트적 관계에 있다. 이미 이들의 관계는 제목의 유사성에도 드러난다.

(가) 죽음이묵직한것이라면 나머지얼마안되는시간은 죽음이하자는대로하게 내어버려두어일생에없던 가장위생적인시간을향락하여보는편이 그를위생적이게하여 주겠다고그는생각하다가 그러면그는죽음에 견디는세음인것을 자세히알아내이기어려워 괴로워한다죽음은평행사변형의

20 임종국의 《이상전집》(고대문학회, 1956)이나 이어령의 《이상시전작집》(갑인출판사, 1978), 이승훈의 《이상문학전집》(문학사상사, 1989) 등 기존에 나온 대부분의 '이상전집'에는 〈시 제5호〉의 제2행을 "翼殷不逝 目不大覩"로 소개하고 있는데, 이는 "翼殷不逝 目大不覩"를 잘못 소개한 것이다. 그리하여 기존의 이상 시 연구자들은 이를 모르고 작품 연구에 그대로 적용하는 과오를 범하고 말았다.

법칙으로 보이르샤아르의법칙으로 그는앞으로 앞으로걸어나가는데도 왔다 떼밀어준다.

活胡同是死胡同 死胡同是活胡同

(……) 그는무서움이 일시에치밀어서성내인얼굴의성내인 성내인것들을헤치고 홱앞으로나선다 무서운간판저어뒤에서 기우웃이이쪽을내어다보는 틈틈이들여다보이는 성내넜던것들의 싹둑싹둑된모양이 그에게는 한없이 가엾어보여서 이번에는그러면가엾다는데대하여 가장적당하다고생각하는것은무엇이니 무엇을내어거얼까 그는생각하여보고 그렇게한참보다가 웃음으로하기로작정한그는그도 모르게얼른그만웃어버려서 그는다시걷어들이기어려웠다 앞으로나선웃음은화석과같이 화려하였다.

笑怕怒
(……)
我是二雖說沒給得三也我是三(2권, 170~172면)

(가-1)
十三人의兒孩가道路로疾走하오.
(길은막다른골목이適當하오)

第一의兒孩가무섭다고그리오.
(……)
第十三의兒孩도무섭다고그리오.

十三人의兒孩는무서운兒孩와무서워하는兒孩와그렇게뿐이모였소.
(다른事情은없는것이차라리나았소)

그中에一人의兒孩가무서운兒孩라도좋소.
그中에二人의兒孩가무서운兒孩라도좋소.
그中에二人의兒孩가무서워하는兒孩라도좋소.
그中에一人의兒孩가무서워하는兒孩라도좋소.

(길은뚫린골목이라도適當하오)
十三人의兒孩가道路로疾走하지아니하여도좋소

-〈詩 第一號〉의 전문

(가)는 〈地圖의 暗室〉에 나타난 내용이고, (가-1)는 〈오감도 시 제1호〉이다. 이 두 작품 가운데서 먼저 발표된 것이 〈지도의 암실〉이다. 〈지도의 암실〉은 1932년 3월 《조선》에 발표된 것이고, 〈오감도 시 제1호〉는 1934년 7월 24일자 《조선중앙일보》에 발표된 것이다. 발표 시기로 볼 때 〈지도의 암실〉이 〈오감도 시 제1호〉보다 2년 4개월 정도 앞서 나왔음을 알 수 있다. 이 두 텍스트가 상호 연관 아래 형성되었음은 주지의 사실이다.[21] (가)의 "活胡同是死胡同 死胡同是活胡同"은 실상 '뚫린 골목은 막힌 골목이요, 막힌 골목은 뚫린 골목'이라는 의미로 〈오감도 시 제1호〉의 내용과 밀접한 관련이 있다. 〈오감도 시 제1호〉 2연 1행부터 3연 3행까지 "제1의 아해가 무섭다고 그리오…제13의 아해도

21 이에 대해 김주현의 〈〈오감도 시 제1호〉의 상호텍스트성〉(《현대시사상》 26, 1996년 3월)에서 자세히 논의하였다. 여기에서는 그 내용을 요약 정리했다.

무섭다고 그리오"의 내용에서 무섭다는 객체는 드러나지 않는다. 그러나 위의 내용으로 아이들이 무서워하는 이유를 파악할 수 있다. 바로 죽음으로 질주해 가기 때문이다. 그리고 다시 3연 4행에서 13의 아해는 무서운 아해와 무서워하는 아해로 구분된다. 그러면 여기에서 무서운 아해로 바뀌는 이유는 무엇인가. 그는 무서움이 치밀어서 성내인 것들 앞으로 나선다. 성낸 사람은 곧 무서운 사람이다. 그리고 무서워하는 사람은 그 상대격이다. 여기에서 일상적 문법은 파괴된다. 곧 13인의 아해는 스스로 무서운 아해가 되고, 또한 무서워하는 아해가 된다. 그러면 여기에서 막다른 골목은 죽음으로 이르는 길이며 '活胡同'은 뚫린 골목이다.

죽음의 길로 달려가면서 느끼는 두려움과 분노, 이를 위장하려는 웃음은 곧 타자에게서 온 감정이라기보다 주체의 분열 또는 자아가 해체된 모습이다. 이들이 서로 무서운, 무서워하는 것은 죽음과 맞닥뜨린 자아의 다양한 심리 상태를 드러낸다. 〈오감도 시 제1호〉에서는 상징적으로, 〈지도의 암실〉에는 좀 더 직설적으로 표현했을 따름이지 이들 두 작품이 추구하는 바는 동일하다고 할 수 있다. 이러한 사실은 "我是二雖說沒給得三也我是三"(〈지도의 암실〉, 전집2, 172면)에서 내가 2일 수도 있고, 3일 수도 있다는 설명에서 잘 드러난다. 여기에서 아이들은 그와 그의 행렬, 막다른 골목은 무덤과 등가물이라는 것이 드러난다. '13인의 아이'는 그와 그의 행렬을 대신하는 기호로서 의미가 있을 따름이다.[22] 그러므로 〈오감도 시 제1호〉는 〈지도의 암실〉의 일부를 시로

22 이승훈은 〈〈오감도 시 제1호〉의 분석〉이라는 글에서 13을 상징보다는 기호로 읽는 것이 바람직하다고 했는데 이는 타당한 지적이다. '13인의 아해'에서 의미의 중심은 아해한테 있으며, 13은 다만 아이의 수를 한정하는 의미를 지니고 있을 뿐이다.

다시 쓴 것으로 볼 수 있다. 胡同과 골목, 그/그의 행렬과 13인의 아이, 무서움/성내임과 무서워하는/무서운 등은 서로 대등한 것으로 서사의 장르가 서정의 장르 속에 용해·편입된 것으로 파악할 수 있다. 이러한 현상은 〈시 제6호〉에서도 마찬가지이다.

(나) 너무나의미를 잃어버린그와 그의하는일들을 사람들사는사람들틈에서 공개하기는 끔찍끔찍한일이니까 그는피난왔다 이곳에있다 그는 고독하였다 세상어느틈사구니에서라도 그와관계없이나마 세상에관계없는짓을하는이가있어서 자꾸만자꾸만의미없는 일을하고있어 주었으면 그는생각아니할수는없었다.

JARDIN ZOOLOGIQUE

CETTE DAME EST-ELE LA FEMME DE

MONSIEUR LICHAN?

앵무새당신은 이렇게지껄이면 좋을것을그때에 나는

OUI!

라고 그리면 좋지 않겠읍니까 그렇게그는생각한다.

원숭이와절교한다 (……) 낙타를오라고하느냐 받으면내어버려야할것들을받아가지느라고 머리를괴롭혀서는안되겠다 마음을몹시상케하느냐 이런것인데이것이나마 생각아니하였으면그나마올것을 구태여생각하여 본댔자이따가는소용없을것을왜씨근씨근몸을달리노라고 얼굴과 수족을달려가면서생각하느니 잠을자지잔댔자아니다(2권, 168~170면)

(나－1)

鸚鵡 ※ 二匹

二匹

※ 鸚鵡는哺乳類에屬하느니라.

내가二匹을아아는것은내가二匹을아알지못하는것이니라. 勿論나는希望할것이니라.

鸚鵡 ※ 二匹

『이小姐는紳士李箱의夫人이냐』『그렇다』

나는거기서鸚鵡가怒한것을보았느니라. 나는부끄러워서얼굴이붉어졌었겠느니라.

鸚鵡 ※ 二匹

二匹

勿論나는追放당하였느니라. 追放당할것까지도없이自退하였느니라. 나의體軀는中軸을喪失하고또相當히 창량하여그랬던지나는微微하게涕泣하였느니라.

『저기가저기지』『나』『나의—아—너와나』

『나』

sCANDAL이라는것은무엇이냐. 『너』『너구나』

『너지』『너다』『아니다 너로구나』

나는함뿍젖어서그래서獸類처럼逃亡하였느니라. 勿論그것을아아는사람或은보는사람은없었지만그러나果然그럴는지그것조차그럴는지.

(1권, 30면)

—〈詩 第六號〉의 전문

〈지도의 암실〉은 〈시 제6호〉와도 상관이 있다. (나)의 그는 곧 이상으로 (나-1)의 나와 같다. 그리고 프랑스어는 한글로 바뀌어 나타난다. (나)에서 그와 앵무새의 대화가 (나-1)에서 나와 앵무새의 대화로 바뀌었다. 이것은 사실 〈시 제5호〉의 전반부와 관련 있다. 위 소설 〈지도의 암실〉과 관계 있는 부분은 시의 전반부인 "鸚鵡 ※ 二匹/ 二匹…나는 거기서 鸚鵡가 怒한 것을 보았느니라. 나는 부끄러워서 얼굴이 붉어졌었겠느니라"까지이다. 그리고 후반부는 전반부의 내용이 다시 변형되어 "鸚鵡 ※ 二匹/ 二匹…나는 함뿍 젖어서 그래서 獸類처럼 逃亡하였느니라. 勿論 그것을 아아는 사람 或은 보는 사람은 없었지만 그러나 果然 그럴는지 그것조차 그럴는지"로 된 것이다.

이들 작품들은 소설 속의 내용이 시의 내용으로 변형되어 들어온 것을 잘 보여 준다. 〈시 제6호〉의 내용만으로는 이 시가 무엇을 의미하는지 잘 알 수 없다. 그러나 〈지도의 암실〉을 보면 위 대목은 이소저가 떠난 뒤 마음을 달래려 동물원으로 가서 앵무새, 원숭이를 보며 떠오르는 심상을 그린 것으로 보인다. 그러므로 (나-1)의 '追放', '自退', '逃亡' 등은 (나)의 '피난'과 의미가 통한다. 그리고 (나)의 그는 이상을, 앵무새와 원숭이와 낙타는 실재의 대상이자 이소저를 의미하며, (나-1)의 앵무새 두 마리는 실재의 앵무이자, 나와 너(이상과 이소저)를 의미한다. 위의 시는 이소저가 떠나고 난 뒤 무료와 고독을 동물에 투사하여 표현한 것이다.

이상이 〈지도의 암실〉이나 〈오감도〉를 각각 발표한 것으로 보아 이들 작품들을 별개의 작품으로 분명히 인식했던 것으로 보인다. 결국 그의 장르 의식은 어떤 한 양식에 머물지 않고 유동적이다. 시, 소설, 수필의 장르 경계 넘나들기, 또는 경계의 침입은 이상 문학의 특성이다.

5. 마무리

評—여기서도 끝으로 어렵다는 대문 부근이 分明히 거짓부렁이라는 것이다. 그것은 亦是 같은 姙이의 筆跡, 이런 潛在意識, 綻露現象에 依하여 確實하다.

「불장난을 못하는 것과 안하는 것과는 性質이 아주 다릅니다. 그것은 컨디션 如何에 左右되지는 않겠지요. 그러니 어떻다는 말이냐고 그러십니까. 일러드리지요. 기뻐해 주세요. 저는 못하는 것이 아니라 안하는 것입니다 (……) 저는 이것은 견딜 수 없는 肉體的 刑罰이라고 생각합니다. 온갖 自然發生的 姿態가 저에게는 어째 乳臭萬年의 넝마쪼각 같습니다. 기뻐해 주세요. 저를 이런 遠近法에 좇아서 사랑해 주시기 바랍니다」(2권, 277~278면)

이 글은 2장의 인용문과 이어지는 부분이다. 이 부분을 계속 언급하는 데에는 이유가 있다. 이상의 글쓰기가 다시 쓰기를 거치며 변형, 또는 무한히 확장하는 양상을 드러내기 때문이다. 이러한 변화는 간단히 서술어로 '믿으세요'에서 '믿어 주세요'로, 그리고 다시 '기뻐해 주세요' 또는 '사랑해 주시기 바랍니다'로 변화하는 양상과 같다. 여기에는 메타언어적 글쓰기와 자유연상에 따른 글쓰기가 교차된 모습이 나타난다. 이상의 글쓰기는 이러한 각도에서 파악해야 한다. 그의 텍스트는 서로 관련 양상이 충분히 밝혀져야 하고, 또한 의식의 흐름이나 자유연상 글쓰기(잠재의식 탄로현상)로 볼 수 있는 텍스트에 대해서도 충분히 검토해야 한다. 그리고 소재를 자신의 삶에서 구한 자전적 글쓰기 또한 하나의 유형으로 논의할 필요가 있다.

물론 이상에게 이러한 형태들이 독립적으로 나타나는 것은 아니다.

우리가 자전적 글쓰기를 제1유형으로, 의식의 흐름 또는 자유연상에 따른 글쓰기의 방식을 제2유형으로, 메타언어적 글쓰기를 제3유형으로 규정할 때,[23] 각각의 방식은 서로 혼효되는 양상을 빚기도 한다. 특히 제1유형은 제3유형과 결부하면서 더욱 복잡한 양상을 드러낸다. 먼저 발표된 텍스트가 다른 텍스트와 상호텍스트성을 지니는가 하면, 위의 예문처럼 한 텍스트 내에서 교차·충돌하며 텍스트를 완성하는 경우도 적지 않다. 그 대표적인 경우가 〈最低樂園〉과 같은 경우이다. 이러한 텍스트는 정확한 검토를 해야 한다. 이러한 검토가 이루어진다면, 이상 문학 연구는 한 단계 나아갈 수 있다.

---

23 이러한 방식을 소설에 대입하면, 제1유형의 대표적 작품으로는 〈恐怖의 記錄〉·〈幻視記〉·〈逢別記〉, 제2유형에는 〈地圖의 暗室〉·〈鼅鼄會豕〉, 제3유형에는 〈終生記〉·〈童骸〉 등이 속할 것이다. 대부분의 이상 텍스트들이 이러한 양상이 공존하고 있는데, 특히 중심이 되는 양상으로 텍스트의 분류가 가능할 것으로 보인다.

〈황의 기〉 계열시의 상호텍스트적 분석

1. 방법론적 전제 — 상호텍스트적 시각

이상 문학의 상당수는 다른 작가의 텍스트와 상호텍스트적 관계에 놓여 있다. 특히 그의 처녀작으로 일컬어지는 〈12월 12일〉이 괴테의 작품과 관련 있음은 이미 필자가 다른 지면에서 언급했다.01 한 작가의 글쓰기가 상호텍스트적 입장에서 쓰였을 때, 원텍스트에 대한 검증은 반드시 필요한 작업이라 생각된다. 기존의 텍스트 A를 A′라는 새로운 텍스트로 변형하거나 다시 쓸 때, A는 A′의 의미 형성에 많은 영향을 미치기 때문이다. 다시 말해서 A′는 A의 의미에서 완전히 자유로울 수 없다. 나중에 나온 텍스트는 알게 모르게 기존의 텍스트에서 영향을 받는다. 이러한 관계가 명시적일 경우 텍스트적 관련성을 밝히기가 쉽지만, 밖으로 드러나 있지 않은 경우는 상호텍스트성을 밝히는 데 애로가 따르게 마련이다. 그리고 상호텍스트적 관련성이 있는 경우

---

01 김주현, 〈이상 소설에 나타난 죽음의 문제〉, 《한국 문학과 모더니즘》, 한양출판, 1994.

작품의 해석은 이들의 상호 관련을 살피면서 이뤄져야 한다.[02]

더욱이 난해한 작품에서 이러한 작업은 작품 해석에 더 다가설 수 있는 계기가 된다. 그러므로 이상의 난해한 텍스트를 해석하면서 상호텍스트적 입장을 취하는 것도 필요한 일이다. 만일 이상의 텍스트가 기존의 어떤 텍스트와 상호텍스트성을 띠고 있다면, 이로써 이상 텍스트의 해석에 한 발짝 다가설 수 있기 때문이다. 그리고 한 가지 미리 염두에 두어야 할 것은 상호텍스트는 현상적이며 그 자체가 도덕적 판단이나 가치판단의 걸림돌이 되어서는 안 된다는 점이다. 상호텍스트성이 모방적인 차원에 그친다면 문제는 다르겠지만 이상 작품의 경우 변형을 거친 재창조에 중점이 있다. 그러기에 이 글은 현상적인 텍스트의 일차적인 해석 작업에 치중한다. 이 작업이 이루어진 뒤에야 상호텍스트성을 띤 작품들의 창조적인 측면을 밝힐 수 있고, 그에 대한 정당한 가치 평가도 이뤄질 것이다. 만일 이러한 작업들을 무시하고 해석을 한다거나 가치 평가를 내린다면 자칫 공허한 논의에 빠질 수 있다. 메타언어를 통한 상호텍스트적 글쓰기는 먼저 앞뒤의 맥락을 밝힌 다음에야 작품에 대한 판단에 이를 수 있다. 여기에서는 맥락에 우선적으로 중점을 두고 가치판단의 문제는 좀 더 작업을 진행한 다음으로 미루려고 한다.

이 글은 이상 텍스트에 자주 등장하는 '개' 이미지를 상호텍스트적 시각에서 밝혀 보려고 한다. 이상은 텍스트 여기저기에 '개'의 이미지

02 이 글은 이상 문학의 상호텍스트성을 본격적으로 규명하고 이상의 글쓰기를 해명하는 데 그 목표가 있다. 이에 대한 필자의 작업으로 아래의 글들이 있다. 〈이상소설에 나타난 패로디에 관한 연구〉, 《한국학보》 72, 1993년 9월; 〈〈종생기〉와 복화술〉, 《외국문학》 40, 1994년 9월; 〈〈오감도 시 제1호〉의 상호텍스트성〉, 《현대시사상》 26, 1996년 3월.

를 많이 차용하였는데, 이는 의식적이든 무의식적이든 이상이 읽은 텍스트와 관련을 띠고 있다. 여기에서는 이상이 작품에서 지적한 몇몇 언급들을 토대로 분석의 실마리를 잡아 가려고 한다.

> (가) 그리고 파우스트를 즐기거라, 메퓌스트는 나에게 있는 것도 아니고 나이다.(1권 157면)[03]
>
> (나) 그러나 그 부근에는 그것을 알아들을 수 있는 《파우스트》의 노철학자도 없었거니와 이것을 조소할 범인(凡人)들도 없었다.(2권 143면)
>
> (다) 에루테루 —東京市民은 佛蘭西를 HURANSU라고 쓴다. ERUTE-RU는 世界에서 第一 맛있는 戀愛를 한 사람이라고 나는 記憶하는데 '에루테루는 조금도 슬프지 않다.(3권 96면)

(가)는 〈선에 관한 각서5〉에, (나)는 소설 〈12월 12일〉에, (다)는 수필 〈동경〉에 등장하는 구절이다. 이 구절들로 이상이 괴테의 작품 《젊은 베르테르의 슬픔》, 《파우스트》를 탐독했다는 사실을 알 수 있다. 특히 1930년에 발표된 〈12월 12일〉에 《파우스트》에 대한 언급과 1931년의 〈선에 관한 각서5〉의 내용으로 보아 이상이 본격적으로 창작하기 전부터 괴테의 소설을 읽었음을 알 수 있다. 이러한 사실을 바탕으로 괴테의 《파우스트》 속 내용과 이상의 〈1931年(작품 제1번)〉, 〈禁制〉, 〈황의 기〉 등의 내용이 어떤 관련성을 띠는지 분석해 보려고 한다.[04] 이 가

---

03 이승훈 편, 《이상문학전집1》, 문학사상사, 1992, 157면. 이하 《이상문학전집》을 인용할 시는 1권(앞의 책), 소설은 2권(김윤식 편, 문학사상사, 1991), 수필은 3권(김윤식 편, 문학사상사, 1993)으로 간단히 인용 구절 끝에 기록.

04 이상의 작품 가운데서 괴테의 《파우스트》와 직간접으로 관련을 띠는 작품은 소설 〈12월 12일〉, 시(더러는 수필에 분류하기도 한다) 〈紙碑〉, 〈황〉, 〈작품 제0번〉

운데서도 '작품 제0번' 시리즈(〈1931년(작품 제1번)〉, 〈황의 기(작품 제2번)〉, 〈작품 제3번〉) 등은 난해성 때문에 그동안 이상 연구에서 본격적으로 논의되지 못했다. 필자는 이 시가 이상의 글쓰기 방법을 해명하는 데 중요한 텍스트임을 인식하고 본격적으로 논의해 보려고 한다.

2. 상호텍스트로서 《파우스트》 — 메피스토펠레스와 황의 관련성

메피스토펠레스(삽살개)는 이미 잘 알려져 있듯 괴테의 《파우스트》에 등장하는 인물이다. 메피스토펠레스는 전설의 악마로서 파우스트의 길동무가 된다. 먼저 《파우스트》에서 메피스토펠레스를 어떻게 형상화하고 있는지 살펴보기로 한다.

> (가) 저 개가 커다란 소용돌이를 일으키며 우리 주위를 돌면서 점점 가까워지는 것을 느끼지 못하겠는가? 내 착각이 아니라면 불의 소용돌이가 걸어오는 저 개의 뒤를 따라오는 것 같네.[05]
>
> (나) 나와 함께 이 방에 있고 싶으면, 삽살개야, 울어대지 말아! 너처럼 귀찮은 놈을 옆에 두는 것을 견딜 수 없다. 둘 중에서 한 쪽이 이 방을 나가야 한다 (……) 환영이냐, 현실이냐? 삽살개가 마구 커지는구나! 힘차게 일어난다. 이것은 개의 모습이 아니다. 나는 무슨 도깨비를 집으로 데리고 들어왔단 말인가. 벌써 하마와 같은 모습이 되어 불같은 눈, 무서운 이빨을 드러내고 있다. 옳지, 너는 이미 내 것이다! 이런 지옥에서 태어남직한 족속에게는 솔로몬의 주문이 효과가 있을 것이다.(240면)

시리즈이다.

05 괴테, 박환덕 역, 《世界文學大全集5》, 신영출판사, 1987, 240면. 이하 이 책의 인용은 ( ) 속에 면수만 기입.

《파우스트》에 나오는 메피스토펠레스의 등장 장면이다. 파우스트 박사와 바그너가 대화하는 가운데 메피스토펠레스는 한 마리 삽살개(Pudel)로 등장한다. '그레트헨의 비극'이라고 부르는 제2악장에 등장하는 이 삽살개는 혼돈과 같은 상황에서 인간의 모습으로 바뀐다. (가)는 개가 불의 소용돌이를 몰고 오는 악마적 본성을 지닌 존재라는 것을, 그리고 (나)는 파우스트가 인간의 모습으로 현현하는 광경을 서술해 주고 있다. 파우스트 박사가 인간적이라면 메피스토펠레스는 악마적인 본성을 지녔다. 메피스토펠레스는 '어두워지고, 바람이 싸늘하고 이슬이 내리기 시작'할 무렵에 파우스트의 주위에 나타난다. 어둠은 파우스트의 의식적인 혼몽, 곧 '미혹의 바다'와 결부한다. 의식이 분화하지 않은 상태에서 삽살개가 등장하는 것이다. 이는 의식과 무의식의 상태에서 더욱 무의식의 세계가 기승을 부리는 것을 의미한다. 삽살개의 등장은 파우스트의 삶에 중요한 변화를 예고한다. 메피스토펠레스는 파우스트의 유일한 벗이자 종으로서 파우스트를 죄의 길로 인도한다.

> 밤이 이슥하여 獚이 짖는 소리에 나는 熟眠에서 깨어나 屋外 골목까지 獚을 마중나갔다. 주먹을 쥔 채 잘려 떨어진 한 개의 팔을 물고 온 것이다
> 보아하니 獚은 일찍이 보지 못했을 만큼 몹시 蒼白해 있다
> 그런데 그것은 나의 主治醫 R醫學博士의 오른팔이었다 그리고 그 주먹 속에선 한 개의 勳章이 나왔다
> -犧牲動物供養碑 除幕式紀念- 그런 메달이었음을 안 나의 記憶은 새삼스러운 感動을 받지 않을 수가 없었다.(3권, 316면)

獚이란 무엇인가. 獚은 황(黃)과 개(犬, 또는 狗)의 결합으로 누렁이

를 의미한다. 물론 여기에서 내용상 獚은 사냥개의 품종을 의미할 수 있다.[06] 황은 밤이 이슥하여 등장한다. 어스름은 혼몽한 상태로 외적인 상황이 내적인 세계에 영향을 미친다. 이러한 상황에서 황은 외적인 세계에 존재하는 객관적인 대상이다. 외계에 존재하는 객관적 대상물로서 개는 이미 "황은 나의 牧場을 守衛하는 개의 이름입니다.(1931년 11월 3일 命名) (3권, 316면)"라고 지적했을 때 그대로 드러난다. 그러나 이러한 개는 삽살개가 인간의 모습인 메피스토펠레스로 모습을 바꾸듯이 변화를 겪게 된다. 이러한 변화는 "황의 裸體는 나의 裸體를 꼬옥 닮았다. 혹은 이 일은 이 일의 反對일지도 모른다.(3권, 318면)"라고 언급한 데서 잘 나타나 있다.

황은 'R의학박사의 오른팔'을 물고 출현한다. R의학박사는 '나의 주치의'로 되어 있다. 이를 이해하려면 이 시의 연작형을 살펴볼 필요가 있다. 이 시는 〈1931년(작품 제1번)〉과 연작형을 이루고 있다.[07] 이 작품에는 '主治醫 盜難—亡命의 소문나다'는 구절이 있다. 그리고 이 시에 'R청년공작'이 두 번이나 나온다. 그러므로 R의학박사는 〈1931년(작품 제1번〉에 나오는 '주치의'나 'R청년공작'과 관계가 있다. 황이 R의학박사의 팔을 물고 왔다는 것은 도둑맞은, 또는 망명한 주치의가 죽었다는 것을 의미한 것으로 볼 수 있다. 그리고 R의학박사는 《파우스트》의 파우스트

---

06 조은주는 《漢語大字典》(四川辭典出版社, 1987)을 근거로, 獚은 귀가 크고 아래로 늘어졌으며 털은 길고 빛나며 후각이 뛰어날 뿐만 아니라 헤엄질을 잘하고 또한 가시덤불 가운데에도 잘 뚫고 다니는 뛰어난 사냥개 품종(耳大下垂 毛長有光 善嗅亦善流水 還善于在荊棘叢中穿行 是出色的獵犬品種)이라 주장했다. 조은주, 〈이상의 〈獚〉 연작시와 '개' 이미지〉, 《이상의 사상과 예술》, 신범순 외 편, 신구문화사, 2007, 126면.

07 〈황의 기〉는 '작품 제2번'으로, 〈1931년(작품 제1번)〉, 〈작품 제3번〉 등 작품 제1·2·3번으로 연작형을 이루고 있으며, 이 외에 〈황〉과도 상관성이 있다.

박사를 변용한 인물이라는 것이 아래에서 나타난다.

(가) 나는 훌륭한 측에 들지는 못하지만, 당신이 나와 함께 생활 속으로 발을 디뎌 보려고 생각하신다면, 나는 즉석에서 기꺼이 당신의 것이 되겠습니다. 당신의 길동무가 되어 본 후에 내가 하는 일이 마음에 드신다면 하인이든 노예든 되겠습니다.(248면)

(나) 이 세상에서는 당신을 섬길 의무를 짊어지고 쉬지 않고 명령에 따르겠습니다. 그 대신 저승에서 다시 만나게 되면, 당신이 같은 일을 내게 해주시면 됩니다. (248면)

(다) 오늘 바로 박사 학위 수여 축하연에서 하인으로서 나의 의무를 다하겠습니다. 다만, 한 가지…… 다짐하기 위해서, 서너 줄 써 주셨으면 합니다.(250면)

메피스토펠레스는 낙담한 파우스트에게 접근하여 스스로 노예가 되겠다고 약속하고 계약을 맺는다. 그 계약이 (나)에 나타난 내용이고, (다)는 계약서를 써 달라고 메피스토펠레스가 요구하는 장면이다. 방황과 회의에 빠져 자살을 시도했던 파우스트에게 메피스토펠레스는 새로운 삶을 지향하도록 이끈다. 메피스토펠레스는 파우스트의 인간적 약점을 꿰뚫어 보는 마성적인 존재이다. 그는 파우스트를 유혹해 갖가지 죄악을 저지르게 한다.

(가) 내 日課의 重複과 함께 개는 나에게 따랐다. 돌과 같은 비가 내려도 나는 개와 만나고 싶었다 (……) 개는 나를 기다리고 있을 것이다……개와 나는 어느새 아주 친한 친구가 되었다.

……죽음을 覺悟하느냐, 이 삶은 그대로 받아들이지 않을 수 없느니

라……이런 값 떨어지는 말까지 하는 일이 있다. 그러나 개의 눈은 마르는 법이 없다. 턱은 나날이 길어져 가기만 했다.(3권, 312면)

(나) 나는 황을 꾸짖었다 主人의 苦悶相을 생각하는 한 마리 畜生의 人情보다도 차라리 이 경우 나는 社會 一般의 禮節을 중히 하고 싶었기 때문이다—

그를 잃은 후의 나에게 올 自由-바로 현재 나를 染色하는 한 가닥의 눈물 — 나는 흥분을 가까스로 鎭壓하였다.

나는 때를 놓칠세라 그 팔 그대로를 供養碑 近邊에 묻었다 죽은 그가 죽은 動物에게 한 本意 아닌 契約을 반환한다는 形式으로…… (3권, 317면)

(가)는 황을 만나 내가 황의 친구로서 그의 절친한 동료가 되었음을 서술해 주는 대목이다. 이는 《파우스트》에서 파우스트가 얼마 동안 메피스토펠레스와 좋은 길동무가 되는 것과 같다. 나는 황과 가까워질 뿐 아니라 그의 모습을 닮아 가는 지경에 이른다.

(나)에서 황과 메피스토펠레스의 관계를 엿보게 하는 구절이 드러난다. 먼저 "主人의 苦悶相을 생각하는 한 마리 畜生"이라는 대목에서 황과 나의 관계가 파우스트와 메피스토펠레스처럼 주종 관계임이 드러난다. 그러면 "죽은 그가 죽은 動物에게 한 本意 아닌 契約"이라는 구절은 무얼 의미하는가. '죽은 그'는 R의학박사를, '죽은 동물'은 개를 각각 의미한다. 이 대목은 바로 위에 언급한 《파우스트》를 보면 이해할 수 있다. 곧 파우스트가 메피스토펠레스에게 한 계약과 같은 것으로 볼 수 있다. 그러면 황은 삽살개인 메피스토펠레스의 변용이고, R의학박사는 이상임이 어느 정도 드러난다. 여기에서 'R'은 이상의 이니셜을 의미하는 것으로 이해할 수 있다. 또한 이러한 사실은 '나의 주치의 R의학박사의

오른팔'이 〈作品 第三番〉에서 "面刀칼을 쥔 채 잘려 떨어진 나의 팔"로 건너오는 데에서도 확인할 수 있다. 적어도 이러한 것들은 작품 〈황의 기〉가 《파우스트》와 상호텍스트성을 띠고 있음을 잘 보여 준다.

> (가) 수천 권의 책을 펼쳐 들고, 도처에서 인간은 괴로워하고 있다. 어쩌다 한 사람쯤 행복한 사람이 있었다, 라는 내용을 읽으란 말인가. 속이 텅 빈 해골이여, 왜 나를 향해서 이를 드러내고 웃느냐. 너의 뇌수도 내것과 똑같이 옛날에는 갈피를 잡지 못하고, 경쾌한 날을 찾아 어둠 속에서 답답하게, 부지런히 진리를 탐구하며 비참하게 헤맸다는 것이겠지. (226면)
>
> (나) 나는 부질없이 인간 정신의 온갖 보물을 억지로 긁어 모았다. 그리고 마지막에 이렇게 도사리고 앉아 보니, 마음 속에 새로운 힘이 전혀 솟아나오지를 않는다. 나는 털끝만큼도 커지지 않았다. 한 발짝도 무한한 것에 가까워지지 않았다.(252면)

온갖 학문에 능통한 파우스트는 인간의 지식이나 능력에 회의를 품는다. 그는 우주의 심원한 본질과 창조의 원리를 파악하고자 마술에 몸을 맡기기도 하고 지령에 의탁해 해결해 보려고도 한다. 그러나 무슨 방법으로도 잘 되지 않자 그는 자살하려고 한다. 그는 지식을 억지로 긁어모았지만 한 발짝도 무한한 것에 가까워지지 못하게 되자 허무와 절망의 구렁텅이로 빠진다. 그때 메피스토펠레스가 나타나 파우스트를 어둠의 세계, 정욕과 욕망의 세계로 인도한다. 메피스토펠레스는 "이성이니 학문이니 하는 인간 최고의 힘을 경멸하라. 환술이나 마술에 빠져, 거짓 정신으로 힘을 얻으려 한다면 뜻대로 하라(253면)"고 하여 이성과 학문의 힘을 불신했다. 그는 또한 "모든 이론은 잿빛이고, 생활의 빛나는 나무는 초록이라네(256면)"라며 생활, 곧 실천의 중요성을 일깨우기도 했다. 어쩌면 파우스트는 연구실이라는 인식과 사색의 세계에서 행동과 실천의 현실 세계로 나아갔다고 할 수 있다. 이러한 전환은 '태초에 말이 있었다'는 신약성서의 구절이 메피스토펠레스를 만나서 '태초에 행동이 있었다'로 바뀌는 데에서도 볼 수 있다. 메피스토펠레스의 등장으로 말미암아 파우스트는 인식에서 행동의 세계로 나오게 된다.

> 知識과 함께 나의 病집은 깊어질 뿐이었다. 하루아침 나는 食事 定刻에 그냥 잘못 假睡에 빠져 들어갔다. 틈을 놓치려 들지 않는 황은 그 金屬의 꽃을 물어선 나의 半開의 입에 떨어뜨렸다. 時間의 습관이 食事처럼 나에게 眼藥을 무난히 넣게 했다 病집이 知識과 中和했다—세상에 巧妙하기 짝이 없는 治療法—그후 知識은 급기야 左右를 兼備하게끔 되었다.(3권, 317~318면)

위의 내용은 지식의 절망—가수상태—황의 등장—치료에 이르는 도정으로 파우스트의 인식 과정과 동일한 맥락을 갖고 있다. 곧 파우스트는 이상으로 대체되었다고 할 수 있다. 그러므로 '좌우를 겸비한 지식'이란 인식과 행동을 겸한 세계를 일컫는 것으로 보인다. 파우스트는 메피스토펠레스를 만나면서 극렬한 애욕의 세계와 숭고한 영혼의 세계 모두에 다리를 걸칠 수 있게 되었다. 메피스토펠레스는 마녀를 시켜 파우스트에게 약이 든 잔을 마시게 한다. 그리하여 약의 힘으로 몽롱한 상태에 빠진 파우스트에게 안일의 즐거움을 가르쳐 준다. 파우스트는 거울에 비친 여자를 보게 되고, 그레트헨을 만나자마자 사랑에 빠진다. 메피스토펠레스는 회의와 절망에 빠진 파우스트를 관능과 욕망의 세계로 인도한다. 백면서생이었던 파우스트에게 메피스토펠레스의 가르침은 일종의 병집에 대한 치료이다. 황의 치료법 역시 그런 맥락에서 이해해야 할 것이다.

그러나 행동의 세계로 나아간 파우스트는 온갖 죄악을 범한다. 그는 그레트헨으로 말미암아 육체적 관능과 욕망에 사로잡힌다. 그리하여 메피스토펠레스의 사주를 받아 그레트헨의 어머니와 오빠를 죽이고, 그레트헨을 감옥에 들어가게 한다.

> 메피스토펠레스: (파우스트에게) 선생, 물러서지 말아요! 기운을 내세요. 나를 꼭 붙잡고, 내가 시키는 대로 하세요. 당신의 먼지떨이를 빼세요! 그리고 찌르십시오! 반격을 받는 것은 내가 맡을 테니……
>
> 메피스토펠레스: (파우스트에게) 찌르세요!
>
> 발렌틴: (넘어진다) 내가 졌다!
>
> 메피스토펠레스: 이제 이 작자가 조용해졌군! 자, 돌아갑시다! 빨리 사라져 버려야지. 살인이 났다고 발칵 뒤집힐 테니 말이오. 경찰쯤 적당히 하는 것은 문제가 없지만, 목숨에 관계되는 재판은 딱 질색이거든요.(304~305면)

위의 대목은 파우스트가 메피스토펠레스의 사주를 받아 그레트헨의 오빠를 죽이는 장면이다. 또한 파우스트에게 눈먼 그레트헨은 영아를 살해하여 감옥에 갇힌다. 파우스트는 마침내 절망에 빠져 "이놈은 개의 모습으로 밤중에 자주 내 앞에 나타나, 아무 생각 없이 거닐고 있는 사람의 발밑에서 뒹굴며, 사람이 넘어지면 그 어깨에 매달리려 했다. 이놈을 다시 본래의 이놈이 좋아하는 모습으로 바꿔다오."(321면)라고 외친다.

……당신은 MADEMOISELLE NASHI를 잘 아십니까, 저는 그녀에게 幽閉당하고 있답니다……나는 숨을 죽였다.

……아냐, 이젠 가망 없다고 생각하네……개는 舊式처럼 보이는 피스톨을 입에 물고 있다. 그것을 내게 내미는 것이다……제발 부탁이네, 그녀를 죽여다오, 제발……하고 그만 울면서 쓰러진다.(3권, 311면)

황이 나에게 피스톨을 내밀어 그녀를 죽이도록 하는 이 장면은 메피스토펠레스가 먼지떨이를 파우스트에게 내밀어 발렌틴을 죽게 하는 장면과 유사하다. 그러므로 개는 메피스토펠레스와 견주어 볼 때 바르게 이해될 수 있다. 적어도 《파우스트》에서 제2악장인 〈그레트헨의 비극〉은 〈황의 기〉와 상호텍스트적 관계에 놓여 있다. 그러므로 《파우스트》를 도외시하고 〈황의 기〉를 이해하기란 어렵다. 《파우스트》에 제시된 삽살개 메피스토펠레스의 등장, 파우스트와 메피스토펠레스의 계약, 인식과 지식의 연구실에서 욕망과 정욕의 행동세계로 진출, 죄악을 저지름, 구원 등으로 〈황의 기〉를 제대로 인식할 수 있다. 물론 〈황의 기〉에서 구원의 문제는 논의하지 않았다. 다만 이러한 내용들이 어떻게 이상의 텍스트로 유입·변형되었는가는 작품의 이해에 필수적이다. 그러나 이상 시가 품고 있는 창작적 측면이 무시되어선 안 된다. 이 글은 단지 현상으로서 상호텍스트성을 먼저 확인하고 나서 이상 시의 창작적 측면을 분석하는 것이 논의의 순서상 합당하다고 판단되었기에 먼저 상호텍스트적 측면을 분석한 것이다. 상호텍스트적 측면을 밝히게 되면 또한 창작적 측면도 밝힐 수 있고 이 둘에 대한 평가도 할 수 있다.

3. 개의 기호와 상징

《파우스트》에서 메피스토펠레스는 사탄의 자식, 악마적인 것, 악령 등 다양한 함의를 품고 있다. 그러나 여기에서는 메피스토펠레스의 의미를 독자적으로 살피는 것이 아니라 《파우스트》 안에서, 그리고 인물 파우스트 박사와 상관 아래서 살피기로 한다.

> (가) 아아, 내 가슴 속에는 두 개의 영혼이 깃들어 있네. 그 중 하나가 다른 하나에게서 떨어져 나가려 하네. 하나는 극렬한 애욕을 지니고 매달리는 도구로서 현세에 달라붙어 있네. 다른 하나는 억지로 이 속세를 벗어나 숭고한 영혼들의 세계로 올라가려 하고 있네.(237면)
>
> (나) 나는 항상 부정하는 정신입니다. 그것도 지당합니다. 왜냐하면 생겨나는 모든 것은 멸망하게 마련이니까. 그러고 보면 아무것도 생겨나지 않으면 더욱 좋았을 것을. 그래서 당신네들이 죄악이니, 파괴니 하고 부르는 것, 한마디로 말하자면 악이라고 부르시는 모든 것이 나의 본래의 성분입니다.(242면)

(가)는 메피스토펠레스가 출현하기 직전 파우스트의 심경을 서술한 내용이다. 그리고 (나)는 메피스토펠레스가 파우스트에게 자신을 소개하는 대목이다. 여기에서 메피스토펠레스는 파우스트에 깃든 또 다른 영이라는 사실을 알 수 있다. 말하자면 파우스트에게는 극렬한 애욕에 매달려 현세에 달라붙어 있는 영과 숭고한 영혼의 세계로 올라가려는 영이 공존한다. 후자가 신적인 것으로서 파우스트 본연의 것이라면, 전자는 마성적인 것으로서 메피스토펠레스적인 것이다. 그러므로 메피

스토펠레스는 파우스트의 또 다른 자아이다.[08] 이렇게 볼 때, 이 둘은 인간의 대립적인 본성으로 볼 수 있다. 프로이트의 표현을 빌리자면, 전자는 이드Id에, 후자는 자아Ego나 초자아Super-ego에 각각 대응한다고 하겠다.

그러면 이상의 작품에서 '황'은 어떤 의미가 있는가. 먼저 이상의 작품에 나타난 개의 이미지로써 '황'의 의미에 접근해 보기로 한다. 개는 시·소설·수필 등 이상의 많은 작품에 나타난다.

> (가) 길을 걸어본댔자 所得이 없다. 낮잠이나 자자. 그리하여 개들은 天賦의 守衛術을 忘却하고 낮잠에 耽溺하여 버리지 않을 수 없을 만큼 墮落하고 말았다.
>
> 슬픈 일이다. 짖을 줄 모르는 벙어리 개, 지킬 줄 모르는 게으름뱅이 개, 이 바보 개들은 伏날 개장국을 끓여 먹기 위하여 村民의 犧牲이 된다. 그러나 불쌍한 개들은 陰曆도 모르니 伏날은 몇 날이나 남았나 全然 알 길이 없다.(3권, 146면)
>
> (나) 밥床이 오기까지 나는 이제 한 번 뜰 가운데를 逍遙하였다 그러자 襤褸한 강아지가 한 마리 어디서 나타났는지 끼어들었다. 이 旅人宿에선 개를 기르지 않으니 이건 다른 집 개일 것이다. 내겐 전혀 拘碍없이, 그러면서도 內心으론 몹시 나를 두려하는 듯, 나에게서 약

---

08 메피스토펠레스는 '의인화된 파우스트의 성격'이나, 파우스트의 '나쁜 자아', 또는 '파우스트 내부의 부정의 정신'으로 해석된다. 헤겔은 이를 "악 그 자체, 곧 질투·비겁 그리고 파렴치는 역겨울 뿐이다. 악마 그 자체는 나쁘고, 미학적으로 불필요한 인물이다. 왜냐하면 악마는 스스로가 거짓이고, 그래서 매우 무미건조한 인물이기 때문이다"고 말했다.(윤세훈, 〈《파우스트》의 배경과 그 이데올로기적 성격〉, 《파우스트 연구》, 한국괴테학회 편, 문학과지성사, 1986, 41~42면.

간 距離를 둔 地點에 걸음을 멈추는 氣色도 없이 머물러 서서, 내 눈엔 아무것도 보이지 않는 땅바닥 위를 벌름거리며 냄새만 연신 맡는다(……) 暗澹할뿐이다. 그러나 개도 개지, 글세 아무것도 없는 땅바닥을 熱心히 몇번씩이나 냄새를 맡는 것은 얼마나 愚劣한 일이뇨. 개는 개다. 나는 人間으로 태어나서 幸福하다. ―역시 이런 걸 생각는 自體부터가 아무것도 없는 땅바닥을 냄새 맡는 것과 다름없을 것이다.(3권, 127~128면)

(다) 나의 腦髓가 擔任 支配하는 사건의 大部分을 나는 황의 位置에 貯藏했다―冷却되고 加熱되도록―

나의 規則을―그러므로―리트머스紙에 썼다

배―그 속―의 結晶을 加減할 수 있도록 小量의 리트머스液을 나는 나의 食事에 곁들일 것을 잊지 않았다

나의 배의 發音은 마침내 三角形의 어느 頂點을 정직하게 출발하였다(3권, 318면)

(가)는 수필 〈倦怠〉에 나오는 내용이다. 여기에서 개는 일반적인 개다. 그러므로 개라는 용어는 실제의 개를 가리키는 기호로서의 의미밖에 지니지 못한다. 그러나 〈어리석은 夕飯〉(나)에서 개는 개이지만 인간과 닮은 개로 (가)의 의미와 조금 다르다. 이것은 직접적으로 외계에 존재하는 개를 지칭하기도 하지만 이상과 동일시되는 경향이 있기도 한다. 이상의 작품에서 '개'라는 용어는 단순히 객관적 대상을 지칭하는 것부터 상징적인 차원의 의미가 있는 것까지 함의가 넓다. 후자의 경우 '황'으로 나오기도 하지만 이상의 문학에서 개의 이미지는 그리 간단하지 않다. 칸트는 개라는 개념을 '네 발 짐승을 일반적으로 표시할 수 있는 규칙'으로 보면서도 가능한 형상으로 제한되어 있는 것은

아니라고 말했다.[09] 그는 형상이란 산출적 구상력이 그의 경험적 능력에 따라서 만들어진다고 했는데, 윗 글에서 (가)와 (나)를 거쳐 (다)에 이르는 과정은 경험에 따른 구상력의 차원에서 개의 형상이 이뤄지고 있음을 보여 준다. 그것은 개와 인간의 동일시로 드러난다. 마치 "人間이 食事하는 것을, 보이지 않는 곳에 숨어서 들을 때, 개의 그것과 똑 같다는 것을 發見"(3권, 125면)하는 일과 같다. 인간과 개가 동일하다는 인식은 다다이스트적 면모를 보여 준다. 특히 초기 시 〈선에 관한 각서5〉에서 '메퓌스트는 나'라고 한 진술은 이러한 사정을 잘 말해 준다. 인간과 개의 동일시 현상은 개라는 기호적 의미에 상징적 의미가 덧붙여졌음을 의미한다. 이러한 현상은 점점 짙어져서 (다)에 이르면 상징적인 의미로 완전히 건너오게 된다. 물론 여기에는 개인의 선험적 구상력이 개입하게 된다. 괴테나 이상에게 개는 인간의 또 다른 모습을 지칭하는 규칙으로 자리 잡은 것이다. 그리고 이는 경험적 개념이 보편적 개념으로 전이되어 가는 과정을 보여 준다.

이제까지 황, 또는 개는 이상의 동물성을 상징하는 것으로 인식되어 왔다.[10] 〈황의 기〉에서 예문 "황의 裸體는 나의 裸體를 꼬옥 닮았다. 혹은 이 일은 이 일의 反對일지도 모른다. 나의 沐浴시간은 황의 勤務시간 속에 있다"(3권, 318면)는 이러한 해석을 뒷받침하고 있다. 또한 "황은 나의 牧場을 守衛하는 개의 이름(3권, 316면)"이라는 표현은 이상의 또 다른 모습으로 건너오는 과정이다.

---

09 I. Kant, 박종홍 역, 《순수이성비판》, 대양서적, 1978, 154면.

10 이어령은 이상 작품에서 '개는 이상의 동물적 본능을 상징'하는 것으로 파악했으며, 김윤식 역시 '결국 황은 이상의 거울 속의 나(정신)와는 반대로 나 속에 깃들여 있는 동물성(육체)을 상징한다'고 하여 동일한 견해를 피력한 바 있다.(김윤식, 《이상문학전집3》, 321면)

(가) 밤이 이슥하여 獚이 짖는 소리에 나는 熟眠에서 깨어나 屋外 골목까지 獚을 마중 나갔다. 주먹을 쥔 채 잘려 떨어진 한 개의 팔을 물고 온 것이다

보아하니 獚은 일찍이 보지 못했을 만큼 몹시 蒼白해 있다(3권, 316면)

(나) 봄은 五月 花園市場을 나는 獚을 동반하여 걷고 있었다 玩賞花草種子를 사기 위하여……

獚의 날카로운 嗅覺은 播種後의 成績을 소상히 豫言했다 陳列된 온갖 種子는 不發芽의 不良品이었다 허나 獚의 嗅覺에 합격된 것이 꼭 하나 있었다 그것은 大理石 模造인 種子 模型이었다 나는 獚의 嗅覺을 믿고 이를 마당귀에 묻었다(3권, 317면)

(다) 정수리 언저리에서 개가 짖었다. 不誠實한 地球를 두드리는 소리 나는 되도록 나의 五官을 取消하고 싶다고 생각한다.

心理學을 포기한 나는 기꺼이—나는 種族의 繁殖을 위해 이 나머지 細胞를 써버리고 싶다

바람 사나운 밤마다 나는 차차로 한 묶음의 턱수염 같이 되어버린다.(3권, 320면)

위의 예문 (가)는 황의 등장, (나)는 나와 동반, (다)는 나와 혼연일체되는 과정을 잘 보여 준다. 결국 황은 이상의 또 다른 모습이다. 황은 개별적으로 존재하면서 이상의 일부이기도 하다. 《파우스트》에서 메피스토펠레스는 악령, 사탄의 자식 등 다양한 의미가 있다. 이상에게도 황은 인간의 이중적 감정, 다시 말해 사악한 특성이 있다. 이상은 《파우스트》의 메피스토펠레스를 변용하여 황을 만든 것이다. 그러면 왜 삽살개가 아닌 누렁이로 하였을까? 이에 대한 대답은 이미 있는 듯하다. 여기에서 삽살개라고 하는 종은 재래종과 다른 의미로, 서구의

대표적인 종으로 자리매김할 수 있다. 그리고 누렁이는 서구적인 종과 다른 동양, 그 가운데서도 한국 개를 지칭하기 때문일 것이다. 물론 대표적 사냥개로 쓰였을 가능성도 있다. 황구를 우리 민족의 삶과 결부하는 비유는 더러 있다.[11] 이상은 자신의 새로운 모습, 곧 또 다른 자아를 황구에 기대어 표현한 것이다.

4. 또 다른 시의 개의 이미지 분석

이상의 시에는 개의 이미지와 관련한 작품들이 있다. 여기에서는 앞에서 밝힌 황의 이미지로 시의 구절들을 해석해 보고자 한다.

> 三
>
> 나의 顔面에 풀이 돋다. 이는 不搖不屈의 美德을 象徵한다.
> 나는 내 자신이 더할 나위 없이 싫어져서 等邊形 코오스의 散步를 매일 같이 계속했다. 疲勞가 왔다.
> 아니나 다를까, 이는 一九三二年五月七日(父親의 死日) 大理石發芽事件의 前兆이었다.
> 허나 그때의 나는 아직 한 개의 方程式無機論의 熱烈한 信奉者였다.
>
> 四
>
> 腦髓替換問題 드디어 重大化되다.

11 누렁이〔黃狗〕가 우리의 민족을 상징함은 이후 천승세의 〈黃狗의 悲鳴〉에도 잘 드러난다. 주인공인 나는 은주와 미군 병사의 성교 장면에서 개의 교미 장면을 떠올리는데 조그만 암캐인 황구는 은주를, 종적 모를 수캐는 미군 병사를 각각 비유한다.(천승세, 《황구의 비명》, 창작과비평사, 1988, 212, 219면)

나는 남몰래 精虫의 一元論을 固執하고 精虫의 有機質의 分離實驗에 成功하다.

有機質의 無機化問題 남다.

R靑年公爵에 邂逅하고 CREAM LEBRA의 秘密을 듣다. 그의 紹介로 梨孃과 알게 되다.

例의 問題에 光明 보이다.

五

混血兒Y, 나의 입맞춤으로 毒殺되다.

監禁당하다.

六

再次 入院하다. 나는 그다지도 暗澹한 運命에 直面하여 自殺을 決意하고 남몰래 한 자루의 匕首(길이 三尺)를 入手하였다.

夜陰을 타서 나는 病室을 뛰쳐나왔다. 개가 짖었다. 나는 이쯤이면 하고 匕首를 나의 배꼽에다 찔러 박았다.

不幸히도 나를 逮捕하려고 뒤좇아 온 나의 母親이 나의 등에서 나를 얼싸안은 채 殺害되어 있었다. 나는 無事하였다.(1권, 236~237면)

위의 예문은 〈1931년(작품 제1번)〉의 일부이다. 이 작품과 〈황의 기〉는 연작으로 서로 관련이 있다. 이미 '작품 제1번, 제2번'이라는 데에서도 연작임이 확인되지만, 〈1931년(작품 제1번)〉 역시 "夜陰을 타서 나는 病室을 뛰쳐나왔다 개가 짖었다. 나는 이쯤이면 하고 匕首를 나의 배꼽에다 찔러 박았다(1권, 237면)"로 개와 관련 있다는 점에서 일치한다. 여기에서 '개의 짖음' 역시 '황의 짖음'과 결부된다. 그러면 "안면에 풀"

은 무엇을 의미할까. 이것은 〈황〉의 "개는 白髮老人처럼 웃었다……수염을 단 채 떨어져 나간 턱", "그러나 개의 눈은 마르는 법이 없다, 턱은 나날이 길어져 가기만 했다."라는 구절에서 제대로 이해할 수 있다. '풀'은 수염으로 나의 얼굴에 수염이 돋아난 것을 의미한다. 여기서 수염이 돋아난다는 것은 곧 황으로 변해 가는 것을 의미한다. 그러나 이러한 상호텍스트성의 이면에 부친이나 모친이 등장하는 등 《파우스트》와 달리 이상의 실제 삶과 결부하기도 한다. 이를테면 위의 예문에 등장하는 '父親의 死日'은 실제로 있었던 일이 작품 속에 들어간 것이다.[12] 이는 그의 문학이 상호텍스트성을 띠고 있더라도 이상의 실제 삶과 밀접히 이어져 있음을 말해 준다. 이상 문학에 나타난 그의 삶 속 편린들은 상호텍스트성만큼이나 중요하고, 그러므로 가볍게 처리하여선 안 된다.

그리고 "뇌수체환문제"란 무엇을 의미할까. 이것은 다시 〈황의 기〉에 "두 個의 腦髓 사이에 생기는 連結神經을 그는 癌이라고 완고히 주장했었다"(3권, 316면)와 "나의 腦髓가 擔任 支配하는 사건의 大部分을 나는 황의 位置에 貯藏했다—冷却되고 加熱되도록—"(3권, 318면)에서 그 의미를 찾을 수 있다. 두 개의 뇌수란 이상 자신의 뇌수와 황의 뇌수를 일컫는다. 그러므로 외모가 황으로 바뀌면서 뇌수(정신)도 황의 것으로 대체됨을 의미한다. 또한 이상의 유고 〈무제(2)〉에 나오는 구절 '죽은 개의 에스프리'(3권, 299면) 역시 이러한 맥락에서 설명할 수 있다.[13]

---

12 종로구청에서 보관한 호적등본에 이상의 백부 김연필은 '昭和 七年 五月 七日 午後 二時 京城府 通洞 百五拾四에서 死亡'한 것으로 기록되어 있다.

13 이상의 유고 〈무제(2)〉 역시 '작품 제0번' 시리즈의 연장선상에 있다. 이 작품에 '바른 팔에 면도칼을 얹었다', '나의 軀殼全面에 개들의 꿈의 放射線의 波長은 直徑을 가진 수없는 穿孔의 痕跡', '函數方程式' 등 유사한 이미지가 반복되고 있다. 그러므로 시리즈의 연장선상에서 설명할 수 있다.

"유기질의 분리실험"이란 것도 바로 황과 이상의 성격을 분리하는 실험을 의미할 것이다. 이는 《지킬 박사와 하이드》에서 지킬 박사의 성격 분리와 유사하다. 그래서 이상은 다시 〈황의 기〉에서 "나는 두려움 때문에 나의 얼굴을 變裝하고 싶은 오직 그 생각에 나의 꺼칠한 턱수염을 손바닥으로 감추었다"(3권, 320면)라고 읊고 있다. 수염이 돋아난 인간은 황을 의미한다. 위의 구절들은 이상이 나(인간)와 황(누렁이) 사이를 넘나드는 과정을 그리고 있다. 그래서 이상은 "바람 사나운 밤마다 나는 차차로 한 묶음의 턱수염같이 되어 버린다"(3권, 320면)라고 고백한다. 밤은 이상의 또 다른 자아가 태동하는 공간이 되는 것이다. 또한 'R青年公爵에 邂逅하고…梨孃과 알게 되'는 것은 파우스트가 메피스토펠레스를 만나 '안일의 즐거움', '마음 속에 기쁨이 넘쳐 큐핏이 꿈틀거리며 뛰어다니는 것'(273면)을 알게 되는 맥락과 연결된다. 메피스토펠레스는 파우스트에게 성의 유희를 알려 주고 그레트헨을 소개해 준다. 이는 위 구절의 '정충의 유기질 분리실험'과 결부하여 성의 유희 또는 즐거움을 의미한다고 할 수 있다. 그리고 '梨孃'은 바로 그레트헨의 변용임이 드러난다. 또한 5단락의 '混血兒Y'는 파우스트와 그레트헨 사이에 태어난 아이의 변용으로 볼 수 있다. 이 아이는 그레트헨이 연못에 유기하여 죽음을 당한다. 그리고 이 일로 그녀는 감옥에 갇힌다. 그녀의 죄는 실상 파우스트로 말미암아 형성된 것이다. 위의 '혼혈아' '독살' '감금' 등은 그러한 광경을 변용해 온 것으로 볼 수 있다. 다만 여기에서 그레트헨은 마지막에 구원을 얻지만 이양은 죽고 만다. 그러한 사실은 12단락에서 '別報, 梨孃이 R青年公爵 家傳의 발(簾)에 감기어서 慘死하다'로 나타난다. 결국 그레트헨의 구원으로 끝난 괴테의 《파우스트》와는 달리 〈황의 기〉는 이양의 비극으로 끝맺고 있다.

2

留置場에서 즈로오스의 끈마저 빼앗긴 良家집 閨秀는 한 자루 가위를 警官에게 要求했다.

-저는 武器를 生産하는 거예요

이윽고 자라나는 閨秀의 斷髮한 毛髮

神은 사람에게 自殺을 暗示하고 있다……고 禿頭翁이여 생각지 않습니까?

나의 눈은 둘 있는데 별은 하나밖에 없다 廢墟에 선 눈물-눈물마저 下午의 것인가 不幸한 나무들과 함께 나는 우두커니 서 있다(3권, 324면)

이 시는 〈작품 제3번〉의 일부이다. 〈1931년(작품 제1번)〉과 위의 작품의 상호 관련성은 작품의 제목에서 잘 드러난다. '작품 제0번' 시리즈는 '작품 제2번'인 〈황의 기〉에서 그 의미가 분명해진다. 〈1931년(작품 제1번)〉의 '주치의 도난사건', 'R청년공작에 해후'가 〈황의 기〉에 이르러 '주먹을 쥔채 잘려 떨어진 한 개의 팔(주치의 R의학박사의 오른팔)'로, 그리고 〈작품 제3번〉에서 '면도칼을 쥔 채 떨어진 나의 팔'로 연결되는 것과 같은 맥락이다. 앞의 글은 그레트헨이 영아 살해죄로 감옥에 갇혀 심판을 기다리는 장면이 변용되었다고 할 수 있다.

(가-1) 내가치던개는튼튼하대서모조리實驗動物로供養되고그中에서비타민E를지닌개는學究의未及과生物다운嫉妬로해서博士에게흠씬얻어맞는다하고싶은말을개짖듯배앝아놓던歲月은숨었다. 醫科大學허전한마당에우뚝서서나는必死로禁制를앓는(患)다. 論文에出席한억울한髑髏에는千古에氏名이없는法이다. (1권, 75면)

(나-1) 이房에는 門牌가없다 개는이번에는 저쪽을 向하여짖는다 嘲笑

> 와같이 안해의벗어놓은 버선이 나같은空腹을表情하면서 곧걸어갈것같다 나는 이房을 첩첩이닫치고 出他한다 그제야 개는 이쪽을向하여 마지막으로 슬프게 짖는다(1권, 199면)

(가-1)은 시 〈危篤—禁制〉의 전문이고, (나-1)은 〈紙碑〉의 일부이다. 이 두 시가 모두 〈황〉, 〈황의 기〉와 관련 있음은 주지의 사실이다. (가-1)과 (나-1)은 모두 1936년에 발표된 것으로 보아 〈황〉이나 〈황의 기〉가 변형되어 형성된 작품으로 볼 수 있다. 위 시와 관련한 구절을 언급하면 아래와 같다.

> (가) 거기에 나의 牧場으로부터 護送돼 가지곤 解剖臺의 이슬로 사라진 숱한 개들의 恨 많은 魂魄이 뿜게 하는 殺氣를 나는 느끼지 않을 수가 없었다. 나는 더더구나 그의 手術室을 찾아가 例의 腱의 切斷을 그에게 依賴해야 했던 것인데-(3권, 317면)
>
> (나) 가엾은 개는 저 미웁기 짝없는 문패 裏面밖에 보지 못한다. 개는 언제나 그 문패 裏面만을 바라보고는 憤懣과 厭世를 느끼는 모양이다. 그리고 괴로워하는 모양이다. 개는 내 눈앞에서 그것을 睥睨했다.
>
> ……나는 내가 싫다……나는 가슴속이 막히는 것을 느끼지 않을 수 없었다. 그러나 그렇게 느끼는 그대로 내버려둘 수도 없었다.
>
> ……어디?……(3권, 312면)

위의 (가)와 (나)가 각각 (가-1)과 (나-1)로 변형되었다고 볼 수 있다. 그러한 해석이 가능한 것은 구절의 유사성에만 기인하지는 않는다. (가-1)의 개는 황을, 박사는 'R의학박사'임은 쉽게 추론할 수 있다. 그리고 (나-1) 개의 짖음 역시 〈황의 기〉와 관련된다. 문패 없는 방을 향하여 개는 짖고 나는 출타하게 된다. 이로써 〈危篤—禁制〉과 〈紙碑〉는 〈황〉, 〈황의 기〉와 내적 상호텍스트성을 갖고 있음을 알 수 있다. 그리고 이들은 또한 괴테의 《파우스트》와 상호텍스트성을 띠고 있다. 이러한 변용을 거친 텍스트의 재창출에 이상의 본질적인 미학이 숨어 있다.

5. 마무리

이제까지 이상의 시를 상호텍스트적 관점에서 분석했다. 이상의 시 '작품 제0번' 연작은 괴테의 《파우스트》와 상호텍스트적 입장에 놓여 있다. 이들 시에서 '황'의 의미는 메피스토펠레스적 관점에서 이해할 때 더욱 명료하게 드러난다. 어떤 텍스트가 기존의 텍스트와 상호텍스트성을 띠고 있을 때, 뒤에 나온 텍스트의 의미는 선행의 텍스트에서 자유롭지 못함을 보여 준다. 이상의 작품 가운데 난해한 작품이나 작품의 구절들은 상호텍스트적 글쓰기에 말미암은 경우가 많다. 이러한 것들은 상호텍스트적 관계에 있는 선행 텍스트를 찾아내고 그 의미망을 파악할 때 쉽게 이해할 수 있다. 상호텍스트적 글쓰기에서 텍스트의 의미망은 선행 텍스트의 의미망을 거쳐 더욱 분명히 인식할 수 있기 때문이다.

이상은 "파우스트를 즐기거라, 메퓌스트는 나에게 있는 것도 아니고 나이다"(1권 157면)라고 말했다. 그는 인간성을 선과 악의 대립적 측면으로 보고 있다. 이는 파우스트가 인간을 도덕적 측면과 욕망적 측면으로 바라본 것과 같다. 이러한 인간의 이중적 성격은 '지킬 박사적', '하이드적' 성격이라 할 수 있다. 이상은 또 다른 글에서 "일상생활의 중압이 나에게 교양의 淘汰를 부득이하게 하고 있으니 또한 부득이 나의 빈약한 이중 성격을 '지킬 박사'와 '하이드 씨'에서 '하이드 씨'에서 '하이드

씨'로 이렇게 진화시키고 있습니다.(3권, 24~25면)"라고 고백하였다. 이것은 이드Id적인 자아, 욕망하는 자아가 일상적 자아, 생활하는 자아를 압도하고 있음을 진술한 것으로, 자신의 속에 악령적 인간, 메피스토펠레스가 들어 있다고 고백하는 것이다. 그러므로 그가 말하는 황이란 범박하게 말해 인간의 하이드적 속성이라 할 수 있다. 개는 〈권태〉 등에서 가장 권태로운 동물로 형상화되고 있다. 일상생활의 중압에 따른 권태는 하이드적 내지 메피스토펠레스적 본능을 일으킨다. 이상에게 권태는 자의식의 과잉을 낳고 자의식의 과잉은 글쓰기를 추동한다. 이러한 상황에서 상호텍스트적 글쓰기가 진행된다. 이것은 바로 글쓰기 자체를 놀이화하는 메타언어적 글쓰기이다. 이상의 글쓰기에서 한 축을 이루는 메타언어적 글쓰기는 권태, 자의식, 욕망이라는 모더니즘적, 또는 포스트모더니즘적 글쓰기의 바탕 위에 서 있다. 그러므로 이러한 측면을 충분히 검토할 때, 이상의 글쓰기 본질이 더욱 확연히 드러날 것이다.

이상 시의 창작 방법

1. 들어가는 말

이상 시의 창작 방법을 이해하는 것은 중요하다. 이제까지 그의 시는 주로 구조 분석이나 의미의 해독에 치중해 온 감이 있다. 이상 시에서 두 요소는 별개가 아니고 서로 얽혀 있다. 단순히 구조의 문제만으로도, 의미 해독의 문제만으로도 해결할 수 있는 문제가 아니다.[01] 여기에서는 주로 작품 그 자체를 하나의 완성된 정형으로 텍스트→독자의 입장에서 분석하기보다는 열린 체계로 작가→텍스트의 측면에서 조명해 보고자 한다. 이는 작가의 텍스트 생산 및 의미 형성과 관련 있는 문제이다.

이상 문학의 상당수는 패러디, 인유, 모방 등의 상호텍스트적 창작 방법으로 형성되었다. 그리고 시, 소설이 서로 얽히면서 침투하는가 하면,

---

01 이상 시의 구조적인 면에 주의를 기울인 주요 논자로 김정은, 이승훈, 이영지를 들 수 있다. 김정은, 〈《오감도》의 시적 구조 — 이상 시의 기호문체적 연구서설〉, 서강대(석), 1981년 8월; 이승훈, 〈이상 시 연구 — 자아의 시적변용〉, 연세대(박), 1983년 8월; 이영지, 《이상시연구》, 양문각, 1989.

경계를 자유롭게 넘나들고 있다.[02] 그의 시는 다른 작가의 작품에서 그의 작품으로, 그의 소설에서 시로, 시에서 또 다른 시로 전환되는가 하면, 심지어 한 작품 안에서도 전반부가 후반부로 변형된다. 그는 작가와 작가, 작품과 작품이라는 거시적인 차원에서 패러디, 인유 등의 상호텍스트적 글쓰기뿐만 아니라[03] 한 작품 안에서 변형하는 미시적 차원에 이르기까지 다양한 글쓰기를 감행하였던 것이다. 이를 단순히 형식미학적인 입장에서 논의할 것이 아니라 텍스트 생산의 논의로 확대할 필요가 있다.[04]

이 글에서는 텍스트를 글쓰기의 측면에서 살펴봄으로써 이상 시의 창작 방법을 검토해 보려고 한다. 이러한 문제들을 분명히 밝힐 때, 이상 문학의 특성은 더욱 선명히 드러날 것이다.

---

02 이상은 시를 시로(〈진단 0:1(診斷 0:1)〉·〈이십이년(二十二年)〉)이 〈오감도 시 제4호〉·〈오감도 시 제5호〉로, 그리고 〈육친의 장(失樂園—肉親의 章)〉이 〈육친(危篤—肉親)〉·〈문벌(危篤—門閥)〉로, 〈각혈의 아침〉이 〈내과〉로), 소설을 시로(〈지도의 암실〉은 시 〈오감도 시 제1호〉·〈오감도 시 제6호〉로), 시를 소설로(〈I WED A TOY BRIDE〉가 〈동해〉로) 다시 쓰기도 했다. 그러나 이에 대한 평가는 신중해야 한다.

03 이상의 작품 가운데 상호텍스트적 글쓰기를 활용한 작품들은 필자가 다음과 같은 지면에서 논의한 바다. 〈〈종생기〉와 복화술〉, 《이상 소설 연구》, 소명출판, 1999; 〈〈오감도 시 제1호〉의 상호텍스트성〉, 《현대시사상》 26, 1996년 3월; 〈이상 시의 상호텍스트적 분석〉(《관악어문연구》 21, 서울대 국어국문학과, 1996년 12월; 〈이상 시의 내적 상호텍스트성〉, 《국어국문학》 118, 국어국문학회, 1997년 3월.

04 여기에서는 이상 시의 창작 과정에 나타난 텍스트 차원의 변형과 생성의 문제를 논의하려고 한다. 리파떼르는 기호학적 입장에서 '전환'(모형 문장의 구성 요소들을 모두 동일한 인자로 변경함으로써 그들을 변형시킨 경우)과 '확장'(모형 문장의 구성 요소들을 더 복잡한 형태로 변형시킨 경우)이라는 텍스트 생성의 방법론을 제기하였는데, 그의 논의는 시의 창작 방법을 이해하는 데 좋은 시사점이 될 수 있다.

2. 기하학의 세계에서 '문학적 해설'로 전환

1) 〈三次角設計圖〉 계열

본격적인 시 분석에 들어가기에 앞서 습작품에 해당하는 시 한 편을 살펴보기로 한다. 〈선에 관한 각서4(미정고)〉는 "彈丸이 一圓壔를 疾走했다(彈丸이 一直線으로 疾走했다에 있어서의 誤謬等의 修正)//正六雪糖(角雪糖을 稱함)//瀑筒의 海綿質塡充(瀑布의 文學的解說)" 등 총 3연으로 이뤄졌다. 이것이 미완성 원고임은 ( ) 속의 언급에서도 잘 드러난다. 괄호 속의 내용은 '彈丸이 曲線으로('一直線으로'는 오류이니까) 疾走했다//角雪糖//瀑布'로 정리된다. 이것을 시로 표현할 때는 '彈丸이 一圓壔를 疾走했다//正六雪糖//瀑筒의 海綿質塡充'으로 바뀐다는 것이다. 여기에서 괄호 속의 내용과 괄호 밖의 내용은 상호 대응한다. 어쩌면 괄호 속의 내용을 새롭게 변형하여 표현하였다고 할 수 있다. 이러한 변화 양상은 결국 그의 시작 과정을 보여 주는 일례에 해당한다. 현상의 모습이 있고, 이를 시로 형상화(文學的 解說)하였다. 그러므로 전자의 실질적 대상이 후자로 건너온 모습이 이 시에 드러난 것이다. '탄환의 질주 방향', '각설탕', '폭포' 등을 시로 형상화하면서 '彈丸이 一圓壔를…', '正六雪糖', '瀑筒의 海綿質塡充' 등으로 표현하였다. 대상은 직선/원주, 각/정육면, 원(통) 등 철저히 기하학적 구도로 제시하였다. 이 작품은 성격이 전혀 동떨어진 어휘들을 비교 또는 대치함으로써 초현실주의적 색채를 띠고 있다. 이 작품의 '결정고'를 얻을 수 없어 자세한 면모는 알기 어렵지만[05] 이 시는 사물의 기하학적 인

05 오에 겐자부로에 따르면, 작가는 초고·미완고·결정고 등 다양한 구상 단계를 거친다. 이상에게도 '습작'·'미정고'·'ESQUISSE' 등의 작품을 발견할 수 있다. 이

식이 시적 형상화로 이어지는 방법을 어느 정도 보여 준다. 이상 텍스트는 이러한 과정을 거쳐 정착되었는데, 이 과정은 특히 난해한 작품에 접근하는 하나의 실마리를 제공해 준다. 그러면 이상 시 몇 작품을 분석해 보기로 한다.

數字의方位學

4　4　4　4

數字의力學

時間性(通俗思考에依한歷史性)

速度와座標와速度

4　+　4

4　+　4

4　+　4

가운데 〈자화상(失樂園—自畵像(習作))〉→〈자상(危篤—自像)〉, 〈진주(眞晝—或るESQUISSE)〉→〈날개〉 등은 결정고를 추정해 볼 수 있지만, 〈선에 관한 각서 4(線に關する覺書4(未定稿))〉, 〈열하략도(熱河略圖No. 2(未定稿))〉는 결정고의 부재로 추정이 불가능하다.

ᔭ + 4

etc

사람은靜力學의現象하지아니하는것과同一하는것의永遠한假說이다,
사람은사람의客觀을버리라.

主觀의體系의收斂과收斂에依한凹렌즈.

4 第四世

4 一千九百三十一年九月十二日生.

4 陽子核으로서의陽子와陽子와의聯想과選擇.

原子構造로서의一切의運算의研究.

方位와構造式과質量으로서의數字의性態性質에依한解答의分類.

數字를代數的인것으로하는것에서數字를數字的인것으로하는것에
서數字를數字인것으로하는것에서數字를數字인것으로하는것에
(1234567890의疾患의究明과詩的인情緒의棄却處)

(數字의一切의性態數字의一切의性質이런것들에依한數字의語尾의活用
에依한數字의消滅)

數式은光線과光線보다도빠르게달아나는사람과에依하여運算될 것.

사람은별—天體—별때문에犧牲을아끼는것은無意味하다, 별과별과의引力圈과引力圈과의相殺에依한加速度函數의變化의調査를爲先作成할것.[06]

—〈선에 관한 각서6(線に關する覺書6)〉의 전문

〈선에 관한 각서6(線に關する覺書6)〉은 두 부분으로 나눌 수 있다. '숫자의 방위학…객관을 버리라'까지가 전반부이고, '주관의 체계…위선 작성할 것'까지가 후반부이다. 전반부는 '숫자의 방위학', '숫자의 역학', '속도', '좌표', '정력학' 등 사물에 대한 숫자적 이해와 맞물려 있다. 이는 사물에 대한 기하학적 인식을 보여 주는 것으로 지극히 추상화되어 있다. 그러나 후반부에 이르러 그것을 더욱 언어적(시적)으로 표현하였다. 한 논자는 이 시를 1·2행과 3행, 4행과 5행, 6행과 7행, 8행과 9행 등 거시 구조가 대칭성을 띤 것으로 파악했다.[07] 그리고 또 다른 논자는 4라는 숫자의 도상적 대칭에 주목하기도 했다. 그러나 그들은 주로 전반부만을 대상으로 분석했고, 각 행의 변환을 살펴보았지 전체 구도 속에서 시의 변화상을 고찰하지 않았다. 이상의 창작 방법을 살펴보

---

06 이승훈 편, 《이상문학전집1》, 문학사상사, 1989, 160~161면. 이하 이 책의 인용은 인용 구절 괄호 뒤에 면수만을, 그리고 《이상문학전집3》(김윤식 편, 1993)은 괄호 속에 3권, 면수를 기입하기로 한다.

07 이승훈은 대칭구조로 이루어진 시로 이 작품 말고도 〈시 제4호〉, 〈시 제8호〉, 〈위독—절벽〉 등을 들고 있다. 그의 논의는 형식미학적 입장에서 구조를 분석한 것이다. 이상의 시를 글쓰기의 차원에서 이해할 때, 그의 창작원리는 더욱 잘 이해될 것이다.

는 데 전·후반부를 통일된 구성체로 살펴보는 일은 중요하다.

이 시는 전반부의 내용을 후반부에서 새로 표현하였다고 할 수 있다. '숫자의 방위학'은 '主觀의 體系의 收斂과 收斂에 依한 凹렌즈'로, 숫자 '4'는 '제4세'로 옮겨 온다. 그리고 '속도와 좌표와 속도'는 '原子構造로서의 一切의 運算의 硏究'로, 전반부에 있는 6·7·8·9행의 연산은 '숫자의 성태성질', '숫자를 숫자적이게 하는 것', '숫자의 소멸', '수식의 소멸' 등으로 전환된다. 또한 마지막의 '사람은 靜力學의 現象하지…客觀을 버리라'는 '사람은 별—天體—별 때문에…爲先 作成할 것'으로 새롭게 표현된다. 전반부는 수로 표현한 것이고, 후반부는 시적으로 표현한 것이라 할 수 있다.

숫자는 기하학적 세계로 주관의 인식 세계와 다르다. 전반부가 수에 따른 세계의 인식을 보여 준다면, 후반부는 그것이 시적 인식으로 건너왔음을 보여 준다.[08] 이는 단순히 '숫자'에서 '주관의 체계'로 변화한 것만을 이야기하지 않는다. 전반부의 세계를 후반부에서 시적으로 표현한 것이라고 이해하면 이 시를 더욱 명료하게 인식할 수 있다. 전반부는 후반부를 거치면서 시적인 가능성을 얻지만 후반부도 수의 세계에서 완전히 벗어난 것은 아니다. 이상은 수(기하학)로써 사물을 표현하는 데 시적 정서가 기각된다는 사실을 인식하고 그것을 '시적인 정서의 기각처'라고 말했다. 전환을 활용한 시의 구성은 이상 시의 주요 원리이다. 이는 〈선에 관한 각서1(線に關する覺書1)〉, 〈선에 관한 각서2(線に關する覺書2)〉 등에도 그대로 나타난다.

---

08 이에 대해서는 최혜실도 유사한 주장을 펼치고 있다. 그녀는 "이상의 초기 시들은 문학적 메타포와 함께 건축이론의 진술을 동시에 포함한 양면성을 지닌 것"(103면)으로 파악하였다. 이상의 시에는 앞에서 보듯 두(언어적, 기하학적) 관점이 그대로 나타난다. 최혜실, 《한국모더니즘소설연구》, 민지사, 1992.

2) 〈建築無限六面角體〉 계열

①四角形의內部의四角形의內部의四角形의內部의四角形의內部의四角形.

②四角이난圓運動의四角이난圓運動의四角이난圓.

③비누가通過하는血管의비눗내를透視하는사람.

④地球를模型으로만들어진地球儀를模型을만들어진地球

⑤去勢된洋襪.(그女人의이름은워어즈였다)

⑥貧血緬絁. 당신의얼굴빛깔도참새다리같습네다.

⑦平行四邊形對角線方向을推進하는莫大한重量.

⑧마르세이유의봄을解纜한코티의香水의마지한東洋의가을.

⑨快晴의空中에鵬游하는Z伯號. 蛔虫良藥이라고씌어져있다.

⑩屋上庭園. 猿猴를흉내내이고있는마드무아젤.

⑪彎曲된直線을直線으로疾走하는落體公式

⑫時計文字盤에 Ⅻ에내리워진二個의浸水된黃昏

㉮도아—의內部의도아—의內部의鳥籠의內部의카나리야의內部의嵌殺門戶의內部의인사.

㉯食堂의門깐에方今到達한雌雄과같은朋友가헤어진다.

㉰파랑잉크가엎질러진 角雪糖이三輪車에 積荷된다.

㉱名御을짓밟는軍用長靴, 街衢를疾驅하는造化金蓮.

㉲위에서내려오고밑에서올라가고위에서내려오고밑에서올라간사람은밑에서올라가지아니한위에서내려오지아니한밑에서올라가지아니한위에서내려오지아니한사람.

㉳저여자의下半은저남자의上半에恰似하다.(나는哀憐한邂逅에哀憐하는나)

㉴四角이난케—스가걷기始作이다.(소름끼치는일이다)

㉵라지에—타의近傍에서昇天하는굳빠이.

㉶바깥은 雨中. 發光魚類의群集移動.(167~168면)[09]

—〈AU MAGASIN DE NOUVEAUTES〉〉의 전문

이 시는 전반부가 '사각형…황혼'(①~⑫)까지 12행이고, 후반부는 '도아…군집이동'(㉮ ~㉶)까지이다. 전반부는 사각형, 원, 평행사변형, 직선 등 마치 건축설계도를 보여 주는 것 같다. 이 시는 제목처럼 '백화점'의 모습을 보여 준다. 전반부는 건축학, 또는 회화적 사물 지각으로 백화점의 내부와 외관을 보여 준다. 이는 대상에 대한 기하학적 인식으로 스케치에 해당한다. 이를테면 대상을 기하학적으로 분석하여 기하학적인 선과 면으로 종합적인 화면을 구성하는 과정이 나타난다. 이는 오광수의 지적처럼 언어의 기호성을 박탈하고 그것이 환기하는 순수한 시각성을 강조하는 것으로, 입체파의 회화적 기법과 일맥상통한다.[10] 전반부의 시각적 언어 재현은 후반부에서 실물적 언어 재현으로 전환된다.[11] 제1·2행 '四角形의 內部의…四角이 난 圓'은 '도아—의 內部의 도아—의 內部의 鳥籠의…內部의 인사'를 추상적으로 표현한 것

09 본문의 오류는 원문을 참고하여 필자가 수정함.

10 오광수, 〈화가로서의 이상〉, 《문학사상》, 1976년 6월.

11 여기에서 시각적·실물적 언어는 결국 소설에서의 은유적·환유적 글쓰기와 크게 다르지 않다.(이에 대한 논의는 〈이상 소설의 글쓰기 양상〉·〈이상 소설의 기호학〉, 《이상소설연구》, 소명출판, 1999) 이는 〈지비〉:〈지주회시〉:〈봉별기〉처럼 대상을 어떤 언어로 표현하였느냐는 문제로 귀결된다. 이들의 관계는 내용축(메타언어)이 아니라 표현축(외시와 함축 또는 은유와 환유)일 따름이다. 그의 시는 크게 이러한 은유⇄환유라는 전환과 다시 쓰기(즉 언어≦메타언어)를 통한 확장(또는 전환)의 창작 방법으로 나뉜다.

이다. 다시 말해 후자를 전자로 표현하면서 기하학적 방법을 쓴 것이다. 여기에서 기하학적 구성과 시의 문법 사이에 상당한 유사점이 있다. 문법은 개별적이고 구체적인 것을 추상화하고, 기하학은 대상에게서 자신을 추상화하면서 그 대상을 구체성이 박탈된 물체로 다루기 때문이다.[12] 그러나 전반부의 기하학적 질서는 시적 표현과 거리가 있어 보인다. 그것은 시적 담화에서 추상적인 뜻의 기하학이 비유적 단어들과 더불어 구체화되기 때문이다.

'비누가…'는 '식당의…'로, '지구를…'은 '파랑잉크'로, '거세된…같습네다'는 '명함…조화금련'으로 각각 새롭게 표현했다. 그리고 '평행사변형의 대각선 방향…'은 '위에서 내려오고 밑에서 올라가고 위에서 내려오고 밑에서 올라간 사람…'이라는 실질적인 모습으로 표현했다. 전반부의 ①, ②, ④, ⑦, ⑪은 기하학적 세계 인식을 잘 보여 주는 것으로 후반부에서 ㉮, ㉰, ㉲, ㉴로 각각 표현된다. 이는 백화점의 모습을 먼저 기하학적으로 도해하고, 다시 실물 언어로써 재현해 내는 것과 같다. 전반부는 후반부를 거치며 명료해지는데, 사물에 대한 기하학적 인식이 후반부에서 언어적 형상화의 힘을 입고 있기 때문이다. 그러나 이러한 표현들은 문학적으로 제대로 형상화되었다고 할 수 없다. 왜냐하면 후반부에 이르러서도 대상들의 기하학적 모습이 완전히 제거되지 않은 채 시로써 완전한 언어적 재현에 이르지 못하기 때문이다. 이러한 문제는 추상화를 지향하는 시의 문법이 구상 단계에 머물고 있는 데서도 확인할 수 있다. 시에서 주제 형상화는 구상적인 것보다는 추상화 단계에서 얻을 수 있다. 이 시의 후반부도 주제화에는 제대로 이르지 못하고 있다. 이러한 창작 양상은 〈且8氏의 出發〉에서도 나타난다.

---

12 야콥슨, 〈문법의 시와 시의 문법〉, 조주관 편역, 《시의 이해와 분석》, 열린책들, 1994, 166~171면.

3) 기타 〈BOITEUX·BOITEUSE〉

긴것

짧은것

열十字

그러나CROSS에는기름이묻어있었다.

墮落

不得已한平行

物理的으로아팠었다
(以上平面幾何學)

오렌지

大砲

匍匐

萬若자네가重傷을입었다할지라도피를흘리었다고한다면 참멋적은일이다.

오—

沈默을打撲하여주면좋겠다

沈默을如何히打撲하여나는洪水와같이騷亂할것인가

沈默은沈默이냐

메쓰를갖지아니하였다하여 醫師일수없는것일까

天體를잡아찢는다면소리쯤은나겠지

나의步調는繼續된다

언제까지도나는屍體이고자하면서屍體이지아니할것인가(110~111면)

—〈BOITEUX·BOITEUSE〉의 전문

이 시는 14연으로 이루어졌다. 전반부와 후반부가 대응 관계라는 사실은 기존의 논자들이 이미 언급해 왔다. 1·2·3·4·5·6·7연은 각각 8·9·10·11·12·13·14연에 대응한다. 전반부는 수학이나 건축, 회화의 세계에 해당한다면, 후반부는 그래도 문학적 표현에 가깝다. 첫 3연 '긴 것//짧은 것//열十字'는 추상적인 표현이다. 이것을 후반부에서 '오렌지//大砲//匍匐'이라는 구체적인 사물로 표현하였다. 그리고 4·5·6·7연은 11·12·13·14연으로 새로 쓰였다. 이것은 이미 나온 것의 변형, 또는 상세한 풀이로 볼 수 있다. 이를테면 '기름이 묻어 있었다'를 '피를 흘리었다'로, '타락'을 '소란'으로, '不得已한 平行'을 '메쓰를 갖지 아니하였다 하여 醫師일 수 없는 것일까/ 天體를 잡아 찢는다면 소리쯤은 나겠지'로, 그리고 마지막 연의 '物理的으로 아팠었다'를 '나의 步調는 繼續된다/ 언제까지도 나는 屍體이고자 하면서 屍體이지 아니할 것인가'로 각각 전환하였다. 결국 이상은 전반부의 '평면기하학'의 세계를 후반부의 언어적 세계로, 또는 시적으로 표현한 것이라 할 수 있다. 그러므로 전반부에 대한 문학적 표현이 후반부이자, 후반부에 대한 기하학적 인식이 전반부라고 할 수 있을 것이다.

3. 변형을 거친 확장

1) 〈烏瞰圖〉 계열

鸚鵡 ※ 二匹

二匹

※ 鸚鵡는哺乳類에屬하느니라.

내가二匹을아아는것은내가二匹을아알지못하는것이니라. 勿論나는希望할것이니라.

鸚鵡 二匹

『이小姐는紳士李箱의夫人이냐』『그렇다』

나는거기서鸚鵡가怒한것을보았느니라. 나는부끄러워서얼굴이붉어졌었겠느니라.

鸚鵡 ※ 二匹

二匹

勿論나는追放당하였느니라. 追放당할것까지도없이自退하였느니라. 나의體軀는中軸을喪失하고또相當히蹌踉하여그랬던지나는微微하게涕泣하였느니라.

『저기가저기지』『나』『나의--아--너와나』

『나』

sCANDAL이라는것은무엇이냐.『너』『너구나』

『너지』『너다』『아니다 너로구나』

나는함뿍젖어서그래서獸類처럼逃亡하였느니라. 勿論그것을아아는 사람或은보는사람은없었지만그러나果然그럴는지그것조차그럴는 지.(30면)

—〈시 제6호〉의 전문

이 시 역시 전/후반부로 나눌 수 있다. 전반부는 '鸚鵡 ※ 二匹…붉어졌었겠느니라'까지 7행이고, 후반부는 '鸚鵡 ※ 二匹…그것조차 그럴는지'까지이다. 필자는 이 시의 전반부가 〈지도의 암실〉에서 다시 쓰기가 되었다는 사실을 밝힌 바 있다.[13] 그뿐만 아니라 후반부는 전반부의 변형을 거치며 확장되었다. 먼저 '鸚鵡 ※ 二匹/ 二匹'은 반복 표현되는데, 이것은 전반부와 후반부를 구분해 주는 역할을 한다. 그리고 '내가 二匹을 아아는 것은…나는 希望할 것이니라'는 설명 대신에 새로운 설명 '勿論 나는 追放당하였느니라…나는 微微하게 涕泣하였느니라'로 대체된다. 이들은 모순어법으로 서로 대등·긴장관계를 이룬다. 또한 '鸚鵡 二匹/『이小姐는 紳士 李箱의 夫人이냐』『그렇다』'라는 부분을 '『저기가 저기지』…『아

13 이 시는 〈지도의 암실〉에서 건너왔다. 그것은 "JARDIN ZOOLOGIQUE/ CETTE DAME EST—ELLE LA FEMME DE/MONSIEUR LICHAN?/앵무새 당신은 이렇게 지껄이면 좋을 것을 그때에 나는/OUI!/라고 그러면 좋지 않겠읍니까 그렇게 그는 생각한다"(2권, 168면) 부분이다. 그러나 그 구절은 다시 정지용의 〈카페프란스〉의 "『오오 패롵(鸚鵡) 서방! 꾿 이브닝!』/『꾿 이브닝』(이 친구 어떠하시오)"에서 건너온 것으로 보인다.(이상은 〈실화〉에서도 이 시를 인용하고 있다) 그렇다면 〈카페프란스〉→〈지도의 암실〉(의 부분)→〈시 제6호〉로 변환 및 확대하는 양상을 볼 수 있다.

니다 너로구나』로 다시 전개한다. 앵무새의 질문과 나의 대답은 유사하게 전개되는데, 그것은 사실상 '너'에 대한 확인 과정이다. 그리고 마지막 부분 '나는 거기서 鸚鵡가…얼굴이 붉어졌었겠느니라'도 '나는 함뿍 젖어서 그래서 獸類처럼…果然 그럴는지 그것조차 그럴는지'로 변형된다. 앵무새의 노함과 나의 도망은 서로 관련이 있으며, 나의 부끄러움은 '아는 사람은 없었지만 과연 그럴는지'로 표현된다. 이러한 변형은 다시 쓰기라는 메타언어적 과정을 거쳐 이뤄진 것이다. 이 시의 전·후반부가 대칭을 이루며 상호 조응하는 것은 이 시가 전반부+전반부의 변형으로 이루어졌기 때문이다. 그러므로 후반부는 전반부의 내용을 확장한 경우에 속한다. 이상은 많은 작품들에서 메타언어를 통한 다시 쓰기를 진행하였는데, 이는 이상의 주요한 창작 원리인 것이다. 이러한 양상은 〈시 제8호〉에도 나타난다.

2) 〈危篤〉 계열

> 꽃이보이지않는다. 꽃이香기롭다. 香氣가滿開한다. 나는거기墓穴을판다. 墓穴도보이지않는다. 보이지않는墓穴속에 나는들어앉는다. 나는눕는다.//또꽃이향기롭다. 꽃은보이지않는다. 香氣가滿開한다. 나는잊어버리고再차거기墓穴을판다. 墓穴은보이지않는다. 보이지않는墓穴로나는꽃을깜빡잊어버리고들어간다. 나는정말눕는다.//아아, 꽃이또香기롭다. 보이지도않는꽃이—보이지도않는꽃이.(80면, 빗금은 인용자)
>
> —〈절벽(危篤—絶壁)〉의 전문

이 시도 다시 쓰기로 이뤄졌다. 이승훈은 이 시를 대칭 구조로 설명했다. 그의 설명은 시의 구조를 이해하는 데 많은 도움을 준다. 그러나 글쓰기의 특징 자체를 파악해야 텍스트를 더 완전하게 이해할 수 있다. 앞부분 '꽃이 보이지…나는 눕는다'는 '또 꽃이 아름답다…나는 정말 눕는다'로, 다시 마지막 부분 '아아…보이지도 않는 꽃이'로 쓰였다. 이것은 단순히 구조만으로 파악할 문제는 아니다. 여기에서 '꽃이 보이지 않는다. 꽃이 향기롭다'의 첫 두 문장은 '또 꽃이 향기롭다. 꽃은 보이지 않는다'로 서로 뒤바뀌고 문장에 한 글자를 첨가, 또는 변형하였다. 그리고 또 다시 변형을 겪어 '아아, 꽃이 또 향기롭다. 보이지도 않는 꽃이—보이지도 않는 꽃이'로 바뀌었다. 말하자면 두 번의 변형 과정을 거쳐 시를 마무리 지은 것이다. 마지막 변형에서는 감탄사를 첨가하고 주술을 도치하였다. 세 번째 문장은 그대로 다시 적고 네 번째 '나는 거기 묘혈을 판다'는 '나는 잊어버리고 재차'를 첨가하여 단순히 언어의 반복뿐만 아니라 의미의 확장마저 꾀하고 있다. 그리고 '묘혈도 보이지 않는다'를 '묘혈은 보이지 않는다'로 반복하고, '보이지 않는 묘혈 속에 나는 들어앉는다'를 '보이지 않는 묘혈로 나는 꽃을 깜빡 잊어버리고 들어간다'로 확장하였다. 마지막 문장 '나는 눕는다'는 '나는 정말 눕는다'로 바뀌었다. 이 시에서 반복은 단순 반복이 아니라 도치, 첨가, 변형 등을 거치며 확장된다.[14] 이것은 기존의 문장을 변형·확장하면서 시를 전개했음을 의미한다. 그러므로 이상이 제시한 글쓰기 방식은 반복과 변형, 생성이라는 다층적 관점에서 이해할 필요가 있다.

---

14 이에 대한 상세한 논의는 다음을 참조. 김주현, 〈〈절벽〉의 기호학적 접근〉, 《안동어문학》 2·3, 안동어문학회, 1998년 12월.

3) 기타 〈최저낙원〉

이러한 방법론이 전면적으로 드러난 작품이 〈최저낙원〉이다. 이 작품은 아직까지 이상 연구에서 제대로 다뤄지지 않았다. 그것은 아마도 이 작품을 기존 전집에서 수필로 분류하고 있는 것과 무관하지 않을 것이다. 이 작품은 〈오감도〉, 〈지비〉, 〈정식〉 등 이상의 여느 시와 같은 구성을 보이며 어조나 내용 또한 시적이다. 따라서 수필보다는 시로 분류해야 할 것이다.(여기에서는 설명의 편의를 도모하고자 1~4까지의 순번을 제1~4연으로 부르기로 한다)

1

空然한 아궁지에 침을 배앝는 奇習—煙氣로 하여 늘 내운 方向—머무르려는 성미—걸어가려 드는 성미—불현듯이 머무르려 드는 성미—色色이 황홀하고 아예 記憶 못하게 하는 秩序로소이다.

究疫을 헐값에 팔고 定價를 隱惹하는 가게 모퉁이를 돌아가야 混濁한 炭酸瓦斯에 젖은 말뚝을 만날 수 있고 흙 묻은 花苑 틈으로 막다른 下水溝를 뚫는데 기실 뚫렸고 기실 막다른 어룬의 골목이로소이다. 꼭 한 번 데림프스를 만져 본 일이 있는 손이 리소—르에 가라앉아서 不安에 흠씬 끈적끈적한 白色琺瑯質을 어루만지는 배꼽만도 못한 電燈 아래—軍馬가 細流를 건느는 소리—山谷을 踏査하던 習慣으로는 搜索 뒤에 오히려 있는지 없는지 疑心만 나는 깜빡 잊어버린 詐欺로소이다. 禁斷의 허방이 있고 法規洗滌하는 乳白의 石炭酸水요 乃乃 失樂園을 驅練하는 鬚髯난 號令이로소이다. 五月이 되면 그 뒷산에 잔디가 怠慢하고 나날이 겁뿐해 가는 體重을 가져다 놓고 따로 묵직해 가는 웃도리만이

고닮게 鄕愁하는 남만도 못한 人絹 깨끼저고리로소이다.

2

房문을 닫고 죽은 꿩털이 아깝듯이 네 허전한 쪽을 후후 불어본다. 소리가 나거라. 바람이 불거라. 恰似하거라. 故鄕이거라. 情死거라. 每저녁의 꿈이거라. 丹心이거라. 펄펄 끓거라. 白紙위에 납작 엎디거라. 그러나 네 끈에는 鉛華가 있고 너의 속으로는 消毒이 巡廻하고 하고 나면 都會의 雪景같이 지저분한 指紋이 어우러져서 싸우고 그냥 있다. 다시 방문을 열랴. 아스랴. 躊躇치 말랴. 어림없지 말랴. 견디지 말랴. 어디를 건드려야 건드려야 너는 열리느냐. 어디가 열려야 네 어저께가 들여다보이느냐. 馬糞紙로 만든 臨時 네 세간—錫箔으로 빚어 놓은 瘦瘠한 鶴이 두 마리다. 그럼 天候도 없구나. 그럼 앞도 없구나. 그렇다고 네 뒤꼍은 어디를 디디며 찾아가야 가느냐 너는 아마 네 길을 실없이 건나보다. 점잖은 개 잔등이를 하나 넘고 셋 넘고 넷 넘고—無數히 넘고 얼마든지 겪어 젖히는 것이—해내는 龍인가 오냐 네 行進이더구나 그게 바로 到着이더구나 그게 節次더구나 그다지 똑똑하더구나 점잖은 개—가떼—月光이 銀貨 같고 銀貨가 月光 같은데 멍멍 짖으면 너는 그럴 테냐. 너는 저럴 테냐. 네가 좋아하는 松林이 風琴처럼 발개지면 목매 죽은 동무와 煙氣 속에 貞操帶 채워 禁해 둔 産兒制限의 毒살스러운 抗辯을 홧김에 吐해 놓는다.

3

煙氣로 하여 늘 내운 方向—걸어가려 드는 성미—머무르려 드는 성미—色色이 황홀하고 아예 記憶 못하게 하는 길이로소이다. 安全을 헐값에 파는 가게 모퉁이를 돌아가야 最低樂園의 浮浪한 막다른 골목이요 기실 뚫린 골목이요 기실은 막다른 골목이로소이다.
에나멜을 깨끗이 훔치는 리소—르 물 튀기는 山谷소리 찾아보아도 없는지 있는지 疑心나는 머리끝까지의 詐欺로소이다. 禁斷의 허방이 있고 法規를 洗滌하는 乳白의 石炭酸이요 또 失樂園의 號令이로소이다.
五月이 되면 그 뒷山에 잔디가 게으른대로 나날이 가벼워가는 體重을 그 위에 내던지고 나날이 무거워가는 마음이 혼곤히 鄕愁하는 겹저고리로소이다. 或 달이 銀貨 같거나 銀貨가 달 같거나 도무지 豊盛한 三更에 졸리면 오늘 낮에 목 매달아 죽은 동무를 울고 나서—煙氣 속에 망설거리는 B·C의 抗辯을 홧김에 房안 그득이 吐해 놓은 것이로소이다.

4

房門을 닫고 죽은 꿩털을 아깝듯이 네 뚫린 쪽을 후후 불어본다. 소리나거라. 바람이 불거라. 恰似하거라. 故鄕이거라. 죽고 싶은 사랑이거라. 每저녁의 꿈이거라. 丹心이거라. 그러나 너의 곁에는 化粧 있고 너의 안에도 리소—르가 있고 잇고 나면 都會의 雪景같이 지저분한 指紋이 쩔쩔 亂舞할 뿐이다. 겹겹이 中門일 뿐이다. 다시 房門을 열까. 아슬까. 망설이지 말까. 어림없지 말까. 어디를 건드려야 너는 열리느냐. 어디가 열려야 네 어저께가 보이느냐.
馬糞紙로 만든 臨時 네 세간—錫箔으로 빚어놓은 瘦瘠한 鶴두루미. 그럼 天氣가 없구나. 그럼 앞도 없구나. 그렇다고 뒤통수도 없구나. 너는 아마 네 길을 실없이 걷나보다. 점잖은 개 잔등이를 하나 넘고 둘 넘고 셋 넘고 넷 넘고—無數히 넘고—얼마든지 해 내는 것이 꺾어젖히는 것이 그게 行進이구나. 그게 到着이구나. 그게 順序로구나. 그렇게 똑똑하구나. 점잖은 개—멍멍 짖으면 너도 그럴 테냐. 너는 저럴 테냐. 마음놓고 열어젖히고 이대로 생긴 대로 후후 부는 대로 짓밟아라. 춤추어라. 깔깔 웃어버려라.(3권, 185~187면)[15]

전문을 모두 인용한 까닭은 이 작품에 쓰인 창작 방법이 이상의 창작에서 한 구성 원리가 되는 만큼 중요하기 때문이다. 간단하게 보아 넘길 이 작품에는 이상이 지향하고 있는 다시 쓰기를 통한 창작 방법이 비교적 자세히 드러난다. 이 작품은 총 네 부분으로 나뉘며 크게 전반부(1·2)와 후반부(3·4)로 나눌 수 있다. 그런데 후반부는 전반부의 내용을 다시 쓰기하면서 변형이 이뤄졌다. 1연의 '空然한 아궁지…깨끼저고리로소이다'는 3연의 '煙氣로 하여…겹저고리로소이다'로 변형되었다. 2연의 마지막 부문 '月光이 銀貨 같고 銀貨가 月光 같은데'와 '네가 좋아하는 松林이…抗辯을 홧김에 吐해 놓는다'는 3연 '或 달이 銀貨 같거나…홧김에 房안 그득히 吐해 놓은 것이로소이다'로 변형되었다. 그리고 2연 '房門을 닫고…너는 저럴 테냐'까지는 4연 '房門을 닫고 깔깔 웃어버려라'로 옮겨 온다. 여기에서 1연의 변형으로서 3연, 2연의 변형으로서 4연을 목도할 수 있다. 이는 곧 도식으로 1·2·3·4=1·2·1′·2′(ABCD=ABA′B′)의 형태로써 반복과 변형으로 확장하는 과정을 보여준다. 만일 이를 전반부(1·2)/후반부(3·4)로 본다면 이 시는 전반부와 전반부의 변형·확장으로서 후반부를 형성한 것으로 볼 수 있다. 이러한 방식은 다시 쓰기라는 메타언어적 글쓰기의 방법론에 속하며 이상 문학에 지배적으로 나타난다.

15 일부 본문의 오류를 수정함.

4. 다른 텍스트를 활용한 전환과 확장

1) 〈오감도 시 제4호〉

이상의 시 가운데 수의 도표가 작품을 형성하는 독특한 작품이 있다. 그런데 그 도표와 유사한 것이 이전의 수학서에도 있다. 조선 시대 수학서라고 할 수 있는《구수략》에는 다음과 같은 도표가 나온다.[16]

百子子數陰陽錯綜圖	百子母數陰陽錯綜圖
①②③④⑤⑥⑦⑧⑨⑩	⑨⑧⑦⑥⑤④③②①○
②③④⑤⑥⑦⑧⑨⑩①	⑧⑦⑥⑤④③②①○⑨
③④⑤⑥⑦⑧⑨⑩①②	⑦⑥⑤④③②①○⑨⑧
④⑤⑥⑦⑧⑨⑩①②③	⑥⑤④③②①○⑨⑧⑦
⑤⑥⑦⑧⑨⑩①②③④	⑤④③②①○⑨⑧⑦⑥
⑥⑦⑧⑨⑩①②③④⑤	④③②①○⑨⑧⑦⑥⑤
⑦⑧⑨⑩①②③④⑤⑥	③②①○⑨⑧⑦⑥⑤④
⑧⑨⑩①②③④⑤⑥⑦	②①○⑨⑧⑦⑥⑤④③
⑨⑩①②③④⑤⑥⑦⑧	①○⑨⑧⑦⑥⑤④③②
⑩①②③④⑤⑥⑦⑧⑨	○⑨⑧⑦⑥⑤④③②①
此數以奇耦分陰陽	無極之前
以下新定	陰含陽故空爲陰數
○從衡五十五數無一數重複	○從衡四十五數無一數重複
	右下至左上空數爲看

---

16 《九數略》은 崔錫鼎(1625(인조 23)~1715(숙종 41))이 엮은 책으로, 목판본 4권 2책 갑을병정 편으로 구성되어 있다. 이 책은 수를 역학적 관점에서 +·−·×·÷ 등 다양한 계산법과 수에 관한 도표를 제시하고 있다.

인용한 것은 《九數略》의 〈百子子數陰陽錯綜圖〉와 〈百子母數陰陽錯綜圖〉이다.[17] 《구수략》은 현재 서울대 규장각 도서관에서 소장하고 있는데, '京城帝國大學圖書章'인이 찍혀 있는 것으로 보아 경성제대 시절부터 있었다.[18] 그것이 언제 경성제대 도서로 유입되었는지 현재로선 확인할 길이 없지만 경성제대 초기부터 있었던 것으로 보인다. 이상이 고공 재학 당시 경성제대에 그 책이 있었다면, 수학에 관심이 많았던 그로서는 충분히 그것을 보았을 가능성이 있다.

	1	2	3	4	5	6	7	8	9	0
1	●	●	●	●	●	●	●	●	●	●
2	●	●	●	●	●	●	●	●	●	●
3	●	●	●	●	●	●	●	●	●	●
4	●	●	●	●	●	●	●	●	●	●
5	●	●	●	●	●	●	●	●	●	●
6	●	●	●	●	●	●	●	●	●	●
7	●	●	●	●	●	●	●	●	●	●
8	●	●	●	●	●	●	●	●	●	●

17 이 도표들의 제목에 각각 '卽河圖數十倍子數者零數也', '卽洛河書數十倍母數者十數也'라는 설명이 첨부되어 있다. 그리고 숫자 도표 아래에 있는 한자 구절들은 도표의 설명에 해당된다고 하겠다. 이 도표들은 이상 시 연구와 관련하여 김용운이 언급한 적 있다. 그러나 그는 동양의 수리 철학을 설명하는 모델로 최석정의 도표를 제시하긴 했지만, 이 둘의 친연성이나 상호 관련성에 대해 주목하지 못했다. 그리고 숫자 도표도 잘못 제시했을 뿐만 아니라 '圖'의 속자인 '啚'를 '面'이라 하는 등 잘못을 범했다.

18 이 책과 《算學正義》, 《數理精蘊》, 《幾何原本》 등 동서양의 수학서를 같이 소장하고 있었다.

9 ● ● ● ● ● ● ● ● ● ●

0 ● ● ● ● ● ● ● ● ● ●

(宇宙は冪に依る冪に依る)

(人は數字を捨てよ)

(靜かにオレを電子の陽子にせよ)

―〈線に關する覺書1〉의 일부

이것은 〈선에 관한 각서1(線に關する覺書1)〉의 일부이다. 단지 이 작품과 《구수략》의 도표가 유사하다 해서 상호텍스트성을 지녔다고 할 수는 없을 것이다. 무엇보다 이상이 이전의 텍스트를 가져왔다면 전제되어야 할 것은 텍스트의 접촉이다. 상호텍스트적 글쓰기를 진행하였느냐 그렇지 않느냐는 먼저 그 관계성을 밝히는 작업을 선행해야 한다. 만일 이상이 〈百子子數陰陽錯綜圖〉를 보고 난 뒤에 〈선에 관한 각서1(線に關する覺書1)〉을 썼다면, 이 시는 패러디인 셈이다. 지금으로서는 단지 둘 사이의 관련성을 검토하며 접촉과 영향의 가능성을 추측해 볼 수 있을 따름이다.

《구수략》의 〈百子子數陰陽錯綜圖〉는 〈百子母數陰陽錯綜圖〉와 더불어 짝을 이루고 있다. 후자는 전자에서 수의 위치가 도치된 모습을 보여 준다. 이 도표들은 우주의 원리를 상징 또는 설명하는 것으로 보인다. 특히 〈百子母數陰陽錯綜圖〉에 나오는 구절 '無極之前', '陰含陽故空爲陰數' 등에서 수를 우주의 원리로, 음양을 세계의 원리로 인식하는 동양적 사유 구조를 엿볼 수 있다. 이러한 인식은 〈선에 관한 각서1(線に關する覺書1)〉에도 드러난다. 이 시에 '宇宙は冪に依る冪に依る'라는 구절은 '無極之前(우주 창조 이전)'과 유사할 뿐만 아니라 우주, 수,

전자·양자, 인간 등에 관한 인식은 《구수략》의 도면들에서도 나타난다. 이러한 사실로 미루어 볼 때, 이들의 관련 가능성은 큰 것으로 보인다. 특히 수학과 역학에 관심이 많았던 이상으로서는 《구수략》을 보았을 가능성이 있고, 모방 대상으로 가져왔을 수도 있다. 이상의 많은 시들이 상호텍스트성을 띠고 있다는 점이 그러한 가능성을 뒷받침해 준다.

或る患者の容態に關する問題

1 2 3 4 5 6 7 8 9 0 ·

1 2 3 4 5 6 7 8 9 · 0

1 2 3 4 5 6 7 8 · 9 0

1 2 3 4 5 6 7 · 8 9 0

1 2 3 4 5 6 · 7 8 9 0

1 2 3 4 5 · 6 7 8 9 0

1 2 3 4 · 5 6 7 8 9 0

1 2 3 · 4 5 6 7 8 9 0

1 2 · 3 4 5 6 7 8 9 0

1 · 2 3 4 5 6 7 8 9 0

· 1 2 3 4 5 6 7 8 9 0

診斷 0:1

2 6 · 1 0 · 1 9 3 1

以上 責任醫師 李箱

-〈진단 0:1(診斷 0:1)〉

〈선에 관한 각서1(線に關する覺書1)〉의 일부는 〈진단 0:1(診斷 0:1)〉에 이르러 한 차례 변형을 거친다. 이는 기호에서 수로 표현된 것을 의미한다. 단순히 회화적 구도에 있던 작품이 수적 표현으로 넘어온 것이다.

患者의容態에關한問題

· 0 9 8 7 6 5 4 3 2 1

0 · 9 8 7 6 5 4 3 2 1

0 9 · 8 7 6 5 4 3 2 1

0 9 8 · 7 6 5 4 3 2 1

0 9 8 7 · 6 5 4 3 2 1

0 9 8 7 6 · 5 4 3 2 1

0 9 8 7 6 5 · 4 3 2 1

0 9 8 7 6 5 4 · 3 2 1

0 9 8 7 6 5 4 3 · 2 1

診斷 0·1

26·10·1931

以上 責任醫師 李　箱(25면)

〈진단 0:1(診斷 0:1)〉은 또 다시 〈시 제4호〉에 이르러 수의 도표를 뒤집어서 변형하였다. 일종의 거울 대칭을 이루면서 서로 다른 시를 형성한 것이다. 〈百子母數陰陽錯綜圖〉를 〈百子子數陰陽錯綜圖〉로 변형한 방식(거꾸로 세운 것과 거의 같은 형상)과 별반 다르지 않다. 〈진단 0:1(診斷 0:1)〉에서 〈시 제4호〉로 전환되면서 2행부터 13행까지 숫자판은 거울 대칭이라는 일종의 기계적 전환이 일어난다. 대상을 거울에 비추어 만든 형상은 낯설게하기를 유도한다. 여기에서 이 두 작품의 관련성이 문제가 된다. 단순히 〈진단 0:1(診斷 0:1)〉을 밑그림 정도로 치부할 수도 있을 것이다. 그러나 이상 자신이 분명히 다른 텍스트로 인정하고 그리하여 제목마저 달리했다면 내적 상호텍스트로 파악해야 할 것이다. 이상에게 이러한 텍스트들은 텍스트의 생산 과정을 밝히는 데 중요한 단서가 된다. 다만 각각의 텍스트를 어떻게 규정해야 할 것인가는 과제로 남는다.

2) 〈오감도 시 제5호〉

이상의 작품에는 《장자》의 구절을 직접 인용한 시가 있다. 이것은 이상의 시가 《장자》와 상호텍스트성을 띠고 있음을 드러낸다. 여기에서는 이들의 관련성을 추적해 보기로 한다.

> 莊周曰, 此何鳥哉? 翼殷不逝 目大不覩. 褰裳躩步, 執歎而留之. 覩一蟬, 方得美蔭, 而忘其身, 螳螂執翳而搏之, 見得而忘其形 (……) 莊周怵然曰, 噫! 物固相累 二類相召也. 捐彈而反走, 虞人逐而誶之. 莊周反入, 三日不庭 (……) 今吾遊於雕陵而忘吾身. 異鵲感吾顙, 遊於栗林而忘眞. 栗林虞人以吾爲戮, 吾所以不庭也.[19]

> 前後左右を除く唯一の痕跡に於ける
> **翼段不逝 目大不覩**
> 胖矮小形の神の眼前に我は落傷した故事を有つ.

19 莊子, 《장자》, 〈山木〉편.

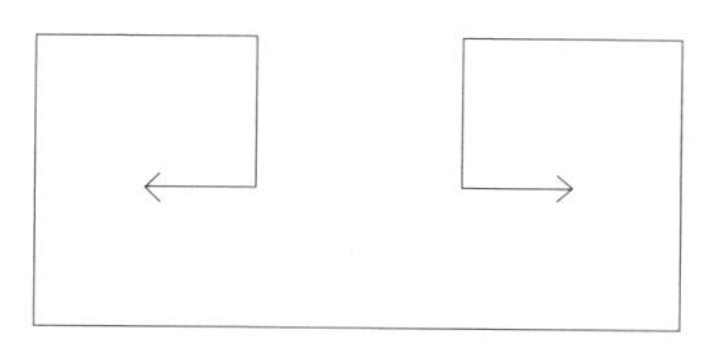

(臟腑 其者は浸水された畜舍とは異るもであらうか)

—〈이십이년(二十二年)〉의 전문

위의 작품은 〈이십이년(二十二年)〉으로 《조선과 건축(朝鮮と建築)》(1932년 7월)에 발표된 것이다. 이 시는 《莊子》의 〈山木〉 편에 실려 있는 설화를 이끌어 왔다. 이상은 장자의 '翼殷不逝 目大不覩'('段'은 '殷'의 오식)를 그대로 가져왔다. '胖矮小形의 神'은 날개가 커도 날지 못하고 눈이 커도 보지 못하는 새를 일컬으며 '落傷한 故事를 有함'은 장자가 크게 낙심해 석 달 동안 뜰 앞에 나오지 않은 상황을 일컫는 것으로 보인다. 다만 나 역시 장자처럼 그러한 상황에 놓였음이 드러난다. 그리고 이 시의 그림은 이상 자신의 상태를 비유하는 것으로, 1행과 결부되어 전후좌우가 막힌 인간 이상을 형상화한 것으로 볼 수 있다.[20] 그러면 '장부'는 폐결핵에 걸려 썩어 가는 몸체이다. '浸水된 畜舍와 區別될 수 있을는가'라는 것은 일종의 반문으로 '같다'는 의미이다. 결핵을 앓고 있는 五臟六腑

20 '전후좌우'는 앞뒤·좌우로 이상에게 있어서 '사리분별'을 의미하는 것으로 보인다. 류광우는 자신의 논문에서 좌우를 이데올로기로 치환하여 설명하고 있는데, 이는 지나친 비약이라 할 수 있다. 이러한 사실은 소설 〈환시기〉의 서두에 붙은 고리키의 〈밤주막〉에서 주제 가사 가운데 한 구절 "太昔에 左右를 難辨하는 天痴 있더니"라는 구절로 알 수 있다. 그리고 〈황의 기〉도 "그후 知識은 급기야 左右를 兼備하게끔 되었다"는 구절이 나오는데, '지식의 좌우겸비'는 박학한 사람을 일컫는 것으로 볼 수 있다.

(이상 자신)는 침수한 축사에 갇힌 가축처럼 천천히 죽어 갈 수밖에 없다. 결국 〈이십이년(二十二年)〉은 죽어 갈 수밖에 없는 자신의 운명을 장자의 설화와 결부하여 읊은 것이다. 그러므로 이 시는 장자의 설화에 대한 전환과 확장을 보여 준다.

某後左右를除하는唯一의痕跡에있어서

翼殷不逝 目大不覩

胖矮小形의神의眼前에我前落傷한故事를有함.

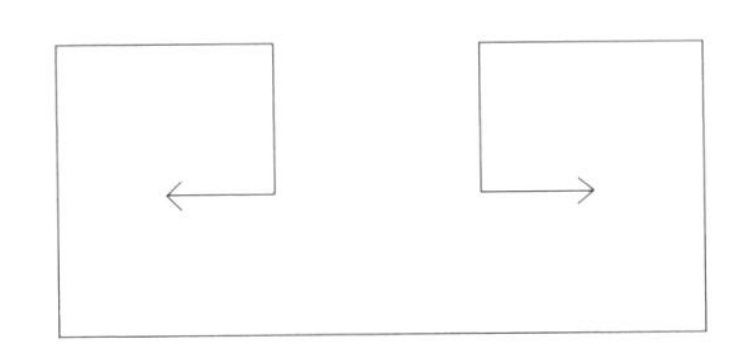

臟腑타는것은 浸水된畜舍와區別될수있을는가.

—〈시 제5호〉의 전문

〈이십이년(二十二年)〉은 〈시 제5호〉에 이르러 변화를 겪었다. 먼저 '前後左右'가 '某後左右'로, '我は落傷'은 '我前落傷'으로, '異るもでぁらうか'가 '區別될수잇슬는가'로 변화하였다. 이러한 변화는 본질적인 차이를 이끌어 내지 못한다. 이상은 초기에 쓴 일문시 〈이십이년(二十二年)〉을 〈시 제5호〉로 가져온 것으로 볼 수 있으며, 그래서 두 시를 같은 작품으로 보아도 무방할 것이다. 이러한 면모들은 이상의 창작 과정을 해명하기에 앞서 충분히 검토해야 한다.

3) 〈내과〉

이상의 문학에는 여러 군데에서 기독교와 관련한 언급이 나온다. 그 가운데서도 아래의 성경 구절은 이상 문학과 직접적인 관련이 있는 것으로 살펴볼 필요가 있다.

> 저(베드로:인용자 주)가 저주하며 맹세하여 가로되 내가 그 사람을 알지 못하노라 하니 닭이 곧 울더라 (……) 예수께서 총독 앞에 섰으매 총독이 물어 가로되 네가 유대인의 왕이냐 예수께서 대답하시되 네 말이 옳도다 하시고 대제사장들과 장로들에게 고소를 당하되 아무 대답도 아니 하시는지라. 이에 빌라도가 이르되 저희가 너를 쳐서 얼마나 많은 것으로 증거하는지 듣지 못하느냐 하되 한마디도 대답지 아니하시니 총독이 심히 기이히 여기더라 (……) 제 육시로부터 온 땅에 어두움이 임하여 제 구시까지 계속하더니 제 구시 즈음에 예수께서 크게 소리질러 가라사대 엘리엘리 라마 사박다니 하시니 이는 곧 나의 하나님, 나의 하나님, 어찌하여 나를 버리셨나이까 하는 뜻이라(48~51면)

《성경》의 이 구절과 관련 있는 작품으로 〈내과〉가 있다. 〈내과〉는 일문 유고시로, 1956년에 임종국이 편한 《이상전집》에 실렸다. 〈내과〉와 같이 발견된 일부 유고시들은 1933년 전후 이상의 상황을 쓴 것으로 추정된다.[21] 이상은 여러 작품에서 《성서》의 내용들을 패러디 내지

21 〈내과〉와 같이 발견되어 《이상전집》 제2권(임종국 편, 태성사, 1956)에 실린 시로 9편(〈내과〉 포함)이 있는데, 이 가운데 작품의 창작 연도를 파악할 수 있는 작품으로 〈街衢의 추위〉(1933년 2월 17일), 〈肉親의 章〉(1933) 등 두 편이 있다. 임종국은 이들 작품이 사진첩 속에 밀봉되어 있어 동경 시절에 제작 또는 개작되었

인유해 왔다. 심지어 〈실낙원—육친의 장〉에서는 자신을 "기독에 혹사한 한 사람의 남루한 사나희"로 언급하기도 했다. 〈내과〉 역시 그러한 시 가운데 하나이며, 성서의 구절들을 직접 인유하고 있다.

—自家用福音
—或은 엘리엘리 라마싸박다니

하이얀天使 이鬚髥난天使는규핏드의祖父님이다.
鬚髥이全然(?)나지아니하는天使하고흔히結婚하기도한다.

나의肋骨은2떠—즈(ㄴ). 그하나하나에노크하여본다. 그속에서는海綿에

젖은 더 운 물 이 끓 고 있 다.

하이얀天使의펜네임은 聖피−타−라고. 고무의電線 똑똑똑똑 버글버글 열 쇠 구 멍 으

로盜聽.

(發信) 유다야사람의임금님주무시나요?
(返信) 찌−따찌−따따찌−찌 (1) 찌·따—찌−따따찌−(2) 찌−찌따찌−따따찌−찌−(3)

흰뺑끼로칠한十字架에서내가漸漸키가커진다. 聖피—타—君이나에게

세번式이나아알지못한다고그린다. 瞬間닭이활개를친다……

어엉 크 더운물을 엎질러서야 큰일날노릇— (225면)

—〈內 科〉의 전문

앞의 성경 구절과 〈내과〉의 상호텍스트성은 쉽게 파악할 수 있다. 먼저 부제로 보이는 '자가용복음', '혹은 엘리엘리 라마싸박다니'는 성경에서 가져온 것이다. 자가용 복음이란 '자기 스스로 만든 기쁜 소식'이다. 이상은 자신의 병증에 대한 자가진단 내용을 자가용 복음이라 하였

을 것으로 보았다.

는데, 그것은 일종의 아이러니이다. 그래서 그는 '주여 나를 버리시나이까'라는 구절을 같이 인용하였던 것이다. 그리고 빌라도 총독이 예수에게 한 질문은 조금 변화한다. 성서에서 '네가 유대인의 왕이냐?'라는 빌라도의 질문에 예수는 '내 말이 옳도다'고 했고, 그 뒤 대제사장, 장로와 빌라도의 물음에 대답하지 않는다. 그것이 이상 시에서는 '유다야 사람의 임금님은 주무시나요?'로 바뀌고, 그에 대한 대답은 '찌—따찌'와 같은 이상한 의성어로 대체되어 세 차례 반복된다. 이는 시가 성경을 변용했음을 보여 준다. 그리고 또 하나 베드로가 세 번 부인하자 닭이 운 사실은 '聖 피—타—君이 나에게 세 번式이나 아알지 못한다고 그런다. 瞬間 닭이 활개를 친다'로 인유하여 온다. 물론 시에서 '나'는 예수가 아닌 시적 화자 '이상'이 된다. 그러므로 '海綿에 젖은 더운물'은 결핵을 의미하며, 폐결핵에 걸린 자신의 상황을 그리스도가 십자가에 달려 피 흘리고 죽어 간 상황에 빗대어 표현한 것이다. 그러므로 〈내과〉는 예수가 빌라도 총독에게 끌려가 죽음을 당하는 상황을 이끌어 와 이상이 폐결핵을 앓으면서 죽어 가는 상황을 그린 것이다.[22] 이상은 이처럼 〈내과〉에서 《성경》을 활용하여 전환 및 확장을 추구하였다.

5. 결론

이제까지 이상 시를 검토했다. 이상 시는 텍스트의 구조적인 측면에서 바라보는 것보다 창작적 측면에서 바라볼 때 더욱 잘 이해된다. 텍스트는 고정된 체계가 아니다. 텍스트를 완결된 구조로 이해하고 형식 구조적 관점에서만 바라본다면 창작적 측면은 무시되거나 놓치고 말 것이다.

---

22 이 부분은 다음의 일부 내용을 수정한 것임을 밝혀 둔다. 김주현, 〈이상 시의 창작방법 연구〉, 《어문학》 69, 한국어문학회, 2000년 2월.

이 글에서는 이상의 시에서 글쓰기 방식이 어떻게 나타나고 있는가를 살펴보았다. 이상의 많은 작품들이 다른 작가의 작품과 상호텍스트성을 띠고 있고, 더러는 자신의 작품과 내적 상호텍스트성을 띠고 있다. 그리고 한 작품 안에서도 전·후반부에서 전환과 확장이 일어나고, 텍스트들 사이에도 전환과 확장이 일어난다. 주로 텍스트 안에서 건축·기하학적 표현이 시적 표현으로 전환되며, 그것은 사물의 대한 시각의 차이가 재현 언어의 차이를 추동한 것이다. 그리고 후반부에 다시 쓰기를 활용한 창작 방법은 내적 상호텍스트성의 축소된 모습을 보여 준다. 이렇게 볼 때, 이상의 창작 과정에서 건축·기하학에서 언어·시적 표현으로의 전환과 다시 쓰기를 활용한 확장의 방법론은 매우 중요한 의미가 있다. 또한 이상은 다른 작가의 작품을 수용하여 자신의 작품을 창작하였는데, 그의 창작에서 다른 작가의 텍스트를 활용한 전환과 확장도 심심찮게 일어난다. 이상 문학에서 이러한 측면들이 제대로 밝혀질 때, 그의 텍스트 생산이나 그 의미도 분명히 드러날 것이다.

이상 시에 나타난 혼종 언어

1. 기호의 성채로서 이상 문학

이상 문학은 기호의 성채이다. 이상은 다양한 언어들을 조합하여 사람들이 쉽게 범접하지 못하도록 거대한 성채를 쌓아 놓았다. 그는 언어로 다양한 형태와 빛깔의 글을 빚어내는 언어 마술사였다. 그래서 그는 자신의 시작詩作에 대해 아래와 같이 말하지 않았던가.

> 요새 朝鮮日報學藝欄에 近作詩 〈危篤〉 連載中이오. 機能語. 組織語. 構成語. 思索語. 로 된 한글文字 追求試驗이오. 多幸히 高評을 비오. 요 다음쯤 一脈의 血路가 보일 듯하오.(증보 정본전집 3권, 259면)

예문은 〈위독〉에 대한 설명이지만, 이러한 모습은 이상 시 전반에 해당하는 것이라 해도 무방하다. 기능어, 조직어, 구성어, 사색어라는 것은 그 자체가 만들어진 언어이다. 특이한 조어법으로 다양한 언어를 구사해 보겠다는 것이다. 이상은 기호의 기능과 조직, 구성 등 다양한 언어의 사용에 심혈을 기울인 작가이다. 이어령은 이상 문학 연구 60년을 반성하는 자리에서 이상 연구의 길 찾기가 '왜 기호론이어야 하는가?'라고 되묻고 있다. 그는 이상 문학을 제대로 알려고 하면, 기호론적 접근이 무엇보다도 필요하고 절실함을 천명했다. 이상의 문학을 이해하려면 먼저 그가 쓴 기호를 이해해야 함은 두말할 나위가 없다. 이상은 언어 실험을 비롯한 온갖 기호 놀이를 감행하였기 때문이다.

> 蒼空, 秋天, 蒼天, 靑天, 長天, 一天, 蒼穹(大端히갑갑한地方色이아닐는지)하늘은視覺의이름을發表했다.
>
> —〈선에 관한 각서7〉에서

위의 구절은 기표에 대한 놀이가 치열하고 광범위했음을 보여 준다. '하늘'을 칭하는 언어로 '창공'부터 '창궁'까지 나열한 이 구절은 마치 사전을 방불하게 한다. 이 단어들은 하늘을 시각적 이미지에 따라 다양하게 표현할 수 있음을 말해 준다. 그는 그것을 '시각의 이름'으로 설명했다. 다양한 언어를 추구한 사실은 같은 시에서 동일한 대상을 지칭하는 단어를 어절마다 달리 쓴 데서도 확인할 수 있다. 이를테면 〈오감도 시 제1호〉에서 도로道路–길–골목이 그러하다. 이것은 〈지도의 암실〉이나 〈시 제7호〉에서는 '페이브먼트', '胡同'으로 대체된다. 길과 골목–도로–호동–페이브먼트는 우리말, 한중일 공동 문어인 한자어, 중국어, 그리고 영어 등 다양한 언어의 양상을 보여 준다. 이상에게 시는 이중 언어, 외래어, 그리고 메타언어 등 혼종 언어적 양상을 띠고 전개된다.

2. 이중 언어 시대의 언어 전략

이상이 살았던 시대는 일제강점기, 식민지 근대였다. 이상은 성장하면서 한국어와 일본어를 동시에 배웠다. 모국어로서 국어와 교육 언어로서 일어가 함께 있었다. 식민지 조선에서 일본은 제국의 언어인 일어 교육을 실시했다. 이상은 어려서 가정과 이웃으로부터 생활 언어로서 민족어를 습득했고, 자라서는 제도로서 일제 식민지 교육을 받았다. 그때 일본어는 통치 수단으로서 제국의 언어였고, 다양한 학문과 문물은 제국의 언어로 번역되어 전달되었다. 이상은 일어로 번역된 다양한 외국의 문물과 문학을 접할 수 있었다.

모국어로서 우리말과 제국 언어인 일본어의 사용은 이중적인 언어 체계를 드러낸다. 당대의 지식인들에게 일본어는 서양과 만나는 매개어, 기능어로서 역할과 기능이 있었다. 이상은 식민지 고등교육을 거치면서 일어에 능통해졌고, 일문으로 된 시를 발표했다.

或る患者の容態に關する問題

1 2 3 4 5 6 7 8 9 0 ·

1 2 3 4 5 6 7 8 9 · 0

1 2 3 4 5 6 7 8 · 9 0

1 2 3 4 5 6 7 · 8 9 0

1 2 3 4 5 6 · 7 8 9 0

1 2 3 4 5 · 6 7 8 9 0

1 2 3 4 · 5 6 7 8 9 0

1 2 3 · 4 5 6 7 8 9 0

1 2 · 3 4 5 6 7 8 9 0

1·2 3 4 5 6 7 8 9 0

·1 2 3 4 5 6 7 8 9 0

診斷 0:1

26·10·1931

以上　責任醫師　　李 箱

—〈診斷 0：1〉

前後左右を除く唯一の痕跡に於ける

翼段不逝 目大不覩

胖矮小形の神の眼前に我は落傷した故事を有つ。

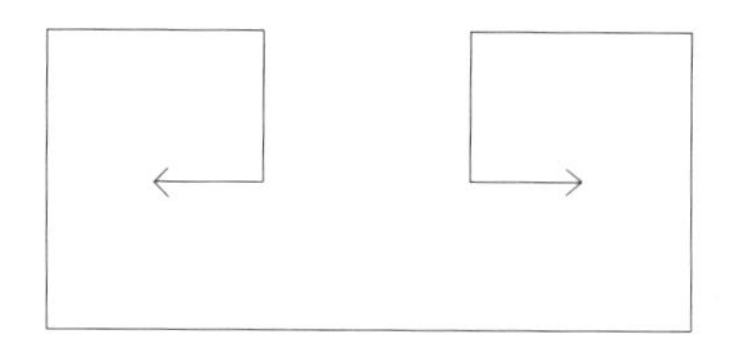

(臟腑 其者は浸水された畜舍とは異るものであらうか)

—〈二十二年〉

앞에서 인용한 것은 이상이 아직 시인으로 알려지지 않았던 시기, 일본어 건축학회지인 《조선과 건축》에 발표한 작품들이다. 이상은 이 잡지에 〈이상한 가역반응〉 외 5편, 〈조감도〉 계열의 시 8편, 〈삼차각설계도〉 계열의 시 7편, 〈건축무한육면각체〉 계열의 시 7편 등 총 28수의 일문시를 4차례에 걸쳐 발표하였다. 그는 1931~32년에 수많은 시를 창작한 것으로 보인다. 〈오감도 작자의 말〉에서도 "2천 점에서 30점을 고르는 데 땀을 흘렸다. 31년 32년 일에서 용대가리를 떡 끄내여 놓고 하도들 야단에 배암꼬랑지커녕 쥐꼬랑지도 못 달고 그만두니 서운하다"고 말하지 않았던가.

인용한 시는 〈건축무한육면각체〉 계열의 두 편이다. 우리는 여기에서 하나의 의문을 품게 된다. 과연 이상의 시는 일문 창작이 먼저였느냐, 한글 창작이 먼저였느냐 하는 문제이다. 이에 대해서는 (1)한글 창작이 먼저였다는 것, (2)일문 창작이 먼저였다는 것, (3)일문과 한글 두 언어로 모두 창작하였다는 것 등을 상정해 볼 수 있다. (1)의 경우는 《조선과 건축》이 일문 잡지였기 때문에 발표지를 고려하여 한글시를 일문시로 번역 발표하였다는 것이 된다. (2)의 경우는 《조선과 건축》에 발표한 일문 작품이 이상 시의 원형이고, 또한 이상이 남긴 일문 유고시가 상당수라는 점으로 추론할 수 있다. 그러나 문제는 이상의 모든 한글시가 일문으로 창작되었다가 한글시로 번역(?)되었다고 볼 수 있는가 하는 점이다. 오히려 이상은 일문과 한글의 사용이 자유로웠으며, 경우와 상황에 따라 자유롭게 이중 언어를 구사한 것으로 보인다.

이상이 죽은 뒤 그의 사진첩에서 나온 9편의 일문 유고시와 찢겨 나간 노트 조각에서 발견된 일문 유고시는 창작 지면과 상관없이 일어가 그의 창작에 깊이 자리하고 있음을 보여 준다. 시들과 함께 발견된 〈불행한 계승〉에는 일본의 전통적 시형으로 알려진 단카短歌도 2편 들어 있다. 이상은 일본어로 창작하였고, 또한 우리말로 창작하였다. 식민지 조선에서 민족어인 한글과 제국의 언어인 일본어가 대면하고 있는 것이다. 이상의 언어 사용은 사실상 등가적이자 동시적이었다.

患者의容態에關한問題

· 0 9 8 7 6 5 4 3 2 1

0 · 9 8 7 6 5 4 3 2 1

0 9 · 8 7 6 5 4 3 2 1

0 9 8 · 7 6 5 4 3 2 1

0 9 8 7 · 6 5 4 3 2 1

0 9 8 7 6 · 5 4 3 2 1

0 9 8 7 6 5 · 4 3 2 1

0 9 8 7 6 5 4 · 3 2 1

0 9 8 7 6 5 4 3 · 2 1

診斷 0·1

26·10·1931

以上 責任醫師 李　箱 (1권, 25면)

—〈詩 第四號〉

某後左右를除하는唯一의痕跡에있어서

翼殷不逝 目不大覩

胖矮小形의神의眼前에我前落傷한故事를有함.

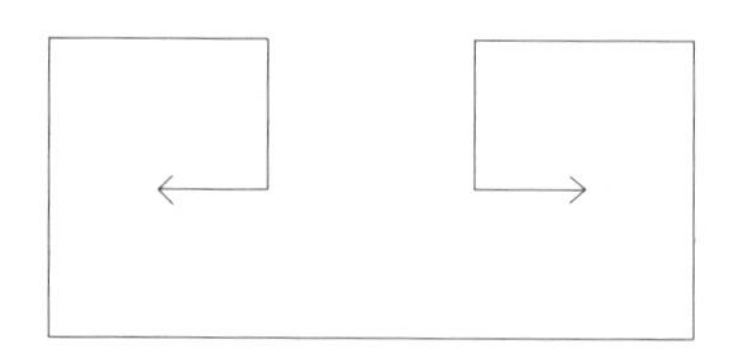

臟腑타는것은 浸水된畜舍와區別될수있을는가.

—〈詩 第五號〉

이것들은 이상의 〈오감도〉 시편들 가운데 일부이다. 앞의 두 작품 〈진단 0:1〉과 〈이십이년〉은 한글시 〈오감도〉에 편입된다. 이 작품들은 앞의 일문시와 비교해 볼 때, 숫자판의 거울반사라는 것을 제외하면 〈시 제4호〉는 거의 그대로이고, 〈시 제5호〉는 조사 같은 것만 바꾸어 그야말로 한 작품이라고 해도 지나친 말이 아니다. 그래서 임종국은 실제로 〈진단 0:1〉을 〈시 제4호〉와 동일한 작품으로, 〈이십이년〉을 〈시 제5호〉와 동일한 작품으로 소개하기도 했다. 그것은 두 언어, 곧 우리말과 일본어가 거울처럼 대칭으로 마주 보고 있는 형국이 아닌가. 가와무라는 이를 두고 "일본어(시)와 조선어(시)와의 서로 반사한 일그러진 관계를 상징"한다고 지적했다.

> 한자와 일문자(日文字)를 섞어 쓴 문장, 기하학, 대수학 또는 화학 교과서에서나 볼 수 있는 과학용어를 많이 사용한 무기적인 문체, 본래는 가타카나〔カタカナ〕로 표기해야 할 외래어를 히라가나〔ひらがな〕로 표기함으로써의 효과, 당돌한 회화체 등등, 이러한 것은 일본 시단의 모더니즘 시 기법에서 크게 영향을 받은 것임이 명백하다 (……) 그것은 일본의 모더니즘 시가 사마자키 도오송(島崎藤村)으로부터 하기와라 사쿠타로(萩原朔太郎)에 이르기까지 근대시에 의해 가꾸어진 시적 서정을 압살하기 위해, 의도적으로 무기적·즉물적인 문체를 채용했다는 것—다시 말해서 당카적(또는 하이쿠적) 서정과의 갈등 위에, 비인간적·인공적·반자연적이라는 평을 받는 시적 표현을 획득했다는 것, 그것과는 거의 타인적(他人的)인 곳에서 이상의 일본어 시는 씌어졌다는 사실을 의미하는 것이다.[01]

01 川村湊, 〈모더니스트 이상의 시 세계〉, 《문학사상》, 1987년 9월, 296~297면.

가와무라는 이상의 일본어 시를 두고, 한마디로 일본 모더니즘의 연계로 볼 때 일종의 '귀자鬼子'(부모를 닮지 않은 독특한 아이)라고 표현했다. 이상은 일본어를 구사한 것이 아니라 혹사, 또는 역사용逆使用하였으며, 그의 일본어 시는 일본 모더니즘과 타자적인 위치에 있다는 것이다. 이는 김소운이 시화詩化했다는 〈청령〉, 〈한개의 밤〉과 이상의 일문 시편을 비교해 볼 때 극명하게 드러난다. 특히 〈청령〉은 순수 일본어투성이로 일본의 전통적 서정시와 맥락이 닿아 있지만, 다른 시편들은 일본의 서정시는 말할 것도 없고 모더니즘 시와도 별개의 종인 것이다.

이상이 일본어를 시적 표현의 수단으로 삼았지만, 일본의 모더니즘과 다른 궤도를 그리고 있다는 것은 무엇을 의미할까? 〈시 제4호〉와 〈시 제5호〉를 지켜볼 양이면, 일문시 〈진단 0:1〉, 〈이십이년〉과 거리가 느껴지지 않는다. 오히려 어색한 것은 수다하게 들어간 한자어이다. 당시만 하더라도 한자어는 한중일을 매개하는 인공어가 아니었던가. 그밖에 들어간 일어나 국어는 이상의 창작 언어가 이중적이듯 거의 동시적, 병치적, 등가적인 것이다.

이상에게 일본어는 언어적 초월성과 거리가 먼, 근대 세계와 통하는 문명어이자 매개어일 뿐이다. 그렇기 때문에 일본어를 혹사시켰다던가, 기형적인 일본어를 만들어 냈다는 평가는 이상이 일본어를 국어로써 사용하지 않았음을 보여 준다. 이상은 일본어로 시를 썼지만, 그것은 기표의 우월성을 강조한 사물화된 도구로써 기능했다는 사실이다. 일본어는 문명의 번역어로 존재했고, 이상 역시 인공적인 언어의 차원에서 일본어로 시를 창작한 것이다. 이상으로 보면 두 언어는 이중 언어이다. 어느 것으로 해도 무방하며, 그래서 둘 사이의 번역이라고 할 거리조차 존재하지 않는다.

3. 외래 문명어와 근대성 지향

이상은 이중 언어, 민족어로서 모국어와 기능어로서 일본어 말고도 또 다른 언어에 대한 열망이 강렬했다. 식민지 근대 조선은 각종 문물과 제도, 사조들을 무질서하게 비판 없이 수용하기에 급급했다. 근대화는 제도와 문명의 이입이었고, 작가에게 그것은 근대의 문물 등을 상징하는 외래 문명어 유입과 통했다. 근대 문명어는 바로 인공어, 국제어였던 것이다. 초국가적 언어, 새로운 문명에 대한 동경과 지향은 그러한 언어의 유입으로 나타난 것이다.

> 어디로갈까. 나는 맞나는 사람마다 東京으로가겠다고 豪言했다. 그뿐아니라 어느친구에게는 電氣技術에關한 專門공부를하려간다는둥 學校先生님을맞나서는 高級單式印刷術을硏究하겠다는둥 친한친구에게는 내 五個國語에能通할作定일세 어쩌구 甚하면 法律을 배우겠오 까지虛談을 탕 탕 하는것이다.[02]

이상은 도쿄행을 진작부터 꿈꾸어 왔다. 이로 보아 근대적 문명에 대한 그의 지향을 엿볼 수 있다. 일본의 근대는 서구의 근대를 옮겨온 것이고, 이상은 근대 자본주의를 동경해 마지않았던 것이다. 그는 도쿄에 가서 5개 국어, 또는 7개 국어에 능통해 볼 것이라 장담하였다. 이는 〈겸허 김유정전〉에서도 확인할 수 있다. 안회남이 "이상을 만나보니까 그는 껄껄 웃으며, 안형, 제가 동경 가서 일곱 가지 외국어를 배워 오겠습니다."라고 말했다는 것이다.[03]

---

02 이상, 〈봉별기〉, 《증보 정본 이상문학전집2》, 소명출판, 2009, 345면.

03 안회남, 〈謙虛—金裕貞傳〉, 《문장》, 1939년 10월, 64면.

이상은 제국주의 일본에서 근대 문명을 체험하고, 더욱 다양한 언어들을 익히고자 했다. 그것은 근대를 향한 몸부림이 아니던가. 5개 국어, 7개 국어는 결국 언어의 기의를 떠나서는 존재 의미가 없다. 언어는 그 속에 담긴 각 나라의 문화이며, 사상이며, 근대화된 문명이 아니겠는가. 이상이 서구의 영화나 음악에 몰두한 것도 그것들이 근대적 기호의 표상이었기 때문이다. 기호로서 근대, 번역으로서 근대는 그때의 현실이었다. 이상의 문명 지향은 다양한 어휘 속에 담겨 있다.

긴것

짧은것

열十字

그러나 CROSS에는기름이묻어있었다

墮落

不得已한平行

物理的으로아�았었다

(以上平面幾何學)[04]

---

04 이상, 〈BOITEUX · BOITEUSE〉, 《증보 정본 이상문학전집1》, 소명출판, 2009, 41면.

四角形의內部의四角形의內部의四角形의內部의四角形의 內部 의四角形.

四角이난 圓運動의四角이난圓運動 의 四角 이 난 圓.

비누가通過하는血管의비눗내를透視하는사람.

地球를模型으로만들어진地球儀를模型을만들어진地球

去勢된 洋襪. (그女人의이름은워어즈였다)

貧血緬絁, 당신의얼굴빛깔도참새다리같습네다.

平行四邊形對角線方向을推進하는莫大한重量.

마루세이유의봄을 解纜한코티의香水의마지한東洋의가을.

快晴의空中에鵬游하는Z伯號. 蛔虫良藥이라고쓰여져있다.

屋上庭園. 猿猴를흉내내이고있는마드무아젤.

彎曲된直線을直線으로疾走하는落體公式

時計文字盤에XII에내리워진二個의浸水된黃昏

도아—의內部의도아—의內部의鳥籠의內部의카나리야의內部의 嵌殺門

戶의內部의인사.

食堂의門깐에方今到達한雌雄과같은朋友가헤여진다.

검은잉크가엎질러진角雪糖이三輪車에積荷된다.

名啣을짓밟는軍用長靴. 街衢를疾驅하 는 造 花 金 蓮.[05]

ELEVATER FOR AMERICA

○

세 마리의닭은 蛇紋石의層階이다. 룸펜과 毛布.

○

삘딩이吐해내는新聞配達夫의무리. 都市計劃의暗示.

---

05 이상, 〈AU MAGASIN DE NOUVEAUTES〉, 같은 책, 70~71면.

○

둘쨋번의正午사이렌.

○

비누거품에씻기어가지고있는닭. 개아미집에모여서콩크-리트를먹고있다.[06]

이상은 작품 속에 다양한 외국어를 활용한다. 그의 문명 지향은 또 다른 외국어에 대한 지향이며, 그의 작품은 이렇듯 다양한 언어들의 모자이크가 된다. 그의 근대 지향은 언어에서 출발하였고, 이는 단순히 외국어 이상의 의미가 있는 것이다. 그는 순수한 일본어로 일본어 시를 쓰지 않았다. 이 시들은 다양한 언어들의 집합소이다. 먼저 제목에서 나타나는 'BOITEUX·BOITEUSE', 'AU MAGASIN DE NOUVEAUTES'는 불어이며, 또 'CROSS', 'ELEVATER FOR AMERICA'는 영어가 아니던가. 그리고 마르세이유, 워어즈, 코티, 마드모아젤, 도어, 카나리아, 룸펜, 사이렌, 빌딩, 콘크리트 등 수다한 언어들이 이국 언어가 아닌가? 그 밖에도 평면기하학, 물리적, 지구의, 비누, 도시, 옥상정원, 낙체공식, 신문배달부, 조화금련, 각설탕, Z백호 등 근대 문명어들이 난무하질 않는가? 그야말로 혼종 언어의 모습을 극명히 보여준다. 이는 소설에서도 마찬가지이다. 이상의 마지막 작품으로 알려진 〈실화〉는 다른 작품들보다 더욱 혼종적이다.

ADVENTURE IN MANHATTAN에서 진-아-더-가 커피 한 잔 맛있게먹드라. 크림을 타먹으면 小說家 仇甫氏가 그랬다 — 쥐 오좀내가

06 이상, 〈대낮〉, 같은 책, 78~79면.

난다고. 그렇나 나는 조-엘 마크리 — 만큼은 맛있게 먹을 수 있었으니 —

MOZART의 四十一番은「木星」이다. 나는 몰래 모차르트의 幻術을 透視하려고 애를쓰지만 空腹으로하야 저윽히 어지럽다.

「新宿 가십시다」

「新宿이라?」

「NOVA에 가십시다」

「가십시다 가십시다」

마담은 루파시카. 노-봐는 에스페란토. 헌팅을 얹인놈의心臟을 아까부터 벌레가 연해 파먹어 들어간다.[07]

NOVA의 웨-튜레스 나미꼬는 아부라에라는 재조를가진 노라의따님 코론타이의 누이동생이시다. 美術家나미꼬氏와 劇作家Y君은 四次元世界의 테-머를 佛蘭西말로 會話한다.

佛蘭西말의 리듬은 C孃의 언더-더윗취 講義처럼 曖昧하다. 나는 하도 답답해서 그만 울어버리기로 했다. 눈물이 좔 좔 쏘다진다. 나미꼬가 나를 달랜다.[08]

이상은 ADVENTURE IN MANHATTAN, MOZART, NOVA 등의 고유명사를 원어 그대로 적는가 하면, 모차르트, 노봐, 진아더, 조엘 마크리, 노라, 코론타이, 헌팅(헌팅 캡), 웨튜레스, 아부라에, 테마, 리듬과 같이 외국 단어를 우리 음가로 적기도 한다. 이것은 문화 속에 들어 있는 혼종성을 의미한다. 여기에서 어원, 또는 언어의 귀속이나 초월성

07 이상, 〈실화〉, 《증보 정본 이상문학전집2》, 358~362면.

08 앞의 책, 362면.

을 논의하는 것은 무의미하다. MOZART—모차르트, NOVA—노봐는 동시적이다. 그리고 진아더, 조엘 마크리, 노라, 코론타이 등의 고유명사는 음가의 영역이며, 번역 불가능한 부분이기에 그대로 써도 문제가 될 것이 없다. 헌팅, 웨이트리스, 아부라에, 테마, 리듬 등의 일반명사는 의미의 영역으로 번역 가능한 대상이다. 그러나 이상에게 이들은 인공어이기 때문에 굳이 번역하지 않아도 무방했을 것이다.

여기에는 기호적 동질성과 등가성의 법칙이 작용한다. 다국적 외래어의 사용은 근대 취향이라는 이상의 기질을 넘어서 우리 근대의 혼란상을 말해 주기도 한다. 다다이즘이나 초현실주의, 또는 모더니즘 문학이 언어적인 초월성을 배제한 외래어, 문명어를 추구하지 않았던가. 언어에서 기표는 기의를 전달하는 도구일 뿐 그 자체로 우월하지는 않다. 이상에게 NOVA는 굳이 '우리'일 필요가 없다. 그의 작품에는 불어, 영어, 러시아어, 에스페란토어, 중국어, 일어 등 그야말로 수다한 언어들의 무질서한 모습이 드러난다. 이국적 문명 취향, 근대적 정신의 추구가 하나의 사조로서 자리한 것이다. 이러한 경향은 〈날개〉에서도 목도할 수 있는 현상이 아니던가. 그 작품에는 "아스피린, 아달린, 아스피린, 아달린, 맑스, 말사스 마도로스, 아스피린, 아달린"처럼 부유하는 기표들이 향연을 이루고 있다. 맑스 말사스 마도로스는 근대적 기표로서 다른 기호와 대체해도 무방한 기호들이다. 이러한 모습에서 근대를 지향하는 식민지 지식인의 지적 갈구를 읽을 수 있다.

모차르트나 엘먼, 후베르망의 음악과 르네 클레르나 아놀트 팡크의 영화를 즐겼던 이상은 결국 자본주의의 첨단 도시 도쿄에서 허영과 남루를 보고 만다. 다양한 외래 문명어는 결국 근대의 착종한 모습이며, 부유하는 기표들의 유희가 아니겠는가. 그래서 그는 도쿄에서 또 다시 런던이나 뉴욕의 브로드웨이, 맨해튼에 대한 갈구를 느꼈는지도 모른다. 식민지 지식인 이상이 근대의 정체성을 찾아 부유하는 모습은 그의 기표들이 기의를 얻지 못하고 부유하는 모습과 서로 통한다고 하겠다.

4. 메타언어와 텍스트 산종

이상의 다양한 언어는 메타언어의 형성으로 이어진다. 메타언어야말로 번역의 또 다른 양상이 아니겠는가. 그것은 모방이면서 창조이기 때문이다. 이상은 다른 텍스트의 언어를 빌려 와 새로운 텍스트를 만들어 낸다. 기성의 언어, 다시 말해 이미 만들어진 언어를 작품 속에 끌어온 것이다. 이상의 텍스트는 다른 텍스트의 언어와 관계를 맺음으로써 더욱 다양화된다.

(가) 活胡同是死胡同 死胡同是活胡同[09]

(나) 十三人의兒孩가道路로疾走하오.
(길은막달은골목이適當하오)
(……)
(길은뚫닌골목이라도適當하오)
十三人의兒孩가道路로疾走하지아니하야도좃소.[10]

(다) JARDIN ZOOLOGIQUE
CETTE DAME EST－ELLE LA FEMME DE MONSIEUR LICHAN?
앵무새당신은 이럿케짓거리면 조흘것을그때에 나는

09 비구, 〈지도의 암실〉, 《증보 정본 이상문학전집2》, 158면.
10 이상, 〈오감도〉, 《증보 정본 이상문학전집1》, 86~87면.

OUI!

라고그러면 조치안켓슴닛가 그럿케그는생각한다.[11]

(라) 鸚鵡 ※ 二匹

二匹

※ 鸚鵡는哺乳類屬하느니라.

내가二匹을아아는것은내가二匹을아알지못하는것이니라. 勿論나는希望할것이니라.

鸚鵡 ※ 二匹

『이小姐는紳士李箱의夫人이냐』『그러타』

나는거기서鸚鵡가怒한것을보앗느니라. 나는붓그러워서얼골이붉어젓섯겟느니라.[12]

(가)와 (다)는 〈지도의 암실〉의 부분이다. 그런데 이 부분이 〈오감도 시 제1호〉(나) 〈시 제6호〉(라)로 건너온다. '活胡同=死胡同'은 〈시 제1호〉에서 '막다른 골목=적당=뚫린 골목'을 거쳐 '막다른 골목=뚫린 골목'으로 이어지는 논리적 비약에 대한 적절한 해명을 해 준다. 그리고 동물원에서 '앵무새와 나의 대화'는 오롯이 〈시 제5호〉로 전이되어 오지 않았는가. 〈지도의 암실〉의 기표들이 유입되어 새로운 의미를 형성하고 또 다른 텍스트로 독립한 것이다. 이전 작품들이 다시 그의 작품 속으로 들어온 것이다. 이처럼 이상의 작품들은 서로 관련 속에서 형성되어 내적 상호텍스트성을 띠고 있다. 시 〈대낮〉이 소설 〈날개〉로, 〈지비〉가 〈지주회시〉로, 〈I WED A TOY BRIDE〉가 〈동해〉로,

11 비구, 〈지도의 암실〉, 《증보 정본 이상문학전집2》, 156면.

12 이상, 〈시 제6호〉, 《증보 정본 이상문학전집1》, 90~91면.

〈EPIGRAM〉과 〈행복〉이 〈실화〉로 오는가 하면, 시 〈선에 관한 각서1〉이 시 〈진단 0:1〉로, 〈실낙원—육친의 장〉이 〈위독—육친〉과 〈위독—문벌〉로, 〈실낙원—자화상〉이 〈위독—자상〉으로 건너왔다. 이들은 하나의 텍스트가 다른 텍스트로 분화하면서 다양한 산종을 형성하였다. 어디 그뿐이랴?

옮겨다 심은 종려(棕櫚)나무 밑에
비뚜로 선 장명등(長明燈)
카페·프란스에 가자.

이놈은 루바쉬카
또 한 놈은 보헤미안 넥타이
비쩍 마른 놈이 앞장을 섰다.

밤비는 뱀눈처럼 가는데
페이브먼트에 흐느끼는 불빛
카페·프란스에 가자.

이놈의 머리는 비뚜른 능금
또 한 놈의 심장은 벌레 먹은 장미
제비처럼 젖은 놈이 뛰어간다.

※

"오오 패롵〔鸚鵡〕 서방! 굳 이브닝!"

"굳 이브닝!"(이 친구 어떠하시오?)

울금향(鬱金香) 아가씨는 이 밤에도
경사(更紗) 커튼 밑에서 조시는구료!

나는 자작(子爵)의 아들도 아무 것도 아니란다.
남달리 손이 희어서 슬프구나!

나는 나라도 집도 없단다
대리석(大理石) 테이블에 닿는 내 뺨이 슬프구나!

오오, 이국종(異國種) 강아지야
내 발을 빨아다오.
내 발을 빨아다오[13]

이상의 작품들은 다른 작가의 텍스트와도 상호텍스트성을 형성하고 있다. 〈지도의 암실〉이나 〈시 제6호〉에서 앵무새와 나의 대화는 정지용의 〈카페프란스〉와 관련 있다고 볼 수 있다. 이 시에서 '※/오오 패롵〔鸚鵡〕 서방! 굳 이브닝! 굳 이브닝!(이 친구 어떠하시오?)'이라는 구절은 〈지도의 암실〉에서 '당신은 이상의 부인입니까?/앵무새 당신은 이렇게 지껄이면 좋을 것을 그때에 나는/예!/라고 그러면 좋지 않겠습니까'로, 〈시 제6호〉에서 '鸚鵡 ※ 二匹/『이 小姐는 紳士 李箱의 夫人이냐』『그렇다』'로 확장이 되지 않았던가. 〈카페프란스〉는 이상의 다른 텍스트

13 이숭원 편저, 《현대시인연구15 — 정지용》, 문학세계사, 1996, 43~44면.

에도 유독 많이 언급된다.

(가) 헌팅을 얹인놈의心臟을 아까부터 벌레가 연해 파먹어 들어간다. 그러면 詩人芝溶이어! 李箱은 勿論 子爵의아들도 아무것도 아니겠읍니다그려![14]

(나) 그렇나 — 검정外套에 造花를 단, 땐서 — 한사람. 나는 異國種강아지올시다.[15]

(가), (나)는 모두 〈실화〉의 구절들로 (가)에서는 넷째 연과 일곱째 연이, (나)에서는 〈카페프란스〉의 둘째 연과 마지막 연을 각각 인유해 왔다. 이상은 같은 작품에서 정지용의 〈말〉과 〈해협〉의 구절들도 인용, 또는 인유해 왔다. 그러한 메타언어적 사용은 이상의 작품 도처에서 발견할 수 있다. 바르트는 "이름도 없고 추적할 수도 없는 간텍스트적 인용과 지시, 반향음, 문화적 언어들로 이루어진 텍스트는 피할 수 없이 수많은 의미를 산출하며 진리가 아니라 산종을 낳는다"고 지적했다.[16] 이상에게 텍스트는 고립된 것이 아니라 하나의 고리 또는 체계 속에서 존재한다. 앞서 제시한 〈이십이년〉에도 《장자》 〈산목편〉의 "翼殷不逝 目大不覩"(날개는 커도 날지 못하고, 눈은 커도 보지 못한다)라는 구절을 그대로 인용하지 않았던가. 이상은 《장자》 〈천하편〉의 "輪不蹍地"(수레바퀴는 땅을 밟지 않는다)라는 구절을 〈且8氏의 출발〉에서 '輪不輾地'로,

14 이상, 〈실화〉, 《증보 정본 이상문학전집2》, 359면.

15 앞의 책, 364면.

16 V. B. Leitch, 권택영 역, 《해체비평이란 무엇인가》, 문예출판사, 1990, 151면에서 재인용.

《논어》〈자로편〉의 구절 "其父攘羊 而子證之"(아버지가 양을 도적질하거늘, 아들이 이를 증명하였다)라는 구절을 〈출판법〉에서는 "其父攘羊 而子直之"로 인유하였다. 괴테의 《파우스트》에서 삽살개 '메피스토펠레스'를 〈황〉과 그 계열시 〈1931년(작품 제1번)〉, 〈황의 기(작품 제2번)〉, 〈작품 제3번〉 등에서 황 또는 개로 변용했다. 그리고 다자이 오사무의 〈잎〉은 수필 〈행복〉 및 소설 〈실화〉와 상호텍스트성을 맺고 있다. 전자의 기호나 내용들이 후자로 건너와 새로운 의미를 형성하였다. 각각의 텍스트들은 끊임없이 텍스트끼리 서로 지시하며, 그러한 관련 속에서 다양한 산종을 낳는다.

5. 혼종 언어, 우리말, 이상 시

이상은 서정 시인이 아니다. 물론 서정적인 작품이 전혀 없는 것은 아니나 서정적 전통과는 거리가 있다. 그러나 이상은 누구보다도 우리말에 대한 자각이 있었고, 어쩌면 다양한 언어의 실험도 그러한 자각 아래 진행했던 것으로 보인다.

> 나같이 표표한旅客이야말로 「나가네」란 말에 딱 匹敵하는것같이 會心의 音響이었습니다. 또 「누깔사탕」을 「댕구알」이라고들 그립니다. 「누깔사탕」의 깜쯕스럽고 無味한語感에比하야 「댕구알」이풍기는 諧謔的인餘韻이 여간 구수하지않습니다.
> 그리고 어서어서 하고 재촉할제 「엉야－」하고 코ㅅ소리를 내어서 좀 길게 끌어잡아댕기는 風俗이있으니 그것이 젊은女人네인경우에 눈이 스르르감길듯이 魅力的입니다.
> 그리고는 芝溶의詩 어느구절엔가 「검정콩푸렁콩을 주마」하는 「푸렁」소

리가 언제도말했지만 잊을수없는 아름다운 말솜씨입니다.

不肖李箱은 말끝마다 참 참ㅅ소리가많아, 늘 듣는이들의 웃음을사는데 제따는 참ㅅ소리야말로 참 아름다운 話術인줄 믿고 그리는것이어늘 웃는것은 참 이상한일입니다.[17]

이것은 '아름다운 조선말 가운데도 내가 그 중 아름답게 생각하는 말 다섯 가지와 자랑하고 싶은 말'이란 설문에 대한 답(《중앙》, 1936년 9월)이다. '회심의 음향', '해학적 여운', '매력적', '아름다운 말솜씨', '아름다운 화술' 등은 우리말의 소리와 의미의 중요성을 시적인 감각에서 풀이한 것이다. 이는 이상이 언어의 시적인 쓰임에 대해 누구보다 잘 인식했다는 것을 보여 준다. 이상은 또 다른 글에서 정지용의 〈유리창〉과 〈말〉을 높이 평가하면서 특히 "「말」 中間「검정콩 푸렁콩을 주마」는 대문이 저에게는 限量없이 魅力있는 發聲입니다."라고 평가하였다. 그리고 〈실화〉에서도 "당신의 텁석부리는 말(馬)을 聯想시키는구려. 그러면 말아! 다락같은 말아! 貴下는 점잖기도 하다만은 또 貴下는 왜 그리 슬퍼 보이오? 네?" 하고 언급하지 않았던가. 그러한 이상의 시적 배려는 여러 작품에서 엿보인다.

오오춤추려무나, 日曜日의뷔너스여, 목쉰소리나마노래부르려무나日曜日의뷔너스여.[18]

마리아여, 마리아여, 皮膚는새까만마리아여, 어디로갔느냐, 浴室水道콕크에선熱湯이徐徐히흘러나오고있는데가서얼른어젯밤을막으렴, 나

---

17 이상, 〈아름다운 조선말〉, 《증보 정본 이상문학전집3》, 소명출판, 2009, 230~231면.

18 김해경, 〈LE URINE〉, 《증보 정본 이상문학전집1》, 48~49면.

> 는밥이먹고싶지아니하니슬립퍼어를蓄音機우에얹어놓아주려무나.[19]

> 꽃이보이지안는다. 꽃이香기롭다. 香氣가滿開한다. 나는거기墓穴을판다. 墓穴도보이지안는다. 보이지안는墓穴속에나는들어안는다. 나는눕는다. 또꽃이香기롭다. 꽃은보이지안는다. 香氣가滿開한다.나는이저버리고再처거기墓穴을판다. 墓穴은보이지안는다. 보이지안는墓穴로나는꽃을깜빡이저버리고들어간다. 나는정말눕는다. 아아. 꽃이또香기롭다. 보이지도안는꽃이 — 보이지도안는꽃이.[20]

첫 번째 시는 마치 이상화의 〈나의 침실로〉를 연상하게 한다. 반복과 물음, 청유를 포함한 이 구절들은 강한 시적 여운을 남긴다. 그리고 두 번째 시 구절은 동일 어구의 반복과 변형으로 시적 아름다움을 더하고 있다. 이것들은 이상 시의 지향을 잘 보여 준다. 이상은 이중 언어로써 일본어 시를 쓰고 다양한 외래 문명어를 작품 속에 취했지만, 그의 의식 속에는 우리 민족어에 대한 인식과 사랑이 깃들어 있었다. 이로 말미암아 서정적 색채를 띠는 것이다. 마치 정지용이 일본어로 시를 써서 이름을 드날렸지만 우리의 언어를 탁마하여, 우리의 시사를 빛낸 것과 같은 입장에서 이상을 이해할 수도 있다. 이상이 시에서 소설로 옮아간 것은 어쩌면 시에서 인공어와 혼종어의 한계를 인식했기 때문이 아닐까? 이상은 우리의 모더니즘을 기호적인 측면에서 돌파하여, 1930년대 모더니즘 문학의 한 극을 보여 주고 있다. 이는 다시 김기림과도 통하는 면이 아니겠는가. 이상의 시는 근대 서정시의 계보와 대척적인 면에서 다다·초현실주의, 모더니즘의 계보를 형성한다. 그는

19 앞의 책, 49면.

20 이상, 〈절벽〉, 《증보 정본 이상문학전집1》, 120면.

언어 마술사로서 다양한 기호와 언어 실험을 감행하여 언어의 궁극을 실현해 보였을 뿐만 아니라, 언어를 해체하고 조합함으로써 새로운 언어를 만들어 내기도 했다. 그의 문학 세계는 기표와 기의를 해체하고 상호텍스트성을 추구하였다는 점에서 오늘날의 해체주의, 또는 포스트모더니즘적 특성을 띠고 있다.

〈혈서삼태〉의 '잉크와 피'론

1. 원전 확정을 위한 검토

이상의 수필 〈血書三態〉는 《신여성》(1934년 6월)에 발표되었다. 《신여성》 1934년 6월호는 국내에 대단히 희귀하며, 현재 서강대도서관에 한 부 있다. 개벽사에서 발행한 이 잡지를 백과사전에도 "1923년 9월에 창간되어 1934년 4월 통권 38호로 종간하였다"고 소개하였다. 그 정도로 1934년 6월호는 알려지지 않았다는 이야기이다. 필자가 《정본 이상문학전집》(2005)을 발간할 때도 수소문을 했지만 찾을 수 없었고, 그래서 "원전을 구하지 못해 《문학사상》에 실린 것을 저본으로"[01] 삼았다. 다행히 방정환에 대해 학위 논문을 준비하는 학생에게 서강대도서관에서 소장하고 있는 《신여성》 자료를 확인해 달라고 하였고, 그의 도움으로 〈혈서삼태〉를 구할 수 있었다.[02] 《신여성》은 이전에 현대사에서 영인본(1982)이 나왔으나 그 역시 1934년 4월호로 끝났다. 《신여성》 8권 5호(1934년 6월)는 1934년 4월호에 이어 한 호가 더 나온 것을 말해 주며, 아마도

01 김주현 주해, 《정본 이상문학전집3》, 소명출판, 2005, 31면.

02 류동일, 〈방정환 문학의 아동·여성 담론 연구〉, 경북대(석), 2009.

5월 6월 합본으로 1934년 6월 1일에 나온 것으로 보인다. 서강대학교 도서관은 이 잡지를 1998년 11월 26일 구한 것으로 소개하고 있다.

《신여성》 8권 5호에 실린 〈혈서삼태〉는 《문학사상》(1979년 11월)에서 발굴·소개함으로써 알려졌다. 1979년 당시의 문체로 실렸으며, 그 뒤 문학사상사판 《이상문학전집》 제3권에도 실린다. 그런데 《신여성》 발표본을 《문학사상》 소개본과 비교해 본 결과 몇 가지 차이를 확인할 수 있었다. 우선 원전을 확정하고자 그러한 사항들을 살펴보기로 한다.

> 그러나 旭 너도亦是 그부터올나오는불가튼熱情을 能히斷片斷片으로 토막처노흘수잇는冷膽한一面을가진 怜悧한書生이엿다.[03]
> 그러나 욱 너도 역시 그부터 올라오는 불 같은 열정을 능히 단편단편(斷片斷片)으로 토막쳐 놓을 수 있는 냉담한 일면을 가진 영리한 서생(書生)이었다.[04]

> 그래서 내가일즉이 「세사니슴」을알앗슬적에벌서性慾을併發的으로알앗습니다.(《신여성》, 80면)
> 그래서 내가 일찌기 사디슴을 알았을 적에 벌써 성욕을 병발적으로 알았습니다. (《문학사상》, 288면)

> 펜으로자듸잘게만지장서 셋들셋들是非曲直이썩壯觀이엿다.(《신여성》, 82면)

---

03 이상, 〈혈서삼태〉, 《신여성》, 1934년 6월, 79면. 이하 이 작품의 인용은 인용 구절 뒤 괄호 속에 《신여성》, 면수만 기입.

04 이상, 〈혈서삼태〉, 《문학사상》, 1979년 11월, 286면. 이하 이 작품의 인용은 인용 구절 뒤 괄호 속에 《문학사상》, 면수만 기입.

펜으로 자디잘게 만리장서 삐뚤삐뚤 시비곡직(是非曲直)이 썩 장관이었다. (《문학사상》, 290면)

두사람은情死를約束하고自動車로漢江人道橋건너까지나갓다自動車는돌오돌아갓다.(《신여성》, 82면)
두 사람은 정사(情死)를 약속하고 자동차로 한강 인도교 건너까지 나갔다. 자동차는 도로 돌아갔다.(《문학사상》, 290면)

첫째 내용은 "그부터 올라오는 불가튼 熱情"이란 구절이다. 당연히 '그 붙어 올라오는 불같은 열정'이라는 뜻이다. '붙어 올라오는'은 불을 꾸민다. '불붙어 오르다'는 의미이다. 그런데 소개본은 '그부터 올라오는 불같은 열정'이라 하였다. 의미가 제대로 전달되지 않는다. 그리고 두 번째 구문에서 '세사니즘'이라는 단어이다. '세사니슴'을 사디슴으로 읽은 것은 첫째 '세사니즘'을 오식으로 본 까닭이다. 다음으로 '사디슴'은 매저키스트, 성욕과 관련이 있기 때문이다. 새디즘은 "다른 사람에게 고통을 줌으로써 성적 충동을 만족시키는 이상(異常) 성 심리"를 뜻한다. 그런데 '併發的으로'는 '두 가지 이상(以上)이 한꺼번에'라는 말이다. 새디즘과 성욕을 동시에 알았다는 것은 적절하지 않다. 무엇보다 바로 앞 문장 "소하! 나에게는 내가 예술의 길을 걷는 데 소위 後見人이 너무 없었습니다"를 상기할 필요가 있다.

그렇기에 세사니슴은 예술과 관련이 있는 단어이다. 세사니슴이 세잔이즘이라는 것은 〈현대미술의 요람〉에서도 확인할 수 있다. 그 작품에는 세잔주의를 의미하는 '세사니즘'이 나온다. 세잔의 화법, 곧 이상이 예술(회화)을 알게 되면서 동시에 성욕을 알았다는 말이다. 세잔이즘과 새디즘은 너무나 거리가 멀다. 소개본은 '세사니슴'을 제대로 이해하지 못해 전혀 다른 단어를 제시해 놓은 것이다. 세 번째는 '만지장서'이다. 이것은 滿紙長書, 종이를 가득 메운 장문의 글을 뜻한다. 곧 사연을 많이 담은 긴 편지이다. 萬里長書는 아주 긴 글을 뜻한다. 그 뜻이 매우 유사하다고는 할 수 있으나 같다고는 할 수 없다. 만지장서가 옳다.

마지막으로 "두사람은…나갓다 自動車는 돌오 돌아갓다."라는 구문인데, 소개본은 "나갔다" 다음에 마침표를 찍어 문장을 종결하고, "자동차는"을 새로운 문장으로 분리하였다. 의미상, 문맥상 그렇게 하는 것이 타당해 보인다. 이상이 원래 그렇게 썼다면 분리하는 것이 당연하다. 아마도 식자공의 오류를 고려하고, 또한 해독의 편의성을 고려한 조치로 풀이할 수 있다. 그러나 "다"를 종결어미로 사용한 것이 아니라 접속 어미로 사용했다면 그대로 살려 주는 것이 좋다. "두 사람은…나갓다 自動車는 돌오 돌아갓다"에서 나갔다는 "나갔다가", "나갔지만"을 뜻하는데, 이는 "자동차는"을 "자동차만"으로 바꾸어 보면 의미가 확연해진다.

원전 확정이 중요함은 두말할 나위가 없다. 우리는 오늘날 이상의 자필 원고를 볼 수 없다. 이럴 때는 최초 발표본이 원전에 가장 가깝다고 할 수 있다. 물론 개작했을 때는 예외도 있다. 그런데 이상 작품은 발굴·소개하는 과정에서 수많은 오류들이 생겼다. 연구에서는 가능하면 그러한 오류를 걷어 내는 작업을 해야 할 것이다. 그리고 작품을 발굴·소개할 때 와전이나 왜곡을 최대한 없애야 한다. 〈혈서삼태〉라는 짧은 작품에도 4개 정도의 오류를 발견하였고, 심지어 하나는 완전히 뜻이 다른 단어로 바뀌고 말았다. 해석에 커다란 오류를 불러올 수 있다는 점에서 여기에서는 최초 발표본을 원전으로 삼아 연구를 진행할 것이다.

2. 세 가지 혈서의 모습 – 피의 순수성과 예술의 진정성

1) 작품의 근원으로서 문종혁 – 피의 순수성과 결백성

문종혁, 그는 이상과 5년을 함께 지냈다고 한다. 문종혁과 이상의 우정은 바로 〈혈서삼태〉에 나타나 있다. 이상은 문종혁과 함께 지낸 시절을 〈혈서삼태〉, 〈지주회시〉, 〈병상 이후〉, 〈1931년(작품 제1번)〉에서 그리고 있는데, 특히 〈혈서삼태〉에서 그와 함께 했던 삶이 잘 드러나 있다.

> 내가불너주고십흔일홈은 〈旭〉은아니다. 그러나그일홈을旭이라고불너두자.(《신여성》, 78면)

이상은 "그 일홈을 욱이라고 불너두자" 하였다. 욱이라? 먼저 욱에 대해 알아 봐야 한다. 내용 전체를 보면 분명 문종혁을 일컫는데, 하필 '욱'이라고 하였을까? 그냥 가공의 인물을 내세우려 했던 것인가?

> 상의 집에서는 뒷채에 5, 6명의 학생을 늘 하숙시키고 있었다. 나도 그 하숙생의 하나다.[05]

> 사랑채에서 학생들 6명쯤 하숙을 하고 있었는데, 경상도 상주 사람인가 하는 김소동이란 사람이 있었는데, 오빠를 몹시 좋아했고, 문종옥이라는 친구도 있었고, 이 학생들이 모두 오빠를 좋아했고, 학생들이 모두

---

05 문종혁, 〈심심산천에 묻어주오〉, 《여원》, 1969년 4월, 234면; 《그리운 그 이름, 이상》(김유중·김주현 편), 지식산업사, 2004, 103면.

오빠를 좋아하니까 큰어머니가 이것을 싫어했던 것 같아요.[06]

위의 것은 문종혁의 말이요, 아래 것은 김옥희의 증언이다. 김승희는 문종옥에 대해 "이 분이 문종혁씨가 아닌가 한다. 그러나 옥희 여사는 분명 문종옥씨라고 회상한다"고 주석을 붙였다. 욱과 혁(문종혁)과 옥(문종옥)의 비밀은 최근에서야 풀렸다. 바로 오영식의 조사로 해결된 것이다.

(A)《而習》(1928. 3. 10. 보성고보 문예부 발행)

3학년 2조에 文鍾旭(全北 沃溝郡 開井面 玉石里)

(B)《교무회원 명부》(1942. 11. 보성중학 발행)

文鍾爀, 旧名 鍾旭, 全北 沃溝郡

(C)《보성교우 명부》(1992. 보성교우회)

文鍾爀(旧名 鍾旭), 全北[07]

이로써 '문종욱=문종혁'의 도식은 풀린 셈이다.[08] 또한 김옥희가 '문종옥'으로 알았던 까닭도 해명된 셈이다. 음가가 비슷하여 문종욱을 '문종옥'으로 알고 있었던 것이다. 〈혈서삼태〉는 바로 욱, 곧 문종혁의 이야기인 셈이다. 과연 그러한가? 문종혁은 〈지주회시〉의 '吳'가 자신임을 밝혔다. 그리고 문종혁의 실체는 이미 임종국이 잘 조사하지 않았던가.

---

06 김승희, 〈오빠 김해경은 천재 이상과 너무 다르다〉, 《문학사상》, 1987년 4월, 89면.

07 김윤식, 〈쟁점-소월을 죽게 한 병, 〈오감도〉를 엿본 사람〉, 《작가세계》, 2004년 3월, 376~377면에서 인용.

08 《이상문학전집3》의 주석에서도 旭이 문종혁을 가리키는 것으로 설명했다. 김윤식 편, 《이상문학전집3》, 문학사상사, 1993, 27면.

군산 출생, 성장은 옥구(沃溝)에서, 군산 영명학교(永明學校)를 거쳐서 보성고보(普成高普)로 진학한 문종혁 씨는 이상의 집에 하숙하면서 이상과 함께 그림을 그렸다. 이리하여 태평양화학교(太平洋畵學校)로 진학한 문씨는 선전(鮮展) 협전(協展) 녹향전(綠鄕展) 같은 곳에 출품하면서 한 때 화단생활까지 한 사람이었다 (……) 문씨는 부친의 명령으로 인천의 강익하취인점(康益夏取引店)에 입사했으며(이상 24세) 26세에 동아증권(東亞證券) 및 인천의 조준호취인점(趙俊鎬取引店) 조사주임으로 근무하면서 주로 경제계의 시세 변동을 조사하여 고객에게 보도해주는, 그러니까 경제통신의 자료를 조사 편집하고 있었다 (……) 그는 금년에 60세, 이상이 죽은 후 군산·목포·마산 등지에서 세관(稅關)의 감시과장 또는 부세과장 등으로 근무하다 지금 대천 읍내에서 살고 있다.[09]

임종국은 "여원사 전교로 문씨의 서신을 받"았으며, 그리하여 멀리 대천읍까지 가서 "문씨와의 하룻밤 대담"을 했다고 했다.[10] 그러므로 위 정보들은 문종혁에게서 직접 얻은 정보들이다. 임종국은 1969년 당시 문종혁을 만나 그에 대해 자세히 알게 되었던 것이다. 이상의 글에서도 문종혁의 이야기와 일치하는 부분은 적지 않다.

그러나旭은 나의病室에낫하나기前에 그故鄕群山에서 足部에와危險한切開手術을밧고 그또한孤寂한病室에서 그沒落하여가는 家庭을생각하며 그의病勢를근심하며 끈히지안코 그花辨가튼葉書를나에게주엇다.(《신여성》, 78면)

---

09 임종국, 〈인간 이상의 유일한 증언자〉, 《여원》, 1969년 4월, 245~246면.

10 앞의 글, 앞의 책, 245면.

문종혁은 도쿄에서 돌아와 고향 군산에서 족부에 수술을 받았다고 했다. 욱의 고향이 군산이라는 것이다. 그의 주소는 "전북 옥구군 개정면 옥석리"로 되어 있다. 그런데 임종국에 따르면, 문종혁은 군산에서 출생했으며, 옥구에서 성장하였다고 한다. 군산과 옥구가 분리되기도 하고 합쳐지기도 한 것은 그 역사에서 비롯한다.[11] 그래서 옥구는 달리 군산으로 대변되기도 했던 것이다. 다음으로 '족부에 절개수술'을 받은 사실은 시 〈1931년(작품 제1번)〉에도 나온다. "나는 第三番째의 발과 第四番째의 발의 設計中, 爀으로부터의 「발을 짜르다」라는 悲報에 接하고 愕然해지다."라는 구절에 이 사실이 언급되었다.[12] 변동욱이 "상의 초기의 시를 읽으면 '혁'이라는 실존 인물이 많이 산견된다"고 했는데, 혁이란 곧 문종혁을 일컫지 않던가.

다섯해歲月이지나간오늘 엇그젓게 하마하드면나를背叛하려 들든너를

---

11 근대 군산의 역사를 살펴보면 다음과 같다. 1895년 옥구현이 옥구군, 임피현이 임피군으로 개칭하며, 1899년 군창이라는 개항장을 설치하여 옥구에 소속시키며, 1906년 옥구군은 옥구부로 개칭하고, 1910년에는 군산부를 창설하고, 옥구부는 옥구군으로 개칭한다. 1914년 들어 임피군과 함열군의 일부 지역 등을 병합하여 옥구군이 형성되었으며, 1932년에는 옥구군 일부(개정면 구암리 포함)를 군산부에 편입하며, 1940년에도 옥구군 일부(개정면 조촌리, 구암리 일부 포함)를 군산부에 편입한다. 그런데 문종혁의 주소지인 옥석리는 본래 임피군 서삼면의 지역이었다. 1914년 행정구역 폐합에 따라 석흥리, 흑석리, 옥흥리, 능동리 일부와 서사면의 동정리 일부와 군산부 박면의 접산리 일부를 병합하여 옥석리라 하고, 옥구군 개정면에 편입한 것이다.(http://www.gunsan.go.kr/index.gunsan?menuCd=DOM_000000206003002000 참조)

12 〈혈서삼태〉를 다룬 기왕의 논의에서 旭을 〈1931년(작품 제1번)〉의 爀과 동일시한 논의가 있었다. 이경훈, 《이상, 철천의 수사학》, 소명출판, 2000, 36면.

나는오히려다시 그러든날의純情에갓가운友情으로사랑하고잇다. 그만큼너의現在의環境은 너로하야금너의潔白함과 너의無辜함을 如實히나에게 이야기하야주고 잇는까닭이다.(《신여성》, 79면)

이상과 나는 18세(1927년)부터 5년여 동안 같은 집에서 생활했다.[13]

또 이상은 '다섯 해 세월'이라고 하였는데, 이는 문종혁의 아래 글에 그대로 드러난다. 문종혁은 자신이 등장하는 작품 〈지주회시〉에 대해서는 언급하였지만, 그것보다 자신의 이야기를 직접 다룬 〈혈서삼태〉에 대해서는 언급하지 않았다. 그 이유는 앞의 글이 나온 1969년에는 〈혈서삼태〉가 세상에 제대로 알려지지 않았기 때문이다. 〈혈서삼태〉는 1979년 11월에 《문학사상》에 실리면서 세상에 알려졌던 것이다. 그러면 1984년 글에는 왜 그러한 언급이 없나? 문종혁은 김기림이 만든 《이상선집》을 가지고 있었다.[14] 그런데 〈혈서삼태〉가 전집에 묶인 것은 1992년에 이르러서이다. 그러므로 〈혈서삼태〉를 전혀 못 보았을 가능성이 크다. 그럼에도 두 내용은 서로 밀접히 부응한다. 그것은 바로 공유 체험을 형상화했기 때문이다.

一千九百三十年만하야도 旭이제女形斷髮과가티 限업시純眞하얏고 또旭이藝術의길에精進하는態度 熱情도亦是純眞하얏다. 그해에 나는하마하드면죽을번한重病에누엇슬때 旭은나에게 주는形言하기 어려운愛情으로

13 문종혁, 〈몇 가지 이의〉, 《문학사상》, 1974년 4월, 347면; 《그리운 그 이름, 이상》, 131면.

14 문용(문종혁의 조카)은 1949년경 목포에 있는 문종혁의 집을 방문했을 때 서가에 꽂혀 있는 이상의 문집을 보았다고 했다. 김윤식, 앞의 글, 370면.

하야 쓸쓸한東京生活에서 몃個月이못되여 하로에도 두장 석장의葉書를 마치結婚式場에서花童이 꼿닙팔을걸어가면서헷쓰리는 可憐함으로 나에게날녀주며 連絡船甲板上에서 興奮하엿섯느니라.(《신여성》, 78면)

위의 대목에서 두 가지 사실을 확인할 수 있다. 그 하나는 1930년 이상이 '죽을 만한 중병'으로 누웠다는 사실이고, 또 하나로 욱은 도쿄에 간 지 몇 개월이 되지 않았으며, "하로에도 두 장 석 장의 葉書"를 보내왔다는 사실이다. 먼저 전자를 살펴보기로 한다.

목은 그대로 타들어온다. 밤이깊어갈수록 身熱이 점점 더높아가고 意識은喪失되여 夢現間에往來하고 바른편가슴은 펄펄뛸만치 압하들어오는것이었다. 무엇보다도 우선 가슴압흔것만이라도 나앗으면 그래도 살것갈다. 그의 意識이喪失되는것도 다만 가슴앞흔데原因될따름이였다. (적어도 그에게는 그렇게生覺되였다)[15]

그것만이 아니다. 그는 이해 여름 그의 지병(持病)의 처음 화살에 맞았다. 나는 이것을 그의 첫 번째 각혈로 안다.

그는 고열(高熱)에 휘말려 있었다.

"혁! 이것 좀 봐. 체온계가 꽉 찼어. 42도가 꽉 찼어. 그런데 나는 왜 안 죽지?"

그의 애처로운 글들은 하루가 멀다고 현해탄을 건너 동경의 나의 하숙방에 날아들었다.[16]

15 김주현 주해, 《증보 정본 이상문학전집3》, 소명출판, 2009, 141면. 이하 이 작품의 인용은 인용 구절 뒤 괄호 속에 《증보 정본전집》, 면수만 기입.

16 문종혁, 〈심심산천에 묻어주오〉, 《여원》, 1969년 4월, 234면; 《그리운 그 이름

앞의 글은 〈병상 이후〉이고, 뒤의 글은 문종혁의 글이다. 문종혁은 1974년 〈몇 가지 의의〉에서 〈병상 이후〉를 언급했다. 1969년 글에서는 그 작품에 대한 언급이 없었는데, 1974년 글에서 언급한 것이다. 문종혁은 백양당판 《이상선집》뿐만 아니라 임종국이 편한 개정판 《이상전집》(문성사, 1966)도 접했던 것으로 보인다. 문종혁은 1974년 〈몇 가지 의의〉에서 개정판의 〈병상 이후〉를 언급하고 있기 때문이다.[17] 거기에서 문종혁은 〈병상 이후〉가 1930년 여름 이상의 병을 기록한 것이라 말했다. 문종혁의 말은 사실로 보인다. 글의 마지막에 〈의주통공사장에서〉라는 구절이 있기 때문이다. 이상은 〈12월 12일〉에서도 "의주통공사장"을 3번이나 언급하였다. " 一九三〇, 四, 二十六, 於義州通工事場 "(1930년 5월)과 "(一九三〇, 五 於義州通工事場)"(1930년 6월), "於義州通工事場"(1930년 8월) 등이 그것이다. 이상은 1930년 4월부터 7월까지 의주통공사장에서 근무한 것으로 알려져 있다. 그때 그의 병이 깊어지고 고통이 심해졌음은 〈12월 12일〉에서도 확인할 수 있다.

> 얼마동안이나 그의意識은 分明하였다. 貧弱한燈光및헤 한쪽으로 기우러저가며 담벼락에 기대여있는 그의友人의「夢國風景」의 不運한作品을 물끄럼이 바라다보았다. 平素같으면 그 畵面이몹시눈이부시여서

이상》, 104~105면.

17 문종혁이 〈몇 가지 이의〉에서 언급한 〈병상 이후〉 구절은 개정판 《이상전집》(문성사, 1966)의 내용과 동일하다. 그것을 최초 발표본(《청색지》, 1939년 5월) 및 태성사판 《이상전집》과 비교해보면 몇 가지 차이가 있다. 곧, 乎素 → 平素 → 平素, 몹시 → 몹씨 → 몹시, 오랜동안 → 오랜동안 → 오랫동안, 沒感覺 → 無感覺 → 無感覺 등으로 바뀐 것이다. 임종국이 1969년 대천에 가서 문종혁을 만났을 때 자신이 만든 개정판 전집을 그에게 직접 전했을 것으로 추측된다.

(밤에만) 이렇게오랜동안을 繼續하야 바라볼수 없었을것을 그만하야도 그의視覺은 刺戟에對하야 沒感覺이되였었다.(《증보 정본전집》 3권, 141~142면)

문종혁은 위 구절을 언급하고 "그의 방에 걸렸던 내 그림"이라고 했다.[18] 곧 〈몽국풍경〉이 자신의 작품이라는 사실을 스스로 인정했다. 이상은 문종혁을 '우인'으로 표현했다. 이상은 1930년 심하게 앓은 적이 있다. 그때의 상황을 적은 것이 바로 〈병상 이후〉라는 것이다. 그리고 〈병상 이후〉에는 도쿄에서 편지를 보내오는 '우인'에 대한 이야기가 나온다.

그가 씰어지든 그날밤 (그前부터 그는두누었었다. 그러나意識을 일키始作하기는 그날밤이 첫밤이였다) 그는 그의 友人에게서 길고긴편지를 받었다. 그것은 글로서拙劣한것이였다하겠으나, 한純한人間의悲痛을 招한人間記錄이였다. 그는 그것을다읽는동안에 무서운 原始性의힘을 늣기였다. 그의가슴속에는 보는동안에 캄캄한구름이 前後를가릴수도 없이가득히 엉키워들었다.「참을갖이고 나를對하야주는 이純한人間에게對하야 어째나는거즛을갖이고 만박게는 對할수없는것은 이무슨슬퍼할만한일이냐」그는 그대로 배를방바닥에대인채 엎드리었다.(《증보 정본전집》 3권, 142~143면)

이상은 〈혈서삼태〉에서 자신이 중병으로 누웠을 때 욱이 "쓸쓸한 東京生活에서 몇 個月이 못 되여 하로에도 두 장 석 장의 葉書"를 보내왔

18 문종혁, 〈몇 가지 이의〉, 《문학사상》, 1974년 4월, 350면; 《그리운 그 이름, 이상》, 137면.

다고 했다. 한편 문종혁은 "그의 애처로운 글들은 하루가 멀다고 현해탄을 건너 동경의 나의 하숙방에 날아들었다"고 했다. 문종혁은 "스물한 살 봄 나는 보성고보를 졸업하고 동경을 갔다"고 했다.[19] 그것은 "그림을 전공하기 위해서"였다는 것이다. 둘은 그 뒤 서신을 자주 주고받은 것으로 보인다. 이상은 의주통공사장 근무 때 중병을 앓았으며, 그러한 사실을 서신으로 도쿄에 있는 문종혁에게 보냈던 것이다. 서신에 관한 이야기는 〈병상 이후〉에도 나온다. 이상은 쓰러지던 날 문종혁에게서 길고 긴 편지를 받았다고 했다. 그는 그것을 '인간의 비통을 초한 인간 기록'이라고 하였다.

이상은 "그 友人의 길다란 편지를 다시 끄내여 들었을 때 前날의 어둔 구름을 代力身야 無限히 굿세인 「동지」라는 힘을 느꼈다"고 했다. 이상은 그의 편지로 마음의 안정을 구했고, 동지애를 느낀 것이다. 문종혁에 대한 우정과 사랑은 〈혈서삼태〉의 '오스카 와일드', '관능위조'에 그려져 있다.

> 네가 足部의完治를 엇기도前에 너는너의풀죽은아버지를爲하야 마음에 업는심바람을하얏스며 最後의秋收를守衛하면서苦로운격난도만히하얏고 그것들記憶이 오늘네가그쌔 나에게준葉書를쓰집어내여볼것까지도 업시 나에게는새롭다.(《신여성》, 78면)

> 도처에서 파산은 속출한다. 일본인들은 그런대로 정책적 뒷받침을 받아 뒷날 다시 살아나지만 이 땅의 백성들이야 누가 뒷받침을 해준다는 말인가.

---

19 문종혁, 〈심심산천에 묻어주오〉, 앞의 책, 234면; 《그리운 그 이름, 이상》, 104면.

우리 집도 그 중(파산)의 하나였다. 넓은 들판에는 입도차압의 딱지가 휘날렸고 집 기둥에도 가산도구에도 차압딱지가 붙었다.

나는 스물한 살 처음으로 들판에 나가 보았다. 그리고 그들 빈농의 삶을 보았다.[20]

혁의 집안은 당시 미두의 폭락으로 풍비박산이 나기에 이른다. 그것은 "너는 너의 풀 죽은 아버지를 爲하야 마음에 업는 심바람을 하얏스며 最後의 秋收를 守衛하면서 苦로운 격난도 만히 하얏고"에 드러난다. 그러한 상황은 〈지주회시〉에도 나타난다. 쇼와 5년(1930년)에 문종혁의 집안이 파산하면서 귀국하여 들판에 처음 나간 상황을 아래 글에 적었다. 〈1931년〉(작품 제1번)이라는 시는 아마도 이상이 1930년 문종혁의 상황을 적은 것이 아닌가 싶다. 비록 족부 수술에 관한 내용은 문종혁의 글에 나오지 않지만, 내용으로 보건대 족부 수술은 1930년 가을에 있었던 것으로 보인다.

旭은 그後머지아니하야 손바닥을 툭툭털듯이 거벼운몸으로 畵具의殘骸를질머지고 다시나의 가난한살님속으로 또나의愛情속으로 기여들어오는것가티하면서 석겨들어왓다. 우리는 그狹窄한單間房안에百號나될신넘는 캼바스를버틔여놋코 마음가는데까지 自由로히奔放스러히 創作生活을하엿스며 渾然한靈의抱擁가운데에 오히려서로를닛는 沒我의境地에놀수잇섯느니라.(《신여성》, 78~79면)

입경(入京)한 나는 잠시 상의 집에 투숙했다. 상은 이때 건강이 부실했

20 문종혁, 앞의 글, 앞의 책, 235면; 《그리운 그 이름, 이상》, 105면.

다 (……) 텅빈 뒷채에서 상과 나는 같이 기거했다. 그때 상은 시작(詩作)에 골몰했다. 전에도 그랬지만 값싼 무괘지 노트에 바늘 끝 같은 만년필 촉으로 깨알같은 글자로 한 장 한 장 시를 써 나갔다.[21]

문종혁은 다시 서울에 올라와 이상의 집에 투숙했다고 한다. 이상은 그러한 상황을 "畵具의 殘骸를 질머지고 다시 나의 가난한 살님 속으로 또 나의 愛情 속으로 기여 들어오는 것가티 하면서 석겨 들어왓다"고 하였다. 문종혁은 잠시 상의 집에 투숙하였으며, 뒷채에서 상과 같이 기거했다고 하였다. 그때 이상은 시 창작을 시작했으며, 무괘지 노트에 한 장 한 장 시를 써갔다고 했다.

原稿紙틈에 낑기워있는 3030用紙를끄내여 한두자쓰기를 始作하였다. 「그렇다 (……) 나는또 한나로서도또나의周回의모 － 든것에게對면야서도, 차라리 여지껏以上의거즛에서 살지아니하하 아니되였다…云云」 이러한文句를 늘어놓는동안에 그는또한 몇절의짧은詩를 쓴것도記憶할수도있었다.(《증보 정본전집》 3권, 143면)

즉, 이상이 경성고등공업학교 2학년 되던 해부터 최초의 시작 〈이상(異常)한 가역반응(可逆反應)〉을 발표하던 해까지이다. 그리고 이상이 사망하던 1937년까지 우정을 나누었다. 이른바 10년 지기(知己)였다.[22]

문종혁은 이상을 '십년 지기'라고 했다. 그만큼 둘의 관계가 각별했다. 그는 이상이 1930년 시 창작에 골몰했다고 했다. 그런데 1930년 발열과

21 문종혁, 앞의 글, 앞의 책, 235면; 《그리운 그 이름, 이상》, 105면.

22 문종혁, 〈몇 가지 이의〉, 앞의 책, 347면; 《그리운 그 이름, 이상》, 131면.

각혈은 이상에게 많은 변화를 주었던 것이다. 이상은 문종혁과 우정을 더욱 돈독히 하며, 화필을 거두고 시 창작으로 나아갔다. 그때의 상황은 아픈 가운데 시를 쓰다가 혼절하였다는 〈병상 이후〉에서 잘 드러난다.

> 醫師도단여가고 몇일後, 醫師에게對한 그의 憤怨도식고 그의意識에 明朗한時間이 次次로 많아졌을때 어느時間 그는벌서 아지못할(根據) 希望에 애태우는人間으로 낱아났다. 「내가 이러나기만하면…」그에것는 「단테」의 神曲도 「다번치」의 「모나리자」도 아모것도 그의마음대로 나올것만같었다.(《증보 정본전집》 3권, 144면)

병상에서 회복되었을 때 이상은 단테의 《신곡》, 다빈치의 〈모나리자〉처럼 훌륭한 예술 작품을 만들 수 있다는 자신감을 얻는다. 그가 문학 창작으로 나가게 된 과정은 〈혈서삼태〉에 그려져 있다. 특히 문종혁과 나눈 우정과 자신의 중병 체험, 화가의 꿈과 시인으로 변화하는 과정이 자세히 드러난다.

'관능위조'는 문종혁의 혈서 사건을 그려낸 것으로 문종혁과 매춘부의 순수한 사랑을 그대로 보여 주고 있다. 이상은 "그는 밤이 이슥하도록 나를 함부로 길거리로 끌고 다니면서 그 길고도 事情 만흔 이야기를 나에게 들녀주엇다"고 하여 '관능위조'가 문종혁의 이야기임을 분명히 했다.

> 그것은 너무도끔찍하야서 나에게 發狂의조희한장距離에接近할수잇게 한 그런 이야기인데 要컨댄 旭의童貞이天生賣春婦에게獻上되고말앗다는 해피—엔드. 집에돌아와서 郵票딱지만한寫眞한장과 삼팔수건에적힌血書하나와 싹독잘나내인머리카락한다발을 愼重한態度로 나에게보

혀주엇다.

寫眞은 너무작고희미하고하야서 그人相을再現식히기도어려운것이엿고 머리는 恰似 演劇할때쓰는 촤푸린의鬚髥보다는 조곰클가말가한것이엿고 그러나血書만은썩美術的으로된것인데 旭의藝術的天分이充分히낫하낫다고볼만한 可謂傑作의 部類에들어갈수잇섯다. 勿論그것은 그賣春婦氏의作品은아니고 旭自身의自作自藏인것이엿다. 삼팔핸커취프한복판에다가 鮮明한隸書로 '罪' 이럿케한字를썻슬싸름 勿論 落款도업섯다.

이것이 내가이世上에誕生하야서 참처음으로 目睹한血書엿고그런後로 나의旭에게對한 純情的友愛도 어느듯 가장文學的인態度로조곰식變하여갓다.(《신여성》, 79면)

이상은 문종혁의 혈서를 보았다고 했다. 그것은 "罪"라는 글자였다.

스물두 살 — 나는 창녀의 방에서 나의 손가락을 잘랐다.

그리고 죄(罪)라는 혈서를 썼다.

창녀는 나의 가위 던지는 소리에 잠에서 깨어났다. 그녀가 그게 무슨 글자인지 무엇을 뜻하는 것인지 알 리가 없다. 그녀에 대한 사랑의 맹세로 알았던지 그 가위를 들어 자기의 머리채를 쥐고 덥석 잘랐다.

이때 이 혈서는 당신(창녀)과는 아무런 관련도 없다고 말할 수가 있겠는가.

나는 말없이 그녀의 잘라진 머리채를 혈서의 손수건에 쌌다. 웃을 일이나 그때의 나는 슬프기만 했다.[23]

---

23 문종혁, 〈심심산천에 묻어주오〉, 앞의 책, 235면; 《그리운 그 이름, 이상》, 106면.

문종혁은 22살에 창녀, 곧 매춘부의 방에서 '죄'라는 혈서를 썼다고 했다. 그가 〈심심산천에 묻어주오〉에서 서술한 내용은 이상에게 고백한 내용과 다르지 않다. 그가 '죄'라는 혈서를 쓰자 매춘부는 자신의 머리채를 잘랐다고 했다. 그래서 문종혁은 그 혈서를 머리채에 쌌다. 그리고 집을 나와 서울에 올라가 이상을 만났다는 것이다. 문종혁은 이상에게 혈서를 보여 주었다는 이야기는 하지 않았지만, 그 부분은 이상이 전해 주고 있다.

> 다섯해歲月이지나간오늘 엇그젓게 하마하드면나를背叛하려 들든너를 나는오히려다시 그러든날의純情에갓가운友情으로사랑하고잇다. 그만큼너의現在의環境은 너로하야금너의潔白함과 너의無辜함을 如實히나에게 이야기하야주고 잇는까닭이다.(《신여성》, 79면)

이상은 이 혈서를 보고 문종혁의 순정에 가까운 우정을 사랑하게 되었다고 했다. 집안이 파산에 이른 문종혁에게서 그의 결백과 무고함을 이해하였다는 것이다. 그것 역시 해피엔드가 아닌가. 이상은 첫 혈서로 인간의 결백함과 순정을 발견했던 것이다.

2) 잉크와 피－농담과 예술의 진정성

이상은 1930년 중병을 앓으면서 비로소 문학에 대한 진정성을 추구한다. 당시 이상의 내면을 보여 주는 글이 〈12월 12일〉에 실려 있다.

> 나는지금희망한다 그것은살겟다는희망도 죽겟다는희망도아모것도안이다 다만 이무서운긔록을다써서맛초기전에는 나의그최후에 내가차지

> 할행운은 차자와주지말앗스면하는것이다 무서운긔록이다.
>
> 펜은나의최후의칼이다.[24]

이상은 죽음을 맛본 상황에서 "펜은 나의 최후의 칼"이라고 느낀다. 아니 그렇게 인식하기로 작정한다. 이상에게 문학은 피의 기록인 셈이다. 피에는 무엇보다 진정성이 깃들어 있고, 그래서 감동을 주는 기제가 된다. 이를 먼저 일깨운 사람은 니체이다.

> 씌어진 모든 것 가운데서, 나는 다만 피로 씌어진 것만을 사랑한다. 피를 가지고 써라. 그러면 그대는 알게 되리라. 피가 정신이라는 것을 사람의 피를 이해하는 것은 쉽게 이해할 수 있는 것이 아니다.[25]

니체는 "피로 씌어진 것"을 강조하였다. 그러나 루쉰은 니체를 비판하였다.

> 니체는 피로 쓴 책을 읽고 싶어 하였다. 그러나 피로 쓰여진 문장은 아마 없을 것이다. 글을 어차피 먹으로 쓰기 마련이다. 피로 쓰여진 것은 단지 핏자국일 뿐이다. 핏자국은 물론 글보다 격정적이고 보다 직접적이며 간명하지만 빛이 바래기 쉽고 지워지기 쉽다. 문학의 힘이 필요한 것은 이러한 이유 때문이다.[26]

---

24 이상, 〈십이월십이일〉, 《조선》, 1930년 5월, 115면.

25 니이체, 곽복록 역, 《비극의 탄생, 짜라투스트라는 이렇게 말했다》, 동서문화사, 1976, 214면.

26 노신, 김찬연 역, 《나를 사랑한 작은 절망》, 이가출판사, 1998, 45면.

피로 쓴 것은 핏자국일 뿐이라는 것, 모든 글은 어차피 먹, 또는 잉크로 쓴다는 것이다. 그러나 루쉰은 니체의 설명을 비유로 인식한 것이 아니라 직설적으로 이해한 것이다. 그렇다면 김기림의 경우는 어떠한가?

> 상은 한번도 「잉크」로 시를 쓴 일은 없다. 상의 시에는 언제든지 상의 피가 임리(淋漓)하다. 그는 스스로 제 혈관을 짜서 「시대의 혈서」를 쓴 것이다.[27]

> 객관적 매체로서의 허구의 미학에만 안주하고 있는 종래의 한국의 대부분의 작가들은 얼마나 작품을 잉크가 아니라 피로서 쓸 수 있었던가를 생각해볼 논점을 마련해 준다. 자기를 매체로 해서 血痕이 先烈한 소설을 쓴다는 사실은 그 주제나 형식이야 어쨌던 간에 매우 흥미있는 일이고, 또 어려운 일이기도 하다.[28]

김기림은 이상이 잉크로 창작을 한 것이 아니라 피로써 창작했다고 했고, 이영일도 이상의 소설을 "혈흔이 선열한 소설"이라 했다. 1930년 이상은 '펜은 최후의 칼'이라고 했는데, 잉크와 피에 대해 잘 설명해 주는 이상의 글이 있다.

> 그래서그三人의賣春婦의손에무든 붉은잉크에對하야서 너무無關心하얏습니다. 나종에 붉은잉크가血液의色相과恰似한가아닌가를 試驗한것인줄알앗슬때에 暴笑를禁치못하는가운데에도 그들의그런常識과우리의이런常識과는 永遠히交涉이 잇슬수업다는것을깨달으면서 요사이더

27 김기림, 〈고 이상의 추억〉, 앞의 책, 312면; 《그리운 그 이름, 이상》, 26면.

28 이영일, 〈부도덕의 사도행전〉, 《문학춘추》, 1965년 4월, 101면.

욱이 이럿케나와훨신다른世界에사는사람의心理에 藝術的關心을퍽가지게된나로서 絕望的인 寒心을늣겻습니다. 勿論 붉은잉크와피와는近似하지도 안은것이니까 그네들도大槪는그血書가 붉은잉크는안인 무슨가장피에갓가운 – 僞造라고치고보아도 – 材料로써진것이라는것은깨달앗슬것인데도 피빗나는잉크가잇느냐는둥 다른김생 例를들면 쥐나닭이나그런것들의피도사람피와빗갈이가트냐는둥 그때에내마음은何如튼小霞의마음은 엇더하셧습니까.(《신여성》, 80~81면)

대개 붉은 잉크와 피는 유사해 보일 수 있으나 실제로는 엄청 다르다. 동일한 내용의 글을 쓸지라도 무엇으로 쓰느냐에 따라 달라진다는 것이다. 붉은 잉크는 피의 위조일 뿐이지만, 피는 순수하고 진정한 것으로 받아들여지기 때문이다.

그血書는果然 퍽文學的인것으로 簡潔明確 實로點하나씩을餘裕가업는完全한傑作이라고나는보앗습니다. 曰 –사랑하는장귀남씨/ 나의타는열정을 / 당신에게바치노라/ 계유세정월모일(《신여성》, 81면)

그런데그天才는–그中의한분이그것이確實히 사람의피라는鑑定을바든다음별안간막 술을퍼붓듯이마시는것을나는말닐가말가하고잇다가 흐지부지그만두엇습니다만은–나희四十가량이나되는 어룬이시라고그리지안읍데까.
우리들의 藝術的實力은–表現程度는–수박것할기程度밧게아니되나보더이다. 나는거리로쫏겨나와서 엉엉울고십흔것을 참억지로참앗습니다.(《신여성》, 81면)

내용적으로 완전한 걸작이었다는 사실과 그것이 피로 쓴 것이냐 아니냐는 사실 다른 차원이다. 사랑을 피로써 고백한 사람이 나이 마흔가량 된 어른이라는 사실은 혈서의 진정성을 의미한다. 그러나 이상은 그것을 보면서 "우리들의 藝術的 實力은 – 表現 程度는 – 수박것 할기 程度밧게 아니되"는 상황을 자각한다. 그러한 상황은 〈조춘점묘〉의 '단지한 처녀'에서도 발견할 수 있다.

슷티누이 동무되는새악시가 그어머니臨終에 왼손 無名指를끈엇다.(《증보 정본전집》 3권, 65면)

斷指–이 너무나毒한道德行爲는 오늘 우리가질머지고잇는 엇던種類의 生活시스템이나 思想的푸로그람으로재어보아도 송구스러우나 一種의 無智한 蠻的事實인것을否定키어려운外에아모取할것이업다.(《증보 정본전집》 3권, 66면)

그리자 數三日前에 이 새악시를보앗다. 어머니를일흔크낙한 슯흠이 滿面에形言할수 업는 愁色을비저내이는 새악시의 印象은 毒하기는커녕 어듸 한군데험잡을데조차업는 可憐한 溫順한『하–디』의『테스』갓흔 少女엿다. 누이는 그냥 제 일갓치붓들고울고 하는것헤서 斷指에對한 그런 아포리즘과는 짠 感激과슯흠을 늣기지 안을수업섯다 (……) 속으로는 역시 그갸륵한至誠과犯키어려운一片丹心에아파하지안을수업섯고 尊敬하는마음으로 하야 머리숙으리지안은수는 업섯다.(《증보 정본전집》 3권, 67면)

단지한 색시의 이야기를 들었을 때 이상은 소름이 끼쳤고, 또한 그러한 그녀의 행위를 무지한 야만 행위라고 느꼈다. 그는 "東洋道德으로는 身體髮膚에 瘡痍를 내는 것을 嚴重히 取締한다고 寡聞이 들어왓거늘 그럼 이 무시무시한 毁傷을 曰, 中에도 으뜸이라는 孝道의 極致로 대접하는 逆說的 理論의 根據를 찾기 어렵다"(《증보 정본전집》 3권, 66면)라고 생각하였다. 그런데 그 소녀를 직접 만나서는 감격과 슬픔을 동시에 느끼고, 동정심과 더불어 존경심을 품었다. 이상 스스로 역설적 상황에 빠졌던 것이다. 공포, 무지, 야만, 잔인으로 간주했던 것들이 동정과 존경으로 변하는, 감격과 슬픔이 어우러진 모순된 모습이다. 피의 진정성은 바로 인간의 진실성에 닿아 있지 않던가? 혈서의 진정성, 피는 진정의 표현이 아니던가. 사실 피는 두려움이며, 목숨과 등가이다. 〈조춘점묘〉에서도 이상은 원시성에서 출발한 인간의 본원성을 발견하였다. 그 원시성 앞에 예술은 하나의 농담일 뿐이며, 그러한 농담은 인간의 순수성 앞에 여지없이 폭로되었던 것이다. 인간의 순수성, 니체 식으로 말해 인간의 정신이 스미지 않은 문학은 '수박겉핥기' 밖에 되지 못하는 것을 인식하는 순간, 이상의 문학은 본질을 향한 치열한 도정으로 나아갔다. 그것은 '최후의 칼'로 빚은 예술이며, 절망이 낳은 기교의 예술인 것이다. 이상은 두 번째 혈서로 말미암아 바로 피로 쓴 정신의 예술을 인식하였다.

3) 사실과 진실—예술적 진정성의 자리

세 번째 혈서는 "익살 마즌 요절할 혈서"이다.

> 이게卽血書라는卽피를내엿다는證據란말이지오하며 저슷흐머리로씩혀잇는 서너방울썰어저잇는 指紋무든 피자죽을가르친다. 코피가난는지

코피치고도너무分量이적고 빈대지나가는것을아마터쓰려죽인모양인지 正體자못不明이다. 그런데 그章末에 曰 이血書가당신에게配達되는때는나는벌서이世上사람이아니고樂園에가잇슬것이라고 – 要컨댄 樂園會館에愛人이 대신하나생겻단말인지도 몰을일이다.(《신여성》, 82면)

이상이 목도한 세 번째 혈서는 바로 위와 같은 것이었다. 그것을 가져온 이는 W카페 주인. 그런데 이 혈서는 '익살 마즌 腰折할 血書'라는 것이다. 다시 말해, 카페 주인의 주장에 따르면 혈서가 자기 아내(첩)를 죽게 만들었다는 것이다.

이것이 내가平生에 세번째求景한血書인데나는이런 쏘 익살마즌腰折할 血書는일즉이이야기도못들어보앗다. W카페주인이 글세이것좀 보세요 하고보혀주면서하는말이 그漢江에가빠저自殺한女給은自己안해– 妾– 인데 마음이 洋처럼順하고 부첫님처럼착하고 쏘불상하고 쏘自己를다시 업시사랑하얏고한데 자동차運轉手하나이쒸여들어와 살살 꼬이다가 말을잘안들으니까 이따위僞造血書를보내서 좀 놀내게한다는것이 그만마음이弱한 Y子가보고 너무 지나치게놀나서 그가정말죽는다는줄알고 그만 겁결에 저럿케제가먼저죽어버렷스니 생사람만하나잡고 그는 여전히쌘쌘히살아서 자동차를쌩쌩거리고 다니니 이런원통하고분할데가어데쏘잇습니까(《신여성》, 81~82면)

지문이 묻은 핏자국이 있는 편지, 카페 주인이 보기에는 위조 혈서에 지나지 않는다. 그런데 그것에 속아 착한 아내(첩)가 죽었다는 것이다. 그것을 혈서로 규정지은 사람은 바로 그 글을 쓴 사람이다. 그것은 "이 血書가 당신에게 配達되는 때는 나는 벌서 이 世上 사람이 아니고

樂園에 가 잇슬 것"이라는 구절에서 드러난다. 이 사건에는 두 사람의 해설자가 나온다. 그 하나는 자살한 Y子의 남편이다. 그는 "마음이 弱한 Y子가 보고 너무 지나치게 놀나서 그가 정말 죽는다는 줄 알고 그만 겁결에 저럿케 제가 먼저 죽어버렷"다고 믿는다. Y子가 하나의 희생양이 되었다는 것이다. 그러나 이는 Y子의 순수성을 믿는, 아니 믿으려고 하는 남편의 순수한 시선에서 나온 해석이다. 그에게 세상은 선량하며, 그래서 그는 "Y子의 동생 ○○學校 在學하는 勤勉한 少年學徒에게 참 아름다운 마음으로 學資를 支出하야 주고 잇다"는 것이다. 다른 하나는 "쏘 다른 ○○쇠들"의 시선이다. 그들이 좀 더 객관적이고 사실적이라는 것은 두말할 나위도 없다.

> 두사람은情死를約束하고 自動車로 漢江人道橋건너까지나갓다自動車는돌오돌아갓다. 人道橋를걸어오며 두사람은死의法悅을마음껏늣겻겟지. 마즈막으로擧行되는 달콤한눈물의키쓰. Y子는먼저신발을벗고 스푸링오—버를벗고 정말물로뛰여들엇다. 그 무시무시한落下 그씀썩씀썩한 물결깨여지는소리 죽엄이라는것은무섭다. 무섭다. 그번개가튼恐怖가瞬間 그男子의머리에스치며그로하야금 Y子의뒤를따라썰어지는勇氣를막앗다.(《신여성》, 82면)

Y子와 자동차 운전수(그 남자)는 정사를 약속하고 자동차를 타고 한강으로 갔다. Y子가 먼저 물에 뛰어들었지만 그 남자는 겁이 나서 뛰어내리지 못하는 바람에 Y子만 죽고 말았다. 여기에서 Y子의 모습은 여지없이 폭로되고, 남자의 비겁함도 드러난다. 사실 속에 가려진 것들이 드러난다. 어느 쪽이냐에 따라 Y子의 죽음이 미화될 수도, 비난받을 수도 있다. 남편은 미화의 방향으로, 또 다른 ○○쇠들은 사건에 숨겨

진 또 다른 진실, 인간의 추악한 면을 폭로하는 쪽으로 나아간다. 동일한 사건에 대해 전혀 상반된 시각이 존재한다. 이상은 끊임없이 현실과 대상을 睥睨하지 않았던가. 이상의 문학은 후자를 택했다. 사실을 끊임없이 흘겨보며, 그 이면에 숨겨진 인간의 추악함을 여지없이 폭로하는 것, 그의 폭로로 여성의 양면성은 사정없이 해부된다. 특히 이상 소설에 등장하는 여인들은 이상의 날카로운 시선을 거치면서 '야웅의 천재'로 묘사된다. 그것은 바로 이상 소설이 보여 주는 세계가 아닌가.

3. 마무리

〈혈서삼태〉는 이상 문학의 근원과 방향성을 보여 준다. 그의 문학적 지향인 신변의 고백과 피로 쓴 문학, 그리고 사실의 이면에 숨겨진 인간의 본성, 곧 추악한 본성을 여지없이 파헤치기가 그것이다. 〈혈서삼태〉는 이상 문학의 세 가지 모습이라 해도 과히 그릇된 말이 아니다. 〈혈서삼태〉는 이상 문학의 축소판이라 할 수 있다. 이러나저러나 피를 떠나서는 이상 문학을 이해하기 어렵다.

이상 문학에서 피의 순수성은 예술의 진정성과 결합한다. 그의 문학이 피로 쓴 예술이 된 것은 그가 피의 순수성을 깨달았기 때문으로, 피는 인간에게 가장 본원적인 것이 아니던가. 이상은 병마로 몸부림쳤지만, 자신의 피(생명)와 예술을 맞바꾸려 문학을 선택했다. 피로 쓴 글씨, 그것은 혈서이다. 이상은 혈서를 통해 정신으로서의 예술을 만나게 된다. 그는 피를 쏟아 가며 시를 썼고, 죽음의 한가운데서 문학을 택했다. 김기림의 말처럼, 그는 "스스로 제 혈관을 짜서 「시대의 혈서」를 쓴 것"이다.

이상 문학에서 성천 체험의 의미

1. 들어가는 말

이상에게 성천 기행은 어떤 의미가 있는가? 성천은 걸작 〈산촌여정〉을 썼던 곳이기도 하다. 그리고 그의 작품 요소요소에 성천행의 그림자가 드리워져 있다. 그러나 그것만으로 성천의 의미를 다 설명할 수는 없다. 우리는 이상에게 성천 기행이 어떤 의미인지를 생각해 볼 필요가 있다.

> 無關한 친구가 하나 있대서 걸핏하면 成川에를 가구 가구 했읍니다.[01]

이 글은 1936년 9월 《중앙》지에 발표된 것이다. 이 글에서 주목해야 할 부분은 '성천에를 가구 가구'라는 대목이다. 이는 '성천에 자주 갔다'는 의미이다. 이상의 연보에는 그가 1935년 성천을 기행한 것으로 되어 있다. 이상의 친구 원용석의 글을 보아도 이상이 여러 번 성천을 방문했

01 김윤식 편, 《이상문학전집3》, 문학사상사, 1993, 356면. 이하 이 책을 인용할 때 인용 구절 끝 괄호 속에 면수만 기입.

다는 기록은 찾을 수 없다. 그렇다면 그의 말을 어떻게 이해해야 할까? 게다가 성천은 서울에서 매우 멀리 떨어져 있지 않은가. 먼저 이 글은 이러한 의문에서 출발한다.

두 번째 의문점은 이상에게 체험이 어떤 의미가 있는가이다. 이상은 배천, 인천, 성천, 도쿄 등지를 방문했다. 이 가운데 그에게 성천 기행이 가장 충격적이었음은 그의 작품에서 쉽게 확인할 수 있다. 성천 기행과 직간접으로 관련 있는 작품들은 아래와 같다.

시 〈청령〉, 〈한 개의 밤〉
소설 〈공포의 기록〉, 〈불행한 계승〉
수필 〈첫 번째 방랑〉, 〈권태〉, 〈산촌여정〉, 〈이 아해들에게 장난감을 주라〉, 〈어리석은 석반〉, 〈모색〉, 〈무제〉, 〈야색〉, 〈여상〉

이들 작품 가운데 수필이 압도적으로 성천 기행과 관련 있다. 그의 많지 않은 작품 가운데 중요한 수필들이 성천과 관련 있다는 것은 무엇을 의미하는가?

이상의 성천 관련 수필들은 수사학의 보고이다. 어떻게 그 시기 가장 화려하고도 뛰어난 수사학이 나올 수 있었는지, 이 수필들이 그의 문학, 나아가 우리 모더니즘 문학에서 어떤 의미가 있는지를 궁구해 볼 필요가 있다. 이제까지 〈산촌여정〉, 〈권태〉는 수필이었기 때문에 많이 논의되지 않았고, 또한 논의되었다고 하더라도 비유법 및 수사학적 의미만 강조되었다.[02] 그러나 이 수필들은 단순히 기교의 차원에서 해석

02 〈산촌여정〉, 〈권태〉 등 이상의 성천 관련 수필을 본격적으로 다룬 글로는 아래의 것들이 있다. 김혜란, 〈이상의 이원적 세계 — 〈산촌여정〉의 문체를 중심으로〉, 《고대문화》 17, 고려대, 1977년 5월; 中里弘子, 〈〈날개〉와 〈권태〉의 형성과정 연

할 것이 아니라 이상의 의식 세계나 근대성과 결부되어 논의되어야 할 것이다.

이상의 성천 기행이 언제 어떻게 이루어졌고 그의 문학에 어떤 영향을 주었는지, 그것이 이상의 수사학과 어떤 관련이 있는지를 입체적으로 조명할 필요가 있다. 그러므로 〈산촌여정〉, 〈권태〉 등과 그 밖에 성천 관련 작품들을 포괄하여 논의해 보기로 한다.

2. 1935년과 이상, 그리고 성천 — 1935년 8월의 의미

이상에게서 1935년, 그 가운데서도 그해 8월의 의미는 각별하다. 어떻게 보면 그 시기는 그의 문학이나 삶에서 하나의 분수령이 된다. 그러면 이상에게 1935년 8월은 대체 어떤 의미인가.[03]

> 一九三五년은 오빠에게 있어서 가장 不運한 해였읍니다.
> 까먹어들어가던 「제비」茶房은 그해 9월경에 閉業을 하지 않을 수 없게 되고 仁寺洞에 「鶴」이라는 카페를 引受했는데 이것도 곧 失敗로 돌아갔읍니다.

구〉, 경북대(석), 1981년 8월; 홍경표, 〈이상문학의 비유법 소고 — 〈산촌여정〉을 중심으로〉, 《국문학연구》 11, 효성여대 국문학연구회, 1988년 6월; 이우경, 〈이상의 〈권태〉의 세 공간구조와 자의식의 양상〉, 《이화어문논집》 10, 이대 한국어문학연구소, 1989년 3월; 김옥순, 〈상상력의 비유어로 꽃피운 이상과 현실〉, 《문학사상》, 1993년 9월; 김준오, 〈도시적 감수성과 인간탐구〉, 《문학사상》, 1993년 9월; 이경훈, 〈권태의 사상〉, 《현역중진작가연구》 1, 국학자료원, 1997.

03 이하 글은 원래 발표했던 글(〈이상 문학에 있어서 성천 체험의 의미〉, 《한국근대문학연구》 3, 한국근대문학회, 2001년 6월)을 김구용의 글(〈「레몽」에 도달한 길 — 이상 연구〉, 《현대문학》, 1962년 8월)을 참조하여 일부 수정하였다.

한편 鐘路에서 다시 茶房「69」라는 것을 設計했으나 開業도 하기 전에 남의 손에 넘겨주고 말았고 明治町에서 다시 시작한 茶房「麥」또한 같은 運命을 당하였읍니다.
그렇잖아도 돈이 있을 수 없던 오빠가 그야말로 빈털털이가 된 것입니다.
그리하여 오빠의 自虐과 否定의 放浪生活이 시작된 것입니다.[04]

누이 동생 김옥희의 언급처럼 1935년은 이상에게 불운한 해였다. 그 까닭으로 먼저 금홍 및 권순옥과 결별한 사건을 들 수 있다. 금홍과 헤어지고 권순옥을 정인택에 양보하면서 이상은 '혼자'가 되었다. 그리고 '제비'의 파산으로 그의 살림은 더욱 곤궁해졌다. 게다가 지병이었던 폐병이 악화되어 삶에 대한 불안은 커지고, 마침내 이상은 현실 탈출과 자살을 꿈꾸게 되었다. 그는 그러한 상황에서 성천 기행을 시도한 것이다.

하루는 사무실에서 열심히 서류를 정리하고 있을 때에 누군가가 내 앞에 서있는 것을 한참 후에야 알고 얼굴을 들어보니 그것은 바로 김해경이었다. 꿈인가 생시인가 기쁘고 반가운 마음이 가슴을 꽉 메워 오면서도 불안한 예감이 내 머릿속을 스치고 지나갔다. 그의 얼굴은 창백하였고, 몸이 몹시 여위었기 때문이다. 그가 학생시절에는 이목구비가 분명한 얼굴에 붉은 기운이 감돌아 젊음이 넘쳐 흘렀었는데, 이게 웬일인가. 그야말로 피골이 상접한 모습 그대로였다. 나는 힘없이 일어나 그의 손을 잡고 말없이 걸었다 (……) 그래서 나는 그를 용택온천으로부터 다시 내가 묵고 있는 하숙집으로 데리고 와서 방 하나를 얻고 이부

04 김옥희, 〈오빠 이상〉, 《현대문학》, 1962년 6월, 317~318면; 《그리운 그 이름, 이상》(김유중·김주현 편), 지식산업사, 2004, 63면.

자리도 마련하여 주었다. 그 후 그는 낮이나 밤이나 이불을 쓰고 누워서 좀체로 밖에 나오지 않았다. 자는 것도 아니고, 깨어 있는 것도 아닌 것 같았으며, 몸이 몹시 피곤하여 기동을 할 수 없는 것 같았다. 식사를 제대로 하는 것도 아니고 아주 안 하는 것도 아니었다.

며칠이 지난 후 직장에 나갔다가 하숙집으로 돌아와 보니 그의 모습은 보이지 않았다.[05]

당시 성천에는 경성고공의 동기였던 원용석이 있었다. 이상이 성천행을 처음부터 계획한 것이 아니었음은 원용석의 진술에서도 나타난다. 서울을 훌쩍 떠나 닿은 곳이 성천이었던 것이다. 그는 1933년에 황해도 배천에서 요양한 적이 있다. 그리고 그의 〈지팽이역사〉의 내용으로 미루어 보아 이상이 1934년 8월 이전에 황해도 사리원에서 장연으로 연결된 황해선을 탄 적이 있었던 것으로 추정할 수 있다. 그러나 평안남도 성천을 기행한 것은 1935년 가을이 처음으로 보인다. 이상은 그때 폐결핵으로 말미암아 건강이 극도로 쇠약한 상황이었다. 원용석은 이상을 성천에서 조금 떨어진 용택온천으로 안내했다가 수일 뒤 폐병에 온천이 좋지 않다는 말을 듣고 하숙집으로 데려왔다. 이상은 며칠 뒤 그곳에서 종적을 감춘다. 이에 대해서는 윤태영의 진술도 있다.

(가) 『윤형 나는 인천(仁川)에를 다녀서 성천에 와 있소……

윤형. 밤의 슬픈 공기를 원고지 위에 깔고 창백한 동무에게 편지를 씁니다. ㉠<u>그 속에는 자신의 부고도 동봉하여 있습니다.</u>……

여기에서 알큰한 나물에 한 잔 술을 마시며, 나는 목로 위에 싸늘한 성

---

05 원용석, 〈내가 마지막 본 이상〉, 《문학사상》, 1980년 11월, 224면; 《그리운 그 이름, 이상》, 170면.

모(聖母)를 느꼈소. ㉡아픈 혈족(血族)의 「저」를 느꼈소.

……………………………………

㉢경칠 화물자동차에나 질컥 치여 죽어버리지. 그랬으면, 이렇게 후덥지근한 생활을 면하기라두 하지……』

(나) 『……「마끼노」가 죽었다고 그리오. 참 부럽소. ㉣해가 서산에 지기 전에 나는 二三일내로는 반드시 썩기 시작해야 할, 한 개의 「시체」가 되어야만 하겠는데 도리는? 그러나 나는 결심하는 방법도 결행하는 방법도 아무 것도 모르는 채요……』[06]

윤태영의 진술은 다소 신빙성이 떨어진다. 그의 진술 속에는 이상의 작품 속 구절들을 그럴 듯하게 가져온 것이 많다. ㉠은 〈산촌여정〉에, ㉡은 〈서망율도〉에, ㉢은 〈공포의 기록〉에, ㉣은 〈실화〉에 나오는 구절이다. 이로 볼 때 그가 쓴 〈이상의 생애〉는 과거의 상황을 기억에 의지해 대충 짜깁기했을 가능성이 있다. 그러나 그것마저 온전치 않다. '「마끼노」' 운운한 대목(나)은 위의 편지(가)와 다른 것이라 하더라도 시기적으로 성천 기행과 일치하지 않는다. (가)는 내용상 1935년 가을이지만, (나)는 1936년 3월 말경(마끼노는 1936년 3월 24일 자살했다)이다. 후자(나)를 나중에 온 편지로 간주한다 해도 "삼복 더위가 약간 숙으러지는 듯한 어느 날" 이상이 돌아온 것으로 쓰여 있어 내용상 앞뒤가 맞지 않는다.[07]

이상은 정인택의 결혼 뒤 인천과 성천 등지를 유랑했던 것으로 알려져 있다. 그가 성천에 머문 기간은 대략 3주 정도이다.[08] 그리고 서울에 돌아

06 송민호·윤태영, 《절망은 기교를 낳고》, 교학사, 1968, 64~65면.

07 그러나 이 편지가 사실인 듯 고은 등 몇몇 사람들의 글에 그대로 언급되고 있다.(고은, 《이상평전》, 청하, 1992, 268면)

08 이에 대해서는 논자에 따라 많은 차이가 있다. 이성미는 그 기간을 '열흘 정도'로,

온 것은 1935년 9월경으로 보이며, 그 뒤 구본웅의 도움으로 《시와 소설》 1집을 간행하기도 한다.

이상이 성천을 여러 번 방문했는지는 지금으로선 정확히 확인할 방법이 없다. 원용석은 이상이 1935년 성천을 방문하여 3주 정도 머무른 것만 기억하고 있다. 이 방문 뒤에 이상이 1936년 8월까지 원용석 몰래 성천을 한두 번 더 방문했을 가능성도 배제할 수는 없다. 그러나 정황으로 보건대, 1935년에 첫 방문 동안 이상이 그곳에서 오래 머물렀고, 또한 성천에서 용택온천으로, 다시 성천으로 가서 지낸 사실들을 '가구가구'로 표현한 게 아닌가 한다. 이러한 심증을 더욱 굳건히 하여 주는 것은 성천 관련 작품들이 거의 모두 가을을 배경으로 하고 있다는 점에 있다. 그러면 성천 기행 관련 수필들을 중심으로 그의 여정을 나름대로 추적해 보기로 한다.

3. 이상의 성천 체험과 문학

1) 출발 전의 상황 – 8월 초순 〈공포의 기록(서장)〉, 〈공포의 성채〉

1935년 8월의 상황을 가장 잘 일러 주는 작품은 일문 〈공포의 기록〉과 〈공포의 성채〉이다. 이들 작품은 각각 8월 2일과 3일에 쓰였으며 그 시기

고은은 '1개월 동안'으로 추산하고 있다.(이성미, 〈새 자료로 본 이상의 생애〉, 《문학사상》, 1974년 4월) 그러나 원용석의 다음 진술이 가장 신빙성이 있는 것으로 보인다. "成川에 온 箱을 元씨는 거기서 30里쯤 떨어진 龍澤온천에 보내어 요양하게 했는데, 肺에는 온천이 좋지 않다는 걸 나중에야 알고 1주일만엔가 나왔다는 것이고 그리고는 元씨의 웃방을 비워줘서 거기서 箱으로 하여금 약 2주일간을 쉬게 했다고 한다."(원용석, 〈이상의 회고〉, 《대한일보》, 1966년 8월 25일자)

이상의 내적·외적 상황을 가장 극명히 보여 준다.

> (가) 아, 피곤하다. 그에게 아방궁을 준다 해도 더는 움직일 수 없다. 그는 그렇도록 피곤한 것이다 (……) 자아, 나르자! 저 악취에 싸여 있는 육친의 한 뭉치를 그는 낡은 짐수레에 싣고 날라와야 한다.(331면)
>
> (나) 그는 아내가 한 번도 그를 사랑한 적이 없다는 것을 눈치채지 못하고 있는 그였다. 그는 고상한 국화꽃처럼 나날이 누더기가 되어갔다.
> 아내는 그를 버렸다. 아내의 행방은 불명이다.
> 그는 아내의 신발을 들여다봤다. 空腹—절망적인 공허가 그를 조소하는 듯했다. 초조하다.
> 그 다음에는 무엇이 왔는가.
> 적빈
> 쓸쓸한 넝마는 남의 손에 의해 모두 팔려나갔다. 그리하여 보다 더 남루한 넝마들이 병균처럼 남아 있다.
> 탕아는 이 처참한 현장엘 제 집이랍시고 돌아왔다. 화초들은 향기높은 꽃들을 피우고 있었다. 그 중에는 빨간 열매까지 맺은 것도 있었다. 그러나 그의 가족들은 헐벗고 굶주려 변형된 채 고래고래 서로 악다귀를 하고 있었다.(331~332면)
>
> (다) 밤이 되자 그는 유령처럼 흥분한 채 거리를 누볐다. 이제 그에게 의지할 곳이 없다. 오로지 한 가닥 공복을 메꾸기 위해 행동할 뿐이었다.
> 성격의 파편. 그는 그런 것은 돌아볼 생각도 않는다. 공허에서 공허로 그는 역마처럼 달리고 또 달렸다.(332면)

1935년 8월 2일에 기록한 〈공포의 기록(서장)〉에서 당시 이상의 심리를 한눈에 볼 수 있다. 그가 돌아와 보니 집은 세놓여 있었다. 아내 금홍은 가출해서 행방이 묘연하고, 가족들은 굶주려 있었다. (가)에는 육체적 소진을, (나)에서는 금홍과 이별 및 경제적 파산을, (다)에는 앞의 사건들을 겪은 뒤 이상의 정신적 방황을 그렸다. 이 시기 그에게는 가산 탕진으로 말미암아 정신적 고통뿐만 아니라 폐결핵으로 말미암아 육체적 고통도 겪고 있었다. 물질적 파산은 정신적 파산으로 이어져 그는 '유령처럼 흥분한 채 거리를 누'비게 된다.

> (가) 가족을 미워하는 것부터 시작해서 그는 또 민족을 얼마나 미워했는가.(334면)
>
> (나) 어느날 손도끼를 들고 —그 아닌 그가 마을 입구에서부터 살륙을 시작한다. 모조리 인간이란 인간은 다 죽여버린다. 그리고 집으로 돌아와서 다 죽여버렸다.
>
> 가족들은 살려달라는 말조차 하지 않았다. (에잇 못난 것들—) 그러나 죽은 그들은 눈을 감지 않았다.(336면)
>
> (다) 나와서 吐瀉 들어가서 토사. 나날이 그는 아주 작은 활자를 잘못 찍어 놓은 것처럼 걸음새가 비틀거렸다.(337~338면)

다음 날(8월 3일)에도 이상은 여전히 흥분이 가시지 않은 모습이다. 그는 가족에 대한 증오가 민족을 넘어 모든 사람에게로 확대되고 마침내 살해 욕망까지 이르게 된다. 이는 결핵으로 죽어 가는 자기 자신에 대한 절망과 피폐해지고 소외된 세상에 대한 분노 때문으로 보인다. 그는 이러한 부정과 절망 속에서 방랑에 접어든다. 그는 서울을 떠나 성천으로 방황한다.

2) 성천 기행기 — '8월 하순' 〈첫 번째 방랑〉

(가) 집을 나설 때, 나는 驛에서 또 汽車깐에서 아무하고도 만나지 않았으면 싶었다. 다행히 驛에는 아무도 없다. 내가 아는 사람은 아무도 없었다.
나의 이 뭐가 뭔지 알 수 없는 旅行에 대해 변명을 하는 것은 정말이지 나로선 괴로운 일이다. 나는 汽車깐에서도 아무하고도 만나지 않았으면 싶었다.(156면)
(나) 나는 세상 不幸을 제가끔 짊어지고 태어난 것 같은 汚辱에 길든 一族을 서울에 남겨두고 왔다. 그들은 차라리 不幸을 먹고 살고 있는 것인지도 모른다 (……) 나의 슬픔이 어째서 그들을 진심으로 사랑할 수 없는가? 잠시나마 나의 마음에 平和라는 것이 있었던가. 나는 그들을 咀呪스럽게 여기고 憎惡조차 하고 있다.(159면)
(다) 汽車는 黃海道 근처를 달리고 있는 모양이다.(159면)
(라) 空氣는 稀薄하다—아니면 그것은 過重하게 濃密한가. 나의 肺는 이런 空氣 속에서 그물처럼 연약하다. 全室에 한 사람몫 空氣 속에 假死의 盜賊이 侵入해 있는가 보다.(166면)
(마) 八月 下旬—이 요란하기 짝이 없는 音響 속에 애매미 소리가 훨씬 鮮明하다는 건 이상한 일이다.(167면)

위 예문에서 이상이 경의선 밤 열차를 타고 성천으로 가는 모습을 역력히 묘사하고 있다. (가) 예문 앞에 집을 떠날 때의 초라한 행색이, (가)와 (나)에서는 도피하고 싶은 심정, 가족들에 대한 원망 등이 잘 드러나 있다. 그는 무작정 북행 열차를 타고 도망치듯 서울을 빠져나왔던 것이다. 그에게 이 시기 가족에 대한 애증은 〈공포의 기록〉 시리즈와 같은 맥락에서 이해할 수 있다. 그는 '헐벗고 굶주리는 가족'을 미워하고, '저주하고 증오'한다.

'첫 번째 방랑'은 성천행을 일컫는다. 그러므로 이 작품에서 제시한 시기, "하현달"(165면, 168면)과 '8월 하순'을 실제의 시기와 견주어 볼 필요가 있다. 8월을 양력으로 이해하면 8월 20~21일(음력 7월 22~23일)에 하현달이 뜬다. 그렇다면 이 시기는 8월 하순경이 된다. 이 작품과 관련하여 실제 창작 뒤에 붙인 날짜가 나오는데 "二十八日"이다. 〈첫 번째 방랑〉 가운데 포함된 〈차창〉은 "二十八日, 二十九日"이 쓰여 있다. 이것이 8월 28일 29일임을 알 수 있는 것은 이 작품에 뒤이어 나온 작품 〈寢水二〉(〈어리석은 석반〉)으로 추정)를 8월 31일, 〈모색〉을 9월 3일로 명기했기 때문이다.[09] 아마도 성천으로 출발한 것은 8월 하순으로 추정된다. 〈첫 번째 방랑〉을 쓴(정리한?) 시기는 8월 28~29일로 보인다. 성천 기행은 막막한 현실에서 탈출하고자 하는 욕망에서 비롯한 것이다. 이 작품은 총 세 개의 부제가 있는데 서울을 출발하여 열차를 타고 북쪽(성천)으로 가는 모습이 '출발'과 '차창'에 그려졌다. 그리고 마지막 부분 '산촌'은 〈산촌여정〉과 직결된다.

---

09 윤태영에 따르면, 이상은 정인택의 결혼식(1935년 8월 29일) 뒤에 성천 기행을 했다고 한다.(송민호·윤태영, 《절망은 기교를 낳고》, 교학사, 1968, 61면) 이 내용을 고은 역시 그대로 수용하여 썼다(고은, 《이상평전》, 청하, 1992, 262~263면). 그러나 이 저서에 수록된 편지(성천에서 이상이 윤태영에게 보낸 편지) 내용은 오류가 있다. 1935년 가을에 보낸 편지 내용 가운데 1936년 3월 24일 목을 매어 자살한 牧野信一의 죽음 소식도 들어 있기 때문이다. 그 편지는 〈산촌여정〉, 〈서망율도〉, 〈공포의 기록〉 등의 내용을 짜깁기한 것으로 별로 신뢰할 만하지 않다. 이상이 정인택의 결혼식에 참석하였는데, 윤태영의 말처럼 결혼식에 참석한 뒤 성천으로 간 것이라면 '8월 29일'은 오기일 가능성이 있다.

3) 성천 생활기 —
8월 하순~9월 초순 〈산촌여정〉, 〈야색〉, 〈어리석은 석반〉 등

> 香氣로운 MJR의 味覺을 잊어버린 지도 二十餘日이나 됩니다.(103면)
> 밤이 되면 달도 없는 그믐 漆夜에 八峰山도 사람이 寢所로 들어가듯이 어둠 속으로 아주 없어져 버립니다.(103면)
> 초열흘 가까운 달이 초저녁이 조금 지나면 나옵니다.(111면)

〈산촌여정〉은 1935년 9월 27일부터 10월 11일까지 《매일신보》에 발표된 작품이다. 이 기간을 음력으로 환산하면 8월 30일에서 9월 14일까지이다. 〈산촌여정〉에서 제시한 현실적 시간은 위 내용에서 보듯 그믐 칠야(양력 8월 28일) 무렵에서 (음력 8월) 초열흘(양력으로 9월 7일경)에 걸쳐 있다. 그러므로 1935년 8월 말에서 9월 초를 배경으로 썼음을 확인할 수 있다. 〈첫 번째 방랑〉과 연계해 보면, 성천에 도착한 뒤 얼마지 않아 이 글을 쓴 것으로 보인다. 그는 성천에 머물며 〈산촌여정〉을 썼던 것이다.

> 그리고 貧民처럼 야위어 말라빠진 조밭이 끝없이 잇따라, 수세미처럼 말라죽은 이삭을 을씨년스럽게 드리우곤 바람에 울부짖고 있었다(……) 夜陰을 타서 마을 아가씨들은 무서움도 잊고, 승냥이보다도 사납게 조밭과 콩밭을 짓밟았다. 그리고는 밭 저쪽 단 한 그루의 뽕나무를 물고 늘어졌다.
> 그래도 누에는 눈 깜빡할 새에 뽕잎을 먹어치웠다. 그리곤 아이들보다도 살찌면서 커갔다.(〈첫번째 방랑〉, 170~171면)

> 조이삭은 다 말라죽었습니다 (……) 조밭을 이지러뜨린 者는 누구냐—己往 안될 조여든—그런 마음으로 그랬나요 몹시 어지러뜨려 놓았습니다. 누에—戶戶에 누에가 있습니다. 조이삭보다도 굵직한 누에가 삽時間 뽕잎을 먹습니다.(〈산촌여정〉, 109면)

가을 누에치기는 보통 말복이 지나 시작하는데 대개 8월 중하순에서 9월 초중순 사이에 친다. 〈첫 번째 방랑〉에서 마을 정경이나 누에치기하는 광경이 〈산촌여정〉에도 그대로 나타난다. 그리고 〈첫 번째 방랑〉의 부제 '산촌'은 〈산촌여정〉(특히 4부분)의 정조와 일치한다. 그 밖에도 이 두 작품은 '기생화', '고추잠자리' 등 여러 삽화가 일치한다. 그것은 성천 기행의 정조를 〈첫 번째 방랑〉에 초해 놓고 그것을 바탕으로 하여 〈산촌여정〉을 쓰지 않았나 추측케 한다.

〈첫 번째 방랑〉에서 〈산촌여정〉은 시기적으로 출발과 도착, 그리고 산촌의 정경이라는 점에서 그 내용이 서로 연결되어 있다. 그러므로 하나의 기행문적 성격을 띠고 있다. 이상은 성천에서 느낀 감정들을 이들 작품에 솔직히 적었다. 그리고 그러한 내용을 담은 편지를 김소운에게도 보낸 것으로 보인다. 김소운이 그것을 〈한 개의 밤〉, 〈청령〉으로 정리하지 않았던가.

> 한꺼번에 이처럼 많은 별을 본 적은 없다. 어쩐지 공포감마저 불러일으킨다. 달 없는 밤하늘은 무어라 말할 수 없는 귀기마저 서린 채 마치 커다란 음향의 소용돌이 속에 서 있는 느낌이다. 마을 사람들의 식후의 한담을 멀리 들으며 때때로 이 방대함에 공포를 느끼면서도 하늘을 바라보았다.(〈야색〉, 339면)

其(???) 때에 저 紺碧의 하늘이 重厚하여서 괴롭고 무더워 보이는 것일 게다. 화초는 숨이 막혀 타오르고, 血痕의 빨간 잠자리는 病菌처럼 活動한다.

쇠파리와 함께 이 白晝는 죽음보다도 더 寂寞하여 音響이 없다. 地球의 끝 聖스런 土地에 莊嚴한 疾患이 있는 것일 게다 (……) 그러나 나에겐 들린다—이 크나 큰 不安의 全體的인 音響이—쇠파리와 함께 밑바닥 깊숙이 寂廖해진 天地는, 내 腦髓의 不安에 견딜 수 없으므로 因한 昏倒에 依한 것이다. 나는 그걸 알고 있다. 이제 地上에 무슨 일이 일어나지 않으면 안된다. 만일 이대로 아무 일도 일어나지 않는다면 宇宙는 그냥 그대로 暗黑의 밑바닥에서 悶節하여 버릴 것이다.(〈어리석은 석반〉, 128~129면)

〈야색〉 역시 성천 기행의 산물이다. 그것은 이 작품이 〈공포의 기록〉이나 〈공포의 성채〉와 같이 발견되었다는 사실로만 증명할 수 있는 것이 아니다. 위의 '많은 별', '마을 사람들', '가난한 농사꾼', '자연', '공포' 등은 〈첫 번째 방랑〉의 '차창'에서 보이는 정조와 연결된다. 많은 별을 보고 오히려 공포를 느끼는 것은 그의 내면이 삭막해졌다는 사실을 말해준다. 그러한 감정은 〈어리석은 석반〉에도 이어진다. 〈어리석은 석반〉은 성천에서 지낸 삶과 거기에서 느낀 자신의 내면을 그린 것이다. 하늘은 괴롭고 답답하며, 우주는 민절하고 말 것처럼 묘사된다. 그것은 당시 이상이 초조와 불안, 공포에 휩싸여 있었기 때문이다. 이들 작품은 공포스럽고 권태로운 생활의 기록이다. 1936년에 발표된 〈여상〉과 일문으로 남겨진 그의 유고들, 이를테면 〈이 兒孩들에게 장난감을 주라〉, 〈어리석은 석반〉, 〈모색〉, 〈무제(初秋)〉 등도 성천 기행 시절에 쓴 것들이다.

4) 성천에 대한 정리 및 회상기 — 〈공포의 기록〉, 〈권태〉

이상은 서울로 돌아온 뒤 그 이전에 썼던 일문 노트를 작품으로 정리한다. 한글로 쓴 〈공포의 기록〉이 그러한 성격의 글이다. 먼저 〈공포의 기록〉의 배경이 된 시기를 살펴보면 아래와 같다.

> 四月로 들어서면서는 나는 얼마간 기동할 정신이 났다.[10]
> 壽君에게 끌려 한강으로 나갔다.(2권, 197면)
> 식을까봐 연거푸 군불을 때었고, 구둘을 어디 흠씬 얼궈 보려고 重陽이 지난 철에 사날式 검부레기 하나 아궁지에 안 넣었다.(2권, 202면)

이 작품의 내용 가운데 "三年 동안 끔직이도 사랑하였던 끝장이다."(196면)라는 구절이 있다. 이상은 1933년에 금홍을 만나 1935년에 완전히 헤어진다. 그러므로 '3년'은 1935년을 말하며 '四月'은 1935년 4월이고, '수군에게 끌려 한강에 나간 시기'는 〈불행한 계승〉에 나오듯 (1935년) '7월 보름밤'이 된다. 이 날은 양력 7월 15일(음력 6월 15일로 '7월에 있었던 보름밤'을 의미할 때), 또는 8월 13일(음력 7월 15일)로 아직 성천 기행 이전이다. 그리고 '重陽'은 음력 9월 9일로 양력 10월 16일이 된다. 이 시기는 여행에서 돌아온 뒤로 보인다. 그러므로 이 작품은 성천 여행 전후를 그린 것이다.[11]

---

10 김윤식 편, 《이상문학전집2》, 문학사상사, 1991, 192면. 이하 이 책을 인용할 때 인용 구절 끝 괄호 속에 2권, 면수를 기입.

11 이 작품을 소설로 본다면 각각의 시기들을 현실과 결부하여 논의하는 것은 곤란할 수 있다. 그러나 이 작품의 제목이 '기록'이고, 그래서 논자에 따라 수필로 분류하기도 하는데, 그것은 이 작품이 실제 사실을 바탕으로 하고 있기 때문이다.

〈공포의 기록〉은 일문 〈공포의 기록(서장)〉, 〈공포의 성채〉, 〈불행한 계승〉뿐만 아니라 〈첫번째 방랑〉도 흡수하는 양상을 보여 준다.[12]

(가) 이렇게 말하는 幻像 속에 나오는 나, 影像은 아주 번지르르한 루바시카를 입은 몹시 頹廢的인 모습이다. 少年같은 창백한 털복숭이 風貌를 하고 있다. 그리곤 언제나 어느 나라인지도 모를 거리의 十字路에 멈춰 서 있곤 한다.(〈첫번째 방랑〉, 158면)

(나) 巨大한 바위 같은 不安이 空氣와 呼吸의 重壓이 되어 마구 짓눌렀다. 나는 이 夜行列車 안에서 잠을 자지 않으면 아니된다.(〈첫번째 방랑〉, 157면)

(다) 밤이 되자 그는 유령처럼 흥분한 채 거리를 누볐다 (……) 왼팔이 오른팔을 오른팔이 왼팔을 자꾸만 가혹하게 구타한다. 날개가 부러져서 흔적이 시퍼렇다.(〈공포의 기록〉, 332면)

(라) 혼자서 못된 짓 하고 싶다 (……) 그래 標本처럼 혼자 椅子에 端坐하여 蒼白한 얼굴이 後悔를 기다리고 있었던 것이다.(〈불행한 계승〉, 2권, 208~209면)

(가-1) 이러한 幻像 속에 떠오르는 내 自身은 언제든지 光彩나는「루파슈카」를 입었고 頹廢的으로 보인다. 少年과 같이 蒼白하고도 무시무시한 風貌이다. 어떤 때는 울기도 했다. 어떤 때는 어덴지 모르는 먼 나라의 十字路를 걸었다.(2권, 197면)

(나-1) 나는 어떻게 해야 하나? 巨岩과 같은 不安이 空氣와 呼吸의 重壓이 되어 덤벼든다. 나는 夜行列車와 같이 자야 옳을는지도 모른

12 〈공포의 기록〉과 일문 〈공포의 기록〉 시리즈와의 관련 양상은 다음을 참조. 김주현, 《이상 소설 연구》, 소명출판, 1999.

다.(2권, 199면)

(다-1) 밤이면 나는 幽靈과 같이 興奮하여 거리를 뚫었다. 나는 目標를 갖지 않았다. 空腹만이 나를 指揮할 수 있었다. 性格의 破片 — 그런 것을 나는 꿈에도 돌아보려 않는다. 空虛에서 空虛로 말과 같이 나는 狂奔하였다. 술이 始作되었다. 술은 내 몸 속에서 香水같이 빛났다. 바른팔이 왼팔을, 왼팔이 바른팔을 苛酷하게 매질했다. 날개가 부러지고 파랗게 멍들은 痕跡이 남았다.(2권, 201면)

(라-1) 혼자서 나쁜 짓을 해보고 싶다. 이렇게 어둠컴컴한 房 안에 標本과 같이 혼자 端坐하여 蒼白한 얼굴로 나는 後悔를 기다리고 있다.(2권, 203면)

한글 〈공포의 기록〉 속으로 일문 〈공포의 기록〉 시리즈와 〈첫 번째 방랑〉이 흡수되는 양상은 이처럼 문체에서도 확인할 수 있다. 여기에서 일문 텍스트는 본격 창작에 앞서 적은 노트 정도로 보인다. 이상은 성천 기행을 앞뒤로 하여 기록해 두었던 일문 구절들을 한글 〈공포의 기록〉에 그대로 가져왔다. 그런 점에서 한글 〈공포의 기록〉은 성천 기행 앞뒤로 썼던 일문 텍스트들을 정리한 것이다.

〈권태〉는 맨 뒤에 '十二月 十九日 未明, 東京서'라는 구절이 있어 1936년 12월 19일 도쿄에서 썼다는 사실을 알 수 있다. 여행 뒤 거의 일 년 남짓 지난 시점에서 썼던 것이다. 이 작품 역시 일문으로 썼던 이전 작품들을 흡수한다.

(가) 먼 山등을 넘어 늘어서 있는 鐵骨의 望臺가 보이고 그리고 그것으로 이 村도 電話하려는 電氣會社의 社宅의 빨간 人造 스레에트 지붕을 짚으로 이엉을 인 지붕과 겹친 저편에 病的으로 鮮明히 빛나 보였

다.(〈초추〉, 137면)

(나) 이 廣大無邊한 際涯도 없는 洗鍊되지 못한 永遠의 綠色은 도대체 어디로부터 어디에까지 繼續하고 있는 것인가

나는 이 程度로써 이 洪水같은 綠色의 眺望에 싫증이 나 버렸다. 나는 하늘을 쳐다보기로 한다. 元來부터 하늘엔 무어고 있을 리 萬無하다. 그러나 구름이 있다. 그것은 어제도 白色이었다. 그리고 오늘도 하얗다.(〈어리석은 석반〉, 128면)

(다) 그들의 얼굴빛과 大同小異한 潤기 없는 똥을 한 덩어리씩 極히 수월하게 解産하고 있다. 그것으로 滿足이다.

허나 슬픈 것은 그들 중에 암만 안간힘을 써도 똥은커녕 궁둥이마저 나오지 않아 쩔쩔매는 것도 있다 (……) 選手들은 목을 비둘기처럼 모우고 이 한 名의 落伍者를 蔑視하였다.(〈이 아해들에게 장난감을 주라〉, 120면)

(가-1) 八峰山 등을 넘어 鐵骨電線柱가 늘어섰다. 그러나 그 銅線은 이 村落에 葉書 한 장을 내려뜨리지 않고 섰는 채다. 銅線으로는 電流도 通하리라. 그러나 그들의 房이 아직도 松明으로 어둠침침한 以上 그 電線柱들은 이 마을 洞口에 늘어선 포푸라 나무와 조금도 다를 것이 없다.(144면)

(나-1) 그저 限量없이 넓은 草綠色 벌판 地平線, 아무리 變化하여 보았댔자 結局 稚劣한 曲藝의 域을 벗어나지 않는 구름, 이런 것을 건너다본다.

地球 表面積의 百分의 九十九가 이 恐怖의 草綠色이리라. 그렇다면 地球야말로 너무나 單調無味한 彩色이다.(143면)

(다-1) 五分後에 그들은 비키면서 하나씩 둘씩 일어선다. 제各各 大便을 한 무데미씩 누어 놓았다. 아 — 이것도 亦是 그들의 遊戱였다. 束手

> 無策의 그들 最後의 創作遊戲였다. 그러나 그中 한 아이가 영 일어나지를 않는다. 그는 大便이 나오지 않는다. 그럼 그는 이번 遊戲의 못난 落伍者임에 틀림없다. 分明히 다른 아이들 눈에 嘲笑의 빛이 보인다. 아—造物主여 이들을 爲하여 風景과 玩具를 주소서.(151면)

우리는 이 구절들에서 유사성을 발견할 수 있다. 이들은 일문 작품들이 〈권태〉로 넘어온 모습을 보여 준다. (가)에서 '철골전선주'는 궁벽한 산골에 들어온 문명의 산물로 제시된다. 이것이 〈산촌여정〉에서는 "이 山村에 八峰山 허리를 넘는 鐵骨電信柱가 消息의 題目만을 符號로 傳하는 것 같습니다."(105면)라 하여 소통 가능한 따뜻한 대상으로 그렸지만, 〈권태〉에 이르면 그야말로 소통 불가능한 사물로 묘사된다. 그러한 변화는 (나)에서도 엿보이는데, '인생의 무한한 무료함'이 뒤에 극권태로 전환된다. 그리고 (다)는 어린아이들의 권태로운 생활을 다룬 것으로 (다-1)에서 이를 축약하여 제시하였다. 이처럼 〈무제(초추)〉, 〈어리석은 석반〉, 〈이 아해에게 장난감을 주라〉 등의 일부가 〈권태〉에 변용 또는 흡수·통합된다. 그것은 〈공포의 기록〉에서 보듯 일문 작품들이 한글 작품 창작에 바탕이 되었음을 분명히 해 준다. 이상은 일문으로 초해 두었던 노트들을 회상의 차원에서 〈권태〉에 다시 정리하게 된다. 그래서 여행 뒤 상당 기간이 지난 다음에 나왔지만 여행 당시의 정조들을 상당 부분 재현하였던 것이다.

4. 성천 체험의 수사학

1) 〈산촌여정〉과 은유형 수사학

모더니스트 이상에게 성천은 근대 도시와는 판이한 공간이었다. 이상의 눈에 처음 비친 성천은 신비와 매혹을 품은 새로운 공간이었다. 이상은 성천에 당도하여 시골 마을의 모습들을 고현학자처럼 관찰하여 묘사하였다. 〈산촌여정〉에는 이상이 출발 전에 품었던 극한 감정이 많이 희석되고, 자연의 풍광에 매료된 모습이 드러난다.

> (가) 香氣로운 MJB의 味覺을 잊어버린 지도 二十餘日이나 됩니다. 이곳에는 新聞도 잘 아니 오고 遞傳夫는 이따금 '하도롱' 빛 消息을 가져옵니다. 거기는 누에고치와 옥수수의 事緣이 적혀 있읍니다.(103면)
>
> (나) 客主집 房에는 石油燈盞을 켜 놓습니다. 그 都會地의 夕刊과 같은 그윽한 내음새가 少年時代의 꿈을 부릅니다.(103면)
>
> (다) 벼쨍이가 한 마리 燈盞에 올라 앉아서 그 연두빛 색채로 혼곤한 내 꿈에 마치 英語 '티'字를 쓰고 건너 긋듯이 類다른 記憶에다는 군데군데 '언더라인'을 하여 놓습니다. 슬퍼하는 것처럼 고개를 숙이고 都會의 女車掌이 車票 찍는 소리 같은 그 聲樂을 가만히 듣습니다. 그러면 그것이 또 理髮所 가위 소리와도 같아집니다. 나는 눈까지 감고 가만히 또 仔細히 들어봅니다.(103면)
>
> (라) '파라마운트' 會社 商標처럼 생긴 都會 少女가 나오는 꿈을 조금 꿉니다. (104면)
>
> (마) 燈盞 심지를 돋우고 불을 켠 다음 備忘錄에 鐵筆로 群靑빛 '모'를 심어갑니다. 不幸한 人口가 그 위에 하나하나 誕生합니다. 調密한 人口

가—.(105면)

(바) 花草가 피어 만발하는 꿈 '그라비아' 原色版 꿈 그림 册을 보듯이 즐겁게 꿈을 꾸고 싶습니다.(105면)

이상은 〈산촌여정〉으로 성천의 모습들을 잘 조명하였다. 성천에 닿아 경이와 매혹의 눈으로 자연을 관찰하고 자연의 서정을 문명의 은유로 그려낸다. 우리는 위의 예문에서 대단히 감각적인 문체를 발견할 수 있다. '시각', '후각', '청각' 등 각종 감각적 어휘가 문장을 수놓았다. 이들 감각기관은 사물을 인식하는 데 가장 민감한 기관들이며, 그 가운데서도 시각적인 이미지가 월등히 많다. '하도롱빛', '연두빛', '군청빛', '원색판' 등 수많은 색채어는 사물에 대한 경이감을 시각적 이미지로 재현한 것이다. 그는 〈첫 번째 방랑〉에서도 "村處女의 性慾은 대추처럼 푸르기도 하고 세피야 빛으로 검붉기도 하다"처럼 대상을 시각적 이미지로 표현하기도 했다.

이상은 자연적 서정을 모던한 감각으로 그려냄으로써 은유의 세계를 낳았다. 그는 비유에 도시적·이국적·문명적 감각들을 채워 넣었다. 이는 이상이 농촌의 사물을 근대화된 기준들로 인식하고 재단하였기 때문이다. 'MJB의 미각', '석간과 같은 그윽한 내음새', '하도롱빛 소식' '티자', '파라마운트회사 상표' 등 대상을 도시 및 문명의 은유로 그린 것이다. 그리고 '벼쨍이 소리'를 '차표 찍는 소리' 또는 '이발소 가위 소리'로, '글자'를 '모' 또는 '인구'로 묘사한 것은 참신한 비유이다. 자연과 문명을 서로 등가물로 대체하거나 치환한 것이다. 이러한 비유들은 대상에 대한 의미론적 혁신을 가져온다.

(가) 하루라는 '짐'이 마당에 가득한 가운데 새빨간 잠자리가 病菌처럼 活動입니다. 끄지 않고 잔 石油燈盞에 불이 그저 켜진 채 消失된 밤의 痕跡이 낡은 조끼 '단추'처럼 남아 있습니다. 昨夜를 訪問할 수 있는 '요비링'입니다. 지난밤의 體溫을 房 안에 내어던진 채 마당에 나서면 마당 한 모퉁이에는 花壇이 있읍니다. 불타오르는 듯 한 맨드라미꽃 그리고 鳳仙花(105면)

(나) 수수깡 울타리에 '오렌지' 빛 여주가 열렸습니다. 당콩넝쿨과 어우러져서 '세피아' 빛을 背景으로 하는 一幅의 屛風입니다. 이 끝으로는 호박넝쿨 그 素朴하면서도 大膽한 호박꽃에 '스파르타' 式 꿀벌이 한 마리 앉아 있습니다. 濃黃色에 反映되어 '세실·B·데밀'의 映畵처럼 華麗하며 黃金色으로 侈奢합니다. 귀를 기울이면 '르넷산스' 應接室에서 들리는 扇風機 소리가 납니다.(106면)

(다) 先祖가 指定하지 아니한 '조셋트'치마에 '와스트민스터' 卷煙을 감아놓은 것 같은 都會의 妓生의 아름다움을 聯想하여 봅니다.(106면)

(라) 八峰山 올라가는 草徑 入口 모퉁이에 崔××頌德碑와 또×××× 아무개의 氷世不忘碑가 航空郵便 '포스트'처럼 서 있읍니다. (107면)

(마) 나는 그 앞에 가서 그 聽明한 瞳孔을 들여다봅니다. '세루로이드'로 만든 精巧한 구슬을 '오브라—드'로 싼 것같이 맑고 透明하고 깨긋하고 아름답습니다.(107면)

(바) 옥수수밭은 一大 觀兵式입니다. 바람이 불면 甲胄 부딪치는 소리가 우수수 납니다. '카—마인' 빛 꼭구마가 뒤로 휘면서 너울거립니다. 八峰山에서 銃소리가 들렸읍니다. 莊嚴한 禮砲소리가 分明합니다. 그러나 그것은 내 곁에서 小鳥의 肝을 떨어뜨린 空氣銃 소리였습니다. 그리면 옥수수밭에서 白, 黃, 黑, 灰, 또 白, 가지 各色의 개가 퍽 여러 마리 列을 지어서 걸어 나옵니다. '센슈알'한 季節의 興奮이 이 '코삭크'

觀兵式을 한層 더 華麗하게 합니다.(107면)

(사) '하도롱' 빛 皮膚에서 푸성귀 내음새가 납니다. '코코아' 빛 입술은 머루와 다래로 젖었습니다. 나를 아니 보는 瞳孔에는 精製된 蒼空이 '간쓰메'가 되어 있습니다.(108면)

(아) 蓄音機 앞에서 고개를 갸웃거리는 北極 '펭귄' 새들이나 무엇이 다르겠읍니까. 짧고도 기다란 人生을 적어 내려갈 便箋紙— '스크린'이 薄蒼 속에서 '바이오그래피'의 豫備表情입니다. 내가 있는 건너편 客主집에든 都會風 女人도 왔나봅니다. 사투리의 合音이 마당 안에서 들립니다.(111면)

성천은 자본주의와 동떨어진 전근대적 마을이다. 이상은 식민지 근대의 도시였던 경성의 지식인이었다. 그에게 문명어의 비유는 사물의 인식체계, 또는 자신의 세계관적 기반을 보여 준다. 그는 자본주의적 근대성을 받아들인 도회인, 문명인의 시각에서 사물을 이해한다. '오렌지빛 여주', '스파르타식 꿀벌', '조셋트 치마', '하도롱빛 피부', '코삭크 관병식', '포스트', '간쓰메', '축음기', '스크린' 등은 외래어, 이국어, 문명어와 관련 있다. 은유는 세상에 대한 대등적 유추를 바탕으로 한다. 이상에게 시골에서 보이는 모든 사물들은 호기심과 관심의 대상으로, 문명적·이국적 이미지로 유추 또는 치환된 것이다. '울타리'를 '병풍'에, '옥수수밭'을 '관병식'에 빗댄 착상은 은유를 넘어서 자연을 사물화된 세계로 인식하는 모습마저 보인다. 동일시와 유추의 은유는 대상을 유사적으로 대체 가능하게 한다. 사물에 대한 새로운 인식과 사고의 전환을 촉발하는 은유적 인식이야말로 성천 기행이 가공한 산물이다. 이는 단순히 비유법의 문제만이 아니다. 이상의 은유적 인식 체계는 〈산촌여정〉에서 여실히 드러난 셈이다. 〈산촌여정〉은 은유 압도형의 세계로 장관을 이루고 있다.

2) 〈권태〉와 환유형 수사학

'성천' 체험이 낳은 또 하나의 산물, 〈권태〉는 이상 의식의 절정을 보여 주는 작품이다. 1935년 9월경에 체험한 산촌의 풍경이 그의 마지막 작품이라고 할 수 있는 〈권태〉에까지 긴 그림자를 드리웠다. 이상은 자본주의의 첨단 도시이자 '두 번째 방랑' 도시인 도쿄에서 '첫 번째 방랑'의 마을 '성천'에 관한 글을 쓴다. 왜 하필 도쿄의 거리에서 시골 마을 성천을 떠올렸던 것일까? 그에게 성천은 1년 남짓 전에 방랑했던 시골이 아니었던가. 아마도 성천 체험의 충격이 그의 뇌리 깊이 각인되어 있었기 때문일 것이다.

> (가) 어서 — 차라리 — 어둬 버리기나 했으면 좋겠는데 — 僻村의 여름 — 날은 지리해서 죽겠을 만치 길다.
> 東에 八峰山. 曲線은 왜 저리도 屈曲이 없이 單調로운고?
> 西를 보아도 벌판, 南을 보아도 벌판, 北을 보아도 벌판, 아 — 이 벌판은 어쩌자고 이렇게 限이 없이 늘어놓였을꼬? 어쩌자고 저렇게까지 똑같이 草綠色 하나로 되어먹었노?(141면)
> (나) 나는 崔서방의 조카를 깨워 가지고 將棋를 한 판 벌이기로 한다. 崔서방의 조카와 열 번 두면 열 번 내가 이긴다. 崔서방의 조카로서는 그러니까 나와 將棋 둔다는 것 그것부터가 倦怠다. 밤낮 두어야 마찬가질 바에는 안 두는 것이 차라리 나았지 — 그러나 안 두면 무엇을 하나? 둘 밖에 없다.
> 지는 것도 倦怠어늘 이기는 것이 어찌 倦怠 아닐 수 있으랴? 열 번 두어서 열 번 내리 이기는 장난이란 열 번 지는 以上으로 싱거운 장난이다. 나는 참 싱거워서 견딜 수 없다.(142면)

(다) 地球 表面積의 百分의 九十九가 이 恐怖의 草綠色이리라. 그렇다면 地球야말로 너무나 單調無味한 彩色이다. 都會에는 草綠이 드물다. 나는 처음 여기 漂着하였을 때 이 新鮮한 草綠빛에 놀랐고 사랑하였다. 그러나 닷새가 못 되어서 이 一望無際의 草綠色은 造物主의 沒趣味와 神經의 粗雜性으로 말미암은 無味乾燥한 地球의 餘白인 것을 發見하고 다시금 놀라지 않을 수 없었다.

어쩔 作定으로 저렇게 퍼러냐. 하루 왼終日 저 푸른 빛은 아무 짓도 하지 않는다. 오직 그 푸른 것에 白痴와 같이 滿足하면서 푸른 채로 있다(……) 이윽고 겨울이 오면 草綠은 失色한다. 그러나 그것은 襤褸를 갈기갈기 찢은 것과 다름없는 醜惡한 色彩로 變하는 것이다. 한 겨울을 두고 이 荒漠하고 醜惡한 벌판을 바라보고 지내면서 그래도 自殺 悶絕하지 않는 農民들은 불쌍하기도 하려니와 巨大한 天痴다.(143면)

(라) 이 貧村에는 盜賊이 없다. 人情있는 盜賊이면 여기 너무나 貧寒한 새악씨들을 爲하여 훔친 바 비녀나 반지를 가만히 놓고 가지 않으면 안 되리라. 盜賊에게는 이 마을은 盜賊의 盜心을 盜賊맞기 쉬운 危險한 地帶리라.(145면)

처음 보았던 성천은 이상에게 경이와 매혹, 신비의 공간이었지만, 점점 '무미건조'하고 권태로운 세계로 옮아가게 된다. 그것은 아마도 1936년 12월경 이상에게 찾아든 권태와 허무의식 때문일 것이다. 〈권태〉에서 성천은 권태와 허무, 공포의 공간으로 탈바꿈한다. 그에게 사물은 '지리'하고, '단조'롭고, '무미건조'하며 그래서 '권태'로울 따름이다. 그리하여 은유의 기능은 많이 줄어들고 대신 환유가 그 자리를 차지한다. 초기의 놀람과 경이, 매혹의 세계가 은유의 수사학을 낳았다면, 그 뒤에는 지겨운 일상에 대한 각성으로 말미암아 그의 세계가 환유의 수사학으로 전환되는 계기가 된 것이다. 벽촌은 초록색 하나로 막혀 있어 마치 백치와 같다. 그는 권태를 이기려고 장기를 두지만 또 다른 권태를 촉발하였다. 그래서 '지는 것도 권태어늘 이기는 것이 어찌 권태가 아닐 수 있으랴?'라고 단정하였다. 이것은 패러독스나 아이러니와 닿아 있다. 그리고 '盜賊에게는 이 마을은 盜賊의 盜心을 盜賊맞기 쉬운 危險한 地帶리라'라는 표현은 위트이다. 이러한 표현은 〈동해〉의 "「우리 醫師는 죽으려 드는 사람을 부득부득 살려 가면서도 살기 어려운 세상을 부득부득 살아가니 거 익살맞지 않소?」"이나 〈단발〉의 "그러니까 仙이나 내나 큰소리는 말아야 해 일체 맹서하지 말자 — 허는 게 즉 우리가 해야 할 맹세지"처럼 이상 문학에서 뛰어난 수사학의 일면을 보여 준다. 이러한 아이러니, 패러독스, 위트는 은유라기보다 환유의 세계와 닿아 있다. 이것들은 권태의 수사학적 유희인 것이다.

(가) 개들은 너무나 오랜 동안 — 아마 그 出產 當時부터 — 짖는 버릇을 抛棄한 채 지내왔다. 몇 代를 두고 짖지 않은 이곳 犬族들은 드디어 짖는다는 本能을 喪失하고 만 것이리라. 인제는 돌이나 나무토막으로 얻어 맞아서 견딜 수 없을 만큼 아파야 겨우 짖는다. 그러나 그와 같은 本能은 人間에게도 있으니 特히 개의 特徵으로 처들 것은 못되리라 (……) 그리하여 개들은 天賦의 守衛術을 忘却하고 낮잠에 耽溺하여 버리지 않을 수 없을 만큼 墮落하고 말았다.(145~146면)

(나) 끝없는 倦怠가 사람을 掩襲하였을 때 그의 瞳孔은 內部를 向하여 열리리라. 그리하여 忙殺할 때보다도 몇 倍나 더 自身의 內面을 省察할 수 있을 것이다.

現代人의 特質이요 疾患인 自意識過剩은 이런 倦怠치 않을 수 없는 倦怠階級의 徹底한 倦怠로 말미암음이다. 肉體的 閑散 精神的 倦怠 이것

을 免할 수 없는 階級이 自意識過剩의 絕頂을 表示한다.(146면)

(다) 소의 뿔은 벌써 소의 武器는 아니다. 소의 뿔은 오직 眼鏡의 材料일 따름이다. 소는 사람에게 얻어 맞기로 爲主니까 소에게는 武器가 必要없다. 소의 뿔은 오직 동물학자를 爲한 標識이다. 野牛時代에는 이것으로 敵을 突擊할 일도 있읍니다. — 하는 마치 廢兵의 가슴에 달린 勳章처럼 그 追億性이 哀傷的이다 (……) 소는 食慾의 즐거움조차를 冷待할 수 있는 地上最大의 獸怠者다. 얼마나 倦怠에 지질렸길래 이미 胃에 들어간 食物을 다시 게워 그 시금털털한 半消化物의 味覺을 逆說的으로 享樂하는 체해 보임이리요?(149면)

(라) 그러나 불나비라는 놈은 사는 方法을 아는 놈이다. 불을 보면 뛰어들 줄을 알고 — 平常에 불을 焦燥히 찾아다닐 줄도 아는 情熱의 生物이니 말이다.

그러나 여기 어디 불을 찾으려는 情熱이 있으며 뛰어들 불이 있느냐. 없다. 나에게는 아무것도 없고 아무것도 없는 내 눈에는 아무것도 보이지 않는다.(153면)

(마) 暗黑은 暗黑인 以上 이 좁은 房 것이나 宇宙에 꽉 찬 것이나 分量上 差異가 없으리라. 나는 이 大小 없는 暗黑 가운데 누워서 숨 쉴 것도 어루만질 것도 또 慾心 나는 것도 아무것도 없다. 다만 어디까지 가야 끝이 날지 모르는 來日 그것이 또 窓밖에 登待하고 있는 것을 느끼면서 오들오들 떨고 있을 뿐이다.

十二月 十九日未明, 東京서(153면)

〈권태〉는 자신의 눈에 비친 성천의 자연과 인간의 모습을 그리고 있다. 개가 짖는 본능(=수위술)을 상실하고 타락한다거나 소가 위의 음식을 게워 반추하는 것은 실상 권태와 관련이 있다고 하기 어렵다. 서술자가 권태의 시각으로 대상들을 재단한, 달리 말해 이상의 권태가 대상에 작용을 한 결과이기도 하다. 환유에서는 "부분과 부분과의 관계 형식이 상호 연관성을 맺고 있는 것으로 현상을 이해하며, 그 관계를 바탕으로 하여 어떤 부분의 환원이 다른 부분의 특징이나 작용에 영향을 미칠 수 있다."[13] 이러한 환유 때문에 살아 있는 생물들, 개, 소, 아이들, 심지어 농민들마저 권태롭게 느껴진다. (다)에서 소의 반추와 자기 사색의 반추를, (라)에서 불나비와 자신을 비교하는 것은 은유적 인식을 포함하고 있지만 그 본질에서는 삶의 권태로 귀결한다. 이러한 것들은 자신과 세계를 권태라는 동일한 개념으로 환원해 버린 결과이다. 그리하여 (마)처럼 암흑(권태)인 이상 좁은 방(나)이나 우주(모든 동식물)가 분량상 차이가 없다(같다)는 인식으로 나아가게 된다. 여기에서 사물들은 주체로 환원된다. 나는 세계의 일부이지만, 동시에 세계는 나에게로 환원되는 것이다.

〈권태〉에서 이상은 인간의 권태, 자연의 권태, 동물의 권태, 아이의 권태 등 '권태의 극권태'를 다루었다. 〈권태〉에서는 사실적 차원의 자연과 주관화된 자연을 비교 제시한다. 물론 그 사이에 은유의 인식이 게재하지만 〈산촌여정〉과는 다르다. 〈산촌여정〉은 대상들이 유추되고 대체되지만, 〈권태〉는 모든 대상이 주체로 '환원'된다. 그러므로 〈산촌여정〉과 〈권태〉는 다른 세계이며, 中里弘子처럼 〈권태〉를 〈산촌여정〉의 발전한 형태로 평가하는 것은 그 사이에 놓인 인식의 절대항을 무시한 것이다.

13 H. White, 천형균 역, 《19세기 유럽의 역사적 상상력》, 문학과지성사, 1991, 51면.

5. 마무리 — 이상 문학의 또 다른 원점, 성천 체험이 남긴 의미

이 글에서는 이상의 성천 체험을 재구해 내고, 그 의미를 상고해 보았다. 이상의 많은 수필은 1935년 성천 기행에서 쓴 것들이다. 〈산촌여정〉을 비롯하여 그의 많은 수필들이 성천 기행의 범주에 들어 있다. 심지어 그의 마지막 수필이라고 할 〈권태〉에도 성천 체험이 깊이 각인되어 있다. 그리고 미발표 일문 유고들은 본격 창작에 앞서 습작 노트가 되었던 것으로 보인다. 이를테면 일문으로 된 〈첫 번째 방랑〉, 〈공포의 기록〉 시리즈, 〈어리석은 석반〉, 〈이 아해들에게 장난감을 주라〉 등은 〈산촌여정〉, 〈공포의 기록〉, 〈권태〉 창작의 바탕 구실을 한다. 또한 성천 체험을 바탕으로 한 이상 작품은 초기에 경이와 매혹에서 오는 은유의 수사학이, 후기에 권태와 무료에서 오는 환유의 수사학이 압도적이다. 그것은 이상이 관조적 입장에서 사물을 바라보다가 마침내 사물을 주관화하였기 때문이다. 그리하여 자연을 문명과 등가로 제시하다가 차츰 주체로 환원하게 된다.

이상 문학에서 성천 체험은 하나의 원점이다. 성천은 근대 자본주의와 먼 공간이지만 이상에게 상당히 많은 영향을 주었다. 이미 앞에서도 보았지만, 그곳은 수필뿐만 아니라 많은 시, 소설의 주요 배경이 된다. 그리고 성천 체험은 이상 문학에도 많은 변화를 일으켰다. 먼저 문학 세계의 성숙을 들 수 있다. 성천 기행 전 이상의 대표 작품은 〈오감도〉였다. 〈오감도〉는 당시로서는 대단히 선진적이었지만, 대중들의 비난을 받았다. 그의 〈오감도〉는 불확정적이고 실험성이 강했다. 그러나 성천 기행 뒤에 발표한 〈위독〉은 작품 구조면에서나 미적인 면에서 더 안정적이다. 이것을 단순히 〈오감도〉에 대한 독자들의 비판을 받아들인 것이라고 할 수만은 없다. 성천 기행에서 얻은 은유의 수사학이 나름대로 이상의 문학 세계를 한 차원 높인 결과로 보아야 한다. 다음으로 본격 소설 세계의 진입이다. 성천 기행 이듬해(1936년) 4월경에 쓴 이상의 편지에 다음과 같은 구절이 있다.

> 小說을 쓰겠오. 「おれ達の幸福を神様にみせびらかしてやる」 그런 駭怪망測한 小說을 쓰겠다는 이야기요. 凶計지오? 가만 있자! 哲學工夫도 좋구려! 退屈で退屈でならない 그따위 一生도 또한 死보다는 그래도 좀 재미가 있지 않겠소?(226면)

이상이 성천 기행 전에 소설을 쓰지 않은 것은 아니다. 〈12월 12일〉, 〈지도의 암실〉, 〈휴업과 사정〉 등 몇몇 작품들을 1935년 이전에 썼다. 그러나 이들은 문예지에 발표되지도 않았고, 본격적인 창작이라고 보기 어렵다. 이상의 본격적인 소설 창작은 바로 1935년 이상의 성천 기행 뒤부터 이뤄졌다. 이상의 성천 기행은 병든 육체에 따른 자의식과 '내면'의 응시를 가능하게 했다. 그의 문학이 확보한 '내면성', 또는 '사물의 주관화'는 모더니즘 문학의 영역이었다. 그리고 〈산촌여정〉이나 〈권태〉는 거리의 산책자의 모습을 띠고 있다. 이상은 시골 마을 이곳저곳을 거닐면서 마주치는 사물들을 그리는가 하면, 그곳에서 느낀 감정들을 토로하였다. 〈산촌여정〉에서는 자연의 신비감을 관찰자의 시선에서 묘사하였고, 〈권태〉는 주관화된 일상성의 세계를 그렸다. 그것들은 1930년대 모더니즘 문학의 세계와 연결되어 있다. 마지막으로 수사학적 성취를 들 수 있다. 〈산촌여정〉에서 보이는 자연에 대한 매혹과 경이감, 그리고 〈권태〉의 퇴행과 권태감은 은유와 환유라는 수사학의 세계를 이룬 것이다.

이상에게는 자본주의적 물질사회에 대한 동경과 추앙이 있었다. 그에게 근대는 서울과 도쿄, 런던, 뉴욕으로 대변할 수 있는 근대 자본주의의 물화된 도시였다. 이상의 '두 번째 방랑' 도쿄는 기계와 문명의 근대 도시였다. 이상의 〈동경〉과 〈권태〉를 비교해 보는 일은 흥미롭다. 왜냐하면 〈동경〉에서 자본주의적 욕망에 실망한 그는 다시 그와 대등한 공간으로 성천을 내세우고 있기 때문이다. 그에게 〈동경〉은 허영과 남루, 해골의 이미지로 대변되었다. 그는 자본주의의 최첨단이었던 도쿄를 보고 실망과 회의에 빠졌다. 이상은 도쿄에서 기계와 자본, 그리고 인공의 모더니즘이 다다른 끝을 절감했던 것이다. 그런 그에게 자연과 순수의 공간으로 성천이 있었다. 성천은 자본주의의 소비 도시와 다른 원초적인 욕망을 품은 마을이었다. 성천은 전근대적이고 비문명적인 시골이었지만 그에게 자연의 아름다움을 알게 해 주었고, 또한 동물적이고 본능적인 욕망을 일깨워 주었던 새로운 공간이었다. 그리하여 원시와 문명, 자연과 인공을 결합한 수사학적 메타포를 형성하였던 것이다. 이를 자연의 모더니즘이라 할 만하다. 이 점에서 그의 수필은 중요해진다. 수필이 그의 문학에서 또 다른 중심부를 형성하고 있기 때문이다.

이상의 독서 행위와 장자적 사유

1. 이상과 한학적 소양

이상의 사상적 토대는 무엇인가? 이제까지 그의 문학적 특성들은 많이 논의되었지만 그의 사상에 대해서는 제대로 밝혀진 적이 없다. 이 글은 그의 문학 연구에서 제대로 밝혀지지 않은 사상적 측면에 한 발자국 다가서 보려고 한다.

이상은 1910년에 태어나 신명학교와 동광학교, 보성고보를 거쳐 경성고등공업학교를 졸업하였다. 그는 건축학을 전공했으며, 또한 미술과 문학에도 흥미가 많았다. 그러나 그의 집안 분위기나 학문적 배경은 제대로 알려져 있지 않다.

> 두 돌 때부터 천자문을 놓고 '따 지'자를 외며 가리키는 총명을 귀여워 못 배겨 하시는 큰아버지, 그래서 집안의 모든 일을 어린 큰오빠와 상의하시는 큰아버지를 못마땅하게 여기시는 큰어머니가 오빠를 어떻게

대했을까 하는 것은 능히 상상할 수 있는 일입니다.[01]

김옥희에 따르면, 이상은 두 돌(3살) 때부터 천자문을 공부했다고 한다. 이것이 그리 특별한 것은 아니다. 당시로서는 크게 새로울 것도 없기 때문이다. 그러나 이상이 신식 학문을 하기에 앞서 한학적 소양을 닦았다는 것은 대단히 중요한 사실이다. 고은은 "이상의 백부 김연필은 중인답게 말단 이방이 갖추는 정도의 지식「한학」을 구사했"다고 하였다.[02] 김연필에게 한학적 소양이 있었다는 것은 매우 자연스러운 현상에 속한다. 그는 아직 근대적인 학교 제도가 정착되기 이전 세대였다. 1882년에 태어났기 때문에 어린 시절엔 전통적인 한학 교육을 받았을 것으로 보인다. 당시만 하더라도 입신과 출세를 하려면 한학이 필수였기 때문이다. 김연필이 이상에게 한학을 배우게 한 것은 지극히 당연한 일이다. 하지만 현재로선 이상의 한학적 깊이를 가늠하긴 어렵다. 이에 관한 다른 언급을 찾아볼 수 없기 때문이다. 그러나 우리는 이상 문학 속에서 그의 한학적 소양과 바탕을 파악해 볼 수 있다.

2. 교양으로서 경전 읽기

이상 문학에서 우리는 그의 다양한 독서 행위 및 사상적 경향을 추적해 볼 수 있다. 먼저 그가 전통적인 학습 교재였던 사서삼경을 탐독한 흔적들을 발견할 수 있다. 그리고 그가 불교 경전, 성경 등의 경전도 광범위하게 읽었음을 알 수 있다.

---

01 김옥희, 〈오빠 이상〉, 김유중·김주현 편, 《그리운 그 이름 이상》, 지식산업사, 2004, 55~56면.

02 고은, 《이상평전》, 청하, 1992, 24면.

이상의 글에는《논어》,《맹자》등의 직접 인용도 눈에 띈다.

(가) 德不孤 必有隣(2권, 173면)[03]

(나) 其父攘羊 其子直之(1권, 74면)

(다) 나는 찬밥한술 冷水한목음을먹고도 넉넉히 一世를威壓할만한「苦言」을 摘摘할수있는 그런智慧의 實力을갖었다.(2권, 377~378면)

(라) 그러나 또 不遠間에 나와똑같이 어리석기짝이없는「讀者」는 이런 맹랑한「포-즈」가 意外에도「巧言令色之格」이라는것을 看破할줄 믿는다.(3권, 228면)

이 구절들은 이미 주해서에서 밝혔듯《논어》에서 가져온 것들이다. (가)는 덕(있는 사람)은 외롭지 않다는 말로 〈이인〉편의 내용이다. (나)는 〈자로〉편으로 그 아버지가 양을 훔쳐 그 아들이 증명했다는 내용인데, 원문의 "其子證之"를 "其子直之"로 한 글자 바꾸었다. (다)는 〈옹야〉편의 "一簞食一瓢飮"으로 매우 가난하면서도 도를 잃지 않는 안회의 모습을 말해 주는 '苦言'이며, (라)는 〈학이〉편으로 "巧言令色"은 교묘한 말과 아첨하는 얼굴을 하는 사람 가운데 어진 사람이 드물다는 구절에서 가져온 것이다. 이 구절들은 이상이《논어》를 애독하였음을 보여 주는 증거이다. 이상은《논어》의 구절들을 적소에 끌어와 사용했다. 그러한 용사적 글쓰기 이면에 우리는 이상의 교양적 독서의 면모를 발견할 수 있다.

---

03 김주현 주해,《증보 정본 이상문학전집2》, 소명출판, 173면. 이하 이 책의 인용은 인용 구절 뒤 괄호 속에 1권(시집), 2권(소설집), 3권(수필 기타), 면수만 기입. 밑줄은 인용자, 이하 동일.

仰不愧於天 俯不怏於人 이런心境에서 사는사람이라도 그런 一點의흐린구름이 지지안흔生活을, 남이 그야말로 求景써리로알고 보려달려들때에는 저윽히不快할것이다.(3권, 93면)

《맹자》 역시 이상에게 교양의 좋은 지침서가 된다. 밑줄 친 구절은 《맹자》의 〈진심장〉에서 가져온 것이다. 원래는 하늘에 우러러 한 점 부끄럼이 없고, 사람에게 한 점 부끄럼이 없다는 말인데, 이상은 뒤의 한 글자를 비틀어 사람에게 유쾌하지 못하다(불쾌하다)로 쓰고 있다. 달리 말해, 소록도 나환자들은 하늘에 부끄러움은 없지만 사람들이 자기들을 구경거리로만 보려고 달려들 때는 불쾌하다는 것이다. 좀 다른 문맥에서 썼지만 고사를 비틀어 쓴 실력이 대단하다. 이로써 이상이 《논어》나 《맹자》 등을 자세히 읽었음을 알 수 있다.

그뿐만 아니라 이상은 《주역》에도 관심을 두고 있었다. 주역적 사고가 가장 잘 드러나는 것이 〈역단〉이라는 시이다. '역단'이란 《주역》으로 인간의 길흉화복을 판단하는 것이 아니던가. 주역은 음양의 이치로 세상을 설명한다. 이는 〈휴업과 사정〉에 여실히 드러난다.

양기 (陽氣) 에넘치든그를생각하며(2권, 45면)

보산이얼마나음양에관한리치를잘리해하야정신수양을하고잇는것인가(2권, 173면)

양의성한째를잠자며 음의성한째를째워잇서 학문하는것이얼마나리치에맛는일인가(2권, 173면)

첫 예문에서 "양기에 넘치던 그"는 남자로서 정기가 넘치던 그를 말한다. 음양에 대해서는 두 번째, 세 번째 예문인 〈휴업과 사정〉에 더 잘 나타난다. 여기에서 "양의 성 한 때"는 낮을, "음의 성 한 때"는 밤을 가리킨다. 보산은 음양의 이치를 잘 이해해야 한다고 하며 밤낮을 바꾸어 생활한다. 그는 "아마 SS도 저렇케 밤을 낫으로 삼아서 지내는가 그러면 SS도 음양의 조흔 리치를 터득하얏단 말인가"(2권, 174면)[04] 라고 하였다. 음양의 좋은 이치란 결국 작품의 결말처럼 음양(SS와 그의 부인)의 조화로 새로운 생명(아이)이 탄생하는 것이 아니던가. 이상은 밤과 낮, 남자와 여자를 음양으로 설명했다. 이는 사물을 음양의 관점에서 바라보는 주역적 사고의 결과이다. 《논어》, 《맹자》, 《주역》 등의 경서에서 인용한 구절들은 이상이 여전히 전통적 학문, 특히 한학의 세례를 받고 있었음을 보여 준다. 그뿐만 아니라 이상 문학에는 불교 용어들도 많이 등장한다.

> 「신에게대한최후의복수는 내몸을사파로부터 사라트리는데잇다」고.(2권, 52면)
>
> 그것은 다만 香氣도觸感도업는 絕對倦怠의 到達할수업는 永遠한彼岸이다.(3권, 127면)
>
> 당신의은혜는명도에가서반드시갑흘것을약속하오(2권, 72면)
>
> 나는 勿論 그 자리에 昏倒하야 버렸다. 나는 죽었다. 나는 黃泉을헤매었다. 冥府에는달이밝다. 나는또다시눈을감았다. 太虛에 소리있어 가로대 너는 몇살이뇨? 滿二十五歲와 十一個月이올시다.(2권, 392면)
>
> 그러한C간호부의서잇는등뒤에부동명왕의얼골과갓치 흑연화렴속에인쇠되여잇는듯한 T씨의그것도 그는볼수잇섯다(2권, 127면)
>
> 머리 정수리를 粉碎 당한 不動明王 같이 그의 敏感은 이미 電氣椅子 위

---

04 원문을 본문에서 인용할 때에는 현대 띄어쓰기로 함.

에 端坐하고 있었다.(2권, 208면)

羅漢은肥大하고여자의子宮은雲母와같이부풀고여자는돌과같이딱딱한 쵸콜레이트가먹고싶었던것이다. 여자가올라가는層階는한층한층이더 욱새로운焦熱氷結地獄이었기때문에여자는즐거운쵸콜레이트가먹고싶 다고생각하지아니하는것은困難하기는하지만(1권, 53면)

小鹿島의癩院을 보고온이의 이야기를들으면 아모리 釋尊가튼 慈悲스 러운얼골을한사람이 來到하야도 그들은 그저 無限한憎惡의눈초리로마 지할줄박에모른다한다(3권, 101면)

이 摩訶不可思議한 呪文같은 遊戱는 이리하여 허다한 不吉과 怨恨을 품고 大團圓을 告하였다.(3권, 166면)

'사바'는 괴로움이 많은 인간 세계를, '피안'은 사바세계 저쪽에 있는 깨달음의 세계를, '명도'는 인간이 죽은 뒤에 간다는 영혼 세계, 곧 '명부' 세계를 말한다. 그리고 초열지옥은 8열지옥의 하나로 뜨거운 불길에 둘러싸여서 그 뜨거움을 견디기 어려운 지옥이다. 초열지옥은 살생, 투도偸盜, 사음邪淫, 음주, 망어妄語 따위의 죄를 지은 사람이 가는 지옥이다. 인간은 괴로움 많은 사바세계에 살다가 명도 세계로 가며, 이승에서 지은 죄에 따라 136군데나 되는 지옥으로 떨어지게 된다.

불교에서는 성인을 예류預流·일래一來·불환不還·아라한阿羅漢의 네 방위로 나누는데, 여기에서 아라한, 곧 나한은 최고의 자리에 있다. 또한 여덟 방위를 지키는 명왕이 있는데, 마두명왕, 대륜명왕, 군다리명왕, 보척명왕, 항삼세명왕, 대위덕명왕, 부동명왕, 무능승명왕 등이 그것이다. 이 가운데 부동명왕은 중앙을 지키며 일체의 악마를 굴복시키는 왕으로 오른손에 칼, 왼손에 오라를 잡고 불꽃을 등진 채 돌로 된 대좌에

앉아 성난 모양을 하고 있다. 석존의 자비야말로 중생에게 즐거움을 주고 괴로움을 없게 하는 불교의 진수가 아니던가. 그리고 '마하'는 불교에서 '위대함·뛰어남·많음'을 의미하는 단어로, 주문이란 〈마하반야바라밀다심경〉을 의미하는 것으로 보인다. 사바와 명도, 피안과 지옥, 석존과 나한 등은 불교적 세계 인식을 보여 준다. 위에서 사용한 어휘들은 일반화된 것들도 있지만 심오한 불교 세계를 그대로 보여 주는 것들도 있다. 이상이 불경 등의 불교 관련 서적을 적잖이 읽었고, 불교 세계를 어느 정도 이해하고 있었음을 말해 준다.

다음으로 성경을 기초로 한 표현들이 있다. 이상은 초기 시에서 기독교적 비유를 많이 썼다.

> 或은 엘리엘리 라마싸박다니(1권, 156면)
> 공연히내일일을글탄말라고(2권, 233면)

> 基督은襤褸한行色으로說教를시작했다(1권, 45면)
> 크리스트에酷似한한襤褸한사나이가잇으니이이는그의終生과殞命까지도내게떠맛기랴는사나운마음씨다.(1권, 124면)
> 고무電線을 끌어다가 聖베드로가 盜聽을 한다(1권, 209면)
> 그는원숭이가진화하야 사람이되엿다는데대하야 결코밋고십지안앗는섄만안이라 갓흔에호바의손에된것이라고도 밋고십지안앗스나그의?(2권, 156면)
> 「애드뻘룬」이 着陸한 뒤의 銀座하늘에는 神의 思慮에 依하여 별도 반짝이렷만 이미 이 「카인」의 末裔들은 별을 잊어버린지도 오래다. 「노아」의 洪水보다도 毒瓦斯를 더 무서워 하라고 教育받은 여기市民들은 率直하게도 散步歸家의 길을 地下鐵로 하기도 한다.(3권, 150면)

이상 문학에는 성경과 관련한 내용들을 많이 언급한다. 이상은 "엘리엘리 라마싸박다니", "내일 일을 글탄말라" 등의 성서 구절을 직접 시에 인용하는가 하면, 기독을 알카포네나 아버지에 비유하기도 했다. 그가 인용한 크리스트, 여호와, 베드로, 유다, 그리고 천사들은 모두 성서와 관련한 인물들이다. 이상의 작품 가운데 특히 기독교적 인식을 잘 보여 주는 작품이 〈실낙원〉, 〈최저낙원〉 등이다. 천사·노아·카인, 파라다이스·실낙원·최저낙원 등의 단어들은 성서적 세계를 보여 준다. 이러한 단어들은 그가 성경에 많은 관심을 두고 읽었음을 의미한다. 다만 이상에게 성서적 세계는 주로 인용 및 언급에 그쳤을 뿐이지, 사상적으로 심취하여 수용하지는 않았던 것으로 보인다.

3. 이상, 장자를 만나다

이상에게 가장 많은 영향을 끼친 사상가로 장자를 들 수 있다. 이상과 장자의 만남은 특이하다. 이상은 처음 발표한 작품 〈12월 12일〉에서 장자의 꿈을 언급하고 있다.

> 장주(壯周)의쑴과갓치 — 눈을부비여보앗슬쌔 머리는무겁고 무엇인가 어둡기가짝이업는것이엿다 그짧은동안에지나간 그의반생의축도를 그는조름속에서도 피곤한날개로한번휘거처 날아보앗는지도몰낫다 쑴을 기억할수는업섯스나 쑴을쑤엇는지도 혹은안쑤엇는지도 그것싸지도알수는업섯다(2권, 122면)
>
> 活動寫眞을 보고난다음에 맛보는淡泊한虛無 — 莊周의 胡蝶夢이 이러하얏슬것임니다.(3권, 56면)

《장자》의 제2편인 〈제물론〉에는 꿈에 관한 내용이 두 군데 나온다. 장자는 "꿈을 꿈에 있어서는 그것이 꿈임을 알지 못한다. 꿈속에서 또 그 꿈을 점치고, 깨어서 뒤에 그것이 꿈임을 안다. 대각이 있고 그런 뒤에 그것이 대몽임을 아나 그런데도 우자는 스스로 깬 것이라 하여 다 아는 체한다〔方其夢也 不知其夢也 夢之中又占其夢焉也 覺以後知其夢也 且侑大覺而後知此其大夢也 而愚者自以爲覺 竊竊然知之〕"[05]라고 했다. 장자는 큰 깨달음을 얻고 나면 인생이 결국 커다란 꿈이었다는 것을 알게 된다고 했다. 그의 입장에서 현실이나 인생은 곧 꿈에 지나지 않는다. 또한 장자는 호접몽을 이야기하였다. '호접몽'이야말로 장자의 사상을 가장 잘 보여 주는 예화이다. 이상은 〈12월 12일〉에서 장주의 꿈을, 〈권태〉에서 호접몽을 언급하였다. 호접몽은 주체와 대상의 구분이 모호한, 그래서 어느 것이 주체이고 어느 것이 객체인지 잘 분간하기 어려운 세계이다.

> 꿈에는생시를꿈꾸고생시에는꿈을꿈꾸고 어느것이나자미있다.(2권, 224면)

현실의 이상은 꿈을 꿈꾸고 꿈 속의 이상은 생시를 꿈꾼다고 했다. 그것은 생시와 꿈이 구분되지 않아 장자가 나비가 되고 나비가 장자가 되는 세계이다. 이는 오늘날의 주체 해체와 닿아 있다. 주체는 고정되어 있지 않고 분열하며 해체된다. 장자는 나비를 꿈꾸고 나비는 장자를 꿈꾸는 세계, 거기에서 현실과 꿈의 고정된 경계는 무너지고 만다. 꿈은 주체의 경계를 무너뜨리고, 주체 해체를 이룩한다.

---

05 우현민 역주, 《장자(상)》, 박영사, 1996, 122면.

快晴의空中에鵬遊하는Z伯號.(1권, 71면)

이것은 〈AU MAGASIN DE NOUVEAUTES〉의 한 구절이다. 여기에서 우리는 붕새 이야기를 만난다. 붕새는 《장자》 제1편 〈소요유〉의 첫머리를 장식하고 있지 않는가. 장자는 "북쪽 바다에 물고기가 있으니, 그 이름은 곤이라고 하는데, 크기가 몇 천 리인지 모른다. 그것이 변해서 새가 되는데 그것을 붕이라 한다. 한번 기운을 떨쳐 날면 날개가 마치 하늘을 드리운 구름과 같다. 붕새는 바다 기운이 한번 움직일 때에 남쪽 바다로 옮겨가려고 하는데 남쪽 바다는 곧 천지다〔北冥有魚 其名爲鯤 鯤之大 不知其幾千里也. 化而爲鳥 其名爲鵬 鵬之背 不知其幾千里也. 怒而飛 其濵若垂天之雲. 是鳥也 海運 則將徙於南冥. 南冥者 天池也〕"라고 하였다. 한편 제해齊諧는 붕이 남쪽 바다로 옮겨 갈 때 물결을 치는 것이 3천 리, 요동쳐서 오르는 것이 9만 리, 그래서 날아가길 여섯 달을 하고야 쉰다고 했다. 곤이 붕이 되고 북에서 남으로 날아가는 이야기야말로 장자의 놀라운 상상력이 아닌가. 그래서 붕새처럼 날아다니는 것을 '鵬飛'라 한다. 그것은 '逍遙遊'하는 장자의 사유를 그대로 보여 준다.

이상은 "쾌청의 공중을 붕유하는"이라 쓰고 있다. 《장자》에서 '붕새처럼 나는'〔鵬飛〕을 '붕새처럼 노니는'〔鵬遊〕으로 고쳐 쓰고 있지만, 하늘을 나는 붕새의 절대 자유의 상상력은 그대로 가져왔다. 북에서 남으로 가로지르는 거대하고 자유로운 붕새에게 인간은 그야말로 미물에 지나지 않는다. 붕(원추)과 같은 장자에게 인간은 매미나 산까치, 또는 소리개에 지나지 않는다.[06] 이상은 Z백호를 붕새에 비유하긴 했지만 광대무변

06 《장자》 〈추수〉편에는 붕과 같은 새로 원추鵷鶵가 나온다. 원추는 오동나무가 아니면 깃들지 않고 대나무 열매가 아니면 먹질 않고 예천이 아니면 마시지 않는다. 그런데 소리개가 썩은 쥐를 갖고 있다가 원추가 지나는 것을 보고 그것을 빼

함의 자유를 그대로 표현하고 있다.

翼殷不逝 目大不覩(1권, 73면)

또한 이상 문학에서 장자의 흔적을 발견할 수 있는 것이 〈산목〉편의 까치 설화이다. 우리는 일반적으로 날개와 나는 것에 동질성을 가정한다. 다시 말해 날개가 크면 클수록 잘 난다고 생각하는 것이다. 그러나 장자는 '날개는 커도 날지 못하고'라 하였다. 이는 곧 제 기능과 구실을 제대로 못하는 것을 말한다. 눈의 경우도 마찬가지이다. 눈이 크면 잘 본다는 우리의 가정은 '눈이 커도 보지 못한다'로 뒤집어진다. 먹잇감에 정신을 빼앗긴 까치가 자신을 노리고 있던 장자를 제대로 보지 못했다는 이야기이다. 이상은 이 이야기를 이끌어와 〈건축무한육면각체—이십이년〉을 썼다. 그는 위 구절을 인용하고 나서 "반왜소형의 신의 눈앞에 내가 낙상한 고사가 유함〔胖矮小形の神の眼前に我は落傷した故事を有つ〕"이라 쓰고 있다. '살찌고 왜소한 신'의 의미가 분명하진 않지만 '고사'라는 표현으로 보아 장자의 까치 설화에서 연유해 왔음을 짐작할 수 있다. 이상은 나비와 붕새, 나아가 까치와 원숭이[07] 이야기로 장자를 만났다.

앗길까 봐 성을 내어 소리를 지른다. 소리개는 원추의 높은 뜻을 알지 못하고 자기의 이익에만 급급할 뿐이다.

07 이상은 또한 《장자》의 원숭이를 언급하였다. 〈위독—매춘〉에서 언급한 "朝三暮四의싸이폰作用"(1권, 122면)이 그것이다. 물론 '朝三暮四'는 《열자》 '황제편'에 나온다. 장자는 '제물론'에서 조삼모사의 원숭이를 이야기한다. 어그러짐이 없는 데도 성냄과 기쁨이라는 결과는 달랐다는 점, 성인은 이를 조화시켜 가지런히 만든다는 것이다. 이상은 이것을 과학의 사이펀 작용으로 설명했다. 수평면에 4와 3을 놓고 사이펀 작용을 하면 둘 모두 같은 양이 된다. 이상에게 과학은 사물을 조화시켜 가지런히 만들 수 있는 존재가 된다.

4. 이상과 장자가 통하는 길

이상의 문학에서 장자적인 냄새를 많이 풍기는 작품은 〈건축무한육면각체〉이다. 이것은 단순히 장자의 몇몇 구절을 가져왔다는 것을 의미하지 않는다.

> 輪不輾地 展開된地球儀를앞에두고서의設問一題.(1권, 73면)

이상은 다시 《장자》 〈천하〉편에서 윤부전지를 끌어온다. 이상은 '윤부전지'에서 한 글자를 달리 썼다. 그렇다면 이것은 무슨 의미인가? 그럼 먼저 〈천하〉편의 내용을 살피기로 한다.

> 바퀴는 땅을 밟지 않는다. 눈은 보지 못한다 (……) 정방기는 네모가 아니다. 정원기는 둥글지 않다. 구멍은 마개를 에워싸지 않는다. 나는 새의 그림자는 움직이지 않는다. 화살의 빠른 것도 가지도 않고 그치지 않는 때가 있다 (……) 한 자의 지팡이를 날마다 반씩 깎으면 만년이 가도 다하지 않는다.(輪不蹍地. 目不見 (……) 矩不方. 規不可以爲圓. 鑿不圍枘. 飛鳥之景, 未嘗動也. 鏃矢之疾而有不行不止之時 (……) 一尺之棰, 日取其半, 萬世不竭)[08]

《장자》의 〈천하〉편은 辯者, 혜시의 변설로 가득하다는 점에서 소피스트의 궤변과 다를 바 없다. 이상은 '바퀴는 땅을 밟지 않는다〔輪不蹍地〕'를 '바퀴는 땅을 구르지 않는다〔輪不輾地〕'로 고쳐 쓰고 있다.[09] 이

08 김달진 역해, 《장자》, 고려원, 1989, 522~523면.

09 이 구절과 관련하여 한 논자의 정치한 설명이 있었다. 그는 이상의 시에서 장자

것이 단순히 오식인지, 아니면 의도적 교정인지 알 수 없다. 그것은 비일상적 관념으로 일상적 관념을 뒤엎는 일종의 패러독스이다. 이상은 〈且8氏의 出發〉에서 "生理作用이 가져오는 常識을 抛棄하라"고 강조하여 외치고 있다. '윤부전지'야말로 상식을 포기하는 표현이다.

司馬彪는 "땅은 평평하고 바퀴는 둥근데 바퀴의 가는 것은 자국일 뿐이다〔地平輪圓則輪之所行者跡也〕"라고 했다.[10] 이것은 "바퀴는 끊임없이 굴러간다",[11] 또는 "바퀴는 땅에 닿지 않는다"[12] 등으로 해석할 수 있다. 바퀴는 구르지 않는다에서 이상은 "전개된 지구의"를 도출했다. 펼쳐진 지구의란 지구에서 구의 속성이 사라진 평면으로, 다원추도법으로 그린 지구도와 같지 않은가. 구가 평면인 것은 네모난 것〔矩〕은 네모가 아니고, 둥근 것〔規〕은 원이 아닌 것과 같은 이치다.[13] 우리가 지구를 평면으로 인식하는 것도 펼쳐진 지구의와 같은 인식의 산물이다.

> 四角이난圓運動의四角이난圓運動 의 四角 이 난 圓.(1권, 70면)
> 彎曲된直線을直線으로疾走하는落體公式(1권, 71면)

와 관련된 토포스 몇 가지를 세밀히 분석하였다. 박현수, 〈토포스의 힘과 창조성 고찰〉, 《모더니즘과 포스트모더니즘의 수사학》, 소명출판, 2003, 277~291면.

10 우현민 역주, 《장자(하)》, 박영사, 1996, 668면.

11 김달진 역해, 앞의 책, 522면.

12 우현민 역주, 《장자(하)》, 669면.

13 《장자》에 나온 혜시의 변설은 비슷한 시기에 살았던 제논의 역설과도 통한다. 제논의 제1역설인 이분 역설(Dichotomy paradox)은 '나는 새의 그림자는 움직이지 않는다'는 이야기와, 제2역설인 아킬레스와 거북이의 역설(Achilles and the tortoise paradox)은 '한 자의 지팡이를 아무리 잘라도 다하지 않는다'는 이야기, 제3역설인 화살의 역설(Arrow paradox)은 화살이 빨리 날아도 가지 않는 때와 멈추지 않는 때가 있다는 이야기와 그 사유 방식의 측면에서 유사하다.

사각형을 분해하거나 운동을 가미하면 다른 형체가 된다. 먼저 사각형을 지그재그 방향으로 같은 크기로 아주 잘게 잘라서 좁은 모서리를 중심으로 붙이면 하나의 원 모양이 된다. 반대로 원에서 중심을 기준으로 하여 일정한 크기로 수없이 잘라서 지그재그로 붙이면 사각형이 된다. 또한 사각형을 대각선의 교차점을 중심으로 회전시키면 영락없는 원이 된다. 직사각형을 세워 한 면, 또는 아래 윗면의 중앙을 중심으로 삼아 돌리면 원기둥이 되고, 대각선을 중심으로 세워 돌리면 상하 두 개의 원뿔이 완성된다. 사각은 원과 다르지만 공간을 분해하여 조합하면 원이 될 수 있고, 원운동을 더하면 원통이 된다. 반대로 지구의와 같은 구球도 펼치면 다원추 지도처럼 평면이 된다. 수레바퀴〔원〕를 분해하면 사각형이 되고, 원주를 펼치면 일직선이 된다. 그러므로 수레바퀴가 가는 것은 구르는 것이 아니라 땅과 일직선으로 전진하는 것일 뿐이다. 이상은 수레바퀴와 지구의가 공간 분해와 회전 운동으로 사각, 또는 평면과 다르지 않다는 것을 말하고 싶었던 것으로 보인다. 평면과 구, 사각과 원의 동일성은 곡선과 직선의 동일성과 다르지 않다. 이상은 "彎曲된 直線", 또는 "屈曲한 直線"을 언급하고 있는데, 직선도 굽은 공간에서는 곡선이 된다. 반대로 곡선도 굽은 공간에서는 직선이 될 수 있다. 그렇기에 곡선과 직선은 다르면서 같은 것이다.

> 만물은 생겨남과 동시에 죽어 있다〔物方生方死〕[14]
> 남방은 끝이 없음과 동시에 끝이 있다〔南方無窮而有窮〕[15]

예문은 혜시의 曆物十事라 말하는 궤변으로 4번째와 6번째 것이다.

---

14 우현민 역주, 《장자(하)》, 665면.

15 앞의 책, 같은 면.

사실 이것은 궤변이라기보다는 오히려 역설로 논리를 확장하는 모습을 보여 준다. 사물은 생겨남과 동시에 죽어 있다는 것은 양면이 있다는 의미이다. 장자는 〈제물론〉에서 "생에 아울러 사가 있고, 사에 아울러 생이 있다〔方生方死 方死方生〕"[16]고 언급했다. 장자의 입장에서 생사도 현실과 꿈처럼 양면적인 것이 된다. 그리고 남방은 무궁하기도, 유궁하기도 하다는 것이다. 남방은 남쪽 방향을 일컫지만 공간을 말한다. 그러므로 남방은 공간이지만 공간적 제약을 넘어선다. 이상에게서 이러한 사유를 발견할 수 있다.

> 흙무든花苑틈으로 막다른 下水溝를 뚤는데 기실 뚤렷고 기실 막다른 어룬의 골목이로소이다.(1권, 143면)
> 安全을 헐값에 파는 가가 모통이를 도라가야 最低樂園의 浮浪한 막다른골목이요 기실 뚤인 골목이요 기실은 막다른 골목이로소이다.(1권, 145면)

이상은 〈최저낙원〉에서 막다른 골목이요 뚫린 골목이라고 했다. 나아가 〈지도의 암실〉에서는 "뚫린 골목은 막힌 골목이요 막힌 골목은 뚫린 골목〔活胡同是死胡同 死胡同是活胡同〕(2권, 158면)"으로 언급했다. 골목은 뚫려 있기도 하고 막혀 있기도 하다는 것이다. 뚫려 있는 것을 무궁이라 하면 막혀 있는 것은 유궁이 된다. 이상의 '호동'은 장자의 '남방'과 일치한다. 이상에게 뚫린 골목은 곧 막힌 골목이 된다. 골목이란 공간은 유한하기도 무한하기도 하다. 그것은 삶과 죽음에 있어서도 마찬가지이다.

---

16 우현민 역주, 《장자(상)》, 85면.

女王蜂과未亡人 — 世上의 허고많은女人이本質的으로 임이 未亡人아닌이가있으리까? 아니!女人의全部가 그日常에있어서 개개「未亡人」이라는 내 論理가 뜻밖에도女性에對한冒瀆이되오?(2권, 263면)

나는견디면서女王蜂처럼受動的인맵씨를꾸며보인다 (……) 그래서新婦는그날그날까므라치거나雄蜂처럼죽고죽고한다.(1권, 123면)

天使는 아모데도없다. 『파라다이스』는 빈터다.

나는때때로 二三人의 天使를 만나는수가 있다. 제各各 다쉽사리 내게 「키쓰」하야준다. 그러나 忽然히 그당장에서 죽어버린다. 마치 雄蜂처럼 —(1권, 137면)

이상은 〈날개〉에서 여왕봉은 미망인이라는 논리를 펴고 있다. 여왕봉은 여러 웅봉을 거느린다. 그러나 그 웅봉들은 교미와 더불어 죽어 버린다. 미망인은 남편을 잃은 여자이다. 세상의 많은 여인들은 남편을 거느리지만 본질적으로 미망인이라는 것이다. 거기에는 세상의 남편들이 살아 있지만 동시에 죽어 있다는 논리가 들어 있다. 이상은 〈생애〉에서 웅봉처럼 죽는 아내를, 〈실낙원〉에서는 죽어 버리는 천사(또는 '나')를 묘사했다. 여기에서 삶과 더불어 죽음이 있고, 죽음에 아울러 생이 있다. 죽음과 삶, 존재와 무는 인간의 삶에 동시적으로 작용한다.

장자는 〈제물론〉 23절에서 생과 사를 여일한 것으로 설명했다.[17] 생과 사는 만물제동의 원리 속에서 하나가 되는 것이다. 이상은 골목과 웅봉의 비유를 들어 유한과 무한, 생과 사가 다르지 않음을 지적했다.

내 자신이 안다고 하는 것은 실은 아무것도 알지 못하는 것이거나, 반

17 앞의 책, 120면.

대로 내 자신이 알지 못한다고 하는 것이 사실은 아는 것이거나 하는 법이구나〔庸詎知吾所謂知之非不知邪 庸詎知吾所謂不知之非知邪〕[18]

나는아아는것을아알며있었던典故로하여알지못하고그만둔나에게의執行의中間에서더욱새로운것을아알지아니하면아니되었다.(1권, 74면)

내가二匹을아아는것은내가二匹을아알지못하는것이니라.(1권, 91면)

〈제물론〉에서 왕예는 지知와 부지不知의 여일如一함을 말했다. 공자는 《논어》 〈위정〉편에서 "아는 것을 안다 하고 모르는 것을 모른다 함이 진실로 아는 것〔知之爲知之 不知爲不知 是知也〕"이라고 주장하였다. 아는 것이 아는 것일 뿐이라는 분명한 논리이다. 그런데 《장자》에서는 그러한 주장을 회의하고 부정하였다. 장자는 안다는 것이 실은 알지 못하는 것이거나 알지 못하는 것이 실은 아는 것이라고 논리를 뒤집어 버렸다. 이러한 역설은 이상에게도 발견할 수 있다. 〈출판법〉에서는 "아는 것을… 알지 못하고…알지 않으면 아니 된다"고 언급하였다.[19] 아는 것은 곧 알지 못하는 것이라는 논리이다. 이는 〈시 제5호〉에 더욱 확연히 드러난다. 거기에서 이상은 "내가 2필을 안다는 것은 알지 못하는 것"이라고 했다. 이상은 '안다는 것'을 회의하고 부정하는 태도를 보였다. 그래서 어떤 것을 안다는 것은 알지 못하는 것이라고 하였다. 지와 부지는 꿈과 현실, 생과 사, 심지어 유한과 무한처럼 인간에게 동전의 양면처럼 존재

---

18 앞의 책, 112~114면. 이러한 논리는 〈지북유〉편에서도 나온다. 이곳에서는 "알지 못하는 것이 아는 것이고, 안다는 것이 알지 못하는 것인가. 누가 알지 못함이 앎인 것을 알랴!(弗知乃知乎 知乃不知乎 孰知不知之知)"라는 태청의 말이 실려 있다.

19 한 논자는 이것을 공자의 앞 구절과 관련지어 설명했다.(박현수, 앞의 책, 289면)

한다. 이상도 장자처럼 그러한 동일화를 문학에서 드러낸다.

5. 변자辯者와 건담가健談家

장자가 혜시에게 많은 영향을 받았음은 《장자》의 곳곳에서 목격할 수 있다. 장자는 혜시의 궤변에서 많은 것을 얻었다. 혜시에게서 '역물 10사'와 같은 궤변은 일상적인 사고를 전복하는 언술이다. 그것은 단순한 말장난 이상이며, 그러한 언설로 더욱 심원한 진리에 이를 수 있게 한다. 혜시는 다섯 수레가 될 정도로 많은 장서를 가지고 있었다고 한다. 혜시의 언술들은 수많은 독서의 산물이다. 장자는 혜시의 언술들을 언급하면서 자신의 논리를 발전시켜 나갔다.

이상이 장자에게서 혜시의 언술들을 배웠음은 더 이상 논급할 필요가 없다. 그러한 것은 역설적 이론으로, 앞에서 언급했듯이 "상식을 포기"하는 것이다. 그런데 이러한 역설적 이론이 장자 내지 혜시만의 것은 아니다.

> 원체가 東洋道德으로는 身體髮膚에瘡痍를내는것을 嚴重히取締한다고 寡聞이 들어왓거늘 그럼이 무시무시한 毁傷을 日, 中에도 으뜸이라는 孝道의 極致로대접하는 逆說的理論의 根據를 찾기어렵다.(3권, 66면)

이상은 위 글에서 당시 우리 사회에서 흔했던 효에 대한 역설적 이론을 지적하였다. 신체발부 어느 곳도 훼손해서는 안 된다는 유교적 효의식과 손가락 절단은 배치된다. 그러니 그것을 효도의 극치로 간주하는 것은 어불성설이다. 그럼에도 세상에는 불효의 극단이 최고의 효로 인식되는 역설적 상황이 존재한다.

윤태영은 이상이 스스로 건담가로 칭했다고 했다.[20] 건담가란 무엇인가? 변설을 좋아하는 사람이 아닌가. 사실 이상은 장자나 혜시처럼 뒤집어 생각하고 역설적으로 표현하는 대가였다.

「가량 자기가 제일 싫여하는 음식물을 상찌푸리지않고 먹어보는거 그래서 거기두있는「맛」인 「맛」을 찾어내구야마는거, 이게 말하자면 「파라독스」지. 요컨댄 우리들은 숙망적으로 사상, 즉 중심이있는 사상생활을 할수가없도록 돼먹었거든. 知性 — 흥 지성의 힘으로 세상을 조롱할수야 얼마든지있지, 있지만 그게 그사람의 생활을 「리-드」할수있는 근본에있을힘이 되지않는걸 어떻거나? 그렇니까 仙이나 내나 큰소리는 말아야해 일체 맹세하지말자 — 허는게 즉 우리가 해야할 맹세지.」(2권, 297~298면)

『우리醫師는 죽으려드는사람을 부득부득 살려 가면서도 살기어려운 세상을 부득부득 살아가니 거 익쌀맞지 않소?』(2권, 328면)

無事한世上이病院이고꼭治療를기다리는無病이끗끗내잇다.(1권, 105면)

(天使는 — 어디를가도 天使는없다. 天使들은 다 結婚해버렸기 때문에다)(2권, 351면)

싫어하는 음식을 탐식하는 상황이야말로 패러독스이다. 싫어하는 것과 좋아하는 것을 하나로 하는 것, 그것은 맹세하지 말자 하는 게 맹세(하자)가 되는 형국이다. 그리고 죽으려 드는 사람을 부득부득 살리려 애쓰면서도 살기 어려운 삶을 살아가는 의사의 삶, 무사한 세상이

---

20 윤태영, 〈자신이 건담가라던 이상〉, 《그리운 그 이름, 이상》, 지식산업사, 2004, 249면.

병원이 되고 무병을 치료해야 하는 세상 역시 패러독스적 상황이다. 단순한 언어유희로 치부할 수도 있는, 이러한 것이야말로 그가 '역설적 이론'이라 일컬었던 것이 아닌가. 거기에는 삶에 내재된 심원한 진리를 투시하는 이상의 날카로운 눈이 빛난다.

건담가는 그야말로 변설을 즐기던 사람이 아닌가. 이상도 혜시나 소피스트처럼 다양한 변설을 즐겼음을 그의 지우들이 증명했다. 그의 변설들은 위트와 패러독스로 점철되었다. 그는 다양한 독서로 지식을 얻었으며, 그러한 지식과 자신의 재치를 바탕으로 종횡무진 변설을 즐겼다. 건담가였던 이상, 그는 뛰어난 재사이자 변자였던 것이다.

6. 남은 과제

이상이 산 시대는 일제의 강권으로 근대화가 이루어지던 특수한 시기였다. 그는 전통적인 한학뿐만 아니라 한글 교육도 받았으며, 또한 학교에서 일어와 영어도 배웠다. 그는 무엇보다 외국어 공부에 대한 욕망이 있었다. "五個國語에 能通"하겠다거나 "七個國語 云云"한 것은 그러한 바람을 보여 준다. 여러 국어에 대한 관심은 결국 다양한 독서에 대한 욕구이며, 새로운 학문을 흡수하고픈 욕망에서 비롯하였다.

그것은 "나는 내 言語가 이미 이 荒漠한 地上에서 蕩盡된 것을 느끼지 않을 수 없을 만치 精神은 空洞이오, 思想은 당장 貧困하였다"는 맥락에서 엿볼 수 있다. 언어는 사상과 밀접한 관련이 있다. 사상은 언어로 전달되며, 또한 언어는 사상 형성의 바탕이 된다. 언어 공부는 사상의 발달에 필수적이다. 그는 다양한 서적들을 공부하며 옛 학문뿐만 아니라 새로운 이론도 적극 공부하였다. 그는 당시 일본에서 들어온 니체와 세스토프 등의 실존철학, 불안 사조를 받아들였다. 그리고 아인슈타인 등의 현대물리학도 접했다. 아인슈타인의 영향은 〈선에 관한 각서〉, 〈삼차각설계도〉 등에서 확연히 드러난다. 그뿐만 아니라 〈건축무한육면각체〉는 테오 판 두스뷔르흐의 건축무한육면각체라는 4차원의 공간 모형에도 많은 영향을 받은 것으로 보인다. 이에 대해서는 앞으로 더욱 깊은 논의가 필요하다.

이상은 《논어》, 《맹자》, 《장자》, 《주역》, 《성경》 등 각종 경전을 읽었다. 그런데 이들 대부분은 지식을 확장하는 교양적 독서물로서 의미가 있었지만, 《장자》는 그의 사유에 적지 않은 영향을 주었다. 각종 사상을 종횡으로 흡수했던 이상에게 장자의 만물제동의 사상뿐만 아니라 아인슈타인의 상대성원리는 대단히 매혹적인 대상이었을 것이다. 그의 문학에는 지극히 상대적이면서도 역설적인 논리가 깃들어 있다. 이상은 장자 및 아인슈타인과 만나면서 독특한 사유 구조를 확립하고, 그러한 사유를 문학에서 드러냈던 것이다.

실험과 해체

제3부

정리와 평가

1980년대 이전의 이상 연구 현황

1. 새로움과 실험 — 이상에 대한 관심

이상에 대한 우리의 첫 번째 인상은 '이상'일 것이다. 그것은 '理想'과 '異常' 사이의 끊임없는 머뭇거림이다. 물론 그는 천재, 광인, 요절 등 그밖에도 다양한 이미지를 갖고 있다. 우리가 이상을 이상하게 인식한 것은 〈오감도〉의 탓이 크며, 그에 관한 숱한 일화도 그러한 인식을 더한다. 이상은 정말 異常, 또는 異狀한 사람이었던가. 그는 끊임없이 理想的인 삶을 추구했던 것은 아닌가. 어쩌면 우리의 관심도 그 사이에 맴돌고 있는 것은 아닐까. 이 글에서는 이상을, 또는 이상의 작품을 정면에서 바라보는 것이 아니라 이상에 대한 연구들을 통해서 이상을 들여다보려 한다. 그것은 연구자들에게 비친 그의 모습을 살펴보는 것이기도 하고, 다른 한편으로 언어 속에 감금된 그를 발견하는 일이기도 하다. 이상의 작품과 그의 삶이 무수한 사람들의 손을 거치며 다시 시와 소설로 재현되었지만 여기에서 그것들은 일단 미뤄두고, 연구자들의 눈에 비친 이상을 살펴보기로 한다. 지금까지 이상에 관한 수많은 논의들이 나왔고, 오늘날에도 새로이 쓰이고 있다. 이 글에서는 그 시대, 곧

1930년대부터 1980년대까지의 이상 논의를 들여다보려고 한다.[01] 거의 60년에 이르는 동안의 이상 연구를 정리하고 점검하고자 하는 것이다. 이상 연구의 흐름은 대략 20년을 주기로 변화의 모습을 보였으며 여기에서는 그러한 연구를 시기별로 나누어 살펴볼 것이다. 먼저 초기 연구로 그 시대에서 1940년대까지 논의를 살피고, 임종국·이어령 등의 제1세대 연구에 1950~1960년대 연구를, 김윤식·이승훈 등의 제2세대 연구에 1970~1980년대의 연구를 포괄하여 살피는데, 각 시기 논의의 특성과 한계를 중심으로 서술할 것이다.

2. 초기(1930~1940년대)의 관심 — 촌평과 인상비평

이상에 대한 그 시대의 논의는 본격적인 연구가 아니라 일상적인 관심의 차원에서 비롯하였다. 이상의 작품 가운데 가장 먼저 논의된 것은 문학 장르가 아니라 그가 제10회 조선미술전朝鮮美術展에 낸 그림 〈자상〉이다.[02] 그 다음은 《조선과 건축》 표지 도안에 대한 평으로 거기에서 이미 이상 작품의 다다이즘적이고 변태變態적인 특성이 논의된다.[03] 이상은 이러한 평들이 나오기 이전(1930년 2월)부터 문학작품(〈12월 12일〉)을 발표했지만 그가 사람들에게 알려지기 시작한 것은 《가톨릭청년》이나 《월간매신》에 한글시를 발표한 뒤로 보인다. 물론 그 이전에 《조선과 건축》에 일문시가 실렸지만, 그것은 건축지라는 지면의 특성과 일본어라는 언어적인 문제 때문에 별다른 관심을 끌지 못했던 것으로 보인

01 이 글은 이상의 연구 현황을 점검하는 기획으로 앞선 글, 〈1990년대 이상 연구의 현황과 전망〉(《이상 리뷰》 창간호)의 후속으로 쓴 것임을 밝혀 둔다.

02 김주경, 〈제10회조미전평〉, 《조선일보》, 1931년 6월 5일자.

03 野村 외, 〈소화7년당선도안비판좌담회〉, 《조선과 건축》, 1932년 1월.

다. 문학비평에 이상이라는 이름이 등장한 것도 이 시기를 즈음해서였다. 김기림이 난해한 시를 언급하며 이상을 거론한 것이다.[04] 이처럼 당시 이상은 난해한 시인의 무리에 속해 있었다.

이상이 대중에게 널리 알려진 계기는 역시 1934년에 발표된 〈오감도〉일 것이다. 독자들이 이 작품을 두고 '미친 자의 개수작', '정신이상자의 잠꼬대'라는 비난을 하면서 일으킨 소동은 '오감도 사건'이라 불릴 만치 당시 문단에 대단한 화젯거리였다. 독자 대중들의 비난과 공세로 〈오감도〉는 15호를 마지막으로 연재가 중단되고 만다. 이상은 〈오감도〉로 말미암아 신랄한 비난과 수모를 동시에 받은 셈이다. 이 사건으로 이상은 세간에 많은 이목을 끌게 되었으며 이상을 다룬 비평도 이 시기부터 본격 등장하였다.

김안서는 〈정식〉을 두고 '시랍시고 산문을, 가장 조선말답지 못한 이 산문을 발표하'였다고 혹평하였다. 자신이 소중히 여기는 리듬이 없다는 이유 때문이었다. 그가 보기에 이상은 시가에 대한 반역을 꾀한 것이 아니라 모독을 감행하였으며, 다만 호기영신을 좇아다니는 유행아에 지나지 않았던 것이다.[05] 아울러 박영희는 〈지주회시〉를 난해한 작품으로 규정짓고, '새로운 특별한 경지를 개척하려는 듯하나, 완성되지 못한 습작' 같아 보인다고 했다.[06] 그러나 이상의 평가는 〈날개〉를 기점으로 상당히 다른 양상으로 전개되기에 이른다. 최재서는 〈날개〉에 "자기 자신 내부에 관찰하는 예술가와 관찰당하는 (생활자로서의) 인간을 어느 정

04 김기림, 〈현대시의 발전 — 난해라는 비난에 대하야〉, 《조선일보》, 1934년 7월 12~22일자.

05 김안서, 〈시는 기지가 아니다 — 이상 씨 〈정식〉〉, 《매일신보》, 1935년 4월 11일자.

06 박영희, 〈완전한 성격의 표현 작가의 인생관의 확립 — 6월 창작평〉, 《조선일보》, 1936년 6월 17일자.

도까지 구별하여 자기 내부의 인간을 예술가의 입장으로부터 관찰하고 분석한다는 것은 병적일런지 모르나 인간 예지가 아직까지 도달한 최고봉"이라는 찬사를 아끼지 않았다.[07] 그는 현대의 분열과 모순을 이만큼 고민한 개성도 없고, 또한 그 고민을 영탄하지 않고 이만큼 실재화한 예도 없다고 하며, 〈날개〉를 '리얼리즘의 심화'로 평가했다. 한편 김문집은 〈날개〉 정도의 작품은 7~8년 전 신심리주의 문학이 극성했던 도쿄 문단의 신인작단에 맥고모자같이 흔했다고 그 의미를 폄하했다. 그러면서도 '우리 문단에 있어서 자본주의 말기 도회의 이면을 비극화해 보인 하나의 이채로운 작품' 또는 佐藤春夫, 조이스, 폴 모랑 등에 견주어 손색이 없는, '형상 표상의 아름다움'을 지닌 작품으로도 평가했다.[08] 다소 극단적이긴 하지만 이러한 평가는 〈날개〉를 필두로 하여 이상이 문단의 총아로 떠올랐다는 것을 말해 준다.

그리고 이상 사후 〈종생기〉, 〈실화〉 등의 유고들이 발표되면서, 그는 또 한 번 문단의 관심을 끌게 되는데, 이 시기 이상에 관한 논의로 엄흥섭, 최재서, 이원조의 글이 있다.[09] 엄흥섭은 〈종생기〉를 가작으로 평가하고, "작가 자신의 심경을 기발한 문장으로써 재래의 표현수법을 전연 무시 경멸하고까지 천진스러울 만큼 문장유희에 몰두하였"다고 평하며, 이상의 문장유희가 재기 있음을 강조했다. 최재서는 〈종생기〉가 '자의식의 좀 더 심각하고 다면적인 전시'이며, '자기분열과 자의식의

---

07 최재서, 〈리아리즘의 확대와 심화 — 〈천변풍경〉과 〈날개〉에 관하야〉, 《조선일보》, 1936년 11월 3일자.

08 김문집, 〈〈날개〉의 시학적 재비판〉, 《비평문학: 평론집》, 청색지사, 1938.

09 엄흥섭, 〈요서(夭逝)한 두 작가의 작품 — 5월 창작평〉, 《조선일보》, 1937년 5월 11일자; 최재서, 〈현대적 지성에 관하여〉, 《조선일보》, 1937년 5월 18일자; 이원조, 〈자의식과 독자 — 2월 창작평〉, 《조선일보》, 1939년 3월 2일자.

피묻은 기록'이라고 규정했다. 그리고 이원조는 이상의 작품을 패러독스와 경구, 날카로운 기지, 매력적인 문장, 착잡한 자의식 등으로 이뤄진 문학이라고 설명하였다. 한편 김기림은 이상을 '가장 우수한 최후의 모더니스트', '모더니즘의 초극이라는 운명을 한 몸에 구현한 비극의 담당자'로 정의했다.[10]

그에 대한 논의는 해방 뒤에도 이어진다. 김기림은 1940년대 들어 다시 이상을 논의한다. 그는 이상 문학의 특징을 '동양적 반역'과 '절박한 매력'으로 설명하였다. 이상 문학은 '구라파적 의미의 철저성을 터득한 이채'로운 것이며, 작품과 작가, 대상과 작가 사이의 절박한 긴장을 불러일으키는 데 매력이 있다는 것이다.[11] 그리고 이 시기 조연현의 비평이 발표된다. 조연현의 비평은 본격 비평에 속하는 것으로 그 앞의 비평들과는 다른 의미가 있다. 그는 〈오감도 시 제1호〉를 두고 '문법의 정상적인 형태를 벗어난 *解辭的* 문법이며 쾌락의 원리 위에서 시험한 것'으로, 〈실화〉는 '주체의 분열이요 해체'를 다룬 것으로 설명했다.[12] 그의 글은 〈오감도〉를 본격 분석의 대상에 올렸으며, 이상 문학을 주체 분열, 해체, 쾌락원리 등 정신분석학적 입장에서 심도 있게 설명해 내었다는 점에서 의의가 있다.

초기의 비평들은 대부분 작품의 심도 있는 평이라기보다는 해설이나 촌평, 또는 인상비평의 범주에서 크게 벗어나지 못하고 있다. 그리고 이상 문학의 전위성과 실험성을 긍정적으로 평가하기도 하지만, 다른 한편으로는 대단히 부정적으로 바라보는 상반된 모습을 보였다. 이상 사후 그의 문학의 의미는 최재서, 김기림, 조연현 등이 제대로 논의하였다.

---

10 김기림, 〈모더니즘의 역사적 위치〉, 《인문평론》, 1939년 10월.

11 김기림, 〈이상문학의 한 모〉, 《태양신문》, 1949년 4월 26~27일자.

12 조연현, 〈근대정신의 해체 — 고 이상의 문학적 의의〉, 《문예》, 1949년 11월.

3. 제1세대(1950~1960년대)의 문학연구 —실존주의와 정신분석학

이상에 대한 본격적 연구는 전후의 시대적 상황에서 이뤄진다. 전후 실존주의의 유입, 반공 이데올로기의 절대화에 따른 이념의 억압, 새로운 아카데미즘의 도입 등 평단에서도 전쟁 이전과는 매우 다른 상황이 전개된다. 이상 문학의 새로움과 실험성, 전위성 등은 연구자의 관심을 불러일으키기에 충분했고, 또한 그의 문학은 전후에 형성되기 시작한 학문적인 비평의 흐름과도 맞아떨어졌다. 이러한 상황에서 제1세대 이상 연구자라고 할 수 있는 연구자들이 등장하였다. 그들은 전후 신인 비평가로 등장하여 이상 연구에 큰 자취를 남긴다. 대표적인 인물로는 임종국, 이어령, 고석규 등을 꼽을 수 있다. 임종국은 《고대신보》, 《고대문화》 등의 대학 신문 또는 잡지에 '근대적 자아의 절망과 항거'를 다룬 이상론을 실어 이상에 대한 관심을 불러일으켰다. 이어령은 《문리대학보》, 《자유문학》 등에 '나르시스' 이상론을 발표하여 이상을 향한 사회적 관심을 증폭시켰다. 고석규도 이에 가세하여 '반어와 역설'의 이상론을 제기함으로써, 이상은 그야말로 50년대 비평계에 최대의 화두로 떠오르기에 이른다.[13] 전후의 실존적 상황에서 이상 문학은 아카데미즘적 비평에 가장 적합한 대상이었던 것이다.

---

13 임종국, 〈〈날개〉에 대한 시론〉, 《고대신보》, 고려대학교, 1954년 10월 11일; 임종국, 〈이상론(1) — 근대적 자아의 절망과 항거〉, 《고대문화》 1, 고대문학회, 1955년 12월; 이어령, 〈이상론 — 순수의식의 뇌성과 그 파벽〉, 《문리대학보》 6, 서울대 문리대학생회, 1955년 9월; 이어령, 〈나르시스의 학살 — 이상의 시와 그 난해성〉, 《신세계》, 1956년 10월·1957년 1월; 고석규, 〈시인의 역설〉, 《문학예술》, 1957년 4월~7월; 고석규, 〈모더니즘의 교훈 — 이상 20주기에 춍함〉, 《국제신문》, 1957년 4월 17일 등.

이들의 활동은 연구에만 그치지 않았다. 이상을 본격적으로 연구하기 시작한 임종국은 이상의 전집 발간에도 한몫을 하여 이상 연구를 진척시키는 데 결정적인 구실을 한다. 그는 태성사에서 《이상전집》을 3권으로 묶어 출간했는데, 텍스트를 수습·정리했을 뿐만 아니라 일본어 시를 번역하여 이상이 우리에게 좀 더 가까이 올 수 있게 해 준 주역이다. 이어령 또한 1970년대 들어 임종국의 전집을 수용하고 거기에 주석과 연구를 덧붙인 전집을 발간함으로써 이상 연구에 커다란 기여를 하게 된다.

한편 이 시기엔 이들 외에 다른 연구자들의 주요한 업적들도 쏟아졌다. 1950년대에 이상 문학을 문예사조와 결부하여 논의한 김춘수와 양희석의 글도 중요하다.[14] 그리고 김우종은 이상이 문학애호가들에게 열광적인 환영을 받았던 원인을 '난해성'으로 지적하고, 이상에게 온갖 억측에 가까운 해석을 부여하여 이상이 터부적 존재가 되고 말았다고 포문을 열었다. 그는 이상의 活字化慾과 평론가의 독단적 해석을 싸잡아 비난하며, 이상을 우상화하는 것은 경계해야 한다고 강조하였다.[15] 그러나 김우종의 논의 역시 이상을 우상화에서 끌어내리지 못하고, 또 다른 우상화의 성벽을 쌓는 데 거들었음을 부인할 수 없다.

1960년대는 더욱 다양한 성과들이 나오게 된다. 학계에서도 이상 연구가 활발해져 추은희, 송기숙, 예종숙 등이 이상 관련 단독 학위논문을 냈다. 추은희의 논문은 이상을 다룬 학위논문으로서는 처음 제출된 것으로 다다이즘 및 쉬르레알리슴Surrealism, 정신분석학 등 다양한 입장에서

---

14 김춘수, 〈이상의 시 — 그의 시 형태와 그 밑받침〉, 《문학예술》, 1956년 9월; 양희석, 《현대문예사조론》, 신아사, 1959.

15 김우종, 〈TABU 이상론 — 그의 문학은 과연 옳은 것인가〉, 《조선일보》, 1957년 4월 29일자.

이상 문학 전반을 분석하고 그의 문학사적 위치를 논의한 것이다.[16] 다음으로 송기숙의 논의는 '종래 이상에 대한 평가가 구체적인 데서 시작되지 못하고 너무 추상성에 떨어진 나머지 지나치게 자의적인 결론이 나왔다'는 반성에서 시작한 것이다. 그는 이상 문학에 나타난 기호 조직 또는 기호 구조의 분석으로써 이상 문학의 지향을 설명하였다.[17] 또한 예종숙은 이상 시의 언어 구조와 형태를 형식주의적 방법에 바탕을 두어 분석하였다.[18]

한편 모더니즘적 입장에서 논의한 부분도 시선을 끈다.[19] 조동민은 이상 시를 《삼사문학》파와 더불어 다다이즘과 쉬르레알리슴이라는 과격파 모더니즘으로 규정하고, 그러한 계보가 《신시론》, 《후반기》 동인으로 이어지고 있음을 문학사적 차원에서 논의함으로써 이상 시의 문학사적 위치를 분명히 했다.[20] 그리고 유종호는 정지용·김기림·이상·김광균·이한직 등의 전기 모더니스트에서 박인환·김수영 등의 《후반기》파를 지나 전후의 송욱·전봉건·신동문 등에 이르는 한국 모더니즘 문학의 계보도를 그리고, 그 가운데 이상은 보기 드문 '내면성의 溢面'과 '가장

16 추은희, 〈이상론〉, 숙명여대(석), 1962.

17 송기숙의 학위논문은 〈이상론서론〉(전남대(석), 1964년 8월)이지만, 필자가 구해 볼 수 없었다. 그래서 이 부분은 그의 〈이상서설〉(《현대문학》, 1965년 9월)을 토대로 진술한 내용임을 밝혀 둔다.

18 예종숙, 〈시에 있어서 언어와 형태의 분석 — 특히 이상의 시를 대상으로〉, 경북대(석), 1966년 2월.

19 조동민, 〈한국적 모더니즘의 계보를 위한 연구〉, 건국대(석), 1966; 유종호, 〈모더니즘의 功過〉, 《20세기의 문예》, 박우사, 1966년 3월; 장윤익, 〈1930년대 한국 모더니즘 시 연구 — 비교문학적 입장에서〉, 경북대(석), 1969년 2월.

20 조동민, 〈한국적 모더니즘의 계보를 위한 연구〉, 건국대(석), 1966.

대담한 상대주의'를 보여 주고 있다고 지적했다.[21] 장윤익은 1930년대 모더니즘 시인들을 비교문학적인 입장에서 논의하며 이상을 보들레르, 페릿, 일본 시인들과 비교해 이상 문학을 보는 시계視界를 확장하였다.[22]

정신분석학적 논의도 이어졌다. 김교선은 이상의 작품 분석에 심리학, 또는 정신분석학을 더욱 세밀히 적용하였다. 그는 이상 문학을 불안문학의 계보에 포함시키고, 이상을 현대적 니힐의 한국적 직계라고 규정했다.[23] 천이두는 그러한 논의를 확대하여 내성적 자의식적 소설, 곧 불안문학이 1930년대 이상, 최명익, 허준에서 장용학, 손창섭으로 전개됨을 서술했다.[24]

그 밖의 개별적 논의들도 주목할 필요가 있다. 정명환은 이상의 문학을 '내향적 폐쇄적', '자의식 과잉 또는 자아분열'의 문학으로 설명했다. 그는 이상 문학에서 파괴는 생성이 없는 병적 상태의 요란스러운 반복에 시종했고, 부정은 생성과 연결되지 못하고 자기 파괴로 귀착해 버린 것에 대해 아쉬워했다.[25] 여영택은 이상 문학 속 언어 사용 및 문장 표현의 분석을 정교히 수행하였다.[26] 특히 〈종생기〉의 어구 해석은 연구의 조밀함을 잘 보여 준다. 이보영은 이상의 시나 소설의 조직 원리에 대해

21 유종호, 〈모더니즘의 功過〉, 《20세기의 문예》, 박우사, 1966년 3월.

22 장윤익, 〈1930년대 한국 모더니즘 시 연구 — 비교문학적 입장에서〉, 경북대(석), 1969년 2월.

23 김교선, 〈이상론 — 불안문학의 계보 위에서 본 이상의 본질과 위치〉, 《Critique》 1-1, 전북대, 1960년 11월.

24 천이두, 〈내성적 자의식적 소설론〉, 《현대문학》, 1968년 11~12월.

25 정명환, 〈부정과 생성〉, 《한국인과 문학사상》, 일조각, 1964.

26 여영택, 〈이상의 산문에 관한 考究〉, 《국어국문학》 39·40, 국어국문학회, 1968년 5월; 여영택, 〈이상론 — 제2부 시에 대하여〉, 《어문학》 18, 한국어문학회, 1968년 5월.

고도의 상징을 이루어 의미의 질적 비약을 가져오는 창조적이고 유기적인 중층법과 의미의 혼란을 초래하는 파괴적이고 무질서한 중층법으로 설명하였다. 이상 문학은 다다이즘도 쉬르레알리슴도 큐비즘도 아니며, 다만 그러한 방법들을 애용했을 뿐이라고 지적했다.[27] 그는 나중에 이상 문학에서 질병, 은유, 분신 등의 소재적 차원, 회화라는 장르적 차원, 포우나 일본 작가와 상관성 등의 비교문학적 차원으로 관심을 넓혀 갔다. 송욱은 〈날개〉를 평하면서 이상을 두고 '無爲와 不在의 天痴', '창부화된 윤리와 피학대증의 인형'이라고 비난을 퍼부었다.[28] 그는 다분히 인상적인 논조로 이상에 맹공을 하였지만, 결과적으로는 울림 없는 메아리에 그치고 말았다. 한편 이 시기 이상을 다룬 저술이 처음으로 모습을 드러냈다. 윤태영의 〈이상의 생애〉와 송민호의 〈이상 문학고〉를 묶은 《절망은 기교를 낳고》[29]로, 이 저술도 이상을 향한 사회적인 관심을 불러일으키는 데 커다란 구실을 하였다. 그러나 윤태영이 재구한 이상의 생애에 허구와 현실이 착종하고 잘못된 부분이 적지 않아 이상을 잘못 이해하게 한 측면도 있다.

제1세대 이상 연구자들은 이상의 시학을 정립하는 데 많은 기여를 하였다. 이들 1세대 연구자들은 전후 실존주의의 영향 아래 있었으며, 정신분석학적 연구 방법에 크게 힘입었다. 임종국과 고석규 등이 지닌 실존주의적 정신과 이어령, 고석규 등이 보여 주는 정신분석학적 태도가 그러하다. 이들의 노력으로 말미암아 이상 문학은 범문단적인 논의로 확대되었으며, 또한 전집의 발간으로 이상 연구의 토대가 더욱 튼실

27 이보영, 〈질서에의 의욕 — 이상 재론〉, 《창작과 비평》, 1968년 12월.

28 송욱, 〈잉여존재와 사회의식의 부정 — 이상 작 〈날개〉〉, 《문학평전》, 일조각, 1969.

29 윤태영·송민호, 《절망은 기교를 낳고》, 교학사, 1968.

해졌다. 이들 1세대는 1950년대 중반부터 전집이 마무리되는 1970년대 중반까지 연구사에 큰 영향을 미쳤다.

4. 제2세대(1970~1980년대)의 문학연구 — 작가론과 형식미학

제2세대의 이상 문학 연구는 1970~1980년대에 이루어졌으며 김윤식과 이승훈을 주목할 수 있다. 이들은 각기 이상의 소설과 시를 문학사적 또는 사조(모더니즘)적 입장에서 주요한 연구들을 내놓았다. 이들은 1세대의 뒤를 이어 새로운 전집을 간행했을 뿐만 아니라 거기에 상세한 주석을 첨부하여 3세대 문학연구자들에게 이상 연구의 새로운 토대를 마련해 주기도 했다. 김윤식은 이상 문학을 작가, 작품론뿐만 아니라 모더니즘이라는 문예사조, 그리고 문학사적 입장에서도 논의했다. 그는 주로 전기에 바탕을 둔 작가론적 방법을 끌어들였는데 이는 초기 두 저서에 잘 집약하였다.[30] 전기적 입장에서 김윤식보다 앞선 저술로 고은의 《이상평전》을 들 수 있는데, 이 책은 이름대로 평전의 형식으로 쓰였다. 이상의 생애와 작품 검토가 비교적 정교하고 짜임새 있게 이뤄지고 있다는 것이 이 책의 장점이다.

다음으로 이승훈을 들 수 있다. 그는 철저하게 형식, 또는 구조주의적 입장에서 이상의 시를 연구하였다. 1970년대 국내에서 확산된 신비평의 흐름은 문학 연구에 많은 영향을 미쳤다. 이를 대표하는 이승훈의 논의들은 그 뒤에 발간한 저술에 잘 집약되었다. 그는 이상 시에 나타나는 자아의 양상을 1) 일상적 자아와 이상적 자아의 대립 양상, 2) 일상적 자아의 변용 양상①, 3)일상적 자아의 변용 양상②, 3) 기호와 관련된 자아

30 김윤식, 《이상연구》, 문학사상사, 1987; 김윤식, 《이상소설연구》, 문학과비평사, 1988.

로 나누고 이를 다시 의식적 자아, 기능적 자아, 성적 자아, 현상학적 자아로 이름지어 논의하였다. 그리고 이상 시의 구조를 대립/유추/대칭과 병렬/혼합 등의 구조로 설명하는 등 그의 시 전반을 형식 미학적인 입장에서 논의하였다.[31] 이러한 형식 또는 구조주의적 연구로 원명수, 이영지의 논의도 있다. 원명수는 이상 시의 언어 사용, 비유법, 리듬과 더불어 그의 문학의 모더니즘적 특성을 논의하고 형식과 주제를 통해 이상 시의 시문학사적 위치를 규명해 보려고 하였다.[32] 이영지는 이상 시의 기본 구조를 반복, 분리, 통일 구조로 설명하고, 그 안에 나타난 상징, 이미지, 율격 등을 논의하였는데, 시를 신화적 상상력과 결부한 그의 설명은 매우 이채롭다.[33] 이상 시의 은유 구조를 분석한 김옥순의 논문은 그 자체로서 하나의 이상 시학을 수립하고 있다.[34]

이상 소설을 서술 기법이나 형식 또는 구조주의적 입장에서 접근한 논의들도 등장한다. 이재선은 이상을 기억이나 회상, 심리적 시간, 과거와 현재의 병치 및 동시성 등으로 설명하며, 시계 시간의 파괴라는 현대 문학의 징후를 한국 문학의 장에서 실현한 작가로 평가하였다. 정덕준은 이상 소설의 시간을 '동시성의 체험과 현현(epiphany)의 시간' 구조로 설명했고, 김정자는 역전과 생략 등의 '시간착오기법'으로 설명했다.[35] 이 논의들은 사실주의와 구별되는 모더니즘 소설의 특성으로

---

31 이승훈, 《이상 시연구》, 고려원, 1987.

32 원명수, 〈이상 시의 시문학사적 위치 — 시의 형식과 주제를 중심으로〉, 중앙대(석), 1976년 8월.

33 이영지, 《이상시연구》, 양문각, 1989.

34 김옥순, 〈은유구조론 — 이상의 작품을 모형으로〉, 이화여대(박), 1989년 8월.

35 이재선, 〈전통과 반역 — 사실주의와 이상문학의 시간〉, 《인문연구논집》 6, 서강대 인문과학연구소, 1976년 7월; 정덕준, 〈이상 소설의 시간 — 현재, 과거의 구조〉, 《우석어문》 1, 전주우석대 국어국문학연구회, 1983년 12월; 김정자, 〈한국근대소

서 이상 소설의 현대성을 분명히 했다는 점에서 의미가 있다. 이 밖에도 동물의 이미지로써 이상의 상상적 세계를 논한 글, 이상 시의 형식 해체, 전위성, 실험성을 문예사조적 측면과 관련하여 논의한 글, 이상 소설의 패턴을 분석한 글 또한 중요한 의미가 있다.[36] 이러한 형식 또는 구조주의적 연구들은 이전의 정신분석학적 입장에서 벗어나 작품 자체의 미학을 논의의 중심에 두었다는 점에서 의미가 있으며 이로써 이상 문학의 형식 미학에 한 발짝 다가설 수 있는 계기를 마련하였다.

이 시기, 1세대 연구자들부터 널리 행해지던 연구 방법이었던 심리학의 적용은 더욱 심화·확대되기에 이르렀다. 장윤익은 이상 문학의 자의식적 성격을 깊이 있게 논의하였고, 정귀영, 김종은, 조두영, 이규동 등은 작품을 이상의 생애와 결부하여 정신분석학적으로 설명하였다.[37] 이들은 이상 무의식 세계에 접근하여 이상 문학의 실체에 다가서려고 하였다. 정귀영은 이상 문학을 마조히즘적이자 사디즘적 특성, 양가치의 분열 현상, 오이디푸스 콤플렉스 등의 개념으로 설명하였다. 정귀영의 주장은 이전 연구자가 지적한 이상 문학의 나르시시즘에서 좀 더 나아간 측면은 있었지만, 이상을 '도착성욕자'로 규정하는 등 작중 인물과

설의 시간기법연구 — 시간착오와 서술기법을 중심으로〉, 부산대(박), 1984년 2월.

36 오생근, 〈동물의 Image를 통한 이상의 상상적 세계〉, 《신동아》, 1970년 2월; 김용직, 〈이상, 현대열과 작품의 실제〉, 《이상》, 문학과지성사, 1977; 김중하, 〈이상의 〈날개〉 — 〈날개〉의 패턴 분석〉, 《한국현대소설작품론》, 문장사, 1983.

37 장윤익, 〈이상문학의 자의식적 성격과 난해의 한계성〉, 《현대시학》, 1972년 4월; 정귀영, 〈이상 문학의 초의식 심리학〉, 《현대문학》, 1973년 7~9월; 김종은, 〈이상의 정신세계〉, 《심상》, 1975년 3월; 조두영, 〈이상 초기 작품의 정신분석 — 〈12월 12일〉을 중심으로 하여〉, 《신경정신의학》 38, 대한신경정신의학회, 1977년 2월; 이규동, 〈이상의 정신세계와 작품 — 정신분석학적 지평서 본 분석〉, 《월간 조선》, 1981년 6월.

작가를 동일시해 버리는 오류를 빚었다. 김종은은 이상의 삶과 관련하여 유아기의 정신 외상, 분리 불안, 방어 기전, 만성 자살 등 삶의 요소들과 문학작품을 연결하여 설명하였고, 조두영은 〈12월 12일〉에 나타난 이상의 삶의 요소들을 해명하였다. 한편 이규동은 이상의 성격을 강박성격, 나르시시즘과 항문 성애, 사도-마조히즘 등으로 설명하고, 이상 문학의 성, 감정전이, 오이디푸스적 상황을 논의하였다. 이규동의 논의는 이상의 정신세계를 잘 규명하기도 했지만, 다른 한편으로는 이상을 정신이상자로 몰고, 작품을 지나치게 삶 또는 내면과 결부함으로써 문학의 특성을 무시하거나 연구의 시야를 지나치게 국부적으로 몰아간 측면도 없지 않다.

또한 이 시기는 이상 관련 논의를 다방면으로 확대한 때이기도 하다. 이상 문학에 나타난 수적 상징을 해명하려는 논의를 전개하는가 하면,[38] 이상의 회화와 건축에 대한 관심도 제기되었다.[39] 이상 문학의 비교문학적 논의도 전개되었다. 이전에도 다다이스트나 일본의 몇몇 작가들과 연관성을 간단히 언급한 경우는 있었지만 이 시기 들어 그러한 논의가 더욱 본격적으로 이뤄졌다. 太宰治, 横光利一, 카프카, 제임스 조이스 등과 비교한 연구가 그러한 예이다.[40] 그뿐만 아니라 국내 작가들, 김소월, 김

38 김용운, 〈이상 문학에 있어서의 수학〉, 《신동아》, 1973년 2월; 김대규, 〈數字의 Libido性 — 〈오감도 시 제1호〉의 '십삼인의 아해'에 대하여〉, 《연세어문학》 5, 연세대 국어국문학과, 1974년 6월.

39 오광수, 〈화가로서의 이상〉, 《문학사상》, 1976년 6월; 김정동, 〈이상의 펴지 못한 날개 건축의 꿈〉, 《마당》, 1982년 1월.

40 유성하, 〈이상 소설의 기법연구 — 제임스 조이스의 《율리시스》와의 대비를 중심으로〉, 계명대(석), 1981년 8월; 추은희, 〈이상과 太宰治 문학의 비교연구 — 부정과 파괴의 미학〉, 《어문연구》 38, 한국어문교육연구회, 1983년 9월; 정굉미, 〈Franz Kafka와 이상에 나타난 절망의 문제〉, 《민족사상》 2, 한성대 민족사상연

유정, 이범선, 이효석, 윤동주, 최인훈 등과 비교·대비한 연구도 활발히 전개되었다. 그리고 이 시기 외국인 학자, 中里弘子, 鴻農映二, 川村湊 등도 이상 문학에 많은 관심을 두고 논의를 펼친다. 이처럼 이 시기 이상 연구는 그 이전과 견주어 그 영역이 더욱 심화되고 다양해졌다.

제2세대 이상 연구자들에게는 전기에 따른 작가론적 방법과 형식주의의 방법이 연구의 토대를 이루었다. 이들은 주석 달린 전집을 간행함으로써 연구의 토대를 더욱 튼실하게 하였다. 김윤식, 이승훈에 이어 수많은 이상 연구자들이 나타나 풍요롭고 다양한 논의들을 펼쳤다. 그리하여 다양한 작가, 작품론이 나오며, 연구의 방법 및 범위도 확대되기에 이르렀다. 형식 및 구조에 대한 광범위한 연구가 전개되었고, 심리학적 분석도 이전 시기에 견주어 더욱 정교해졌다. 그리고 서술기법, 공간 의식, 자의식 등 모더니즘적 특성 규명도 세밀화하였으며, 비교문학적 접근도 확대하였다. 그러나 이러한 다양한 성과에도 그들이 대상으로 삼은 잘못된 텍스트로 말미암아 생겨난 연구의 오류는 무시할 수는 없는 문제이다.

5. 다시

오늘날의 이상 문학 연구자는 제3세대(1990년대~현재) 연구자라 할 수 있다. 김승희, 최혜실을 비롯하여 1990년대 이후 연구자들이 여기에 속한다. 이들은 주체 분열, 담론 해체, 탈중심성 또는 다원성이라는 포스트모더니즘적 방법론에 영향을 받고 있으며 원전의 확정 작업으로 정전의 형성에도 노력을 기울이고 있다. 이 시기는 연구자들의 관심 영

구소, 1984년 2월; 노은수, 〈橫光利一과 이상 소설 연구 — 심리주의 경향과 형식문제를 중심으로〉, 계명대 교육대학원(석), 1987년 8월.

역이 확대되고, 그 층위도 다양해졌으며 이전보다 작품, 또는 텍스트에 대한 미세한 접근들이 이루어지고 있다.[41]

이상 문학은 앞으로도 계속 논의될 것이고, 늘 새로움으로 우리에게 다가설 것이다. 여기에서 우리는 한 선배 연구자의 말을 귀담아들을 필요가 있다.

> 종래 이상에 대한 평가는, 어떤 제한된 가치평가의 기준에 의한 문학적인 규범을 무리하게 적용하려고 했기 때문에, 그 기준에 맞는 어느 一面만 지나치게 확대되어 그 一面이 전체인 것처럼 왜곡되는 반면, 그 기준에서 벗어나는 부분은 전혀 방치되어 있는 수가 허다했다. 그리고 처음부터 명석한 지성적인 直覺의 활동으로, 이상의 완전한 전체를 파악해버린 것처럼 단정적인 평가를 내리고 있는데, 이런 경우 대부분은 대상과는 거리가 먼, 評者 자신의 독백이 아니냐는 의문이 일어난다. 앞뒤를 적당히 잘라내버리고 무리하게 징발하여 맞추어 놓은 어구들은 거개가 평자 자신의 구미에 맞도록 요리된 것이어서, 그러한 인용이 아무리 많아도, 그건 이상의 모습이라기보다는 차라리 평자의 용모를 더 많이 닮고 있는 것이다.[42]

이미 반세기가 넘은 이 글을 새삼 언급하는 것은 아직도 수많은 연구자들이 이러한 도그마에 빠져 있고, 앞으로도 빠질 수 있다는 사실 때문이다. 이상 문학이 우리에게 성벽처럼 다가오는 것은 그의 문학이 다양한 해석에 열려 있다는 까닭도 있지만, 무수한 연구가 쌓여 있고 또 그러한

41 이에 대한 상세한 논의는 앞에서 언급한 〈1990년대 이상 연구의 현황과 전망〉에 되어 있으므로 여기에서는 생략하기로 한다.

42 송기숙, 〈이상서설〉, 《현대문학》, 1965년 9월, 235면.

연구들이 새로운 방법론에 따라 언제나 대체되기 때문일 것이다. 기존의 수많은 논의들은 연구의 문제점을 안고 있어 쉽게 무너지기도 하는데, 그 가운데서 우리는 간혹 이상 연구가 아니라 이상 텍스트를 대상으로 한 연구자의 독단을 만나기도 한다. 지나치게 주관적인 해석은 피해야 하고, 사실의 정확한 검증과 텍스트를 엄밀하게 분석하는 것만이 이상 연구를 생산적이도록 만드는 길일 것이다. 이제 이상 문학이 어떤 새로운 연구의 흐름으로 전개될지 주목해야 한다.

1990년대 이상 연구의 성과와 한계

1. 연구의 증가와 그 원인

이상을 연구한 논문은 근대 문인에 대한 연구 가운데 수적으로 단연 압도적이다. 1930년대부터 1990년대까지의 연구는 짧은 단평에서 학위논문까지 포함하면 1천여 편에 이르고, 그 가운데 3분의 1이 넘는 340여 편이 1990년대에 나왔다. 학위논문만 보면 1990년대까지 전체 220여 편 가운데 절반에 가까운 100편가량이 1990년대에 나온 셈이다.[01] 1990년대에 발표된 논문 가운데 이상 단독 논문은 석사 논문 48편과 박사 논문 9편이다.[02] 그리고 이상은 1930년대, 모더니즘, 심리소설 등 다양한

01 연도별 학위논문을 살펴보면 다음과 같다.

	석사논문 편수	박사논문 편수
60년대	6	0
70년대	22	1
80년대	75	22
90년대	63	36

02 조사한 결과에 따르면, 석(박)사 학위논문 가운데 이상 단독 논문의 수는 아래와 같다. 1990년 2(0), 1991년 5(0), 1992년 2(1), 1993년 3(2), 1994년 4(0), 1995년 12(0), 1996년 4(2), 1997년 5(1), 1998년 7(3), 1999년 4(0)편이며, 2000년 2월

범주에서 논의되었기 때문에 그야말로 1990년대 학계에서 가장 중요한 연구 대상이었다고 할 수 있다. 그러면 이처럼 1990년대에 이상 연구가 넘친 까닭은 무엇인가?

첫 번째 이유로 연구자의 양산을 들 수 있다. 1980년대 초반에 이뤄진 대학 입학 정원의 증원은 곧바로 대학원생의 증원으로 이어졌다. 그리하여 1980년대 중반으로 접어들며 석사 학위논문의 수가 급속히 증가했으며, 이는 1990년대 박사 학위의 증가로 이어졌다. 그렇다면 왜 하필 연구자들이 이상에게 몰려든 것일까? 우리의 근대문학은 1세기에 지나지 않는 일천한 역사를 갖고 있다. 게다가 생존 작가, 또는 작품 세계가 만료하지 않은 작가들의 연구는 금기시하여 왔다. 이는 연구 대상이 그렇게 많지 않다는 것을 의미하며, 이런 이유로 특정 대상에 연구자들이 몰리고 있는 형편이다. 시인으로는 김소월, 한용운, 김기림, 김수영 등에 연구가 몰리고 있고, 소설가로는 이광수, 염상섭, 채만식, 김동리 같은 작가에 연구의 편중 현상이 심하다. 더욱이 이상은 시인으로서뿐만 아니라 소설가로서도 나름대로 입지가 있어서 두 분야에서 모두 활발히 논의하여 왔다. 그는 시, 소설, 심지어 수필까지 괄목한 성과를 이뤄 냈다. 최근 들어서는 이상의 세계가 건축, 회화에까지 미쳤다는 점이 밝혀지면서 그 분야 연구자들에게도 흥미와 관심의 대상이 되고 있다.

그러나 이러한 이유 이외에 이상에 집착하게 하는 요인은 없었을까. 이상에 대한 관심에는 시대·사회적인 요인도 크게 작용하였다. 연구 대상에 대한 갈구는 시대 상황과 밀접한 관련이 있으며, 이런 이유로 이상 문학은 본격적으로 근대문학 연구를 진행할 때마다 중요한 연구 대상으로 떠올랐다. 1940년대 후반에는 김기림과 조연현 등이 논의하기

의 학위논문 수는 4(2)편이다. 1990년대의 이상 포함 논문은 15(27)편이다.

시작하였는데[03], 이는 해방 뒤 이데올로기적 억압이 극심했던 시대 상황과도 무관하지 않은 것으로 보인다. 그리고 이상 문학의 본격적 연구는 1950년대 중반부터 이루어졌는데, 당시 서구에서 들어온 실존주의의 개념이나 정신분석학적 잣대들이 그의 문학을 해석하거나 재단하는 데 중요한 도구가 되었다. 게다가 당시 임종국의《이상전집》발간은 이상 연구의 기폭제로 작용하기도 했다. 소재도 제대로 알려지지 않은 채 여기저기 잡지 속에 흩어져 있던 텍스트보다 한군데 묶여 있는 전집이 연구를 추동케 하는 힘이 되기 때문이다. 고석규, 이어령, 임종국 등이 이 시기 연구자의 대표적 인물이다.[04] 1960년대에 들어 이상 문학이 본격적으로 학문적 연구의 대상으로 자리하게 되었고 이 시기의 대표적인 연구자로 송기숙, 송민호, 여영택, 장윤익, 정명환 등을 들 수 있는데, 이들이 이상 연구를 더욱 다채로운 방향으로 이끌었다.[05] 1970년대에는 김용운, 구연식, 고은, 정귀영, 원명수 등이 괄목할 성과를 낳았다.[06] 더욱이

03 김기림, 〈이상 문학의 한 모〉,《태양신문》, 1949년 4월 26~27일자; 조연현, 〈근대정신의 해체 — 고 이상의 문학적 의의〉,《문예》, 1949년 11월.

04 임종국, 〈이상론(1) — 근대적 자아의 절망과 항거〉,《고대문화》1, 고대문학회, 1955년 12월; 이어령, 〈나르시스의 학살 — 이상의 시와 그 난해성〉,《신세계》, 1956년 10월, 1957년 1월; 고석규, 〈시인의 역설〉,《문학예술》, 1957년 4~7월.

05 송기숙, 〈이상론서론〉, 전남대(석), 1964년 8월; 송민호·윤태영,《절망은 기교를 낳고》, 교학사, 1968; 정명환, 〈부정과 생성〉,《한국인과 문학사상》, 일조각, 1968; 여영택, 〈이상의 산문에 관한 考究〉,《국어국문학》39·40, 국어국문학회, 1968년 5월; 이보영, 〈질서에의 의욕 — 이상 재론〉,《창작과 비평》, 1968년 12월.

06 김용운, 〈이상문학에 있어서의 수학〉,《신동아》, 1973년 2월; 정귀영, 〈이상문학의 초의식 심리학〉,《현대문학》, 1973년 7~9월; 고은,《이상평전》, 민음사, 1974; 구연식, 〈한국 다다이즘의 비교문학적 연구 — 이상시를 중심으로〉, 동아대(박), 1975년 2월; 원명수, 〈이상시의 시문학사적 위치 — 시의 형식과 주제를 중심으로〉, 중앙대(석), 1976년 8월.

이 시기는 이상 문학을 수학적으로 접근하고 이상 회화에 대한 관심도 생겨나는 등 연구의 시야가 폭넓어졌으며, 신비평의 유입으로 문학의 형식적 요건에도 많은 관심을 쏟게 되었다. 이 시기 이어령의 《이상전집》 발간은 연구의 활성화에 크게 기여하였다. 그리고 1980년대에는 리얼리즘의 압도 속에서도 이상에 대한 관심이 지속적으로 이어졌으며 김윤식, 이승훈 등의 업적이 두드러졌다.[07] 전자는 전기傳記적 방법으로, 후자는 형식주의적 방법으로 이상 문학의 실체를 규명하였다. 이상의 시·소설에 대한 개인적 연구 성과도 의미 있지만, 이들은 거기서 더 나아가 그 이전의 연구 성과를 통괄하고 아울러 개별 작품에 대한 주석 및 세밀한 분석을 제시했다는 점에서 중요한 의미가 있다.

1990년대의 서막에도 이상 연구를 추동할 만한 여러 가지 시대적·사회적 요인들이 있었다. 먼저 리얼리즘 문학의 약세를 들 수 있다. 1980년대만 해도 우리 문단의 주류를 형성하고 있던 리얼리즘 문학이 1980년대 말 소련 및 동구권 사회주의 국가의 붕괴로 급격히 약화되었다. 사회주의의 붕괴로 1980년대 지배적 이념이자 방법론이었던 리얼리즘론이 쇠퇴하며, 그러한 틈새에서 포스트모더니즘이 맹위를 떨쳤다. 이상은 포스트모더니즘적 방법론에 더 적합한 연구 대상으로 대두하였고, 그로 말미암아 그에 대한 연구도 가속화되었다. 더욱이 그의 문학은 데리다 같은 해체주의자의 연구 방법을 적용하기에 알맞았다.

다음으로 《이상전집》의 발간을 한 요인으로 들 수 있다. 1980년대 후반부터 간행하기 시작한 문학사상사판은 작품 뒤에 주석을 붙임으로써 이해의 편의를 도모했을 뿐만 아니라 그동안의 연구 성과까지 아울렀다. 이승훈의 《이상문학전집1》(문학사상사, 1989)과 김윤식의 《이상문

07 김윤식, 《이상연구》, 문학사상사, 1987; 이승훈, 《이상 시연구》, 고려원, 1987.

학전집2》(문학사상사, 1991), 《이상문학전집3》(문학사상사, 1993), 《이상문학전집4》(문학사상사, 1995) 등이 연구를 추동했음은 자명한 사실이다. 이 덕택에 일반 연구자들은 이상의 작품을 더욱 쉽게 접근하고, 그동안의 연구 실상까지 파악할 수 있었다.

이상 문학은 기본적으로 난해하고, 그렇기에 많은 연구자들에게 지적 호기심을 유발한다. 다시 말해 연구자들에게 이상 문학은 유혹과 매혹의 대상이다. 그래서 이상의 문학 해석은 쉽게 완료되지 않는다. 논자에 따라 다양한 해석이 가능하고, 텍스트가 언제나 새로운 해석에 열려 있다. 이상 연구는 기호론의 집합소이자 이론의 실험 무대였다. 1950년대부터 문학 연구에서 이상 연구는 방법론적인 선도를 구축해 왔다. 1970년대의 신비평에 이어 포스트모더니즘이 맹위를 떨친 1990년대에도 그의 문학은 논의의 중심에 있었다. 이런 이유로 우리 근대 문학 연구에서 이상 연구를 해석학의 역사이자 그 축도라 해도 지나친 말이 아니다.

이제는 이상 연구의 양적 증가의 원인뿐만 아니라 분야별 연구 현황 및 성과를 검토하는 것이 좋을 듯하다. 그래야 이상 연구의 현재를 읽을 수 있기 때문이다. 이 글에서는 1990년대 이상 연구의 현황과 성과에 주목하고, 또한 나름대로 한계를 검토함으로써 이상 연구의 정리 및 반성의 계기로 삼고자 한다.

2. 1990년대 이상 학위논문의 특징

1990년대 이상 문학 연구의 성과를 진단한다는 것은 그리 간단하지 않다. 왜냐하면 하나의 기준이나 척도로 논단하기 어려울 만치 다양하고도 다원적인 접근이 이뤄졌기 때문이다. 여기에서는 전체적으로 한 번 논의를 한 다음에 부분적으로 언급하기로 한다.[08] 먼저 이상에 대한 단독 논문으로서 개별 작품들에 관한 논의를 들 수 있으며 이는 미시적인 작품 분석에 해당한다. 석사학위 논문에서는 〈날개〉(7편), 〈오감도〉(4편)가 가장 많고, 〈지주회시〉, 〈12월 12일〉, 〈종생기〉 등도 각각 한 편씩 나왔다. 이들 작품에 대한 논의가 많다는 것은 이상 문학에서 이들 작품의 비중이 크다는 말도 되겠지만, 상대적으로 논의가 몇몇 작품에 치중되었다는 것을 말해 주기도 한다. 다음으로 연구 대상의 범위를 좀 더 확대한 경우인데, 이상 시(22편), 이상 소설(13편), 이상 문학(9편)을 들 수 있다. 여기에서 시의 논의가 우세하다는 사실을 알 수 있다. 그뿐만 아니라 이상의 문학은 모더니즘(시 소설 포함 21편), 심리소설(4편), 도시 소설(4편), 현대시(3편), 1930년대 후반기 소설(2편), 기타 현대 소설, 근대소설, 일인칭소설, 자의식 소설, 예술가 소설, 구인회 등의 범주에서 논의가 이루어졌다. 이는 시기, 장르, 사조, 유파, 성격 등 다양한 기준에 따른 범주화로 그의 문학이 다양성을 지닐 뿐만 아니라 우리 근대문학사에서 커다란 비중을 차지하고 있음을 드러낸다. 우리 근대문학의 역사적 일천함 속에

08 여기에서는 1999년 12월에 제출하여 2000년 2월에 학위를 취득한 논문 7편(박사 2편, 석사 5편)의 논문도 포함시켜 논의하기로 한다. 김혜영, 〈한국모더니즘 소설의 글쓰기 방법 연구 — 시간 구성원리를 중심으로〉, 서울대(박), 2000년 2월; 조해옥, 〈이상 시의 근대성연구〉, 고려대(박), 2000년 2월; 김용섭, 〈이상 시의 언어학적 해석을 통한 건축공간화에 관한 연구 — 언어의 시각(Typography)적 해석방법을 중심으로〉, 경원대(석), 2000년 2월; 서정철, 〈이상의 〈날개〉에 나타난 건축적 공간 인식〉, 충북대(석), 2000년 2월; 송문석, 〈거리에 따른 화자와 대상 연구— 1930년대의 정지용 시·이상 시를 중심으로〉, 제주대교육대학원(석), 2000년 2월; 엄정희, 〈이상의 〈날개〉 연구 — 카니발적 구조를 중심으로〉, 단국대(석), 2000년 2월; 호병탁, 〈이상과 도스토예프스키 소설의 비교문학적 연구 — 〈날개〉와 〈지하생활자의 수기〉 중심으로〉, 원광대(석), 2000년 2월.

이상 문학의 획시기성劃時期性이 관류하고 있음은 두말할 나위가 없다.

다음으로 1990년대 이상 문학 연구의 특성을 살펴보기로 한다. 그 이전 1950년대에서 1980년대까지 이상 문학 연구는 심리주의 및 정신분석학적 연구가 압도적이었고, 실존주의 및 형식주의의 세례를 입고 있다는 것을 지적할 수 있다. 그리고 그 논의도 이상의 정신적 외상에 대한 심리주의적 분석, 아이러니·패러독스·은유와 같은 작품의 기법 및 구조·형식에 대한 탐구, 개인적 삶에 대한 전기적 연구가 이미 상당 수준 이뤄졌다. 이러한 토대 위에서 이뤄진 1990년대의 연구는 이전 연구의 보완 및 확대, 그리고 새로운 방법론의 개척이라는 데서 의미가 있다. 정신분석학적 연구도 프로이트에서 벗어나 크리스테바, 라캉, 들뢰즈나 가타리의 논의들을 집중 수용하였다. 그리고 작품의 기법이나 내적 형식의 탐구도 모더니즘 또는 포스트모더니즘의 본질적인 문제들과 관련하여 이뤄졌다. 시공간과 관련한 논의(노지승, 명형대, 염창권, 염철, 장창영, 황도경 등)[09], 주체 또는 욕망과 관련한 논의(김승희, 문흥술, 박정수, 윤혜경, 이진숙, 최학출 등)[10], 근대성(이경, 이성혁, 조영복, 조

---

09 명형대, 〈1930년대 한국 모더니즘 소설의 공간구조 연구〉, 부산대(박), 1991년 2월; 황도경, 〈이상의 소설 공간 연구〉, 이화여대(박), 1993년 8월; 염창권, 〈한국 현대시의 공간 구조와 교육적 적용방안 연구〉, 한국교원대(박), 1994년 2월; 장창영, 〈이상 시의 공간 연구 — 시적 자아의 공간 대응 양상을 중심으로〉, 전북대(석), 1995년 2월; 염철, 〈이상 시에 나타난 시간의식 연구〉, 중앙대(석), 1995년 8월; 노지승, 〈이상 소설의 시간성 연구〉, 서울대(석), 1998년 2월.

10 김승희, 〈이상시 연구 — 말하는 주체와 기호성의 의미작용을 중심으로〉, 서강대(박), 1992년 8월; 최학출, 〈1930년대 한국모더니즘의 근대성과 주체의 욕망체계에 대한 연구〉, 서강대(박), 1995년 2월; 윤혜경, 〈이상 소설 연구 — 주체분열과 절망의 양상〉, 국민대(석), 1996년 2월; 박정수, 〈이상 〈종생기〉 연구 —언어, 욕망, 그리고 죽음에 관하여〉, 서강대교육대학원(석), 1998년 2월; 문흥술, 〈1930년

해옥)[11], 탈근대성(김윤정, 김현호, 우재학 등)[12], 페미니즘(박진임)[13] 등에 관한 논의가 그러하다. 그리고 담론 및 글쓰기(김주현, 김혜영, 임명섭, 최미숙)[14]에 관한 논의도 본격적으로 이뤄졌으며, 더욱 다양한 분야로 논의를 확대하고 있다. 시각디자인 분야에서 이상 시를 분석한 논문(안상수)[15]이나 이상 문학을 건축학적 입장에서 분석한 논문(김용섭, 서정철)들이 이에 해당한다.

이제 이상 단독 논문으로 중요한 논의들을 살펴보기로 하자. 먼저 김승희는 라캉의 주체 이론과 크리스테바의 텍스트 이론을 원용하여 이상 시를 기호 생산의 측면에서 다루었다. 황도경은 이상 소설 〈날개〉를 분석 모델로 하여 이상 소설의 서사 공간 구조를 분석했다. 안상수는

대 한국 모더니즘 소설에 나타난 언술 주체의 분열 양태 연구〉, 서울대(박), 1998년 8월; 이진숙, 〈이상 텍스트의 주체 연구〉, 한양대(석), 1999년 6월.

11 조영복, 〈1930년대 문학에 나타난 근대성의 담론 연구 — 김기림, 이상을 중심으로〉, 서울대(박), 1996년 2월; 이성혁, 〈이상 시문학의 미적 근대성 연구〉, 한국외대(석), 1996년 8월; 이경, 〈한국근대소설에 나타난 '근대성' 연구〉, 부산대(박), 1997년 2월; 조해옥, 〈이상 시의 근대성 연구〉, 고려대(박), 2000년 2월.

12 김현호, 〈이상시 연구 — 이상의 해체의식과 그의 시에 나타난 포스트 모더니즘적 특성을 중심으로〉, 중앙대(석), 1993년 2월; 우재학, 〈이상시 연구 — 탈근대성을 중심으로〉, 전남대(박), 1998년 2월; 김윤정, 〈이상시에 나타난 탈근대적 사유 — 동일성 사유의 해체를 중심으로〉, 서울대(석), 1999년 2월.

13 박진임, 〈이상시의 페미니즘적 연구〉, 서울대(석), 1991년 8월.

14 임명섭, 〈이상의 문자 경험 연구〉, 고려대(박), 1997년 8월; 최미숙, 〈한국 모더니즘시의 글쓰기 방식에 관한 연구 — 이상과 김수영을 중심으로〉, 서울대(박), 1997년 8월; 김주현, 〈이상 소설의 글쓰기 양상 연구〉, 서울대(박), 1998년 2월; 김혜영, 〈한국모더니즘 소설의 글쓰기 방법 연구 — 시간 구성 원리를 중심으로〉, 서울대(박), 2000년 2월.

15 안상수, 〈타이포그라피적 관점에서 본 이상 시에 대한 연구〉, 한양대(박), 1996년 2월.

타이포그래피적 관점으로 이상 시를 논의했다. 비록 언어의 시각적 의미를 잘 표현한 《조선과 건축》지의 도안을 함께 논의하지 않았다는 아쉬움이 있지만, 이상 시의 타이포그래피적 성격을 밝혀냈다는 점에서 의미 있다.[16] 다음으로 류광우와 남금희 등은 서술 방식의 차원에서 이상의 소설을 분석하였다.[17] 그리고 엄격한 텍스트주의에 입각한 김성수의 소설 분석이나[18] 이야기하는 주체의 회의와 분열된 주체로 탈근대성을 논의한 우재학, 육체 인식으로써 이상 시의식을 다룬 조해옥의 분석도 주요하다. 이 밖에도 건축의 선험적 구상 능력으로 이상 문학에 접근한 최혜실, 언술 주체의 분열을 다룬 문흥술이나 모더니즘 문학의 미학적 특성인 내면성을 다룬 강상희, 공간 구조를 논의한 명형대, 일상성의 문제로 접근해 간 조영복, 미적 자율성을 다룬 한상규 등의 박사 논문[19]과 강용운, 김윤정, 박진임, 서정철, 정현선 등의 석사 논문[20]도 이 시기 중요한 연구로 평가된다.

---

16 이상의 타이포그래피적 성격이 가장 잘 드러난 것은 《조선과 건축》 도안이다. 특히 1932년 1월에 입선한 작품에 대해 당시의 평자들은 문자의 도안적 특성에 많은 관심을 표명하였다.

17 류광우, 〈이상 문학 텍스트의 구현 방식과 의미 연구〉, 충남대(박), 1993년 2월; 남금희, 〈이상 소설의 서술 형식 연구〉, 대구효성가톨릭대(박), 1996년 8월.

18 김성수, 〈이상 소설 연구〉, 연세대(박), 1998년 8월.

19 강상희, 〈1930년대 한국 모더니즘 소설의 내면성 연구〉, 서울대(박), 1998년 2월; 한상규, 〈1930년대 모더니즘 문학의 미적 자율성 연구〉, 서울대(박), 1998년 8월.

20 박진임, 〈이상 시의 페미니즘적 연구〉, 서울대(석), 1991년 8월; 강용운, 〈〈날개〉를 통해 본 주체와 욕망의 문제〉, 고려대(석), 1995년 2월; 정현선, 〈모더니즘시의 문화교육적 연구 — 이상과 김수영을 중심으로〉, 서울대(석), 1995년 2월; 김윤정, 〈이상 시에 나타난 탈근대적 사유 — 동일성 사유의 해체를 중심으로〉, 서울대(석), 1999년 2월.

3. 1990년대 이상 학술 논저의 특징

1990년대의 이상 연구는 방법론의 확대 및 연구 분야의 심화라는 데 의미가 있다. 이 시기에 나온 이상에 관한 비평, 학술 논문, 저서는 모두 240여 편에 달한다. 대부분의 현대문학 연구자들이 이상을 한 번씩 언급하고 넘어갔기 때문에 논문의 수도 늘어난 것이다. 이 시기 이상 연구의 특징적 면모는 아래와 같다.

먼저 다른 작가나 사조와의 영향 관계에 대한 논의가 매우 폭넓게 이뤄졌다. 이미 1980년대 이전에도 일본 및 서구의 다다이즘, 초현실주의와 관련성을 몇몇 연구자들이 논의하였다.[21] 일본 작가로는 北園克衛, 上田敏雄, 春山行夫, 萩原恭次郎, 太宰治 등의 작가뿐만 아니라 近藤東, 北川冬彦, 竹中郁, 岡崎淸一郎, 安西冬衛, 瀧口武士, 阪本越郎와 관련성을 논의하였다.[22] 카프카, 발레리, 솔 벨로, 파스칼, 조이스 등과 비교한 연구도 있었다.[23] 1990년대 들어서는 橫光利一, 芥川龍之介와 같은 일본 작가와

---

21 구연식, 〈다다이즘과 이상문학〉, 《동아논총》 4, 동아대, 1968년 4월; 왕선희, 〈초현실주의가 한국현대시에 미친 영향〉, 《선청어문》 6, 서울사대 국어교육학과, 1976년 2월.

22 장백일, 〈시에 대한 의심 — 이상의 시형태에 대하여〉, 《현대문학》, 1967년 2월; 신인철, 〈이상은 과연 표절시인인가〉, 《시인들》, 1972년 9월; 오유미, 〈이상문학의 외래적 요소 연구〉, 《관악어문연구》 1, 서울대 국어국문학과, 1976년 10월; 추은희, 이상과 太宰治에 있어서 하강지향문학의 대조연구〉, 《어문연구》 14, 한국어문교육연구회, 1977년 1월; 鴻農映二, 〈일본 모더니즘과 이상 시〉, 《현대문학》, 1981년 4월.

23 미셸 들롱, 〈이상의 〈날개〉와 그 실패의 승리〉, 《문학사상》, 1973년 10월; 김용운, 〈수학자가 푼 이상의 난해성 — 이상과 파스칼의 대비적 조명〉, 《문학사상》, 1973년 11월; 김종운, 〈이상의 〈날개〉와 〈댕글리 맨〉〉, 《문학사상》, 1976년

더불어 모파상, 셰익스피어, 도스토예프스키, 위고, 괴테, 심지어 李白, 郁達夫 등의 영향과 비교 연구도 있었다.[24]

그리고 이상 문학의 방법론으로 패러디, 인유, 위티즘, 아이러니와 같은 수사학적 논의[25]뿐만 아니라 글쓰기에 관한 논의[26]가 풍성해졌다. 1990년대 이전 이상의 수사학 연구가 은유 중심이었던 것에 견준다면[27]

12월; 김용운, 〈이상과 발레리 — 한국의 반지성과 서구의 주지주의〉, 《문학사상》, 1977년 2월; 한석종, 〈카프카와 이상의 문학〉, 《문학사상》, 1977년 5월; 김윤섭, 〈카프카의 〈변신〉과 이상의 〈날개〉에 나타난 구심성과 원심성〉, 《카프카문학론》 1, 한국카프카학회, 1984.

24 佐野正人, 〈韓國モダニズムトの日本文學受用 — 李箱詩と横光利一をめぐって—〉, *National Institute of Japanese Literature*, 1990; 황석숭, 〈芥川龍之介의 문학과 이상의 소설〉, 《논문집》 30, 상명여대, 1992년 8월; 김미정, 〈이상문학에 나타난 외국문학 수용양상 — 자아정체성 형성과 관련하여〉, 《비교문학》 18, 1993년 12월; 강경구, 〈郁達夫와 이상 소설의 비교연구〉, 《중어중문학》 34, 영남중국어문학회, 1999년 12월.

25 서영채, 〈이상의 소설과 한국문학의 근대성〉, 《민족문학과 근대성》, 문학과지성사, 1995; 김상욱, 〈이상의 〈날개〉 연구 — 아이러니의 수사학〉, 《국어교육》 92, 한국국어교육연구회, 1996년 9월; 이태동, 〈이상의 시와 반어적 의미 — 난해성 자체가 예술인 이상의 예술〉, 《문학사상》, 1997년 10월; 박현수, 〈토포스의 힘과 창조성 고찰 — 정지용, 이상의 시를 중심으로〉, 《한국학보》 94, 1999년 3월.

26 최인자, 〈이상 〈날개〉의 글쓰기 방식 고찰〉, 《현대소설연구》 4, 한국현대소설연구회, 1996년 6월; 김혜영, 〈〈종생기〉의 글쓰기 방법론 연구〉, 《문학교육학》 1, 한국문학교육학회, 1997년 8월; 김윤식, 〈이상문학의 세 가지 글쓰기 층위〉, 《한국학보》 90, 1998년 3월.

27 최성남, 〈산문에 나타난 Metaphor의 변화에서 본 이상의 사적연구 — 김유정과의 비교를 중심으로〉, 《한국어문학연구》 10, 이대 한국어문학회, 1970년 2월; 김혜란, 〈이상의 이원적 세계 — 〈산촌여정〉의 문체를 중심으로〉, 《고대문화》 17, 고려대, 1977년 5월; 김옥순, 〈은유구조론 — 이상의 작품을 모형으로〉, 이화여

한층 심화된 것이라 하겠다. 또한 1990년대 이전까지 이상에 관한 논의는 문학 이외의 것은 찾기가 어려웠다. 기껏해야 수학자인 김용운, 정신분석학자인 김종은, 정귀영, 조두영, 그리고 미술평론가인 오광수 정도를 꼽을 수 있었던 것과 달리, 1990년대에는 이와 같은 논의가 확대되어 디자이너(김민수), 철학자(김상환, 이경숙), 수학자(김명환), 건축학자(김정동, 서정철, 정인하) 등이 이상에 대한 논의를 제기했다.[28] 이는 이상 연구가 더 이상 문학 분야만의 전유물이 아님을 말해 준다. 그뿐만 아니라 외국학자들도 이상 연구에 적극적이다. 1980년대에도 미셸 들롱, 鴻農映二, 中里弘子, 川村湊 등과 같은 외국인 학자의 논의가 있긴 했지만[29], 1990년대에 들어서는 三枝壽勝, 淺川晉, 佐野正人 등의 일본인 학자가 이상 문학에 많은 관심을 보였고[30], 재미교포 제임스 리, 월터 K. 류, 임 헨리 홍순 등도 이상 문학의 소개 및 연구에 관심을 기울였다.[31] 마지막으로 다양

대(박), 1989년 8월.

28 최혜실, 〈이상 문학과 건축〉, 《문학사상》, 1991년 8월; 이경숙, 〈'아스피린·아달린'의 조감 — 철학의 눈으로 다시 읽는 이상의 문학〉, 《연세철학》 5, 연세대 대학원 철학과, 1993년 8월; 김정동, 〈이상과 1930년대의 동경〉, 《건축역사연구》 9, 한국건축역사학회, 1996년 6월; 김민수, 〈시각예술의 관점에서 본 이상 시의 혁명〉, 《이상 문학 연구 60년》, 문학사상사, 1998; 김상환, 〈이상 문학의 존재론적 이해〉, 같은 책; 김명환, 〈이상의 시에 나타나는 수학기호와 수식의 의미〉, 같은 책.

29 中里弘子, 〈〈날개〉の成立過程〉, 《일본학지》2·3, 계명대 일본문화연구소, 1982년 12월; 川村湊, 〈모더니스트 이상의 시 세계〉, 《문학사상》, 1987년 9월.

30 三枝壽勝, 〈李箱의 モダニズム — その成立と限界〉, 《朝鮮學報》 141, 天理大 朝鮮學會, 1991년 10월; 淺川晉, 〈〈12月12日〉論〉, 《朝鮮學報》 148, 1993년 7월; 佐野正人, 〈九人會メンバー 日本留學體驗 — 鄭芝溶·金起林·李箱の場合をめぐって〉, 《인문과학연구》 4, 전주대, 1998년 12월; 佐野正人, 〈이상의 동경 체험 고찰〉, 《한국현대문학연구》 7, 한국현대문학회, 1999년 12월.

31 제임스 리, 〈이상의 상반되는 미학〉, 《뉴스레터》, 제3권 5호, 1994년 6월; Walter

한 방법론으로 이상 문학의 실체에 접근하고자 하는 논의들이 있다. 야콥슨의 실어증 이론, 들뢰즈와 가타리의 욕망 이론 등의 방법론 적용도 있었지만, 내재적 비평 방법으로써 텍스트를 정교하게 분석한 논문도 있다. 이 시기에 발표된 중요한 논문을 몇 편 언급하면 아래와 같다.[32]

1990년대에는 이상 관련 논저들이 많이 발간되었는데 그 이전에 연구 성과가 저서의 형태로 나온 책은 그리 많지 않다. 윤태영·송민호의 《절망은 기교를 낳고》(교학사, 1968), 고은의 《이상평전》(민음사, 1974), 이승훈의 《이상시연구》(고려원, 1987), 김윤식의 《이상연구》(문학사상사, 1987), 《이상소설연구》(문학과비평사, 1988), 이영지의 《이상시연구》(양문각, 1989), 이활의 《인간적인, 너무나 인간적인 — 이상·이중섭과의 비어있는 거리》(명문당, 1989) 등이 있었다. 이 가운데 본격적인 연구서는 거의 1980년대 후반에 나온 것들이다. 이러한 현상은 1990년대 들어 더욱 심화하였고 순수 이상 관련 저서로 박사 학위 논문을 그대로, 또는 보완하여 출간한 류광우의 《이상 문학 연구》, 김성수의 《이상 소설의 해석》, 이영지의 《이상 시 연구》, 김승희의 《이상 시 연구》(보고사, 1998) 등이 출간되었다. 또한 김윤식의 《이상 문

K. Lew, "Jean Cocteau in the Looking Glass: A Homotextual Reading of Yi Sang's Mirror Poems", *Muae*, 1995; Walter K. Lew, 조은정 역, 〈이상의 〈산촌여정, 성천기행 중의 몇 절〉에 나타나는 활동사진과 공동체적 동일시〉, 《Trans》 1, 1999; 임 헨리 홍순, 〈이상의 〈날개〉 — 반식민주의적 알레고리로 읽기〉, 《역사연구》 6, 역사학연구소, 1998년 12월.

32 신범순, 〈이상문학에 있어서의 분열증적 욕망과 우화〉, 《국어국문학》 103, 국어국문학회, 1990년 5월; 김주현, 〈〈종생기〉와 복화술 — 이상 문학의 새로운 해석을 위한 시론〉, 《외국문학》, 1994년 9월; 전봉관, 〈이상문학에 드러난 실어증적 징후〉, 《한국학보》 77, 1994년 12월; 정효구, 〈이상문학에 나타난 '사물화 경향'의 고찰〉, 《개신어문연구》 14, 충북대 개신어문연구회, 1997년 12월.

학 텍스트 연구》(서울대학교출판부, 1998), 이보영의 《이상의 세계》(금문서적, 1998), 권영민 편 《이상 문학 연구 60년》(문학사상사, 1998), 김주현의 《이상 소설 연구》(소명출판, 1999), 김민수의 《멀티미디어 인간 이상은 이렇게 말했다》(생각의나무, 1999) 등의 중요한 이상 연구서들이 이 시기에 출간되었다. 김윤식은 이전의 미시적인 연구에서 벗어나 거시적인 안목에서 이상 문학을 투시하고 있지만, 그 중심에는 텍스트에 대한 주석학적 연구가 자리 잡고 있다. 그리고 《이상 문학 연구 60년》(권영민 편)은 이상 사후 60주기에 다양한 연구자들이 참여하는 담론의 장을 마련하여 이상 문학을 새롭게 조명했다는 점에서 의의가 있다. 그리고 이보영의 《이상의 세계》는 작품의 엄밀한 분석을 토대로 이상 작품들에 대한 폭넓고 정밀한 분석을 보여 주고 있는데, 이제까지 그가 수행한 이상 연구의 결정판이라 하겠다. 김민수는 시각디자인의 관점에서 이상 문학에 현재적 의미를 부여했고, 전공의 경계를 넘어 새로운 논의의 가능성을 제시하였다. 김주현은 이상의 작품 분석과 함께 텍스트 확정의 문제점들을 논의하고 연구 현황을 제시하였다. 그리고 2000년대에 접어든 오늘에도 이상 논저는 계속하여 나오고 있다. 이상 문학은 열린 텍스트이자 쓰이는 텍스트이기에 늘 새로이 조명될 수밖에 없는 것이다.

4. 이상 연구의 새로운 방향 모색

1990년대 들어 이상 연구는 연구 방법의 다양화 및 질적 심화를 이루었지만, 한편으로 많은 폐해 또는 해악도 드러냈다. 연구자의 수가 급격히 증가하고 연구 논문이 쏟아지다 보니 그에 따른 문제점들이 나타난 것이다. 문제점으로는 먼저 연구의 중복 현상이 가중된 점을 들 수 있다.

무엇보다 기존 연구와 차별성이나 독자성을 확보하지 못한 연구 논문이 양산되었다. 이런 현상의 가장 중요한 이유는 기존 연구에 대한 검토가 충분히 이뤄지지 못했기 때문일 것이다. 어쩌면 1990년대 들어 팽배한 실적 위주의 연구 행태로 말미암아 이상을 전문적이고 깊이 있게 공부하지 않고 다만 표피적이고 인상적인 글을 발표하다 보니 그러한 현상을 부추긴 면이 없지 않다. 여러 개의 논문을 짜깁기한 듯한 논문이 있는가 하면, 기존 논문을 그대로 베낀 논문도 발견되었다. 그리고 기존의 연구들을 단지 정리하거나 합성했을 뿐인 일부 수준 이하의 학위논문들도 있어서 우려를 낳았다.

이상의 연구가 지나치게 누적되다 보니 연구자들이 기존의 연구를 섭렵할 시간적 여유가 부족하고, 물리적 여건도 미비하다. 물론 오늘날 인터넷 문화의 발달로 자료 파악이 용이하고, 또한 한 번 클릭으로 쉽게 정보를 얻을 수 있지만, 여전히 이상 연구물에 접근하는 데에는 수공업적인 노력이 필요하다. 그러므로 자료를 대중화할 수 있도록 정보자료실이 절실히 필요하다. 그리고 연구의 중복을 막으려면 이상 연구자들이 상호 소통과 토론의 장을 마련할 필요가 있다. 이렇게 된다면 최근의 연구 성과까지 교환함으로써 이상 연구의 현황을 제대로 파악할 수 있다. 이로써 동일하거나 유사한 연구를 어느 정도 걸러줄 수 있고, 동일 전공자들이 소통에 참여함으로써 논의의 수준을 향상시킬 수 있을 것이다. 또한 연구 주석집의 발간이 필요하다. 이승훈, 김윤식이 발간한 전집에 주석을 부기하였지만 거기에는 빠지거나 부정확한 것이 많을 뿐만 아니라 1980년대 후반부터 현재까지의 연구 성과를 반영하지 못하였다. 그리고 무엇보다 이제까지의 연구 성과를 한눈에 볼 수 있는 연구의 데이터베이스화 작업도 필요하다.

또한 기존의 수많은 연구자들이 텍스트 검증에 철저하지 못해 잘못된 텍스트를 무비판적으로 받아들인 문제가 있다. 잘못된 텍스트는 잘못된 결과를 산출하므로 연구에 커다란 문제가 생긴다. 〈시 제5호〉의 제2행 '翼殷不逝 目大不覩'를 '翼殷不逝 目不大覩'로 쓰는가 하면, 〈1931년(작품 제1번)〉의 구절 '13+1=12'를 '12+1=13'으로, 그리고 〈종생기〉의 '滿 二十六歲와 三個月'을 '滿 二十六歲와 三十個月'로 쓰는 것 등이 가장 빈번하게 문제가 된다. 이러한 텍스트상의 오류가 얼마나 많은 잘못된 해석을 양산했는가는 다시 언급할 필요조차 없다. 그 다음으로 〈무제〉(《삼사문학》, 1936년 10월)와 〈자유주의에 대한 한 개의 구심적 경향〉(《조선일보》, 1936년 1월 24~28일자)에 관한 문제이다. 이 두 작품은 우선 텍스트 확정 작업이 이뤄져야 할 것이다. 그리고 《조선과 건축》지에 발표된 〈권두언〉의 저자 'R'이 과연 이상인지도 상세한 검토가 필요하다. 또 한 가지, 이상의 일문시 번역에 해석의 오류가 많이 있는데 이에 대한 검토도 필요하다. 더불어 다소 뒤늦은 감이 있지만 조연현을 거쳐 《현대문학》이나 《문학사상》에 발표된 이상 일문시 유고의 공개도 필요하다. 왜냐하면 이 시들의 해석에도 적잖은 오역이 있을 것으로 보이기 때문이다. 그리고 아직도 해결되지 못한 〈1931년(작품 제1번)〉과 〈恐怖의 城砦〉에서 언급된 'CREAM LEBRA'를 포함하여 기타 많은 구절의 정확한 의미 해독이 필요한 실정이다.

한 작가를 제대로 평가하려면 그의 텍스트 전반을 검토할 필요가 있다. 이제까지 이상의 건축, 미술 등에 대한 연구가 산발적으로 있었지만 앞으로는 이 연구자들과 문학 연구자의 공동 연구, 말하자면 학제적 연구가 필요하다. 문학과 회화, 건축이 지극히 친밀성을 띠는 예술이므로 이들 사이의 학제적 연구가 필요하다. 그러므로 국문학자와 건축학자, 미술가, 디자이너 등이 보조를 맞춰 공동 연구를 진행하고 더불어 수학자나 영화감독, 사회학자, 그리고 일문학자 사이의 학제적 연구도 필요하다.

그리고 아직까지 이상 문학의 수용미학적 연구는 그렇게 깊이 있게 이뤄지지 못했다. 이상은 1950년대 후반기 동인들을 비롯하여, 1960년대에서 1980년대에 이르기까지 모더니스트, 1990년대의 포스트모더니스트 시인·소설가들에게 많은 영향을 미쳤다.[33] 그의 문학은 과거 완료형이 아니라 현재 진행형이다. 오늘날에도 이상의 영향을 받은 수많은 문인들이 있는 것을 감안한다면 이에 대한 연구도 절실하다.

마지막으로 이상 문학이 다수 언어로 번역되는 마당에서 그 작업이 좀 더 체계적이고 조직적일 필요가 있다. 이상 문학의 난해함을 염두에 둔다면 단순히 번역가 개인에게만 번역 작업을 맡길 것이 아니라 연구자와 번역가가 공동으로 수행하는 것이 바람직하다. 그리고 기왕에 전집에 실린 번역 텍스트 및 한글 텍스트의 오류를 교정하고 원전 확정 및 주석 작업을 지속적으로 해야 한다. 이러한 작업은 개인이 하기보다는 집단으로 함으로써 수월성과 효율성을 높일 수 있다. 또한 지속적으로 연구 정보와 연구 현황을 제시해 줌으로써 연구자들의 자료 이용에 편리함을 제공할 뿐만 아니라 논의의 중복을 막을 수 있을 것이다. 그것이 이상 연구를 한 차원 끌어올릴 수 있는 방법이다.

---

33 이상의 영향을 받은 시인으로 김경린, 박인환, 조향, 성찬경, 김구용, 송욱, 신동문, 김종문, 전영태, 김영태, 이승훈 등을(다음을 참조. 김인환, 〈이상 시의 계보〉, 《현대비평과 이론》, 1997년 10월), 소설가로 최수철, 이인성, 김수경, 김연경, 박성원, 신이현, 김연수 등을 들 수 있다.

2000년대 이상 연구의 현황과 과제

1. 들어가는 말

1990년대까지의 이상 연구 성과를 쓴 지 어느덧 10년의 세월이 흘렀다.[01] 그 10년 사이 이상 연구자들은 괄목할 만한 성과를 이뤄 냈다. 10년 단위로 볼 때 2000년대 이상 연구는 그 어느 시기보다 풍성한 결실을 맺었다. 사실 이상에 대한 연구는 1990년대 이후 폭발적으로 증가했다. 그것은 마르크시즘의 퇴조로 말미암은 리얼리즘의 쇠퇴, 포스트모더니즘의 융성과 같은 시대적 흐름과도 관련이 있으며, 또한 학술 연구자의 증가도 한몫을 했다. 그러나 무엇보다 이상 문학의 불가해성, 해석학적 다양성이 이상 연구를 추동한 가장 근본적인 원인으로 보인다. 어떤 해석학적 패러다임으로도 접근이 가능한 열린 텍스트로서의 특성이 이상 연구를 증가시키고 있으며, 이제 그에 대한 연구는 그의 문학만큼이나 새로운 성채를 형성해 가고 있다.

---

01 김주현, 〈1990년대 이상 연구의 현황 및 전망〉, 《이상리뷰》 창간호, 2001; 김주현, 〈세대론적 감각과 이상 문학 연구 — 1980년대까지의 이상 연구 현황과 성과〉, 《이상리뷰》 제2호, 2003.

현재 시점에서 지난 10년을 정리한다는 것은 여전히 어렵다. 현재도 그 시기의 연장이며, 그런 이유로 진행형의 연구를 논단하기 어려운 까닭이다. 그리고 필자 역시 그 시기 연구에 몸담았던 사람으로서 객관적으로 바라보기 어렵다. 세대론적 감각으로 보자면 20~30년은 지나야 객관적인 평가가 가능하다. 그러나 완전한 연구란 애초에 존재하기 어렵다는 것을 염두에 둘 때 불완전한 것은 또 그것대로 의미가 있다고 볼 수 있다. 한 시기를 정리하는 것은 지나온 과거에 대한 평가와 더불어 다음 시기를 예측할 수 있다는 측면에서 의미가 있다. 그래서 필자는 지난 시기의 문학 연구를 정리하는 입장에서 서술해 보고자 한다.

지난 10년 동안의 연구 성과는 세대론적 측면, 방법론적 측면, 또는 연구 대상의 장르적 측면 등으로 다양하게 논의할 수 있다. 그러나 10년이라는 짧은 시기를 세대론적으로 나누기도 어렵거니와 각양각색의 방법론을 나눠서 설명하는 것도 결코 쉬운 일이 아니다. 그래서 우선 2000년 이후 연구의 토대를 형성한 전집 발간의 성과를 다루기로 한다. 그리고 2000년대 이후 이상 연구의 성과를 저서를 중심으로 다루기로 한다. 물론 개별 학술 논문뿐만 아니라 연구자의 노력이 집약된 학위논문도 중요하다. 그러나 주요한 연구 성과들이 대부분 저서로 발간되었다는 점과 저서가 논문보다 영향력 있는 성과물이라는 점을 고려하면 저서를 중심으로 논의해도 큰 무리는 없을 줄 안다. 그래서 성글게나마 이로써 2000년대 이상 연구의 성과를 스케치해 보고자 한다.

2. 전집 발간의 성과

2000년대 들어 이상 전집 3종이 발간되었다.[02] 하나는 김종년의 가람기획(2004년)판, 또 하나는 김주현의 소명출판(2005)판, 이어 증보판(2009)이다. 그리고 권영민의 문학에디션 뿔(2009)판이 나왔다. 1950년대(임종국 편, 《이상전집》, 태성사, 1956), 1970년대(이어령 편, 《이상전작집》, 갑인출판사, 1977), 1980년대(이승훈·김윤식 편, 《이상문학전집》 문학사상사, 1987~1992)에 나온 것에 견준다면 짧은 기간 동안 여러 종의 전집이 나왔음을 알 수 있다. 이는 이상 연구가 그만큼 성숙되었음을 보여 주는 증표이다. 김종년을 제외하면, 전집의 편자들이 이상 연구자라는 점에서 더욱 그러하다. 이러한 전집의 발간은 이상 문학에 대한 관심을 불러일으켰고, 이상 연구가 더욱 증가하는 토대로 작용했다.

가람기획 전집은 대중 독자를 염두에 두고 나온 것이다. 그러나 이전에 발간된 문학사상사 전집과 뒤에 나온 소명출판 전집 때문에 연구자들에게 제대로 주목받지 못했다. 문학사상사판의 성과를 그대로 가져와 전집을 발간한 것이기에 이전 전집에서 발전한 부분이 거의 없고, 오히려

---

02 이전에도 이상 전집은 태성사판(임종국 편, 1956), 문장판(오규원 편, 1980~1981), 갑인출판사판(이어령 편, 1977), 문학사상사판(이승훈·김윤식 편, 1987~1992)이 나왔다. 그런데 오규원 편은 모두 3권(《날자, 한번만 더 날자꾸나 — 李箱隨想錄》·《거기서 나는 죽어도 좋았다 — 李箱小說集》·《(李箱詩全集)거울 속의 나는 外出中》)으로 비록 전집이라는 이름이 붙었지만, 빠진 작품도 적지 않을 뿐만 아니라 일반 독자의 독서를 염두에 두고 나왔다. 이 전집이 이상 문학의 독서 확대에 기여한 것은 분명하지만, 연구용으로서는 적합하지 않기에 연구 텍스트로는 거의 사용되지 않았다.

이전 전집의 문제점들을 그대로 답습하였다.[03] 2000년대 들어 이상 문학 텍스트들이 지닌 다양한 문제점들이 확인되면서, 원전 확정이 제대로 이뤄지지 않은 텍스트는 연구에서 배제 또는 기피되었다. 그럼에도 이들 전집이 대중 독자들에게 이상 문학을 보급하는 데 적지 않은 기여를 한 것은 분명하다.

소명출판 전집은 기존 텍스트의 오류를 바로잡고 어려운 단어나 문구에 대한 주석을 시도했다는 점, 그리고 이상의 모든 텍스트를 수합해서 보여 주려 했다는 점은 평가받을 만하다. 이것은 더욱 완전한 전집을 구현하고, 연구의 초석이라 할 만한 주석을 광범위하게 실현했다는 장점이 있었다. 그러나 여전히 오류가 남아 있고, 주석 역시 작품을 지나치게 분해했다는 비판을 면하기 어렵다.[04] 더욱이 일문시 주석은 단어에 대한 축자적 의미 해석에 그친 한계가 있었다. 작품의 해석은 각각의 단어에서 나오는 것이 아니라 단어의 결합 또는 집적에서 뿜어져 나오는 것으로 개별 단어에 대한 주해보다는 맥락적 해석이 더욱 긴요

---

03 《이상전집1》은 소설집으로, 기존의 오류 가운데 〈종생기〉의 “만 26세 30개월”이 “만 26세 3개월”로 고쳐졌지만, “회탁의 거리”(〈날개〉), “窈窕淑女”·“나드네”(〈실화〉) 등에 대한 수많은 오류가 그대로이다. 《이상전집2》는 시 수필집인데, 이 역시 〈이상한 가역반응〉을 계열시로 보는가 하면, “검은 잉크”·“두 개”(〈AU MAGASIN DE NOUVEAUTES〉), “目大不覩”(〈시 제5호〉), “燭臺세음”(〈시 제14호〉) 등에 대한 무수한 오류를 그대로 답습했고, 수필에서도 “구뎅이처럼”·“웅뎅이가이다”(〈권태〉) 등에 관한 오류가 적지 않으며, 심지어 비평으로서 중요한 〈문학을 버리고 문화를 상상할 수 없다〉, 〈문학과 정치〉 등이 빠져 있다. 주석 또한 그 수가 적을 뿐만 아니라 기존 주석에서 별로 나아가지 못했다. 그런 이유로 연구 텍스트로서는 한계를 지녔다고 할 수 있다.

04 《증보 정본 이상문학전집》의 오류에 대해서는 〈이상 문학의 주석학〉을 참조하기 바람.

하다. 시라는 장르에서, 그것도 난해한 이상 시에서는 더욱 그러하다. 종합적으로 말하자면 이 전집에서 특별히 참조할 만한 것은 제2권 소설 전집과 제3권 수필 기타이다. 편자의 전공에 맞게 세심한 주석을 가함으로써 작품의 이해에 적지 않는 도움을 준다. 이 전집은 연구의 토대라는 구실에 충실하였다.

뿔 전집은 이전에 간행된 전집의 주석에서 누락하고 잘못한 것을 바로잡고, 미흡한 것을 찾아내어 새롭게 더하는가 하면, 주석자의 해석을 가미한 '해석학적 주석'을 시도했다. 이는 이전 주석집과 차별화를 시도한 것이다. 물론 이전에도 이어령, 이승훈 등이 그러한 주석 달기를 시도하였는데, 당시는 충분한 연구가 이뤄지기 전이라 결과 역시 만족할 만한 것이 아니었다. 뿔의 주석은 객관적 주석이 어느 정도 갖춰진 마당에서 한 단계 더 나아가고자 하는 시도로 풀이된다. 그리고 이전 전집들이 원전을 지나치게 중시함으로써 발생한 접근의 어려움, 해독의 어려움을 극복하고자 한 점은 높이 평가할 수 있다. 이 전집은 원문과 더불어 가독성을 높인 현대체로 작품을 제시하였고, 어려운 작품들에 대한 나름의 해설을 제공했다. 그러나 이전 전집이 지녔던 일부 오류를 그대로 반복한 점은 극복해야 할 과제이다.[05] 물론 이상 문학

---

05 이 전집에서는 이전의 오류를 상당 부분 극복하였다. 그러나 전집 제1권 "촉대세음"→"촉대 세움"(77면), "倚子"→"椅子"(144면), "검정 잉크(黒インク)"→"파랑잉크"(317면), "肌肉"→"筋肉"(337면), "보였습니다(見えます)"→"보얐습니다"(355면), 제3권 "그 양삼년(그량삼년)"→"그냥 삼년"(98면), "그적에"→"그저께"(132면), 제4권 "잊는(닞는)"→"잇는"(24면), "그 붙어 올라오는(그부터올라오는)"→"그부터 올라오는"(24면), "세잔이즘(세사니슴)"→"사디즘"(25면), "만지장서"→"만리장서"(28면), "구뎅이처럼"→"구렝이처럼"(118면), "웅뎅이가이다"→"웅뎅이가 있다"(120면), "참 땡이로구나"→"참 명이로구나"(230면), "恔怪"→"駭怪"(248면) 등의 일부 오류가 그대로 남아 있다. 이는 이전 전집의 오류

전반을 편집자의 관점에서 해석한 것은 이전 전집에서 볼 수 없었던 시도로서 그 자체만으로도 충분한 의미가 있다.

3. 집단 연구의 성과

2000년대 연구 성과는 이전의 다른 어떤 시기보다 풍성했다고 할 수 있다. 거기에는 새로운 연구 사조의 유입, 전집의 발간, 연구자의 확대 등 다양한 원인이 있을 것이다. 수적으로만 보아도 엄청난 증가를 확인할 수 있다. 이 시기 연구를 일별하고자 이상 단독 연구 저서를 살피면 아래와 같다.

※ 연도별 이상 연구 저서

연도	2000	2001	2002	2003	2004	2005	2006	2007	2008	2009	2010년	2011~
단독 저서 편수	1	3(1/2)	1	3(2/1)	2(1/1)	2(1/1)	3(1/2)	6(4/2)	0	4(3/1)	6(4/2)	4
개인 저자 / 단체 저자	이경훈	조해옥 / 김윤식 외 이상 문학회	김태화	박현수 안미영 / 이상 문학회	김승구 / 이상 문학회	오진현 / 이상 문학회	강용운/ 신범순 외 이상 문학회	신범순 이원도 이화경 조선숙/ 신범순 외 이상 문학회		권영민 김옥순 조해옥 / 이상 문학회	김윤식 조수호 조영남 최효정/ 란명 외 이상 문학회	임명섭 (11) 장석주 (11) 함돈균 (12) 권영민 (12)

2000년부터 2012년까지 발간된 이상 문학 연구서는 총 35편으로, 개인 저자의 저서 23편, 단체 저자 저서 12편 등이다. 이것은 개인 저자의 저서 수효만 보더라도 1990년대까지의 연구서를 훨씬 능가하는

를 미처 극복하지 못하고 그대로 답습한 것들이다.

수치이다. 그 밖에도 여러 명의 작가를 다루긴 했지만 이상 문학이 논의의 중심이 된 저서가 3편(신주철, 서영채, 정상균)이 있다. 특히 김해경 탄생 100주년인 2010년에 저서 발간이 집중된 것은 이상 문학에 대한 뜨거운 관심과 열기를 보여 준다. 이 가운데에서 단체 저자로 거론되는 연구 집단으로 무엇보다 '이상문학회'를 들 수 있다. 이상문학회는 2000년 말에 결성되어 이상 연구의 거점 구실을 해왔다.[06] 이상문학회의 편집진은 김성수, 김주현, 박현수, 이경훈, 임명섭, 조해옥, 월터 K. 류 등 모두 이상 문학 연구자들로 구성되었다.[07]

집단적 연구 성과의 선언적 모태는 《이상 문학 연구 60년》(문학사상사, 1998)이라 할 수 있다.[08] 당시 여러 분야 연구자들이 모여 이상 연구

---

06 이상문학회는 2000년에 발기된 순수 이상 문학 연구 모임이었다. 김주현과 이경훈의 발기로 모두 여섯 명으로 출발하여 10년 정도 활동을 하였다. 2001년에 《이상 리뷰》 창간호를 시작으로 2010년 "이상 리뷰 8호"인 《이상 수필작품론》을 발간하였으며, 이로써 6명의 편집진이 일선에서 물러났다. 그리고 2011년부터는 송민호, 조강석, 함돈균 등이 편집진으로 활약하고 있다. 2010년 일본 무사시대학교에서 이상 탄생 100주년 국제심포지엄 "이상(1910~1937) — 동경에서 죽은, 식민지 조선 모더니즘 시인"(2010년 7월 16~17일)을 열었다.

07 김성수(《이상소설의 해석 — 생과 사의 감각》), 김주현(《이상 소설 연구》/《정본 이상 문학 전집》), 박현수(《모더니즘과 포스트모더니즘의 수사학 — 이상 문학 연구》), 이경훈(《이상, 철천의 수사학》), 임명섭(《문학의 자의식과 바깥의 체험 — 이상 문학의 해석》), 조해옥(《이상 시의 근대성 연구 — 육체 의식을 중심으로》, 《이상 산문 연구 — 이상 수필과 발굴원고를 중심으로》), 월터 K 류(〈〈산촌여정 - 성천기행 중의 몇 절〉에 나타나는 활동사진과 공동체적 동일시〉) 등이 이상 저서 및 연구 논문의 집필자이다. 편집인으로 7명의 이름이 올랐지만, 실제적인 활동은 국내에 있던 6명이 이끌었다.

08 물론 이전에도 《이상문학전집4》(김윤식 편, 문학사상사, 1995)가 있었지만, 이는 단순히 이전의 이상문학 연구 논문을 모은 것에 지나지 않는다. 상호 소통 속에

학술 심포지엄을 열고 그 성과를 묶어 저서를 간행했다. 이는 이상에 대한 집단적 연구의 첫 성과를 암시하는 동시에 그 효과를 보여 주는 계기였다. 그 발표 대회에서 이상학회가 제안되기도 했지만 그 뒤 연구회의 발족으로 이어지지는 못했고,[09] 2000년대 들어서야 이상문학회가 발족되었다. 이 학회는 총 8권에 이르는 연구서를 냈다. 2001년 창간호를 낸 이래 이 학회의 활동은 주목을 받았다. 이 학회의 성과로 여러 가지를 꼽을 수 있다. 먼저 이상 연구를 주도해 왔다는 점이다. 이에 대해서는 편집진들의 논문과 이후 저서들이 실증적으로 말해 준다. 다음으로 새로운 텍스트의 발굴로 나타난다. 《이상리뷰》 창간호에는 "작품 및 자료 발굴"란을 마련하여 〈배의 역사〉 및 번역 동화를 박현수가, '김희영 일기'를 김정동이, '이상 건축 도안 및 도안 비평'을 김주현이 각각 발굴·게재하였다. 제5호에도 이경훈이 '변동림의 〈정혼〉 및 《경성고등공업학교일람》'을 발굴 및 게재하는 성과를 낳았다. 그리고 이상 연구의 반성적 고찰도 이뤄졌는데, "1세대 이상 연구의 반성적 고찰"(2호)과 "2세대 이상 연구의 반성적 고찰"(3호)이 그것이다. 이러한 작업을 거쳐 기존 전집이 갖는 문제점들을 더욱 폭넓게 적시摘示하였는데, 조해옥이 그 작업을 충실하게 이루어 냈다. 또한 수학자인 김태화를 비롯하여 소설가 김연수, 이상 연구자 조수호를 끌어들이는가 하면, 월터 K. 류, 존 M. 프랭클, 지나 E. 킴, Willia O. Gardner, 사노 마사토, 후지이시 다카요 등 해외 연구자들과 소통 체계도 마련했다. 그뿐만 아니라 이상의 시 작품론, 소설 작품론, 수필 작품론 등 이상 문학 전반에

이뤄진 성과는 아니라는 점에서 여기에서는 배제했다. 《이상문학전집5》(김윤식 편, 문학사상사, 2001) 역시 그러한 의미에서 여기에서는 배제했음을 밝힌다.

09 당시 김재홍이 이상학회를 제안하였다. 김재홍, 〈이상 문학 연구의 새로운 가능성 — '이상학회'를 제안하며〉, 《이상 문학 연구 60년》, 문학사상사, 239~245면.

대해 분석의 깊이를 더했다.

다음으로 이상 연구자를 모아 연구를 한 차원 높인 이로 신범순을 들 수 있다. 그는 《이상 문학 연구의 새로운 지평》(2006), 《이상의 사상과 예술 – 이상 문학 연구의 새로운 지평 2》(2007)을 묶었다. 신진 연구자들이 중심이 된 이 연구서는 이상 연구의 현재를 들여다볼 수 있는 거울 구실을 하였다. 더욱이 대학원에 재학하거나 막 수료한 이들 신진 연구자들의 연구는 이상 연구에 대한 새로운 시각을 제공함은 말할 것도 없고 이상 연구의 수준을 높이는 계기로 작용했다. 신범순은 란명이 중심이 된 《이상적 월경과 시의 생성》(란명 외, 2010)의 발간에도 적극적인 활약을 하였으며, 2010년을 맞아 "이상 탄생 100주년 기념 문집"을 기획하였지만, 원고의 수합이 제대로 이뤄지지 않는 바람에 아쉽게도 논문집 발간은 무산되었다. 란명은 이상 문학을 상해사변, 그리고 요코미쓰 리이치의 《상하이》와 결부하여 해석하였는데, 대단히 인상적이다. 송민호는 이상의 〈與田準一〉은 與田準一의 〈海港風景〉을, 〈月原橙一郎〉은 月原橙一郎의 〈心像すけっち〉를 가져온 것임을 밝혔는데, 이는 텍스트 확정에서 주요 성과이다. 이 시들이 《1930年詩集》에 실렸다는 점에서 앞으로 이 시집과 이상 시의 비교 연구가 필요할 듯하다. 이 저서들은 모두 젊은 연구자들의 참신한 연구를 보여 주었다는 점에서 큰 의미가 있다.

4. 개별 연구의 성과

다음으로는 개별 연구의 성과를 꼽을 수 있다. 개별 연구는 그 성과물이 많아 시, 소설, 수필 등 연구 대상별로 나눠 살펴보기로 한다. 사실 이상 문학 연구에서 시와 소설, 수필이라는 장르적 구분은 큰 의미를 지니지 못한다. 그러나 대상을 구체적으로 이해하려면 분류 체계가 필요하다. 게다가 박사 논문의 경우 연구자가 그러한 장르 분류 체계를 따르는 경우가 일반적이므로 논의의 편의 때문이라도 장르별로 살피는 것이 유용할 듯하다. 먼저 장르별 연구 성과를 다루고, 아울러 이상 문학 전반을 다룬 성과를 언급하기로 한다.

이상 문학 연구에서 단연 성과가 많은 장르는 시 분야이다. 2000년대 들어 이상 시 연구 저자로 조해옥, 김태화, 박현수, 오진현, 이원도, 김옥순, 조수호, 조영남, 함돈균 등이 있다. 학위 논문의 결과를 수합하여 발간한 연구서는 조해옥, 박현수, 이원도, 김옥순, 함돈균 등의 저서 5편이다. 유독 시 연구가 많았던 것은 이상 시가 난공불락의 기호학적 성채로서 쉽게 해석되지 않기 때문이다. 더구나 이상 문학은 근대문학의 관문으로 연구자가 한 번쯤 해석에 도전해 보고 싶은 매력을 지니고 있기 때문이다. 그리고 비문학 전공자들인 김태화, 오진현, 조수호, 조영남 등의 성과물도 있는데, 이상 문학에 대한 그들의 관심과 열정이 저술을 가능하게 했던 것이다. 시 장르 연구는 그 수가 다른 장르에 견주어 많을 뿐만 아니라 그 연구자도 다양하다.

조해옥은 《이상 시의 근대성 연구》(2001)에서 이상 시에 나타난 근대성을 육체의식의 관점에서 살폈다. 그녀는 이상 시를 근대라는 시공간과 결부하여 해석하는데, 특히 이상 시 세계를 형성하는 토대로서 육체에 초점을 맞추었다. 무엇보다 그녀는 텍스트 확정에 유의하여 이전 텍스트들이 지닌 문제들을 엄밀하게 고찰하는 원전 비평의 입장을 견지했다.[10] 조해옥

10 그녀는 "촉대 세음", "빈혈면포", "二個의 浸水된 黃昏", "돌과 같은 사람", "나의 眼睛은……" 등 적지 않은 원전비평의 성과를 낳았다. 그런데 〈시 제8호〉에서 "野外의 眞實"은 내용을 보면 "野外의 眞空"일 가능성이 크다. 實의 약자 実과 空자가 유사한 데서 빚어진 오식일 가능성이 크다.

은 그러한 실증적 토대 위에서 이상 시의 육체 의식을 잘 고찰하였다.

김태화는 《수리학적 관점에서 본 이상의 줌과 이미지》(2002)에서 이상 시를 수리철학적 관점에서 고찰했다. 그는 텍스트의 엄밀성과 해석의 정교함을 추구하였다. 이상이 자주 쓰는 수식과 수 기호들을 하나의 기하학적인 거대한 그림으로 짜맞추고 그 의미를 제시해 주는가 하면, 수를 우주와 공간의 문제로 확대해 설명해 주기도 한다. 그의 이러한 설명 방법은 〈삼차각설계도〉 연작에서 빛을 발하는데, 〈선에 관한 각서 2〉와 〈선에 관한 각서 3〉의 입체적 설명은 무척 흥미롭고 정밀하다. 그는 '수학적 사고를 바탕으로 추상적인 시 따위를 어떤 가정 아래 논리적으로 접근하여 가장 적절한 한 가지 근사해approximating solution를 도출'하였다. 그는 이상의 기호들에서 숫자의 의미에 천착하여 이상 시의 수학적 토대를 새로이 밝혔지만, 한편으론 숫자 또는 이미지의 해석에 치중한 나머지 시를 지나치게 단순화해 버린 느낌이 있다.

박현수는 《이상 문학 연구 — 모더니즘과 포스트모더니즘의 수사학》(2003)에서 '옥상정원'에 대한 분석으로 이상 시의 해석을 심화하였으며, 또한 '미정고'의 해명으로 이상 시의 양식적 특성을 더욱 분명히 밝혔다. 아울러 쥘 르나르의 《전원수첩》과 상호텍스트성을 밝힌 것은 이상의 창작 과정 및 작품 해석에 커다란 기여이다. 수많은 이상의 작품들을 《전원수첩》의 수사학과 관련시킨 부분은 논란이 되겠지만, 이상 시의 모더니즘 및 포스트모더니즘적 특성을 수사학적 특성과 연계하여 구명한 것은 충분한 의의가 있다. 이렇듯 그는 문예사조와 수사학을 연결해 이상 문학의 위상을 정립했다.

오진현은 《이상의 디지털리즘》(2005)에서 이상의 시와 자신의 시론의 접목을 시도했다. 그리고 '다다 선언'(1916년)이나 '초현실주의 선언'(1924년)처럼, 2004년 '디지털리즘' 문학을 선언하였다. 그는 이상 시의 직관, 진단, 해부, 투시, 탈관념 등의 특성을 잘 설명하였다. 더욱이 그는 거울 모티프를 통해 시를 '쓰는' 것이 아니라 '찍는' 행위로 설명했다. 또한 〈오감도〉와 〈삼차각설계도〉 연작시를 논의하였는데, 〈시 제6호〉의 해석이 무척 흥미로우며, 〈선에 관한 각서1, 2, 6〉의 해석도 참조할 만하다. 그러나 '13인의 아해'를 임신 10개월에 태어나서 3개월(100일) 동안 성장하는 아해〔Unit〕로 설명한 것은 여전히 납득하기 어렵다.

이원도는 《이상이 만난 장자》(2007)에서 이상 문학이 지닌 해체성을 장자와 관련 속에서 살폈다. 그는 이상 문학에 대한 해석학적 지평을 확대하여 논의를 한층 더 풍성하게 한 데에 적지 않은 기여를 하였다. 그러나 이상과 장자 사상을 곧바로 대비한 것은 문제점이라 할 수 있다. 이상의 사유는 어느 하나의 사상에 귀속할 수 없는 다차원적 모습을 띠기 때문이다. 또한 작가의 사상이란 다양한 사상을 습합하여 이룩한 총체이므로 문학의 기원이나 영향을 이야기할 때에는 해당 작가가 읽은 다양한 독서물, 영향을 받은 작가, 그 시대의 사상과 학문적 경향 등 모든 요소를 입체적인 관점에서 살필 필요가 있다. 한 가지 덧붙이자면 이원도가 〈오감도 시 제1호〉의 '13'을 인디오들의 놀이 '볼레도레스 13'이라고 서술하는 대목은 지나친 상상력의 개입이라 할 수 있다.

김옥순은 《이상 문학과 은유》(2009)에서 이상 문학의 은유를 체계적으로 서술하였다. 그녀는 은유 이론으로 이상 문학이 심원하고 정치한 해석에 이를 수 있는 길을 텄다. 이상은 비유의 천재였다. 그녀는 이러한 점을 포착하여 이상 문학의 독특한 은유구조를 밝혀냈다. 〈권태〉에 대한 그녀의 섬세한 분석이 돋보이며, 〈꽃나무〉 분석도 주목을 요한다. 그녀는 은유를 화폐경제, 기계문명, 존재 사슬의 은유로 유형화하였다. 다만 〈침몰〉은 비유의 원리로 이해할 것이 아니라 그 심층적 의미를 궁구할 필요가 있으며 '구뎅이'를 구렁이로 간주하여 텍스트의 불확정에 따른 오류를 범한 것은 아쉬운 대목이다.

조영남은 《이상은 이상 이상이었다》(2010)에서 자유로운 상상력을 가미하여 이상 시를 해석하였다. 이전의 연구 성과를 어느 정도 수용하면서 자신의 이야기와 해석을 더한 이 저서는 비전공자의 기술이라는 측면에서 관심을 끈다. 저자는 스스로 책에서 거론한 문제들이 개인적인 감상임을 강조하였는데, 이론과 틀에 얽매이지 않고 해석했다는 측면에서 충분히 상고할 만하다. 이 책은 전반적으로 저자 특유의 과장과 객기가 묻어 있으며, 자유로운 상상력을 발휘하여 더러는 이상과 대화하듯이 더러는 독자에 설명하듯이 서술한 점이 특징이다. 그의 저서는 예술가의 심미적 감수성과 진지함이 돋보이기는 하지만, 연구에 참고하기엔 무리가 따른다는 한계가 있다. 그 역시 특유의 과장과 현학으로 이상 문학을 신비화하는 데에 기여했다.

조수호는 국문학 연구자는 아니지만, 《이상 읽기》(2010)라는 대단히 진지하고 열정적인 저서를 출간했다. 그는 김태화처럼 이상 초기 일문시를 심층적으로 연구했다. 이상의 기호에 있는 규칙성과 조직성에 착안하여, 제1공식(△+▽=◇=□=○)과 제2공식(△=▽=□=○)을 도출하였다. 다만 그는 기호들을 지나치게 단순화함으로써 또 다른 도그마로 전락할 위험이 있다. 이상의 도형과 숫자는 기호 이상으로 추상성을 띠는데, 그것을 도식화하면 기호의 상징성이 거세되고 말기 때문이다. 그는 이상 텍스트를 보들레르, 아쿠타가와, 니체, 발레리, 장 콕토 등과 상호텍스트적 맥락에서 해석하여 해석학적 프리즘을 확대했다. 그의 연구는 좀 더 광범위한 문맥 속에서 이상 작품의 문맥을 고찰했다는 점에서 의미가 있다. 그러나 그는 이상 문학 연구의 문제점을 지적하면서도 관련 논의를 언급하지 않았으며, 기존 연구에 대한 주석이 거의 없다는 아쉬움이 있다. 그의 논의는 독자적 해석도 있지만 기존 연구와 동일한 점들은 이전

연구의 단순한 수용인지 중복인지 파악하기 어렵다. 그리고 〈오감도 시제1호〉의 13을 1+3=4로 해석하는 것 또한 수긍하기 어렵다.

함돈균은 욕심을 내지 않으면서 이전 이상 시 연구의 문제들을 꼼꼼하게 지적하고 분석하였다. 제목이 말하는바 《시는 아무 것도 모른다》(2012)처럼 이상 시에 대한 무지를 전제하고 선입견을 제거하면서 이상 문학의 시적 아이러니와 히스테리적 주체를 논의했다. 그는 이론을 다양하게 모색하고 선행 연구를 광범위하게 조사함으로써 이상 시를 정밀하게 해석하려 시도하였다. 그 가운데 그의 〈꽃나무〉 분석은 장관이다. 그러나 그럼에도 그의 연구가 이상 문학의 심층에 다다랐다고 느껴지지 않는 까닭은 무엇인가? 여전히 이론에 경도되어 자꾸만 이론으로써만 이상 시를 분해하려고 했기 때문이 아닐까? 최근 그의 연구는 이상 시 연구의 모범 사례라고 할 수 있지만 기존 연구와 차별성을 부각하고 기존 해석의 표피를 뚫고 이상의 심층에 이르려는 과감한 시도를 했더라면 더욱 좋았을 것이다.

다음으로 소설 연구 성과로는 안미영, 강용운, 조선숙의 논의가 있다.

안미영의 《이상과 그의 시대》(2003)는 모두 2부로 구성되었다. 제1부는 이상 소설 연구이다. 이상 소설에 나타난 신체 인식의 표출 양상을 다뤘는데, 이상 문학의 불안, 죽음, 공포, 허무 등이 작중인물의 신체(인식)에 말미암음을 밝혔다. 더욱이 이상의 신체 관념을 전통적 신체 인식과 근대적 신체 자각으로 나누고, 전통적 사회윤리 의식의 변화에 따른 근대 신체 인식을 '도구화된 신체', '욕망하는 신체'로 규정한 것은 의미가 있다. 제2부는 이상의 소설 〈12월 12일〉과 더불어 이효석, 김유정 등 구인회 문학을 다뤘다.

강용운의 《이상 소설의 서사와 의미생성의 논리》(2006)는 이상의 문학을 주체와 욕망, 기호의 관계라는 세 가지 코드로 해명하였다. 그는

"개별 작품에 대한 분석을 통해 이상 특유의 창작방법과 텍스트의 구조 원리를 찾아"보고자 하였다. 들뢰즈의 이론을 사용해 이상 문학을 분석하였는데, 주로 작품의 인물과 구조에 논의를 집중하였다. 하지만 이상 소설에 대한 치밀한 분석을 감행하였음에도 기존 논의의 범주를 크게 벗어나진 못한 것으로 보인다.

조선숙은 《음양오행의 관점에서 본 이상의 소설》(2007)에서 이상 소설을 음양오행의 관점에서 분석하였는데, 이는 새로운 접근 방법으로 시도 자체만으로도 의미가 있다. 그러나 이론적 모색이 더 정치하게 이뤄졌더라면 하는 아쉬움이 있다. 이를테면 〈역단〉을 중심에 놓고 〈자화상〉 계열의 작품들을 깊이 있게 분석했더라면 논의가 더욱 튼실하지 않았을까. 또한 그가 상생과 상극의 원리로 인물관계를 풀어낸 것도 쉽사리 수긍이 가지 않는다. 앞으로 음양오행 사상을 작품을 해석하는 방편으로 삼는다면 좀 더 풍부한 해석을 낳을 수 있을 것이다.

수필 연구로는 조해옥, 최효정의 저서가 있다.

조해옥의 《이상 산문 연구》(2009)는 2부로 이뤄졌으며, 제1부는 수필 중심의 논의이고 제2부는 주로 소설에 대한 논의로 이루어졌다. 이 논의에서 눈에 띄는 것은 무엇보다 텍스트 확정에 주의를 기울였다는 점이다. 각 텍스트의 최초 발표본을 각종 전집에 수용하면서 어떻게 변형내지 왜곡하였는지를 비교적 자세하게 밝혀 주었다. 그리고 이상 수필을 근대 도시 경성을 배경으로 한 것과 시골 성천을 중심으로 한 것, 두 종류로 나눠 살폈다. 이상의 일문 유고는 일부만 전하는데, 이 또한 번역 및 게재 과정에서 적지 않은 오류가 있었을 것이라 예상된다. 이들 원고가 발견되었다면 번역 과정에 나타난 문제들도 함께 살폈을 텐데 하는 아쉬움이 있다.

최효정의 《이상 수필의 어휘 구조와 주제 특성》(2010)은 이상 수필을 대상으로 문체 분석을 했다는 측면에서 의미가 있다. 이제까지 이상 문학은 주로 시와 소설 중심으로 논의되었고, 수필은 논의의 참고 자료 정도로 많이 활용하였다. 이상 수필을 대상으로 한 박사 논문으로는 그녀의 논문이 유일하다. 이상의 경우 시, 소설, 수필 세 장르 모두에서 문학적 성과와 자취를 남겼다는 점에서 수필 연구는 사실 뒤늦은 감이 없지 않다. 그녀는 원전을 우선적으로 검토하고 이상 수필을 표현과 내용의 측면에서 분석·검토하였다. 컴퓨터 통계 프로그램을 이용하여 이상 수필의 어휘를 실증적으로 계량화하였는데, 수치적 결과에서 나아가 그러한 수치의 의미를 규명하였더라면 더욱 좋았을 것이다. 그러나 원전 검토와 더불어 이상 수필을 전반적으로 다루었다는 것만으로 이 책은 충분히 의미가 있다.

시, 소설, 수필 등 개별 장르를 대상으로 삼은 연구도 많이 있지만 이상 텍스트 전반을 다루고 있는 논의 또한 그 수가 적지 않다. 앞서 언급했듯 이상 작품들은 장르적 특성이 불분명할 뿐만 아니라 시, 소설, 수필 등 여러 장르에 걸쳐 수준 높은 성취를 보여줬다. 그런 이유로 그의 문학 세계를 구명究明할 때 장르적 경계를 넘어 문학 전반을 논의한 경우가 적지 않다.

이경훈의 《이상, 철천의 수사학》(2000)은 상상력을 넘나들며 기존의 전범과는 달리 사회학적 문화론적 입장에서 이상 문학을 규명하고 있다는 점에서 특이하다. 제임스 조이스, 보들레르, 도스토예프스키 등의 작품을 넘나들며 상호텍스트적 입장에서 이상 문학을 해석하였다. 그는 이상의 또 다른 질병을 잘 분석해 냈으며, 〈1931년(작품 제1번)〉의 해석은 참조할 만하다. 그러나 〈2인 1〉과 〈2인 2〉의 해석에서 그리스도를 자신으로, 문종혁을 알카포네로 간주하거나 그리스도, 알카포네를 성적 상징으로 읽는 등, 주요 제재들을 성과 결부하여 해석하였다는 점에서 비약이 있다. 절뚝발이, 불을 성병과 관련한 것으로 파악한 것, 암뿌으르를 성교로, 파라솔을 콘돔으로 파악한 것 등도 여전히 논란의 대상이 될 수 있다. 한편 정인택이 쓴 소설을 이상의 소설 유고로 간주하였는데, 이에 대한 문제점은 앞에서 제기한 바 있다.

김승구는 《이상, 욕망의 기호》(2004)에서 초창기 소설에서 거울 시편에 이르기까지 대칭과 조화라는 기하학적 구성 방식에 주목하여 이상 문학을 논의하였다. 그는 여성을 매춘부/안해 계열로 나눠 '여인'이라는 기호에 천착하여 의미를 부여했다. 한편 시 분석에서 가족사적 초자아라는 개념을 도입하기도 하였는데, 이는 조금 막연하게 느껴진다.

이화경은 《이상 문학에 나타난 주체와 욕망에 관한 연구》(2007)에서 이상 문학의 정신분석학적 연구가 갖는 문제, 다시 말해서 프로이트 이론을 중심으로 한 오이디푸스적 한계에서 벗어나려 시도하였다. 그녀는 들뢰즈와 가타리의 이론으로 이상 텍스트를 '생성으로서의 주체'와 '분열적 과정으로서 욕망'이라는 관점에서 분석하였다. 그러나 지나치게 이론에 기대어 작품을 분석하여 들뢰즈와 가타리의 이론을 설명하는 틀에 이상 문학이 갇힌 느낌을 준다.

신범순은 《이상의 무한정원 삼차각나비》(2007)에서 이상 문학을 단순히 문학 영역에 국한하지 않고 역사 및 우주관과 결부하여 해명하였다. 이상의 시적 언어들은 단순한 언어적 기호가 아니라 심원한 의미가 있는 기표로 설명할 수 있다. 이 책은 문학을 텍스트의 자장 안에서만 보려 하지 않고 텍스트의 바깥까지 연결하고, 남아 있는 텍스트들의 의미망을 온전히 구축하고, 그 편린들을 조합하여 이상의 심원한 의식 세계까지 규명함으로써 이상의 사상을 인류사적 의미까지 확장한 역저이다. 〈이상한 가역반응〉, 〈건축무한육면각체〉, 〈삼차각설계도〉 등 이상의 기표가 지닌 불가해성을 해석의 장으로 끌어오고자 사용한 개념(나비효과, 멱운동, 무한원점, 무한정원, 무한호텔, 부채꼴 인간, 초검선 등)들은 이상 문학에 의미를 부여하고자 고뇌한 흔적들을 잘 보여 준다. 논리적으로 성근 부분도 있지만 전체적으로 이상 사상의 큰 틀을 그려 내려고 한 점은 높이 평가할 수 있다. 더욱이 이 저서는 불안, 다다, 초현실주의, 나르시스, 해체 등의 개념으로 이상 문학을 규정해 버린 기존 연구에 신선한 자극을 던진 저서로서, 이상 문학을 가장 이상답게 분석한 연구서라 할 만하다.

권영민의 《이상 텍스트 연구》(2009)는 이채롭다. 이 저서의 전반부는 시, 후반부는 소설 연구로 이루어져 있는데, 이상 문학의 메타적 속성, 상호텍스트성에 대한 전반적이고 본격적 논의라 할 만하다. 이 저서에서 특별히 시 〈且8氏의 出發〉, 〈출판법〉과 소설 〈동해〉, 〈실화〉 등의 분석은 과연 참고할 만하다. 언어 표현의 세밀한 고찰을 거쳐 이상 문학의 비의를 파헤친 예리한 분석이 돋보인다. 전체적으로 상호텍스트성을 중시하며, 그러한 문맥 속에서 이상의 문학을 제대로 파악하고 평가하려 했다. 그러나 〈이십이년〉과 〈시 제4호〉, 그리고 〈시 제7호〉와 〈정식〉 등의 해석은 여전히 논란의 여지가 있다. 특히 '翼段不逝', '장부 타는 것' 등에 대한 해석은 발표본의 오류를 감안하지 않은 것으로 문젯거리를 남겼다.

한편 《이상문학의 비밀 13》(2012)은 저서의 상당 부분이 《이상 텍스트 연구》와 겹친다. 그러나 이 연구는 작품의 메타적 속성, 상호텍스트성으로 의미 해석의 풍성함에 이바지하였다. 《이상 텍스트 연구》가 분석적 입장에서 기술한 것이라면, 《이상문학의 비밀 13》은 일반 독자들의 호기심이나 관심사에 부응하고자 해설적 입장에서 쓴 것이다. 전집에서 텍스트를 원전과 현대체 2가지로 제시하였듯, 연구에서도 일반 독자들을 배려해 이전의 편제를 새롭게 하고, 내용도 수월하게 제시했다. 또한 이상의 제적등본, 성적표, 졸업 앨범 등 이상의 삶과 관련한 자료들을 적지 않게 새로 제시하였으며, 조선건축회 활동, 구인회 및 삼사문학 활동 등 이상의 삶과 문학 활동 전반에 대해서도 기술하였다. 아울러 이상의 자화상, 건축 도안, 회화 등도 최대한 제시해 주었다.

김윤식의 《기하학을 위해 죽은 이상의 글쓰기론》(2010)은 체계화한 논의라기보다 정리·집적의 의미가 강하다. 그는 이 저서에서 《이상연구》에서 《이상 문학 텍스트 연구》까지 이상 연구의 과정을 허심탄회하게 기술하였다. 바르트의 표현으로 하자면, 작품에서 텍스트로 연구를 지향할 수밖에 없었던 소회를 밝힌 것이다. 그는 자신의 이상 연구가 작품에서 해방하여 텍스트로 향하는 지점에 놓여 있음을 밝혔다. 초창기 주로 문학과 삶을 탐구하는 전기적 연구에서 출발하여 그 뒤 상호텍스트적 분석, 해석학적 고찰로 나아간 그의 연구는 긴 시간 동안의 연구 성과를 회고·반성하는 과정에서 이룩된 것이다. 저자는 '군'이라는 가상의 연구자, 다시 말해서 제3세대 이상 연구자들에게 메시지를 전달하는 형태로 책을 기술했다. 더욱이 이 저서에서는 일문 유고시 텍스트를 소상히 기술하고 있으며, 〈황〉 연작에 대해 지대한 관심을 보여 주었다. 그것은 바로 작품 연구에서 텍스트 연구로 나아간 모습, 전기적 연구에서 후기 구조주의적 연구로 나아간 모습을 여실히 드러낸다. 이상 문학 연구는 그의 지적처럼 결국은 텍스트로 수렴하게 마련이다.

임명섭의 《문학의 자의식과 체험》(2011)은 아주 흥미로운 저서로 이상 문학을 책과 책읽기라는 은유로 해명하였다. 임명섭은 이상의 글쓰기를 독서에 비유하였는데, 이는 세계를 도서관에 비유한 보르헤스적 은유와 다를 바 없다. 그는 책읽기-글쓰기-지우기라는 개념으로 이상 문학 전반을 설명하였는데, 책으로서 세계 및 현실을 인식하는 것은 이상 문학의 독자적인 영역으로 이해된다. 이 저서는 1997년에 발표된

〈이상의 문자경험 연구〉를 보완한 것으로서 이상 글쓰기의 여정을 자아 성찰과 반성의 실존적 탐색으로 이해했다. 특히 〈오감도 시 제 10호〉, 〈시 제 11호〉, 〈시 제 12호〉 등에 대해 독특한 해석을 펼치고 있는데 이 가운데 〈시 제12호〉 및 〈위독〉 시리즈 해석은 쉽게 수긍하기 어려운 측면이 있다. 전체적으로 이론에 기대지 않고 이상 문학을 글쓰기 차원에서 용이하게 접근하고 있다는 점이 이 책의 특징이다.

장석주는 《이상과 모던뽀이들》(2011)에서 자신의 눈에 비친 이상에 대해 썼다. 주관화된 이상론이라는 말인데, 이는 분석이라기보다 정리와 조합이며, 연구라기보다 이야기라 할 수 있다. 각종 일화와 작품들을 엮어 만든 이상 이야기가 주를 이루고 있다. 이상의 벗들이 만들어낸 이상은 실제 이상이 아니라 이상의 편린이다. 본래 이상의 모습은 그런 것들을 들춰내고 들어가야만 마주할 수 있음에도 이 책은 다른 사람들의 눈에 비친 이상의 모습에 집중하였다. 이상이 지닌 실제 모습을 제대로 파악하려면 벗들의 글에 나타난 엄살이 아니라 그러한 엄살 속에 숨은 이상의 모습을 간취해 낼 필요가 있는 것인데, 그는 드러난 객관적 사실들을 중심으로 지식 만화경적 입장에서 글쓰기를 하였다. 그런 이유로 이 책은 전문적 학술서라기보다는 일화와 작품을 잘 정리한 해설서에 가깝다.

이 밖에도 이상의 문학을 중심에 두고 다른 작가들과 함께 논의한 저서가 있는데, 대표적인 것으로 신주철, 서영채, 정상균의 저서가 그러하다. 신주철은 《이상과 김수영 시의 아이러니》(2003)에서 이상, 김수영의 시에 나타난 아이러니를 분석·고찰하였다. 그는 이상 문학에 나타나는 아이러니를 운명의 아이러니, 가족에 대한 책무감과 일탈 욕망이 빚어내는 아이러니, 19세기의 구속과 20세기 추구 사이의 아이러니로 항목화하며 이상 문학 기법으로서 아이러니를 체계화하였다. 서영채는

《사랑의 문법》(2004)에서 이광수, 염상섭, 이상의 소설을 분석하였다. 그는 이광수를 이상주의를 지향하는 지사적 주체로, 염상섭을 리얼리즘을 추구하는 장인적 주체로, 이상을 탕아로서의 예술가로 설명하였다. 또한 이상 문학에서 '연애의 수사학'을 밝혀냈는데, 그의 논리는 조밀하고 정치精緻하며 논의의 비약이나 과장 없이 이상 문학의 축자적 의미 해석에 충실하였다. 그는 이상을 자기 모멸의 수사학으로 마조히즘적 글쓰기를 구현한 작가라고 평가하였다. 그가 미적 주체의 탄생이라는 관점에서 이상을 한국문학사에 확실하게 자리매김한 것은 중요 성과로 인정된다. 정상균은 《다다 혁명 운동과 이상의 오감도》(2011)에서 이상의 시 〈오감도〉를 집중 분석했다. 그는 칸딘스키, 마리네티, 휄젠백, 차라, 브르통 등과 같은 선상에서 이상의 문학을 논했다. 그는 다다이즘의 형성과 전개 과정을 살핌으로써 이상 문학의 위치와 입장을 분명히 했고, 또한 김수영, 김종삼, 기형도를 이상의 계승자로 제시했다. 다다 정신과 회화적 관점에서 이상의 특성을 잘 제시하고 있는 것이 이 저서의 특징이다.

5. 남은 과제, 또는 마무리

최근 연구자들이 이상 문학 연구에 대해 느끼는 소회를 살펴보면 아래와 같다.

> 기왕의 연구자들이 그런 식으로 설명하지 않았다면 그대로 자명해졌을 문학 텍스트마저도 엉뚱한 설명이 더해지고 해석이 과장되면서 애매모호한 상태로 빠져들게 된 것이다. 실제로 이상 문학은 텍스트에 대한 깊이 있는 독해 작업도 없이 연구자나 평자의 자의적 해석에 이끌려 엉

뚱한 의미로 과장되고 왜곡된 경우가 많다. 그리고 모든 평가는 특이하게도 그의 천재성에 집중된다. 객관적으로 규명되지 않은 이 천재성(?)으로 인하여 이상 문학은 더욱 미궁으로 빠져들게 된다.[11]

이상의 시들이 난해함 때문에 일반 독자들이 시를 이해하려는 시도조차 못하고 있을 동안, 그의 시는 여러 논리와 이론으로 포장되어, 외부는 더욱 견고해졌지만 내부는 여전히 미궁으로 남아 있다고 말할 수 있다 (……) 기존의 수많은 이상 연구의 마지막에 반복되는 이상의 사고, 이상에 대한 감상, 이상 텍스트 생산의 원형에 대한 결론은 지금까지 애매하고 모호한 이야기로 반복되어 이어지고 있다.[12]

이상 문학 연구가 수없이 쏟아졌지만, 과장되고 왜곡된 논의가 많으며, 그래서 이상 문학은 여전히 미궁과 같다는 것이다. 미궁, 애매모호, 난해 등은 아직도 이상 문학 또는 그 연구에 붙는 수사이다. 그러나 또 한편으로 이상 연구의 성과 가운데 인정할 만한 것도 적지 않다. 이전에 필자는 이상 문학 연구에서 텍스트 확정의 문제, 일문시 번역의 문제를 지적하고 "메타언어적 글쓰기는 밝혀져야 한다"고 강조했다.[13] 그 뒤로 텍스트 확정 및 일문시 번역 연구도 적잖은 성과가 있었다. 연구자들이 원전을 중시하고, 일문시의 오역 문제를 밝혀내는 등 그러한 문제에 새롭게 관심을 기울였기 때문이다. 물론 〈권두언〉(《조선과 건축》)과 〈자유주의에 대한 구심적 경향〉(《조선일보》) 등 몇 편에 대해서는 여전히 저자 확정이 제대로 이뤄지지 못한 형국이다. 그리고 일문 유고의 행방과 번역의 검토는 일부 이뤄졌지만 아직 이에 대한 추적과 검토가 필요하다.

---

11 권영민, 《이상 텍스트 연구》, 문학에디션 뿔, 2009, 16면.

12 조수호, 《이상 읽기》, 지식산업사, 2010, 29~30면.

13 김주현, 《이상 소설 연구》, 소명출판, 1999, 359~420면.

최근 10년 남짓 동안 이상 문학의 상호텍스트적 분석은 적지 않게 이뤄졌으며, 그로 말미암아 난해한 낱말이나 어구, 또는 구절들 가운데 새롭게 밝혀진 것이 적지 않다. 다시 말해 상호텍스트적 맥락 분석은 다른 어떤 것보다 성과를 낳았다고 할 수 있다. 이로써 이상 문학 해석에 새로운 지평을 열었으며 주석학이라 이름 붙일 만큼 진전하였다고 할 수 있다.

> 낱말이나 어구의 영향관계에 대한 무수한 주석학에 함몰되어 정작 이상 문학이 놓일 자리의 검토에는 이르기 어려울 것이다. 출구 없는 주석학에서 이상 문학 연구를 건져낼 수 있는 것은 한국 근대문학사라는 총체성밖에 없다고 보기 때문이다.[14]

그래서 이제 주석학에 대한 우려가 제기되는 것도 어쩌면 당연한 일일 수 있다. 김윤식은 현재의 경향을 두고 "출구 없는 주석학"이라고 지적했다. 그것은 연구가 자칫 어휘의 해석으로 공전할 소지가 있기 때문이다. 메타언어적 연구의 필요성이 제기된 이래 10여 년, 그 성과는 크게 쌓였다. 이제는 난해한 이상의 어휘들을 학자들이 힘을 모아 함께 해결하며, 그의 문학을 근대문학사의 맥락 속에 자리하도록 할 필요가 있다.

> 추상적인 시에서 숫자도 기호로써 다양한 의미구조를 갖고 있다. 그것은 같은 기호이면서, 기호의 또 다른 양상이다. 숫자는 구체적 기호이지만 시에서 활용되면 다른 어떤 기호보다 추상성을 띠게 된다. 이상

14 김윤식, 《기하학을 위해 죽은 이상의 글쓰기론》, 역락, 2010, 332면.

시에서 수의 기호와 언어적 기호에 대한 동시적 접근이 필요하고, 그렇기에 우리는 수학자들의 도움이 필요하다. 이상 문학이 학제적 연구를 통해 다양하게 논의될 때 그 본질은 보다 잘 드러날 것이다.[15]

이는 바로 기호론의 성채에 갇힌 비의들을 올바로 바라보고 그동안의 연구에 대해 냉철히 인식하기 위한 것이다. 그것은 이상의 문학을 언제까지든 어두운 베일 속에 묻어둘 수만은 없기 때문이다. 그리고 무조건 난해하다고 해서 의미를 추적하는 일을 멈춰선 안된다. 이상의 문학이 이젠 베일에서 벗어나 올바른 해석과 평가작업이 내려져야 한다.[16]

이상 문학을 본격적으로 연구하기 시작한 지도 어언 반세기가 넘었다. 역사적 시간이 해석의 깊이를 담보할 수는 없다고 하더라도 이전에 견준다면 상당 부분 객관화된 것만은 사실이다. 이제 미진한 부분에 대해서는 지속적으로 의미를 추적하고, 더불어 올바른 평가를 내리는 작업이 뒤따라야 한다. 이상의 초기 일문시는 여전히 난해함과 비의에 갇혀 있다. 시는 사물을 언어의 구조 속에 포획하는 행위이다. 이상 시 해석에서 지나친 추상화와 논리적 단순화를 극복해야 하며, 그러려면 무엇보다도 학제적 연구가 필요하다. 이상의 다양한 기호들을 물리, 수학(기하학)과 공동 연구, 또는 건축, 회화와 문학의 학제적 연구 등으로 제대로 규명해야 할 것이다. 그리고 미시적 접근에서 거시적 접근으로 나아감으로써 한국 근대문학사의 자장 안에 이상을 올바르게 자리매김해야 한다. 또한 한 작가의 해석과 분석은 그의 개인적 역량과 탐구 차원에 머문다. 거기에서 나아가 계통을 구하고 본질적 가치를 궁구하는 일, 그리하여 이상을 근대문학사의 지평 위에 올려놓는 작업이 필요하다.

15 김주현, 〈어느 수학자와 이상의 황홀한 만남〉, 《이상리뷰》 2호, 역락, 2003, 216면.
16 김주현, 《이상 소설 연구》, 소명출판, 1999, 360면.

이상 문학 연구와 한국문학의 현대성

1. 들어가는 말

이상은 1930년대 척박한 문학 풍토에서 우리 모더니즘 문학을 개척한 뛰어난 작가였다. 그의 문학은 현재에도 여전히 의미가 있으며 그 영역은 연구와 창작 모두에 걸쳐 있다. 그의 문학은 난해하고, 그렇기에 많은 연구자들에게 지적 호기심을 유발한다. 다시 말해서 연구자들에게 이상 문학은 매혹의 대상이다. 그런 이유로 이상 문학에 대한 해석은 쉽게 완료되지 않는다. 논자에 따라 다양한 해석이 가능하고, 텍스트가 언제나 새로운 해석에 열려 있기 때문이다. 그뿐만 아니라 이상은 문학으로써 현대성의 극치를 추구했다. 그는 "19세기를 봉쇄해 버리고" "20세기 정신의 영웅"을 향해 내달릴 수밖에 없었던 인물이다. 그는 전위성과 해체성을 끊임없이 추구함으로써 가장 우수한 모더니스트로 인정받았다. 게다가 이상은 오늘날 수많은 자신의 후예를 낳았고, 그의 문학은 여전히 현재적 의미를 만들어 내며 한국문학의 현대성을 확보하는 데 커다란 기여를 하였다. 여기에서는 이상의 문학 연구사를 살펴보고, 그의 문학을 거울 삼아 한국문학의 현대성을 살펴보려고 한다.

2. 이상 문학 연구의 전개

이상 연구는 기호론의 집합소이자 이론의 실험 무대였다. 그에 대한 논의는 이론의 각축장이 되리만치 다양했으며, 문학 연구에서 방법론적인 선도를 구축해 왔다. 1930년대 리얼리즘 비평을 비롯하여 1950년대 정신분석학적 비평, 1970년대 신비평, 그리고 1990년대 해체비평에 이르기까지 그의 문학은 과거는 말할 것도 없고 현재에도 논의의 중심에 자리 잡고 있다. 그래서 이상 연구는 우리 근대문학 연구에서 해석학의 역사이자 그 축도라고 해도 지나친 말이 아니다.

1) 리얼리즘이냐 모더니즘이냐(1930년대)

초창기 이상에 대한 논의는 단편적인 호기심이나 일상적 관심의 차원에서 비롯하였다. 이상이 대중들에게 널리 알려진 것은 1934년에 발표된 〈오감도〉 때문일 것이다.

> 그들은 〈오감도〉를 정신이상자의 잠꼬대라 하고 그것을 게재하는 신문사를 욕하였다.[01]

> 이러한 반항, 오만과 난해의 시를 발표하자, 세론은 “미친 놈의 잠꼬대냐?” 또는 “무슨 개수작이냐?” 하고 소연(騷然)하였으나……[02]

---

01 김기림, 〈이상의 편모〉, 《조광》, 1937년 6월; 《그리운 그 이름, 이상》(김유중·김주현 편), 지식산업사, 2004, 19~20면. 이 글에서 인용문은 가능하면 한글 표기로, 현대 표기 방식으로 썼음을 밝혀 둔다.

02 윤태영, 〈자신이 건담가라던 이상〉, 《현대문학》, 1962년 12월; 《그리운 그 이름,

독자들이 이상의 작품을 두고 '정신이상자의 잠꼬대', '개수작'이라는 비난을 하면서 일어난 소동은 '오감도 사건'이라 부를 만하다. 독자대중들의 비난과 공세로 〈오감도〉는 15호 연재에서 중단하고 만다. 당시 사람들은 그를 제대로 이해해 주지 않았다. 이상은 이러한 상황을 두고 〈오감도 작자의 말〉에서 "왜 미쳤다고들 그리는지 대체 우리는 남보다 수십 년씩 떨어져도 마음 놓고 지낼 작정이냐, 모르는 것은 내 재주도 모자랐겠지만 게을러빠지게 놀고만 지내던 일도 좀 뉘우쳐 보아야 아니하느냐. 여남은 개쯤 써보고서 시 만들 줄 안다고 잔뜩 믿고 굴러다니는 패들과는 물건이 다르다"고 항변했다. 그러한 비난은 뒤의 비평가에게도 이어졌는데, 이를테면 김안서는 〈정식〉에 대해 "만일 이것으로서 시가에 대한 반역을 꾀한 시라고 한다면 그것이야말로 시가에 대한 다시 없는 모독"이라고 비판했다.[03] 그가 보기에 이상은 다만 호기영신을 쫓아다니는 유행아에 지나지 않았던 것이다.

그런데 이상의 평가는 〈날개〉를 기점으로 상당히 다른 양상으로 전개되기 시작한다.

> 우리는 〈날개〉에서 우리 문단에 드물게 보는 리얼리즘의 심화를 가졌다. 현대의 분열과 모순에 이만큼 고민한 개성이 없거니와 그 고민을 부질없이 영탄하지 않고 이만큼 실재화한 예를 보지 못한다. 〈천변풍경〉이 우리문학의 리얼리즘을 일보 확대한 데 비하여 〈날개〉는 그것을 일보 심화하였다고 볼 것이다.[04]

이상》, 52면.

03 김안서, 〈시는 기지가 아니다 — 이상 씨 〈정식〉〉, 《매일신보》, 1935년 4월 11일자.

04 최재서, 〈리아리즘의 확대와 심화〉, 《조선일보》, 1936년 11월 7일자.

〈날개〉가 최씨의 평과 같이 일정한 분열현상을 그린 것이요 그것을 고도화한 지식의 온갖 수단을 사용하여 객관적으로 그리는 데 성공하였다고 하자. 그 무의미하고 소극적인 현상에 그대로 추종한다는 것은 현상에 대한 리얼리즘의 추종이요 굴복이며, 타락이요 결코 심화되지는 못한다.[05]

최재서는 현대의 분열과 모순을 이만큼 고민한 개성도 없고, 그 고민을 영탄하지 않고 이만큼 실재화한 예도 없다고 하여 〈날개〉를 '리얼리즘의 심화'로 평가했다. 그의 〈날개〉에 대한 평가는 뒤의 리얼리즘 논쟁을 예고하였다. 이에 백철은 〈날개〉를 '리얼리즘의 타락'으로 평가하였다. 최재서와 백철은 〈리얼리즘에 대하여〉에서 리얼리즘 논쟁을 벌인다. 이로써 〈날개〉 논의는 리얼리즘이냐 아니냐로 양분된다. 백철은 〈날개〉의 뛰어남을 인정하지만 이를 리얼리즘으로 규정하는 데는 부정적이었다. 최재서는 리얼리즘을 프로이디즘과 마르크시즘의 양면으로 설명하였고, 이헌구는 심리적인 것도 리얼리즘으로 볼 수 있다고 하며 최재서의 논의에 동조하였다.[06] 최재서는 그 뒤에 후자를 심리주의 리얼리즘이라 규정하는데, 이는 리얼리즘의 외연을 지나치게 확장한 것이다. 유진오는 최재서와 백철을 동시에 비판했고,[07] 한효는 최재서의 리얼리즘론을 '허무주의적 비평가의 괴변'으로 비난했다.[08] 임화는 이상의 〈날개〉를 심리주의로,[09] 김문집은 비리얼리즘성으로 규정했

05 백철, 〈리얼리즘의 재고〉, 《사해공론》, 1937년 1월, 44면.

06 문인 좌담회 〈리얼리즘에 대하여〉, 《조선일보》, 1937년 1월 1일자.

07 유진오, 〈현문단의 통폐는 리얼리즘의 오인〉, 《동아일보》, 1937년 6월 3일자.

08 한효, 〈창작방법론의 신 방향〉, 《동아일보》, 1937년 9월 23일자.

09 임화, 〈사실주의의 재인식〉, 《동아일보》, 1937년 10월 10일자.

다.[10] 이와 달리 이원조는 최재서의 논의에 손을 들어 주고 있다.[11]

이처럼 이상의 〈날개〉는 리얼리즘론을 촉발하는 계기가 되었다. 〈날개〉가 리얼리즘이냐 아니냐의 논란을 떠나 그 작품의 중요성이 새삼 부각되고, 또한 리얼리즘론자들에게도 일정한 평가를 받았다는 것이 이 논쟁의 소득이다. 임화나 백철 같은 사회주의 리얼리즘론자들에게 〈날개〉는 리얼리즘과는 동떨어진 작품이었지만, 최재서 등의 사람들에겐 리얼리즘의 성과로 인정받았다. 이러한 평가들은 극단적이긴 하지만 〈날개〉를 필두로 하여 이상이 문단의 총아로 떠올랐다는 것을 말해 준다.

한편 김기림은 모더니즘의 입장에서 이상을 다음과 같이 평가했다.

> 가장 우수한 최후의 모더니스트 이상은 모더니즘의 초극이라는 이 심각한 운명을 한 몸에 구현한 비극의 담당자였다.[12]

1930년대에 김기림이 내린 이상에 대한 평가는 최근에 이르기까지 부동의 평가로 자리해 왔다. 그는 〈모더니즘의 역사적 위치〉에서 이상을 '가장 우수한 최후의 모더니스트'로 규정했다. 김기림은 이상의 문학적 성과를 제대로 예감했고 그에 걸맞게 이상보다 더 절실하고 뛰어난 모더니스트, 그보다 파격적이고 통렬한 전위주의자는 아직 나오지 않았다. 정리하자면, 이상 문학은 김기림을 거쳐 확고부동하게 자리매김하였다고 할 수 있다.

---

10 김문집, 〈〈날개〉의 시학적 재비판〉, 《비평문학》, 청색지사, 1938.

11 이원조, 〈정축 1년간의 문예계 총관〉, 《조광》, 1937년 12월. 〈날개〉를 둘러싼 리얼리즘 논쟁에 대해서는 김윤식의 《한국근대문예비평사연구》(일지사, 1977, 467~474면) 참조.

12 김기림, 〈모더니즘의 역사적 위치〉, 《인문평론》, 1939년 10월.

2) 실존주의와 정신분석학의 도입(1945~1960년대)

해방 뒤 이상은 조연현의 비평으로 다시 조명을 받는다. 조연현의 비평은 그 이전의 비평과 다른 의미가 있다. 그는 〈오감도 시 제1호〉가 '문법의 정상적인 형태를 벗어난 解辭的 문법이며 쾌락의 원리 위에서 시험한 것'이며, 〈실화〉는 '주체의 분열이요 해체'를 다룬 것으로 설명했다.[13] 그는 〈오감도〉를 본격적으로 분석 대상에 올렸으며, 이상 문학을 주체 분열, 또는 해체, 쾌락 원리 등으로 깊이 있게 설명해 내었다. 정신분석학적 입장에서 이상 문학의 해체적 모습을 조감하였다는 점에서 그의 연구는 선진적인 의미가 있으며 1990년대 해체론적 연구의 선두에 놓아도 무방하리만치 이상 문학의 해체적 특성을 잘 묘파해 내고 있다.

이상의 본격적 연구는 전후 상황에서 이뤄졌다. 전후 실존주의의 유입, 반공 이데올로기의 절대화에 따른 이념의 억압, 새로운 아카데미즘의 도입 등으로 평단에서도 이전과는 매우 다른 상황이 전개되었다. 이상 문학의 새로움과 실험성, 전위성 등은 연구자의 관심을 불러일으키기에 충분했고, 또한 전후에 형성되기 시작한 아카데믹한 비평의 흐름과도 맞아떨어졌다. 이러한 상황에서 제1세대 이상 연구자라고 할 임종국, 이어령, 고석규 등이 등장하였다. 이들 1세대 연구자들은 알게 모르게 전후 실존주의의 영향을 받았고, 정신분석학적 연구 방법에 크게 힘입었다. 임종국과 고석규 등이 지닌 실존주의적 정신과 이어령, 고석규 등이 보여 주는 정신분석학적 태도가 그러하다. 이들은 이상 문학을 범문단적인 논의로 확대했으며, 또한 임종국의 전집 발간은 이상 연구의 토대를 더 튼실하게 하였다.[14]

---

13 조연현, 〈근대정신의 해체 — 고 이상의 문학적 의의〉, 《문예》, 1949년 11월.

14 이에 대해 자세한 것은 김주현의 〈세대론적 감각과 이상 문학 연구 — 1980년대

3) 작가론과 형식미학(1970년대~80년대)

1970년대에는 고은의 《이상평전》과 이어령의 《이상전작집》 발간은 연구의 활성화에 크게 기여하였다. 고은의 《이상평전》은 그 이름대로 평전의 형식을 띠었다. 고은은 비교적 정교하고 짜임새 있는 이상 평전으로 이상에 대한 관심을 불러일으켰다. 또한 문학사상사가 이상 문학 유고를 지속적으로 발굴하고, 이어령이 상세한 주석을 단 전집을 간행함으로써 이상 연구는 더욱 확대되기에 이르렀다. 그리고 1980년대에는 리얼리즘의 압도 속에서도 이상에 대한 관심은 지속적으로 전개되었다.

제2세대 이상 연구자들에게는 전기에 따른 작가론적 방법과 형식주의의 방법이 연구의 토대를 이루었다. 김윤식은 이상 문학을 작가, 작품론뿐만 아니라 모더니즘이라는 문예사조, 그리고 문학사적 입장에서 논의했다. 그는 주로 전기에 의거한 작가론적 방법을 끌어들였는데 그의 연구는 초기 두 저서에 잘 집약되어 있다.[15] 또한 국내에 확산된 신비평의 흐름은 문학 연구에 많은 영향을 미쳤다. 대표적인 구조주의 연구자로 이승훈을 들 수 있는데, 그는 철저하게 형식, 또는 구조주의적 입장에서 이상의 시를 연구하였다.[16]

이들 외에도 이 시기에는 구연식, 김용운, 정귀영 등이 괄목할 성과를 낳았다. 이처럼 수많은 이상 연구자들이 나타나 풍요롭고 다양한 논의를 펼침으로써 다양한 작가, 작품론이 생산되고, 연구의 방법 및 범위도 더욱 확대되기에 이르렀다. 형식과 구조에 대한 광범위한 연구가 이어

까지의 이상 연구의 현황과 성과〉(《이상리뷰》 제2호, 이상문학회, 2003)를 참조.

15 김윤식, 《이상연구》, 문학사상사, 1987; 김윤식, 《이상소설연구》, 문학과비평사, 1988.

16 이승훈, 《이상 시연구》, 고려원, 1989.

졌고, 심리학적 이론의 적용도 이전 시기에 견주어 더욱 정교해졌다. 그리고 서술 기법, 공간 의식, 자의식 등 모더니즘적 특성 규명도 세밀해졌으며, 비교문학적 접근도 확대되었다.

4) 포스트모더니즘과 해체론의 도입(1990년대 이후)

1980년대 말 소련 및 동구권 사회주의 국가의 붕괴로 리얼리즘론이 쇠퇴하며, 그러한 틈새에서 포스트모더니즘이 맹위를 떨치게 되었다. 이상은 포스트모더니즘적 방법론에 더욱 적합한 연구 대상으로 대두하고, 그로 말미암아 연구가 가속화되었다. 1990년대에 들어와 탈구조주의, 해체론의 유입과 더불어 새로운 연구자들이 이상 연구에 대거 등장하였다. 이들은 제3세대 이상 문학연구자라 할 수 있는데, 김승희, 최혜실을 비롯하여 한상규, 문흥술, 김주현, 김성수, 이경훈, 조해옥, 박현수 등이 여기에 속한다. 이들은 이상 문학을 주체 해체, 탈중심의 포스트모더니즘적 연구나 원전의 확정으로 실증주의적 연구, 문화론적이고 수사학적인 연구를 펼치고 있다. 이 밖에도 작품의 기법이나 내적 형식의 탐구도 모더니즘 또는 포스트모더니즘의 본질적인 문제들과 관련하여 이뤄졌다. 시공간의 문제(노지승, 명형대, 염창권, 염철, 장창영, 황도경 등), 주체 또는 욕망(김승희, 윤혜경, 이진숙, 최학출 등), 근대성(이경, 이성혁, 조영복, 조해옥 등), 탈근대성(김윤정, 김현호, 우재학 등), 페미니즘(박진임) 등 매우 다양하고 광범위하게 논의가 이뤄졌다.[17]

결국 이상은 언어의 세 가지 표현 체계를 통해 다양한 글쓰기를 진행한

17 더 자세한 것은 김주현, 〈1990년대 이상 연구의 현황 및 전망〉(《이상리뷰》 창간호, 역락, 2001)을 참조하기 바람.

셈이다. 그는 무엇보다 롯지가 말하는 환유적/은유적 글쓰기를 그대로 재연하고 있고, 한편으론 후기 산업사회의 대표적 글쓰기인 상호텍스트적 글쓰기를 구현해 내고 있다. 그리고 이러한 글쓰기는 리얼리즘, 모더니즘, 그리고 포스트모더니즘이라는 문예사조, 또는 미학과 맞닿아 있다는 점에서 중요성을 더한다. 즉 그는 당시로는 이채롭고 선진적인 상호텍스트적 글쓰기라는 포스트모더니즘의 미학을 구현해 보여 주고 있다는 점이다. 그의 문학이 비록 수적으로 많지 않지만 미적 가치면에서 오늘날에 버금가는 것도 바로 이러한 특성들 때문이다.[18]

이상 문학의 다양성은 새로운 방법들에 늘 열려 있다. 포스트모더니즘적 방법론도 그런 방법 가운데 하나이다. 이상은 다양한 글쓰기 형태를 보여 줬다. 더욱이 그가 메타언어를 활용한 상호텍스트적 글쓰기를 감행했다는 점에서 그의 문학은 포스트모더니즘적 미학과 관련 있다. 포스트모더니즘적 방법론은 이상 문학의 해석을 더욱 풍요롭게 만들어 주는 도구가 되었다. 이로써 김기림의 '모더니즘의 초극'이나 조연현의 '해체' 미학의 특성을 분명히 할 수 있었다. 이상은 실험적이고 해체적인 글쓰기로 포스트모더니즘의 징후 또는 가능성을 보여 주었다고 할 수 있다.

3. 이상과 한국문학의 현대성

이상 문학은 현대성의 수많은 징표들을 품고 있다. 이상 문학을 심리주의적 리얼리즘이나 주지적 리얼리즘으로 규정한 것은 리얼리즘이라는 잣대로 그 의미를 규정하려는 자구책의 일환이다. 리얼리즘의 외연을 어

18 김주현, 《이상 소설 연구》, 소명출판, 1999, 272~283면.

떻게 규정하는가는 논자에 따라 커다란 차이가 있다. 최재서와 백철, 김문집 같은 이들은 서로 다른 사조적 특성으로 이상 문학을 설명했을지라도 이상 문학이 지닌 새로움을 충분히 공감하였는데, 이는 대단히 중요한 의미가 있었다. 그 새로운 정체의 스펙트럼은 리얼리즘의 심화에서 모더니즘의 초극에 이르기까지 논자에 따라 다양했다. 얼핏 보면 이는 전혀 상반된 평가 같아 보이지만 사실 그렇지 않다. 리얼리즘이냐 아니냐는 심리주의적 리얼리즘을 인정하느냐 그렇지 않느냐에 따라 달라지기 때문이다. 임화의 경우도 심리주의는 인정하지만 리얼리즘의 특성은 부정했다. 사회주의 리얼리즘론자, 또는 정통적 리얼리즘론자들에게 이상의 〈날개〉 같은 작품은 리얼리즘 문학이 아니었다. 그 때문에 백철이나 임화, 김문집 등은 최재서를 비난했던 것이다. 그러나 리얼리즘을 최재서 식으로 이해할 때 〈날개〉는 리얼리즘의 심화(심리적 리얼리즘의 계보)에 속할 수 있다. 그리고 리얼리즘의 외연을 확대할 때 이원조처럼 "리얼리즘의 현대적 성격이란 현실을 얼마나 잘 그렸나 하는 것이 아니라 그 현실 속에 사는 사람들의 생활이 얼마나 진실하게 그려져 있나 하는 것이므로 이상의 작품에도 현실 속에서 사는 사람의 생활이 진실하게 그려져 있다면 그것은 리얼리즘이라고 해도 망발이 아닐 것"[19]이라는 결론에 이를 수 있다. 여기에서 우리는 그들의 결론이 아니라 결론에 이르게 된 동인에 주목할 필요가 있다. 그것은 근대문학의 한 축(리얼리즘), 그리고 또 다른 축(모더니즘)으로서 이상 문학의 의미이다.

리얼리즘론자들은 리얼리즘 문학이 우리 문학의 근대성(또는 현대성)을 잘 확보하였다고 믿었다. 특히 1930년대 카프 소설들은 우리 문학의 현대성을 보여 주는 징표로 평가했다. 리얼리즘의 미학에서 현실의

19 이원조, 앞의 글, 앞의 책, 41면.

객관적인 반영과 총체적 전망은 중요하기 때문이었다. 그런데 1930년대 문단에서 이상은 예외적인 존재로 자리했다. 초기 이상 문학에 대한 평가가 리얼리즘론에 맴돈 것은 리얼리즘의 인식 차이에서 비롯하였지만, 한편으로 〈날개〉의 미학을 규정할 기준이 부재한 탓이다. 뒤에 김기림이 새롭게 평가하였지만, 이상의 문학은 당대의 그 어떤 문학과도 일정 정도 거리가 있었다. 이상 문학의 새로움은 당시 우리 문학의 전통과 거리가 멀었으며 그런 점에서 그는 문단의 이단아이자 사생아였다. 그래서 백철은 이상의 작품을 아이헨도르프의 《토오게니힛》(한국어 번역 《방랑아 이야기》)에 견주고, 김문집은 제임스 조이스의 《율리시즈》나 佐藤春夫의 《전원의 우울》과 결부하기도 했다. 그리고 뒤에 많은 논자들은 이상 문학의 특성을 다다이즘이나 초현실주의로 설명했다. 그들은 이상의 문학에서 가장 전위적이고 실험적인, 그래서 가장 현대적인 문학적 특성들을 발견했던 것이다.

> 이상에 의해서 다다는 어떻든 한국문단 일각에 뿌리를 내렸다. 뿐만 아니라 그것은 또한 그 지양, 극복의 형태라고 일컬어지는 초현실주의적 작품을 생산하는 단계에까지 이르렀던 것이다 (……) 이상의 시도는 그 후를 이은 유파나 개인의 호응까지를 얻기에 이르렀다. 이제 우리가 그 보기로 《34문학》 동인이라던가 서정주의 이름을 들 수 있는 것이 곧 그것이다.[20]

이상 문학의 아비가 없었다는 것, 그가 아비 없는 문학적 사생아라는 사실은 문학 연구자를 당혹케 한다. 이상 문학의 이전 계보를 만들 수

---

20 김용직, 〈이상, 현대열과 작품의 실제〉, 《이상》, 문학과지성사, 1977, 47~48면.

없기 때문에 연구자들은 종종 그를 바로 서구 모더니즘에 대입해 버리기도 한다. 그의 문학은 전통 부재의 현실에서 모더니즘 문학 계보에 우뚝 솟아 있다. 수많은 형식 실험과 주체 해체적인 양상들은 한 연구자의 지적처럼 끊임없는 '현대열'에서 비롯한 결과가 아니었던가.

> 그는 완성된 형식 안에다가 자기의 체험이나 주장을 집어넣으려는 전통적 작가가 아니라 현대문명에 파괴되어 보통으로는 도저히 수습할 수 없는 개성의 파편, 파편을 추려다가 거기에 될 수 있는 대로 리얼리티를 주려고 해서 여러 가지로 테크닉의 실험을 하여본 작가올씨다.[21]

> 그(이상:인용자 주)의 생각에 의하면 서구는 근대를 거쳐 현대문학의 꽃을 그것도 다양하게 피우고 있는 중이었다. 그것을 의식하면서 우리 문학을 그 차원으로 재빨리 이끌어 올려야겠다는 생각과 함께 제작 발표된 게 〈오감도〉였다 (……) 이상이 지향한 것은 근대와 그 문학의 지양 극복이었다 (……) 그의 문학은 반(半)근대·반(半)현대적인 단면을 동시에 드러내는 혼합물이 되어 버렸다.[22]

이상의 문학에서 새로운 것에 대한 열망은 전통적인 것의 부정으로 이어지고, 현대적인 것으로 귀결한다. 그의 작품 분석이 철저하게 현대성과 관련하는 것도 이러한 특성 때문이다. 이상은 무엇보다 한국문학의 현대성을 달성하고자 가열한 노력을 하였다. 형식에 대한 끊임없는 실험과 해체적 정신으로 말미암아 그의 문학은 짧은 근대문학의 전통 아래 다양한 의미를 부여하기에 좋은 대상이었다. 그런 점에서 이상을

21 최재서, 〈고 이상의 예술〉, 《조선문학》, 1937년 6월.

22 김용직, 앞의 글, 앞의 책, 44면.

참된 의미에서 현대문학의 개척자라 할 수 있다.

이상 문학으로 우리는 근대를 초극하려는 그의 정신을 만날 수 있다. 그의 문학은 유진 런이 제시한 모더니즘의 특성들, 이를테면 미학적 자의식 또는 자기반영성, 동시성의 병치 또는 몽타주, 패러독스·모호성·불확실성, '비인간화'와 통합적인 개인의 주체 또는 개성의 붕괴[23] 등을 지니고 있다. 그뿐만 아니라 그의 문학은 저자의 죽음, 주체의 해체, 의미의 비결정성, 차연과 산포 등 포스트모더니즘적 특성 역시 갖고 있다. 이미 이러한 특성에 대해서는 미적 자의식이나 주체의 분열 또는 해체, 상호텍스트적 글쓰기, 의미의 산포 또는 차연 등이 충분히 논의되었다. 여기에서는 이상 문학으로 한국문학이 획득한 현대성을 간단히 언급해 보기로 한다.

1) 언어의 놀이화

이상은 다양한 언어로 사람들이 쉽게 범접하지 못하도록 거대한 성채를 쌓아 놓았다. 그는 언어를 조합하여 다양한 형태와 빛깔의 글을 빚어내는 언어의 마술사였던 것이다. 그래서 그는 자신의 시작詩作을 "기능어. 조직어. 구성어. 사색어. 로 된 한글문자 추구시험"[24]이라고 말하지 않았던가. 이것은 〈위독〉에 대해 기술한 것이지만, 이러한 태도는 이상 시 전반에 해당하는 것이라 해도 무방하다. 기능어, 조직어, 구성어, 사색어 등은 그 자체가 인공어이며 이상은 그토록 특이한 조어법으로 다양한 언어를 구사해 보려 한 것이다. 이렇듯 이상은 기호의 기능과 조직, 구성 등 다양한 언어의 사용에 심혈을 기울인 작가이다.

23 E. Lunn, 김병익 역, 《마르크시즘과 모더니즘》, 문학과지성사, 46~50면.

24 김윤식 편, 《이상문학전집3》, 문학사상사, 1993, 231면.

蒼空, 秋天, 蒼天, 靑天, 長天, 一天, 蒼穹(大端히갑갑한地方色이아닐는지)하늘은視覺의이름을發表했다.[25]

—〈선에 관한 각서7〉 중에서

또한 이상은 기표를 이용해 치열하고 광범위한 놀이를 감행했음을 볼 수 있다. 그는 하늘을 뜻하는 단어로 창공부터 청천, 창궁에 이르기까지 무수한 기표들을 제시했다. 그리고 그것들을 '시각의 이름'으로 발표하였다. 언어적 탐색은 동일한 대상도 다양하게 표현할 수 있음을 드러낸 것으로 하늘은 무수한 이름으로 재현되었다. 그는 〈오감도 시제1호〉에서도 동일한 대상을 도로道路, 길, 골목으로 제시하였으며 〈지도의 암실〉이나 〈시 제7호〉에서는 '페이브먼트', '胡同'으로 표현했다. 길과 골목-도로-호동-페이브먼트는 우리말, 한중일 공동문어인 한자어, 중국어, 그리고 영어 등 다양한 언어의 양상을 보여 준다. 이렇듯 이상 문학은 이중 언어, 외래어, 그리고 나아가 메타언어 등 혼종 언어적 양상을 띠고 전개된다.[26]

가령 자기가 제일 싫어하는 음식물을 상 찌푸리지 않고 먹어보는 거 그래서 거기두 있는 『맛』인 『맛』을 찾아내구야 마는 거, 이게 말하자면 《파라독스》지 (……) 知性 — 흥 지성의 힘으로 세상을 조롱할 수야 얼마든지 있지, 있지만 그게 그 사람의 생활을 『리드』할 수 있는 근본에 있을 힘이 되지 않는 걸 어떡허나?(250면)

25 이승훈 편, 《이상문학전집1》, 문학사상사, 1991, 165면.

26 자세한 것은 다음을 참조. 김주현, 〈이상 시에 나타난 언어 문제〉, 《서정시학》, 2003년 12월.

그뿐만 아니라 이상은 언어유희를 활용하여 뛰어난 수사학의 세계를 열어 보였다. '지성의 힘으로 세상을 조롱'하는 것은 유희정신의 일단으로, 그는 아이러니, 패러독스 같은 수사학을 형성하였다. 이 구절에서 '제일 싫어하는 음식물을 상 찌푸리지 않고 먹어 보는' 것은 "제일 싫어하는 飮食을 貪食하는"(318면) 것으로, 그야말로 아이러니이다. 그러나 '거기두 있는 『맛』인 『맛』을 찾아내구야 마는' 것은 패러독스이다. 그런데 '飮食의 貪食'과 '『맛』인 『맛』'에는 공통적으로 언어유희라는 위트적 속성이 들어 있다.

이러한 언어유희는 기표-기의라는 일대일 대응 관계를 무너뜨려 기표와 기의의 불확정성을 낳고, 끊임없이 기의가 부유하고 산포散布하는 현상을 빚어 낸다. 그것은 작가의 자의식과 결합하여 언어 기호의 해체로 나아간다. 이상은 '오감도'나 '동해', '지주회시', '가외가전' 등 수많은 조어를 만들어 내며, 기존 언어를 이용한 세계 재현의 불가능성을 보여 주었으며, 이러한 그의 언어 놀이는 아이러니, 패러독스 등의 위티즘의 수사학을 낳았다.

2) 상호텍스트적 글쓰기

이상은 〈종생기〉에 이르러 기호, 또는 작품 그 자체를 재현의 대상으로 삼는다. 그리하여 작품 속에 《햄릿》, 〈비계덩어리〉 등의 언어를 초문맥화해 왔다. 이러한 글쓰기는 흔히 언어의 비참조적인 기능과 참조적인 기능을 중심으로 한다. 그것은 "문학작품이 유희적일수록(예를 들면, 문학작품이 일상 세계 문맥들로부터 대안 세계 문맥들로 변환하면 할수록) 현실 세계와 허구 세계 사이의 관계가 유지되고 이해되려면, 메타언어가 더욱 필요하"기 때문이다.[27] 그리고 이상의 후기 소설 〈동해〉, 〈실화〉 등도 삶의 자의식과 픽션이 서로 혼효混淆하여 작품을 구성하였다. 정지용의 시, 요코미츠 리이츠의 소설, 고리키의 희곡, 그리고 영화의 내용으로 보이는 구절들이 작품 속에 녹아 있다.

이상은 한편으론 자신의 독서물을, 다른 한편으로는 문화적 전승물을 인유·인용함으로써 다채로운 어휘들을 이끌어 와 자신의 텍스트 안에 응결하여 놓고 있다. 의식적이거나 무의식적으로 자신이 읽은 많은 텍스트들을, 또는 각종 관용구나 격언, 속담이나 설화를 인용 및 인유해왔다. 신화나 성서, 《논어》와 《맹자》, 《장자》 등 다양한 서적에서 언어가 건너오고, 그리하여 그의 작품은 복합적인 열린 텍스트를 지향하게 되었다. 이러한 상호텍스트적 인용과 지시, 문화적 또는 백과사전적인 서술로 한 텍스트가 여러 텍스트를 흡수함으로써 이상 문학은 더욱 다양하고 복잡한 의미를 산출하기도 하고, 그 의미를 해체 또는 산포한다.

이러한 상호텍스트적 글쓰기는 후기 산업사회의 지배적인 글쓰기로서, 이런 점에서 이상 문학은 포스트모더니즘의 가능성을 지녔다고 할 수 있다.

3) 쓰이는 텍스트

롤랑 바르트는 '쓰일 수 있는 텍스트'를 높이 평가했다.[28] 그것은 문학작품이 독자로 하여금 텍스트의 소비자이게 하는 동시에 한편으로는 생산자로 기능하게 하는 것이다. 텍스트는 특정 중심축으로 통일될 수 있는 기의들의 혼합체가 아닌 기표들의 무정부주의적 공간이다. 그러므로

27 P. Waugh, 김상구 역, 《메타픽션》, 열음사, 1992, 58면.

28 R. Barthes, *S/Z*, trans. R. Miller, Hill and Wang·New York, 1985, pp.3~6.

독자는 그 가운데에서 의미를 만들어 내고, 또한 텍스트를 생산한다. 이상의 작품들이 논란이 되고, '정신이상자의 잠꼬대', '개수작'이라 비난받았던 것은 기표의 놀이에 따른 의미의 해독 불가능성과 관련이 있다. 그렇지만 이는 호사가들에게 해석하고자 하는 유혹을 일으키는, 그래서 새로운 텍스트를 창조하게 되는 동인으로 작용하기도 한다.

이상 시 가운데 가장 난해하기로 이름난 것이 〈오감도〉이다. 특히 〈오감도 시 제1호〉에 대해서는 수많은 해석들이 양산되었고, 지금도 생산되고 있다. 그 가운데 '13인의 아해'에 대한 연구만 보더라도 그 규모가 어느 정도인지, 이상의 텍스트가 얼마나 생산적인지 알 수 있다.

> '13' 또는 '13인'에 대한 기존 해석은 (1)최후의 만찬에 합석한 기독 이하 13인(임종국, 1955) (2)숫자 자체의 부호(이어령, 1956) (3)불길의 수(김우종, 1957; 정태용, 1959; 문종혁, 1974), 1+3=4로 불길의 수(원명수, 1977; 김경린, 1986), 불길한 공포(이영일, 1964), 불길 내지 공포의 수(김종길, 1974), 불안의식(김종은, 1975; 이규동, 1981), 불안 공포 불길의 의미(김봉렬, 1976) (4)무수한 사람(양희석, 1959) (5)해체된 자아의 분신(김교선, 1960) (6)무수무한(이재철, 1963) (7)당시의 13도(이재철, 1963; 서정주, 1969; 김종길, 1974) (8)무의미(구연식, 1968; 이봉채, 1992) (9)시계 시간의 부정, 시간의 불가사의를 희화화한 것(김용운, 1973) (10)李箱 자신의 기호(고은, 1974) (11)성적 상징(김대규, 1974) (12)모든 의미의 부정(윤재근, 1974) (13)언어도단의 세계(김영수, 1975) (14)13은 수학이나 기하학의 부호와 같은 것, 13인은 인류 집단의 수적 대유(문덕수, 1977) (15)12+1=13으로 영원의 시간(유재천, 1983) (16)13은 성징이 드러나는 나이, 1은 남성의 페니스, 3은 여성의 유방 또는 엉덩이(마광수, 1988) (17)이상의 나이(김상배·

유재엽, 1993) (18)13은 남근의 상징(이보영, 1998) 등 정말 다양하다. 그리고 '아해' 또는 '13인의 아해'에 대한 해석은 다음과 같다. (1)'兒孩'를 태양의 '아들', 곧 '流星'으로 해석(김우종, 1957), 星群의 보조관념(김봉렬, 1976) (2)조선민(김옥희, 1962) (3)'13인의 아이'(소아군)는 화학적 요소로 환원된 공포의 추상물(이보영, 1968) (4)'아해'는 자아의 분열체(정귀영, 1973) (5)병든 거리를 곡예사처럼 행진하고 혹은 여행하는 인간의 현장(김영수, 1975) (6)인간 또는 인류(문덕수, 1977) (7)인간의 개별성 주체성을 제거하고 모든 인간을 하나의 공통적인 감정원소로 기호화한 것(이보영, 1977) (8)한자가 지닌 시각성과 일상어의 의미를 어원적 의미로서 환원, 새로운 느낌을 주려는 방법(이어령, 1978) (9)13은 불길과 공포를, 아해는 순수와 아름다움을 표상하는 것으로 불길함과 아름다움을 대조로 한 반어적 인식을 형상화(이승훈, 1983) (10)광주학생운동에 참여한 학생들(가와무라, 1987) (11)'무서운 아해와 무서워하는 아해'라는 모순성과 분열성을 가진 양가치적 존재들(김승희, 1988) (12)수많은 정자(마광수, 1988) (13)'아이'를 '兒孩'라고 표기한 것은 낯설게하기, 13인의 아해는 불안을 의미(이승훈, 1989) (14)수적 의미가 없는 모든 우리 존재(이봉채, 1992) (15)기계문명 속에서 개성을 상실해가는 현대인의 모습 또는 무의식에 있는 여러 장들의 이미지(정신재, 1993) (16)소외되고 자폐되고 물화된 현대인(오세영, 1996) (17)어린 시절의 이상(조두영, 1998) 등.[29]

〈오감도〉뿐만 아니라 다른 이상의 텍스트들도 여전히 새로운 의미를 생산하고 있고, 그와 동시에 수많은 새 텍스트를 만들어 낸다. 해석자의

29 김주현·최유희, 〈이상 문학의 원전 확정 및 주석 연구〉, 《우리말글》 22, 우리말글학회, 2001년 10월, 24~25면.

수만큼이나 다양한 텍스트가 존재하는 것이다. 이상의 텍스트는 독자 또는 연구자들에 의해 무수하게 다시 쓰이는 텍스트, 쉽게 해석이 완료되지 않은 양파 같은 텍스트이며, 현재에도 그의 텍스트는 생산되고 있다.

4. 마무리

우리의 근대문학사, 특히 소설사는 리얼리즘의 형성과 모더니즘의 전개로 설명할 수 있다. 이상의 문학은 1930년대 모더니즘의 형성이라는 측면에서 대단히 중요하다. 그가 독자적인 문학 세계를 형성함으로써 우리의 모더니즘 문학에 기여한 공로는 시, 소설 어느 분야에서도 소홀하게 다뤄선 안 된다. 나아가 이상의 문학은 1950년대 후반기 동인들을 비롯하여, 1960년대에서 1980년대에 이르는 모더니스트, 1990년대의 포스트모더니스트 시인, 소설가들에게 많은 영향을 미쳤다.[30] 그의 문학은 과거 완료형이 아니라 현재 진행형이다. 무엇보다도 이상을 높이 평가할 수밖에 없는 이유는 그가 근대 문학사에서 화려한 섬광을 발했기 때문이다. 그 섬광이 너무나 아름답고 강렬했기에 그 여파는 여전히 사람들의 기억 속에 남아 있으며, 또한 많은 이들이 그의 빛을 이어받으려고 한다. 한국문학은 이상을 통해 비로소 참된 현대성을 획득하게 되었다.

30 이상의 영향을 받은 시인으로 김경린, 박인환, 조향, 성찬경, 김구용, 송욱, 신동문, 김종문 전영태, 김영태, 이승훈 등을(다음을 참조. 김인환, 〈이상 시의 계보〉, 《현대비평과 이론》 1997년 10월), 소설가로 최수철, 이인성, 김수경, 김연경, 박성원, 신이현, 김연수 등을 들 수 있다.

부록

이상 문학 작품 목록☆

소설

저자명	작품명	발표지면
李箱	十二月十二日	《朝鮮》, 1930.2~12
比久	地圖의 暗室	《朝鮮》, 1932.3
甫山	休業과 事情	《朝鮮》, 1932.4
李箱	집팽이轢死	《月刊每申》, 1934.8
李箱	鼅鼄會豕	《中央》, 1936.6
李箱	날개	《朝光》, 1936.9
李箱	逢別記	《女性》, 1936.12
李箱	童骸	《朝光》, 1937.2
金海卿	황소와 독깨비	《每日申報》, 1937.3.5~9
李箱	恐怖의 記錄	《每日申報》, 1937.4.25~5.15
李箱	終生記	《朝光》, 1937.5

☆ 기존 전집에서 이상의 텍스트가 아닌 것이 포함되어 있다. 이상의 텍스트가 아닌 것으로 확정된 작품은 아예 제외했으며, 아직 제대로 확정되지 않았거나 확정할 필요가 있는 텍스트는 저자명을 함께 제시하였다. 아울러 발표 지면이나 발표 시기 등이 잘못된 것은 바로잡았다.

故 李箱	幻視記	《靑色紙》, 1938.6
故 李箱	斷髮	《朝鮮文學》, 1939.4
李箱	金裕貞	《靑色紙》, 1939.5
故 李箱	失花	《文章》, 1939.3
	不幸한 繼承	《文學思想》, 1976.7

시

저자명	작품명	발표지면	비고
金海卿	異常ナ可逆反應	《朝鮮と建築》, 1931.7	연작시가
	破片ノ景色—	《朝鮮と建築》, 1931.7	아니라 개별시
	▽ノ遊戲—	《朝鮮と建築》, 1931.7	'漫筆'란에 실림
	ひげ—	《朝鮮と建築》, 1931.7	
	BOITEUX·BOITEUSE	《朝鮮と建築》, 1931.7	
	空腹—	《朝鮮と建築》, 1931.7	
金海卿	**鳥瞰圖**	《朝鮮と建築》, 1931.8	연작시, 그리고
	◇二人····1····		일문시는 〈鳥瞰圖〉가
	◇二人····2····		아닌 〈鳥瞰圖〉임
	◇神經質に肥滿した三角形		'漫筆'란에 실림
	◇LE URINE		
	◇顔		
	◇運動		
	◇狂女の告白		
	◇興行物天使		
金海卿	**三次角設計圖**	《朝鮮と建築》, 1931.10	연작시
	◇線に關する覺書 1		
	◇線に關する覺書 2		

	◇線に關する覺書 3			
	◇線に關する覺書 4			
	◇線に關する覺書 5			
	◇線に關する覺書 6			
	◇線に關する覺書 7			
李箱	**建築無限六面角體**	《朝鮮と建築》,	1932.7	연작시
	◇AU MAGASIN DE NOUVEAUTES			
	◇熱河略圖 No. 2			
	◇診斷 0：1			
	◇二十二年			
	◇出版法			
	◇且8氏の出發			
	◇眞晝－或るESQUISSE—			
李箱	꼿나무	《가톨닉青年》,	1933.7	
	이런 詩	《가톨닉青年》,	1933.7	
	一九三三, 六, 一	《가톨닉青年》,	1933.7	
李箱	거울	《가톨닉青年》,	1933.10	
李箱	普通紀念	《月刊每申》,	1934.6	
李箱	**烏瞰圖**	《朝鮮中央日報》,	1934.7.24~8.8.	연작시
	詩第一號		1934.7.24	
	詩第二號, 詩第三號		1934.7.25	
	詩第四號, 詩第五號		1934.7.28	
	詩第六號		1934.7.31	
	詩第七號		1934.8.1	
	詩第八號 解剖		1934.8.2	
	詩第九號 銃口, 詩第十號 나비		1934.8.3	
	詩第十一號, 詩第十二號		1934.8.4	

	詩第十三號, 詩第十四號	1934.8.7
	詩第十五號	1934.8.8
李箱	素榮爲題	《中央》, 1934.9
李箱	正式 Ⅰ～Ⅵ	《가톨릭青年》, 1935.5
		(《青色紙》(1938.6)에 재게재)
李箱	紙碑	《朝鮮中央日報》, 1935.9.15
李箱	紙碑—어디갔는지모르는안해—	《中央》, 1936.1
李箱	**易斷**	《가톨릭青年》, 1936.2 (연작시)
	火爐	
	아츰	
	家庭	
	易斷	
	行路	
李箱	街外街傳	《詩와小說》, 1936.3
李箱	明鏡	《女性》, 1936.5
해경	목장	《가톨릭少年》, 1936.5 (동시)
李箱	**危篤**	《朝鮮日報》, 1936.10.4~9 (연작시)
	○禁制/○追求/○沈歿	1936.10.4
	○絕壁/○白晝/○門閥	1936.10.6
	○位置/○買春/○生涯	1936.10.8
	○內部/○肉親/○自像	1936.10.9
	I WED A TOY BRIDE	《三四文學》, 1936.10
		(《文學思想》(1977.4) 소개)
故 李箱	破帖	《子午線》, 1937.11
故 李箱	無題(내 마음에…)	《貘》, 1938.10
故 李箱	無題(先行하는…)	《貘》, 1939.2

李箱	**失樂園**	《朝光》, 1939.2	(기존 전집에서 '수필'로
	少女		분류. 그러나 〈역단〉처럼
	肉親의章		연작시로 봐야 할 듯)
	失樂園		
	面鏡		
	自畵像(習作)		(《평화신문》(1956.3.24)에
	月傷		시로 소개)
李箱	最低樂園	《朝鮮文學》, 1939.5	(기존 전집에서 '수필'로 분류)
蜻蛉		《朝鮮詩集》, 1943.8	(김소운이 이상 편지를 시로 초함)
	一つの夜	《朝鮮詩集》, 1943.8	(김소운이 이상 편지를 시로 초함)
	隻脚	《李箱全集》, 1956.7	(임종국이 발견하여 소개)
	距離—女人이出奔한境遇—	《李箱全集》, 1956.7	
	囚人이만들은小庭園	《李箱全集》, 1956.7	
	肉親의章	《李箱全集》, 1956.7	
	內科	《李箱全集》, 1956.7	
	骨片에關한無題	《李箱全集》, 1956.7	
	街衢의추위	《李箱全集》, 1956.7	
	아침	《李箱全集》, 1956.7	
	最後	《李箱全集》, 1956.7	
	遺稿(손가락같은…)	《現代文學》, 1960.11	
	無題(役員이…)	《現代文學》, 1960.11	(기존 전집에서 '수필'로 분류)
	구두	《現代文學》, 1961.1	
	習作 쇼오윈도우 數點	《現代文學》, 1961.2,	
		《文學思想》, 1976.6	
	悔恨の章(〈悔恨의 章〉)	《現代文學》, 1966.7	
		《文學思想》, 1976.6	
	哀夜—나는 한 賣春婦를 생각한다—	《現代文學》, 1966.7	

無題(故王의 땀…)	《現代文學》, 1966.7,
	《文學思想》, 1976.6
獚	《現代文學》, 1966.7,
	《文學思想》, 1976.6
一九三一年(作品第一番)	《現代文學》, 1960.11 ('작품제○번'과 연작)
斷章	《文學思想》, 1976.6
獚의 記(作品第二番)	《文學思想》, 1976.7

(같이 소개된 〈與田準一〉, 〈月原橙一郎〉은 이상 시가 아니어서 제외)

作品第三番	《文學思想》, 1976.7
咯血의 아침	《文學思想》, 1976.7
斷想	《文學思想》, 1986.10

(1~11까지 있음. 기존 전집에서 '수필'로 분류)

수필 기타

저자명	작품명	발표지면	비고
李箱	血書三態	《新女性》, 1934.6	(《문학사상》(1979.11) 재수록)
李箱	散策의가을	《新東亞》, 1934.10	
金海卿	船の歷史	《新兒童》, 1935.10	
李箱	山村餘情	《每日申報》, 1935.9.27~10.11	
李箱	西望栗島	《朝光》, 1936.3	
李箱	早春點描	《每日申報》, 1936.3.3.~26	
李箱	女像四題	《女性》, 1936.4	
李箱	藥水	《中央》, 1936.7	
李箱	EPIGRAM	《女性》, 1936.8	
李箱	幸福	《女性》, 1936.10	
李箱	가을의探勝處	《朝光》, 1936.10	
李箱	秋燈雜筆	《每日申報》, 1936.10.14~28	
李箱	十九世紀式	《三四文學》, 1937.4	

李箱	倦怠	《朝鮮日報》, 1937.5.4~11
故 李箱	슬픈이야기	《朝光》, 1937.6
故 李箱	病床以後	《靑色紙》, 1939.5
李箱	東京	《文章》, 1939.5
	얼마 안 되는 辨解	《現代文學》, 1960.11
	無題1(따뜻한…)	《現代文學》, 1960.11
	이 兒孩들에게 장난감을 주라	《現代文學》, 1960.12
	暮色	《現代文學》, 1960.12
	無題2(初秋…)	《現代文學》, 1960.12
	어리석은 夕飯	《現代文學》, 1961.1
	첫 번째 放浪	《文學思想》, 1976.7
	恐怖의 記錄	《文學思想》, 1986.10
	恐怖의 城砦	《文學思想》, 1986.10
	夜色	《文學思想》, 1986.10
李箱	아포리즘(보고도 모르는…)	1929년 경성고공 사진첩 (기존 전집에 누락)
	烏瞰圖作者의 말	1934년 9월경에 쓰여짐
李箱	社會여 文壇에도…	《朝鮮中央日報》, 1935.1.5
	나의 愛誦詩	《中央》, 1936.1 (설문에 대한 응답)
李箱	編輯後記	《詩와小說》, 1936.3
李箱	아포리즘(어느 時代에도…)	《詩와小說》, 1936.3
李箱	내가좋아하는花草와내집의花草	《朝光》, 1936.5
	아름다운 조선말	《中央》, 1936.9?(미확인) (설문에 대한 응답)
故 李箱	文學과 政治	《四海公論》, 1938.7
李箱	동생玉姬보아라	《中央》, 1936.9
	사신2(兄의 그…)	《女性》, 1939.6 (이상이 기림에게 보낸 편지 1936년 4월경)
	사신3(어떻소?…)	《女性》, 1939.6 (1936년 6월경)

	사신4(仁川 가…)	《女性》, 1939.6	(1936년 8월경)
	사신5(兄의 글…)	《女性》, 1939.6	(1936년 10월초)
	사신6(期於코 東京…)	《女性》, 1939.9	(1936년 11월 14일)
	사신7(여보 참…)	《女性》, 1939.9	(1936년 11월 29일)
	사신8(궁금하구려!)	《女性》, 1939.9	(1937년 2월 7일)
	사신9(兄의 글…)	(1937년 2월 7일, 이상이 H형에게 보낸 편지)	
	사신10(어제 東琳이…)	(1937년 2월 8일, 이상이 동생 운경에게 보낸 편지)	
	卷頭言	《朝鮮と建築》, 1932.6~1933.11	
R	觀衆	1932.6(제목은 중심 단어로 《문학사상》 (1976년 6월) 소개본을 따름(이하 동일))	
R	創造와 鑑賞	1932.7	
R	생물의 스포츠	1932.8(이상의 작품으로 추정)	
R	原經驗	1932.9	
R	感覺·裝飾·藝術	1932.10	
R	누가 좀 불을 켜주게나	1932.11	
R	聰明譜	1932.12(기존 전집에 누락)	
R	創造	1933.5	
R	觀點	1933.6	
R	經驗	1933.7	
R	藝術의 리듬	1933.8	
R	後退	1933.10	
R	技術	1933.11	
金海慶	現代美術의 搖籃	《每日申報》, 1935.3.14~23	(작자검증필요)
宋海卿	〈自由主義에對한 한개의求心的傾向〉	《朝鮮日報》, 1936.1.24.(1회)	(작자검증필요)
	〈自由,平等觀念과 商品交換의等價率〉	《朝鮮日報》, 1936.1.25.(2회)	
	〈레아리즘의內容인 浪漫精神은꿈인가〉	《朝鮮日報》, 1936.1.26.(3회)	(전집에 누락)
	〈運命的으로無味한 文壇政策論數三〉	《朝鮮日報》, 1936.1.28.(4회)	(전집에 누락)